Rote Rosen

Für Josta Waldow hängt der Himmel voller Geigen. Die reizende Tochter seiner Exzellenz des Ministers Waldow soll die Frau des stattlichen Grundbesitzers Rainer Ramberg werden! Josta nimmt dessen Werbung glückstrahlend an. Doch schon bald fallen dunkle Schatten auf ihr Glück: Ungewollt belauscht sie ein Gespräch zwischen Rainer und ihrem Vater. Dabei erfährt die junge Frau, dass Rainer nur um ihre Hand angehalten hat, um seine Liebe zu einer anderen Frau zu vergessen. Josta ist zutiefst verzweifelt, doch sie ist zu stolz, sich ihre Gefühle anmerken zu lassen. Und so spielen sich die beiden jungen Menschen eine Komödie vor, die ihre Verbindung schließlich zu zerstören droht …

Das ist der Liebe Zaubermacht

Abend für Abend stehen die aus ärmlichen Verhältnissen stammenden Geschwister Käthe und Heinz Lindner am Fluss und blicken sehnsüchtig hinüber ans andere Ufer, wo sich die Villa des Fabrikanten und Kommerzienrats Ruhland erhebt. Ihre Gedanken fliegen zu Gert und Rose Ruhland. Aber wie der Fluss die Grenze zwischen der Arbeitersiedlung und dem Besitz des Unternehmers bildet, so liegen Welten zwischen den Geschwistern Lindner und den beiden jüngsten Kindern des Kommerzienrats. Nur einer schert sich nicht im Geringsten um diese soziale Kluft: Georg, Ruhlands ältester Sohn. Kein Mädchen in der Fabrik ist vor ihm sicher, auch Käthe nicht. Dass sie ihn abweist, erhöht nur seine Begierde, und als er merkt, dass Käthe seinen Bruder liebt, ist er zum Äußersten entschlossen. Dann aber tritt ein Ereignis ein, das tiefe Schatten auf das Ruhland'sche Haus wirft und einen schwachen Hoffnungsschimmer in den Herzen von Käthe und Heinz aufkeimen lässt …

Hedwig Courths-Mahler

Wo die Liebe auf dich wartet

Rote Rosen
Das ist der Liebe Zaubermacht

BASTEI LÜBBE TASCHENBUCH
Band 17661

Dieser Titel ist auch als E-Book erschienen

Copyright © 2017 by Bastei Lübbe AG, Köln
Umschlaggestaltung: Sandra Taufer, München
Unter Verwendung eines Motivs © shutterstock: Knopazyzy |
Ola-la | Lekovic Maja | ryabinina
Satz: Dörlemann Satz, Lemförde
Gesetzt aus der Stempel Schneidler
Druck und Verarbeitung: CPI books GmbH, Leck – Germany

ISBN 978-3-404-17661-8

2 4 5 3 1

Sie finden uns im Internet unter www.luebbe.de
Bitte beachten Sie auch: www.lesejury.de

Ein verlagsneues Buch kostet in Deutschland und Österreich
jeweils überall dasselbe.
Damit die kulturelle Vielfalt erhalten und für die Leser bezahlbar
bleibt, gibt es die gesetzliche Buchpreisbindung. Ob im Internet,
in der Großbuchhandlung, beim lokalen Buchhändler, im Dorf
oder in der Großstadt – überall bekommen Sie Ihre verlagsneuen
Bücher zum selben Preis.

H. Courths-Mahler

Wenn zwischen Lieb und Pflicht
Im ungestümen Drange
Ein Herz fiel – richte nicht!
Du weißt nicht, welchem Zwange
Welch einer schwachen Stunde
Und welcher tiefen Wunde
Solch armes Herz erlag
An einem Unglückstag.

8. April 1899

Rote Rosen

1

Es war im Jahre 1908.

Josta Waldow lenkte ihren eleganten Dogcart, den sie von ihrem Vater vor einigen Tagen zum Geburtstag geschenkt bekommen hatte, durch die breite Einfahrt in den Garten bis zu dem Portal des »Jungfernschlösschens«.

Seit drei Jahren erfüllte es die Bestimmung als Ministerresidenz. Exzellenz Waldow war froh gewesen über diesen Wohnungswechsel, und seine Gemahlin und seine Tochter waren es noch mehr. Eiligst wurde damals zum Umzug gerüstet. Aber nur Vater und Tochter sollten daran teilnehmen. Frau Waldow erkrankte und starb kurze Zeit darauf.

Damals war Josta achtzehn Jahre alt gewesen. Jetzt hatte sie schon das einundzwanzigste Jahr vollendet und ersetzte im Ministerhotel die Hausfrau vollständig.

In das mit Blattpflanzen dekorierte Vestibül eintretend, fragte sie den Diener: »Ist Papa zu Hause, Schröder?«

»Sehr wohl, gnädiges Fräulein. Seine Exzellenz haben den Besuch des Herrn Ramberg empfangen«, antwortete dieser.

Über das jugendschöne Antlitz Jostas flog ein frohes Lächeln. Ihre dunklen, in Form, Farbe und Ausdruck wundervollen Augen leuchteten auf. Sie schien freudig überrascht.

»Wo befinden sich die Herren?«

»Im Arbeitszimmer Seiner Exzellenz.«

Josta neigte dankend das Haupt und eilte die Treppe empor zum Arbeitszimmer ihres Vaters.

»Nicht zanken, Papa, wenn ich unangemeldet diesen geheiligten Raum betrete, wo das Wohl und Wehe des Staates beraten zu werden pflegt. Ich hörte, dass Onkel Rainer bei dir ist.«

An dem großen Diplomatenschreibtisch am Fenster saßen sich zwei Herren gegenüber.

Der ältere von ihnen war Seine Exzellenz, der Herr Minister, ein stattlicher Herr Mitte fünfzig, mit einem klugen, energischen Gesicht und graumeliertem Haar und Schnurrbart. Der jüngere Herr, Rainer Ramberg, mochte jedoch auch schon über Mitte dreißig sein. Er war eine schlanke Erscheinung. Auffallend wirkten in seinem Gesicht die tiefliegenden grauen Augen, die seltsam hell aus dem gebräunten Gesicht herausleuchteten und, wie eben jetzt, sehr warm und gütig blicken konnten.

Als Josta Waldow auf der Schwelle erschien, wandte er ihr seine Augen mit hellem Aufleuchten zu und sah entschieden wohlgefällig auf ihre Erscheinung, die wie das holde, blühende Leben selbst erschien.

Rainer Ramberg erhob sich schnell und kam ihr entgegen.

Josta streckte ihm lächelnd beide Hände entgegen. »Grüß Gott, Onkel Rainer!«

»Grüß Gott, meine liebe, kleine Josta!«

Sie maß ihre Schultern schelmisch an den seinen. »Immer noch klein? Bin ich das wirklich?«, fragte sie, sich stolz aufrichtend.

Er lächelte. »Da du noch immer zu mir aufsehen musst, habe ich doch das Recht, dich klein zu nennen. Oder willst du es mir streitig machen?«, antwortete er.

»Oh nein! Im Grunde habe ich es gern, dass ich deine kleine Josta bin. Ich möchte gar nicht, dass du mich anders nennst. Aber – nun will ich Papa schnell einen Kuss geben und dann verschwinden. Ihr beiden macht so schrecklich wichtige Gesichter, als ob ihr über eine Staatsaktion beraten müsstet«, sagte sie lachend, und dabei küsste sie den Vater herzlich.

»Wie weit bist du mit deinem Dogcart gefahren?«, fragte der Vater.

»Bis zur Fasanerie. Herrlich war die Fahrt durch den maiengrünen Wald. Nur so schrecklich viel Menschen sind unterwegs. Weißt du, Papa, jetzt müssten wir in unserem alten, lieben Waldow sein. Da ist der Wald so kirchenstill. Wirst du bald einige Wochen Urlaub nehmen können?«

»Vorläufig ist nicht daran zu denken. Vielleicht im Juli!«

Josta seufzte. »Das dauert noch lange. Als ich Onkel Rainer sah, musste ich gleich an Waldow denken. Wenn wir in Waldow sind, besucht er uns viel öfter.«

»Das war früher, Josta, als ich noch in Schellingen wohnte. Da war ich in einer Stunde in Waldow. Jetzt bin ich aber doch nach Ramberg übergesiedelt.«

»Ja, ja, das hatte ich fast vergessen. Aber wenn wir in Waldow sind, Papa und ich, dann musst du deine ›Residenz‹ so lange nach Schellingen verlegen.«

»Möchtest du das gern?«, fragte Ramberg.

»Selbstverständlich. Du und Waldow, das sind mir unzertrennliche Begriffe. Hier besuchst du uns immer nur im Fluge. Schade, dass wir nicht immer in Waldow leben können.«

»Bist du die Stadt müde?«

Sie zuckte die Achseln. »Denkst du, unter all den Menschen, mit denen wir verkehren müssen, ist einer, mit dem ich mich so gern unterhielte wie mit dir? Ausgeschlossen.

Es ist alles leere Form, inhaltlose Phrase, was man redet und anhört. Ich bin eben nun einmal mehr für das Landleben. Aber Papa ist leider nicht reich, und Waldow ist zu einem kleinen Pachtgut zusammengeschmolzen. Es bringt kaum so viel ein, dass wir uns satt essen könnten. Und so sehe ich die Notwendigkeit ein, dass Papas Ministergehalt uns die übrigen Annehmlichkeiten des Lebens ermöglicht. Aber – nun will ich euch nicht länger aufhalten, sondern mich umkleiden. Nur eins sage mir schnell noch, Onkel Rainer, wie lange bleibst du?«

»Wahrscheinlich nur wenige Tage. Ich bin jetzt in Ramberg schlecht abkömmlich. Im Frühjahr gibt es viel Arbeit.«

Josta nickte verständig. »Aber – da fällt mir ein – wann bist du denn in der Villa Ramberg abgestiegen? Ich bin eben daran vorbeigefahren und sah alle Fenster und Vorhänge dicht verschlossen.«

»Ich bin eben erst eingetroffen, und ganz unangemeldet. Man hat mich nicht erwartet. Aber natürlich wohne ich dort.«

»Oh, da werde ich morgen vorüberfahren und mich an den offenen Fenstern freuen. Also morgen mache ich dir mit meinem Dogcart Fensterparade.« Mit hellem, warmem Lachen eilte sie hinaus.

Die beiden Herren sahen ihr eine Weile nach. Dann blickten sie sich an, und der Minister sagte lächelnd: »Du siehst, Rainer, sie ist im Herzen noch das reine Kind, trotz ihrer einundzwanzig Jahre, obwohl sie mir nun schon seit drei Jahren die Hausfrau ersetzt und in Haus und Gesellschaft ihren Posten gut ausfüllt. Und wenn sie nun hört, was dich heute zu uns führt, wird sie es nicht fassen können. Bin ich doch selbst überrascht durch deine Werbung um Josta.«

Ramberg atmete tief ein. »Das heißt, du hast Bedenken, Magnus? Du bist mir die Antwort schuldig geblieben.«

Sie hatten wieder Platz genommen.

»Mein lieber Rainer, wie diese Antwort von meiner Seite ausfällt, wird dir nicht zweifelhaft sein. Du hast einer Frau alles zu bieten, was selbst die anspruchsvollste verlangen könnte. Du wärst auch vor dem Tode deines Vetters Rochus, dessen Nachfolger du geworden bist, eine so genannte gute Partie gewesen. Jetzt bist du eine glänzende Partie. Und das Wichtigste – ich kenne dich als einen durchaus vornehmen Charakter, weiß, dass du vortreffliche Eigenschaften als Mensch besitzt. – Also wüsste ich nicht, was ich gegen deine Werbung einwenden sollte. Es fragt sich nur, ob Josta deine Frau werden will. Deine Werbung wird sie vollständig überraschen. Und wie ihre Entscheidung ausfällt, kann ich nicht wissen.«

Ramberg strich sich mit der schönen, kräftig gebauten Hand über die Stirn, als verscheuche er unbequeme Gedanken. »Ganz offen, Magnus, auch ich habe zuvor nie daran gedacht, ihr diese Frage vorzulegen. All die Jahre habe ich den Gedanken an eine Ehe von mir gewiesen. Aber nun will das nicht mehr gehen. Ich stehe im achtunddreißigsten Jahr – und in meinem Herzen ist es nun endlich so ruhig und still geworden, dass ich den Entschluss zu einer Heirat fassen kann.«

»Das ist natürlich und verständlich, Rainer, und ich freue mich über deinen Entschluss. Er beweist mir, dass du mit der alten Geschichte fertig bist.«

»Vollständig, Magnus – sonst würde ich nicht um Josta werben. Ich will nicht sagen, dass ich ihr eine große leidenschaftliche Liebe entgegenbringe. Einer solchen Liebe ist man wohl nur einmal fähig, und dieser Sturm liegt hinter mir. Aber Josta ist mir lieb und wert, und keine andere Frau steht meinem Herzen jetzt näher. Aber ich bin mir ebenso bewusst wie du, dass Josta in mir nur immer Onkel Rainer gesehen hat. Ich bin ja auch nahezu siebzehn Jahre älter als sie. Und dann die Hauptsache – ich weiß nicht, ob ihr Herz noch frei ist. Du wirst mir das offen sagen; denn du hast mich, trotz unseres Altersunterschiedes, deiner Freundschaft gewürdigt.«

Der Minister nickte. »Ja, Rainer! Ich hatte dich immer gern! Dein treuer Freund aber bin ich geworden in jener Stunde, da ich dir eine tiefe Herzenswunde schlagen musste.«

Ramberg wehrte ab. »Nicht du hast mir diese Wunde geschlagen. Niemand hat es getan als das Schicksal selbst. Aber lassen wir das. Es liegt nun hinter mir mit allen Kämpfen und ist verwunden. Sage mir jetzt ehrlich – ist Jostas Herz frei?«

Der Minister lächelte. »Soviel ich weiß – ja.«

»Es ist fast ein Wunder, dass Josta noch frei ist. In den letzten Jahren hat sie sich zu einer außergewöhnlichen Schönheit entwickelt. Das hatte ich nie erwartet«, sagte Ramberg sinnend.

»Ja – bis über die Backfischzeit hinaus war sie eher hässlich als schön. Aber dann blühte sie plötzlich auf. Als wir sie in die Gesellschaft einführten, wurde sie gleich umschwärmt. Sie bezieht das nicht auf ihre Person, sondern auf meine Stellung. Also – soviel ich mich auf meine Augen verlassen kann, ist Jostas Herz noch frei. Ob sie deine Werbung annimmt, kann ich dir freilich nicht sagen. Meiner Einwilligung bist du sicher. Ehe du aber ihr selbst diese Frage vorlegst, möchte ich dir noch eine Eröffnung machen. Was ich dir jetzt sage, bleibt unter uns. Josta soll davon nichts wissen. Sie soll es erst nach meinem Tod erfahren. Du versprichst mir zu schweigen?«

»Mein Wort darauf.«

»Ich danke dir. Also höre – Josta ist nicht meine Tochter.«

Überrascht fuhr Ramberg auf. »Nicht deine Tochter?«

»Josta ist die Tochter meines jüngeren Bruders Georg. Dieser war verheiratet mit einer Baronesse Halden – nur ein Jahr. Sie starb bei Jostas Geburt. Georg brachte Josta zu meiner Frau. Wir hatten damals gerade die betrübende Gewissheit erhalten, dass unsere Ehe kinderlos bleiben würde. Meine Frau, die sehr kinderlieb war, nahm sich Jostas mit wahrhaft mütterlicher Zärtlichkeit an. Mein Bruder war nicht sehr vermögend. Aber er war leicht entflammt für Frauenschönheit, und da er selbst ein bildschöner Mensch war, verwöhnten ihn die Frauen sehr. Josta ist ihm sehr ähnlich geworden, sie hat seine Augen und die Farbe seines Haares geerbt, aber im Wesen und Charakter gleicht sie mehr ihrer Mutter. Diese hatte mein Bruder in seiner leidenschaftlichen Art sehr geliebt, und ihr früher Tod brachte ihn der Verzweiflung nahe. Er wollte Josta nicht sehen, weil sie ihrer Mutter das Leben gekostet hatte.

Es war aber noch kein Jahr vergangen nach dem Tode seiner Frau, da verliebte er sich sinnlos in eine junge Sängerin. Georg gab ihretwegen seinen Beruf auf und heiratete sie, obwohl wir alles taten, ihn davon zurückzuhalten. Er ging mit seiner Gattin nach Amerika, wo sie ein glänzendes Engagement angenommen hatte. Schon vorher hatte er uns alle Rechte an Josta abgetreten. Ich habe ihn nie wieder gesehen. Zwei Jahre später schickte mir seine Gattin, die drüben unter ihrem Mädchennamen auftrat, eine Anzeige vom Tode meines Bruders und eine Zeitungsnotiz, aus der ich ersah, dass Georg im Duell mit einem Mann gefallen war, der in einer Gesellschaft die Tugend seiner Frau in Zweifel gezogen hatte. Georgs Witwe hatte es verschmäht, nur ein Wort hinzuzufügen – wahrscheinlich weil wir uns gegen Georgs Heirat aufgelehnt hatten. Ich ließ mir die Todesnachricht meines Bruders amtlich bestätigen. Von seiner Witwe hörte ich nie wieder etwas.

Josta haben wir adoptiert. Und um ihr die Unbefangenheit zu erhalten und nichts Fremdes zwischen uns treten zu lassen, haben wir ihr nie gesagt, dass sie nicht in Wirklichkeit unsere Tochter war. Aber du musst das natürlich wissen, wenn du um Jostas Hand anhalten willst. Bei meinem Testament, das Josta zu meiner Universalerbin einsetzt, liegt ein an Josta gerichtetes Schreiben, in dem ich ihr selbst diese Enthüllung mache. So, Rainer – nun habe ich dir nichts mehr zu sagen.«

Ramberg hatte aufmerksam zugehört. An seinem Entschluss, um Jostas Hand anzuhalten, änderte diese Eröffnung jedoch nichts. Warum dieser Entschluss so plötzlich in ihm wach geworden war, wusste er selbst nicht. Allerdings hatte er sich schon seit einigen Monaten mit dem Gedanken vertraut gemacht, sich endlich zu verheiraten, aber es hatte ihm gar keine Eile.

Da hatte er gestern auf einem Besuch bei seinem Gutsnachbarn, dem Baron Rittbert, einen von dessen Söhnen enthusiastisch von der Schönheit und Liebenswürdigkeit Jostas sprechen hören: »Sie hat die Auswahl unter vielen Freiern, und ich bin gespannt, wer sie als Braut heimführen wird.«

Diese Worte hatten Ramberg plötzlich aus seiner Ruhe aufgerüttelt. Als er nach Hause kam, befahl er, seinen Koffer zu packen, und mit dem Frühzug reiste er.

Er richtete sich jetzt mit einem tiefen Atemzug auf. »Du siehst mich natürlich überrascht, lieber Magnus. Es erscheint mir ganz unfassbar, dass Josta nicht deine Tochter ist. Ein innigeres Verhältnis zwischen Kind und Eltern habe ich nirgends gefunden. Ich bleibe bei meiner Werbung.«

Der Minister reichte ihm die Hand. »Ich will sie nun rufen lassen.«

Der Minister drückte die elektrische Klingel auf seinem Schreibtisch. Der Diener erschien.

»Melden Sie meiner Tochter, dass ich sie bitten lasse, sogleich in den grünen Salon zu kommen.«

Der Diener verschwand, und der Minister wandte sich an Ramberg. »So, mein lieber Rainer. Du begibst dich wohl in den grünen Salon hinüber. Was du mit Josta zu besprechen hast, geschieht am besten ohne Zeugen.«

Mit einem Händedruck schieden die beiden Männer.

Als Josta ihren Vater und Ramberg verlassen hatte, war sie in froher Stimmung in ihr Zimmer geeilt. Ihre Augen strahlten vor Freude über den Besuch Onkel Rainers.

Wie immer freute sie sich recht von Herzen darauf, dass sie Onkel Rainers Gesellschaft einige Tage würde genießen können. Seit ihren Kindertagen war ihr Onkel Rainer der Inbegriff von allem Guten, Lieben und Schönen. Ihm gehörte ihre kindliche Freundschaft, ihm die erste Backfischschwärmerei. Als sie dann älter wurde, trat an Stelle ihrer Backfischschwärmerei eine bewusste Wertschätzung und Freundschaft. Sie verglich im Stillen alle Männer, die sich ihr nahten, mit Onkel Rainer, und nie gefiel ihr einer so gut wie er. Aber nie wäre ihr eingefallen, an ihn wie an einen Mann zu denken, dessen Frau sie werden könnte! Sie dachte überhaupt nicht wie andere Mädchen ans Heiraten, sondern malte sich aus, dass sie in Ruhe und Frieden in Waldow sitzen, jeden Tag Onkel Rainer besuchen und mit ihm plaudern würde.

Deshalb war es ihr gar nicht recht gewesen, dass er nach dem jähen, unerwarteten Tode seines Vetters Rochus nach Schloss Ramberg übersiedelte und nicht mehr auf dem Waldow benachbarten Gute Schellingen, das seine Mutter in die Ehe gebracht hatte, war. Sehr rasch hintereinander waren alle Anwärter gestorben, zuletzt Rochus Ramberg, und dieser hatte eine schöne, junge Witwe hinterlassen, Gerlinde.

Die Einkünfte von Schellingen musste Rainer sich mit seinem Bruder Henning teilen. Beide liebten sich sehr. Der jüngere Bruder sah in dem älteren ein leuchtendes Vorbild, während Rainer fast väterlich für Henning empfand.

Josta kannte natürlich auch Henning seit ihrer Kinderzeit, war aber mit diesem schon seit fast sechs Jahren nicht mehr zusammengetroffen, und so hatte er nur als Onkel Rainers Bruder einige Bedeutung für sie.

Nachdem Josta eine Weile zum Fenster hinausgesehen hatte, klingelte sie ihrer Zofe und ließ sich umkleiden.

»Ein weißes Kleid will ich anziehen, Anna«, sagte sie. Onkel Rainer hatte ihr bei seinem letzten Besuch gesagt: »Du müsstest immer weiße Kleider tragen, Josta.«

Bald war sie fertig und stellte sich, einen dunklen Fliederzweig im Gürtel befestigend, vor den Spiegel. Weich und anmutig schmiegte sich der weiße Stoff ihres Kleides um ihre edel gegliederte Gestalt.

Gerade als sie ihr Boudoir betrat, meldete ihr der Diener, dass Seine Exzellenz sie in den grünen Salon bitten lasse.

Als sie eintrat, stand Ramberg am Fenster und sah durch die Spitzenstores hinaus. Schnell wandte er sich um und ging ihr entgegen.

»Ist Papa nicht hier?«, fragte sie harmlos.

»Nein, Josta – er hat Staatsgeschäfte«, antwortete er. Zum ersten Male betrachtete er sie mit den Augen eines Mannes und wurde sich ihrer Schönheit so recht bewusst.

Josta seufzte. »Ach, die leidigen Staatsgeschäfte.«

»Bist du sehr ungehalten, dass du mich allein hier findest?«

Sie lachte schon wieder. »Ach, was du denkst, Onkel Rainer! Nein, von Herzen froh bin ich, dass ich wenigstens deine Gesellschaft genießen darf. Du bleibst doch zu Tisch?«

»Wenn du mich nicht fortschickst, gern.« Er atmete tief und wurde noch unruhiger. »Ich weiß doch nicht, Josta, ob du mich nicht in einigen Minuten gehen lassen wirst.«

Sie schüttelte verwundert den Kopf. Fragend sah sie ihn an.

»Mir ist feierlich zumute, Josta, und ein wenig bange. Ich bin heute gekommen, dir eine ernste Frage vorzulegen. Und nun, da ich es tun will, meine ich, du müsstest mich auslachen.«

»Auslachen? Wenn du eine ernste Frage an mich richtest? Wie sollte ich denn? So sprich doch nur – was ist es denn?«

Er richtete sich entschlossen auf und sah sie fest an. »Josta – willst du meine Frau werden?«

Sie zuckte zusammen, und ihr junges Antlitz wurde plötzlich bleich. Ihre großen, schönen Augen sahen mit einem unruhig forschenden Blick in die seinen. Unwillkürlich wich sie einen Schritt zurück. »Onkel Rainer – so darfst du nicht scherzen«, sagte sie mit verhaltener Stimme.

»Es ist mein Ernst, Josta«, antwortete er leise, und auf seinem Gesicht lag ein Ausdruck leichter Entmutigung. Josta stand reglos, wie gebannt. Ein leises Zittern lief über sie dahin. Und doch war plötzlich ein seltsames Singen und Klingen in ihrem Herzen.

»Onkel Rainer«, sagte sie noch einmal, halblaut und zagend, als fasse sie nicht, was er von ihr wollte, und als erschrecke sie vor dem, was er forderte. Hilflos sah sie zu ihm auf. »Ich bin so erschrocken, ich – nein – wie hätte ich je daran denken können. Du und ich – ach, Onkel Rainer, ich bin doch so ein dummes Ding.«

In seinem Herzen war ein tiefes schmerzliches Bedauern. »Also – ich soll für dich Onkel Rainer bleiben, du könntest dich nicht entschließen, mir einen anderen Namen zu geben?«

Da schoss dunkle Glut in ihr Gesicht, und die langen, seidigen Wimpern legten sich wie dunkle Halbmonde auf die glühenden Wangen. Was galt sie ihm? Und doch – es lockte sie trotz allem etwas, seine Werbung anzunehmen. Immer hatte sie es sich als das höchste Glück geträumt, täglich in Onkel Rainers Nähe zu sein.

Er wartete lange vergeblich auf Antwort, und schließlich sagte er leise: »Also keine Antwort? Das heißt, du schickst mich fort, du weist mich zurück, nicht wahr?«

Sie fasste rasch seine Hand. »Nein – bleib«, bat sie leise.

»Als dein Verlobter, Josta?«

Sie sah in sein ruhiges Gesicht, unsicher, befangen und zaghaft. »Ach – ich weiß nicht. Das kommt so überraschend.«

»So sage mir wenigstens, ob dein Herz noch frei ist, ob du keinen anderen liebst.«

Sie schüttelte den Kopf. »Nein, ich liebe niemanden als ...« Sie stockte. »Als dich«, hatte sie sagen wollen. Aber das wollte jetzt nicht über ihre Lippen. Bisher hatte sie nie daran gedacht, ihm etwas zu verbergen. Nun musste sie es tun, einem inneren Zwange folgend. »Niemanden als Papa«, vollendete sie hastig.

Er zog sie wieder an sich. »Und mich hast du gar nicht ein wenig lieb, kleine Josta?«, fragte er weich.

Sie atmete schnell und hastig. »Doch, das weißt du, dich habe ich immer lieb gehabt.«

»So frage ich dich nochmals – willst du meine Frau werden?«

Ihre dunklen Augen sahen ernst und fragend in die seinen. »Warum fragst du mich das? O–?« Nein – »Onkel« konnte sie ihn jetzt nicht nennen; es wollte ihr nicht über die Lippen.

»Warum ich dich bitte, meine Frau zu werden?«, erwiderte er schnell. »Weil ich keine Frau wüsste, die ich lieber heiraten möchte als dich.«

Sie empfand, dass dies recht kühl klang für eine Werbung, und ahnte nicht, dass er absichtlich so gelassen blieb, um sie nicht zu erschrecken.

»Aber warum willst du nur plötzlich heiraten? Ich habe immer gedacht, du wirst es nie tun«, sagte sie hastig.

Er musste lächeln. Das klang fast wie ein Vorwurf.

»Es ist die Sehnsucht jedes Mannes, jemanden zur Seite zu haben, zumal wenn man auf einer so verantwortungsvollen Stelle steht. Lange genug habe ich schon gezögert. Nun wird es höchste Zeit. Nicht wahr, ich erscheine dir schon reichlich alt zum Heiraten?«

Sie schüttelte den Kopf. »Du bist doch nicht alt, aber als Onkel Rainer warst du mir immer so vertraut.«

»Könnte ich dir nicht noch mehr sein? Vermagst du dich zu entschließen, meine Frau zu werden, oder muss ich betrübt mit einem ›Nein‹ von hier gehen?«, fragte er nochmals und fühlte, dass er die Wahrheit sprach, obwohl er Josta nicht liebte.

»Ich möchte dich um alles nicht betrüben«, sagte sie leise.

»So willigst du ein?«

Einen Augenblick schwankte sie noch, dann aber sagte sie hastig, als fürchte sie, nochmals unschlüssig zu werden: »Wenn du es willst – so willige ich ein.«

Da erst zog er ihre Hand an seine Lippen, und dann legte er den Arm um sie und wollte sie auf den Mund küssen. Aber sie neigte schnell, wie in instinktiver Abwehr, das Haupt, und seine Lippen berührten nur ihre Stirn. Er merkte, dass sie ihm auswich, und das weckte eine seltsame Unruhe in ihm.

»Ich danke dir herzlich für dein Vertrauen, meine liebe, kleine Josta. Ich war sehr bange, dass du mir einen Korb geben würdest«, sagte er herzlich.

Ehe sie etwas erwidern konnte, trat der Minister ein und sah fragend auf die beiden. Josta flüchtete in seine Arme, als suche sie Schutz vor sich selbst. »Papa – lieber Papa!«

Der Minister wechselte über ihren Kopf hinweg einen Blick mit Ramberg. Dieser neigte bejahend das Haupt. Da schloss der Minister seine Tochter fest in seine Arme.

Ramberg trat heran. »Josta hat mir ihr Jawort gegeben. Nun sei du mir ein treuer Vater, wie du mir bisher ein väterlicher Freund warst, und gib uns deinen Segen«, bat er ernst.

Schweigend legte der Minister die Hände beider ineinander. Und dann sagte er warm: »Gott segne euch beide!«

Josta war es zu eng in der Brust. Sie fühlte, dass sie jetzt, wenigstens einige Minuten, mit sich allein sein müsse. Sie küsste den Vater und stammelte eine hastige Entschuldigung. Dann ging sie schnell hinaus und sank im Nebenzimmer in einen Sessel. Die Hände fest auf das klopfende Herz gepresst, saß sie da und lauschte in sich hinein, bis von drüben die Stimmen der beiden Männer an ihr Ohr drangen.

Die beiden Herren hatten keine Ahnung, dass Josta im Nebenzimmer saß. So wurde sie Zeugin ihres Gesprächs.

Zuerst sprach ihr Vater. »Mein lieber Rainer, es macht mich sehr glücklich, dass ich meine Tochter an deinem Herzen geborgen weiß. Wenn du mir auch offen gesagt hast, dass du Josta nicht leidenschaftlich liebst, wenn ich auch weiß, dass du dein Herz nur mit Schmerzen losgerissen hast von der Frau, der deine große, heiße Liebe gehörte, so weiß ich doch auch, dass du meine Josta immer hochhalten und deine Hände über sie breiten wirst. Und so hoffe ich, dass ihr glücklich miteinander werdet.«

»Das wünsche und hoffe ich auch«, erwiderte Ramberg ernst, »und was in meiner Macht steht, will ich tun, dass sie es niemals zu bereuen braucht, mir ihre Hand gereicht zu haben. Was ich ihr vielleicht innerlich schuldig bleiben muss, hoffe ich ihr durch Äußerlichkeiten zu ersetzen.«

So sagte Rainer ruhig und klar, und jetzt, da Josta nicht zugegen war, fühlte er sich auch sehr ruhig.

Josta hatte jedes dieser Worte gehört. Sie war wie gelähmt. Rainers Herz gehörte einer anderen Frau, einer Frau, von der er sich schweren Herzens losgerissen hatte. Warum hatte er sie nicht zu seiner Frau gemacht? Sie war wohl unerreichbar für ihn aus irgendeinem Grund. Und nun – nun war sie seine Braut geworden. Warum? Warum hatte er gerade sie erwählt?

Und dann dachte sie daran, dass sie von den beiden Männern hier entdeckt werden könnte. Das durfte nicht sein, sie durften nicht ahnen, dass sie ihr Gespräch belauscht hatte. Mit einiger Anstrengung erhob sie sich, glitt über die weichen Teppiche, trat auf den Korridor hinaus und eilte auf ihr Zimmer. Dort saß sie eine ganze Weile und lauschte in sich hinein, und dabei kam sie zur Erkenntnis ihrer eigenen Empfindungen, dass sie Rainer von jeher geliebt und es nur nicht gewusst hatte. Und dass ihr alle Männer nur deshalb so gleichgültig gewesen waren.

Wie ein helles Licht war es in dieser Stunde in ihr bisher so unklares Denken und Empfinden gefallen, und diese Klarheit erschreckte sie mehr, als sie sie beglückte:

»Nein – ich kann seine Frau nicht werden, nicht mit der Gewissheit, dass ich ihn liebe und dass er mir im Herzen so ruhig und gelassen gegenübersteht. Wie soll ich es ertragen, dass sein Herz einer anderen gehört? Nein – das kann ich nicht.«

Und sie wollte hinuntereilen und ihm sagen, dass sie seine Frau nicht werden könne. Aber ehe sie die Tür ihres Zimmers erreicht hatte, stockte sie und konnte nicht weitergehen.

Wenn ich ihm das sage, dann wird er gehen und vielleicht niemals wiederkommen. Und – dann wird er bald eine andere Frau an seine Seite nehmen, eine, die zufrieden ist mit dem, was er ihr bietet. – Der Gedanke, dass er eine andere heiraten könnte, war ihr unerträglich. Sie fiel in ihren Sessel und faltete die Hände wie im Gebet:

»Vielleicht lernt er es doch eines Tages, mich zu lieben – so wie ich von ihm geliebt sein möchte.«

Diese Hoffnung belebte sie. Aufatmend erhob sie sich und trat vor den Spiegel. Und zum ersten Mal sah sie ihr eigenes Spiegelbild mit brennendem Interesse an. Viele hatten ihr gesagt, sie sei schön, seit sie in die Gesellschaft eingeführt worden war. Auch Papa hatte gesagt: »Aus meinem hässlichen jungen Entlein ist unversehens ein stolzer Schwan geworden.« Aber Rainer hatte das wohl kaum bemerkt. Für ihn war sie wohl noch immer der reizlose Backfisch mit den ruschligen Hängezöpfen. Kritisch sah sie sich an, von allen Seiten. Und das helle Rot stieg ihr ins Gesicht, als sie dachte: Ja, ich bin schön. Vielleicht gelingt es mir doch, Rainers Liebe zu erringen, wenn ich mich darum mühe.

Wenn ich mich darum mühe? Dieser Gedanke verwandelte das Rot ihres Gesichts in eine dunkle Glut. Sie sollte sich mühen um die Liebe eines Mannes? Nein – nein – tausendmal nein! Das würde ihr Stolz nicht zulassen.

Sie trat mit einem tiefen Seufzer von dem Spiegel zurück. Sie musste nun wieder hinübergehen zum Vater – und zu dem Verlobten. Sie würden sich sonst über ihr langes Ausbleiben Gedanken machen.

Als sie den grünen Salon betrat, schien sie ruhig und unbewegt. Und zum ersten Mal in ihrem Leben zeigte sie sich gegen den Vater und Ramberg anders, als sie war.

Die beiden Herren hatten inzwischen allerlei Gespräche über die Veröffentlichung der Verlobung und den Termin der Hochzeit geführt. Sie hatten den 10. Juli dafür in Aussicht genommen und fragten Josta, ob sie einverstanden sei. Sie bejahte ruhig, obwohl sie darüber erschrak, dass die Zeit so kurz bemessen war.

Rainer gab sich seiner Braut gegenüber mit der feinen, liebenswürdigen Artigkeit, die so bestrickend bei ihm wirkte, und suchte sie durch harmlose Scherze aufzuheitern. Er wollte Josta die Unbefangenheit vor allen Dingen wiedergeben. Sie nahm das scheinbar heiter auf. Und so täuschten sich die beiden Verlobten eine große Herzensruhe vor, die sie beide gar nicht empfanden.

Später wurde der Minister wieder von Geschäften in Anspruch genommen, und Ramberg empfahl sich vorläufig, um noch dringende Besorgungen zu tätigen. Als er sich von Josta verabschiedete, gewannen seine Wünsche plötzlich die Oberhand. Er zog sie fest in seine Arme und küsste sie auf den Mund. Wie erstarrt lag sie einen Moment an seinem Herzen und hätte aufschreien mögen.

Als sich Ramberg entfernt hatte, legte der Minister seinen Arm auf Jostas Schulter.

»Nun, mein Kind, du scheinst mir so ernst und bedrückt. Hast du Rainer auch freien Herzens dein Jawort gegeben?«, fragte er.

Sie barg ihr Antlitz an seiner Brust. Wie gern hätte sie sich die Seele freigesprochen. »Ich bin nur ein wenig bange, lieber Papa – weil ich dich nun so bald verlassen muss.«

Er streichelte ihr Haar. »Das ist der Lauf der Welt, mein liebes Kind. Ich denke, du hast gut gewählt und wirst an Rainers Seite ein ruhiges, sicheres Glück finden.«

Josta nickte nur, sprechen konnte sie nicht.

Als sie sich am Abend dieses Tages auf ihr Zimmer zurückgezogen hatte, setzte sie sich noch eine Weile an ihren Schreibtisch. Sie entnahm ihm ihr Tagebuch, das sie schon seit dem Tode ihrer Mutter führte. Josta hatte sich daran gewöhnt, diesem Buche alles anzuvertrauen, womit sie wohl sonst zu ihrer Mutter gekommen wäre.

Sie blätterte in den beschriebenen Seiten und las hier und da einige Worte. Und auf jeder Seite fand sie den Namen »Onkel Rainer«. So fest verwachsen war er mit ihrem innersten Sein. Als sie die erste leere Seite vor sich sah, ergriff sie die Feder und schrieb:

»Am 4. Mai – Ich bin Braut – Rainer Rambergs Braut. Und nun wird er mir niemals mehr Onkel Rainer sein. Was ich dabei empfinde? Ich liebe Rainer – ja, ich liebe ihn, mit der Liebe, die das Weib in die Arme des Mannes treibt, mit unwiderstehlicher Gewalt. Ich erschrecke selbst vor der Größe und Tiefe dieses Gefühls, das plötzlich mein ganzes Sein verwandelt hat und das ich doch ängstlich verbergen muss. Warum? Weil Rainer mich nicht liebt, so wie ich von ihm geliebt sein möchte, weil sein Herz einer anderen gehört, von der er sich mit Schmerzen losgerissen hat. Ich hörte das, als ich ihm schon mein Wort gegeben hatte. Sonst – nein, sonst hätte ich es nicht getan. Oder doch? Ach, ich kenne mich nicht mehr. Wo ist mein Stolz? Ich kenne nur eine Angst, ihn zu verlieren für immer. Das ist härter als der Tod. Warum hat er mich erwählt? Weil ich ihm sympathisch bin, weil er wohl meint, dass ich nie lästig fallen werde und nie mehr begehre, als mir die andere übriglässt. Und obwohl ich das weiß, will ich seine Frau werden. Aber er soll niemals erfahren, wie es in meiner Seele aussieht. – Wer mag die andere sein? Wenn ich es doch wüsste, wenn ich sie sehen könnte, um herauszufinden, was ihm so liebenswert erscheint. Törichte Josta, wenn du es auch wüsstest, was würde es dir helfen? Ein Mann wie Rainer kann doch nur einmal lieben. Er ist nicht flatterhaft und treulos. Warum er wohl mit ihr nicht glücklich werden durfte? Ach, das werde ich mich immer fragen müssen. Rainer – Rainer – was hast du in mir geweckt heute? Gott helfe mir, dass ich mich dir nie verrate. Ich liebe dich – ich liebe dich!«

Hier warf Josta die Feder fort und barg das Antlitz in den Händen. Ein Zittern lief über sie hin.

2

Minister Waldow kam vom Amt. Als er am Portal des Jungfernschlösschens anlangte, fuhr Ramberg vor, der seiner Braut und ihrem Vater einen Besuch machen wollte.

Josta saß in ihrem Boudoir, mit der Lektüre eines Buches beschäftigt, als ihr der Diener den Besuch meldete. Sie legte sogleich das Buch fort und erhob sich. Ein verlorener Blick streifte die mit wundervollen roten Rosen gefüllte Jardiniere, die auf der schwarzen Marmorplatte des runden Tisches stand. Diese Rosen hatte ihr Rainer heute Morgen geschickt. Sie trat heran und barg ihr Gesicht in den duftenden Blüten.

Rote Rosen sind Blumen der Liebe, die kommen mir nicht zu, dachte sie schmerzlich.

Langsam ging sie hinüber, um Rainer zu begrüßen. Sonst hatte sie nicht schnell genug sein können, aber heute eilte es ihr gar nicht, wenigstens wollte sie sich das vortäuschen. Vor der Tür des Salons blieb sie sogar stehen und holte tief Atem, als werde ihr die Brust zu eng. Als sie eintrat, fand sie Rainer allein.

Er ging Josta schnell entgegen und begrüßte sie, aber nur mit einem Handkuss, weil er die ängstliche Abwehr in ihren Augen las. Sie versuchte unbefangen zu erscheinen.

Sie seufzte lächelnd: »Ach, wir werden in nächster Zeit wenig zur Ruhe kommen, wenn unsere Verlobung proklamiert wird.«

»Ist dir das so unangenehm?« Sie ließ sich in einen Sessel gleiten.

»Es ist mir eine Pein, der Mittelpunkt eines solchen Treibens zu sein. Weißt du, im Grunde bin ich kein Gesellschaftsmensch. Eher hätte ich Talent zum Einsiedler. Deshalb bin ich so gerne auf dem Lande.«

In ihren letzten Worten lag etwas von ihrer alten frohen Vertraulichkeit, mit der sie ihm sonst begegnet war.

Er zog sich einen Sessel in ihre Nähe, lächelnd sah er ihr nun ins Gesicht.

»Dann brauche ich mir also keine Vorwürfe zu machen, wenn ich dich nach Ramberg entführe?«

»Oh nein, das brauchst du nicht«, antwortete sie freundlich.

»Wird es dir recht sein, wenn wir den größten Teil des Jahres in Ramberg leben? Wir haben dort nur wenig Besuch, einige Nachbarn, vor allem Baron Rittberg und seine Familie.«

»Ich werde mich nie über zu wenig Besuch beklagen. Wenn du mir nur versprichst, dass du mit mir nach Schellingen gehst, wenn Papa seinen Urlaub in Waldow verlebt.«

»Das will ich gern versprechen. Aber vielleicht verbringt dein Vater in Zukunft seine Ruhezeit lieber in Ramberg.«

Sie lächelte. »Das ginge auch. Wenn er nur mit uns zusammen sein kann.«

»Seinen Urlaub muss er unbedingt mit uns verleben. Auch denke ich, dass wir im Winter einige Wochen hier wohnen werden. Ich denke doch, du bist noch zu jung, um dich von allen geselligen Freuden zurückzuziehen.«

»Oh, ich glaube nicht, dass mir das etwas ausmacht. Aber wenn ich einige Wochen hier in Papas Nähe wohnen kann, soll mir das lieb sein. Da wird auch das Gut endlich wieder zu seinem Recht kommen. Ich liebe das schöne, alte Haus mit seinen wundervollen alten Möbeln. Es hat so liebe, heimliche Winkel.«

»Ich habe gar nicht gewusst, dass du so für Altertümer schwärmst. Da wirst du in Ramberg noch mehr auf deine Kosten kommen.«

Sie löste ihre Hand aus der seinen und erhob sich, angeblich, um das Fenster zu öffnen, weil es so heiß im Zimmer sei. Dann sagte sie: »Ich werde mich mit diesen Schätzen anfreunden. Sie reden eine eigene Sprache.«

Er hatte sich gleichfalls erhoben und trat neben sie. Leicht legte er seinen Arm um ihre Schultern.

»Freust du dich ein wenig, die Herrin von Ramberg zu werden?«

»Ich freue mich sehr, dass du nun in Zukunft immer bei mir sein wirst, hier und dort.«

Als sie das gesagt hatte, wollte er sie küssen. Gar so hold und lieblich erschien sie ihm. Sie aber wich erschrocken zurück und strebte aus seinen Armen.

»Du musst Geduld mit mir haben, Rainer – ich muss erst lernen – mich daran gewöhnen, dass du für mich nicht mehr Onkel Rainer bist.«

Geduld musste er haben, das sah er ein. Sie hatte ein Recht, das zu fordern. Er atmete tief auf.

»Du sollst mich immer geduldig finden, meine liebe, kleine Josta. Und denke immer daran, dass es mein innigstes Bestreben ist, dich glücklich und froh zu machen«, sagte er, so ruhig er konnte.

Sie sah an ihm vorüber ins Weite, seine Ruhe nahm sie für Gleichgültigkeit. Sie meinte, er habe sie nur küssen wollen, weil solche Zärtlichkeiten zu den Pflichten eines Verlobten gehörten. So fand auch sie ihre Haltung wieder, und um auf ein anderes Thema zu kommen, sagte sie: »Ich habe dir noch nicht einmal für die schönen Rosen gedankt, die du mir heute Morgen gesandt hast.«

Er sah sie lächelnd an. »Ich hatte gehofft, du würdest einige dieser Blumen als Schmuck an deinem Kleid tragen.«

Weil sie fühlte, dass ihr das Blut ins Gesicht schoss, machte sie eine abweisende Miene. »Sie würden nur welken, und das wäre schade.«

Gleich darauf trat der Minister ein, und sie plauderten nun zu dritt. Zunächst verabredeten sie für den Nachmittag eine gemeinsame Ausfahrt. Und im Laufe des Gesprächs sagte Rainer scherzend: »Ich habe heute vergeblich aufgepasst, ob du dein Versprechen einlösen würdest, Josta.«

Sie sah ihn fragend an. »Welches Versprechen?«

»Du wolltest mir doch mit deinem Dogcart Fensterparade machen?«

Sie ging auf den Scherz ein. »Dies Versprechen gab ich unter anderen Verhältnissen«, sagte sie lachend. »Ich wollte Onkel Rainer Fensterparade machen. Meinem Verlobten darf ich solche Aufmerksamkeiten nicht erweisen, das würde sich nicht schicken.«

»Oh, mir scheint, so ein guter Onkel hat es viel besser als ein Bräutigam.«

»Ja, wer sich leichtsinnig in Gefahr begibt, kommt darin um«, neckte sie.

So kam das Brautpaar langsam, wenigstens im äußerlichen Verkehr, wieder ins Gleichgewicht. Sie hielten beide den unbefangen scheinenden heiteren Ton fest, und als

Rainer sich verabschiedete, zeigte ihm Josta ein lachendes Gesicht.

Die nächsten Tage vergingen in ziemlicher Unruhe für das Brautpaar. Sie kamen kaum noch dazu, ungestört miteinander zu plaudern. Am Nachmittag des 8. Mai wollte Rainer nach Ramberg zurückkehren, aber am 15. Mai wollte er noch einmal in die Stadt kommen. An diesem Tage sollte die offizielle Verlobungsfeier im Jungfernschlösschen stattfinden. Dieser Feier sollten auch Henning, Rainers Bruder, und Gerlinde, die Witwe des verstorbenen Rochus, beiwohnen.

»Wenn sich Gerlinde dazu entschließen kann«, sagte Rainer zu seiner Braut, als sie über die Verlobung sprachen. »Das Trauerjahr um ihren Gemahl ist zwar zu Ende, aber sie lebt noch sehr zurückgezogen.«

Josta sah ihn fragend an. »Gerlinde lebt noch in Ramberg, nicht wahr?«

»Ja. Eigentlich hätte sie nach dem Tode ihres Gemahls das Witwenhaus beziehen müssen, ein villenartiges Gebäude am Ausgang des Ramberger Parkes. Aber da ich bisher unvermählt war, habe ich ihr angeboten, ihre bisherigen Zimmer zu behalten, bis einmal eine neue Herrin in Ramberg einzieht. Ich wohne in dem so genannten Fremdenflügel, der sonst nur von Gästen bewohnt wurde. Wir sehen uns täglich bei den Mahlzeiten. Sie ist eine kluge, geistvolle Frau. Wir haben uns die Einsamkeit gegenseitig erträglich gemacht. So ist eine Art treue Kameradschaft zwischen uns entstanden.«

Josta hatte aufmerksam zugehört. »Weiß sie, dass du in die Stadt gereist bist, um – nun, um dich zu verloben?«

Er schüttelte lächelnd das Haupt. »Nein, Josta. So sicher

war ich nicht, dein Jawort zu erhalten, dass ich eher darüber hätte sprechen mögen. Jedenfalls soll sie durch mich selbst erfahren, dass ich mich verlobt habe. Deshalb habe ich an sie keine Verlobungsanzeige schicken lassen, und ich habe auch die für Baron Rittberg noch zurückgehalten, damit sie nicht eher davon erfährt, als bis ich heimkomme. Sie muss zugleich erfahren, dass du am 10. Juli in Ramberg einziehst. Ihre Übersiedlung in das Witwenhaus ist nun nötig.«

»Oh, so werde ich sie aus dem Haus vertreiben?«, sagte Josta erschrocken.

»Nein, Josta! Sie hat ja von Anfang an gewusst, dass ihr Aufenthalt darin ein Ende hat, sobald ich mich vermähle. Einige Wochen hat es ja auch noch Zeit, denn im Witwenhaus muss mancherlei vorgerichtet werden, da es seit dem Tod von Rochus' Mutter leersteht. Diese musste Gerlinde Platz machen, und Gerlinde muss dir weichen. Das ist nicht anders. Darüber brauchst du dir keine Kopfschmerzen zu machen.«

Josta seufzte. »Dieser Brauch eures Hauses erscheint mir ein wenig grausam. Gerlinde tut mir leid.«

»Sie wird sich ruhig darein fügen, Josta. Ich werde ihr die Übersiedlung leicht machen und ihr in deinem Namen sagen, dass sie nach wie vor im Haus ein- und ausgehen kann. Und ihr beiden, hoffe ich, werdet euch in Freundschaft zusammenfinden. Es liegt an dir, ihr durch liebenswürdiges Entgegenkommen den Wechsel weniger schmerzlich zu machen. Sie wird ja auch oft genug unser Gast sein. Jedenfalls hoffe ich, ihr lernt einander gut verstehen. Und ich werde sie natürlich bitten, an unserer Verlobungsfeier teilzunehmen. Das darf ich doch auch in deinem Namen tun, Josta?«

»Gewiss, Rainer, ich bitte darum. Und was in meiner

Macht steht, will ich gern tun, um zu Gerlinde freundlich zu sein.«

Er küsste ihre Hand. »Das ist lieb von dir. Und nun will ich mich von dir verabschieden. In zwei Stunden fahre ich nach Ramberg zurück. Von Papa habe ich mich bereits verabschiedet. Auf Wiedersehen also am 14. Mai.«

Mit großen Augen sah sie ihm nach, als er mit seinem schnellen, elastischen Gang durch das Vestibül schritt und in den Wagen sprang, der am Portal hielt. Noch einmal erblickte sie sein von der Sonne scharf beleuchtetes Profil, und dann blickte er zurück mit den ernsten, gütigen Augen, als suche er sie. Aber sie war im Hintergrund des Vestibüls stehen geblieben; er konnte sie nicht sehen, das Sonnenlicht blendete ihn.

Langsam ging sie in ihr Zimmer zurück und ließ sich müde in einen Sessel fallen. Sie musste gleich wieder an die Stunde denken, da sie gehört hatte, dass Rainer eine andere Frau hoffnungslos geliebt hatte. Sie stand vor einem halbenthüllten Geheimnis und konnte es doch nicht ganz ergründen. Denn auch den Vater durfte sie nicht fragen, wenn sie nicht verraten wollte, was sie neulich erlauscht hatte.

Weil sie nun keinen Menschen hatte, zu dem sie mit ihren Zweifeln und Unruhen hätte flüchten können, nahm sie zu ihrem geliebten, verschwiegenen Tagebuch Zuflucht, um sich vom Herzen zu schreiben, was sie bedrückte.

3

Gut Ramberg lag in waldreicher Gegend an einem großen Fluss. Es war ein mächtiges Gebäude in Hufeisenform. Große Rasenplätze mit riesigen Sandsteingruppen als Mittelpunkt, dazwischen ein sternförmig bepflanztes Blumenrondell, in dessen Mitte ein Springbrunnen verträumt plätscherte, füllten die offene Mitte dieses Hufeisens.

An den imposanten Mittelbau schlossen sich die beiden Seitenflügel an, jeder aus zwei Stockwerken bestehend. Der Westflügel war kostbarer eingerichtet als der Ostflügel, in dem sich eine Reihe Gastzimmer, Wirtschaftsräume und Domestikenzimmer befanden und wo vorläufig Rainer Ramberg wohnte.

Die Rückfront des Mittelbaues begrenzte eine Terrasse. Zu beiden Seiten führten von der Terrasse breite Treppen hinab auf freies Wiesengelände, das sich bis an den Fluss erstreckte. Jenseits des Flusses lag prachtvolles Ramberger Forstgebiet mit riesigen Buchen und Eichen. An die Rasenplätze an der offenen Seite des Hufeisens grenzte der schöne Park, der wieder in dichten Wald auslief. Der Park war von einem hohen Gitter aus Eisenstangen umzäunt. Unweit davon stand an der Ostseite des Parkes ein hübsches, villenartiges Gebäude, der Witwensitz der Rambergs. Das Haus war nicht sehr groß, es umschloss nur acht Zimmer mit Nebengelassen, lag aber mit seiner efeuumwachsenen Veranda friedlich und idyllisch im Grünen.

Freilich, mit dem stolzen Gutshaus verglichen, sah es recht bescheiden aus, und es mochte wohl mancher stolzen Frau schwergefallen sein, in dies Exil zu wandern.

Vor diesem friedlichen Haus stand eine hohe, schlanke Frauengestalt in einem schwarzen Trauergewand. Ein kostbarer schwarzer Spitzensonnenschirm lag über ihren Schultern, aber sie hielt ihn nicht schützend über sich, da sich nur vereinzelte Sonnenstrahlen durch das dichte Laub der Bäume drängten, die goldene Reflexe über das helle, schimmernde Blondhaar warfen.

Sie war schön, diese stolze Frau, obwohl sie bereits die erste Jugend hinter sich hatte. Gerlinde Ramberg zählte dreißig Jahre. Trotzdem zeigte ihr schönes, regelmäßig geschnittenes Gesicht noch einen zarten, blühenden Teint.

Große dunkelblaue Augen belebten das schöne Gesicht der einsamen Frau. So sanft diese Augen aber meist blickten, manchmal konnte es darin aufblitzen wie das Funkeln geschliffenen Stahls. Und dann bekamen sie einen seltsam energischen und leidenschaftlichen Ausdruck. So sah sie jetzt auf die geschlossenen Fensterläden des Witwenhauses.

Hier soll ich meine Tage vertrauern? Nein – nein – solange ich es verhindern kann, soll das nicht geschehen. So gehen Königinnen ins Exil, die nicht mehr die Macht haben zu herrschen. Ich aber will herrschen – lieben und geliebt werden.

Dann wandte sie sich und ging durch den Park zurück. Vor dem Gutshaus blieb sie stehen und betrachtete es mit großen, heißen Augen.

Dort ist meine Heimat, und so soll es bleiben. Bei dir, Rainer – mit dir! Wie lange wirst du noch blind neben mir hergehen? Fühlst du nicht, wie sich mein ganzes Sein dir entgegendrängt, wie die Blume dem Licht? Weshalb bist du fortgegangen? Ahnst du nicht, dass dieses Trauerjahr das seligste meines Lebens war, weil ich es mit dir verleben durfte? Komm heim, Rainer, ich sehne mich nach dir!

Diese Gedanken und Wünsche erfüllten Gerlinde. Langsam, in stolzer und doch anmutiger Haltung schritt sie weiter. Als sie auf den breiten Fahrweg kam, der den Park durchschnitt und zum Gutshaus führte, sah sie eine Equipage herankommen.

Im Fond saß eine lebhaft blickende Dame, etwa Mitte der vierzig, in einer farbenfreudigen Toilette. Es war die Baronin Rittberg.

Sie ließ den Wagen anhalten und winkte ihr lebhaft zu.

»Liebste Gerlinde – guten Tag! Ich wollte Ihnen in Ihre einsame Teestunde hineinfallen. Darf ich das? Sonst sagen Sie mir ruhig nein, dann kehre ich wieder um.«

Mit einem sanften Lächeln trat Gerlinde an den Wagen heran.

»Es ist so lieb von Ihnen, Baronin, dass Sie sich meiner Einsamkeit erbarmen. Ich habe einen Spaziergang durch den Park gemacht. Nun freue ich mich, dass ich zum Tee Gesellschaft habe.«

»Und ich freue mich, dass ich Sie wieder einmal ansehen kann; für Ihre Schönheit würde ich, glaube ich, sogar Entree bezahlen. Sehen Sie – nun lachen Sie schon. Das ist recht. Ich bin ja gekommen, um Sie ein bisschen aufzuheitern. Kommen Sie, steigen Sie ein.«

Gerlinde stieg in den Wagen. Dieser rollte weiter.

»Ist Ramberg noch nicht von seiner Reise zurück?«, fragte die Baronin in ihrer lebhaften Art.

»Nein, noch nicht.«

»Aber nun sagen Sie mir nur, was ist das für eine Idee von ihm, so plötzlich abzureisen? Sicher nach der Stadt oder nach Berlin! Aber da ist doch jetzt im Mai schon nichts mehr los?«

»Vielleicht besucht er in Berlin seinen Bruder. Am Abend vor seiner Abreise hatte er die Absicht noch nicht, und am Morgen habe ich ihn nicht mehr gesehen.«

»Nun, hoffentlich bleibt er nicht mehr lange weg, da er dem Diener gesagt hat, er bliebe nur wenige Tage aus. Sonntag sollen Sie nämlich mit ihm bei uns dinieren. Sie sagen doch zu?«

»Gewiss, nach Rittberg komme ich gern, wenn ich auch sonst sehr zurückgezogen lebe.«

»Ja, ja, über diesen Punkt wollte ich auch mit Ihnen sprechen. Ich habe es heute am Kalender ausgerechnet, vor vier Tagen jährte sich der Todestag Ihres Gatten. Sie müssen nun die Trauer ablegen und wieder unter Menschen gehen. So ein junges Blut wie Sie hat noch Rechte an das Leben und Pflichten gegen sich selbst.«

Das hörte Gerlinde gern. Aber sie seufzte wehmütig.

»Mir ist, als sei ich mit diesem Trauerkleid verwachsen.«

»Mein Gott, so etwas müssen Sie nicht sagen. Allerdings, die schwarzen Kleider stehen Ihnen ja sinnverwirrend gut. Wundervoll ist der Kontrast zu Ihrem goldenen Haar und Ihrem blütenzarten Teint.«

Gerlinde kannte die etwas überschwängliche Art der Baronin. Sie wollte sich nun mit einem Kompliment revanchieren. »Liebe Baronin, wenn ich mit vierzig Jahren so vorzüglich aussehe wie Sie, will ich sehr zufrieden sein.«

»Bitte sehr – ich bin fünfundvierzig, davon beißt keine Maus einen Faden ab. Meine Jungens sind ja schon fünfundzwanzig und sechsundzwanzig Jahre alt. Aber Sie sehen mit Ihren dreißig Jahren – wir sind entre nous – genau aus wie zwanzig.« Sie sah mit ehrlichem Wohlgefallen auf die schöne Frau.

Jetzt fuhr der Wagen die Auffahrt vor dem Gutshaus hinauf. Als er hielt, sprang Gerlinde leichtfüßig heraus. Die etwas korpulente Baronin stützte sich jedoch kräftig auf die Hand eines Lakaien. Und dann hängte sie sich in den Arm Gerlindes und schritt mit dieser durch die hohe Halle und von da durch den Waffensaal und die Bibliothek zum Westflügel.

Die beiden Damen gelangten in die Gemächer Gerlindes. Es waren die schönsten Wohnräume im Gutshaus.

Und dann saßen die beiden Damen an dem gedeckten Teetisch. Gerlinde füllte selbst die Tassen, feine Porzellanschalen aus altem chinesischem Hartporzellan. Ganz selbstverständlich beanspruchte sie für ihren persönlichen Gebrauch stets die kostbarsten Geräte, wie sie es als Herrin des Hauses gewohnt gewesen war.

Die Baronin bemerkte das heute, wie schon oft, und während sie über allerlei Neuigkeiten plauderte, sagte sie plötzlich: »Meinen Sie nicht, Gerlinde, dass es nun höchste Zeit wäre für Rainer, sich zu verheiraten? Wenn er nicht rettungslos als Hagestolz verkümmern will, muss er doch nun endlich Anstalten machen.«

In Gerlindes Antlitz stieg eine leise Röte. Aber sie zuckte nachlässig die schönen Schultern und lächelte. »Auf meine Meinung kommt es hierbei nicht an, liebe Baronin.«

»Aber Sie wissen doch jedenfalls, wie er darüber denkt.«

Wieder zuckte Gerlinde die Schultern. Dann sagte sie lächelnd: »Entre nous, meine liebe Baronin, ich glaube, mein Vetter hat eine sehr ernste Herzensaffäre hinter sich, die ihm vielleicht die Lust zum Heiraten genommen hat. Vielleicht, sage ich. Aber hoffen wir, dass es kein ganz rettungsloser Fall ist. Sie sollten ihm das einmal sagen, Baronin. Für Sie hegt er eine große Verehrung, und vielleicht machen ihm Ihre Worte Eindruck.«

Die gutmütigen Augen der Baronin blitzten entschlossen auf. »Jawohl, das tue ich, das tue ich ganz bestimmt. Er soll nur seine Augen aufmachen. Wahrlich, er braucht nicht erst in die Ferne schweifen, das Gute liegt wirklich nahe genug für ihn.«

Gerlinde war derselben Ansicht, doch hielt sie es für klug und gut, sich ahnungslos zu stellen.

»Nun ja – aber immerhin –, man müsste ihm einen Wink geben. Männer sind manchmal so umständlich in den einfachsten Sachen. Und – um auf etwas anderes zu kommen, Sie sollten nun wirklich die Trauerkleider ablegen. Tun Sie mir die Liebe an, und kommen Sie Sonntag in einem hellen Kleid zu uns.«

Gerlinde seufzte, als fiele ihr diese Zusage schwer.

»Nun also, Ihnen zuliebe. Ich weiß ja, schon mit Rücksicht auf meine Umgebung muss es doch einmal sein.«

»Sie sollten sich selbst wieder dem Leben zuwenden. Es ist doch zu schön, als es zweckloser Trauer wegen zu vergeuden. Nun will ich aber aufbrechen, liebste Gerlinde. Bis Sonntag also auf Wiedersehen, und hoffentlich bringen Sie Rainer mit.«

Grüßend und winkend fuhr die lebhafte Baronin davon.

Gerlinde stand noch eine Weile und sah dem Wagen nach. Als sie sich umwenden wollte, um wieder ins Haus zu gehen, sah sie den Administrator Heilmann vom Ostflügel herüberkommen. Das war ein hagerer, sehniger Mann von etwa fünfzig Jahren.

»Sie haben wohl viel zu tun, Herr Administrator, seit der Herr verreist ist?«, fragte sie liebenswürdiger, als es sonst Untergebenen gegenüber ihre Art war.

Heilmann zog die Mütze. Aber in seinem Gesicht zeigte sich keine Freude über die Liebenswürdigkeit seiner schönen Herrin. Seit vielen Jahren war er schon in Ramberg. Er war Rochus' Vertrauter gewesen und wusste mehr über dessen Ehe mit Gerlinde als sonst jemand. Sein Gesicht blieb unbewegt.

»Wir schaffen es schon, gnädige Frau. Und außerdem kommt der Herr mit dem Abendzug nach Hause.«

Gerlinde fragte interessiert: »Woher wissen Sie das?«

»Ich habe vor zwei Stunden ein Telegramm bekommen, dass ich den Wagen zur Station schicken soll.«

Die Liebenswürdigkeit war plötzlich aus ihrem Gesicht verschwunden.

»Weshalb ist mir nicht sofort gemeldet worden, dass der Herr heute heimkommt?«

»Der Herr hat mir dazu keinen Auftrag gegeben.«

»Aber das versteht sich doch von selbst«, herrschte sie ihn an.

»Ich tue, was meines Amtes ist, gnädige Frau, und ich war außerdem der Meinung, dass Sie wüssten, wann der Herr zurückkehrt.«

Sie biss sich auf die Lippen. Sie ärgerte sich über das Benehmen des Administrators, der ihr schon längst ein Dorn im Auge war. Oft genug hatte sie von ihrem verstorbenen Gemahl gewünscht, er möge Heilmann entlassen. Sie hatte es nicht durchgesetzt, und als er jetzt wieder so selbstsicher vor ihr stand, dachte sie zornig: Ich werde dafür sorgen, dass Rainer diesen Menschen entlässt!

Sie wandte sich schnell um und ging zu ihren Zimmern zurück.

Kopfschüttelnd sah ihr Heilmann nach mit einem Ausdruck, der zu sagen schien, dass er froh sein würde, säße sie erst sicher und geborgen drüben im Witwenhaus.

Gerlinde klingelte heftig ihrer Zofe. Als diese eintrat, befahl sie: »Legen Sie mir sofort die neue Seidenkrepp-Robe zurecht, Hanna, die mit der schwarzen Samtschärpe. Ich will mich für das Souper umkleiden.«

Die Augen der hübschen Zofe blitzten auf. »Sehr wohl! Gnädige Frau befehlen weiße oder schwarze Chaussures dazu?«

Sie überlegte einen Augenblick. Dann warf sie entschlossen den Kopf zurück. »Weiß! Sie haben doch alle meine Toiletten in Ordnung gebracht, Hanna? Ich trage von heute an keine Trauer mehr.«

»Es ist alles fertig, gnädige Frau.«

»Gut. Dann eilen Sie sich. Sie müssen mich noch anders frisieren. In einer halben Stunde spätestens muss ich fertig sein.«

»Sehr wohl. Belieben gnädige Frau Schmuck oder Blumen – vielleicht weiße Rosen oder weißen Flieder?«

Gerlinde überlegte. »Nein, diese Blumen mag ich nicht, sie sind zu farblos. Und Schmuck – nun ja – die lange Perlenkette mit dem Brillantschloss würde passen. Sonst nichts. Also schnell, Hanna! Herr Ramberg kommt nach Hause!«

Die Zofe knickste und eilte in das Ankleidezimmer hinüber, um alles zurechtzulegen und vorzubereiten.

Eine Viertelstunde später saß Gerlinde vor ihrem Toilettentisch, und die Zofe hantierte mit den kostbaren, in Schildpatt und Gold gefassten Gegenständen.

Dann wurden seidene, spinnwebfeine Strümpfe übergestreift und elegante weiße Schuhchen. Zuletzt warf die Zofe mit geschickten Händen das gewünschte Kleid über die spitzenbesetzten Dessous. Ein schmaler Streifen des Nackens blieb frei, auch der schlanke Hals wurde nicht neidisch verhüllt. Ebenso blieben die schön geformten Unterarme frei.

Mit stolz flammenden Augen und sieghaftem Lächeln betrachtete Gerlinde ihr Spiegelbild.

Weiß kleidet mich nicht weniger gut als Schwarz, dachte sie, und mit dem Trauerkleid lege ich heute auch die Trauermiene ab. Das seligste Leben soll dir aus meinen Augen entgegenstrahlen, Rainer. Und nun will ich mit allen Mitteln versuchen, dich zu erringen.

Gerade als sie sich langsam vom Spiegel abwandte, meldete ihr die Zofe: »Soeben ist der gnädige Herr vorgefahren.«

Gerlinde nickte gnädig und gut gelaunt. »Die schwarzen Kleider werden ausrangiert aus meiner Garderobe, Hanna. Sie können Sie für sich verwenden.«

Hanna knickste erfreut und küsste der Herrin die Hand.

Sie wusste sehr wohl, warum Gerlinde so gut gelaunt war, wie sie stets die Gründe für die Laune ihrer Herrin kannte.

Es wäre der Zofe nicht eingefallen, diese kostbaren Kleider selbst zu tragen. Sie schickte sie nach Berlin an ein Geschäft, wo derartige Sachen von Bühnenkünstlerinnen sehr gern gekauft wurden, und erhielt dafür ganz anständige Preise. Da die Herrin ziemlich verschwenderisch war in der Anschaffung von Toiletten und nie ein Kleid sehr lange trug, hatte Hanna eine sehr hübsche Nebeneinnahme. Sie wusste aber sehr wohl, dass dieser Luxus ihrer Herrin nicht mehr im gleichen Maße fortgesetzt werden konnte, wenn diese erst mit dem Einkommen einer entthronten Königin im Witwenhaus zu rechnen hatte.

Hanna war also genauso interessiert, dass ihre Herrin zum zweiten Male auf den Thron gehoben wurde in Ramberg, wie diese selbst.

Gerlinde saß in ihrem blauen Salon in einem der hohen Lehnstühle und hielt ein Buch in ihren schönen Händen. Sie bot ein wundervolles Bild. Ihre lichte Erscheinung hob sich sehr reizvoll von dem tiefen Königsblau ab. Die vergoldeten Gestelle der Rokoko-Möbel mit ihren geschweiften Formen passten im Stil allerdings nicht zu ihrer streng modernen Erscheinung. In träumender Haltung hielt sie den blonden Kopf geneigt, und ihre Augen blickten mit sehnsüchtigem Glanz vor sich hin. Ihre Lippen brannten heiß und glühend aus dem weißen Gesicht, und auch die zierlichen Ohren waren gerötet, ein Zeichen verhaltener Erregung.

Sie wartete auf Rainer.

Schon war über eine halbe Stunde vergangen, seit er heimgekehrt war, und er hatte sich noch nicht bei ihr sehen lassen. Ihre Nerven waren bis zum Zerreißen gespannt.

Als ihre Erregung aufs höchste gestiegen war, vernahm sie endlich draußen seinen schnellen, elastischen Schritt. Sie richtete sich lauschend empor. War es kein Irrtum? Aber nein – schon öffnete sich die Tür.

Ramberg kam mit strahlendem Gesicht auf sie zu. Sie streckte ihm mit einem sinnbetörenden Lächeln die Hand entgegen.

»Endlich wieder da, lieber Vetter! Du hast mich durch deine Gesellschaft so sträflich verwöhnt, dass ich mir in diesen Tagen deiner Abwesenheit sehr einsam und verlassen vorkam.«

Sein Blick streifte erfreut ihre Erscheinung.

»Ich freue mich, Gerlinde, dich in einem weißen Kleid zu sehen – zum ersten Mal ohne Trauerkleider. Das will ich als ein freundliches Omen ansehen«, sagte er herzlich, ihr die Hand küssend.

»Ein Omen wofür, Vetter?«, fragte sie, ihn mit einem strahlenden Blick messend.

»Das sollst du gleich hören. Aber sage mir, wie ist dein Befinden?«

Sie lächelte. »Gut, seit du wieder in Ramberg bist«, neckte sie.

»Du musst entschuldigen, Gerlinde. Ich hatte mich erst am Morgen zu dieser Reise entschlossen, da wollte ich dich nicht stören.«

»Wo warst du nur?«

»In der Stadt.«

»Oh! Ich glaubte, du seiest nach Berlin gereist, um Henning zu besuchen. Hattest du etwas Wichtiges zu besorgen, oder hast du Exzellenz Waldow einen Besuch gemacht?«

»Beides, Gerlinde. Du sollst gleich alles hören.«

Gerlinde nickte lächelnd.

»Bitte, nimm doch Platz – du hast doch ein wenig Zeit für mich. Ich habe die Stunden gezählt bis zu deiner Rückkehr, die doch so unbestimmt war. Und Heilmann, dieses Ungeheuer, hat mir nicht einmal gemeldet, dass du deine Ankunft telegraphisch angezeigt hattest«, scherzte sie mit einem schmollenden Lächeln.

Er hatte Platz genommen. Seine gütigen Augen sahen warm und freundlich in ihr Gesicht. »Heilmann wird nicht geahnt haben, dass dich meine Rückkehr so interessiert, sonst hätte er es dir sicher gemeldet.«

»Vielleicht auch nicht. Heilmann ist ein mürrischer Mensch, den jede Mühe verdrießt«, sagte sie ärgerlich.

Er lachte harmlos. »Oh nein, Gerlinde, da führt dich dein Ärger zu weit. Heilmann ist keine Arbeit zu viel. Er ist nur ein Mensch, der ein wenig schroff und unzugänglich ist, aber dafür goldtreu und ehrlich. Du solltest nur hören, mit welcher Anhänglichkeit er von deinem Gatten spricht.«

»Ja, ja – Rochus hat ihn wie ein Schoßkind gehalten. Aber lassen wir dies Thema, es ist zu uninteressant.«

Rainer verneigte sich zustimmend. »Lass mich noch einmal meiner Freude Ausdruck geben, dass ich dich gerade heute in einem lichten Kleid sehe. Ich weiß ja, es ist dir schwer geworden, die Trauer abzulegen, denn du hast mit Rochus in einer harmonischen Ehe gelebt.«

Sie seufzte tief auf und machte traurige Augen.

»Dies vermeintliche Glück war eine Illusion, mein lieber Rainer. Das ganze große Glück unserer Ehe bestand darin, dass wir uns zu gleichgültig waren, um uns zu zanken.«

Rainer schüttelte verständnislos den Kopf.

»Das begreife ich nicht. Ich erinnere mich genau, dass mir einmal Rochus in überschwänglichster Weise vorgeschwärmt hat, wie sehr er dich liebe. Das war wenige Tage vor eurer Hochzeit.«

Sie zuckte die Achseln.

»Ja, ja, Strohfeuer. Es fiel bald in Asche zusammen. Ich

war klug genug, das gleich zu erkennen, und steigerte mich gar nicht erst in ein Gefühl der Verliebtheit hinein. Man hat uns zusammengegeben, wie das in unseren Kreisen so üblich ist. Rochus war reich und Herr eines fürstlichen Besitzes. Die Rechnung stimmte. So kamen wir leidlich gut aus. Wir taten uns nichts zuliebe und nichts zuleide. Das war unsere ›glückliche Ehe‹.«

»Aber deine tiefe Trauer, Gerlinde, nach Rochus’ Tod?«

Wieder seufzte sie traurig. »Die galt einer verlorenen Jugend, meinem verfehlten Leben, Rainer. Und dann – natürlich tat es mir leid, dass Rochus so jung sterben musste. Die Gewohnheit schafft starke Bande. Und manches andere kam auch noch dazu, mich niederzudrücken, das ist verständlich.«

Er schüttelte den Kopf. »Wie seltsam! Ich habe mir da ein ganz falsches Bild gemacht. Ganz unverständlich ist es mir, dass Rochus dich nicht geliebt hat.«

»Und doch war es so, Rainer.«

»Und du, Gerlinde? Auch in dir habe ich mich dann sehr getäuscht. Freilich, eine Frau zu durchschauen ist schwer, zumal wenn sie sich nicht durchschauen lassen will.«

Sie strich sich über die Augen, als striche sie etwas Quälendes fort. »Man will sich doch nicht von aller Welt bemitleiden lassen. Dazu war ich zu stolz. Und so täuschte ich allen die glückliche Gattin vor, während ich im Herzen darbte.«

Ihre Hand erfassend und sie an die Lippen ziehend, sagte Rainer warm: »Arme Gerlinde! Du bist doch wahrlich geschaffen, um glücklich zu sein und glücklich zu machen. Wenn du so wenig Glück fandest in deiner Ehe, so hast du viel nachzuholen.«

Sie sah ihm tief in die Augen und hätte aufjauchzen mögen, dass er ihren Blick so warm erwiderte.

Sie hoffte bestimmt, es würde ihr nicht schwer werden, ihn vollends an sich zu fesseln.

Mit einem Seufzer schmiegte sie sich tiefer in ihren Sessel und sah mit ihrem sanftesten und glühendsten Lächeln in sein Gesicht. Aber dies Lächeln, das vielen Männern hätte gefährlich werden müssen, hatte keine Gewalt über Rainer. In seinem Herzen hatte ein anderes Bild siegreichen Einzug gehalten, ein Bild, das ihm schöner und holder erschien als das aller anderen Frauen und vor dessen Liebreiz selbst das Bild der einstigen Geliebten seines Herzens verblasst war.

»Ja, lieber Rainer – du hast recht. Auch ich habe empfunden, dass mir das Leben noch viel schuldig geblieben ist. Dies Gefühl ist allerdings erst in den letzten Monaten in mir wach geworden. Ich war schon beinahe abgestumpft durch Resignation. Erst seit du mir nähergetreten bist und mich mit so viel zarter Fürsorge umgeben hast, hat das Leben wieder angefangen. Du bist mir ein so lieber, treuer Freund geworden und teilst meine geistigen Interessen. Rochus hatte ja Sinn für Pferde, Sport und – vielleicht noch für schöne Frauen.«

Es berührte Rainer unangenehm, dass sie in dieser Weise von ihrem toten Gatten sprach. Über diesen Erwägungen übersah er ganz, dass sie ihm durch ihre Worte starke Avancen machte.

»Gerlinde, vielleicht bist du ein wenig verbittert. Du musst zu vergessen suchen. Ich will gern alles tun, um dir dabei zu helfen.«

Mit einem aufleuchtenden Blick reichte sie ihm die Hand.

»Ich danke dir, Rainer! Deine Hilfe nehme ich dankbar an.«

Er blieb harmlos und unbefangen und sagte herzlich: »Und noch jemand soll dir dabei helfen, Gerlinde.«

Sie sah ihn überrascht und fragend an. »Was meinst du damit?«

»Das sollst du jetzt hören, Gerlinde. – Ramberg soll wieder eine Herrin bekommen.«

Gerlindes Herz schlug bis zum Halse hinauf. Sollte sie der Erfüllung ihrer Wünsche schon so nahe sein?

»Eine Herrin«, stammelte sie verwirrt.

»Ja, Gerlinde«, sagte er, ihre Hand mit warmem Druck fassend, dass sie schon innerlich aufjauchzte, »ich habe mich verlobt.«

Wäre der Blitz vor ihr niedergefahren, sie hätte nicht erschrockener sein können. Wie gelähmt saß sie da, mit seltsam fahlem, blassem Gesicht, und ihre Augen starrten ihn wie erstorben an.

Rainer suchte nach einer Erklärung für ihr Verhalten.

»Ich sehe, du bist ganz fassungslos vor Überraschung, Gerlinde, dass sich ein alter Hagestolz auf seine Pflichten besinnt.«

Aus Gerlindes Augen schoss ein ganz verzweifelter Blick in die seinen. »Das darf nicht sein – das ist doch unmöglich«, rang es sich über ihre Lippen.

Nun erschrak er doch. Seine Unbefangenheit wollte nicht mehr standhalten. Aber die wirkliche Ursache ihres Erschreckens blieb ihm unbekannt. Er glaubte nur, sie sei so fassungslos, weil sie nun vor die Notwendigkeit gestellt wurde, in das Witwenhaus übersiedeln zu müssen. Und fast beschlich ihn ein Gefühl des Unrechts ihr gegenüber, und sie tat ihm leid. Keine Ahnung kam ihm jedoch, wie viel er ihr in dieser Stunde genommen hatte. Er ermahnte sich nur, nachsichtig zu sein.

»Warum darf es nicht sein, Gerlinde?«, fragte er sanft.

Sie sank kraftlos in den Sessel zurück. Sie presste das feine Spitzentaschentuch an ihren Mund, als müsse sie einen qualvollen Aufschrei zurückdrängen. In dieser Stunde erkannte sie erst voll und ganz, wie sehr sie diesen Mann liebte. Aber sie rang mit sich selbst, dass sie ihre Fassung zurückeroberte, damit sie sich nicht noch mehr verriet.

»Warum? Mein Gott – ich bin so überrascht – so fassungslos – ich meine – ja – ich meine – ich weiß doch, dass du – dass du eine andere – liebst«, stammelte sie.

Er fuhr auf. Seine Augen blickten plötzlich scharf, fast drohend.

»Wer hat dir das gesagt, Gerlinde?«

Sie biss sich in die Lippen. »Wer nun – das ist doch gleich«, sagte sie dann tonlos.

»Nein, das ist mir nicht gleich. Dies Geheimnis meines Herzens hat nie ein Mensch erfahren außer den zunächst Beteiligten.«

Gerlinde krampfte die Hände zusammen. Da hatte sie eine Dummheit begangen in der Fassungslosigkeit. Zu der Kenntnis von Rainers Liebe war sie nicht auf einwandfreie Weise gekommen. Sie hatte sich eines Tages in Rainers Arbeitszimmer geschlichen und in seinem Schreibtisch spioniert. Dabei war ihr ein Brief in die Hände gefallen – jener Abschiedsbrief an ihn. Und den hatte sie gelesen. Angstvoll suchte sie nach einer Ausrede.

»Rochus hat es mir eines Tages verraten, dass du unglücklich liebst, dass du heimlich verlobt warst.«

Noch immer sah er sie bleich und drohend an.

»Rochus? Woher wusste das Rochus? Ich habe es ihm nie anvertraut. Nicht einmal mein eigener Bruder hat den Namen der Frau gewusst, der mein Herz gehörte.«

Gerlinde wusste, dass sie nur die größte Ruhe und Bestimmtheit davor schützen konnte, als Spionin entlarvt zu werden.

»Rochus hat eines Tages einen Brief dieser Dame an dich auf deinem Schreibtisch gesehen; ich glaube, als er dich in Schellingen besuchte. Und den hat er zum Teil gelesen.«

Rainer biss die Zähne zusammen. Er konnte sich nicht erinnern, dass er jemals diesen Brief auf seinem Schreibtisch hatte liegenlassen. Ganz sicher war es dann nur für kurze Zeit gewesen.

Gerlinde merkte, dass er ihr Glauben schenkte, und fuhr fort: »Er maß der Sache natürlich nicht so viel Wichtigkeit bei wie du. Im Übrigen kannst du ruhig sein, er hat mit keinem Menschen sonst darüber gesprochen.«

»Das war schon zu viel. Überhaupt – ich verstehe Rochus nicht und hätte ihm nie eine solche Indiskretion zugetraut. Es muss ein ganz seltsamer Zufall gewesen sein, dass er diesen einzigen Brief, den ich besitze, zu Gesicht bekommen hat, denn ich habe ihn immer streng gehütet.«

»Ja, ja«, sagte sie hastig, »so wird es gewesen sein. Rochus hat darüber gelacht wie über einen guten Scherz. Ich habe mir gleich gesagt, dass dir das peinlich sein musste, und habe nicht nur Rochus' strengstes Stillschweigen darüber zur Pflicht gemacht, sondern es auch selbst gewahrt. Du kannst also unbesorgt sein.«

»Da du nun so viel weißt«, fuhr Rainer nach einem Stillschweigen fort, »muss ich dir noch mitteilen, dass ich allerdings heimlich verlobt war. Wir mussten uns der bitteren Notwendigkeit fügen. Schweren Herzens haben wir uns getrennt. Ich bin deshalb bisher ein einsamer Mann geblieben. So, Gerlinde – nun weißt du alles, und ich bitte dich, diese Angelegenheit muss Geheimnis bleiben. Du wirst das ermessen können, wenn ich dir sage, dass ich nicht einmal meiner Braut etwas davon gesagt habe.«

Gerlinde hatte in einer dumpfen Erstarrung auf seine Worte gehört. Sie schreckte erst wieder auf, als er von seiner Braut sprach.

»Ich werde natürlich schweigen. Aber – du hast mir noch gar nicht gesagt, mit wem du dich verlobt hast.«

Der gespannte, peinliche Ausdruck verschwand aus seinen Zügen.

»Wahrhaftig, Gerlinde, ich habe das ganz vergessen. Also, meine Braut ist Josta Waldow, die Tochter des Ministers.«

Wieder fuhr Gerlinde auf. »Das ist doch unmöglich! Josta ist doch noch ein Kind gegen dich, sie nennt dich Onkel Rainer. Wenn du von ihr sprachst, geschah es wie bei einem Onkel, der von einem Kind spricht.«

Es zuckte in seinem Gesicht, als sei ihm dieser Einwand unangenehm. »Das ist eine alte Gewohnheit aus Jostas Kindertagen. Dadurch hast du dir wohl ein falsches Bild von ihr gemacht. Sie ist schon einundzwanzig Jahre alt.«

Ein böses Leuchten sprühte in Gerlindes Augen auf.

»Im Verhältnis zu dir ist deine Braut dennoch ein Kind. Siebzehn Jahre Unterschied zwischen Mann und Weib – das ist viel. Du hast viel Mut bewiesen, mein lieber Rainer, dass du ein so junges Wesen an dich gebunden hast«, sagte sie langsam.

Er sah sehr ernst, fast bedrückt vor sich hin.

»Diese Bedenken sind mir natürlich auch gekommen. Aber trotzdem habe ich es gewagt, um Josta zu werben. Und sie hat mir ihr Jawort gegeben.«

Wieder flog ihr Blick hinüber in sein nachdenkliches Gesicht. Sie konnte nicht anders, sie musste weiter gegen diese Verlobung sprechen.

»Es sind nicht so sehr die Jahre, die zwischen dir und deiner Braut liegen. Wahre Liebe kann ja größere Hindernisse überbrücken. Aber du liebst Fräulein Waldow nicht, und – soviel ich beurteilen kann – hegt auch sie nur die Liebe eines jungen Mädchens zu einem guten, alten Onkel wie dir; aber sie liebt in dir nicht den Mann, dem sie sich mit Leib und Seele zu eigen geben möchte. Und darum sage ich dir als erfahrene Frau, es ist eine Qual ohnegleichen, eine Ehe ohne Liebe zu führen. Wenn Fräulein Waldow kühl und herzlos genug ist, sich mit einer solchen Ehe abzufinden, dann wird sie schlecht zu dir passen. Ist sie aber ein tief veranlagtes, gemütvolles Geschöpf, ist es für sie eine Höllenqual.«

Als sie schwieg, sah er sie mit einem ernsten Blick an. »Liebe Gerlinde, ich weiß es zu schätzen, dass du zu mir sprichst, wie es ein redlicher Freund tun würde. Ich danke dir dafür, denn ich kann mir denken, dass dich das Überwindung gekostet hat.«

Er ließ seine Augen bedeutungsvoll auf ihr ruhen.

»Oh – du hast es in der Übereilung getan. Nicht wahr – nun reut es dich. Dann zögere nicht, diesen Irrtum gutzumachen. Noch ist es nicht zu spät«, drängte sie mit dem Mut der Verzweiflung.

Er schüttelte jedoch ruhig und bestimmt den Kopf.

»Du irrst, Gerlinde, von einer Übereilung meinerseits kann nicht die Rede sein. Es ist höchste Zeit für mich zu heiraten, und es stand schon seit langem bei mir fest, dass Josta meine Frau werden sollte.«

»Mit der Liebe zu einer anderen im Herzen? Du betrügst dich selbst«, sagte sie, heiser vor Erregung.

Er schüttelte lächelnd den Kopf. »Da kann ich dich beruhigen, liebe Gerlinde. Das, was einst war, ist überwunden, und seit die Frau als glückliche Mutter in ihrer Ehe den Frieden ihrer Seele gefunden hat, ist auch meine Liebe zu ihr einem ruhigen Gefühl gewichen. Und es wird meiner jungen Frau nicht schwer werden, in meinem Herzen den Platz einzunehmen, der einst einer anderen gehörte. Josta ist so liebenswert – lerne sie nur erst kennen, so wirst du mich verstehen.«

Ein glühender, unversöhnlicher Hass auf die glückliche Nebenbuhlerin erwachte in Gerlindes Herzen.

»Mir ist angst um dein Glück, Rainer«, presste sie hervor.

Wohl war ihm nicht bei ihren Worten. Zweifelte er doch selbst an seinem Glück und vor allem an dem Jostas. Aber er schüttelte das Bangen energisch ab.

»Es wird alles besser werden, als du denkst, Gerlinde, und zu ändern ist nichts mehr an der Tatsache. Unsere Verlobung ist proklamiert; die Anzeigen sind versandt. Dir wollte ich die Mitteilung persönlich machen. Und für den fünfzehnten Mai sind die Einladungen zu unserer Verlobungsfeier versandt worden. Ich möchte dich herzlich bitten, dieser Feier beizuwohnen.«

Sie zuckte leise zusammen. »Ich? Nein – das kannst du nicht verlangen«, stieß sie hervor. »Du musst bedenken, dass ich in der Einsamkeit dieses Trauerjahres ein wenig menschenscheu geworden bin. Verzeihe mir, dass ich nicht freudig zustimmen kann. Überhaupt, achte nicht auf mein etwas widerspruchsvolles Wesen. Es ist heute so vieles Vergangene in mir wach geworden, und – ich fühle mich auch nicht recht wohl. Heute kann ich dir jedenfalls noch nicht fest zusagen, ob ich deiner Verlobungsfeier beiwohnen werde.«

Gerlinde war am Ende mit ihren Kräften. Sie fühlte, dass sie bald etwas ganz Unsinniges tun müsse, wenn sie ihn noch länger von seiner Braut sprechen hörte. Mit Anstrengung erhob sie sich.

»Ich muss dich fortschicken, lieber Rainer. Mein Kopfweh hat sich unerträglich gesteigert. Wir sprechen morgen weiter darüber. Heute bin ich nicht mehr dazu imstande und muss mich zur Ruhe begeben. Du wirst allein speisen müssen – gute Nacht.«

Er betrachtete sie voller Teilnahme. »Du siehst wirklich sehr leidend aus, und ich habe dich auch noch so lange mit meiner Gesellschaft gequält. Gute Nacht und recht gute Besserung!«

Er küsste ihr die Hand, die kalt und schwer in der seinen ruhte. Sie neigte nur stumm das Haupt.

Als die Tür hinter ihm ins Schloss gefallen war, sank sie kraftlos in ihren Sessel zurück. All ihre schönen, glänzenden Zukunftsträume waren plötzlich in Nichts zerflossen. Und nur noch heißer und tiefer war ihre Liebe zu Rainer geworden. So groß aber ihre Liebe war, so groß war auch der Hass gegen Josta, die sie nicht einmal kannte. Und dieser glühende Hass fraß sich tief in ihre Seele und machte sie hart und grausam. Heimzahlen muss sie mir diese Stunde! Sie darf nicht glücklich werden an seiner Seite. Niemals soll er sein Glück bei einer anderen finden!

Dieser Gedanke trieb sie empor. Hastig sprang sie auf und lief wie ein gefangenes Raubtier auf und ab, und in ihren Augen glühte ein verzehrendes Feuer.

Nachdenklich war Rainer zum Ostflügel hinübergegangen. Er suchte sein Arbeitszimmer auf, öffnete den Schreibtisch und nahm den Abschiedsbrief der ehemaligen Geliebten heraus. Jahrelang hatte er ihn als sein höchstes Gut aufbewahrt und sich nicht davon trennen können.

Rainer konnte nicht verstehen, dass Rochus neugierig einen fremden Brief gelesen und dann auch noch mit seiner Gattin darüber gesprochen hatte. Das passte so gar nicht zu dem Bild des Vetters. Aber da er Gerlinde glauben musste, war er gezwungen, Rochus für indiskret zu halten.

Langsam las er den Brief noch einmal durch, und die alten Schmerzen zogen noch einmal an ihm vorüber. Aber sie brannten nicht mehr in seiner Seele. Die Erinnerung an diese Liebe würde ihm immer wie ein vergangener Frühlingstraum erscheinen, wie ein zarter, verblasster Hauch. Auf diesen Brief sollte nie mehr ein fremdes Auge blicken. Er zündete eine Kerze an und verbrannte den Brief. Die Asche streute er in die Frühlingsnacht hinaus.

Dann klingelte er und befahl dem eintretenden Diener, den Administrator Heilmann zu rufen. Mit diesem wollte er noch einiges besprechen, ehe er zu Tisch ging.

Seine Gedanken weilten noch bei der Unterredung mit Gerlinde. Ihr seltsames Wesen versuchte er sich zu erklären. Erst als Heilmann eintrat, wurden seine Gedanken von ihr abgelenkt. »Da sind Sie ja, Herr Administrator! Ist alles gut gelaufen in meiner Abwesenheit?«

Heilmanns Gesicht hellte sich auf. Er legte seine Hand

in die seines Herrn, der sie ihm entgegenstreckte. »Alles in schönster Ordnung. Mit dem Anbau der Rüben sind wir fertig geworden, Mais und Buchweizen sind gesät. Und die Waldarbeiter tun ihre Schuldigkeit. So langsam können wir nun die Vorbereitungen für die Heuernte treffen.«

Rainer nickte. »Haben Sie nicht ein bisschen gebrummt, dass ich so mitten aus der Arbeit davonlief? Ich kam mir beinahe fahnenflüchtig vor.«

Heilmann lachte. »So schlimm war das nicht. Sie werden schon Ihre Gründe gehabt haben.«

Rainer nickte. »Es gibt Dinge, die stärker sind als alle Vernunft. Ich musste fort. Und nun sehen Sie einen Heiratskandidaten in mir, Herr Administrator. Ich habe mich mit Josta Waldow verlobt. Sie können das morgen den Leuten mitteilen.«

Heilmanns helle Augen strahlten in ehrlichster Freude.

»Das ist eine Freudenbotschaft – für uns alle. Ich gestatte mir, meinen ergebensten Glückwunsch darzubringen, gnädiger Herr.«

»Danke, lieber Heilmann, bei solch einem Schritt kann man herzliche Glückwünsche sehr nötig brauchen. Bitte, nehmen Sie Platz, ich möchte einiges mit Ihnen besprechen. Hier sind Zigarren, bitte bedienen Sie sich.«

Nun saßen sie sich gegenüber. Rainer sah eine Weile dem Rauch seiner Zigarette nach. Dann sagte er aufatmend: »Also, ich muss Ihnen nun noch etwas mehr Arbeit aufbürden. In den nächsten Wochen muss das Witwenhaus instand gesetzt werden, und sobald dann die gnädige Frau übergesiedelt ist, gibt es hier im Haus noch dies und das zu tun. Am 10. Juli ist bereits unsere Hochzeit, und ich gedenke, nach meiner Rückkehr von der Hochzeitsreise – so etwa

Anfang August wird das sein – die Zimmer im Westflügel zu beziehen. Für meine Frau muss dann noch mancherlei in den Zimmern vorbereitet werden. Wir besprechen das noch ausführlich. So viel wie im vorigen Jahr kann ich Ihnen diesmal in der Erntezeit nicht helfen. Wird es Ihnen nicht zu viel werden?«

Heilmann wehrte ab. »Was gehen muss, muss gehen, gnädiger Herr. Man tut mal ein bisschen mehr als seine Pflicht, und bei einem so gütigen und gerechten Herrn wird einem das nicht sauer. Also machen Sie sich keine Gedanken darüber.«

»Nun gut – mein Gewissen habe ich Ihnen gegenüber erleichtert«, scherzte Rainer.

Heilmann lachte. Und dann fragte er mit sichtlicher Befriedigung: »Bis wann wünscht die Gnädigste das Witwenhaus in Ordnung zu haben?«

»Ich habe noch nicht mit ihr darüber gesprochen. Es wird mir schwer, dies Thema zu berühren. Aber in den nächsten Tagen wird sich wohl eine Gelegenheit dazu finden.«

Die beiden Herren besprachen noch allerlei, und dann zog sich Heilmann zurück.

Am nächsten Morgen sah Gerlinde sehr bleich und elend aus. Dunkle Ringe um ihre Augen sprachen von den Qualen, die sie in dieser Nacht erduldet hatte. Eine müde Resignation hatte sich vorläufig ihrer bemächtigt. Sie sah ein, dass sie nichts tun konnte, um Rainers Verlobung anzufechten.

Einen einzigen Trost hatte sie in all ihrem Elend – dass diese Verlobung nicht aus gegenseitiger Liebe geschlossen wurde. Und was sie tun konnte, wollte sie tun, um die beiden Gatten mehr und mehr zu entfremden.

Sie streckte die Arme wie in wilder Sehnsucht vor sich.

Wehe, Josta Waldow, dass sie sich zwischen sie und Rainer gedrängt hatte! Das würde einen Kampf geben bis zur völligen Niederlage der gehassten Nebenbuhlerin.

Gerlindes müdes Gesicht belebte sich bei diesem Gedanken und bekam einen wilden, grausamen Ausdruck.

Erst beim Diner trafen Gerlinde und Rainer wieder zusammen. Er sah mit Bedauern, wie blass sie war und wie matt ihre Augen blickten. Dabei erschien sie ihm aber fast noch schöner als sonst, und er musste sie bewundern. Mitleidig fragte er sie nach ihrem Befinden. Sie gab ihm freundlich Auskunft mit ihrem sanften Lächeln. Er hätte am liebsten sogleich mit ihr über ihre Umsiedlung nach dem Witwenhaus gesprochen; aber seiner vornehmen Natur fiel es schwer, ihr wehtun zu müssen. So verschob er es noch einmal.

»Ich freue mich, dass dein Kopfweh vorbei ist, Gerlinde«, sagte er herzlich.

Sie lächelte ihm zu. »Es war sehr arg, Rainer, so arg, dass ich kaum wusste, was ich sprach.«

»Arme Gerlinde. Wenn ich das geahnt hätte, dann hätte ich sicher meine Mitteilung bis heute verschoben. Ich muss dich um Verzeihung bitten.«

Sie schüttelte lächelnd den Kopf. »Oh nein – was denkst du! Ich hätte es dir sehr übel genommen, wenn du mir diese Mitteilung erst heute gemacht hättest. Ich habe doch als deine beste, treueste Freundin ein Anrecht, zu wissen, welche Veränderung deinem Leben bevorsteht.«

Arglos und erfreut küsste er ihr die Hand und fand, dass sie eine sehr charmante Frau sei.

»Es ist sehr freundlich von dir, dass du so regen Anteil an meinem Geschick nimmst!«

Sie atmete tief ein. Es wurde ihr zu eng in der Brust. »Ja, das tue ich, Rainer. Du bist mir so viel geworden in dem einsamen Trauerjahr. Aber gerade deshalb war mir gestern zumute, als müsse ich dich warnen vor einem voreiligen Schritt. Ich war eben nervös, und dann sehe ich alles grau in grau oder gar in den schwärzesten Farben. Fast glaube ich, dass ich dir nicht einmal Glück gewünscht habe zu deiner Verlobung. Hier meine Hand, Gott schenke dir das Glück – das ich für dich erflehe.«

Er küsste ihr die Hand. Wenn Gerlinde wirklich durch seine Verlobung vor manches Opfer gestellt wurde, so fand sie sich großherzig damit ab.

»Ich danke dir, liebe Gerlinde.«

Sie nickte ihm lächelnd zu. »Und natürlich nehme ich an der Verlobungsfeier teil, das ist ja selbstverständlich. Ich muss mir doch deine Braut so bald wie möglich ansehen!«

Seine Augen strahlten. »Josta wird sich sehr freuen.«

»Oh, wir müssen gute Freundinnen werden, deine Braut und ich. Und ich freue mich schon darauf, wenn sie erst in Ramberg sein wird. Nicht wahr, ihr lasst mich einsame Frau ein wenig teilhaben an eurem Glück?«

Rainer ahnte nicht, was für eine Komödie ihm Gerlinde vorspielte. Er freute sich in seiner Arglosigkeit aufrichtig.

»Du sollst immer offene Herzen und treue Freundschaft bei uns finden, liebe Gerlinde.«

Den Familienschmuck ließ Gerlinde in den nächsten Tagen täglich durch ihre Finger gleiten. Die Perlenschnur hatte sie wieder aufgereiht. Aber sie trug nie mehr ein Stück von diesen Schmucksachen, sondern benutzte nur ihren persönlichen Schmuck. Jedenfalls machte sie jetzt immer die sorgfältigste Toilette. Sie wollte schön sein, und sie war es auch mit dem etwas bleichen Gesicht und den seltsam schimmernden Augen.

Rainer sah sie oft voll Bewunderung an. Einmal sagte er zu ihr: »Du wirst täglich schöner, Gerlinde. Es ist fast ein Unrecht an der Welt, dass du dich so lange zurückgezogen hast.«

Sie zwang sich mit aller Kraft zu einem schelmischen Lächeln. »Lieber Vetter, wenn deine Braut hörte, dass du noch andere Frauen außer ihr schön findest«, neckte sie.

Er lachte. »Oh, Josta ist nicht eifersüchtig.«

Sie sah ihn groß und seltsam an. »Weil sie dich nicht liebt. Wenn man liebt, ist man auch eifersüchtig.«

Ein Schatten flog über Rainers Gesicht. Er sagte sich, dass Gerlinde wohl recht haben möge. Dann lenkte er das Gespräch auf ein anderes Thema. »Ich bin doch neugierig, was Mama Rittberg zu meiner Verlobung sagen wird. Sicher wird sie einen sehr originellen Glückwunsch vom Stapel lassen.«

»Vielleicht bekommst du noch nachträglich den Kopf gewaschen, dass du dich nicht schon längst vermählt hast. Sie sagte mir, als sie letzthin hier war, dass sie dir ins Gewissen reden wolle«, erwiderte Gerlinde lächelnd.

4

Die Baronin Rittberg hatte die Verlobungsanzeige Rainers zu Hause vorgefunden, als sie von Ramberg heimgekommen war. Die lebhafte Dame hatte sich mit einem Ruck in den Sessel fallen lassen.

»Nun bitt ich dich, da hätte man mich doch schonungsvoll vorbereiten müssen! Da kann man ja vor Schrecken die Sprache verlieren!«, sagte sie zu ihrem Gatten.

Baron Rittberg, ein hünenhafter, ziemlich beleibter Herr mit einer riesigen Glatze und einem runden Kopf, sah seine Frau gemütlich lachend an.

»Nanu, Lisettchen, man keine Bange, die Sprechwerkzeuge funktionieren ja noch tadellos bei dir. Du machst ja ein Gesicht, als wenn dir die Petersilie verhagelt wäre.«

Die Baronin schnappte nach Luft. »Aber ich bitte dich, Dieti« – der Baron hieß mit Vornamen Dietrich, und seine Gattin hatte aus längst vergangenen Flitterwochen diesen zärtlichen Kosenamen beibehalten – »ich bitte dich dringend und inständig, Dieti – ist das nicht zum Purzelbaumschlagen?«

»Na, na, Lisettchen, solche Untugenden wirst du dir doch nicht auf deine alten Tage angewöhnen.«

»Wer sagt dir denn, dass ich das tun will?«

»Du selbst – soeben.«

»Ach, Unsinn, ich frage dich doch nur, Dieti, ob es nicht zum Purzelbaumschlagen ist?«

»Na schön«, lachte der alte Herr, »und ich sage dir, tu's lieber nicht, du weißt nicht, wie es abläuft.«

Nun lachte die Baronin ebenfalls. Aber gleich darauf sagte sie kopfschüttelnd: »Nein, ich fasse das nicht.«

»Aber du wolltest es doch so brennend gern, dass Rainer sich verlobte und verheiratete.«

»Ja doch, aber ich hatte gehofft, er würde sich mit Gerlinde vermählen.«

»Ach nee, Lisettchen – was hat dir denn der arme Rainer zuleide getan?«

Die Baronin fuhr zu ihrem Gatten herum. »Aber, Dieti, du bist doch manchmal schrecklich! Sieh mal, ich hatte mich doch so sehr darauf gefreut, Rainer und Gerlinde, da hätte man doch ein Labsal für seine schönheitsdurstigen Augen gehabt.«

»Weißte was, Lisettchen, sieh mich an, dann hast du auch ein solches Labsal. Und im Übrigen, warte doch erst mal ab, ob die Braut nicht mindestens ebenso schön ist wie deine Gerlinde.«

»Meine Gerlinde? Na ja, sie ist doch nun mal die entzückendste Frau, die ich kenne.«

»Hm! Na ja, Lisettchen, sozusagen als Bild betrachtet – einverstanden. Da ist sie entzückend. Aber an der Wand muss sie hängen bleiben.«

»Aber, Dieti – du bist ein Ungeheuer!«

Der Baron lachte gemütlich.

»Rege dich bloß nicht auf, Lisettchen – ich meine ja nur, als Bild betrachtet soll sie hängen bleiben, damit man sie bloß aus respektvoller Entfernung genießen kann. Aber so vom rein menschlichen Standpunkt – nee, nee, Lisettchen, da hätte mir Rainer leid getan. Sie hat mir zu wenig Herz.

Weißte, Lisettchen, sie ist kalt und feurig zugleich. Das ist eine verflixte Mischung für einen Ehemann. Mal sitzt er im Fegefeuer, mal unter der kalten Dusche. Wer hält denn so was auf die Dauer aus? Du kannst Rainer von Herzen gratulieren, dass er dir deinen schönen Traum nicht erfüllt hat.«

Die Baronin lachte. »Dieti, schwatz doch nicht solche Dummheiten, ich habe zwei erwachsene Söhne.«

»Richtig, Lisettchen. Zu deiner Augenweide wirst du schon noch kommen. Ich kenne die Tochter von Exzellenz Waldow. Du, das ist ein süßes, junges Blut und mindestens ebenso schön wie deine Gerlinde.«

Die Baronin seufzte. »Ja – ich glaube das schon. Aber leid tut es mir doch, dass Gerlinde und Rainer kein Paar werden, trotz deiner Rederei von Fegefeuer und kalter Dusche. Sie wird auch aus den Wolken fallen, wenn sie das hört. Dieti, ich weiß, du kannst sie nicht leiden, weil sie ein bisschen viel auf Äußerlichkeiten gibt. Dafür ist sie doch nun einmal eine schöne Frau. Schönheit verpflichtet!«

»Siehe dein Fußerl und den Stöckelschuh, Lisettchen«, neckte der Baron behaglich. »Weil du ein so reizendes Fußerl hast, wie ich es noch bei keiner anderen Frau gesehen habe, fühlst du dich verpflichtet, dich mit solchen Malefixschuhen abzuquälen. Und weil Gerlinde eine schöne Frau ist, meinst du, sie habe nichts weiter zu tun, als ihre Schönheit zu leben.«

Die Baronin nickte energisch. »Natürlich! Eine Rose ist kein nutzbares Küchengewächs. Sie hat nichts zu tun, als zu blühen und schön zu sein.«

»Bon! Das besorgt sie auch gründlich. Aber weißt, Lisettchen, ich bin doch heilfroh, dass du nicht so ein Rosendasein an meiner Seite geführt hast.«

Herzlich lachte die Baronin auf, und der Baron legte einen Arm um seine Gattin.

»Lass gut sein, Lisettchen, du sollst sehen, die kleine Waldow passt ebenso gut in das Ramberger Schloss. Sieh sie nur erst mal an. Und nun geh und kleide dich um, Lisettchen, dann wird es Zeit, zu Tisch zu gehen.«

Die Baronin Rittberg konnte die Zeit bis zum Sonntag nicht erwarten. Erstens einmal kamen sonntags immer ihre beiden Söhne, Hans und Rolf, nach Hause, und dann erwartete sie Rainer und Gerlinde zu Tisch. Sie war in höchster Unruhe, ob Rainer mitkommen würde.

Und als Ramberg am Sonntag in Rittberg eintraf, freute sie sich sehr. Aber die erwartete Strafpredigt bekam er doch zwischen den herzlichen Glückwünschen zu hören. Und zum Schluss sagte sie lachend: »Lieber Ramberg – eigentlich hatte ich ganz andere Pläne mit Ihnen.«

Das hörte ihr Gatte. »Ja, meine Frau hatte selbst ein Auge auf Sie geworfen. Ich glaubte sogar, sie wollte sich von mir scheiden lassen. Ich bin sehr froh, dass Sie durch Ihre Verlobung dies Drama aufgehalten haben«, scherzte er in seiner gemütlichen Art.

Das Rittberger Herrenhaus war sehr viel kleiner als Ramberg und bei weitem nicht so kostbar eingerichtet. Aber traut und behaglich war es in den lieben, alten Räumen, und es gab so leicht niemanden, der sich in diesem Hause nicht wohlgefühlt hätte.

Bei Tisch herrschte eine sehr frohe Stimmung. Selbst Gerlinde vergaß zuweilen ihren Groll und Schmerz und lachte einige Male über die drolligen Neckereien zwischen Eltern und Söhnen.

Als nach Tisch die Herren auf der Veranda im Sonnenschein eine Zigarre rauchten, saß die Baronin ein Weilchen mit Gerlinde allein im Zimmer.

»Meine liebe Gerlinde«, sagte die Baronin, »was sagen Sie nur zu der überraschenden Verlobung Ihres Herrn Vetters?«

Gerlinde war auf diese Frage vorbereitet. Sie machte ein schelmisches Gesicht.

»Nun – jetzt kann ich es Ihnen ja sagen, ich sah das schon lange kommen.«

Die Baronin war sehr verblüfft. »Aber – sagten Sie mir nicht etwas von einer Herzensaffäre?« Gerlinde sah sich erschrocken um.

»Still, still! – Davon darf kein Mensch etwas ahnen. Das liegt ja auch weit zurück. – Zu Ihnen gesagt, ich bin ein wenig besorgt um das Glück des jungen Paares und habe meinem Vetter das auch nicht vorenthalten. Wir sind so gute, ehrliche Freunde, dass ich es für meine Pflicht hielt. Der Altersunterschied ist doch etwas zu groß.«

Die Baronin konnte sich gar nicht genug wundern über ihre Ruhe und fragte eifrig: »Wie alt ist denn die Braut?«

»Einundzwanzig Jahre.«

»Das ist freilich ein großer Unterschied. Aber Rainer ist wohl der Mann, auch so ein junges Geschöpf an sich zu fesseln und glücklich zu machen. Und das wollen wir von Herzen wünschen, da er sich nun einmal mit der jungen Dame verlobt hat.«

Zu Gerlindes Erleichterung traten einige der Herren ein und unterbrachen das Gespräch.

Auf der Heimfahrt, die Rainer mit Gerlinde vor Einbruch der Dämmerung antrat, waren beide sehr schweigsam. Gerlinde wartete noch immer schmerzlich darauf, dass Rainer sie auffordern werde, im Gutshaus wohnen zu bleiben.

Heute Morgen hatte sie ihn zu sich rufen lassen. Er war dem Rufe sofort gefolgt, und sie hatte ihm gesagt: »Lieber Vetter, ich möchte den Familienschmuck in deine Hände zurücklegen. Es könnte ja sein, dass du ihn ganz oder teilweise deiner Braut übergeben willst. Bitte, nimm die Kassette mit dem Schlüssel an dich und überzeuge dich. Du wirst alles wohlgeordnet finden.«

Das hatte sie gesagt, um ihn zum Sprechen zu zwingen über die künftige Wohnungsfrage.

Auch Rainer wäre es erwünscht gewesen, wenn in diesem Punkt endlich Klarheit geherrscht hätte. Aber als sie ihm mit so wehmütigem, blassem Gesicht, ohne ein Wort der Klage, den Schmuck auslieferte, fand er abermals nicht die rechten Worte, um mit ihr die Übersiedlung zu besprechen.

Auch jetzt auf der Heimfahrt musste Gerlinde wieder daran denken. Mit einem schmerzlich sehnsüchtigen Blick sah sie in sein Gesicht. Er bemerkte es nicht. Seine Augen flohen ins Weite.

Da schrak er zusammen. Ein unsicheres Lächeln flog über sein Gesicht. »Was bin ich für ein schlechter Gesellschafter! Schilt mich aus, Gerlinde, dass ich dich so gelangweilt habe.«

»Das hast du nicht, Vetter; ich war genau wie du in Gedanken versunken. Lass dich nicht stören. Ich denke, wir sind uns vertraut genug, um uns auch einmal schweigend genießen zu können.«

Er zog ihre Hand an seine Lippen.

»Du bist eine wundervolle Frau, Gerlinde. In deiner Gesellschaft hat man immer das Gefühl, verstanden zu werden.

Weißt du, dass solch ein vertrautes Schweigen bezaubernder sein kann als die geistvollste, liebenswürdigste Plauderei?«

Sie lachte ein wenig nervös. »Das nenne ich mit Grazie den Mund verbieten!«

Rainer lachte wie über einen guten Scherz. »Zur Strafe musst du nun mit mir plaudern, Gerlinde.«

Sie warf den Kopf zurück. »Nun, ich will versuchen, ob ich ebenso verständnisvoll plaudern wie schweigen kann.«

Und sie konnte es. Sie verstand ihn wie immer durch ihre geistvolle Unterhaltung zu fesseln.

Am Abend dieses Tages setzten sie nach Tisch ihre Unterhaltung fort und blieben lange beisammen sitzen.

Als sich Rainer von ihr verabschiedete, sagte er bewundernd: »Ich weiß nun wirklich nicht, soll ich von deinem Plaudern oder von deinem verständnisvollen Schweigen mehr entzückt sein. Jedenfalls hast du mir wieder einige reizende, genussreiche Stunden verschafft. Ich könnte mir Ramberg ohne dich gar nicht denken.«

Sie sah ihn mit einem seltsamen Blick an und hoffte wieder, er würde noch etwas hinzufügen. Aber er küsste ihr nur die Hand und sagte ihr gute Nacht. Dann war sie allein.

5

Am nächsten Morgen fand Rainer in der Posttasche einen Brief seines Bruders Henning und einen von Josta. Er las erst den ihren:

Lieber Rainer!
Vielen Dank für Deinen lieben Brief und die herrlichen Rosen aus dem Ramberger Gewächshaus. Sie kamen noch taufrisch an und schmücken mein Zimmer. Sie duften wundervoll.
Du fragst mich, ob ich mich ein wenig an den Gedanken gewöhnt hätte, dass aus meinem Onkel mein Verlobter geworden ist? Offen gestanden – ich kann es immer noch nicht fassen.
Und weiter fragst Du mich, ob ich es bereute, Dir mein Jawort gegeben zu haben. Nein, ich bereue es nicht. Du bist ja so gut zu mir. Nur ein wenig bange ist mir noch immer, ob ich nicht zu unbedeutend für Dich bin und ob ich den Platz an Deiner Seite werde ausfüllen können. Du wirst Nachsicht mit mir haben müssen und darfst die Geduld nicht gleich verlieren. Aber natürlich werde ich mir viel Mühe geben und versuchen, all meinen Pflichten gerecht zu werden.
Für heute habe ich Dir nichts mehr zu berichten. Ich habe noch allerlei vorzubereiten für die Verlobungsfeier. Alle Geladenen haben zugesagt. Papa lässt Dich

herzlichst grüßen. Ich habe die Bitte, eine Empfehlung und einen Gruß an Frau Gerlinde auszurichten. Sage ihr, dass ich für ihre Zusage, an unserem Fest teilzunehmen, herzlich danke und dass ich mich freue, sie bald kennen zu lernen.
Ich grüße Dich herzlich, lieber Rainer.
Auf Wiedersehen, Deine Josta

Seine Augen leuchteten auf.

Dieses Briefchen war freilich kein Liebesbrief, es klang fast weniger herzlich als die wenigen Schreiben von ihr, die sie früher an »Onkel Rainer« gerichtet hatte. Und doch entzückte es ihn, und er drückte es an seine Lippen.

Lächelnd steckte er den Brief zu sich. Er wollte ihn nachher gleich beantworten und wieder im Gewächshaus die schönsten roten Rosen für sie auswählen.

Dann öffnete er erwartungsvoll den Brief seines Bruders.

Herzensbruder!
Kannst Du Dir vorstellen, was für große Augen ich gemacht habe, als Du mir Deine Verlobung mitteiltest? Fast hätte ich schon die Hoffnung aufgegeben, und nun kommt mir Dein Entschluss doch zu schnell und überraschend. Aber am erstaunlichsten finde ich, dass Du Dir die kleine Josta als Gattin auserwählt hast. Es sind ja viele Jahre vergangen, seit ich Josta gesehen habe – damals war sie durchaus keine Schönheit. Und wenn ich sie im Geiste neben meinen Herzensbruder halte, der doch von Mutter Natur so freigebig bedacht worden ist, dann muss ich den Kopf schütteln. Aber ein Kamerad von mir behauptete gestern Abend, als

ich ihm Deine Verlobung mitteilte, mit einem ganz verzückten Augenaufschlag, Fräulein Waldow sei eine hervorragende Schönheit geworden. Das muss ja wohl auch so sein, denn sonst hätte sie Deine Ehescheu schwerlich besiegt.

Ich komme natürlich zu Eurer Verlobungsfeier, um meine Glückwünsche persönlich zu überbringen und mir schleunigst ein Plätzchen zu sichern im Herzen meiner neuen Schwägerin. Denn wenn sie Dich heiratet, muss sie mich schon als Zugabe mit in Kauf nehmen, da hilft ihr gar nichts. Wir zwei gehören doch zusammen, mein Herzensbruder, nicht wahr?

Wenn Du nun erst in Ramberg eine Hausfrau hast, werde ich mich oft genug bei Euch festsetzen. Im ersten Jahr Deines Wirkens in Ramberg haben wir betrübend wenig voneinander gehabt. Nach Berlin bist Du nur mal auf einen Sprung gekommen, und in Ramberg habe ich mich bei meinem ersten dort verlebten Urlaub, offen gestanden, recht unbehaglich gefühlt. Jetzt kann ich es Dir ja sagen, mein Rainer: Gerlinde wirkte bedrückend auf mich. Ich hatte in ihrer Gegenwart immer das Gefühl, als sei mir das Lachen eingefroren. Und Du weißt, ich lache doch so gern. Nun wird Gerlinde ja ins Witwenhaus übersiedeln, und im Gutshaus wird die kleine Josta residieren. Die kann wenigstens herzhaft lachen, das weiß ich noch.

Und nun zum Schluss meine innigsten Bruderwünsche. Möge Deine Ehe ein einziger langer Glückstag werden und Dir alles bringen, was Du Dir ersehnst. Alles andere sage ich Dir, wenn wir uns wiedersehen. Wahrscheinlich treffe ich am Abend des 14. Mai ein.

Auf Wiedersehen, mein Alter! Ich grüße Dich in alter Herzlichkeit.
Dein Henning

Lächelnd faltete Rainer auch diesen Brief zusammen. Oh ja, Henning und Josta würden gut zusammenpassen. Diese beiden Menschen mussten einander sympathisch sein, dessen war er gewiss.

Gleich nachdem Rainer sein Frühstück eingenommen hatte, beantwortete er die Briefe. Dann ließ er sein Reitpferd vorführen.

Als er beim Ritt durch den Park zu dem Witwenhaus kam, sah er Heilmann und einige Arbeiter davorstehen.

Sofort trat der Administrator zu ihm. »Es muss allerhand gemacht werden, auch drinnen. Vielleicht sehen Sie sich das selbst einmal an«, sagte er. Rainer stieg vom Pferd, band es an einen Baum und trat mit Heilmann ins Haus.

Es war vollständig eingerichtet mit gut erhaltenen, hübschen Möbeln aus dem Anfang des vorigen Jahrhunderts. Es war schon mehrere Male bewohnt gewesen und wurde in der Zwischenzeit leidlich instand gehalten. Trotzdem mussten verschiedene Schäden ausgebessert werden.

Rainer besichtigte alle Zimmer gründlich und machte es Heilmann zur Aufgabe, dass alles sorgsam vorbereitet werden sollte. Dann ritt er weiter.

Bald darauf trat Gerlinde ihren gewohnten Morgenspaziergang an. Sie ging zum Park hinüber. Heute trug sie ein elegantes, sportliches Tuchkostüm von zartgrauer Farbe.

Auf ihrem Gang kam sie auch in die Nähe des Witwenhauses. Plötzlich hörte sie lautes Hämmern und das Rufen von Männerstimmen. Sie stutzte und trat rasch um eine Gebüschgruppe herum auf den freien Rasenplatz vor dem Witwenhaus. Und da sah sie zwei Arbeiter auf dem Dach und einen, der die Holzteile der Veranda mit Ölfarbe anstrich.

Sie zuckte wie unter einem Schlag zusammen und starrte mit großen, entsetzten Augen auf diese Vorbereitungen. Ihr Gesicht wurde totenbleich, und die Lippen pressten sich zusammen, als müssten sie einen Aufschrei unterdrücken.

Es ist, als nagelten sie mir den Sarg, dachte sie erschauernd. Und schweren Schrittes ging sie ins Gutshaus zurück, mit bleichem Antlitz und unheimlich funkelnden Augen. Sie musste erst einmal ihren Grimm in ihren vier Wänden austoben, wo er keine Zeugen hatte.

Eine kostbare Majolikavase ging dabei in Scherben, und das feine Spitzentaschentuch fand die Zofe später, in Fetzen gerissen und zu einem Knäuel geballt, auf dem Fußboden.

Bei der Mittagstafel saß Gerlinde ihrem Vetter jedoch ruhig gegenüber.

Da sie nun genau wusste, dass sie aus dem Schloss verbannt werden sollte, zog sie es vor, die Initiative selbst zu ergreifen. Es war besser, sie ging freiwillig ins Exil, als dass sie dahin geschickt wurde.

Als die Suppe aufgetragen war, sagte sie mit resigniertem, sanftem Lächeln: »Lieber Vetter, sobald ich von eurer Verlobungsfeier zurück bin, will ich meine Übersiedlung in das Witwenhaus vorbereiten. Du hast wohl die Güte, einmal nachsehen zu lassen, ob dort alles in Ordnung ist.«

Rainer fiel ein Stein vom Herzen. »Du kommst mir in liebenswürdiger Weise zuvor, Gerlinde. Ich habe mich, offen gestanden, gefürchtet, dies Thema anzusprechen.«

Sie vermochte zu lächeln. »Aber warum nur? Es ist doch

selbstverständlich, dass ich ins Witwenhaus gehe. So dankbar ich dir auch bin, wenn du mir auch in Zukunft gestattest, recht oft in diesen Räumen zu sein, so selbstverständlich ist es, dass ich meinen Platz der neuen Herrin einräume.«

Er küsste ihr die Hand. »Ich weiß ja, Gerlinde, du bist die bewundernswerteste Frau, die ich kenne. Deine Feinfühligkeit erspart es mir in großmütiger Weise, dir wehtun zu müssen. Ich danke dir.«

»Da ist nichts zu danken, mein Freund. Wir sind doch ehrliche, gute Freunde, nicht wahr, und wollen es auch in Zukunft bleiben? Oder willst du mir deine Freundschaft entziehen, wenn du verheiratet bist?«

Das Letzte sagte sie schelmisch.

Er sah sie herzlich an.

»Ganz gewiss nicht, Gerlinde. Du machst mich stolz und glücklich, dass dir meine Freundschaft etwas gilt. Mein Haus soll allzeit das deine sein, du sollst bei uns aus- und eingehen, wie es dir gefällt. Du und Josta, ihr müsst Freundinnen werden, denn ihr seid beide gut, edel und großherzig.«

»Das hoffe ich auch und freue mich, dass du mich nicht ganz aus Ramberg verbannen willst.«

So war diese peinliche Angelegenheit für Rainer erledigt.

6

Josta verbrachte die Tage bis zu ihrem Verlobungsfest in einer sehr ungleichmäßigen Stimmung. Meist war sie still und in sich gekehrt. Aber manchmal kam es auch wie ein heißes Glücksgefühl über sie, wenn sie daran dachte, dass sie Rainers Frau werden und immer bei ihm bleiben konnte. Vielleicht ach, vielleicht gewann er sie eines Tages doch so lieb, wie sie es sich ersehnte.

Die Vorbereitungen für das Fest nahmen sie zum Glück sehr in Anspruch, so dass ihr nicht viel Zeit zum Grübeln blieb. Als stellvertretende Hausfrau hatte sie viel zu tun. Ihre hauptsächlichste Sorge war, wie sie alle Gäste unterbringen sollte in den immerhin begrenzten Festräumen des Jungfernschlösschens.

Die wenigen Tage vergingen ihr wie im Flug.

Am 14. Mai nachmittags traf Rainer mit Gerlinde in der Stadt ein. Sie nahmen beide in der Villa Ramberg Wohnung, wo auch für Henning Zimmer bereitgehalten wurden.

Gerlinde vermochte nur mühsam ihre Erregung zu meistern. Sollte sie doch nun bald ihrer Todfeindin gegenüberstehen, die ihr eine so tiefe, brennende Wunde geschlagen hatte!

Bald nach seiner Ankunft fuhr Rainer zum Jungfernschlösschen.

Als er dort unruhigen Herzens aus dem Wagen stieg, sah er gerade Josta im Vestibül die hohe, steile Treppe herunterkommen. Sie hatte ihn noch nicht erwartet und war gerade im Begriff, in den Festräumen im Parterre nach dem Rechten zu sehen. Als sie ihren Verlobten erblickte, schoss ihr das Blut jäh ins Gesicht.

Mit jugendlicher Eile kam Rainer auf sie zu und sprang die Treppe empor, bis er mit strahlendem Gesicht vor ihr stand. Sie hatte alle Kraft nötig, einen Jubelruf zu unterdrücken. So jung und sieghaft stand er vor ihr, so ganz anders als der gute, alte Onkel Rainer. Sie wusste nicht, dass ihn die junge, heiße Liebe zu ihr so verändert hatte.

»Komme ich ungelegen?«, fragte er, sich zur Ruhe zwingend.

»Nein, nein, komm zu Papa!«

Sie schritten nebeneinander die Treppe hinauf. Er zog ihre Hand durch seinen Arm und fühlte, dass ihre kleine Hand leise bebte.

Ruhig und fröhlich plauderte er mit ihr, bis sie vor dem Minister standen, der Rainer herzlich begrüßte.

Dabei ließ er Josta kaum aus den Augen. Ihm war zumute, als habe er sich namenlos nach ihrem Anblick gesehnt. Und nun konnte er nicht anders, er musste sie an sich ziehen und küssen. »Wir haben uns noch nicht einmal richtig begrüßt«, sagte er scheinbar scherzend.

Sie strebte aber aus seinen Armen zurück, und er fühlte, dass ihre Lippen den Druck der seinen nicht erwiderten. Ein leiser Schatten huschte über sein Gesicht, und er ermahnte sich, nicht so ungestüm zu sein, sondern geduldig abzuwarten.

Er erzählte, dass Gerlinde mit ihm angekommen sei und dass er ein Telegramm seines Bruders vorgefunden habe, das seine Ankunft in der siebenten Stunde ankündigte. Dann bat er Josta und ihren Vater, mit ihm nach der Villa Ramberg zu fahren.

So bestiegen die drei nach kurzer Zeit den Wagen und fuhren zur Villa.

Gerlinde hatte ihre Toilette beendet und stand verstohlen hinter den Spitzenstores am Fenster ihres Zimmers. Sie wollte ihre Nebenbuhlerin gesehen haben, ehe sie ihr gegenübertrat. Aber sie konnte nur Jostas schlanke, vornehme Erscheinung erspähen. Das Gesicht verbarg ihr der große Hut, den Josta trug.

Mit zusammengebissenen Zähnen und fest auf das Herz gepressten Händen blieb sie mitten im Zimmer stehen, bis ein Diener den Besuch meldete. Sie nickte nur mit dem Kopf.

Dann maß sie noch einmal mit kritischen Blicken ihre eigene Erscheinung im Spiegel. Sie konnte zufrieden sein. Mit stolz erhobenem Haupt, in wahrhaft königlicher Haltung schritt sie hinüber in den Empfangssalon.

Sie trug ein kostbares schwarzes Spitzenkleid über einem Unterkleid von weißem Seidenkrepp, und ihr goldblondes Haar war sehr anmutig geordnet. Und nun standen sich die beiden Frauen zum ersten Mal gegenüber. Josta war etwas kleiner als Gerlinde, da sie aber schlanker war, wirkte sie ebenso groß.

Auch Josta war eine bezaubernde Erscheinung, die durchaus nicht neben Gerlinde verblasste. Im Gegenteil, der unberührte Jugendschmelz, die warm blickenden dunklen Augen und das liebe, sonnige Lächeln hätten ihr unbedingt zum Sieg verhelfen müssen, wenn man einer dieser Frauen hätte einen Preis zusprechen wollen.

Wenn etwas Gerlindes Hass und Groll noch hätte steigern können, so wäre es die Erkenntnis gewesen, dass Josta mindestens so schön war wie sie selbst. Und für einen Augenblick verlor sie die Herrschaft über sich. Ihre Augen funkelten Josta mit so unverhohlenem Hass an, dass diese zusammenschauernd einen Schritt zurückwich.

Aber sogleich hatte Gerlinde sich wieder in der Gewalt, und mit sanftem Lächeln trat sie auf Josta zu und schloss sie, ohne auf deren instinktive Abwehr zu achten, in ihre Arme.

»Es darf zwischen uns keine kalte, zeremonielle Förmlichkeit geben, meine liebe Josta. Wir sind nicht nur Verwandte geworden durch Ihre Verlobung mit Rainer, sondern Sie müssen sich auch wie Rainer meine herzliche Freundschaft gefallen lassen. Wollen Sie?«

Fast kam es Josta wie ein Unrecht vor, dass sie trotzdem keine Sympathie fassen konnte zu der schönen Frau. Aber sie zwang sich, ihr freundlich zu begegnen.

»Sie sind sehr gütig. Ich danke Ihnen, dass Sie mich Ihrer Freundschaft für wert befinden«, sagte sie unsicher.

Gerlinde lachte. Es war ein sprödes Lachen, durch das der Zwang klang. Josta hörte das heraus, und die warnende Stimme in ihrem Innern, die sie nicht Vertrauen fassen lassen wollte zu dieser Frau, wurde noch lauter und stärker. Aber Rainer zuliebe beherrschte sie sich und überwand sich zu einem freundlichen Gesicht. »Dann streichen wir aber auch gleich das steife Sie. Wir wollen doch wie treue Freundinnen und Schwestern in Ramberg zusammenleben. Rainer und ich, wir haben uns das schon ausgemalt. Also willst du – liebe Josta?«

Josta sah zu Rainer hinüber, der ihr lächelnd zunickte. Was hätte sie nicht getan, um ihm eine Freude zu machen! Sie wusste, er hielt viel von Gerlinde. Also musste sie sich auch auf freundschaftlichen Ton mit ihr stellen. Sie bezwang ihr instinktives Unbehagen und legte ihre Hand in die Gerlindes.

»An meiner Bereitwilligkeit sollst du nicht zweifeln, liebe Gerlinde. Aber wer weiß, ob ich dir als Freundin genüge. Rainer hat mir erzählt, wie klug und geistvoll du bist. Ich bin aber ein unbedeutendes junges Ding.«

Gerlinde brachte ein schelmisches Lächeln zustande. »Hörst du, Rainer? Deine Braut verketzert sich selbst. Das darfst du nicht leiden. Mit so klugen Augen ist man nicht unbedeutend, liebe Josta. Rainer hätte sich ganz sicher keine unbedeutende Frau erwählt. Und überhaupt – wer einen so geistvollen, bedeutenden Vater hat wie du –, ich sage nichts weiter.«

Der Minister warf einen bewundernden Blick auf die schöne Frau. »Wollen Sie sich über mich lustig machen?«, fragte er scherzend.

Sie hob abwehrend die Hände und sah ihn mit ihrem süßesten, sanftesten Lächeln an. »Oh, Exzellenz, das ist zu viel Bescheidenheit für einen so bedeutenden Staatsmann.«

Er lachte herzlich. »Der bedeutende Staatsmann bedankt sich für die gute Meinung. Im Übrigen kann ich Sie versichern, Gnädigste, dass von mir keine großen Geistesgaben verlangt werden. Ein wenig Takt, Pflichtgefühl und mittelmäßige Begabung – das ist alles«, sagte er heiter.

Sie lächelte fein. »Sie gestatten, Exzellenz, dass ich mir darüber meine eigene Meinung bilde. – Aber nun bekomme ich von dir, meiner lieben Josta, einen Schwesterkuss.«

Fühlte Josta, dass es ein Judaskuss war? Sie schauerte leise zusammen und machte sich so schnell wieder los, wie es die Höflichkeit zuließ.

Rainer war ehrlich entzückt von Gerlindes Liebenswürdigkeit und küsste ihr dankbar die Hand. Man plauderte noch eine Weile über dies und das.

Bald verabschiedeten sich Josta und ihr Vater von Gerlinde und baten sie, den Abend mit Rainer und seinem Bruder im Jungfernschlösschen zu verbringen. Sie sagte zu. Rainer begleitete seine Braut und ihren Vater nach Hause.

»Nun, Josta, wie gefällt dir Gerlinde?«, fragte er auf dem Heimweg. »Ist sie nicht eine charmante Frau?«

Am liebsten hätte Josta ihrem Verlobten gesagt, dass sie etwas Unerklärliches vor ihr warne. Aber sie konnte es nicht, eher hätte sie die größten Opfer gebracht, als den frohen Glanz seiner Augen zu trüben.

»Sie ist wunderschön, klug und liebenswürdig«, sagte sie.

»Ja, das unterschreibe ich auch«, bemerkte ihr Vater.

»Und ich freue mich, dass ihr gleich Freundschaft geschlossen habt«, fuhr Rainer fort. »Wir werden in Ramberg aufeinander angewiesen sein. Übrigens soll ich dir eine ergebene Empfehlung des Barons Rittberg bestellen, und seine Gattin lässt dich unbekannterweise herzlich grüßen. Er schwärmt von dir, und sie ist sehr gespannt, dich kennen zu lernen. Sie sind leider jetzt nicht abkömmlich.«

Josta lächelte. »Baron Rittberg hat mir sehr gut gefallen, als ich ihn diesen Winter kennen lernte.«

»Rittbergs werden uns oft besuchen. Gar so still sollst du es in Ramberg nicht finden.«

Sie sah ihn mit ihren lieben dunklen Augen lächelnd an, sodass ihm das Herz warm wurde.

»Mir ist es ganz sicher nicht zu still, Rainer. Ich habe ja …« Sie stockte und wurde rot. Ich habe ja dich, hatte sie sagen wollen. Aber nun vollendete sie: »Ich habe ja Gerlinde und dich zur Gesellschaft. Viele Menschen brauche ich nicht. Manchmal meine ich, dass ich lange mit meiner eigenen Gesellschaft auskommen könnte.«

»Dann wärst du jedenfalls in der allerbesten Gesellschaft«, erwiderte Rainer.

Sie lächelte ein wenig verwirrt. »Du sollst mir doch keine Komplimente machen. Dann kommst du mir so fremd vor. Früher tatest du das nie.«

Er nahm ihre Hand zart zwischen seine beiden und sah sie mit einem seltsamen Blick an.

»Jetzt ist das ganz anders, Josta – du bist doch nun eine junge Dame. Wie könnte ich dich noch kritisieren!«, sagte er halb ernst, halb scherzend.

»Wirst du es nie mehr tun?«

»Ganz sicher nicht.«

»Das ist eigentlich schade.«

»Warum?«

»Weil ich mich sehr gern von dir kritisieren ließ. Das war fast schöner, als wenn andere Leute mich lobten.«

Der Minister hatte lächelnd zugehört. »Warte nur ab, Josta, in der Ehe gibt es manchmal Schelte auf beiden Seiten, auch in der glücklichsten. Das wird auch bei euch nicht anders sein. Du wirst also schon noch zu deinem Recht kommen.«

Als der Wagen vor dem Jungfernschlösschen hielt, fragte Rainer: »Darf ich euch noch ein halbes Stündchen Gesellschaft leisten?«

Josta freute sich, dass er bleiben wollte, sprach es aber nicht aus. Sie sagte nur: »Du kannst den Tee mit uns nehmen, Rainer. Zur Teestunde macht sich Papa jetzt immer von Geschäften frei, weil er weiß, dass ich nicht mehr lange bei ihm bleibe.«

»Natürlich bleibe ich gern, solange ich darf, ohne zu stören.«

»Du störst niemals.«

Die drei Personen waren inzwischen in Jostas kleinem Salon, einem reizenden, lauschigen Raum, der den Stempel ihrer Persönlichkeit trug, eingetreten und nahmen Platz, während ein Diener den englischen Teewagen hereinrollte, auf dem alles bereitstand.

In anmutiger Weise machte Josta die Wirtin. Sie hatte den Diener entlassen und füllte die Tassen selbst. Für den Vater gab sie, wie er es liebte, Zucker hinein. Rainer reichte sie den Tee ohne jede Beigabe. »Ich weiß, du nimmst nichts dazu. Doch von diesen Toasts darf ich dir anbieten«, sagte sie mit der ungezwungenen Sicherheit der großen Dame.

Er bediente sich und küsste ihr die Hand. Und ein heißes, stürmisches Glücksgefühl stieg in ihm auf, als er daran dachte, dass sie ihm nun bald täglich den Tee kredenzen werde.

So saßen sie bis sechs Uhr zusammen.

Rainer erhob sich. »Oh – schon so spät! Da kann ich gleich von hier aus zum Bahnhof fahren, um meinen Bruder abzuholen.«

»Du freust dich sehr auf sein Kommen, nicht wahr?«, fragte Josta lächelnd.

Er nickte, und seine warmen grauen Augen leuchteten auf. »Ja, Josta. Henning ist ein Stück von mir. Wir hängen sehr aneinander. Er hat mir schon geschrieben, dass du ihm nun auch ein Winkelchen in deinem Herzen einräumen müsstest.«

Rainer verabschiedete sich nun. Schnell legte er den Arm um Josta und küsste sie auf den Mund. Und wieder fühlte er einen leisen, scheuen Widerstand, und ihre Lippen schienen wie leblos. Sie duldete seinen Kuss, ohne ihn zurückzugeben. Das schmerzte ihn.

Josta saß indessen in ihrem Boudoir und suchte für das Obermaß ihres Empfindens Ausgleich in ihrem Tagebuch. Und zuletzt schrieb sie nieder:

»Ich habe nun auch Gerlinde kennen gelernt. Und ich hatte in dem Augenblick, da sie mir entgegentrat, das beklemmende Empfinden, dass sie mich hasse. In ihren Augen sah ich einen furchtbaren Blick, vor dem ich bis ins Herz hinein erschrak. Aber es muss wohl Einbildung gewesen sein. Gerlinde war ja so lieb und freundlich zu mir; sie will mir eine Freundin, eine Schwester sein. Und ich bringe ihr dafür eine so unerklärliche Abneigung entgegen. Ich will mir Mühe geben, dieses Gefühl zu besiegen. Vielleicht lerne ich noch, ihr zu vertrauen und sie lieb zu gewinnen. Ich möchte es schon Rainer zuliebe tun, der nicht merken darf, wie unsympathisch mir Gerlinde jetzt noch ist. Ach – was habe ich nun plötzlich für Geheimnisse vor ihm! Er darf nicht wissen, dass ich ihn liebe, und auch nicht, dass ich Gerlinde nicht vertrauen kann. Solche Geheimnisse machen das Herz so schwer.«

7

Gerlinde war, nachdem Rainer mit Josta und ihrem Vater fortgefahren war, wie eine gereizte Löwin durch ihre Zimmer geschritten, ruhelos, mit bleichem Gesicht und unheimlich funkelnden Augen. Zuweilen blieb sie stehen, starrte wie geistesabwesend auf irgendeines der alten, kostbaren Möbel.

Endlich sank sie müde in einen der hohen Lehnstühle. Von Generation zu Generation hatten sich all diese Waffen, Gemälde, Prunkgeräte und Kostbarkeiten vererbt. Und wenn sie hätten reden können, hätten sie wohl seltsame Geschichten zu erzählen gewusst. Und wie diese Gegenstände seit Jahrhunderten stumm auf alles blickten, was in diesen Räumen geschah, so waren sie auch stumme Zeugen des Seelenkampfes, den Gerlinde mit sich selbst auszufechten hatte.

Ihre Augen bohrten sich in diese leblosen Sachen hinein, ohne etwas zu sehen. Sie sah etwas anderes vor ihren geistigen Augen: ein schlankes, schönes Mädchen mit prachtvollem kastanienbraunem Haar und großen dunklen Wunderaugen. Und Rainer nannte dies Mädchen Braut. Und deshalb musste sie, Gerlinde, in die Verbannung ziehen.

»Wenn Wünsche töten könnten – ich würde sie töten«, knirschte sie zwischen den Zähnen hervor, und leidenschaftlicher Hass entstellte ihre Züge.

Wie *ermattet* von ihren wilden Gedanken sank sie in

sich zusammen und strich sich über die Augen, als müsse sie quälende Bilder fortwischen. Und dann erhob sie sich träge und tastete nach der Klingel, um einen Diener herbeizurufen. Als er erschien, fragte sie hastig in sprödem Ton: »Ist der Herr zurückgekehrt?«

»Nein, Eure Gnaden. Der gnädige Herr hat telefoniert, dass man ihn erst um sieben Uhr mit Herrn Henning erwarten soll.«

»Gut. Bringen Sie den Tee«, befahl sie.

Gerlinde wanderte wieder auf und ab, bis der Diener den Tee brachte. Sie nahm eine Tasse davon, stark und heiß, um die Mattigkeit ihrer Glieder zu bekämpfen.

Und dann begab sie sich in ihr Toilettenzimmer. Sie wollte sich heute selbst übertreffen. Kritisch betrachtete sie sich im Spiegel. Die Frisur musste dreimal geändert werden, ehe sie zufrieden war. Mit Jostas reichen Flechten zu konkurrieren war nicht leicht.

Sie betrachtete immer wieder ihr Spiegelbild.

Noch war sie schön – noch konnte sie neben Josta bestehen. Aber wie lange noch – dann begann sie zu verblühen. Ihre schönsten Jahre hatte sie an der Seite eines Mannes verbracht, den sie nicht liebte und den sie abwechselnd mit Launen und Gleichgültigkeit gequält hatte.

Der Gedanke, dass sie dreißig Jahre zählte, während ihre Nebenbuhlerin fast zehn Jahre jünger war, quälte sie immer wieder.

Ängstlich forschte sie in ihrem Antlitz nach leisen Spuren des nahenden Verblühens. Gottlob – noch war nichts zu entdecken.

Auge in Auge mit ihrem Spiegelbild fasste sie allerlei Josta feindliche Entschlüsse.

Rainer hatte auf dem Bahnhof seinen Bruder Henning begrüßt. Sie hatten sich viel zu erzählen, und ehe sie sich's versahen, hielt der Wagen vor der Villa Ramberg.

»Wenn du fertig bist mit Umkleiden, Henning, dann kommst du wieder zu mir herüber. Vielleicht bleibt uns dann noch ein Viertelstündchen zum Plaudern.«

»Das glaube ich auch, Rainer. Sag mal – kann ich denn deiner Braut so ohne weiteres am späten Abend ins Haus fallen, ohne vorher Besuch gemacht zu haben?«, fragte Henning lächelnd.

Wohlgefällig sah ihn der Bruder an. Sie sahen einander sehr ähnlich, nur waren die Züge Rainers markanter und fester, er sah bedeutender und interessanter aus. In Hennings frisches Gesicht hatte das Leben noch keine Runen gezeichnet. Seine Augen lachten und funkelten, als habe sich Sonne darin gefangen.

»Du kannst gewiss, Henning. Erstens kennst du sowohl meine Braut als auch ihren Vater seit langen Jahren, und zweitens sind wir doch nun eine einzige Familie. Gerlinde wird uns übrigens begleiten. Vielleicht sagst du ihr gleich guten Tag, wenn du dich umgezogen hast. Aber halte dich nicht lange bei ihr auf, damit wir noch etwas voneinander haben.«

»Selbstverständlich! Du weißt ja, Gerlinde und ich, wir haben uns nicht viel zu sagen. Wir sind sozusagen Antipoden.«

Damit verließ Henning seinen Bruder und begab sich in sein Zimmer. Schnell war das Umkleiden beendet, und aus dem Spiegel sah ihm ein markanter, bildhübscher Mensch entgegen. Noch ein Ruck, dann machte er kehrt und schritt hinüber zu den Zimmern von Gerlinde. Er hatte vorher anfragen lassen, ob er sie begrüßen dürfe.

Sie war schon in voller Abendtoilette und trug ein ganz weißes, weich fallendes Seidenkleid mit kleinem Ausschnitt. Sie sah wunderschön aus in dieser eleganten Toilette, die trotz der scheinbaren Schlichtheit sehr kostbar war.

Henning küsste ihr ritterlich die Hand, während er sich vor ihr verneigte.

»Ich freue mich, dich wieder zu sehen, lieber Vetter«, sagte sie scheinbar gut gelaunt. Es war ihr nicht entgangen, dass ihr Anblick ihn blendete, und das freute sie.

»Die Freude ist auf meiner Seite, Gerlinde. Wir haben uns lange nicht gesehen.«

»Leider; du hast dich in Ramberg sehr rar gemacht. Wie es dir geht, brauche ich nicht zu fragen. Du siehst aus wie das lachende Leben selbst!«

Sobald sie zu sprechen begann, verflog der angenehme Eindruck, den sie momentan auf ihn gemacht hatte. Er sah, dass ihre Augen kalt blickten und nicht teilnahmen an ihren liebenswürdigen Worten. Und der spröde, kühle Klang ihrer Stimme weckte seine Antipathie aufs Neue.

»Wenn ich dasselbe von dir sagen würde, könnte ich dir vielleicht banal erscheinen. Und davor muss man sich hüten einer so geistvollen Frau gegenüber. Ich freue mich jedenfalls, dass du keine schwarzen Kleider mehr trägst. Ich glaube wahrhaftig, schöner als in diesem lichten Weiß kannst du nicht mehr aussehen«, sagte er so höflich, wie es seine Antipathie zuließ.

Sie lächelte – ein kühles, formelles Lächeln. Feinfühlig hatte sie längst bemerkt, dass Henning nicht viel für sie übrighatte. Und es lag nicht in ihrem Charakter, um Sympathie zu werben, wenn es ihr nicht aus einem Grunde erstrebenswert erschien.

»Du hast in Berlin gelernt, Komplimente zu machen, Vetter.«

»Nur, wo sie angebracht erscheinen. Geht es dir gut, Gerlinde?«

»Danke. Man muss zufrieden sein und sich bescheiden lernen.«

»Das klingt für eine schöne Frau viel zu resigniert, und ich glaube bei dir nicht an diese Resignation.«

»Warum nicht?«, fragte sie mit blitzenden Augen.

Er sah sie lächelnd an. »Weil in deinen Augen noch eine hohe Forderung an das Leben liegt.«

»Ei – bist du ein so scharfer Seelenkenner?«, spottete sie.

»Menschenkenner bin ich sozusagen von Geburt, Gerlinde. Ich bin nämlich ein Sonntagskind und sehe den Menschen bis ins Herz«, scherzte er.

»Oh – und hörst am Ende gar das Gras wachsen?«, gab sie spottend zurück.

Er lachte wieder, ohne ihren Spott übel zu nehmen. »Das muss ich nächstens mal ausprobieren. Du bringst mich da auf eine gute Idee.«

»Nun, ich wünsche viel Vergnügen zu diesem neuesten Sport. Anstrengend ist er keinesfalls.«

»Das glaube ich auch nicht. Aber nun will ich dich nicht länger stören. Ich wollte dich nur schnell begrüßen. Rainer sagte mir, dass wir nachher zusammen zu Waldows fahren.«

»So ist es. Bitte, sage Rainer, er soll mich rufen lassen, wenn es Zeit ist, aufzubrechen!«

»Gern. Auf Wiedersehen also!«

Er küsste ihr artig die Hand, verneigte sich und ging. Als

er gleich darauf bei seinem Bruder eintrat, sagte er lachend: »Du, Rainer, Gerlinde müsste eigentlich die schöne Melusine heißen.«

»Warum das?«

»Hm! Ich habe so das Gefühl, als riesele permanent kaltes Wasser um sie her und kühle die Temperatur erheblich ab.«

»Unsinn, Henning. Du kannst mir glauben, dass sie ein sehr warmblütiger, liebenswerter Mensch ist.«

»So? Na, vielleicht zeigt sie sich dir in einem anderen Licht. In mir sieht sie vielleicht ein noch recht unfertiges Gewächs, das reichlich mit Regenwasser begossen werden muss. Ich soll dir übrigens sagen, du möchtest sie rufen lassen, wenn wir aufbrechen.«

»Das soll geschehen. Aber nun komm, mein lieber Junge, setz dich zu mir. Willst du einen Imbiss?«

»Danke, nein. Ich warte bis zum Souper.«

»Oder ein Glas Wein? Kognak? Zigaretten?«

»Das Letztere akzeptiere ich, Rainer. So, nun ist's gemütlich. Herrgott – wenn du wüsstest, wie ich mich nach so einer Stunde mit dir gesehnt habe, Herzensbruder! Eine Ewigkeit haben wir uns nicht gesehen.«

»Leider. Das dürfte zwischen uns gar nicht möglich sein.«

»Hast recht. Aber es gibt Umstände! Hm! Und nun bist du Ehekandidat. Wie mir das vorkommt! Schnurrig – ganz schnurrig! Wenn ich nur mit deiner Braut gleich auf eine gemütliche Basis komme. Denn siehst du, Rainer – bisher stand nie ein Mensch zwischen uns. Josta wird das nun tun. Da bleibt mir doch gar nichts anderes übrig, als euch beide mit brüderlicher Liebe zu umfangen.«

Rainer fasste des Bruders Hand. »Da bin ich gar nicht bange, Henning. Du und Josta, ihr werdet einander schon gefallen, dessen bin ich sicher. Du wirst sie schnell lieb gewinnen.«

»Das will ich hoffen. Ich bin ja so froh und bin Josta im Grunde so viel Dank schuldig, weil sie mich von einer fürchterlichen Angst befreit hat, nämlich der, du könntest auf den Gedanken kommen, Gerlinde zu deiner Frau zu machen.«

Rainer sah ihn erstaunt an und schüttelte den Kopf.

»Gerlinde! Wie kommst du auf diese Idee? Da brauchst du keine Angst zu haben. Gerlinde und ich? Nein, sosehr ich sie schätze, ja bewundere, aber als Frau könnte ich sie mir nicht denken.«

Henning lachte sorglos. »Nun, da habe ich mich umsonst geängstigt. Wie hat Gerlinde eigentlich die Nachricht von deiner Verlobung aufgenommen? Sie muss doch nun ins Witwenhaus übersiedeln.«

»Ja, das muss sie. Und sie hat sich mit bewundernswerter Ruhe darein gefügt.«

»Das freut mich. Sie machte mir nämlich ganz den Eindruck, als sei sie nicht gewillt, auch nur eine Handbreit von dem bisher von ihr beherrschten Terrain aufzugeben. Ich gebe auch zu, es muss ein scheußliches Gefühl sein, als entthronte Königin ins Exil zu gehen.«

»Da siehst du, wie großdenkend und feinfühlig sie ist. Sie hat mich selbst darum gebeten, das Witwenhaus instand setzen zu lassen, und auch den Familienschmuck, an dem doch ihr Herz hing, hat sie mir freiwillig ausgeliefert.«

»Das ist anerkennenswert. Aber sie wird eben aus der Not eine Tugend gemacht haben. Übrigens kann ich mir nicht denken, dass sie lange im Witwenhaus bleiben wird, sie sieht nicht aus wie eine Frau, die auf Lebensfreuden verzichten wird. Wie hat sie sich denn zu deiner Braut gestellt?«

»Herzlich und liebenswürdig. Sie hat ihr gleich das schwesterliche Du angeboten. Du wirst dich heute Abend davon überzeugen können, wie vertraut sie schon miteinander sind.«

»Nun – mich soll es am meisten freuen, wenn ich mich getäuscht habe.«

»Das weiß ich, mein Henning«, sagte Rainer herzlich und schüttelte dem Bruder die Hand.

Josta empfing an der Seite ihres Vaters die beiden Brüder und Gerlinde in dem neben dem Speisesaal befindlichen Salon. Sie trug ein lichtblaues Kleid aus zartem, weichem Seidenstoff. Hals und Arme waren frei und ohne jeden Schmuck. Nur an den schönen Händen glänzte außer dem Verlobungsring ein kostbarer Marquisring, der einen von Brillanten umgebenen Smaragd zeigte. Diesen Ring hatte sie von ihrer verstorbenen Mutter geerbt.

Sie trat Henning entgegen und reichte ihm mit warm aufleuchtendem Blick und süßem Lächeln die Hand.

»Grüß Gott, lieber Henning! So darf ich Sie doch nennen?«

Henning stand einen Moment fassungslos und war von ihrer Holdseligkeit bis ins Herz getroffen. Seine Sonnenaugen strahlten auf in unverhülltem Entzücken. Er vergaß einen Moment alles um sich herum und öffnete sein Herz weit, um diese bezaubernde, frühlingsfrische Erscheinung in sich aufzunehmen.

»Liebe Josta – ja – das sind Sie – und doch – ich hätte Sie nicht wiedererkannt. So verändert haben Sie sich. Nur die Augen – ja, die Augen sind es noch. Und doch – nein – auch die Augen sind anders geworden«, sagte er erregt und fassungslos.

Das klang so impulsiv, aus dem innersten Herzen heraus, dass Josta die Röte ins Gesicht stieg. Dann wandte er sich an seinen Bruder: »Rainer – ich freue mich – ich freue mich so sehr, dass Josta meine Schwägerin wird«, sagte er herzlich.

Warm und wohlig stieg es bei der Begrüßung mit Henning in Jostas Herzen auf, und ihre Augen sahen strahlend und herzlich in die seinen. Und so blickte sie ihn an, wie sie es jetzt bei Rainer nie mehr zu tun wagte – so recht aus dem Herzen heraus und ohne Scheu.

»Sie müssen wissen, liebe Josta, dass ich gräuliche Angst hatte, die Braut meines Bruders könnte mir unsympathisch sein«, fuhr Henning fort. »Ich hätte ja gar nicht gewusst, was ich tun sollte, wenn ich Sie nicht gleich lieb gewonnen hätte. So etwas muss nämlich bei mir gleich auf den ersten Blick geschehen.«

»Und das ist nun hoffentlich geschehen?«, fragte Josta schelmisch lächelnd.

»Ja, gottlob, und deshalb bin ich so froh. Nicht wahr, Rainer, wir sprachen vorhin noch davon.«

Rainer dachte daran, dass Henning mit dem Vorsatz hierhergekommen war, sich »Knall und Fall in Josta zu verlieben«. Aber er musste jetzt nur über Hennings frohen Eifer lächeln.

»Ja, Josta, wir beide müssen uns nun in Hennings Herzen miteinander vertragen, aber ich trete dir gern die Hälfte davon ab«, sagte er.

Bald darauf ging man zu Tisch.

Der Minister führte Gerlinde und Rainer seine Braut. Henning folgte dem Brautpaar, und seine strahlenden Augen hingen selbstvergessen an Jostas schlanker Gestalt.

Und in seiner sorglos sonnigen Glückseligkeit war er ein Gesellschafter, dessen Frohsinn hinreißend wirkte und dessen Zauber sich selbst Gerlinde nicht entziehen konnte.

Josta war ebenfalls sehr lebhaft und heiter und neckte sich fast übermütig mit Henning. Seine Gegenwart wog die Gerlindes auf, die sich von der liebenswürdigsten Seite zeigte.

So gab sich Josta unbekümmert der Freude hin, mit Henning zu plaudern. Er kramte einige gemeinsame Erinnerungen aus, über die sie hell auflachen musste. Einmal, so erzählte er, war er in seinen Ferien, die er auf Schelling verlebte, nach Waldow gekommen. Und da hatte er gesehen, wie Josta ohne alle Vorbereitungen, nur einem Impuls folgend, den ersten Reitunterricht auf eigene Faust genommen hatte. Sie hatte sich einfach ein ziemlich wildes Füllen eingefangen und es ungesattelt und zügellos zu besteigen versucht. Mit unglaublicher Energie hatte sie es durchgesetzt, das unruhige Füllen zu besteigen, und hatte sich eben, im Herrensitz natürlich, zurechtrücken wollen, als das Tier energisch gebockt und seine Reiterin kurzerhand auf den weichen Rasenboden geworfen hatte.

»Und was habe ich dann getan?«, fragte Josta heiter.

»Sie sind aufgestanden und mit verblüffender Geschwindigkeit wieder hinter dem Füllen hergejagt. Als Sie es glücklich erreichten, schwangen Sie sich mit einem Satz wieder auf den Rücken und behaupteten diesmal das Feld. Ich bekam damals einen gewaltigen Respekt vor Ihrer Energie.«

»Also das haben Sie beobachtet, Henning? Und ich habe gedacht, dass kein Mensch eine Ahnung gehabt hätte von diesem meinem ersten Reitversuch. Bald darauf habe ich aber dann regelrechten Reitunterricht bekommen von Onkel – ich meine – von Rainer.«

Sie wurde rot, weil sie »Onkel Rainer« hatte sagen wollen. Henning ließ ihr aber keine Zeit zur Verlegenheit.

Rainer hatte lächelnd den beiden jungen Leuten zugehört, und er freute sich an Jostas Munterkeit. Aber er wurde auch nachdenklich.

Ich bin doch wohl zu alt für Josta, zu alt und ernst. So wie Henning müsste ich sein, dann würde sie mich lieben können!

Josta zog ihn jetzt mit ins Gespräch. »Nicht wahr, Rainer, du wirst mir in Ramberg ein Reitpferd halten und recht oft mit mir ausreiten?«, fragte sie lächelnd.

Da vergaß er alles, was ihn bedrückte. Er sah in Jostas strahlende Augen und fasste ihre Hand, um sie zu küssen.

»Alles sollst du haben, was du dir wünschst, Josta. Und nichts wird mir lieber sein, als wenn du mich recht oft auf meinen Ritten begleiten wirst. Dann wird es sein wie in Waldow.«

Unter seinem leuchtenden Blick wurde sie rot und zog ihre Hand hastig zurück.

Henning griff das Thema auf. »Dann darf ich hoffentlich zuweilen der Dritte im Bunde sein, wenn ich meinen Urlaub in Ramberg verlebe. Ich warte nämlich nicht ab, ob Sie mich einladen, liebe Josta, sondern lade mich gleich selbst ein.«

Josta sah ihn freundlich und herzlich an. »Ich denke doch,

Sie sind in Ramberg zu Hause, Henning. Da bedarf es keiner Einladung, nicht wahr, Rainer?«

Dieser nickte. »Das weiß Henning natürlich selbst, Josta, aber er möchte es wohl auch von dir hören. – Es geht aber wirklich nicht, dass ihr euch länger das geschwisterliche Du vorenthaltet. Ihr müsst Brüderschaft trinken.«

Henning sprang sofort auf. Er trat neben sie und hielt ihr sein gefülltes Glas entgegen. »Auf Du und Du, liebreizende Schwägerin!«

Josta ließ lächelnd ihr Glas an das seine klingen. Er leerte das seine bis auf den Grund. Und dann sagte er mit strahlenden Augen: »Und nun Bruderkuss, Josta. Ich grüße dich als mein geliebtes Schwesterlein!«

Mit diesen Worten umfasste er sie und drückte seine Lippen auf die ihren.

Unbefangen ließ Josta das geschehen. Gegen Hennings Kuss wehrte sie sich nicht wie gegen den Rainers. Aber Henning stieg das Blut heiß in die Stirn, als er Josta in seinen Armen hielt und ihre Lippen berührte.

Zwei Augen hatten diese Szene scharf beobachtet, zwei Augen, denen nicht das Geringste dabei entging. Das waren Gerlindes Augen. Rainer war in diesem Augenblick von dem Minister in Anspruch genommen und hatte weder die gerötete Stirn noch das hastige, unsichere Wesen seines Bruders bemerkt.

In Gerlindes Herzen zuckte aber bei dieser Beobachtung eine wilde Freude auf. Sie ließ ihre Augen nicht von den beiden jungen Menschen, als wollte sie mit ihren verborgenen Wünschen Macht über sie gewinnen.

Nach Tisch, als man sich in ein anderes Zimmer begeben hatte, trat Gerlinde vertraulich zu Josta heran und sagte mit ihrem sanftesten Lächeln: »Das ist ein reizender Abend, liebe Josta. Ich freue mich herzlich, dass wir uns kennen gelernt haben, und kann nun die Zeit kaum erwarten, bis du nach Ramberg kommen wirst. Wir wollen treue Freundinnen werden und uns gegenseitig volles Vertrauen entgegenbringen, nicht wahr?«

Josta dachte bei sich, dass es ihr unmöglich sein werde, Gerlinde etwas anzuvertrauen, was sie nicht jedem Menschen würde sagen können. Sie kam sich dieses Gedankens wegen unehrlich vor und hätte ihn gern offen, wie es sonst ihre Art war, ausgesprochen. Aber da sah sie die Augen ihres Verlobten mit freudigem Ausdruck auf sich und Gerlinde ruhen und antwortete: »Es wird mich sehr froh machen, Gerlinde, wenn wir einander so vertrauen lernen. Aber ich bin im Grunde eine wenig mitteilsame Natur. Du wirst Geduld mit mir haben müssen.«

»Das wird sich bald finden. Du wirst gar nicht anders können, wenn wir einander erst näher kennen gelernt haben.«

Mit einer Entschuldigung entfernte sich Josta schnell aus Gerlindes Nähe und ging mit Henning in eines der anstoßenden Zimmer. Gerlinde ließ sie gehen und verwickelte Rainer und den Minister in eine angeregte Unterhaltung, so dass sie gar nicht darauf achteten, wie lange Henning und Josta im Nebenzimmer blieben.

Josta hatte drüben einen Fotografiekasten aufgeklappt und kramte in den Bildern. Sie hatte mit Henning über einige Aufnahmen gesprochen, die ihre verstorbene Mutter selbst gemacht hatte. Die wollte sie ihm zeigen.

Henning entdeckte ein Bild, das sie als Backfisch darstellte.

»So habe ich dich zuletzt gesehen, Josta. Und da bin ich gleichgültig an dir vorübergegangen und habe nicht geahnt, dass du einmal meine Schwägerin würdest – auch nicht, dass du je so schön und hold werden könntest.«

Lachend und unbefangen nahm sie ihm das Bild aus den Händen und sah darauf: »Damals war ich beinahe eine kleine Vogelscheuche. Ein wenig zu meinem Vorteil hab ich mich wohl verändert, und ich freue mich, dass ich dir nun besser gefalle. Sonst hättest du mir vielleicht gar nicht erlaubt, deine Schwägerin zu werden«, neckte sie.

Er sah sie an und vergaß zu antworten. Erst nach einer Weile strich er sich wie besinnend über die Augen.

»An meine Erlaubnis hättest du dich sicher so wenig gekehrt wie Rainer«, sagte er und nahm ein neues Bild in die Hand. Dieses zeigte Josta und Rainer zu Pferde auf dem Waldower Gutshof.

Er betrachtete es interessiert. »Schade, von deinem Gesicht ist nicht viel zu sehen, du wendest dich zur Seite. Aber Rainer ist famos getroffen. Weißt du, Josta, zu Pferd sieht Rainer prachtvoll aus, nicht wahr?«

»Ja«, sagte sie nur und wandte sich ab.

Er blieb aber an dem Thema hängen, als klammere er sich daran. »Überhaupt, Rainer ist ein Mensch, den man immer bewundern muss. Wenn ich ihn nicht so lieb hätte, müsste ich ihn verehren.«

Sie atmete tief ein. »Ja, er ist ein Mensch, den man verehren muss«, sagte sie halblaut.

Er sah unsicher zu ihr auf. »Und jetzt liebst du ihn.«

Da richtete sie sich jäh empor, und ihr Gesicht wurde blass. »Nein – ich liebe ihn nicht!«

Henning zuckte zusammen und starrte sie an. Auch er war plötzlich ganz bleich geworden. »Josta!«, rief er erschrocken.

Sie strich sich hastig über die Stirn und zwang sich zu einem Lächeln. »Du brauchst nicht zu erschrecken, Henning, und musst mich recht verstehen. Ich habe früher nie daran gedacht, dass ich jemals seine Frau werden könnte, sah ich in ihm doch immer nur meinen guten Onkel Rainer. Natürlich habe ich ihn sehr gern – wie man eben einen guten Onkel liebt, dem man so recht von Herzen vertrauen kann. Er hat mich in aller Ruhe gefragt, ob ich seine Frau werden will. Und ich habe eingewilligt, weil ich ihn sehr gern habe und ihm völlig vertraue. Papa sagt, solche ruhig und bedachtsam geschlossenen Ehen werden die glücklichsten. Wir bringen einander unbegrenzte Hochachtung entgegen und herzliche Sympathie – sonst nichts.«

Sie hatte ganz ruhig gesprochen, als sei sie völlig mit diesem Stand der Dinge zufrieden und mit dem Gesagten bei der Wahrheit geblieben.

Seine Augen hingen brennend an ihrem Gesicht. »Sonst nichts?«, wiederholte er mit seltsamer Stimme. Und dann fragte er hastig, dringend: »Und wenn nun eines Tages in deinem Herzen die wahre, echte Liebe erwacht, wenn es sich nun einem andern Mann zuwendet?«

Sie schüttelte heftig den Kopf. »Das wird nie geschehen.«

Er sprang plötzlich auf und strich sich über die Stirn. »Mir scheint, es ist sehr heiß hier im Zimmer. Darf ich das Fenster ein wenig öffnen, Josta?«

Josta war viel zu sehr mit sich selbst beschäftigt und achtete viel zu viel auf sich selbst, um Henning nicht das Geheimnis ihres Herzens zu verraten, so dass sie nicht merkte, wie sehr Henning aus seinem Gleichgewicht gekommen war.

»Gewiss, Henning! Warte, ich helfe dir, die Stores aufzuziehen«, sagte sie und trat neben ihn.

Er bemühte sich ungeschickt mit den Schnüren, und als sie ihm helfen wollte, kamen sie beide nicht damit zurecht. Ihre Hände berührten sich. Da zuckten die seinen zurück.

»Lass es mich allein tun, Henning, so wird es nichts«, sagte Josta lächelnd, wieder ganz unbefangen, »wir verwirren die Fäden immer mehr.«

Gerlinde konnte von ihrem Platz im Nebenzimmer aus die beiden jungen Menschen sehen. Sie bespitzelte den heißen, unruhigen Blick, mit dem Henning Josta ansah. Und sie verstand in diesen brennenden Männeraugen zu lesen. Ein wilder Jubel erfüllte ihr Herz. Es war, als hätten ihre Wünsche Gewalt bekommen. Aber gleich darauf bemerkte Henning, dass Gerlinde ihn beobachtete. Das Feuer in seinen Augen erlosch. Er richtete seine Gestalt straff empor, und seine Lippen pressten sich fest zusammen, als müsse er ein Geheimnis hüten.

Es war, als habe ihn der Blick Gerlindes zur Vernunft gebracht. Scheinbar unbefangen fragte er Josta: »Ist dir Gerlinde sehr sympathisch?«

Sie sah ihn unsicher an und zögerte eine Weile. Aber dann drängte es sich über ihre Lippen: »Ich schäme mich, Henning, nein sagen zu müssen. Sie ist sehr freundlich und liebenswürdig zu mir, und ich möchte sie gern lieb gewinnen, weil Rainer sie so hoch schätzt und verehrt. Aber – du wirst es ja nicht weitersagen, es ist ein seltsam unbestimmtes

Gefühl in mir, das mich keine Sympathie zu ihr fassen lässt. Vielleicht hätte ich mit dir nicht darüber sprechen sollen, aber weil du mich so direkt fragtest, wollte ich dir auch eine ehrliche Antwort geben. Schilt mich nur aus wegen meiner Torheit. Weshalb sollte mich Gerlinde hassen?«

Er sah sehr nachdenklich aus. »Vielleicht bist du nicht töricht, sondern sehr scharfsichtig in diesem Punkt, Josta. Mir geht es genau wie dir, ich kann auch kein Vertrauen fassen zu Gerlinde. Rainer kann das nicht verstehen, er hält sehr viel von ihr. Und wie es seine ritterliche Art ist, hat er sich ihrer nach ihres Gatten Tod angenommen, denn Gerlinde schien ihm schutzlos, als er nach Ramberg kam. Deshalb verlangte er auch nicht, dass sie ins Witwenhaus übersiedeln sollte. Nun wird es aber geschehen, und ich muss sagen, ich bin froh darüber.«

»Ja – und im Grunde muss sie es doch meinetwegen verlassen. Deshalb könnte sie mir vielleicht grollen. Dann wäre es mir lieber, sie zeigte mir das ehrlich. Etwas Gezwungenes, Unnatürliches liegt in ihrem Wesen mir gegenüber. Ich kann es mir nur auf diese Weise erklären.«

»So wird es auch sein. Versprich mir, Josta, dass du vorsichtig sein wirst und dass du ihr nichts anvertraust, was nicht jeder Mensch wissen darf.«

Josta lächelte. »Erstens bin ich sehr zurückhaltend und schenke mein Vertrauen nur Menschen, die mir im Herzen nahestehen, und dann – was sollte ich ihr anvertrauen? Ich habe keine Geheimnisse.«

Er fasste ihre Hand. »Weißt du, dass du mir soeben etwas sehr Schönes gesagt hast?«

Sie sah ihn unbefangen fragend an. »Was habe ich denn gesagt?«

»Dass du dein Vertrauen nur an Menschen schenkst, die dir im Herzen nahestehen. Und du hast mich doch eben deines Vertrauens gewürdigt.«

Sie nickte froh. »Ja, du stehst mir auch nahe, Henning. Du bist doch Rainers Bruder. Da muss ich dir doch auch gut sein. Und ich tue es von Herzen, es fällt mir gar nicht schwer.«

Damit schloss sie den Fotografiekasten und hängte sich zutraulich in seinen Arm. Seite an Seite traten sie in den Rahmen der Tür. Rainer blickte auf und sah sie stehen, die jungen Gesichter noch ein wenig erregt.

Und er kam sich in diesem Moment so alt vor im Vergleich zu seinem Bruder, dass ihn ein tiefer Schmerz durchzuckte.

Da löste Josta ihre Hand aus Hennings Arm und schritt schnell auf ihn zu, als könnte sie nicht anders. Rainer atmete tief ein, wie nach einer schweren Anstrengung.

Gerlindes Augen hatten gefunkelt, als Josta mit Henning in so vertraulicher Haltung eintrat. Aber als nun Josta neben Rainer stand und dieser so zärtlich war, schloss sie für einen Moment die Augen, als wollte sie das nicht sehen.

Bald darauf brachen die beiden Brüder mit Gerlinde auf. »Gute Nacht, meine herzliebe Josta«, sagte Rainer zum Abschied zu seiner Braut und küsste ihr die Hand.

Josta lauschte auf dieses »herzliebe Josta« mit klopfendem Herzen. Ach, dass ich wirklich seine »herzliebste Josta« sein könnte, dass ich die andre Frau, die er im Herzen trägt, verdrängen könnte!, rief es in ihr. Wenn ich nur wüsste, wer sie ist! Ob Henning etwas von ihr weiß?

Henning wusste jedoch ebenso wenig wie andere Menschen von seines Bruders Herzensroman. Er wusste nur, dass Rainer lange Jahre eine unglückliche Neigung mit sich herumgetragen hatte. Der Name der Frau war ihm fremd geblieben.

8

Die beiden Brüder saßen, nachdem sie mit Gerlinde in die Villa Ramberg zurückgekehrt waren, noch ein Stündchen plaudernd zusammen.

Gern hätte Henning seinen Bruder gefragt, ob jene Neigung in ihm erstorben sei oder ob sie noch immer in seinem Herzen lebte. Aber er hätte dann vielleicht auch sagen müssen, dass Josta ihm Einblick gewährt hatte in ihr Verhältnis zu Rainer, und das wollte er doch nicht.

Zum ersten Mal stand etwas Fremdes, Unausgesprochenes zwischen ihm und Rainer. Es tat ihm weh, und doch konnte er es nicht beiseiteschieben.

In der folgenden Nacht starrte er lange vor sich hin ins Dunkel. Bisher war er immer derjenige gewesen, der von Rainer geführt und geleitet wurde. Sollte nun nicht einmal der Jüngere den Älteren auf einen Fehler aufmerksam machen? Es geschah aus ehrlichem Herzen und in fester Überzeugung. Oder doch nicht? Schlummerte nicht im Hintergrund seiner Seele ein egoistischer Gedanke, der sich um Jostas Person drehte?

Als er am nächsten Morgen in Rainers Zimmer trat, sah er, dass dieser einige seiner Fotografien vor sich liegen hatte und sie aufmerksam betrachtete.

»Hilf mir einmal, die beste auszusuchen, Henning. Du hörtest ja gestern Abend, Josta wünscht ein Bild von mir. Ich will es ihr mit den Rosen dort schicken«, sagte er.

Da erst erblickte Henning einen Korb voll der herrlichsten dunkelroten Rosen. Sie standen auf dem Tisch. Und da erinnerte sich Henning an eine kleine Szene.

Rainer war im vorigen Jahr in Berlin gewesen. Und da hatte Henning, als er mit dem Bruder die Linden entlangging, in einem der Blumengeschäfte ein Arrangement für die Gattin eines Kameraden als Geburtstagspräsent gekauft. Gleichgültig hatte Henning das erste beste gewählt, einen Korb mit roten Rosen. Rainer hatte jedoch die Hand auf seinen Arm gelegt und gesagt: »Henning, rote Rosen schenkt man nur einer Frau, die man liebt.«

Daran musste er jetzt denken.

Zufällig blickte er vor sich in einen Spiegel, und in diesem sah er Rainer vor den roten Rosen stehen, sah, wie er zärtlich mit der Hand darüberstrich und sie küsste.

Um keinen Preis hätte er Rainer nun seine Gedanken und Gefühle beichten mögen, wie er es sich in dieser Nacht vorgenommen hatte. Jetzt war das alles anders geworden, jetzt durfte er zu Rainer nicht mehr von der eigenen Herzensunruhe sprechen.

Mit einem tiefen Atemzug nahm er eine der Fotografien, die ihm am treusten Rainers Züge wiederzugeben schien. »Diese würde ich an deiner Stelle Josta schicken, Rainer. Sie wird sich darüber freuen.«

Rainer nahm ihm lächelnd das Bild ab. »Meinst du, dass sie sich freut?«

»Sicher. Wir sprachen gestern von dir, als ich mit ihr die Fotografien betrachtete. Weißt du, wie sie dich nannte?«

Rainer sah ihn gespannt an. »Nun?«

»Einen Menschen, den man verehren muss«, antwortete Henning, im Bestreben, dem Bruder etwas Liebes zu sagen.

Da fasste Rainer den Bruder in unterdrückter Erregung bei den Schultern. »Ich danke dir, dass du mir das sagst, Henning. – Ich kann ein wenig Aufmunterung vertragen. Denn sieh, ich stehe Josta mit einem etwas zaghaften Empfinden gegenüber, weil ich weiß, sie sieht in mir nur den guten, alten Onkel Rainer. Und da komme ich mir neben ihr zuweilen so alt vor – so alt, dass ich dich gestern glühend um deine Jugend beneidete. Wäre ich zehn Jahre jünger – ich wüsste nicht, was ich darum gäbe.«

Henning fasste des Bruders Hand. »Rainer, Josta ist ein so liebenswertes Geschöpf. Ich kann dich verstehen. Aber auch du bist geschaffen, um geliebt zu werden, und nur darüber muss ich lachen, dass du dir zu alt vorkommst. Du und Josta, ihr seid einander wert, und es kann gar nicht anders sein, als dass sie dich lieben muss. Sie wird es schon verlernen, in dir den Onkel Rainer zu sehen.«

Rainer machten die Worte des Bruders froh. Sie nahmen ihm einen Druck von der Seele, der ihn seit dem Abend vorher gequält hatte. Er glaubte jetzt, es sei nichts gewesen als der Neid auf des Bruders Jugend. Und als er sich das nun vom Herzen gesprochen hatte, wurde er wieder ruhig.

Und Henning?

Beim Anblick von Jostas Schönheit war sein heißes Blut ein wenig rebellisch geworden. Das musste sich geben. Er wollte es mit aller Energie. Und er war heute, in dieser Stunde, ganz sicher, dass sich das Gefühl für Josta zu einer ruhigen, brüderlichen Zärtlichkeit abklären würde.

Danach unternahmen sie eine gemeinsame Ausfahrt.

Gerlinde sahen die Brüder erst bei der Mittagstafel. Der Ramberger Koch und die notwendige Dienerschaft waren für zwei Tage nach der Villa Ramberg übergesiedelt.

Gerlinde zeigte sich äußerst heiter und liebenswürdig. Sie hatte seit gestern Abend eine leise Hoffnung, dass ihre Wünsche, Josta und Rainer zu trennen oder zum mindesten ihr Glück zu verhindern, sich erfüllen lassen würden. Und sie sah in Rainers Bruder einen Bundesgenossen.

Henning war ganz erstaunt und konnte nun verstehen, dass Rainer sie so sehr bewunderte und von ihrer Liebenswürdigkeit überzeugt war. Aber auch jetzt verließ ihn das Gefühl nicht, dass etwas Unwahres, Kaltes in ihr war und dass man ihr nicht unbedingt vertrauen konnte.

Trotzdem verlief dies Mahl zu dreien sehr angenehm und heiter. Gerlinde zeigte sich als Meisterin eleganter, geistvoller Plauderei und sprach außerdem in entzückenden Worten von Josta.

Wagen auf Wagen fuhr am Jungfernschlösschen vor, und eine erlesene Festgesellschaft sammelte sich in den hellerleuchteten Repräsentationsräumen.

Neben Exzellenz Waldow stand nahe der hohen Flügeltür eine stattliche Dame mit weißem Haar und einem frischen, sympathischen Gesicht. Das war die verwitwete Frau Seydlitz, die Cousine seiner verstorbenen Gemahlin, die in Zukunft dem Haushalt des Ministers vorstehen sollte.

Unweit der beiden Herrschaften stand das Brautpaar. Rainers schlanke Erscheinung kam in dem eleganten, tadellos sitzenden Frack vorzüglich zur Geltung. Sein energisches, markantes Gesicht mit den warm blickenden Augen zog alle Blicke auf sich. Er war in den letzten Jahren der Gesellschaft fremd geworden, aber früher hatte er zu den beliebtesten und unterhaltsamsten Gesellschaftern gehört. Und dass er nun der Verlobte der schönen, vielgefeierten

Tochter des Ministers geworden war, erhöhte das Interesse an seiner Person.

Nicht minder interessant erschien die junge Braut. Sie sah heute Abend wundervoll aus in der weißen silberbestickten Duchesserobe und mit dem funkelnden Diadem in dem kastanienbraunen Haar. Dieses Diadem war das Brautgeschenk Rainers, und Josta trug es ihm zu Ehren und auf seinen Wunsch heute zum ersten Mal.

Das Brautpaar musste eine regelrechte Gratulationscour über sich ergehen lassen.

Man langweilte sich aber trotzdem nicht. Die Damen sahen sich fast die Augen aus nach der ansprechenden Erscheinung Rainers und der nicht minder anziehenden und glänzenden seines jüngeren Bruders. Und die Herren hatten ihre Augenweide an der schönen Braut und an Gerlinde.

Die königliche Erscheinung der Letzteren wurde gebührend bewundert. Sie hatte heute auf jedes Attribut der Trauer verzichtet und trug zum ersten Mal ein farbiges Kleid. Es waren allerdings nur ganz zarte irisierende Töne in dem perlenfarbenen Seidenstoff.

Sie trug ebenfalls ein kostbares Diadem aus Saphiren und Brillanten und ein dazu passendes Collier. Diese Schmuckstücke waren ihr persönliches Eigentum und gehörten nicht zu dem Familienschmuck.

Gerlinde entzückte alle, die mit ihr in Berührung kamen, durch ihren Charme und ihre geistvolle Plauderei.

Aber alle Huldigungen ließen sie kalt. Sie hatte nur Augen und Sinn für einen Mann in dieser festlichen Versammlung, und dieser eine stand zu ihrem quälenden Schmerz so stolz und selbstverständlich neben seiner Braut, als gehörten sie für Zeit und Ewigkeit zusammen.

Der Minister führte Gerlinde zu Tisch, und an ihrer anderen Seite nahm Rainer mit seiner Braut Platz. Henning saß dem jungen Brautpaar gegenüber. Seine Tischdame war die junge Komtesse Solms, ein zierliches, brünettes Persönchen, etwas Zigeunertyp.

Die kleine Komtesse war sehr amüsant, wenn auch nicht schön. Und da sie sehr lebhaft plauderte, brauchte sich Henning nicht anzustrengen. Es blieb ihm Zeit genug, seine Blicke immer wieder zu Josta hinüberschweifen zu lassen.

Gerlinde konnte ihn von ihrem Platz aus gut beobachten, und sie registrierte jeden seiner Blicke auf Josta.

Josta sehnte das Ende der Tafel herbei. Überhaupt wäre es ihr sehr viel lieber gewesen, sie hätte diese offizielle Verlobungsfeier umgehen können. Aber da die am 10. Juli stattfindende Hochzeit nur im engeren Kreise gefeiert werden sollte, hatte der Minister mit Rücksicht auf seine Stellung diese offizielle Feier für nötig gehalten.

Nach Mitternacht brachen die Gäste allmählich auf. Josta sah das mit erleichtertem Aufatmen. Rainer stand hinter ihrem Sessel und bemerkte das. Er neigte sich über sie.

»War es so schlimm, kleine Josta?«, fragte er lächelnd.

Schelmisch sah sie zu ihm auf. »Du weißt ja, ich bin kein Gesellschaftsmensch. Es ist mir oft recht lästig, dass uns Papas Stellung zu Geselligkeit zwingt, bei der Herz und Gemüt unbedingt zu kurz kommen müssen. Im günstigsten Falle erträgt man einander mit gutem Humor oder lächelndem Gleichmut. Eine einzige Stunde vertraulichen Gedankenaustausches mit einem gleichgesinnten Menschen ist doch ungleich wertvoller als diese offiziellen Massenzusammenkünfte gleichgültiger Menschen.«

Er sah lächelnd in ihre Augen. »Mir scheint also wirklich,

ich brauche mir keine Gewissensbisse zu machen, wenn ich dich aus der Stadt entführe.«

»Nein, bestimmt nicht, das kannst du mir glauben.«

Sie mussten ihre Unterhaltung abbrechen, um sich von den sich zurückziehenden Gästen zu verabschieden.

Gerlinde und die beiden Brüder saßen zuletzt noch mit dem Minister und seinen Damen in einem kleinen Salon und plauderten. Henning saß ziemlich still neben seinem Bruder, und seine Augen hingen brennend und unruhig an Jostas Antlitz. Er wollte morgen sehr früh nach Berlin zurückreisen und musste sich deshalb schon heute von ihr verabschieden.

Bis zu ihrer Hochzeit sah er sie nicht wieder. Bis dahin musste er sein jäh erwachtes, aufflammendes Gefühl für sie in eine brüderliche Zärtlichkeit abgewandelt haben.

Mit diesem Vorsatz verabschiedete er sich, zuerst von Frau Seydlitz und dem Minister. Dann wandte er sich an Josta. Sein junges Gesicht wurde bleich, und es zuckte leise darin, als sie ihm mit ihrem lieben, ach so lieben Lächeln die Hand reichte.

Gerlinde entging nicht das Geringste. Ihre Augen belauerten Henning und Josta ohne Unterlass, und als sie in sein bleiches, zuckendes Gesicht sah, dachte sie, dass es sehr schade sei, dass Henning und Josta sich jetzt schon wieder trennen müssten. Wären sie länger zusammengeblieben, hätte sich wohl mancherlei nach Wunsch regeln lassen. Man hätte doch vielleicht schon jetzt das Schicksal korrigieren können.

Josta sagte indessen warm und herzlich: »Wie schade, lieber Henning, dass dein Urlaub so kurz bemessen ist. Ich lasse dich nicht gerne wieder fort.«

Er versuchte zu scherzen: »Du hast ja Rainer und wirst mich nicht vermissen.«

»Ach – Rainer reist ja morgen Mittag mit Gerlinde wieder nach Ramberg zurück. Nicht wahr, Rainer?«

»Ich muss, Josta. Die Pflicht ruft.«

Der Gedanke, dass Rainer jetzt auch wieder abreiste, hatte etwas Erleichterndes für Henning.

»Wir sehen uns bald wieder, lieber Henning«, sagte Josta warm, »und bis dahin leb wohl.«

»Leb wohl, Josta – auf Wiedersehen!«

Zu einem brüderlichen Kuss war er nicht ruhig genug, und anders durfte und wollte er die Braut seines Bruders nicht küssen. Nein – er wollte nicht, so süß und lockend der feine rote Mund Jostas auch zu ihm herüberleuchtete. Aber er war froh, dass dieser Mund jetzt in seinem Beisein auch nicht von Rainer geküsst wurde. Er hätte es nicht mit ansehen können.

Rainer sah seine Braut noch einmal, ehe er am nächsten Tag wieder nach Ramberg zurückreiste, und er benutzte diese Gelegenheit zu der Frage, ob sie besondere Wünsche in Bezug auf die Zimmer haben würde, die sie in Ramberg bewohnen sollte.

Josta wünschte, dass vorläufig nichts geändert werden solle. »Ich werde, wenn ich erst in Ramberg bin, selbst dafür sorgen, dass meine Zimmer eine persönliche Note bekommen. Es kann sich sowieso nur um Kleinigkeiten handeln, Rainer. Solche alten Räume sollten in ihrem ursprünglichen Zustand bleiben.«

»Ich freue mich, dass du einer Meinung mit mir bist, Josta«, entgegnete er. »Und ich denke, du wirst zufrieden sein. Die Zimmer der Herrin von Ramberg sind die schönsten im ganzen Schloss.«

Josta sah ihn fragend an. »Diese Zimmer werden immer von der jeweiligen Herrin des Hauses bewohnt, nicht wahr?«

»So ist es.«

»Also bisher von Gerlinde.«

»Ja, Gerlinde wohnt noch darin, wird aber gleich nach unserer Rückkehr nach Ramberg in das Witwenhaus übersiedeln. Wir sehen uns nun vor unserer Hochzeit nicht wieder, meine liebe Josta. Wenn du noch irgendwelche Wünsche hast, musst du sie mir brieflich mitteilen. Wirst du das tun?«

Er fasste bei dieser Frage ihre beiden Hände und sah sie bittend an.

Sie wurde unruhig. In seinem Blick lag etwas, das sie nicht deuten konnte und das sie erregte und mit sehnsüchtigem Bangen erfüllte. Ach – wenn sie doch nicht gehört hätte, dass er eine andere liebte – wie viel glücklicher hätte sie sein können!

Da ließ er schnell, wie entmutigt, ihre Hände wieder los.

Ehe sie noch ein weiteres Wort wechseln konnten, kamen Frau Seydlitz und Gerlinde aus dem Nebenzimmer zu ihnen, und sie blieben bis zu ihrer Trennung nicht mehr allein.

9

Im Jungfernschlösschen konnte nun an die Beschaffung von Jostas Aussteuer gegangen werden. Große Geselligkeiten fanden jetzt nicht mehr statt. Die Saison war längst zu Ende.

Der Minister bekam jetzt ebenfalls ruhigere Tage und konnte sich seiner Tochter etwas mehr widmen. Mit Frau Seydlitz lebte er sich ganz gut ein. Aber es wurde ihm doch recht wehmütig zumute, dass er seine Josta nun bald hergeben musste.

Von Ramberg kam täglich eine Sendung frischer Blumen, und immer waren es rote Rosen, die er schickte. Sie waren jedes Mal von einigen liebevollen Worten begleitet. Aber keines dieser Worte verriet Josta, wie sehr er sie liebte.

Mit seltsam schmerzlichen Gefühlen drückte Josta ihr heißes Antlitz in die taufrischen Blumen und atmete den süßen Duft ein. Und sie küsste verstohlen diese Liebesboten – wie sie vielleicht oft auch von Rainer geküsst wurden, ehe er sie absandte.

So vergingen die Wochen bis zur Hochzeit wie im Fluge.

Das Ziel der Hochzeitsreise, das Josta bestimmen durfte, war Schweden und Norwegen. Da die Hochzeit im Hochsommer stattfand, war dies Ziel ganz ideal. Josta hatte sich schon immer gewünscht, eine Nordlandreise zu machen. Rainer war sofort mit ihrem Wunsch einverstanden gewesen.

Gerlinde nutzte indessen die Zeit, die zwischen der Verlobungsfeier und der Hochzeit lag, um nach Kräften eine Wand zwischen den beiden Verlobten aufzubauen, indem sie Rainer noch unsicherer machte, als es ohnedies schon in Bezug auf Josta der Fall war.

Nicht ohne Absicht – was tat Gerlinde überhaupt noch ohne Absicht? – schwärmte sie ihm von Jostas Schönheit und Jugend vor.

Am Abend vor ihrer Übersiedlung in das Witwenhaus fragte Rainer nach dem Souper: »Darf ich dir noch ein Stündchen Gesellschaft leisten, Gerlinde?«

Lächelnd und sanft nickte sie. »Gern, lieber Vetter. Du weißt, dass du mir immer mit deiner Gesellschaft willkommen bist.«

»So können wir beide nur gewinnen«, erwiderte er und begleitete sie in den blauen Salon.

Dieses Zimmer aufzugeben fiel ihr am schwersten.

Wie immer hatte sie sorgfältig Toilette gemacht. Sie trug ein weißes, etwas phantastisches Gewand mit weit herabfallenden, offenen Ärmeln.

Um es Rainer besonders behaglich zu machen, erlaubte sie ihm, eine Zigarette zu rauchen, und ließ sich von ihm selbst eine anzünden. Sie wusste, dass sie sehr graziös zu rauchen verstand, denn man hatte ihr schon oft Komplimente darüber gemacht.

Er versank in sehnsüchtige Träume und sah den Rauchwolken nach.

Da sagte Gerlinde plötzlich: »Jetzt denkst du an deine schöne Braut, ich sehe es dir an.«

Er schrak zusammen und sah sie unsicher lächelnd an. »Kannst du Gedanken lesen, Gerlinde?«

»Zuweilen ja. Aber in diesem Falle gehört kein Scharfsinn dazu. Wenn du so träumerisch sehnsüchtig in die Ferne siehst, kannst du doch nur an deine Braut denken.«

»Wenn du es nicht wärest, Gerlinde, würde ich jetzt eine galante Lüge auftischen. Aber für eine solche Phrase schätze ich dich viel zu hoch. Ich dachte wirklich an Josta.«

Sie zwang sich zu einem Lächeln. »Ich verstehe dich vollkommen, Rainer – vielleicht besser als du selbst. Josta hat wundervolles Haar, ist eine ganz entzückende Persönlichkeit, und wenn meine Wünsche Macht hätten, dann müsstest du mit ihr sehr glücklich werden. Aber – aber! Wünsche sind leider machtlos.«

Ein wenig beklommen sah er sie an. »Dies ›aber‹ hat einen so seltsamen Nachdruck, Gerlinde. Zweifelst du daran, dass ich mit Josta glücklich werde?«

Sie machte eine hastig abwehrende Bewegung. »Frage mich nicht – sprechen wir von etwas anderem«, sagte sie schnell. Aber sie wünschte, dass er weiter in sie dringen möge, denn sie wollte reden, wollte Zweifel in sein Herz streuen.

Und er tat, was sie begehrte. »Wenn ich dich nun bitte, mir diese Frage zu beantworten, Gerlinde?«

Sie zuckte die Achseln und warf ihre Zigarette in die Aschenschale. »Lieber Freund, wie wir zueinander stehen, kann ich dir nur ehrlich auf solch eine Frage antworten. Aber antworte ich dir ehrlich, dann müsste ich dich beunruhigen, und das will ich nicht.«

Jedes ihrer Worte war schlau und bedachtsam gewählt. Stein um Stein wollte sie achtsam und geduldig zusammenfügen, bis die Mauer so hoch war, dass die beiden sich darüber nicht einmal die Hände mehr reichen konnten.

»Lieber Rainer, eigentlich ist es unrecht von dir, mich so

zu zwingen. Aber du willst Offenheit – und so sollst du sie haben. Ich habe mir in diesen Tagen selbst ein Urteil gebildet. Du liebst Josta, das weiß ich nun. Jene alte Neigung in dir ist erstorben. Ich möchte fast sagen – leider. Wäre diese Neigung noch nicht erloschen, dann wärst du imstande, mit ruhigen Gefühlen neben deiner jungen Gattin dahinzuleben und mit dem zufrieden zu sein, was sie dir bietet. Aber da du sie liebst, willst du Liebe fordern – und Josta liebt dich nicht. Ihre Jugend kann sich nicht mit heißeren Gefühlen zu dir finden – wird es nie tun. Ja – wärst du jung wie dein Bruder Henning und stünde nicht die alte Gewohnheit zwischen euch – dann wäre es etwas anderes. Hättest du sie wenigstens lange Jahre nicht gesehen und trätest gleichsam als Neuerscheinung in ihr Leben – dann wäre es wohl möglich, dass sie dich lieben lernte. Aber so, mein lieber Freund, kann ich nur aus tiefstem Herzen wünschen, dass in ihrem jungen Herzen niemals eine Leidenschaft für einen anderen erwacht. Dann wird ja eure Ehe immerhin relativ harmonisch verlaufen. Und das will ich dir von ganzem Herzen wünschen.«

Rainer sah starr vor sich hin. Der charakteristische Zug um seinen ausdrucksvollen Mund vertiefte sich zu einer herben Linie. Er war nur zu sehr davon überzeugt, dass Gerlinde recht hatte. »Vielleicht hast du recht mit deinen Zweifeln und Bedenken, Gerlinde. Ähnliches habe ich auch schon oft denken müssen. Ich gestehe dir ganz offen, wenn ich geahnt hätte, wie seltsam dies neue heiße Gefühl mich wandelt – ich hätte vielleicht nicht gewagt, Josta an mich zu fesseln. Aber nun ist es geschehen, und ich muss warten, was mir das Schicksal bringt. Ich kann jetzt nicht von dieser Verlobung zurücktreten. Und eins darfst du mir glauben –

dass ich Jostas Glück stets über das meine stellen werde. Sollte ihr Herz einst für einen anderen erwachen – ich selbst würde dann nur an sie denken und ihr mit allen Kräften helfen. Ich danke dir jedenfalls für deine Ehrlichkeit und Offenheit, Gerlinde. Und dass ich dich so rückhaltlos in mein Herz blicken ließ, soll mein Dank dafür sein.«

Gerlinde hatte einen Sieg erfochten, größer als sie selbst es ahnte. Die Mauer war ein gut Stück gewachsen. Aber sie sah doch düster vor sich hin, und ihr Herz zuckte in tausend Qualen bei dem Geständnis seiner heißen, tiefen Liebe zu Josta.

Rainer war die Lust vergangen, weiter mit ihr zu plaudern. Er verabschiedete sich und zog sich in den Ostflügel zurück.

Sie ging noch einmal wie Abschied nehmend durch ihre Zimmer. Morgen Abend würde sie zum ersten Mal im Witwenhaus zur Ruhe gehen. Wie ausgestoßen und verbannt kam sie sich vor. Und der Hass und die Eifersucht gegen Josta erstickten ihr fast das Herz. Wie bald würde sie hier in diesen Räumen ihren Einzug als Herrin halten.

Aber – glücklich sollte Josta hier nicht werden. Gerlindes Wünsche füllten all diese Räume mit wilden Rachegedanken. Nur eins gab es, das Josta vor ihrer Rache schützen konnte – wenn sie freiwillig auf Rainer verzichtete.

10

Jostas Hochzeitstag war gekommen. Sie hatte diesem Tag mit heimlichem Bangen und doch mit scheuer Sehnsucht entgegengesehen.

Rainers Bild stand jetzt auf ihrem Schreibtisch, und wenn sie jetzt in ihr Tagebuch schrieb, dann sah sie wieder und wieder in sein Gesicht, und ihr war, als beichte sie ihm alles, was sie in ihr Tagebuch niederschrieb:

»Wenn ich einmal vor ihm sterben sollte, dann soll er dies Tagebuch lesen und erfahren, wie sehr ich ihn geliebt habe, dann brauche ich mich meiner Liebe nicht zu schämen.«

So schrieb sie am Tag vor ihrer Hochzeit.

Am selben Tag trafen die Hochzeitsgäste von auswärts ein, mit ihnen auch der Bräutigam.

Gerlinde war in seiner Begleitung. Sie war ihm in den letzten Wochen als Freundin und Vertraute fast unentbehrlich geworden, weil sie es verstanden hatte, sich in sein ganzes Denken und Empfinden hineinzudrängen. So wusste sie ganz genau, dass er mit großer Unruhe seiner Heirat mit Josta entgegensah.

Auch Baron Rittberg und seine Gemahlin waren unter den Hochzeitsgästen. Baron Rittberg sollte als Trauzeuge fungieren. Die lebhafte Baronin konnte die Zeit nicht erwarten, bis sie Josta kennen lernte. Das geschah am Vorabend der Hochzeit. Und sie war sofort Feuer und Flamme für die junge Braut.

»Dieti, du hast recht, Rainers Braut ist noch schöner als Gerlinde. Vielleicht nicht ganz so königlich. Aber entzückend ist sie mit ihren lieben, schönen Augen; sie blickt einem damit ins Herz, dass man ganz warm wird. Und das Haar, Dieti – das Haar! Nein, so eine Pracht! Weißt du, das muss ich mir einmal ansehen, wenn es gelöst ist. So etwas Wundervolles gibt es nicht noch einmal.«

Die Baronin musste erst einmal Atem holen.

»Na ja, Lisettchen, verschnauf dich erst mal ein bisschen und mache es dir bequem, ehe du weiter schwärmst«, sagte der Baron laut lachend.

Sie hob erschrocken die Hand. »Aber, Dieti, lach doch nicht zu laut. Dicht neben unseren Zimmern sind die von Gerlinde, und du störst sie vielleicht beim Einschlafen.«

»Ach richtig, wir sind ja nicht daheim in Rittberg«, versetzte der Baron mit gedämpfter Stimme.

Seine Gattin legte sich für den morgigen Tag ihr Festkleid zurecht und nahm aus einem Karton ein Paar niedlich kleiner, eleganter Schuhchen mit hohen Absätzen. Der Baron entdeckte sie, als er noch eine kleine Promenade durch das Zimmer machte, wie er es vor dem Schlafengehen stets zu tun pflegte.

»Ei der Tausend, Lisettchen, das sind wohl die Festschuhe für morgen? Die reinen Liliputs. Und natürlich kannst du dazu nur spinnwebfeine Strümpfe anziehen. Na, da wirst du morgen Abend hundetodmüde sein und glücklich aufatmen, wenn du erst wieder heraus bist. Du bist doch unverbesserlich, Lisettchen!«

Sie lachte etwas verlegen. »Ach, lass doch, Dieti! Eine Schraube ist bei jedem Menschen locker. Die Stöckelschuhe – das ist meine Schraube.«

Er funkelte die Schuhchen zärtlich an. »Na ja, Lisettchen, kannst ja deine Füßchen auch sehen lassen. Ist mir nur schleierhaft, wie du darauf durch das ganze Leben hast wandern können.«

Mit einem guten, warmen Blick sah die Baronin zu ihrem Gatten hinüber. »Hast mir ja immer die Hände untergebreitet, du Guter«, sagte sie leise.

Er nickte ihr zu. »Bist auch immer schön leise darüber hinweggetrippelt, damit es nicht wehtat.«

Sie lachte. »Nun lass die Narreteien, Dieti; es wird Zeit, dass wir zu Bett gehen. Morgen ist ein anstrengender Tag für uns alte Leute.«

»Na, na, das Alter drückt uns nicht so arg, Lisettchen. Aber freilich, solche Feste sind wir nicht mehr gewöhnt, und in Rittberg gehen wir mit den Hühnern zu Bett.«

Als Josta am Morgen ihres Hochzeitstages erwachte, erhob sie sich mit einem Gefühl, als erwarte sie etwas Schweres, Bedrückendes. Nichts war in ihr von den glückseligen Gefühlen, die eine Braut am Hochzeitstage bewegen sollen. Obwohl der Mann, dem sie heute angetraut werden sollte, ihr lieb und teuer war wie nichts anderes auf der Welt, bangte sie doch unsäglich vor der Stunde, da sie ihm angehören sollte, weil sie glaubte, er liebe sie nicht.

Und keinen Menschen hatte sie, zu dem sie sich in ihrer Angst hätte flüchten können.

In ihrer Herzensnot nahm sie noch einmal ihr Tagebuch aus ihrem Gepäck. Auch Rainers Bild nahm sie heraus, drückte es an ihre Lippen, an ihr Herz und sah lange darauf. Wie sie ihn liebte – ach –, wie unsagbar sie ihn liebte!

Und sie schrieb in ihr Tagebuch:

»Am 10. Juli – Heute ist mein Hochzeitstag. Nur wenige Stunden noch, und ich bin Rainers Frau. Oh, Du mein Geliebter – wenn Du wüsstest, welch eine Angst in meiner Seele ist! Wie würde ich jauchzend in Deine Arme eilen, wenn Du mich liebtest, wie ich Dich liebe! – Manchmal in diesen Wochen hat es mir scheinen wollen, als müsste es möglich sein, dass ich mir Deine Liebe erringe. Aber heute ist diese scheue, stille Hoffnung nicht in mir. Und wenn ich noch einen freien Willen hätte, wenn ich tun könnte, was mir recht erscheint, müsste ich jetzt fliehen von Dir, so weit mich meine Füße tragen, und mich vor Dir verbergen in Scham und Not. Aber ich habe keinen Willen mehr, bin gebunden an Dich, durch mich selbst. Ich glaube, ich kann nicht mehr von Dir lassen, obwohl ich weiß, dass Dein Herz einer anderen gehört. Ohne Dich würde ich welken wie eine Blume, der man die Nahrung entzieht.

Ach, liebtest Du mich – nähmest Du mich in Deine starken Arme und küsstest mich, ein einziges Mal nur, dass mir die Sinne vergingen –, sterben möchte ich dann! Aber Deine Lippen berühren die meinen so selbstverständlich und sanft, wie ein Vater ein geliebtes Kind küsst. Da möchte ich jedes Mal aufschreien in meiner Herzensnot. Gottlob, dass Du nicht ahnst, was ich empfinde, Du sollst es nie erfahren, solange ich lebe. Wir Frauen sind nun einmal verdammt, unser Fühlen und Denken scheu vor den Augen der Welt zu verbergen, und dann am meisten, wenn in uns die Sehnsucht weint.

Und nun ist es Zeit, das Brautkleid anzulegen – für andere das Zeichen höchsten Glückes, für mich das der Resignation. Gib mir Kraft, Vater im Himmel, stark und ruhig zu sein.«

Im Jungfernschlösschen herrschte schon seit dem frühen Morgen reges Treiben. Obwohl die Hochzeit nur im engen Kreise gefeiert werden sollte, kamen doch immerhin gegen fünfzig Personen. Um zwölf Uhr traf Rainer mit seinem Bruder ein. Henning sah etwas blass aus, und seine Augen blickten unruhig. Aber Rainer schien ganz ruhig und gelassen.

Henning hatte in der Nacht keine Ruhe gefunden. All die Wochen seit der Verlobungsfeier hatte er ernstlich mit sich gerungen, hatte mit Gewalt niedergezwungen, was bei Jostas Anblick in ihm wach geworden war.

Aber seit er gestern Abend Josta wiedergesehen hatte, wusste er, dass alles vergeblich gewesen. Mit elementarer Gewalt hatte ihn die Liebe zu der Braut seines Bruders gepackt und ließ ihn nicht mehr los.

Die Hochzeitsgäste waren vollzählig erschienen, als die Brüder im Jungfernschlösschen eintrafen. Auch Gerlinde war anwesend, sie war mit Rittbergs gekommen. Sie sah auffallend bleich aus.

Der Minister war ebenfalls sehr ernst gestimmt. Aber er plauderte scheinbar heiter mit seinen Gästen und sorgte für einen ungezwungenen Ton.

Nachdem Rainer die Gäste begrüßt hatte, begab er sich hinauf, um seine Braut abzuholen. Die standesamtliche Trauung und der Abschluss des Ehekontraktes sollten im Hause der Braut stattfinden. Daran würde sich die kirchliche Feier in der nahen Schlosskirche anschließen. Als Rainer sich entfernt hatte, um die Braut zu holen, trat Henning unbemerkt in eine Fensternische hinter einen Vorhang, so dass er den Blicken der Anwesenden entzogen war. Das Blut wallte ihm jäh zum Herzen, als die Tür sich öffnete und Josta im Brautschmuck an Rainers Arm erschien.

Tiefes Schweigen herrschte im Festsaal während der feierlichen gesetzlichen Eheschließung.

Weder Henning noch Gerlinde waren imstande, der feierlichen Handlung zu folgen. Sie hatten beide alle Kraft nötig, um sich nicht zu verraten. Und Gerlinde konnte es nicht lassen, einige Male mit brennenden Augen in Hennings verstörtes Gesicht zu blicken. Ihr Herz hämmerte in wildem Triumph. War sie jetzt auch machtlos – die Zukunft würde ihr Waffen in die Hand geben, um ihr Ziel zu erreichen.

Und dann war es geschehen: Vor dem Gesetz war Josta Rambergs Frau geworden.

Am Arme ihres Gatten schritt sie durch die Reihen der Gäste. Die Fahrt zur Schlosskirche begann. Und eine Stunde später war auch die kirchliche Trauung zu Ende. Josta stand bleich und still an der Seite ihres Gatten und nahm die Glückwünsche entgegen.

Auch Henning musste nun zu den Neuvermählten treten. Aber er war nicht imstande, ein Wort zu sprechen. Stumm umarmte er den Bruder. Und dann beugte er sich mit blassem, zuckendem Gesicht über Jostas Hand und drückte sie an seine Lippen.

Gerlinde trat nun ebenfalls zum Brautpaar. Sie zog Josta in ihre Arme, und ihre Lippen formten klanglos einen Glückwunsch.

Als sie dann Rainer die Hand reichte und dieser die Hand an seine Lippen führte, brachte sie es über sich, einige Worte zu sprechen. »Lieber Vetter, du weißt, welche Wünsche für dich mein Herz bewegen. Ich werde beten, dass sie in Erfüllung gehen«, sagte sie mit seltsam dunkler Stimme.

Und noch einmal schloss sie Josta hastig in die Arme. »Auch für dich, Josta«, stieß sie hervor.

Dabei hätte sie fast mit dem Schleier den Kranz der Braut heruntergerissen, und sie tat Josta so weh, dass diese instinktiv wie schutzsuchend nach Rainers Hand griff.

Die Baronin Rittberg stand neben der Braut und bemerkte das. Liebevoll wie eine Mutter rückte sie der Braut den Kranz wieder zurecht und sagte einige Scherzworte.

Zum ersten Mal kam der Baronin ein Zweifel, ob ihr Gatte mit seiner Aversion gegen Gerlinde nicht doch recht haben könnte …

Die Hochzeitsfeier nahm den üblichen Verlauf, es herrschte schließlich eine sehr heitere, animierte Stimmung.

Auch Gerlinde hatte sich wieder in der Gewalt. Sie sprühte förmlich vor Geist und guter Laune, und niemand merkte ihr an, dass ihr Wesen unnatürlich und ihre Heiterkeit forciert waren. Auch Henning hatte sich mühsam in eine scheinbar lustige Stimmung hineingesteigert.

Josta war still und in sich gekehrt. Auch Rainer kostete es große Überwindung, sich an der Unterhaltung zu beteiligen. Das Herz war ihm schwer, wenn er auf seine blasse, junge Frau blickte, und eine große Ungewissheit war in ihm, ob es ihm gelingen werde, sie glücklich zu machen.

Als er heute die Braut vor der Trauung in ihrem Zimmer abgeholt hatte, war er einen Moment fassungslos in der Tür stehen geblieben, hatte sie dann in seine Arme genommen und zu ihr gesagt: »Vergiss niemals, meine herzliebe Josta, dass mir dein Glück viel mehr gilt als das meine. Versprich mir, dass du mir in allen Dingen vertrauen und mit all deinen Wünschen zu mir kommen willst. Und glaube mir, dass es mein sehnlichster Wunsch ist, dir das Leben leicht und schön zu machen.«

Sie legte darauf still ihre Hand in die seine und sagte ernst:

»Ich werde dir vertrauen, Rainer, wie bisher. Und auch ich bin von dem Wunsche beseelt, dir stets eine treue Lebensgefährtin zu sein. In meinem Herzen wohnt eine unbegrenzte Hochachtung und Verehrung für dich, und ich wünsche nur, dass du immer mit mir zufrieden sein mögest und dass wir beide diesen Schritt niemals zu bereuen haben.«

Rainer hätte viel darum gegeben, wenn ihm Josta statt all dieser Worte nur einen einzigen Kuss gegeben hätte. Und so waren sie beide hinuntergegangen zur Festversammlung.

Die Hochzeitstafel war zu Ende. Beim Aufbruch von der Tafel trat Frau Seydlitz an Josta heran. »Kind, es ist Zeit, du musst dich für die Reise umkleiden«, sagte sie und führte Josta hinaus aus dem frohen Kreis. Niemand bemerkte das Verschwinden der Braut, außer den drei Personen, die sie unablässig beobachtet hatten – Rainer, sein Bruder und Gerlinde.

Henning stand wie gelähmt, und sein Gesicht war bleich und verfallen. Seine Augen folgten Josta noch durch das leere Nebenzimmer, und er sah, dass sie ein weißes Spitzentüchlein fallen ließ – ihr Brauttaschentuch. Sie hatte es nicht gemerkt.

Hastig bückte er sich nach dem zarten weißen Tüchlein und hob es auf. Er barg es wie einen köstlichen Raub und drückte sein blasses Gesicht in das Tüchlein, aus dem ein zarter, feiner Duft emporstieg. Und dann presste er es an seine Lippen. Schließlich barg er es mit zitternden Händen auf seiner Brust.

All das hatte Gerlinde – durch einen Vorhang verborgen – beobachtet; nichts war ihr entgangen. Ein wildes, triumphierendes Leuchten brach aus ihren Augen. Sie hatte nun die Gewissheit, dass Henning die junge Frau seines Bruders liebte. Kurze Zeit darauf sah sie Rainer, der sich von dem Minister verabschiedet hatte, in das Nebenzimmer zu seinem Bruder treten.

»Oh – hier finde ich dich endlich, Henning«, sagte er zu ihm. »Ich habe dich schon überall gesucht. Ich wollte doch nicht abreisen, ohne dir Lebewohl gesagt zu haben. Du siehst so blass aus, Henning – ist dir nicht wohl?«

Henning wehrte ab. »Ich habe scheußliches Kopfweh, Rainer. Vielleicht habe ich ein wenig hastig getrunken und zu viel gelacht. Deshalb habe ich mich in dies stille Nebenzimmer zurückgezogen, um mich etwas zu erholen.«

Wenn Rainer nicht zu sehr von seinen eigenen Gedanken in Anspruch genommen gewesen wäre, hätte er sicher gemerkt, dass sein Bruder seltsam nervös und zerfahren war. Aber so achtete er nicht sonderlich auf ihn. Die Brüder reichten sich die Hände. Henning umschloss die des Bruders mit jähem, festem Druck. Rainer entfernte sich nun schnell; es war höchste Zeit für ihn, sich für die Reise fertig zu machen.

Henning war so tief in seine Gedanken und seine Herzenskämpfe versunken, dass er nicht merkte, wie Gerlinde leise herüberkam und hinter seinen Sessel trat. Sie rührte sich nicht. Ab und zu flog nur ihr feuriger Blick durch das Fenster, ob das Brautpaar noch nicht erschien, um den wartenden Wagen zu besteigen.

Und dann zuckte Henning jäh zusammen und richtete sich auf. Draußen hob Rainer seine junge Frau in den Wagen. Henning starrte mit glanzlosen Augen hinter dem davonfahrenden Wagen her.

Da sagte plötzlich Gerlindes Stimme: »Wieder zwei, die

Glück suchen! Ob sie es finden werden, Henning? Ich glaube es nicht.«

Zusammenfahrend wandte er sein blasses, verstörtes Gesicht nach ihr um und fragte: »Wie meinst du das, Gerlinde?«

Er war so sehr mit sich beschäftigt, dass er gar keine Zeit hatte, sich zu wundern, wie sie plötzlich an seine Seite gekommen war.

Sie zuckte die Achseln, dann sagte sie langsam und schwer: »Wie ich das meine? Du weißt doch wohl so gut wie ich, Vetter, dass Josta deinen Bruder nicht liebt.«

Er zuckte zusammen und starrte sie an. »Woher weißt du das?«

Gerlinde lachte leise und seltsam auf. »Ich frage dich ja auch nicht, woher du es weißt. Aber ich will dir sagen, woher ich es weiß: von Rainer selbst. Vielleicht wäre ihm wohler, wenn er diese Verbindung nicht so voreilig geschlossen hätte. Und Josta – nun – sie weiß noch nicht, was sie auf sich genommen hat.«

Jedes ihrer Worte bohrte sich scharf und schmerzend in Hennings Herz. Er wusste aus Jostas eigenem Munde, dass sie Rainer nicht liebte. Und nun musste er plötzlich sein eigenes Leid vergessen und daran denken, dass Josta vielleicht Schwereres erdulden musste als er selbst. Mühsam bewahrte er seine äußere Ruhe.

»Warum sagst du mir das alles, Gerlinde?«, fragte er und richtete seine Augen forschend auf ihr bleiches Gesicht.

Sie atmete tief. »Ach – vielleicht nur, um zu reden. Man ist manchmal mitteilsam ohne jede Veranlassung. Aber ich musste eben Vergleiche ziehen zwischen Josta und mir. Sie ist ja nun meine Nachbarin in Ramberg geworden.«

»Und du grollst ihr deshalb, Gerlinde. Du hast ihr nicht gern den Platz geräumt als Herrin von Ramberg.«

Ein seltsames Lächeln glitt über Gerlindes Antlitz, ein Lächeln, das mehr einem Weinen glich.

»Vielleicht hast du recht anzunehmen, dass ich nicht gern einen Platz geräumt habe, der mir gehörte. Ich hatte ihn einst teuer erkauft. Und ich schätze mich nicht gering ein. Der Preis war hoch – der höchste, den ich zahlen konnte, Vetter. Aber Josta grollen, weil sie jetzt Herrin von Ramberg ist – nein –, da bist du im Irrtum. – Aber lassen wir das, Henning! Ich glaube, wir sind heute nicht in fröhlicher Stimmung – auch du nicht.«

»Warum ich nicht?«, fragte er, sich zu einem leichten Ton zwingend.

»Nun – ich meine nur. Ich weiß doch, wie sehr du an deinem Bruder hängst. Du hast ihn heute an Josta verloren, die nun trennend zwischen euch beiden steht, ohne es natürlich zu wollen.«

Er hielt es für besser, sie bei dieser Meinung zu lassen, und ahnte nicht, wie genau sie in seiner Seele zu lesen verstand. Nach einer kurzen Pause sagte er: »Mir scheint, wir reden hier recht törichtes Zeug, Gerlinde, und verlieren uns in zwecklosen Betrachtungen. Hoffen wir, dass Rainer und Josta als ein sehr glückliches Ehepaar von ihrer Reise zurückkehren. Wir können nichts dazu tun.«

Sie neigte leise das Haupt. »Das will ich mit derselben Inbrunst hoffen wie du«, sagte sie, und es klang wie leiser Hohn durch ihre Worte.

Henning sprang auf. »Ich glaube, wir müssen zu den anderen zurück, Gerlinde. Das Fest nimmt ja ungestört seinen Fortgang. Darf ich dich hinüberführen? Wir wollen noch recht lustig sein«, sagte er nervös, sich zur Heiterkeit zwingend. Sie legte ihre Hand auf seinen Arm. Schweigend schritten sie in den Festsaal hinüber, wo sie eine sehr fröhliche Gesellschaft trafen.

Einige Stunden mussten sie es beide noch bei dem Fest aushalten, aber endlich waren sie erlöst. Sie fuhren zusammen zur Villa Ramberg zurück, ohne ein Wort zu sprechen.

Henning verabschiedete sich sogleich, da er am nächsten Morgen nach Berlin zurückkehren wollte.

Als er allein war, zog er das feine, duftende Spitzentuch hervor und vergrub sein zuckendes Gesicht darin.

»Josta! Josta!«

Es klang wie ein unterdrückter Aufschrei. An Rainer konnte er jetzt nicht denken. Und auch nicht daran, dass seine Liebe Sünde sei. Nichts empfand er als die Qual, von Josta getrennt zu sein.

Gerlinde wanderte lange ruhelos durch ihre Zimmer. Auch sie litt Höllenqualen bei dem Gedanken, dass Rainer und Josta jetzt vereint waren. Wenn sie sich nun doch in Liebe fanden? Sie fühlte, dass sie dann zu jedem Verbrechen fähig wäre.

11

Rainer und seine junge Frau hüteten ängstlich das Geheimnis ihrer Herzen voreinander. Sie zeigten sich beide ruhig und leidenschaftslos, als seien sie mit der gegenseitigen Hochachtung und Sympathie völlig zufrieden. Josta war ihrem Gatten gegenüber noch kühler und zurückhaltender geworden, und er umgab sie wohl mit der zartesten, rücksichtsvollsten Sorge, wagte sie aber nicht durch eine leidenschaftlich werbende Liebe zu erschrecken.

Auf der Reise fanden sie Gesellschaft, der sie sich viel mehr anschlossen, als es sonst Hochzeitsreisende tun. Es gab viel Schönes und Neues zu sehen, und an wohltätiger Ablenkung von schmerzlichen Gedanken fehlte es nicht.

Schnell vergingen so die wenigen Wochen, und sie traten die Heimkehr an, ohne sich viel nähergekommen zu sein.

Am 12. August sollte Josta ihren feierlichen Einzug in Ramberg halten.

Rainer hatte alles vor seiner Abreise mit Heilmann besprochen. So war nicht nur das Gutshaus innen und außen festlich geschmückt, sondern auch der ganze Weg durch den Park. Schon am Parktor war eine große Ehrenpforte errichtet.

Die Schulkinder aus dem Dorf, die Bauern und alle Untergebenen bildeten auf dem Platz vor dem Gutshaus Spalier in ihrem besten Sonntagsputz. Die Stunde des Einzugs war gekommen. Und nun erschien im offenen Portal eine stolze, königliche Erscheinung in einem lang herabfallenden weissen Seidenkleid, ohne jeden Schmuck – Gerlinde. Auch sie trug Blumen in der Hand, köstliche Rosen in allen Farben. Sie war während der Abwesenheit Rainers täglich im Schloss aus- und eingegangen, hatte sich viel in der Bibliothek aufgehalten und sogar wie bisher die Mahlzeiten im Schloss eingenommen. Heute war sie nun herübergekommen, um das junge Paar zu begrüssen. Wenige Minuten nach ihrem Erscheinen fuhr der Wagen vor. Heller, strahlender Sonnenschein beleuchtete den Einzug der jungen Herrin, und von allen Seiten jubelten ihr die Leute entgegen. Gerlinde presste die Lippen zusammen – so hatte man ihr vor kaum acht Jahren auch zugejubelt.

Die erste Person, die Josta auf der Schwelle ihres neuen Heimes erblickte, war Gerlinde. Und wie bei ihrem ersten Zusammentreffen zuckte Josta auch heute leise zusammen.

Aber sogleich flog ein sanftes, liebenswürdiges Lächeln über das Gesicht Gerlindes, und sie winkte, grüssend mit den Blumen, ihrer Nachfolgerin zu. Dann trat die Tochter des Administrators an den Wagenschlag und sagte mit heller, klarer Stimme ihr Sprüchlein auf, welches zum Schluss alle Anwesenden aufforderte, ein Hoch auf Josta Ramberg und ihren Gemahl auszubringen.

Rainer erhob sich und dankte seinen Leuten herzlich, zugleich im Namen seiner jungen Frau, die freundlich nach allen Seiten grüsste. Zum Schluss versprach Rainer seinen Leuten einen ganz besonderen Festtag, sobald die Ernte beendet sein würde.

Auf der Schwelle begrüsste Gerlinde das junge Paar. »Wie froh und glücklich bin ich, dass ihr nun heimgekehrt seid! Es war so einsam und still für mich in diesen Wochen, und ich bin so unbescheiden, euch gleich jetzt zu bitten, mir ein Plätzchen einzuräumen in euren Herzen und in eurem Heim, damit ich mich sonnen kann an eurem Glück«, sagte sie scheinbar tiefbewegt und schloss Josta in ihre Arme, als habe sie diese sehnsüchtig erwartet.

Die junge Frau vermochte nur mit Überwindung einige freundliche Worte zu sagen. Ihr war zumute, als stehe Gerlinde wie ein feindlicher Schatten auf der Schwelle ihres Heims. Rainer aber begrüßte diese mit großer Wärme und Herzlichkeit. »Unser Haus wird stets das deine sein, Gerlinde. Je öfter du bei uns sein wirst, desto mehr werden wir uns freuen.«

Gerlinde hatte gespannt in den beiden Gesichtern geforscht. Und sie sah darin nicht, was sie gefürchtet hatte, den hellen, sonnigen Schein, der nur wahrhaft glücklichen Menschen eigen ist. Das ließ sie innerlich aufjubeln.

Die Leute zerstreuten sich nun, die Diener begaben sich auf ihre Posten, und Gerlinde schritt wie selbstverständlich neben dem jungen Paar, als sei sie gewillt, es nicht allein zu lassen.

Aber da musste sie erleben, dass die neue Herrin von Ramberg ziemlich energisch die Initiative ergriff. »Ich bin ein wenig müde, liebe Gerlinde, wir sind seit dem frühesten Morgen unterwegs. Du entschuldigst uns vorläufig. Sobald ich mich ein wenig in meinem neuen Reich umgesehen habe, werde ich mir erlauben, bei dir im Witwenhaus vorzusprechen. Ich danke dir herzlich für dein Willkommen. Auf Wiedersehen also!«

Rainer war im Grunde froh, dass Josta Gerlinde verabschiedete, aber er war ein wenig verlegen, dass es so energisch geschah. Deshalb ergriff er zur Abschwächung Gerlindes Hand, führte sie an seine Lippen und sagte herzlich: »Sobald wir eingerichtet sind, sehen wir uns. Wir freuen uns schon auf die abendlichen Plauderstündchen. Also auf Wiedersehen, liebe Gerlinde!«

Diese vermochte zu lächeln, trotz des Grolls im Herzen. »Auf Wiedersehen! Ruhe dich gut aus, kleine Frau, du bist ein wenig blass und müde.«

Rainer führte seine Frau in ihr Zimmer. Das Erste, was Josta hier sah, war eine Fülle roter Rosen, die in Vasen und Schalen ihr Zimmer schmückten. Ein süßer Duft drang ihr entgegen. Sie atmete tief. »Wer hat hier alles so herrlich geschmückt, Rainer?«, fragte sie, zu ihm aufsehend.

»Es geschah auf meinen Befehl, Josta. Freut es dich ein wenig?«

Ein leises Rot stieg in ihr Gesicht. »Sehr. Diese roten Rosen sind so herrlich; es ist die gleiche Sorte, die du mir immer gesandt hast während unserer Verlobungszeit. Ich habe noch nie so viele und so wundervolle Rosen gesehen. Sind sie alle in Ramberg gezogen?«

»Ja, sie werden hier besonders sorgfältig gepflegt.«

Josta senkte den Kopf auf einen Strauß dieser Rosen hinab. Ach, was hätte sie darum gegeben, wenn es Rosen der Liebe gewesen wären!

Rainer ahnte nicht, welche Gedanken Josta bewegten. Er hatte ihr rote Rosen geschenkt, weil er sie liebte. Aber das durfte er ihr nicht sagen.

»Wenn du dich umgekleidet hast, lass mich rufen, Josta. Ich will dich dann in deinem Reich herumführen«, sagte er herzlich.

»Ich freue mich darauf«, erwiderte sie freundlich.

Als er eine Stunde später bei ihr eintrat, fragte er: »Du bist doch nicht zu müde? Sonst verschieben wir den Rundgang durch das Schloss.«

Sie schüttelte lächelnd den Kopf. »Müde bin ich gar nicht mehr, Rainer. Bist du böse, dass ich Gerlinde fortgeschickt habe? Ich wollte gern mit dir allein sein, wenn du mich hier von meinem neuen Reich Besitz ergreifen lässt. In Gerlindes Gegenwart hätte ich das Gefühl gehabt, als sei ich hier ein Eindringling.«

Er streichelte ihre Hand. »Du musst niemals fragen, ob ich dir böse bin, Josta. Nie wird das geschehen. Du sollst immer nur tun, was dir Freude macht. Und wenn dich Gerlinde stört, hast du ein Recht, sie wegzuschicken.«

Als Rainer seine junge Frau durch ihre und seine Zimmer führte und dann durch die übrigen Räume, wurde sie lebhafter. Sie war entzückt über die wundervolle Ausstattung des Schlosses. Seine Augen hingen voll Entzücken an ihrem leuchtenden Antlitz, und es machte ihm sichtlich Freude, ihr alle Schätze zu zeigen, die das Haus barg.

Aber schließlich bat sie: »Nun muss es aber für heute genug sein, Rainer; jetzt bin ich wirklich müde von allem Sehen.«

Lächelnd und beglückt durch ihren Frohsinn sah er sie an. »So komm, meine kleine Josta, für heute hast du wirklich genug gesehen.«

Er führte sie zu ihren Zimmern zurück. Dort sagte sie scherzend: »Ich muss gestehen, dass ich nun auch bald wissen möchte, ob der Ramberger Koch leistungsfähig ist. Ich habe Hunger.«

Er lachte. »Wir können sogleich zu Tisch gehen.«

Wenige Minuten später saßen sie sich in froher Stimmung im Speisesaal an der kleinen, runden Tafel gegenüber.

Josta fand diesen großen Saal erst etwas ungemütlich für zwei Personen. Als ihr Gemahl aber dann den großen Vorhang als Abschluss der Nische vorziehen ließ, gefiel ihr das sehr gut.

12

Die nächsten Tage vergingen Josta wie im Flug.

Sie hatte nun auch schon Gerlinde einen Besuch abgestattet, und diese hatte sie in den zierlichen, aber sehr behaglichen Räumen herumgeführt. Josta fand das kleine, efeuumsponnene Haus sehr idyllisch und reizend.

Gerlinde zuckte dazu die Achseln. »Ich will dir nicht wünschen, meine liebe Josta, dass du deine Tage als Witwe hier beschließen musst. Lebe erst einmal einige Jahre in Ramberg, lerne, dich in den großen, hohen Räumen heimisch zu fühlen, dann wirst du merken, wie schwer man sich dann mit kleinen, niedrigen Zimmern begnügt. Mir ist oft, als hätte ich nicht Luft genug zum Atmen.«

Josta fühlte bei diesen Worten etwas wie Mitleid mit Gerlinde. Warmherzig fasste sie nach ihrer Hand.

»Komm nur oft herüber, Gerlinde. Täglich, stündlich sollst du uns angenehm sein. Es tut mir leid, dass ich dich aus deinem Reich habe verdrängen müssen.«

»Das ist der Königinnen Los«, scherzte sie. »Wenn der König stirbt, muss die Königin den Thron verlassen. Aber dein freundliches Anerbieten nehme ich natürlich dankbar an. Wenn ihr erst aus den Flitterwochen seid, werde ich euch sogar bitten, mir zu gestatten, die Mahlzeiten mit euch einnehmen zu dürfen. Es ist trostlos, wenn man so ganz allein bei Tisch sitzt.«

Josta errötete leicht, als Gerlinde von Flitterwochen

sprach. »Das kannst du unbesorgt schon jetzt tun, du störst uns gewiss nicht«, sagte sie hastig.

»Das lasse ich mir nicht zweimal sagen«, erwiderte Gerlinde.

Und nun kam Gerlinde zu jeder Tageszeit unangemeldet zum Gutshaus herüber. Sie plauderte vormittags, wenn Rainer im Forst oder auf den Feldern war, mit Josta, kam nachmittags zum Tee und nahm das Diner und das Souper gemeinsam mit dem jungen Paar ein. Sie blieb nach dem Abendessen plaudernd in Jostas Salon und ging mit Josta spazieren.

Josta merkte bald, dass Rainer in Gerlindes Gegenwart lebhafter und heiterer schien und sich immer mehr von ihr fesseln ließ.

Oft kam sie sich dann so überflüssig vor, dass sie sich fragte, wozu Rainer sie eigentlich nach Ramberg geholt habe. Das ging aber alles so allmählich, dass die beiden es kaum merkten, wie fremd sie einander wurden.

Nur eine Gelegenheit fand sich für das Paar, miteinander allein zu sein. Das war, wenn sie zusammen ausritten. Und das waren Jostas liebste Stunden. Sie war eine passionierte Reiterin und fand es wundervoll, an Rainers Seite durch die Felder und Wiesen, die herrlichen Waldungen zu streifen.

Gerlinde waren diese langen Ausritte des jungen Paares verhasst. Sie bedauerte jetzt oft, dass sie eine so schlechte Reiterin war.

Josta hatte bald herausgefunden, dass Gerlinde nicht gern ausritt – und nun tat sie es umso lieber. Rainer machte bald mit seiner jungen Frau Besuche in der Nachbarschaft und bei den wenigen Familien, die dafür in Frage kamen. Sie wurden überall mit großer Liebenswürdigkeit und Freude aufgenommen. Natürlich machten die Herrschaften alle ihre Gegenbesuche in Ramberg. Allgemein war man sich darüber einig, dass die junge Herrin von Ramberg eine entzückende junge Frau sei.

Es fiel ihr gar nicht schwer, sich in den Kreisen einzuleben. Sie war ein Landkind der Neigung nach und fand das Leben und Treiben auf den kleinen Gütern sehr reizvoll. Am meisten zog es Josta nach Rittberg. Dort wurde sie immer mit Jubel und warmer Herzlichkeit empfangen und fühlte sich bei den schlichten, natürlichen Menschen sehr wohl.

Einige Wochen waren vergangen seit Jostas Einzug in Ramberg.

An einem trüben Vormittag kam Gerlinde wieder ins Schloss herüber. Sie schritt stolz und hochaufgerichtet am Personal vorüber durch die große Halle und verschwand im Waffensaal. Dann wurden ihre Schritte leiser. Geräuschlos öffnete sie die Tür, die aus der Bibliothek in die Gemächer Jostas führte, und betrat den blauen Salon und dann durch die trennenden Portieren die übrigen Zimmer.

Bis vor das Boudoir Jostas gelangte sie so, und schon wollte sie die Portiere zu diesem Raum öffnen und eintreten, als sie plötzlich stutzte. Aus Jostas Boudoir drang leises, unterdrücktes Schluchzen an ihr Ohr.

Dass Rainer nicht daheim war, wusste sie, hatte sie ihn doch vor wenigen Minuten mit Heilmann auf die Felder reiten sehen. Leise öffnete sie einen Spalt in den Portieren und sah hinein. Da erblickte sie Josta. Sie saß an dem kleinen Schreibtisch, vor sich ein aufgeschlagenes Buch.

Sie hatte das Gesicht in die Hände vergraben, und ihr Körper wurde von einem krampfhaften Schluchzen geschüttelt.

Gerlinde überlegte eine Weile. In ihren Augen leuchtete es triumphierend. Das sah nicht nach Glück aus. So weint eine Frau nur, wenn sie unglücklich ist.

Gerlinde trat schnell und leise ein. Josta bemerkte sie nicht. Mit wenigen Schritten war Gerlinde an Jostas Seite, und erst als sie ihre Hand auf deren Schulter legte, zuckte diese zusammen und sah verwirrt und erschrocken mit verweinten Augen zu ihr empor.

Gerlinde streichelte Jostas Haar. »Nun, nun – liebe, kleine Frau –, was sehe ich denn da? Tränen – richtige Tränen?«, fragte sie sanft und leise, wie von tiefem Mitleid erfüllt. Josta klappte schnell das Buch vor sich zu. Gerlinde sah auf dem Umschlag das Wort »Tagebuch« eingeprägt. Ah – die kleine Frau führt ein Tagebuch! – Das ist äußerst interessant, das muss ich im Gedächtnis behalten, dachte sie.

Josta trocknete hastig die Tränen. »Es ist nichts, Gerlinde, achte nicht auf die dummen Tränen! – Ich – ich habe ein wenig Kopfweh«, stammelte sie.

Gerlinde schüttelte sanft und vorwurfsvoll den Kopf. »Und das nennst du Freundschaft und Vertrauen, Josta? Willst du mir nicht lieber ehrlich sagen, was dich drückt? Vielleicht kann ich dir helfen?«

Josta schüttelte energisch den Kopf und sprang auf. Sie ergriff ihr Tagebuch und legte es in ein Schreibtischfach, das sie abschloss, den Schlüssel darauf zu sich steckend.

»Oh, du führst ein Tagebuch, kleine Frau!«, sagte Gerlinde lächelnd. Und sie schalt sich eine Stümperin, weil sie sich nicht klugerweise zu diesem Schreibtisch einen Doppelschlüssel hatte anfertigen lassen, ehe sie beides an Josta abtrat.

Josta war rot geworden. »Oh – es ist nur eine alte Gewohnheit aus meinen Jugendtagen«, sagte sie.

Gerlinde nickte. »Ja, ja – das tun wir alle, wenn wir jung sind und solange wir etwas erleben möchten. Wenn man dann wirklich etwas erlebt, hört man auf, es dem Tagebuch anzuvertrauen.«

Josta nickte lebhaft. »Natürlich, es ist nur eine Kinderei. Wichtiges schreibt man nicht auf.«

»Nein, nein. Aber trotzdem – vor fremden Augen möchte man auch das um jeden Preis hüten. Wenn du dein Tagebuch ganz sicher verbergen willst, kann ich dir ein Versteck zeigen. Du weißt wahrscheinlich noch nicht, dass dieser Schreibtisch ein Geheimfach hat. Sieh, wenn du auf den Kelch dieser Mosaikrose drückst und ihn nach rechts schiebst, springt das Fach auf. Darin kannst du dein Tagebuch verwahren, da ist es sicher.«

So sprach Gerlinde und zeigte Josta, wie sie das Fach öffnen und schließen konnte.

Diese neigte dankend das Haupt. »Ich will es mir merken, Gerlinde, und das Fach gelegentlich benutzen«, antwortete sie. »Aber, bitte, nimm doch Platz. Du bist heute schon so früh auf dem Weg.«

»Ja, ich wusste nichts Besseres zu tun, als dich aufzusuchen. Aber das ist ja so unwichtig. Viel wichtiger sind mir dein trauriges Gesicht und deine verweinten Augen. Willst du mir deinen Kummer nicht anvertrauen?«

»Ich habe wirklich keinen Kummer, Gerlinde. Man ist nur manchmal – verstimmt. Oder vielleicht hatte ich ein wenig Heimweh nach Papa. Überhaupt, wenn der Himmel so trübe ist und die Sonne nicht scheint, bin ich immer leicht verzagt.«

Gerlinde schüttelte den Kopf. »Warum bist du nicht offen zu mir, Josta? Du könntest es ruhig sein – denn ich kenne deinen Kummer.«

Josta erschrak und wurde dunkelrot. Ihre Augen sahen ängstlich und unruhig zu Gerlinde hinüber. »Nein, nein! Wie sollst du – ach – bitte, lass mich.«

Gerlinde ließ sich jedoch nicht aufhalten. »Ja, Josta, ich weiß, dass du so unglücklich bist, weil du Rainer nicht lieben kannst – nicht so, wie eine Frau einen Mann lieben soll«, sagte sie weich, wie in Mitleid aufgelöst.

Josta hatte die Hände vor das Antlitz geschlagen, um es in heißer Scham zu bergen. Zitternd hatte sie die Enthüllung ihres Geheimnisses erwartet. Aber nun hörte sie, dass Gerlinde auf falscher Fährte war.

Als sie nach einer Weile die Hände sinken ließ, war sie blass und ruhig. »Nun – und wenn es so wäre, wie du sagst –, wozu davon sprechen?«, sagte sie leise.

»Ich will dich beruhigen; wir Frauen müssen zusammenhalten, und ich habe dich lieb und will nicht, dass du dich nutzlos quälst. Rainer liebt dich so wenig wie du ihn. Oder weißt du es schon, dass sein Herz seit Jahren einer anderen Frau gehört?«

»Liebe Gerlinde«, sagte Josta, die Hände fest ineinander krampfend, um ihre Ruhe nicht zu verlieren. »Rainer hat mir nichts davon gesagt, und er wird nicht wollen, dass wir darüber sprechen.«

Gerlinde machte eine abwehrende Bewegung. Ihre Augen brannten wie im Fieber. »Ach, sei nicht so töricht, Josta. Rainer braucht nicht zu wissen, dass wir davon reden. Ich weiß ja, er wird zu dir nie von dieser Frau sprechen, die er seit Jahren liebt und die ihm unerreichbar ist. Ihren Namen verschließt er wie ein Heiligtum in seiner Brust, und auch mir ist er nur durch Zufall bekannt geworden. Er war außer sich, als ich ihn eines Tages vor seinen Ohren nannte.«

Josta war leise zusammengezuckt. »Du weißt, wer die Dame ist?«, fragte sie hastig.

Gerlinde neigte das Haupt. »Ja, ich kenne sie.«

Josta streckte wie bittend die Hände aus. »Nenne sie mir – ich bitte dich.«

»Ich kann es nur unter einer Bedingung tun.«

»Unter welcher?«

»Dass du nie diesen Namen aussprichst in Gegenwart anderer Menschen, dass du auch Rainer nichts verrätst!«

»Mein Wort darauf, ich gelobe Stillschweigen.«

»Auch wir beide werden diesen Namen nur dies eine Mal nennen, Josta.«

»Ja, ja – sprich nur«, drängte Josta, ganz vergessend, dass es unklug war, solch ein Geheimnis mit Gerlinde zu teilen. Sie fieberte nur danach, den Namen zu hören.

»Nun gut, du sollst ihn hören«, und, sich vorbeugend, flüsterte ihn Gerlinde. Dann fuhr sie fort: »Da Rainer keine Hoffnung hatte, die Geliebte seines Herzens zu erringen, so bot er dir seine Hand – weil er eine gewisse väterliche Neigung für dich fühlte.«

Josta saß bleich mit großen Augen da, und um ihren Mund zuckte es leise. »Oh – nun verstehe ich –, nun verstehe ich alles!«

Draußen brach die Sonne durch die Wolken. Gerlinde legte den Arm um Josta. »Komm ein wenig hinaus ins Freie, kleine Frau, Kopfweh und trübe Stimmung vergehen im Sonnenschein. Und vergiss das Geheimfach nicht. Darin kannst du sicher alles bergen, was außer dir niemand sehen soll.«

Josta neigte das Haupt. »Ja, ja – ich danke dir.«

Und mit schweren, müden Schritten ging sie neben Gerlinde ins Freie hinaus. Ihr war zumute, als habe sie eine Torheit begangen, als habe sie sich wider Willen in Gerlindes Hände gegeben, obwohl sie ihr nichts von ihrem eigenen Empfinden verraten hatte. Es bedrückte sie, dass sie Gerlinde den Namen der Frau zu danken hatte, die Rainer liebte. Wie unrecht erschien es ihr nun, dass sie in sein Geheimnis eingedrungen war, gegen seinen Willen.

Von diesem Tag an hütete Josta ihrem Gatten gegenüber noch ängstlicher ihr Geheimnis und zeigte sich ihm noch zurückhaltender. Rainer merkte das nur zu genau und wurde mutloser als je zuvor.

In ihr Tagebuch schrieb Josta am Abend dieses Tages: »Nun weiß ich, wem Rainers Liebe gehört, und nun bin ich ganz hoffnungslos.«

13

Wenige Tage später sah Gerlinde Josta und Rainer am Witwenhaus vorüberreiten. Sie war nun sicher, dass die beiden in der nächsten Stunde nicht ins Schloss zurückkehren würden.

Eiligst ging sie hinüber; sie wollte sehen, ob Josta ihr Tagebuch in das Geheimfach gelegt hatte. Ohne Zaudern suchte sie Jostas Boudoir auf, und nachdem sie sich überzeugt hatte, dass kein Lauscher in der Nähe war, trat sie an den Schreibtisch heran und öffnete das Geheimfach.

Zu ihrer Enttäuschung war das Buch nicht darinnen. Josta hatte, einem bestimmten Argwohn folgend, ihr Tagebuch an dem alten, sicheren Platz gelassen. Und den Schlüssel trug sie stets bei sich. Aber statt des Tagebuchs erblickte Gerlinde einen Brief. Schnell zog sie ihn heraus, und – fast hätte sie einen Freudenschrei ausgestoßen – dieser Brief trug, von Jostas Hand geschrieben, die Adresse Henning Rambergs. Ohne das Siegel zu verletzen, konnte der Brief nicht geöffnet werden, sonst hätte sie es sicher getan.

Rasch trat Gerlinde an das Fenster und hielt den Brief gegen das Licht, um zu prüfen, ob man etwas von dem Inhalt auf diese Weise entziffern konnte. Aber vergeblich, das Papier war undurchlässig. Ärgerlich legte sie das Schreiben wieder in das Geheimfach. Immerhin war ihr Streifzug nicht ganz erfolglos für sie gewesen. Sie wusste nun wenigstens, dass Josta mit Henning korrespondierte und dass sie diesen Brief hatte verbergen wollen. Es war also anzunehmen, dass Rainer nichts von diesem Briefe wissen sollte.

So verließ sie nicht ganz unbefriedigt Jostas Boudoir und ging zum Witwenhaus zurück.

An diesem Tage fand sich Gerlinde zur Teestunde noch zeitiger im Gutshaus ein als sonst. Sie wusste, dass Rainer um diese Zeit die Posttasche abzufertigen pflegte, und wollte kontrollieren, ob Josta den Brief an Henning in die Posttasche legte

Sie trat mit Josta zugleich in das Zimmer, in welchem meist der Tee eingenommen wurde. Gleich nach den beiden Damen trat Rainer ein. Er trug die Posttasche mit den Postsachen bereits unter dem Arm. »Habt ihr Briefe zu befördern?«, fragte er die Damen. Gerlinde pflegte ihre Post herüberzubringen, um sie in die Posttasche zu geben. Heute verneinte sie. Aber Josta erhob sich schnell. »Einen Augenblick, Rainer! Ich hole meine Post gleich herüber; ich vergaß sie auf meinem Schreibtisch.«

»Lass sie doch durch einen Diener holen, Josta«, sagte Gerlinde schnell.

Aber die junge Frau war schon an der Tür. »Ich tue es selbst.«

Gespannt wartete Gerlinde, was nun geschehen würde. Dass Josta die Briefe holte, war schon auffällig.

Nach kurzer Zeit kam Josta zurück und hielt mehrere Briefe in der Hand. Sie schob sie selbst in die offen vor Rainer liegende Tasche.

»So fleißig hast du heute korrespondiert?«, fragte er scherzend.

Josta wurde nicht einmal rot oder verlegen, wie Gerlinde

konstatierte. »Ich hatte viele Briefschulden, Rainer«, antwortete sie ruhig.

Gar nicht so übel, dachte Gerlinde. Das hat die kleine Frau ganz geschickt gemacht. Rainer hat sicher keine Ahnung, dass sich unter Jostas Briefen einer an Henning befand. Wir wollen nun einmal weiter sondieren, sobald die Posttasche fortgeschickt ist.

Rainer verschloss die Tasche und übergab sie einem Diener. Als dieser sich entfernt hatte, sagte Gerlinde wie beiläufig:

»Nun wird ja wohl Henning bald nach Ramberg kommen.«

»Ja, er hat sich heute angemeldet. Am Sonnabend wird er eintreffen.«

In Jostas Gesicht stieg eine helle, freudige Röte. Sie hatte Henning sehr gern und freute sich auf sein Kommen. Dass dies bald bevorstand, wusste sie. Deshalb hatte sie heimlich an ihn geschrieben. Er sollte von Berlin eine von ihr bestellte Zeichnung mitbringen für einen Wandteppich, den sie für Rainer als Weihnachtsgeschenk anfertigen wollte.

Das war das ganze Geheimnis, welches der im Geheimfach aufbewahrte Brief barg, den sie nun so unauffällig mit den anderen Briefen in die Posttasche geschoben hatte.

Gerlinde blieb bis nach dem Abendessen im Schloss. Rainer begleitete sie nach dem Dunkelwerden immer bis an ihre Wohnung. Auf dem Wege setzten sie ihre Unterhaltung lebhaft fort.

Gerlinde begann: »Wenn Henning erst hier ist, wird es lustiger werden. Ich freue mich, dass er kommt.«

»Ja, ich freue mich auch«, antwortete Rainer herzlich.

»Wie geht es ihm? Ihr habt doch wohl fleißig mit ihm korrespondiert, du und Josta?«

Rainer ahnte nicht, was diese Frage bezweckte. »Die Korrespondenz mit Henning besorge ich allein. Er schrieb mir neulich, dass er lieber nicht kommen wolle; er möchte unsere Flitterwochen nicht stören. Das habe ich ihm natürlich ausgeredet. Und so hat er endlich zugesagt.«

Gerlinde fragte sich, ob es gut sei, einiges Misstrauen gegen den Bruder in Rainer zu wecken. Aber möglicherweise verhinderte Rainer dann Hennings Besuch. Und das durfte nicht sein. Henning musste jetzt kommen; er musste mit Josta so viel wie möglich zusammen sein.

So schwieg sie vorläufig über dies Thema und plauderte angeregt über andere Dinge, bis sich Rainer an der Tür des Witwenhauses von ihr verabschiedete.

Josta hatte mit traurigen Augen hinter ihrem Gatten und Gerlinde hergesehen. Den ganzen Abend hatten sich die beiden wieder so lebhaft unterhalten und scheinbar kaum darauf geachtet, dass sie still und unbeteiligt mit einer Handarbeit dabeisaß.

Am nächsten Morgen, als sie allein war, schrieb sie in ihr Tagebuch:

»Ich bedeute Rainer so viel weniger als Gerlinde. Sie versteht es viel besser, ihn zu fesseln und sein Interesse wachzuhalten, als ich. Ich muss zu meiner Qual manchmal denken, dass er wohl besser getan hätte, Gerlinde zu seiner Frau zu machen. Aber was wäre dann aus mir geworden? Ach, wie weit liegt der Frieden jener Zeit hinter mir, dass er für mich nur Onkel Rainer war! Mein Herz wird täglich schwerer. Ich fühle, Rainer wird mir fremder von Tag zu Tag; fast scheint es mir zuweilen, dass er meine Nähe flieht. Ich habe fast keine Hoffnung mehr, dass ich mir seine Liebe erringen kann. Mein Rainer – mein einzig geliebter Mann –, wenn du ahntest, was ich leide! In deiner Güte würdest du mich tief bedauern. Oft ist mir, als könnte ich es nicht mehr ertragen, so neben dir dahinzuleben. Ich denke dann an mein ruhiges Waldow, dort könnte ich still meinen Erinnerungen leben. Aber nein – nein – die Sehnsucht nach deinem Anblick, mein Rainer, würde mich zu dir zurücktreiben – trotz der Gewissheit, dass ich dir nichts bin als eine ungeliebte Frau. Wo ist mein Stolz geblieben? Nichts als Sehnsucht nach deiner Liebe ist in meinem Herzen.«

Henning hatte wirklich erst die Absicht gehabt, nicht nach Ramberg zu gehen, sondern seinen Urlaub anderswo zu verbringen.

Nun aber, da seine Ankunft nach Ramberg gemeldet war, hatte er keine Ruhe mehr. Die Stunden dehnten sich zu Ewigkeiten, die ihn noch von Josta trennten.

Dann erhielt er, zwei Tage vor seiner Abreise nach Ramberg, Jostas Brief. Er enthielt nur wenige schwesterliche Worte, aber er versetzte ihn doch in einen Rausch des Entzückens. Dass sie nur an ihn gedacht hatte, machte ihn selig. Er bedeckte das tote Papier mit Küssen. Am nächsten Vormittag machte er sich selbst auf den Weg zum Atelier, um die Zeichnung für Josta abzuholen. Es war ihm ein lieber Gedanke, sich für sie bemühen zu dürfen.

Auf seinem Weg musste er die Linden passieren. Und da sah er plötzlich vor sich eine schlanke, junge Dame. Sie trug ein fußfreies, elegantes Straßenkostüm und ging leicht und elastisch.

Henning zuckte zusammen und sah mit großen Augen

hinter dieser vornehmen, schlanken Erscheinung her. Wie gebannt hing sein Blick an den dicken kastanienbraunen Locken, die unter dem kleinen, modernen Strohhut hervorquollen.

Das ist doch Josta!, dachte er.

Aber dann lachte er sich selbst aus.

Und doch folgte er der Dame jetzt mit schnellen Schritten, um sie einzuholen. Seine Blicke hingen wie gebannt an ihr. Das war Jostas schlanke Gestalt, war ihre Art zu gehen und den Kopf zu halten.

Immer schneller schritt er aus und hatte die Dame fast erreicht, als sie plötzlich vor einem Schaufenster stehen blieb. So wandte sie ihm ihr Profil zu. Ein feiner weißer Schleier verhüllte das Gesicht nur wenig.

Ja – es war Josta. – Das Blut stieg ihm in jäher Glückseligkeit zum Herzen. Schnell trat er neben sie.

»Josta – liebe Josta!«, rief er mit erregter, freudiger Stimme. Die junge Dame wandte ihm voll ihr Gesicht zu – und Henning trat mit einer Entschuldigung enttäuscht zurück. Wohl waren es Jostas dunkle Augen, die ihn aus diesem Mädchengesicht anblickten – aber Josta war es nicht. Es war eine fremde junge Dame, vielleicht noch einige Jahre jünger als Josta.

Die Fremde sah ihn überrascht an. Es war, als wollte sie etwas sagen. Dann gab sie sich jedoch einen Ruck und ging schnell weiter.

Henning starrte ihr nach wie einer Traumgestalt.

Dicht am Pariser Platz verschwand die junge Dame plötzlich in dem Portal eines großen, vornehmen Hotels. Henning ging noch ein Stück weiter, kehrte dann um und ging nochmals an dem Hotel vorüber. Da sah er die junge

Dame neben einer älteren Frau stehen, die ein schlichtes schwarzes Kleid trug und einen schwarzen Hut. Sie stand in bescheidener Haltung vor der jungen Dame, die eifrig mit ihr zu reden schien. In Gedanken verloren ging Henning weiter.

Diese Begegnung hatte Hennings Sehnsucht nach Josta nur noch verstärkt. Er rief einen Wagen und fuhr nun zum Atelier, um die Zeichnung zu holen. Als er wieder nach Hause fuhr, kreuzte sein Wagen die Linden. Weil gerade die Fuhrwerke in die andere Richtung passierten, musste sein Wagen an der Ecke der Friedrichstraße eine Weile halten. Da sah er nochmals die junge Dame mit den kastanienbraunen Locken. Sie fuhr mit der schwarzgekleideten Frau in einem Auto an ihm vorüber.

Als habe sie seinen Blick gespürt, wandte sie sich zur Seite und sah ihn mit den großen dunklen Augen an. Sie erkannte ihn wieder. Ein Schelmenlächeln huschte um ihren Mund. Hätte er gehört, was die junge Dame mit ihrer Begleiterin sprach, wäre er wohl noch viel unruhiger geworden. Das Gespräch wurde in englischer Sprache geführt.

»Maggie, in einem Wagen am Straßenübergang saß der junge Herr, der mich vorhin mit Josta anredete. Er sah mich wieder so seltsam an. Ist das nicht sonderbar?«, fragte die junge Dame.

»Ja, Miss Gladys, es ist sonderbar. Aber es wird sein, wie Sie denken, der Herr wird ein guter Bekannter von Josta Waldow sein. Und sie muss Ihnen sehr ähnlich sein«, erwiderte die mit Maggie Angeredete.

Miss Gladys nickte mit glänzenden Augen.

»Du kannst dir wohl denken, meine gute Maggie, dass ich nun noch ungeduldiger bin, Josta Waldow von Angesicht zu Angesicht gegenüberzustehen. Wenn wir hier in Berlin unsere Einkäufe gemacht haben, hoffe ich, Nachricht zu haben, wo sie lebt und wo ich sie finden kann. Dann reisen wir sogleich. Weißt du, meine gute Maggie, dass ich am liebsten den jungen Herrn nach ihr gefragt hätte?«

»Ich an Ihrer Stelle hätte es auch getan, Misschen.«

Rainer war zur Station gefahren, um Henning abzuholen. Herzlich wie immer begrüßten sich die Brüder. Aber aus Hennings Augen flog ein hungriger, sehnsüchtiger Blick zum Wagen. Er hatte gehofft, Josta würde mit am Bahnhof sein.

Ein wenig besorgt sah Rainer in das schmal gewordene Gesicht seines Bruders.

»Siehst nicht gut aus. Nun, in diesen Wochen wirst du dich schon wieder herausmachen; Josta wird dich nach Kräften pflegen und verwöhnen«, scherzte Rainer.

Und nun konnte Henning endlich von Josta sprechen.

»Wie geht es ihr?«, fragte er, seiner Stimme Festigkeit gebend.

»Gott sei Dank, gut, Henning. Sie hat sich in Ramberg gut eingelebt. Nur ein wenig still war sie in der letzten Zeit. Ich erhoffe viel von deiner guten Laune und deinem Frohsinn. Das ist es wohl, was Josta in Gerlindes Gesellschaft fehlt.«

Es war Henning eine Erleichterung, dass er hörte, Rainer und Josta seien wenig allein. Sie hatten den Wagen bestiegen, und die Pferde liefen im schnellsten Tempo die Chaussee entlang. Der kleine Gepäckwagen mit Hennings Diener folgte langsamer.

Noch ehe sie das Parktor erreichten, sahen die Herren weiße Kleider und farbige Sonnenschirme durch das Laub schimmern. Es war ein sehr warmer, sonniger Septembertag.

»Da sind die Damen!«, rief Rainer und hielt den Wagen an. Er warf dem Diener die Zügel zu und sprang ab.

Henning hatte Zeit, sich zu fassen. Seine Augen flogen hinüber zu Josta. Er sah nur sie! – Gerlinde bemerkte er nicht, sah nicht, dass sie ihn mit scharfen, forschenden Augen beobachtete.

Ihm war, als berühre er den Boden nicht mit seinen Füßen, als er auf Josta zueilte und ihre Hand ergriff.

»Willkommen, lieber, lieber Henning, willkommen daheim in Ramberg«, sagte Josta mit ihrer klaren, warmen Stimme sehr herzlich und erfreut.

»Grüß Gott, liebe Josta!«, rief er und sah mit leuchtenden, sonnigen Augen in ihr Gesicht, in ihre Augen hinein. Und ihm war, als sei er schon ganz genesen, ganz glücklich und zufrieden. Tiefbewegt sah er, dass aus den Tiefen ihrer Augen ein wehmütiger Ernst leuchtete. Nein – glückliche Frauenaugen waren das nicht, das sah er sogleich, wie es Gerlinde auch gesehen hatte, als Josta nach Ramberg kam.

Auch aus Rainers Augen hatte ihm kein helles, wolkenloses Glück entgegengelacht. Das hatte Henning unterwegs gesehen. Und sosehr er sich darum verdammte, kam es doch wie eine Erlösung über ihn, als er die Gewissheit hatte, dass Rainer und Josta nicht restlos glücklich miteinander waren.

»Guten Tag, Vetter Henning – ich bin nämlich auch da«, scherzte Gerlinde jetzt neben ihm.

Er schrak zusammen und fasste nach ihrer Hand, die sie ihm lächelnd bot.

»Guten Tag, Gerlinde! Ich freue mich, dich wohl zu sehen.«

»Das beruht auf Gegenseitigkeit. Nun bedanke dich hübsch bei uns, dass wir dich festlich wie zwei Ehrenjungfrauen einholen. Josta hatte sogar den kühnen Plan, euch noch weiter entgegenzugehen. Aber ich habe hier am Parktor gestreikt. Für den unergründlichen Waldboden sind meine Schuhe nicht zweckmäßig genug.«

Henning war Gerlinde dankbar für den leichten, scherzhaften Ton, der seine Ergriffenheit geschickt bemäntelte. Sie wusste es dann so einzurichten, dass Henning und Josta vorausgingen, während sie an Rainers Seite folgte. Henning war glückselig, dass er neben Josta gehen durfte.

Dabei merkte er mit heißer Freude, dass sich Jostas traurige Augen aufhellten und dass sie erst lächelte und dann herzlich in sein Lachen einstimmte. Dieses frohe, herzliche Lachen klang auch zu Rainer hinüber. Seine Augen blickten halb froh, halb wehmütig auf seine junge Frau. Gerlinde sah ihn von der Seite forschend an. Und sie verstand in seinen Augen zu lesen.

»Höre nur, Rainer, Josta hat mit einem Mal das Lachen wieder gelernt. Ich glaube wirklich, wir beide sind eine zu ernste Gesellschaft für sie. Die frohe, sonnige Jugend reißt sie schnell aus ihrer bedrückten Stimmung.«

Jedes dieser Worte war berechnet. Es sollte harmlos klingen und war doch so vielsagend. Und es verfehlte seine Wirkung auf Rainer nicht.

»Findest du, dass Josta in bedrückter Stimmung gewesen ist, Gerlinde?«, fragte er.

Sie sah ihn an, wie von tiefem Mitleid erfüllt. »Das musst du doch selbst merken, Rainer. Du hast mir so oft erzählt, dass Josta solch ein lustiges, übermütiges Geschöpf gewesen ist. Seit sie in Ramberg ist, sehe ich selten ein Lächeln auf ihrem Gesicht. Dafür aber habe ich sie neulich in schmerzlichem Weinen überrascht.«

Er wurde sehr bleich. »Sie hat geweint? Wann war das?«

»Vorige Woche – ich fand sie in Tränen an ihrem Schreibtisch.«

Er seufzte tief. »Ich habe es mit Schmerzen gesehen, wie sehr sie sich verändert hat. Es macht mir Sorge.«

»Aber, lieber Vetter, das darf dich doch nicht wundern! Wenn ein so junges Mädchen einen älteren, gesetzten Mann heiratet, so färbt das immer auf es ab. Aber jetzt ist ja Henning da, du wirst sehen, wie schnell er es mit seinem jugendlichen Frohsinn und Übermut aufheitert. Jung und Jung gehört nun einmal zusammen. Und uns wird Henning auch ein wenig aufmuntern.«

Sie konnte mit der Wirkung ihrer Worte zufrieden sein.

Eine Stunde später saß man auf der Ramberger Terrasse beim Tee. Josta erschien wie umgewandelt. Sie scherzte und lachte mit Henning. Sie war sichtlich froh, jemanden zu haben, der sich mit ihr beschäftigte und dem gegenüber sie sich unbefangen geben konnte. Gerlinde konnte sich nicht enthalten zu sagen: »Ein Glück, dass du gekommen bist, Henning. Unser kleines Frauchen ließ all die Zeit das Köpfchen hängen wie eine welke Blume. Heute ist Josta endlich einmal vergnügt. Du verstehst es, die Menschen aufzuheitern. Ich möchte auch davon profitieren. Wir wollen alle recht vergnügt sein, solange du Urlaub hast.«

Henning blickte zu Josta hinüber. Sie wurde ein wenig

rot und strich sich verlegen einige Löckchen aus der Stirn. »Was wollt ihr nur alle? Ich bin doch immer ganz vergnügt gewesen.«

Gerlinde legte ihren Arm um Jostas Schultern.

»Das glaubst du selbst, weil du zwischen uns beiden ernsthaften, alten Leuten gar nicht gemerkt hast, wie still du geworden bist«, sagte sie fast zärtlich.

Lächelnd schüttelte Josta den Kopf. »Alte Leute? Meinst du damit Rainer und dich?«

»Allerdings.«

Josta lachte. »Ach, Gerlinde, du glaubst doch selbst nicht, dass du zu den alten Leuten gehörst. So schöne junge Frauen wie du wollen das sonst nicht hören.«

Gerlinde sah sich mit wichtiger Vorsicht und schelmischem Lächeln um. »Wir sind ja unter uns, da brauche ich aus meinem würdigen Alter kein Hehl zu machen. Ich bin dreißig Jahre alt, meine liebe Josta – ein ehrwürdiges Alter für eine Frau.«

»Jetzt muss ich aber widersprechen, Gerlinde, sonst hältst du mich für einen Barbaren«, sagte Henning artig. »Eine Frau ist immer nur so alt, wie sie aussieht, und demnach bist du noch blutjung.«

Sie neigte dankend das Haupt. »Ich hoffe, dir bei Gelegenheit auch so etwas Hübsches sagen zu können«, entgegnete sie liebenswürdig, und Henning musste sich wieder sagen, dass Gerlinde sehr charmant sein konnte.

Dann wandte er sich Josta zu. »Übrigens besitzt du eine Doppelgängerin, liebe Josta. Als ich vorgestern die Linden entlangbummelte, sah ich vor mir eine junge Dame, die dir in Gestalt und Haltung so auffällig glich, dass ich meinte, dich selbst vor mir zu sehen. Sogar deine durchaus nicht alltägliche Haarfarbe besaß diese Dame, und sie hatte ebenfalls wundervolle Locken. Ganz frappiert eilte ich der Dame nach. Da blieb sie plötzlich vor einem Schaufenster stehen, und ich sah ihr Profil.«

»Und natürlich sahst du ein ganz fremdes Gesicht«, sagte Josta lachend.

»Oh nein! Sie trug allerdings einen leichten weißen Schleier, aber das Profil glich dem deinen so sehr, dass ich sie überrascht mit deinem Namen ansprach. Da wandte sie mir ihr Gesicht zu – und sah mich mit deinen dunklen Augen an. Aber das Gesicht war mir nun doch fremd. Ich stammelte eine Entschuldigung und muss wohl ein sehr verblüfftes Gesicht gemacht haben, denn sie lächelte. Und das Sonderbarste war, dass sie genauso schelmisch lächelte wie du. So etwas Wunderbares von Ähnlichkeit habe ich noch nie bei zwei Menschen gesehen, die einander so fremd sind. Später sah ich die Dame nochmals in einem Wagen an mir vorüberfahren, und zwar in Begleitung einer älteren Frau, sicher einer Dienerin. Und beide machten mir den Eindruck von Ausländerinnen.«

»Wie schade! Ich hätte diese meine Doppelgängerin gern einmal gesehen und mich überzeugt, ob die Ähnlichkeit wirklich so groß war.«

»Vielleicht hätte sich diese Ähnlichkeit als sehr gering erwiesen, wenn man die Dame direkt neben dir gesehen hätte, liebe Josta«, sagte Gerlinde. »Man glaubt ja oft, dass sich zwei Menschen zum Verwechseln ähnlich sehen, und sieht man sie dann zusammen, bleibt kaum noch eine schwache Ähnlichkeit. Die Phantasie spielt einem da manchen Streich.«

»Es ist möglich, dass sich diese Ähnlichkeit etwas verwischt hätte«, erwiderte Henning, »aber ich wette, Gerlinde, du hättest die Dame ebenfalls für Josta gehalten.«

Die Sonne ging unter, und es wurde merkbar kühl auf der Terrasse. Vom Fluss herüber zog ein leichter Nebelhauch. Da brach man auf.

14

Josta schien wirklich in der Gesellschaft ihres Schwagers aufzuleben. Henning war ihr unzertrennlicher Begleiter, und er bot alles auf, um sie aufzuheitern.

Rainer war viel vom Haus fort. Aber oft begleiteten ihn Josta und Henning zu Pferde, wenn er auf das Vorwerk oder die Felder ritt. Das schöne Herbstwetter begünstigte diese Ritte. Und dabei bekam auch Rainers ernstes Gesicht zuweilen einen frohen Ausdruck. Josta war dann meist so fröhlich, dass sie auch zu ihrem Gatten einen unbefangenen, heiteren Ton fand.

Aber sonst blickte Rainer, wenn er sich unbeobachtet wusste, oft recht trübe. Es war auffällig, wie viel glücklicher Josta in Hennings Gesellschaft schien als in der seinen.

Hätte Josta nur eine Ahnung gehabt, wie es in Hennings Seele aussah, sie wäre im tiefsten Herzen erschrocken. Zu viel mit ihrem eigenen Innern beschäftigt, merkte sie nicht, dass seine Augen glücklich aufleuchteten, wenn sie zu ihm trat, und dass er überhaupt nur Augen für sie hatte.

Rainer fühlte mehr und mehr mit brennendem Schmerz, dass seine junge Frau seinem Bruder gegenüber eine ganz andere war als in seiner Gesellschaft. Und er merkte auch, dass Henning Josta gegenüber nicht unbefangen genug war. In seinen Augen lag oft eine heimliche Angst, wenn er Henning und Josta beobachtete. Wie, wenn Hennings und Jostas Herzen sich in Liebe fanden? So fragte er sich zuweilen in heimlicher Sorge und quälender Pein. Er vertraute dem Bruder und Josta schrankenlos, und seiner großzügigen Natur lag kleinliches Misstrauen fern.

So vergingen Wochen, und scheinbar herrschte in Schloss Ramberg nur Glück und Freude. Oft waren Gäste zugegen, oder man machte gemeinsame Besuche in der Nachbarschaft. Man veranstaltete mit Rainers Erlaubnis im Ramberger Forst ein großes Waldfest. Josta war entschieden die Königin dieses Festes. Alles huldigte ihr, und sie nahm diese Huldigungen mit einer vornehmen, ruhigen Liebenswürdigkeit auf.

Augenblicklich hatte Gerlindes Hass eine etwas mildere Form angenommen, weil sie glaubte, Josta werde ihr bald freiwillig das Feld räumen. Sie beobachtete Josta und Henning scharf, und dass diese so viel beieinander waren und einander zu suchen schienen, erfüllte sie immer von neuem mit heimlicher Freude. Gewissenhaft kontrollierte sie das Geheimfach in Jostas Schreibtisch. Ihr Verlangen nach einem Einblick in Jostas Tagebuch war immer stärker geworden. Aber sie fand das Geheimfach immer wieder leer.

Mit großer Gewandtheit wusste sie es einzurichten, dass es Henning und Josta nicht an ungestörten Stunden fehlte.

In den Nachmittagsstunden und am Abend traf man sich in der Bibliothek. Einmal hatte man in alten Chroniken nach einer Familiengeschichte gesucht. Als man sie gefunden, las sie Rainer mit seiner wohlklingenden Stimme vor.

Eine Ahnfrau der Rambergs war fälschlicherweise der Untreue gegen ihren Gatten angeklagt worden, weil ihre Kammerfrau ein ihr gehöriges Gürtelband einem ihrer Anbeter überlassen hatte. Dieses Gürtelband hatte der Gemahl in den Händen des Anbeters gefunden, und es war zu einem blutigen Zweikampf gekommen. Er hatte den Anbeter auf den Tod verwundet und wollte seine Frau verstoßen. Von Reue gefoltert, hatte jedoch die Kammerfrau im letzten Moment der Wahrheit die Ehre gegeben, und die Gatten hatten sich versöhnt.

Als Rainer zu Ende war, sagte Gerlinde lächelnd, Henning scharf beobachtend: »Diese Geschichte ging zum Glück friedlicher aus als die von Othello und Desdemona. Sonst ist sie ähnlich, nur spielte hier ein Gürtelband die Rolle des ominösen Taschentuches.«

Hennings Stirn rötete sich, und verstohlen presste sich seine Hand auf seine Brust, wo Jostas Taschentuch lag.

»Wie kann man nur die Treue oder Untreue eines Menschen mit so zufälligen Dingen begründen wollen. Übrigens fällt mir dabei ein, dass mir mein sehr kostbares Brauttaschentuch an meinem Hochzeitstage verloren ging. Meine Jungfer hat alles durchsucht. Es blieb aber verschwunden. Das hat mir sehr leidgetan, denn ich bekam es von Rainer geschenkt«, sagte Josta.

»Wie gut, dass sich daraus nicht auch ein Drama entwickelte«, scherzte Gerlinde mit funkelnden Augen.

Hier unterbrach Henning das Gespräch, indem er ein neues Kapitel aus der Chronik vorlas.

Hennings Urlaub war schon zu zwei Dritteln abgelaufen. Je länger er in Jostas Gesellschaft weilte, desto heißer und tiefer wurde seine Liebe. Er hätte nicht mehr von ihrer Seite gehen mögen. Je näher der Termin seiner Abreise rückte, desto unruhiger wurde er.

Es kamen Stunden, in denen heiße Wünsche über ihn Gewalt bekamen. Dann floh er Jostas Nähe, ritt stundenlang in toller Hast über Wiesen und Felder oder verschloss sich in seinen Zimmern.

Josta merkte nicht viel davon. Sie war zu unbefangen.

Gerlinde aber belauerte sein Wesen mit heimlichem Frohlocken. Rainer entging gleichfalls nichts. Mit großer Angst und Unruhe beobachtete er seine Frau und seinen Bruder. Und doch tat er nichts, trennend zwischen beide zu treten. Was kommen musste, kam, gleichviel ob er sich dagegen wehrte oder nicht, dachte er.

In diese quälende Stimmung hinein, die nur Gerlinde befriedigte, kam eines Morgens ein Telegramm von Frau Seydlitz, dass der Minister plötzlich sehr schwer erkrankt sei. Er hatte einige Tage unter den Folgen einer Erkältung gelitten, hatte diese jedoch nicht beachtet; nun war plötzlich eine schwere Lungenentzündung ausgebrochen. Die herbeigerufenen Ärzte waren in großer Besorgnis und verlangten die Anwesenheit Jostas. Erschrocken vernahm sie diese Nachricht. Sie sprang auf und fasste nach dem Arm ihres Gatten. Instinktiv flüchtete sie in ihrer Sorge zuerst zu ihm. Mit blassem Gesicht sah sie ihn an. »Ich muss sofort zu Papa, Rainer. Wann kann ich reisen?«

Sie bemerkte gar nicht, dass Henning sie mit brennenden Blicken betrachtete und sehr unruhig wurde. Auch Rainer achtete jetzt nicht auf den Bruder. Nur Gerlinde ließ ihn nicht aus den Augen, und auch ihr Antlitz wurde blass.

Auf Rainer jedoch wirkte dieser Ruf nach Josta wie eine Erlösung. Sosehr er die Erkrankung ihres Vaters bedauerte, war doch ein Gefühl in ihm, als bewahre es ihn vor dem Schlimmsten, dass sie jetzt von seinem Bruder getrennt wurde.

»Du kannst in zwei Stunden reisen, Josta. Und natürlich begleite ich dich.«

Henning war zumute, als ob ihm die Sonne genommen werden sollte und er im ewigen Dunkel zurückbleiben müsste. Er wurde sehr blass, und seine Zähne bissen sich aufeinander. Der Gedanke, dass Josta jetzt Ramberg verlassen würde, brachte ihn fast zur Verzweiflung.

Josta achtete auf nichts. Sie eilte in ihr Zimmer, um sich reisefertig zu machen. Auch Rainer zog sich zurück, um noch einiges mit Heilmann zu besprechen.

So saßen sich Gerlinde und Henning plötzlich allein gegenüber. Sie sprachen beide nicht. Erst nach einer langen Weile sagte sie, als wolle sie sich selbst ermutigen: »Es kann ja nur wenige Tage ausmachen, Vetter, so lange werden wir wohl miteinander auskommen.«

Henning schrak aus seinen Gedanken auf, sah sie mit starren Augen geistesabwesend an und ging, eine Entschuldigung murmelnd, schnell aus dem Zimmer.

Zwei Stunden später reiste Rainer mit seiner Gattin ab.

Gleich nach Tisch entschuldigte sich Henning mit Kopfweh und zog sich in sein Zimmer zurück. Er hatte nur mit Mühe einige Bissen essen können. Der Hals war ihm wie zugeschnürt.

Gerlinde fand die Gelegenheit günstig, einmal wieder das Geheimfach zu revidieren. Langsam schritt sie zu Jostas Gemächern hinüber. Wieder, wie so oft schon, öffnete sie das Fach und starrte hinein – es war leer, ganz leer.

Ärgerlich biss sie sich auf die Lippen, und ihre Augen bohrten sich auf das verschlossene Fach, wo sie Jostas Tagebuch wusste. Seufzend drückte sie das Geheimfach wieder zu. Es schnappte mit dem feinen, springenden Geräusch der

Feder ein. In demselben Moment trat plötzlich Henning unter der Portiere hervor, die dieses Gemach von dem Nebenzimmer schied. Die Sehnsucht hatte ihn hierhergetrieben. Er wollte wenigstens die Luft einatmen, die Josta sonst umgab.

Nun sah er, dass Gerlinde sich an Jostas Schreibtisch zu schaffen machte. Zugleich war es ihm aber auch unangenehm, dass er von ihr in Jostas Zimmern gesehen wurde.

Einen Augenblick standen sie sich sprachlos gegenüber. Gerlinde hatte sich zuerst wieder in der Gewalt.

»Nun, Vetter, ist das Kopfweh besser? Ich suche hier nach einem Buch, das Josta und ich gemeinsam lasen. In der Bibliothek fand ich es nicht. Ich dachte nun, Josta habe es mit in ihr Zimmer genommen. Leider finde ich es nicht«, sprach sie scheinbar unbefangen.

Henning empfand trotz seiner eigenen Befangenheit wieder einmal starkes Misstrauen gegen sie. Wenn er auch nicht wusste, was sie hier am Schreibtisch gesucht hatte – dass ihre Anwesenheit hier nicht so harmlos war, wie sie glauben machen wollte, hatte ihm ihr Erschrecken verraten. Er beschloss, Josta zu warnen.

»Darf ich dir helfen, das Buch zu suchen? Vielleicht ist es doch in der Bibliothek.«

»Nein, nein, ich danke und will dich nicht weiter stören.«

»Mich stören? Ich wollte nur hinüber in Rainers Arbeitszimmer. Dort ist doch, wenn ich mich recht erinnere, die Hausapotheke verwahrt. Ich wollte mir ein Mittel gegen Kopfweh holen«, sagte er hastig.

Gerlinde wusste, dass dies eine Ausrede war. Aber sie zeigte sich ganz unbefangen. »Dann lass dich nicht aufhalten, Henning. Ich werde jetzt ins Witwenhaus zurückgehen und mich für eine Fahrt nach Rittberg umkleiden. Das ist vielleicht kurzweiliger, als wenn ich lese. Hast du Lust, mich zu begleiten?«

»Wenn du gestattest, werde ich das tun.«

»Gut. Du hast wohl die Liebenswürdigkeit, in einer Stunde anspannen zu lassen und mich abzuholen.«

Sie verließen das Zimmer Jostas in verschiedenen Richtungen. Vom Fenster in Rainers Zimmer sah Henning sie über den kiesbestreuten Weg zwischen den Anlagen zum Park hinübergehen. Da kehrte er schnell in Jostas Zimmer zurück. Er trat vor den Schreibtisch, als wollte er sehen, was Gerlinde gesucht hatte. Da er nichts fand, trat er mit einem tiefen Seufzer zurück und schritt langsam auf und ab. Leise, wie liebkosend, streifte seine Hand über diesen und jenen Gegenstand, den Josta berührt haben musste.

Plötzlich sank er mit einem Stöhnen auf den Diwan nieder und presste sein Gesicht in das Kissen.

So lag er lange, eine Beute der widerstreitendsten Empfindungen, und in seiner Seele tobte ein Kampf zwischen Liebe und Pflicht. Seine Sehnsucht nach Josta drohte ihn zu ersticken, und zugleich machte er sich im Gedanken an seinen Bruder die schrecklichsten Vorwürfe.

15

Rainer und seine junge Frau waren in der Stadt eingetroffen. Ohne Verzug hatten sie sich nach dem Jungfernschlösschen begeben. Sie fanden den Minister in bedenklichstem Zustand. Josta erschrak sehr beim Anblick des fieberglühenden Gesichtes ihres Vaters.

Ohne auf ihres Gemahls und Tante Marias Abraten zu achten, erklärte sie, die Pflege des Vaters übernehmen zu wollen und nicht von seinem Lager zu weichen, bis er ihrer Pflege nicht mehr bedürfe.

Rainer musste am Abend allein nach der Villa Ramberg fahren, Josta blieb bei ihrem kranken Vater.

In den wenigen fieberfreien Momenten sah er sie lächelnd an. »Es hat mich heftig gepackt, meine Josta; aber es wird vorübergehen, sorge dich nicht.«

Aber die Ärzte verhehlten ihr nicht, dass große Gefahr bestand.

Schon in der nächsten Nacht musste Rainer herbeigerufen werden. Der Zustand war noch bedenklicher geworden.

Nun saß Josta bleich und angstvoll am Bett des Vaters, und ihr Mann stand im Nebenzimmer am Fenster. In banger Sorge vergingen die Stunden. Das Fieber stieg höher und höher. Die beiden Ärzte wichen nicht mehr aus dem Krankenzimmer.

Um zwei Uhr nachts rief man Rainer herüber. Der Minister saß hochaufgerichtet und von Kissen gestützt im Bett. Ganz plötzlich war er aus seiner Bewusstlosigkeit erwacht.

Er fasste Jostas und Rainers Hand. »Rainer – ich glaube, das ist der Tod! Mein Testament – der Brief – vergiss nicht.«

»Sei ruhig – mein Freund – mein Vater – sei ruhig«, antwortete Rainer bewegt.

Der Kranke nickte schwach. Kalter Schweiß trat ihm auf die Stirn. »Josta – mein Kind – ich habe dich geliebt – vergiss es nicht!«

Das waren seine letzten Worte. Er sank zurück und lag mit geschlossenen Augen. Noch einmal hob er dann die schweren Lider. Aber sein Blick war nicht mehr von dieser Welt. Bald darauf war er tot.

Die Augen wurden von dem Arzt mit sanfter Hand geschlossen.

Und Josta lag todtraurig und weinend am Sterbelager auf den Knien.

Erst nach langer Zeit gelang es Rainer, seine junge Frau wegzuführen. Er geleitete sie vorläufig hinüber in ihr Mädchenzimmer und überließ sie da den wohltätigen Tränen, wissend, dass Trostworte jetzt ganz machtlos waren.

Er selbst hatte nun alle Hände voll zu tun. Sosehr ihn das plötzliche Ableben des Mannes erschütterte, der ihm seit Jahren ein treuer Freund, zuletzt ein lieber Vater geworden war, hatte er doch keine Zeit, seinem Schmerz nachzuhängen.

Die nächsten Tage vergingen für Josta in dumpfer Trauer. Aber auch sie musste sich dann aufraffen und den Zwang der gesellschaftlichen Pflichten auf sich nehmen, die solch ein Trauerfall im Gefolge hat.

Ununterbrochen fuhren vor dem Jungfernschlösschen

Wagen vor und brachten schwarzgekleidete Menschen, die Josta und Rainer ihrer Teilnahme versichern wollten. Aus allen Teilen des Landes und auch aus anderen Staaten trafen Telegramme, Deputationen und Blumenspenden ein.

Auch Henning war von Ramberg gekommen, um dem Minister die letzte Ehre zu erweisen. Und vor Jostas verweinten Augen und ihren schwarzen Kleidern machten seine Sehnsucht und seine Wünsche halt.

Am Morgen des Begräbnistages kam Henning von der Villa Ramberg zum Jungfernschlösschen. Als sein Wagen am Portal vorfuhr, sah er vor sich eine schlichte Mietsdroschke halten. Zufällig streifte sein Blick über die Droschke hin. Da stutzte er plötzlich und blieb stehen, als traue er seinen Augen nicht. Er sah eine schlanke, junge Dame, die neben einer schwarzgekleideten Frau in diesem Wagen saß. Das war Jostas Doppelgängerin!

Sie sah mit großen, erschreckten Augen auf den Lakaien, der am Wagenschlag stand und ihr anscheinend eine Meldung machte. In dem Augenblick jedoch, als Henning an den Wagen herantreten wollte, setzte er sich auch schon in Bewegung und fuhr davon. Henning sah dem davonrollenden Wagen unschlüssig nach. Dann trat er zu dem Lakaien, der gleichfalls dem Wagen einigermaßen verdutzt nachsah.

»Wer war die Dame?«, fragte Henning.

»Ich weiß es nicht, Euer Gnaden.«

»Was war ihr Wunsch?«

»Sie bat, Seiner Exzellenz dem Herrn Minister in dringender Angelegenheit gemeldet zu werden, und zeigte mir ein Konsulatsschreiben. Sie wollte mir auch soeben ihre Visitenkarte reichen. Da meldete ich ihr, dass Seine Exzellenz der Herr Minister verstorben sei und heute beerdigt würde. Sie erschrak sehr und steckte nun schnell ihre Karte und das Konsulatsschreiben wieder in ihr Handtäschchen. Sie meinte, es habe nun keinen Zweck mehr, und gebot dem Kutscher weiterzufahren.«

Henning dankte für die Auskunft und ging nachdenklich in das Jungfernschlösschen hinein.

Als er zu Josta und ihrem Gatten ins Zimmer trat, erzählte er noch ganz benommen von dem seltsamen Besuch. Josta maß der Angelegenheit, von ihrer Trauer in Anspruch genommen, nicht viel Bedeutung bei. Aber Rainer stutzte einen Augenblick. »War die junge Dame Josta wirklich so sehr ähnlich, Henning?«

»Unbedingt. Frage doch den Bedienten, Rainer.«

Rainer ließ den Diener rufen. Dieser erschien sofort.

»Sie haben soeben eine junge Dame abgefertigt, die in einer Mietsdroschke vorfuhr?«

»Sehr wohl, gnädiger Herr.«

»Und sie wusste nicht, was hier geschehen ist?«

»Nein, sie schien direkt vom Bahnhof gekommen zu sein.«

»Und ist Ihnen an der Dame etwas aufgefallen?«

Der Lakai sah zu Josta hinüber. Er machte ein etwas verlegenes Gesicht.

»Sprechen Sie unumwunden«, forderte Henning ihn auf.

Da antwortete er unsicher und zögernd: »Als die Droschke vorfuhr, eilte ich an den Schlag, um zu öffnen, weil – weil ich glaubte, die gnädige Frau sei es selbst, die in dem Wagen saß. Die Dame trug jedoch keine Trauerkleider. Aber sonst war sie Ihrer Gemahlin sehr ähnlich. Erst als sie sprach, wusste ich genau, dass sie eine Fremde war. Sie sprach das Deutsche wie Engländer oder Amerikaner.«

»Du siehst, Rainer, nicht mir allein ist die Ähnlichkeit aufgefallen. Sie ist wirklich ganz außerordentlich.«

Da sich indessen das Trauergefolge im Jungfernschlösschen einfand, hatte man keine Zeit mehr, sich mit dieser Angelegenheit zu beschäftigen.

Eine Stunde später setzte sich der imposante Trauerzug in Bewegung. Die ganze Stadt hatte Trauerflaggen gehisst, und in den Straßen drängten sich die Menschen. In die Umfriedung des Friedhofes waren nur wenige eingelassen worden. In der Nähe des Erbbegräbnisses, wo der Minister neben seiner Gemahlin die letzte Ruhestatt finden sollte, hatte sich aber doch eine Anzahl Leute aufgestellt, natürlich in respektvoller Entfernung. In dieser Menschengruppe entdeckte Henning während der Beisetzungsfeierlichkeit die fremde Dame mit ihrer Begleiterin.

Sie trug einen langen schwarzen Mantel, der ihre Gestalt einhüllte, und einen schwarzen Hut. Es hatte den Anschein, als seien Hut und Mantel eben erst gekauft und hastig angelegt worden. Als bei einem leichten Windstoß der Mantel auseinanderflatterte, sah Henning darunter das dunkelblaue Kleid, das die junge Dame im Wagen getragen hatte.

Gern hätte Henning Josta auf ihre Doppelgängerin aufmerksam gemacht. Aber das ging natürlich jetzt nicht an. Als die Beisetzungsfeierlichkeit vorüber war, wollte er jedoch seinem Bruder die junge Dame zeigen. Aber da war sie plötzlich verschwunden.

Sie hatte, kurz vor dem Ende der Trauerfeier, ihre Begleiterin fortgezogen und war mit ihr zum Ausgang des Friedhofes geeilt, wo eine Droschke auf sie wartete.

Während der Wagen davonfuhr, sagte sie aufatmend: »Hast du Josta Ramberg gesehen, Maggie, hast du sie dir genau betrachtet?«

»Ja, Miss Gladys, ich habe sie immerfort angesehen. Schade, dass sie einen so dichten Schleier trug. Einmal schlug sie ihn zurück.«

»Nun, und –?«

»Sie gleicht Ihnen, wie sich zwei Menschen nur gleichen können.«

»Ja, das habe ich auch gefunden. Nur, sie ist viel schöner als ich. So ein süßes, liebes Gesicht hat sie. Nur so traurig – so sehr traurig.«

Maggie war aufgefahren. »Sie sind mindestens ebenso schön, Misschen«, protestierte sie fast beleidigt.

Miss Gladys lächelte. »Meine gute Maggie, du lässt ja niemanden neben mir gelten, das weiß ich. Du bist ganz schlimm eitel auf deine Gladys.«

Auch Maggie lächelte nun. »Ja, das bin ich. Mein Misschen ist nun einmal mein ganzer Stolz.«

Die junge Dame drückte ihr die Hand. »Was wäre ich ohne dich, meine gute Maggie, und wo wäre ich jetzt, wenn ich dich nicht gehabt hätte nach Mamas Tod! Ich bin so froh, dass du mit mir nach Deutschland gekommen bist.«

»Was wollen Sie nun tun, Misschen?«

Die junge Dame seufzte. »Vorläufig kann ich nichts tun, in diese Trauerstimmung kann ich doch unmöglich hineinplatzen. Wer weiß, ob Josta eine Ahnung hat von meiner Existenz. Wahrscheinlich nicht. Vielleicht will sie gar nichts von mir wissen. Mamy hat mir so oft erzählt, die deutschen Verwandten seien sehr stolz. Von ihr hat niemand in Papas Familie etwas wissen wollen. Aufdrängen werde ich mich natürlich nie, aber ich wäre doch sehr glücklich, wenn Josta lieb und herzlich zu mir sein könnte. Nun, da ich sie gesehen habe, erscheint es mir nicht ganz unmöglich. Ach, Maggie, wie schade, dass der Minister gestorben ist! Es wäre doch alles viel leichter für mich gewesen. Und dass Josta jetzt verheiratet ist, erschwert meine Sache auch noch. Vor allen Dingen muss ich nun warten. Die ersten Monate der Trauer muss ich doch vorübergehen lassen, nicht wahr, ehe ich diesen Menschen mit meiner Angelegenheit komme?«

»Das müssen Sie selbst besser wissen, Miss Gladys. Ich meine, Ihr Kommen müsste Josta Freude machen.«

»Das glaubst du, meine Maggie, weil du mich lieb hast. Wir kehren jetzt jedenfalls nach Berlin zurück und bleiben dort noch einige Tage. Dann wollen wir weitersehen. Wissen möchte ich nur, ob ich den jungen Herrn noch einmal wiedersehe. Vielleicht ist er ein Verwandter Rambergs.«

Maggie sah mit ihren guten, treuen Augen der jungen Herrin ins Gesicht. »Ich denke mir, der liebe Gott hat es nicht umsonst gefügt, dass er Ihnen in Berlin begegnet ist, Miss Gladys. Sie werden ihn schon wiedersehen.«

Der Wagen hielt jetzt am Bahnhof. Wenige Minuten später fuhr ein Zug nach Berlin ab. Die beiden Frauen erreichten ihn gerade noch rechtzeitig.

Henning kehrte nach den Beisetzungsfeierlichkeiten nach Ramberg zurück. Sein Bruder blieb mit seiner Frau noch einige Tage in der Stadt, da es mancherlei zu regeln gab.

Das Testament des Ministers wurde eröffnet. Josta war zu seiner Universalerbin eingesetzt worden. Sie war nun die Besitzerin des Gutes Waldow, das seit Jahren verpachtet war.

Wäre Josta nicht Rambergs Frau geworden, so wären ihr nach dem Tode des Ministers nur ein bescheidenes Asyl in Waldow geblieben und die wenigen tausend Mark Pacht, die das Gut einbrachte.

Der Brief, der dem Testamente beilag, war von Rainer für seine Gattin verwahrt worden.

»Ich weiß, was er enthält, Josta, und ich bitte dich, ihn erst zu lesen, wenn du wieder in Ramberg bist und alle Aufregungen hinter dir hast«, sagte er.

Josta war damit einverstanden.

Der ganze Haushalt wurde aufgelöst. Die Einrichtung der Repräsentationsräume gehörte zum Jungfernschlösschen und war nicht Eigentum des Ministers gewesen. Alles Übrige sollte nach Waldow gebracht werden. Fast eine Woche verging, bis Josta mit ihrem Gatten nach Ramberg zurückkehrte. Frau Seydlitz blieb noch einige Wochen im Jungfernschlösschen, bis alles geordnet war. Dann wollte sie nach St. Annen zurückkehren.

Inzwischen war der Urlaub Hennings fast abgelaufen, und es blieb ihm nur noch ein Tag, den er gemeinsam mit Josta und seinem Bruder verbringen wollte.

Jostas Trauer machte es ihm jetzt möglich, einigermaßen ruhig an die Trennung zu denken, wenn auch der Schmerz über diese Trennung immerfort in ihm brannte.

Die Ereignisse waren Gerlinde wenig angenehm, da der Tod des Ministers für ihre Pläne ein großes Hindernis bedeutete. Aber sie war machtlos, etwas daran zu ändern.

Zur Teestunde des letzten Tages, den Henning in Ramberg verweilte, wollte Gerlinde ins Schloss hinübergehen.

Rainer war auf das Vorwerk geritten, wollte aber zur Teestunde zurück sein.

Weder Josta noch Henning ahnten, mit welch schwerem Herzen Rainer auf sie zurückgesehen hatte, als er sich entfernte.

Sie saßen beide in Jostas Zimmer. Henning war verhältnismäßig ruhig. Jostas schwarze Kleider wirkten wie ein Betäubungsmittel auf seine Gefühle. Sie plauderten von allerlei Dingen. Und dann dachte Henning plötzlich daran, dass er neulich Gerlinde hier in diesem Raum am Schreibtisch überrascht hatte und dass er Josta hatte warnen wollen.

»Wie stehst du eigentlich jetzt Gerlinde gegenüber?«

Über Jostas Gesicht flog ein Schatten. »Ich möchte nicht gern darüber sprechen, Henning, weil ich fürchte, dass ich ihr nicht Gerechtigkeit widerfahren lassen kann.«

»Du weißt doch, Josta, dass du mir rückhaltlos vertrauen kannst.«

Sie nickte und sah ihn so lieb und freundlich an, dass er die Zähne aufeinanderbeißen musste.

»Ja, mein lieber Henning, das weiß ich. Und auch nur zu dir kann ich darüber reden. Nicht einmal Rainer möchte ich es sagen. Gerlinde ist so liebenswürdig, ja herzlich zu mir! Und doch – es ist etwas in mir, worüber ich nicht Herr werden kann. Fast möchte ich es Misstrauen nennen, Misstrauen in ihre Ehrlichkeit mir gegenüber. Es ist ein Gefühl, das mich vor ihr warnt – wie vor einer Feindin.«

Henning sah sinnend vor sich hin. Dann sagte er zögernd: »Ich habe ein ähnliches Empfinden Gerlinde gegenüber. Und – ich muss dir etwas sagen. Als ihr nach der Stadt abgereist wart, du und Rainer, wollte ich mir drüben bei Rainer aus der Hausapotheke ein Mittel gegen Kopfweh holen. Als ich dabei dieses Zimmer passierte, hörte ich im Augenblick, als ich eintrat, ein leises, schnappendes Geräusch, als ob eine

Feder oder ein Schloss einschnappte. Zugleich erblickte ich Gerlinde. Hier an deinem Schreibtisch stand sie, und sie war sichtlich verlegen und erschrocken. Ich hatte das Gefühl, als habe sie sich in unlauterer Absicht an deinem Schreibtisch zu schaffen gemacht.«

Jostas Gesicht überzog sich mit dunkler Röte. In ihren Augen leuchtete Überraschung. Sie sprang auf und trat an ihren Schreibtisch.

»Bitte, Henning, schließe einmal deine Augen«, bat sie erregt.

Er tat es, ohne zu fragen, warum.

Josta öffnete das Geheimfach und schloss es wieder.

Da sprang Henning auf. »Das war dasselbe Geräusch! Was war das?«

Einen Augenblick stand die junge Frau wie gelähmt. Sie war bleich geworden. Aufatmend strich sie sich dann über die Augen, als wische sie etwas Quälendes fort.

»Das will ich dir sagen, Henning. Sieh hier – dieser Schreibtisch, der ja früher von Gerlinde benutzt wurde, hat ein Geheimfach. Gerlinde zeigte es mir, kurz nachdem ich nach Ramberg gekommen war. Sie fand mich hier am Schreibtisch – ich hatte gerade in meinem Tagebuch geschrieben. Und da sagte sie mir, sie wolle mir ein sicheres Versteck für mein Tagebuch zeigen, wo es selbst Rainer nicht finden würde.«

Henning trat heran und sah in das leere Fach.

»Und dein Tagebuch, Josta?«, fragte er erregt.

Sie zog die Schultern zusammen, als friere sie, und sah ihn mit großen Augen wie hilflos an.

»Ich ließ es an seinem alten Platz. Es war ein unbestimmtes, misstrauisches Gefühl in mir, das mich warnte, das Geheimfach zu benutzen. Nur unwichtige Sachen legte ich zuweilen hinein. Du kannst dir nun denken, wie deine Mitteilung auf mich wirken muss.«

»Allerdings. Ich kann mir zwar nicht denken, was Gerlinde so an deinem Tagebuch interessieren könnte. Nun, vielleicht war es nur Neugier. – Ich weiß nur, dass ich dieses Geräusch ganz deutlich gehört habe und dass sie sichtlich verlegen war. Jedenfalls wirst du gut tun, dies Geheimfach nicht zu benutzen.«

»Das werde ich bestimmt nicht, Henning. Aber ein furchtbares Gefühl ist es, wenn man einen Menschen um sich hat, dem man nicht vertrauen kann.«

»Das kann ich dir nachfühlen. Auf alle Fälle müsste man etwas tun, um dich vor einer Spionage zu schützen. War unser Verdacht berechtigt, dann ist Gerlinde nicht das erste und nicht das letzte Mal hier gewesen.«

»Was kann man tun?«, fragte sie verzagt.

Er dachte einen Augenblick nach. Dann nahm er schnell einen Briefbogen Jostas, wie sie in einem offenen Fach bereitlagen, und schrieb darauf: »Komme nicht wieder hierher, man wird dich sonst entdecken, trotz aller Vorsicht!«

Das zeigte er Josta. »Sieh, diesen Zettel leg ich in das Geheimfach. Spürt dir Gerlinde wirklich nach, so wird sie merken, dass wir sie durchschauen. Sie wird sich das merken und nicht wieder spionieren. Ist unser Misstrauen aber unberechtigt, so wird sie diesen Zettel gar nicht zu Gesicht bekommen.«

Josta hatte den Zettel gelesen und faltete ihn einige Male zusammen. Und dann legte sie ihn kurz entschlossen in das Fach, mit einer Gebärde des Widerwillens.

»Warte – einen Augenblick. Merke dir genau, wie dieser Zettel liegt. Sieh her – er liegt mit der langen Bruchkante genau in einer Linie mit der Seitenwand des Faches. Hat ihn Gerlinde berührt, so wird sie seine Lage möglicherweise verändern. Und dann hast du den Beweis, dass sie hier war.«

Josta sah den Zettel genau an und nickte. Sie drückte das Fach wieder zu. Dann ließen sie sich wieder in ihren Sessel nieder. Er sah sie voll Mitleid an, weil sie so traurig war.

»Morgen um diese Zeit bin ich wieder in Berlin«, sagte er seufzend.

Auch Josta seufzte. »Leider, Henning. Ich werde dich sehr vermissen.«

»Wirklich, Josta? Wirst du mich ein wenig vermissen?«, fragte er, seiner Stimme Festigkeit gebend.

Sie nickte ihm herzlich und unbefangen zu. »Nicht nur ein wenig, lieber Henning. Ich will mich jetzt schon darauf freuen, wenn du wiederkommst. Wann hast du wieder Urlaub?«

»Ich denke, Weihnachten. Wenn ich darf, komme ich nach Ramberg.«

Sie lächelte ihm zu. »Zweifelst du daran? Wir werden uns sehr freuen, auch Rainer. Ich hatte mich schon so sehr auf Papa gefreut; er hatte mir versprochen, Weihnachten mit uns in Ramberg zu verleben. Nun wird er nie mehr Weihnachten mit mir feiern.«

Tränen verdunkelten ihren Blick. Er trat schnell zu ihr heran und fasste ihre Hand. »Nicht weinen, Josta, ich kann es nicht sehen, wenn du weinst«, sagte er erregt und küsste ihr wieder und wieder die Hand. Sie empfand seine Teilnahme tröstend. In demselben Augenblick trat Gerlinde ein. Sie hatte die letzten Worte Hennings noch gehört und sah sehr wohl, wie erregt die beiden jungen Leute waren. Sie hätte nicht gestört, aber Rainer folgte ihr auf dem Fuß.

Josta war ein wenig verlegen, weil sie daran dachte, was sie vorhin mit Henning über Gerlinde gesprochen hatte. Sie vermochte nur einige unsichere Worte zu stammeln.

Gerlinde schien jedoch nicht darauf zu achten. Gleich darauf erschien Rainer. Sie gingen alle hinaus auf die Terrasse, wo Josta den Tee servieren ließ.

Am nächsten Vormittag reiste Henning ab. Sein Abschied von Josta war kurz und hastig. Er vermied es, sie anzusehen. Rainer fuhr ihn selbst zum Bahnhof. Als sie voneinander Abschied nahmen, warf sich Henning in seine Arme. Der Schmerz darüber, dass er dem geliebten Bruder seinen teuersten Besitz neiden musste, brannte wie Feuer in seiner Seele.

»Rainer – mein lieber Rainer«, murmelte er halb erstickt. Rainer fürchtete sich, in der Seele seines Bruders zu lesen.

»Gott mit dir, mein Henning! Und auf frohes Wiedersehen, Weihnachten.«

Schnell stieg Henning in das Abteil seines Zuges. Vom Fenster aus sah er noch einmal dem Bruder ins Gesicht. Es lag wie eine stumme Bitte um Verzeihung in seinem Blick. Rainer streckte plötzlich die Hand noch einmal nach ihm aus.

»Henning – wir werden doch immer dieselben bleiben, nicht wahr? Kein Schatten soll zwischen uns stehen. Wenn dich etwas drückt und quält, für alles wirst du bei mir Verständnis finden, mein lieber Junge. Vergiss das nie«, sagte er mit bebender Stimme.

Henning drückte des Bruders Hand und nickte. In diesem Augenblick setzte sich der Zug in Bewegung.

Henning warf sich aufstöhnend in das Wagenpolster.

Nicht eher darf ich wiederkommen, als bis ich diese unselige Liebe überwunden habe, dachte er. Er sah Josta vor sich, blass und traurig, im schwarzen Kleid. Und dann zerfloss das Bild, und ein schelmisch lächelnder Mädchenkopf gaukelte vor seinen erregten Sinnen – Jostas Doppelgängerin.

Wenn ich wüsste, wer sie ist und wo sie weilt, ich würde versuchen, bei ihr Heilung zu finden. Vielleicht könnte sie mir sein, was Josta mir nie werden darf, wenn ich meinen Rainer nicht bis ins tiefste Herz treffen soll, dachte er.

16

Nach Hennings Abreise ging das Leben auf Ramberg scheinbar im alten Gleise weiter. Nur viel stiller war es jetzt. Jostas Trauer hielt die Besucher fern. Nur Rittbergs kamen als alte Freunde nach wie vor auf ein Plauderstündchen zum Tee.

Josta war im Ganzen noch stiller als vor Hennings Ankunft. Da sie um den Vater trauerte, schien das natürlich, aber Rainer tat es doch sehr weh, dass sie in ihrer Trauer nicht Trost bei ihm suchte.

Um sich von seinen quälenden Gedanken abzulenken, suchte er noch mehr als zuvor Gerlindes Gesellschaft. Josta sah zuweilen ganz überrascht auf, wenn sie diese mit ihrem Gatten plaudern sah. Eines Tages durchzuckte ihre Seele wie ein Blitz die Erkenntnis: Gerlinde liebt Rainer. Es war an einem regnerischen Herbsttage, als dieser lähmende Gedanke sie befiel. Gerlinde war trotz des stürmischen Wetters zum Tee herübergekommen. Man hatte ihn in Jostas blauem Salon eingenommen, und Rainer hatte sich alsdann entfernt.

Josta saß am Kamin und starrte zu Gerlinde hinüber. Sie begriff plötzlich, warum Gerlinde sie hasste – und konnte es verstehen. Was hatte sie nicht alles Gerlinde genommen, wenn diese Erkenntnis richtig war.

Unter dem Eindruck dieses Empfindens erhob sich Josta und trat zu Gerlinde, die in den Herbststurm hinausblickte. Sie legte ihr die Hand auf die Schulter und sagte wie geistesabwesend: »Ich begreife nicht, Gerlinde, warum Rainer nicht dich zu seiner Frau gemacht hat. Ihr beide hättet viel besser zusammengepasst.«

»Wie kommst du darauf?«, klang es hastig und rau zurück.

Josta strich sich wie besinnend über die Stirn. »Ach – verzeih! Mir kam dieser Gedanke plötzlich – ich weiß nicht wie. Rainer und du – ihr versteht euch so gut – so gut, dass ich mir hier oft ganz überflüssig vorkomme.«

In Gerlindes Gesicht zuckte es. Das alles kam ihr so plötzlich, sie war nicht vorbereitet. »Bist du gar eifersüchtig?«, versuchte sie zu spotten.

Ernst und nachdenklich sah Josta in ihre unruhig flackernden Augen. »Eifersüchtig? Auf dich? Oh nein, das ist es nicht, Gerlinde. Wir wissen doch beide, dass Rainer eine andere liebt. Ich meine nur, ich begreife nicht, dass er, da er nun einmal ohne Liebe heiratete, nicht zuerst an dich gedacht hat. Du bist reifer als ich und kannst ihm in geistiger Beziehung mehr sein.«

»Schätzt du dich so gering ein?«

»Nein, nicht gering. Warum sollte ich?«, sagte Josta schlicht und einfach. »Aber ich habe oft das Gefühl, dass du seiner Gedankenwelt näherstehst als ich.«

Gerlinde zwang sich zur Ruhe. Sie dachte frohlockend: Es ist, wie ich gehofft habe. Josta liebt Henning und sehnt sich nach Freiheit. Deshalb spielt sie mit diesen Gedanken.

Dann sah sie überlegen lächelnd zu Josta auf.

»Närrchen, was hast du für seltsame Gedanken! Wer weiß, was Rainer gedacht hat, als er sich eine Frau suchte. Vielleicht sah er in mir nur die Witwe seines Vetters und glaubte, ich würde ihn abweisen. Einen Korb holt sich kein

Mann gern. Lassen wir dies Thema fallen – es führt zu nichts.«

Ehe Josta etwas erwidern konnte, trat ein Diener ein und meldete, dass der Herr seine Gemahlin in sein Arbeitszimmer bitten lasse, da er geschäftlich mit ihr zu sprechen habe.

Als Josta das Zimmer verlassen hatte, trieb es Gerlinde wie so oft schon zu Jostas Schreibtisch. Da Josta in Rainers Zimmer war, konnte sie ungestört nach dem Geheimfach sehen. Seit Wochen hatte sie keine Gelegenheit dazu gehabt. Als sie das Fach öffnete, sah sie das zusammengefaltete Briefblatt liegen, entfaltete es und las: »Komme nicht wieder hierher, man wird dich sonst entdecken, trotz aller Vorsicht!« Sie sah sofort, dass es Hennings Handschrift war. Und es fiel ihr gar nicht ein, dieses Schreiben auf sich zu beziehen. Es erschien ihr nun gewiss, dass zwischen Henning und Josta schon ein geheimes Einverständnis herrschte.

Das war für sie eine köstliche Entdeckung. Sie glaubte sich ihrem Ziele ganz nahe. Nun war sie sicher, dass sie ihr Ziel erreichte. Wenn Henning Weihnachten wiederkam, würde sich alles nach Wunsch regeln lassen, dafür wollte sie schon sorgen.

Nur ungern trennte sie sich von diesem Briefblatt und legte es an seinen Platz zurück. Sie achtete in ihrer Erregung gar nicht darauf, wie es gelegen hatte. Und so erhielt Josta noch an demselben Abend davon Kenntnis, dass eine fremde Hand dies Blatt berührt hatte. Dass es Gerlindes Hand gewesen, bezweifelte sie nicht.

Aber diese Gewissheit regte sie jetzt weniger auf, als sie zuvor gedacht hatte, weil sie jetzt zu wissen glaubte, warum Gerlinde sich zu solchem Tun erniedrigte. Und sie musste sie eher bemitleiden als verachten.

Als Josta in das Arbeitszimmer ihres Gatten trat, kam er ihr mit ernstem Gesicht entgegen. Sie sah fragend zu ihm auf und bemerkte, dass er blass und abgespannt aussah, so als fühle er sich nicht wohl. Zu fragen wagte sie aber nicht mehr nach seinem Befinden, seit er ihr nervös geantwortet hatte, er sei nur mit Geschäften überhäuft und werde sich im Winter schon wieder erholen.

»Ich habe dich hierherbitten lassen, meine liebe Josta, weil wir in deinen Zimmern nicht sicher sind vor Gerlinde. Was ich jetzt mit dir zu besprechen habe, duldet keine Störung«, sagte er ernst.

Er nahm ihr gegenüber Platz. »Es handelt sich um den Brief, den dir dein Vater hinterlassen hat. Du hast mich schon einige Male danach gefragt, aber ich wollte, dass du erst noch etwas ruhiger würdest. Nun ist es aber wohl an der Zeit, dass du von diesem Briefe Kenntnis erhältst. Hier ist er. Bitte, lies ihn durch, so ruhig du kannst.«

Josta griff mit unsicherer Hand nach diesem Schreiben. »Ich weiß nicht, Rainer, mir ist so bange«, sagte sie leise. Er strich ihr väterlich sanft über das Haar. »Ich bin ja bei dir, meine kleine Josta.«

Langsam öffnete sie das versiegelte Schreiben und las:

Meine innig geliebte Josta, mein Herzenskind!
Wenn Du dieses Schreiben in Deinen Händen hältst, weile ich nicht mehr unter den Lebenden.
Ich fürchtete mich, Deine volle Liebe zu verlieren, wenn ich Dir eröffnete, was wir, Mama und ich, Dir so lange wie möglich vorenthalten wollten. Mein geliebtes Kind, wir hatten kein Anrecht auf Deine kindliche Liebe, wenigstens nicht durch Deine Geburt.

Dies Anrecht suchten wir uns erst zu erwerben durch unsere treue Sorge und Liebe. Denn, meine liebe Josta, Du warst nicht in Wirklichkeit unsere Tochter, sondern die meines Bruders Georg aus seiner ersten Ehe mit der Baronesse von Holden. Deine Mutter starb bei Deiner Geburt, und weil wir selbst keine Kinder hatten und Dein Vater sich nach Jahresfrist zum zweiten Mal mit der Sängerin Leonore Hainau vermählte, mit der er nach Amerika ging, nahmen wir Dich an Kindes statt an. Du kennst aus meinen Erzählungen das weitere Schicksal meines Bruders – Deines Vaters. Er starb nach zwei Jahren bei einem Duell, und nun wurdest Du uns in Wirklichkeit eine geliebte Tochter. So ganz solltest Du unser eigen sein, dass wir Dir nie die Wahrheit über Deine Geburt verraten haben. Du solltest Dich ganz als unser herzlich geliebtes Kind fühlen.

Und das hast Du getan, meine Josta, nicht wahr? Du hast nichts entbehrt, vor allem nicht die zärtlichste Elternliebe. Am liebsten hätte ich es Dir für immer verschwiegen, dass Du nicht als unsere Tochter geboren wurdest, aber je älter Du wirst, umso mehr gleichst Du Deinem Vater. Und nach meinem Tode sollst Du wenigstens wissen, dass er Dein Vater war. Ich habe ihn sehr lieb gehabt, obwohl ich ihn schon im Leben verloren hatte, ehe ihn der Tod ereilte, weil ich seine zweite Heirat, die ihn aus allen Lebensbedingungen riss, nicht gutheißen konnte. In Dir sah ich ein heiliges Vermächtnis und liebte Dich wohl deshalb so sehr, weil Du sein Kind warst.

Deine Mutter war eine Waise, von ihrer Seite leben

keine Verwandten mehr. Über die zweite Heirat Deines Vaters habe ich nie mehr etwas gehört. Als Dein Vater gestorben war, sandte mir seine Frau eine Todesanzeige und einen Zeitungsbericht über das Duell, dem er zum Opfer fiel. Er fiel als Verfechter der Ehre seiner Frau.

Ob sie danach weiterhin als Sängerin aufgetreten ist, weiß ich auch nicht. Ich habe ihren ziemlich bekannten Namen nie mehr gehört, obwohl ich in den Zeitungen danach forschte.

So, mein liebes Kind, alles andere ist Dir bekannt. Und nun habe ich nur noch eine innige Bitte an Dich: Schenke uns auch in Zukunft zum Gedenken an uns den Vater- und Mutternamen. Wir haben ehrlich versucht, ihn zu verdienen, und Du bist immerdar unser liebes, teures Kind gewesen. Ich weiß, Du wirst Dich im Herzen nicht von uns lossagen. Und deshalb unterschreibe ich auch diese letzten Worte, die Du von mir lesen wirst, als

Dein allzeit getreuer Vater

Josta hatte aufmerksam zu Ende gelesen. Das, was sie erfuhr, vermochte sie nur wenig zu erschüttern. Nur ein leises Staunen war in ihr.

Tief aufatmend hob sie den Kopf. Ein wenig bleich war sie geworden, und ihre Augen schimmerten feucht. »Du wusstest von allem, Rainer?«, fragte sie.

»Ja, seit dem Tag, an dem ich um dich warb. Dein Vater sagte mir, dass du es erst nach seinem Tod erfahren solltest. Er fürchtete, es könne eine leise Entfremdung die Harmonie eures Verhältnisses stören.«

»Das hätte er nicht zu fürchten brauchen. Sein und meiner lieben Mutter Kind bin ich geworden kraft ihrer treusorgenden Liebe. Weder von meinem rechten Vater noch von meiner rechten Mutter hätte ich mir einen Begriff machen können, da ich sie doch beide nicht gekannt habe.«

»Aber Papa hat zu dir von deinem Vater gesprochen?«

»Ja, früher sehr oft. Auch ein Doppelbild meiner richtigen Eltern hat er mir oft gezeigt. Ich will es fortan mit anderen Augen betrachten. Aber meine tiefste, dankbarste Kindesliebe gehört doch immerdar den beiden Menschen, die ich bisher als meine Eltern angesehen habe.«

»Das verstehe ich, Josta, und es freut mich. Wenn doch dein Vater das noch hätte hören können! – Aber nun möchte ich noch etwas mit dir besprechen, was mich in dieser Zeit immer wieder beschäftigt hat. Du erinnerst dich doch, was uns Henning und auch der Diener im Jungfernschlösschen über deine Doppelgängerin erzählt haben?«

Josta sah ihn erstaunt an. »Ja – aber was hat das mit dieser Angelegenheit zu tun?«

»Nun, mir kam damals ein Gedanke. Wie – wenn deines Vaters zweite Ehe nicht kinderlos geblieben wäre?«

Mit einem Ruck richtete sich Josta auf und sah ihren Gatten betroffen an. Aber dann lehnte sie sich wieder zurück. »Oh, dann hätte Papa in diesem Brief etwas davon geschrieben.«

»Wenn er selbst etwas davon gewusst hätte, sicher. Aber die zweite Frau deines Vaters hat ihm nie etwas berichtet, außer den Tod deines Vaters. Kann sie nicht absichtlich verschwiegen haben, dass dein Vater ein Kind aus zweiter Ehe hinterlassen hat? Mir kam der Gedanke am Begräbnistage Papas wie ein Blitz, als ich hörte, dass deine Doppelgängerin den Herrn Minister in einer dringlichen Angelegenheit hatte sprechen wollen und dass sie anscheinend eine Engländerin oder Amerikanerin war. Und sie ist dann, wie mir Henning berichtete, in hastig übergeworfener Trauerkleidung auf dem Friedhof gewesen und hat dich kaum aus den Augen gelassen. Henning sagte mir, man hätte sie für deine etwas jüngere Schwester halten können.«

Sie sah mit leuchtendem Blick vor sich hin. Und dann sagte sie tief aufatmend: »Schön muss es sein, eine Schwester zu besitzen. Das habe ich mir immer heimlich gewünscht. Wenn ich nun denken könnte, ich habe eine Schwester und kenne sie nicht einmal – ach Rainer, kann man das nicht in Erfahrung bringen?«

»Ich habe diesen Wunsch vorausgeahnt und bereits jemanden mit den nötigen Nachforschungen betraut.«

Impulsiv fasste sie seine Hand. »Du bist so gut – wie immer erfüllst du mir meinen Wunsch, noch ehe ich ihn recht ausgesprochen habe.«

»Wenn du doch noch mehr Wünsche hättest, die ich dir erfüllen könnte. Du gibst mir leider so selten Gelegenheit.«

»Du lässt mir ja keinen Wunsch übrig.«

Forschend sah er sie an. »Wirklich nicht, Josta – lebt in deiner Seele nicht ein heimlicher, verschwiegener Wunsch?«

Da schoss glühende Röte in ihr Gesicht. Sie sah von ihm fort. »Nein, nein – keiner, den du mir erfüllen könntest.«

Er trat dicht vor sie hin und fasste ihre Hand. »Eins lass dir nur sagen, Josta, wäre es auch ein scheinbar unerfüllbarer Wunsch – komme zu mir damit voll Vertrauen. Nichts sollte mir zu schwer sein, hörst du – nichts –, wenn dich die Erfüllung glücklich machen könnte. Es gibt für mich nur noch einen großen Lebenszweck – dein Glück. Vergiss das nie.«

Sie war tief bewegt. Aber sie wusste auch: Den heißen, verschwiegenen Wunsch ihrer Seele vermochte er mit allem guten Willen nicht zu erfüllen. Sie suchte sich zu fassen und lächelte. »Rainer – vorläufig habe ich nur den einen Wunsch, zu erfahren, ob mein Vater aus zweiter Ehe Kinder hinterlassen hat.«

»Du sollst es erfahren, Josta, wenn es wohl auch einiger Zeit bedarf, bis meine Nachforschungen ein Resultat ergeben. Übrigens, wenn meine Vermutung richtig wäre, dass diese junge Dame eine Schwester von dir ist, dann würde sie wohl doch noch an dich herantreten.«

»Wenn sie nicht Deutschland schon wieder verlassen hat. Aber jedenfalls wollen wir nun das Ergebnis deiner Nachforschungen abwarten, und ich danke dir herzlich, dass du dich dieser Angelegenheit so angenommen hast.«

Nun verließ Josta langsam das Zimmer, und er sah ihr schmerzlich nach. So war es immer – sie floh seine Nähe. Ängstlich und scharf hatte er sie beobachtet und sich aus allerlei kleinen Anzeichen eine Meinung gebildet, die ihn drückte und quälte.

Und er wartete mit Angst und Schmerzen auf den Augenblick, wo sie vor ihn hintreten würde, um ihm zu sagen: »Gib mich frei, ich liebe deinen Bruder.«

17

Monate waren vergangen seit Hennings Abreise von Ramberg. Der Winter hatte seinen Einzug gehalten.

Rainer hatte seine Gattin gefragt, ob sie Lust habe, für einige Zeit in die Stadt zu ziehen, oder ob sie sonst eine Reise zu machen wünsche.

»Wenn es dir recht ist, bleibe ich am liebsten in Ramberg. Wenn du dann Anfang März einige Zeit nach Schellingen gehst, möchte ich mit dir fahren, um in Waldow alles zu ordnen.«

Er war sehr einverstanden.

Auch Gerlinde verzichtete zu Rainers Erstaunen in diesem Winter darauf, das gesellige Leben der Stadt aufzusuchen, obwohl ihr Rainer die Villa bereitwillig zur Verfügung stellte. Sie erklärte lachend, sie habe sich im Witwenhaus so völlig eingelebt, dass sie kein Verlangen nach Abwechslung habe. Rainer war froh, dass Gerlinde blieb.

So kam die Weihnachtszeit, und Josta wurde langsam wieder lebhafter. Gab es doch für sie viel zu tun, um die Bescherung für die Leute und die Dorfkinder vorzubereiten. Auch freute sie sich schon auf Hennings bevorstehenden Besuch. Aus dieser Freude machte sie kein Hehl, ahnungslos, dass sie dadurch sowohl Rainer als auch Gerlinde in ihrem Verdacht bestärkte.

Ist er denn blind, dass er immer noch nichts merkt, oder will er nichts merken?, dachte Gerlinde unruhig. Hätte sie nur ahnen können, mit welcher Angst Rainer an Weihnachten dachte! Seine Nachforschungen nach Kindern aus der zweiten Ehe von Jostas Vater hatten bisher noch keinen Erfolg gehabt. Aber eines Tages trat er mit einem Brief in Jostas Zimmer. Sie saß an ihrem Schreibtisch und schrieb in ihr Tagebuch. Als er eintrat, schlug sie es, jäh errötend, zu und legte es hastig in das Fach zurück. Das Herz krampfte sich ihm zusammen. Es gab etwas, das sie ihm ängstlich zu verheimlichen suchte. Sie verschloss ihm ihre Seele, wie sie dies Tagebuch ängstlich vor ihm verbarg. Wie tief ihn das schmerzte! – Er gab sich den Anschein, ihre Verwirrung nicht zu bemerken.

»Da bringe ich dir endlich Nachricht über unsere Nachforschungen in Amerika, liebe Josta. Hier ist ein Bericht meines Beauftragten. Danach hat sich die zweite Frau deines Vaters, die als Sängerin unter ihrem Mädchennamen auftrat, gleich nach dem Tod deines Vaters von der Bühne zurückgezogen, weil sie ihre Stimme verloren hatte. Sie hat sich bald darauf mit einem viel älteren, aber sehr vermögenden Amerikaner, Mr. Robert Dunby, zum zweiten Mal verheiratet. Aus ihrer ersten Ehe hat sie eine kleine Tochter mit in die zweite Ehe gebracht. Sie hat bis vor zwei Jahren als Mrs. Dunby in Kanada gelebt, wohin sie ihrem zweiten Gatten gefolgt war, und ist dann gestorben. Ob ihr Töchterchen aus erster Ehe am Leben geblieben ist, hat mein Gewährsmann noch nicht ermitteln können. In ihrer zweiten Ehe hatte sie keine Kinder. Jedoch besaß Mr. Dunby aus seiner ersten Ehe zwei Söhne, die jetzt im Alter von vierunddreißig und sechsunddreißig Jahren sind. Beide sind mit reichen Amerikanerinnen verheiratet. Mr. Dunby ist vor Jahresfrist ebenfalls gestorben und soll ein sehr großes Vermögen hinterlassen haben. Das ist alles, was bisher in Erfahrung gebracht werden konnte. Es wird sich nun leicht feststellen lassen, ob die Tochter deines Vaters aus seiner zweiten Ehe noch am Leben ist, und es werden unverzüglich die nötigen Nachforschungen angestellt.«

Josta hatte aufmerksam zugehört.

»Also jedenfalls hatte ich noch eine Schwester, Rainer – und mir ist ums Herz, als müsste sie noch am Leben sein. Jetzt geht es mir wie dir, jetzt bringe ich die junge Dame, die Henning gesehen hat und die mir so ähnlich sein soll, mit dieser Schwester in Zusammenhang. Denke doch nur, wäre es wirklich meine Schwester, und sie wäre gekommen, um Papa und mich aufzusuchen, und sie hätte vor unserer Tür umkehren müssen, ohne dass ich eine Ahnung hatte, dass sie mir nahe war! Wie traurig wäre es für mich, wenn sie vielleicht nach Amerika zurückgekehrt ist, ohne dass ich sie gesehen habe.«

»Das glaube ich nicht, Josta. Wer eine Reise von Amerika nach Deutschland macht, tut es selten nur für wenige Wochen. Ich habe das sichere Gefühl, dass sie noch zu dir kommt.«

Sie fasste zutraulich und freudig erregt nach seinem Arm und sah ihn bittend an.

»Meinst du, dass dein Beauftragter bestimmt noch Näheres erfahren wird über meine Schwester?«

»Ganz gewiss. Und – für alle Fälle ist es wohl gut, wenn wir jetzt Gerlinde und eventuell auch die Rittbergs einweihen, dass du die Adoptivtochter deiner Eltern warst. Falls eines Tages deine Schwester hier auftaucht, braucht das dann kein Befremden zu erregen.«

Josta nickte eifrig. »Ja, das ist gut. Und Henning muss es

auch wissen. Ich kann nun die Zeit gar nicht erwarten, bis er kommt. Er muss mir ganz genau von meiner Doppelgängerin berichten.«

»Ich habe noch keine Nachricht, Josta«, antwortete Rainer.

»Aber er kommt doch ganz bestimmt?«, forschte sie unruhig.

Diese an sich harmlose Unruhe deutete Rainer auf die quälendste Weise. »Ich denke doch, es war ausgemacht. Henning hat mir leider all die Zeit wenig geschrieben, nur ab und zu eine Karte. Aber ich erwarte jeden Tag die Nachricht seines Kommens.«

Sie nickte. »Ja, ja, er wird gewiss bald kommen, er hat es mir versprochen.«

Rainer konnte es nicht mehr ertragen, so ruhig in ihr froh erregtes Gesicht zu blicken, und entfernte sich schnell.

Am Tage vor dem Christabend kam Henning in Ramberg an. So fest er sich vorgenommen hatte, Josta fernzubleiben, solange er ihr nicht ruhig begegnen konnte – es half nichts, er konnte nicht anders –, er musste sie wiedersehen.

Rainer holte seinen Bruder im Schlitten ab. Er erschrak heftig bei dem Anblick. Hennings Antlitz war schmal und hager geworden, und in seinen Augen brannte es – wie Verzweiflung.

»Mein Junge – mein lieber, lieber Junge, bist du krank?«, fragte Rainer erschüttert.

Henning schüttelte heftig den Kopf. »Nein, nein, keine Sorge, Rainer. Achte nicht darauf! Manchmal ist man ein bisschen elend. Weißt du, ich habe ein wenig zu viel gebummelt, bin spät zu Bett gegangen. Berlin ist nun mal ein Sündenbabel.«

Das sollte leicht klingen. Aber Rainer hörte den gequälten Ton heraus. Und er wusste, was Henning elend machte.

Als die Brüder nun schweigend dahinfuhren, fragte sich Rainer, ob es nicht seine Pflicht sei, den Bruder zu einer offenen Beichte zu veranlassen. Aber dann verneinte er sich diese Frage wieder.

Heute empfing sie Josta allein in der großen Halle des Hauses. Mit einem hellen Freudenschein in dem blassen Gesicht streckte sie Henning beide Hände entgegen.

»Wie froh bin ich, dich wiederzusehen, mein lieber Henning!«, sagte sie herzlich.

Mit einem tiefen, zitternden Atemzug beugte er sich über ihre Hand und drückte sie an seine Lippen. Und wieder war ihm zumute, als sei ihm Erlösung geworden von namenloser Pein.

Rainer war einen Augenblick zumute, als müsse er den Bruder von Josta zurückreißen. Aber er biss die Zähne zusammen und zwang das furchtbare Gefühl in sich nieder.

Während Henning und Josta noch einige Worte wechselten und Rainer stumm und bedrückt beiseite stand, kam Gerlinde hinzu. Sie trug einen langen, kostbaren Pelzmantel. Die frische Winterluft hatte ihr Antlitz gerötet. Sichtbar war sie froh über Hennings Ankunft. Sie versprach sich ja so viel von seiner Anwesenheit. Fast herzlich begrüßte sie ihn.

Und bald saßen sie zu viert beim Tee und plauderten. In Hennings Augen war ein heller Glücksschein. Auch Jostas Augen strahlten hell und froh. Gleich hatte sie Henning berichtet, was auch Gerlinde schon wusste, dass sie die Tochter Georg Waldows sei und vielleicht eine Schwester habe. Er musste ihr noch einmal genau erzählen, was er von der jungen Dame wusste, die ihr so ähnlich war.

Und Gerlinde? Sie lag auf der Lauer wie eine Spinne, die gierig zusieht, wie sich eine Fliege ihrem Netze nähert. Aber ihr Hass auf Josta hatte sich bedeutend gemildert. Sie war sogar bereit, ihr liebevoll zu helfen, sich von Rainer zu befreien, um sich mit Henning zu vereinen.

Scheinbar still und friedlich gingen die Weihnachtstage vorüber. Henning hatte bis zum 8. Januar Urlaub.

Eines Nachmittags saßen Henning und Josta in der Bibliothek. Draußen war helles, klares Frostwetter. Rainer war mit Heilmann geschäftlich zur Stadt gefahren, und Gerlinde hatte sich gleich nach Tisch zurückgezogen, um ins Witwenhaus zurückzukehren. Dies war jedoch nur ein Vorwand. Da sie wusste, dass Henning und Josta in die Bibliothek gehen wollten, war sie, statt zum Witwenhaus, von der großen Halle aus hinauf zu den Galerien gegangen und hatte sich in der Bibliothek hinter einem hohen Büchergestell auf der Galerie versteckt.

Kurz nachdem sie ihren Lauscherposten eingenommen hatte, betraten Josta und Henning unten die Bibliothek.

»So, Henning, nun können wir uns ungestört ein Stündchen in das Studium der alten Chroniken vertiefen«, sagte Josta froh. »Du glaubst gar nicht, was ich schon für interessante Geschichten darin gefunden habe.« Sie hatte sich in einem der hohen Lehnsessel niedergelassen. Dann setzte Henning sich ihr gegenüber und blätterte in einem dicken Lederband.

»So – hier waren wir gestern stehen geblieben, Josta. Bei der Geschichte Ulrika Rambergs, die ihr Gemahl am Westturm im Burgverlies gefangen hielt, monatelang, weil sie sich gegen sein Gebot vergangen hatte.«

»Oh, was war das für eine gewalttätige Zeit!«, rief Josta schaudernd. »Möchtest du in dieser Zeit gelebt haben, Henning?«

Henning hatte gar nicht zugehört, er sah sie nur an und umklammerte krampfhaft die Armlehnen seines Sessels, als müsse er sich daran halten. Aus seinem Antlitz wich alle Farbe, und über seine schlanke Gestalt lief ein Zittern, als würde er vom Fieber geschüttelt.

Das Lächeln verschwand aus Jostas Antlitz. Henning hatte ihr schon in all den Tagen Sorge gemacht. Er erschien ihr krank. »Henning«, rief sie leise mit ihrer weichen Stimme. »Lieber Henning, was ist dir? Ist dir nicht wohl? Ich sorge mich so sehr um dich.«

Da war es aus mit Hennings Selbstbeherrschung. Er glitt zu ihren Füßen nieder und krampfte seine Hände in ihr Kleid. »Josta! Josta! Ahnst du nicht, was mir fehlt? Fühlst du nicht, dass ich verschmachte nach dir?«, stieß er außer sich hervor.

Wäre der Blitz vor Josta niedergegangen, sie hätte nicht mehr erschrecken können. Sie erkannte in namenloser Angst, was ihr aus den brennenden Augen des jungen Mannes in heller Verzweiflung entgegenleuchtete.

»Weiche nicht entsetzt vor mir zurück, Josta, erbarme dich! Wie ein Verzweifelter habe ich gekämpft mit mir selbst, das wirst du mir glauben. Ich liebe dich – ich liebe dich vom ersten Augenblick an, da ich dich als Rainers Braut wiedersah. Und ich weiß ja, du liebst ihn nicht, du hast es mir selbst gesagt damals. Ich wollte stark sein, wollte Herr über mich bleiben. Aber nun ist es doch stärker als ich – ich kann nicht mehr.«

Erschüttert sah Josta auf ihn herab. Ihr eigenes Leid ließ

sie das seinige verstehen. Barmherzig und liebreich wie eine gute Schwester streichelte sie sein Haar. »Mein armer Henning, wie sehr hast du mich erschreckt. Steh auf, ich bitte dich, du darfst nicht vor mir knien, und ich darf solche Worte nicht von dir hören.«

Henning stöhnte auf und fasste nach ihren Händen. Sie zog ihn empor. Er presste seine Lippen auf ihre Hände und stammelte heiser vor Erregung: »Vergib – vergib! Ich wusste nicht, was ich tat – aber ich liebe dich unsäglich.«

»Schweig, Henning, schweig, wir wollen das beide vergessen. Sei stark, wehre dich gegen dieses Gefühl, das ein Unrecht ist. Denk an Rainer! Er würde es nie verwinden, den Bruder zu verlieren, den er so liebt. Kein Wort mehr, ich darf dich nicht mehr wiedersehen, bis du ganz ruhig bist. Reise ab, ich flehe dich an. Irgendein Vorwand wird sich finden lassen. Leb wohl – und Gott helfe dir.« In Tränen ausbrechend eilte sie aus der Bibliothek hinüber in ihr Zimmer.

Henning barg, in einen Sessel sinkend, das Gesicht in den Händen. Er merkte nicht, dass draußen ein Wagen vorfuhr, der Rainer und Heilmann nach Hause brachte. Er merkte auch nicht, dass oben auf der Galerie eine hohe Frauengestalt hinausschlüpfte. Sie kam gerade die Treppe herab, als Rainer in die Halle trat. Sich zur Ruhe zwingend, trat sie auf ihn zu.

»Ich habe mit dir zu sprechen, Rainer, in einer wichtigen Angelegenheit.«

Er sah sie befremdet an, nickte ihr aber zu. »Ich stehe sogleich zur Verfügung, Gerlinde; will nur Josta und Henning begrüßen.«

Sie fasste seine Hand. »Nein, vorher! Die Sache duldet keinen Aufschub.«

Er hatte einem Diener Pelz und Hut gegeben. »Wenn es eilt, was du mir sagen willst, so komm.«

Sie gingen in sein Arbeitszimmer. Rainer war seltsam beklommen zumute. Er schob ihr einen Sessel hin.

»Bitte, nimm Platz und sage mir, was du wünschest.«

Sie sank in den Sessel. Vor Erregung zitterte sie. Sie wusste, jetzt kämpfte sie um ihr Glück. »Ich hätte längst zu dir sprechen sollen, Rainer«, begann sie leise, »hätte dir nicht verbergen dürfen, was ich all die Zeit kommen sah – schon seit deiner Verlobung. Aber heute muss ich darüber sprechen.«

Rainer war zusammengezuckt. Sein Gesicht sah plötzlich grau und verfallen aus. Eine Ahnung kam ihm, die ihn erzittern ließ. Aber er gab seinem Gefühl nicht nach. »Sprich und bitte – ohne Umschweife!«

Sie neigte das Haupt wie in tiefem Schmerz. »Verzeih, wenn ich dir wehtun muss, Rainer. Aber vielleicht trifft es dich doch am wenigsten aus meinem Munde. So höre – ohne Umschweife: Josta und Henning lieben sich, Rainer, wohl seit langem schon. Wie es um Henning stand, wusste ich seit eurem Hochzeitstag. Als du mit Josta auf die Hochzeitsreise gingst, war er wie von Sinnen. Ob ihn Josta schon damals geliebt hat, weiß ich nicht. Aber später wurde es mir klar. Erlass es mir, dir all die kleinen Anzeichen zu schildern, die mir bewiesen, dass auch sie ihn liebt. Bisher haben sie sich jedoch beide beherrscht. Sie sind beide nicht die Menschen, die sich kampflos einer verbotenen Liebe ergeben, das weißt du so gut wie ich. Und – nun sind sie doch unterlegen, Rainer. Vorhin, ein Zufall machte mich zum Zeugen, vorhin sah ich Henning vor Josta auf den Knien liegen und hörte ihn in verzweifelten Worten von seiner Liebe sprechen. Josta war außer sich vor Schmerz und rief immer wieder: ›Denk an Rainer, wir dürfen uns nicht verlieren.‹ Sie forderte ihn auf, sogleich abzureisen, und wollte ihn nicht wiedersehen. Weinend lief sie auf ihr Zimmer, und Henning sitzt nun wie betäubt und gebrochen in der Bibliothek. So steht es, Rainer. Und nun komme ich zu dir, um für diese beiden Unglücklichen zu bitten. Ich weiß, es ist der rechte Weg. Unsägliches Elend sehe ich kommen, wenn du nicht gut und stark bist. Rainer – muss ich dir sagen, was du tun musst, was ich von deiner Größe erwarte?«

Rainer hatte Gerlindes Bericht angehört, ohne mit der Wimper zu zucken. Aber seine Augen blieben gesenkt. Niemand sollte in ihnen lesen, dass seine Seele den Todesstreich empfangen hatte. Er stützte seine Hand fest auf den Schreibtisch, sie zitterte leise. Sonst schien er stolz, ruhig und ungebeugt.

»Du bringst mir nur die Bestätigung meiner eigenen Beobachtungen. Und du wirst mich genug kennen, um zu wissen, dass ich nicht der Mann bin, an eigenes Glück zu denken, wenn dabei das Glück meines liebsten Menschen in Scherben geht. Jedenfalls danke ich dir für deine Offenheit. Das werde ich dir nie vergessen.«

Gerlinde drückte die Hände aufs Herz und atmete wie erlöst auf. »Gottlob, dass ich dich so sprechen höre. Ich wusste es ja, du bist groß und gut. Und du wirst nun zu den beiden Unglücklichen gehen und ihnen Erlösung bringen, nicht wahr?«

Er strich sich über die Stirn. »Nein«, sagte er fest, »das werde ich nicht tun. Ich kenne Henning und Josta zu gut: Sie haben gekämpft, solange sie konnten, um mir nicht Schmerzen bereiten zu müssen. Da es nun aber zur Aussprache zwischen ihnen gekommen ist, werden sie den Weg zu mir finden. Deshalb bitte ich dich, Gerlinde, geh und lass den Dingen ihren Lauf. Sie sollen nicht ahnen, dass du sie belauscht und mir alles gesagt hast, ehe sie zu mir kamen. Sie werden kommen; ich weiß es; Henning gewiss, wenn Josta sich fürchtet, es zu tun. Geh, Gerlinde, und habe Dank.«

Gerlinde fühlte sich von seiner Größe zu Boden gedrückt. Ehe er es hindern konnte, fasste sie seine Hand und drückte ihre Lippen darauf. Dann ging sie hinaus, ohne ein Wort zu sagen.

Henning hatte lange Zeit wie betäubt in der Bibliothek gesessen, das Gesicht in den Händen vergraben. Als zufällig ein Diener eintrat, fuhr er auf und starrte wie von Sinnen um sich. Dann fragte er heiser: »Ist mein Bruder zurückgekehrt?«

»Sehr wohl, Euer Gnaden.«

»Wo befindet er sich?«

»In seinem Arbeitszimmer.«

Henning ging mit schweren Schritten hinaus. Er schritt den langen Gang entlang mit unsicheren, schweren Schritten, wie ein Kranker.

Und so trat er bei seinem Bruder ein. Rainer saß noch immer in seinem Sessel und starrte vor sich hin. Er fuhr hoch, als Henning eintrat.

»Rainer – ich muss fort – sogleich«, stieß er heiser hervor.

»Warum, Henning?«, klang es ernst und ruhig zurück.

Henning presste die Hände an die Schläfen. »Du wirst mich hinausweisen aus deinem Haus, Rainer, wenn du weißt, was ich getan habe.«

Über allen Kummer und Schmerz siegte die Weichheit in

Rainers Herzen und die Liebe zu seinem unglücklichen Bruder. Er legte die Hand auf Hennings Schulter. »Das glaubst du selbst nicht, Henning. Du kannst nichts tun, was mich zu einer solchen Handlungsweise zwingen würde.«

»Ich habe schon getan, was dich dazu zwingen wird, Rainer. Du siehst einen Elenden vor dir, der sich selbst und dir untreu geworden ist, der sich selbst verachten muss. Rainer – ich liebe Josta –, schon seit dem Tage, da ich sie als deine Braut wiedersah. Ich hörte von ihr, dass ihr euch ohne Liebe, in gegenseitiger Hochachtung verbunden hattet. Da wollte ich schon damals zu dir kommen und dir sagen, wie es um mich stand. Aber als ich zu dir kam, gerade an jenem Morgen, da erkannte ich, dass du Josta liebst. Und da schwieg ich. Aber es ist immer schlimmer geworden. Ich nahm mir fest vor, nicht mehr herzukommen, aber ich war machtlos gegen mich selbst. Allein in Jostas Gegenwart kam etwas wie Ruhe über mich. So hoffte ich auch diesmal, ruhiger zu werden – aber vergebens. Vorhin – da habe ich die Gewalt über mich verloren, ich habe mich Josta zu Füßen geworfen und ihr gesagt, dass ich sie liebe. Rainer, nun weißt du alles – richte mich!«

Rainer stand erschüttert. Sanft legte er seine Hand auf des Bruders Haupt. »Eines weiß ich noch nicht, Henning – was sagte Josta dazu?«

Henning sah ihn mit brennenden Augen an. Wie war es möglich, dass Rainer so ruhig blieb bei seinem Geständnis? Er strich sich über die Stirn. »Sie war außer sich – aber nicht böse. Nur furchtbar traurig. ›Denk an Rainer!‹ So rief sie mir zu und nannte mich ›armer Henning!‹ Und sie verlangte, dass ich sofort abreise. Sie sagte mir Lebewohl und ging weinend davon.« Wie ein Schrei brach es aus seiner Brust.

Rainer atmete tief. »Weil sie dich liebt, Henning, deshalb hat sie um dich geweint«, sagte er tonlos.

Henning fuhr auf. »Rainer!«

Dieser blieb ganz ruhig. »Ruhe, Henning, Ruhe! Es ist so, wie ich sage, Josta liebt dich, ich wusste es längst, habe auch gewusst, dass du sie liebst. Ich habe immer gewartet, dass ihr mit Vertrauen zu mir kommen würdet. Ich weiß, wie ihr gekämpft und gerungen habt. Aber der Liebe lässt sich nicht gebieten. Weder dich noch Josta kann ich verurteilen.«

Henning ergriff des Bruders Hand und presste sie an seine Augen. »Ich habe immer gewusst, dass du großherzig bist, aber so viel Großmut, so viel Güte, das erschüttert mich. Was bin ich für ein elender Mensch gegen dich!«

»Nein, nein – verurteile dich nicht. Du bist nur jung und heißblütig, nicht so still und abgeklärt wie ich. Ich danke dir, dass du mit deiner Beichte zu mir kamst. Und nun fasse Mut, Henning! Ich spreche dich von jeder Sünde frei, und vielleicht kann noch alles gut werden. Ich will nicht zwischen dir und Josta stehen.«

Henning zitterte und umklammerte den Arm seines Bruders. »Was willst du damit sagen, Rainer?«

»Ich will Josta freigeben – für dich.«

Henning sprang auf. »Unmöglich – das ist zu viel. Du liebst doch Josta selbst – wie könntest du auf sie verzichten?«

Rainer wusste, wenn er ein Opfer bringen wollte, musste er es ganz bringen. Es gab nur zwei Möglichkeiten: Entweder wurden sie alle drei unglücklich – oder nur er allein. Und da gab es für ihn keine Wahl.

»Gewiss, ich liebe Josta selbst, aber meine Liebe ist mehr väterlicher Natur. Und ich kann verzichten, weil ich weiß, dass ich damit euer Glück begründen kann. Also verzage nicht, Henning, es wird noch alles gut werden.«

Rainer drückte den Bruder fest an sich. Aber über ihn hinweg schweiften seine Augen tot und leer ins Weite.

»Ich selbst will zu Josta gehen und deine Sache führen. Sie soll entscheiden.«

Henning blickte den Bruder an, als fasse er dessen Größe nicht. In seinem Gesicht zuckte es. Aber Rainer ließ ihm keine Zeit zu einer Entgegnung. Er schob ihn zur Tür hinaus.

»Geh – und warte, was ich dir für einen Bescheid bringen werde. Wiedersehen sollst du Josta jetzt nicht, bis alles geklärt ist, bis sie frei ist für dich – das verlange ich.«

Nachdem Henning seinen Bruder verlassen hatte, stand dieser eine Weile wie versteinert im Zimmer. Aber dann raffte er sich energisch auf und ging festen Schrittes hinüber zu seiner Frau.

Josta hatte die ganze Zeit weinend auf dem Diwan gelegen. Hastig trocknete sie die Tränen, als Rainer Einlass forderte, und erhob sich. »Was willst du, Rainer?«, fragte sie leise.

Ihr Anblick griff ihm ins Herz.

»Ich möchte mit dir reden, Josta. Wir haben einander wohl etwas zu sagen, nicht wahr? Oder hast du das Vertrauen zu deinem alten Onkel Rainer ganz verloren?«, fragte er gütig mit leicht schwankender Stimme.

Sie sah ihn fragend an. »Rainer – du weißt, was geschehen ist?«, stammelte sie hilflos.

»Ja, meine arme, kleine Josta. Henning hat mir gebeichtet, und ich bin gar nicht böse. Du brauchst mich nicht so erschrocken anzusehen.«

Nur Rainer allein wusste, was ihn diese scheinbare Ruhe und Gelassenheit kostete. Josta wich vor ihm zurück.

»Wie soll ich das verstehen?«, fragte sie tonlos.

Er fasste ihre Hand und vermochte zu lächeln. »Das sollst du gleich hören, mein liebes Kind. Ich bin gekommen, dir zu sagen, dass du nicht zu verzweifeln brauchst. Ich gebe dich frei. Du sollst mit Henning glücklich werden. Unsere Ehe war im Grunde ein Missgriff, eine Übereilung. Aber daraus braucht kein Drama zu entstehen. Im Gegenteil, du sollst mich sogar bemüht finden, dir alles Schwere aus dem Wege zu räumen, was dich am Glücklichsein hindert. Dann wirst du endlich wieder meine frohe, kleine Josta werden und ich dein alter, vernünftiger Onkel Rainer.«

Seine Worte trafen Josta wie ein Schlag ins Gesicht. Sie schauerte wie im Frost zusammen und wagte nicht, zu ihm aufzusehen. Die Scham musste sie ja sonst töten, die stolze Scham ihres liebenden Herzens. Er deutete ihr Verstummen und ihr Erbleichen falsch.

»Henning wartet in Not und Pein auf deine Entscheidung, Josta. Darf ich ihm sagen, dass du die Freiheit aus meiner Hand annimmst, um ihm anzugehören? Ich werde dann alles mit ihm besprechen, und er wird morgen abreisen. Bis alles geordnet ist, müsst ihr auf ein Wiedersehen verzichten. Das muss ich verlangen. Vielleicht gehst du dann einstweilen nach Waldow oder nach Schellingen. Das besprechen wir noch. Jetzt sage mir nur, ob du Henning angehören willst, sobald du frei bist.«

Josta blieb wie gelähmt sitzen. Sie sah nicht auf, als sie tonlos hervorstieß: »Nicht jetzt – ich kann nicht – geh, lass mich allein – sei barmherzig – morgen – ja, morgen – bis morgen.«

Und sie faltete flehend die Hände. Er wollte noch etwas sagen, da machte sie eine verzweifelte Gebärde und zeigte zur Tür. Da ging er. Sie musste Zeit haben, sich zu fassen.

Josta war emporgetaumelt, als Rainer gegangen war. Und dann fiel sie plötzlich wie ein gefällter Baum zu Boden. Sie stöhnte tief auf. So lag sie lange und rang mit dem quälenden Wahn, der sie bei Rainers Worten befallen hatte. Wie entehrt, wie ausgestoßen kam sie sich vor.

Als Josta endlich wieder fähig war, zu denken und ihre Lage zu überblicken, wurde ihr das eine klar: Sie hatte nun kein Recht mehr, in Ramberg zu bleiben. Jetzt musste sie gehen – gehen, ohne ihn noch einmal wiederzusehen. Sie hätte nicht noch einmal vor seinen Augen stehen können mit dem Bewusstsein, ihm lästig gewesen zu sein. Nein – nein – ihn nur nicht wiedersehen! Das ging über ihre Kraft.

Zum Souper ließ sie sich mit Kopfweh entschuldigen. Auch die beiden Brüder kamen nicht zu Tisch. So saß Gerlinde allein in dem großen Speisesaal. Die Unruhe hatte sie herübergetrieben. Ohne jemanden gesehen zu haben, kehrte sie nach Tisch in das Witwenhaus zurück. Sie nahm aber die Überzeugung mit sich, dass die Entscheidung bereits gefallen sein musste.

Erst als im Schloss scheinbar alle zur Ruhe gegangen waren, klingelte Josta ihrer Zofe. Sie gebot ihr, einen kleinen Handkoffer mit dem Nötigsten für einige Tage zu packen. »Ich reise morgen früh mit dem ersten Zug nach Waldow. Meine Anwesenheit dort ist nötig. Sie begleiten mich«, sagte sie.

Die Zofe wunderte sich nur, dass sie den ersten Zug benutzen wollte, der schon gegen fünf Uhr ging. Sonst erschien ihr nichts auffallend, denn die Reise nach Waldow war oft genug besprochen worden, und die Zofe wusste, dass ihre Herrin dort allerlei zu ordnen hatte.

Ehe sich Josta für einige Stunden niederlegte, schrieb sie einen Brief an ihren Gatten, den sie auf ihrem Schreibtisch liegenließ.

Am nächsten Morgen ließ sie sich den kleinen Schlitten anspannen. Gefolgt von ihrer Zofe, durchschritt sie das Schloss. Im Schloss regte sich um diese Zeit wenig Leben. Nur ein Diener stand am Portal. Er hatte den Koffer zu dem Schlitten getragen und half der Gebieterin beim Einsteigen.

Ehe Josta mit ihrer Zofe davonfuhr, sagte sie zu dem Diener: »Wenn der Herr zum Frühstück erscheint, melden Sie ihm, dass ich schon den Frühzug benutzt habe, um nach Waldow zu fahren, und dass auf meinem Schreibtisch ein Brief für ihn liegt.«

Der Diener verneigte sich und trat zurück. Gleich darauf fuhr der Schlitten davon.

18

Auch Henning hatte eine schlaflose Nacht hinter sich. Nicht die Sehnsucht nach Josta hatte ihm den Schlaf ferngehalten, sondern der quälende Gedanke, was er seinem Bruder zufügen musste, um sich selbst das Glück zu erringen. Es erschien ihm fast unmöglich, Rainers Opfer anzunehmen.

Aber wie die Entscheidung auch fallen würde, er musste sie hinnehmen aus Jostas und Rainers Hand. Seit er seiner Liebe Worte gegeben, hatte er sich das Recht verscherzt, in dieser Sache selbst zu entscheiden.

Es war kurz nach acht Uhr, als plötzlich seine Tür aufgerissen wurde. Auf der Schwelle stand Rainer mit aschfahlem, verfallenem Gesicht, einen Brief in der Hand. Henning zuckte zusammen und sah ihn erschrocken an.

»Mein Gott! Rainer – was ist geschehen?«

Rainer fiel kraftlos in einen Sessel. »Josta! Sie ist fort!«

Der Bruder sah ihn mit brennenden Augen an.

»Josta? Fort? Mein Gott – wohin?«

Ein tiefer, zitternder Atem hob Rainers Brust. »Nach Waldow, heute mit dem Frühzug. Heimlich ist sie gegangen, ohne Abschied. Sie hat ihre Entscheidung getroffen. Da lies, Henning – mein Opfer war umsonst«, stieß er heiser hervor.

Voll Unruhe fasste Henning nach dem Brief. Er faltete ihn auseinander und las:

Lieber Rainer!

Nachdem ich imstande war, ruhig zu überdenken, was heute geschehen ist, halte ich es für das Beste, Dein Haus zu verlassen und nach Waldow zu fahren. Es ist mir unmöglich, von Dir und Henning Abschied zu nehmen. Aber alles drängt mich jetzt zu diesem Entschluss, mit dem ich schon lange gerungen habe.

Verzeihe, wenn meine Entfernung einiges Aufsehen erregen sollte. Ich habe alles möglichst unverfänglich erklärt, und es wird Dir gelingen, vorläufig den Anschein zu erwecken, als sei ich mit Deiner Erlaubnis nach Waldow gegangen.

Dir will ich aber offen sagen, lieber Rainer, dass ich für immer gegangen bin. Nicht weil ich, wie Du glaubst, Deinen Bruder liebe, das ist ein Irrtum von Dir. Ich habe Henning herzlich lieb wie einen Bruder, aber ein Gefühl, wie er es leider für mich empfindet, kann ich ihm nicht entgegenbringen.

Aber auch das ist mir nun klar geworden, als Du heute mit mir sprachst, dass ich nicht mehr bei Dir bleiben kann. Unsere Ehe ist ein Unding, wir haben sie wohl beide geschlossen, ohne uns darüber klar zu werden, was wir damit auf uns nahmen. Ich wusste es jedenfalls nicht, wusste nicht, was es heißt, eine Ehe ohne gegenseitige Liebe einzugehen. Schon lange habe ich mit dem Entschluss gerungen, ob ich gehen müsse oder nicht. Aus Deinem Verhalten heute habe ich aber gesehen, dass auch Du den Gedanken an eine Trennung nicht so ungeheuerlich findest, und das hat mich veranlasst, sofort ein Ende zu machen. Bitte, zürne mir nicht, dass es etwas gewaltsam geschieht –

es ist besser, als wenn wir uns gegenseitig noch lange quälen. Ich ziehe mich nach meinem stillen Waldow zurück. Bitte, sende mir baldigst meine Sachen dorthin; ich nehme nur das Nötigste mit.
Und bitte Henning, dass er mir vergeben soll. Gott möge ihm helfen, dass er mich bald vergisst. Dich aber, lieber Rainer, wage ich zu bitten, meiner in Zukunft zu gedenken mit dem guten, warmen Gefühl, das Du als Onkel Rainer für mich hattest. Gott schenke Dir ein reiches, schönes Glück, wie ich es Dir nicht bereiten durfte.
Zum Schluss bitte ich Dich herzlich, mich jetzt völlig meiner Einsamkeit zu überlassen. Versuche es nicht, mich wiederzusehen. Wir wollen erst beide zur Ruhe kommen. Was Du zur Regelung unseres Verhältnisses zu tun gedenkst, überlasse ich Dir. Ich bin mit allem einverstanden. Nur verlange jetzt nicht, dass ich Dich wiedersehe. Leb wohl – alles Glück mit Dir und verzeihe mir!
Deine Josta

Henning ließ den Brief sinken und sah in seines Bruders Gesicht. Endlich raffte sich Rainer auf.

»Es war also ein Irrtum, Henning«, sagte er, »wenn ich glaubte, Josta liebe dich. Sie fühlte sich nur unglücklich an meiner Seite, weil sie mich nicht lieben konnte, nicht aber, weil sie dich liebte.«

Henning strich sich über die Stirn. »Und ich bin schuld, dass der Friede eurer Ehe gestört wurde. Sonst wäre Josta bei dir geblieben. Das wirst du mir nie vergessen können, Rainer.«

Dieser lächelte schmerzlich. »Wer kann hier von einer Schuld sprechen, Henning? Quäle dich nicht mit einem so unsinnigen Gedanken. Dir wird das Herz ohnedies schwer genug sein, weil Josta deine Liebe nicht erwidert.«

Henning warf sich in einen Sessel. »Mir ist, als könnte ich alles ertragen, Rainer, wenn du nur glücklich wärst. Ich weiß ja, wie es in dir aussieht. In dieser Nacht ist mir alles klar geworden. Du liebst Josta vielleicht tiefer und inniger als ich, denn du warst imstande, für ihr Glück dies unerhörte Opfer zu bringen.«

Rainer sprang auf und trat ans Fenster, um dem Bruder sein zuckendes Antlitz zu verbergen. Erst nach einer Weile sagte er, ohne sich umzuwenden: »Ja, ich liebe Josta mit allen Fasern meines Seins. Und du kannst dir vielleicht denken, was ich gelitten habe im Bewusstsein, dass ihr meine Liebe *lästig* sein könnte. Ich habe mich deshalb all diese Zeit mit fast übermenschlicher Kraft beherrscht, damit sie nicht die ganze Größe meines Gefühls erkannte. Trotzdem ist es ihr aber unerträglich gewesen, an meiner Seite zu bleiben. Mache dir keinen Vorwurf, Henning! Dieser Bruch hätte auch ohne dein Dazutun kommen müssen. Im Grunde muss ich dir dankbar sein, dass du Josta geholfen hast, sich von mir zu befreien. Mich peinigt jetzt vor allem der Gedanke, dass sie vor mir geflohen ist und das Vertrauen zu mir verloren hat. Mit mir selbst werde ich schon fertig!«

Henning trat neben ihn. »Willst du Josta nicht nach Waldow folgen? Wäre eine offene Aussprache nicht besser für euch beide?«

Rainer schüttelte den Kopf. »Nein, eine Aussprache hätte keinen Zweck. Sie ist vor meiner Liebe geflohen. Und ich darf sie nicht noch mehr beunruhigen. Sie muss vor allen

Dingen erst ihren Frieden wiederfinden. Ich würde Gerlinde bitten, zu ihr zu gehen und ihr beizustehen, wenn ich wüsste, ob ihr das lieb wäre.«

»Nein, Rainer – das tue nicht! Ich weiß genau, dass Josta Gerlinde um keinen Preis um sich haben möchte.«

»Hat sie dir das gesagt?«

»Mehr als einmal. Sie wollte dir nur nichts von ihrer Abneigung gegen Gerlinde verraten, weil diese dir sehr wert ist. Übrigens bin ich überzeugt, dass auch Gerlinde Josta nicht viel Sympathie entgegenbringt.«

»Da bist du im Irrtum, Henning. Ich könnte dir beweisen, wie warmherzig Gerlinde für Josta empfindet.«

Henning wollte dem Bruder etwas von Gerlindes unbefugtem Eindringen in Jostas Schreibtisch sagen. Aber er schwieg doch. Das war jetzt überflüssig, da Rainer ohnedies davon absah, Gerlinde zu bitten, nach Waldow zu gehen.

Rainer verabschiedete sich nun vorläufig von seinem Bruder. »Wir haben beide manches mit uns selbst auszumachen, Henning. Natürlich bleibst du nun in Ramberg, bis dein Urlaub abgelaufen ist. Das wird ein stiller und schmerzlicher Jahresabschluss für uns beide werden. Vorläufig erfährt niemand außer Gerlinde, was geschehen ist. Wir aber, mein Junge, wir bleiben die Alten und – wir werden uns mannhaft mit unserem Schicksal abfinden, nicht wahr?«

Henning nickte stumm, und Rainer ging schnell hinaus.

Henning war, als der Bruder ihn verlassen hatte, eine Weile im Zimmer auf und ab gegangen. Aber lange hielt er es nicht darin aus: Die Brust wurde ihm zu eng, und er sehnte sich hinaus ins Freie. Draußen begegnete ihm Gerlinde.

»Guten Morgen, Henning. Willst du spazieren gehen?

Dann darf ich wohl fragen, ob ich mich dir anschließen darf?«

Mit düsteren Augen sah er in ihr lächelndes Gesicht. »Ich würde ein schlechter Gesellschafter sein, Gerlinde. Auch will ich einen weiten Spaziergang machen und komme dabei auf ungebahnte Wege, für die deine Schuhchen kaum geeignet sind.«

Sie lächelte schelmisch. »Vetter, das ist beinah – ungalant. Wünschst du allein zu sein, werde ich ins Schloss hinübergehen und sehen, ob ich da willigere Gesellschaft finde.«

Henning wandte sich zum Gehen, aber dann zögerte er doch noch eine Weile. »Ich glaube, du kannst dir den Weg sparen. Rainer hat viel zu tun und ist nicht zu sprechen, und Josta, ja – sie ist heute Morgen nach Waldow gefahren.«

Gerlindes Augen öffneten sich weit. Beinahe hätte sie einen Freudenschrei ausgestoßen. Aber sie bezwang sich: »Josta in Waldow? So plötzlich?«, fragte sie.

»Ja, es ist, sie hat – glaube ich, ein Telegramm erhalten. Rainer kann dir darüber besser Auskunft geben. Guten Morgen, Gerlinde – bei Tisch sehen wir uns wohl wieder.«

Sie ließ ihn gehen, und Henning entfernte sich mit einem Gefühl, als folgten ihm Gerlindes lauernde Augen. Als er das Parktor passiert hatte, hörte er plötzlich das Geläut von Glocken und sah einen Schlitten herankommen. Es war ein wenig elegantes Gefährt, mit einem mageren Klepper bespannt. Henning wollte schon daran vorübergehen. Aber plötzlich zuckte er zusammen und starrte auf die junge Dame, die, in einen eleganten Pelz gehüllt, in dem etwas schäbigen Kissen lehnte. Das war doch abermals Jostas Doppelgängerin! Er hatte sich von seiner Überraschung noch nicht erholt, als der Schlitten am Parktor hielt. Einem Impuls folgend, kehrte Henning sofort wieder um und trat zum Schlitten heran.

»Verzeihung, mein gnädiges Fräulein – da Sie Ihren Schlitten am Parktor von Ramberg halten lassen, nehme ich an, dass Sie zum Gutshaus wollen. Oder irre ich mich?«

Die junge Dame hatte ihn sofort erkannt. Sie war ein wenig verwirrt und fand nicht gleich die Antwort.

Der Kutscher lachte ihn an. »Das Fräulein ist 'ne Ausländsche. Es wohnt seit gestern bei uns in der ›Deutschen Krone‹ und wollte unbedingt zum Gutshaus«, erklärte er.

Henning beachtete seine Erklärung kaum und wollte seine Frage auf Englisch wiederholen. Mittlerweile hatte sich die junge Dame etwas gefasst.

»Oh no, ich kann gut verstehen die deutsche Sprache, nur nicht sehr gut sprechen. Ich bitte, mein Herr, kann ich sprechen die Frau Josta Ramberg in eine private Angelegenheit?«

»Gnädiges Fräulein, Josta Ramberg ist – ist abwesend seit heute Morgen – verreist.«

Das Gesicht der jungen Dame überflog ein Schatten.

»Oh, Maggie, ich habe kein Glück«, sagte sie in englischer Sprache zu ihrer Begleitung. Und zu dem jungen Manne gewandt, fuhr sie auf Deutsch fort: »Das sein sehr schade – sehr schade.«

Henning konnte seinen Blick nicht von ihr wenden. Es war ihm ein Labsal, dies schöne Gesicht zu betrachten, das dem Jostas so ähnlich war, und er beschloss, die junge Dame um keinen Preis wieder fortfahren zu lassen.

»Vielleicht können Sie Ihre Angelegenheit mit meinem Bruder, Jostas Gemahl, besprechen.«

Sie atmete schnell und erregt. »O no, ich kann nicht gut besprechen diese Angelegenheit mit Ihrem Herrn Bruder. Es ist eine Sache von großer Delikatesse, und ich habe nötig zu sprechen mit ihr persönlich. Wenn Sie mich können sagen, wann sie kommt zurück, will ich Ihnen sein voll Dankbarkeit.«

Voll Entzücken lauschte Henning auf die weiche, liebe Stimme, die ein wenig dunkler gefärbt war als die Jostas.

»Die Rückkehr ist unbestimmt, und sicher vergehen einige Wochen bis dahin.«

»Oh, wie schlimm sein das für mich!«, rief die junge Dame. »Aber bitte, wollen Sie mich sagen, wohin ist sie gereist?«

»Sie befindet sich in Waldow.«

»Oh, das ist gut, sehr gut. Dahin will ich reisen sofort. Ich danke Ihnen sehr.«

»Bitte, noch einen Augenblick, gnädiges Fräulein. Ich möchte Sie dennoch sehr bitten, erst mit meinem Bruder zu sprechen. Vielleicht ist es Ihnen von Nutzen.«

»No, no – das kann wohl nicht sein«, antwortete sie kopfschüttelnd.

Henning war jedoch entschlossen, sie nicht wieder entschlüpfen zu lassen. »Darf ich nicht wenigstens meinem Bruder Ihren Namen melden?«, bat er dringend.

Sie überlegte und sah Maggie fragend an. Und dann sagte sie rasch entschlossen: »Gladys Dunby.«

Henning hatte in den letzten Tagen oft mit Josta von ihrer Schwester gesprochen und hatte auch wiederholt den Brief gelesen, den Rainer von seinem Beauftragten erhalten hatte. Und so wusste er, dass die zweite Frau von Jostas Vater in zweiter Ehe einen Mr. Dunby geheiratet hatte.

»Miss Gladys Dunby oder vielmehr Fräulein Waldow, nicht wahr?«, fragte er schnell.

Sie sah ihn mit großen Augen an.

»Sie wissen?«

»Ja, nun weiß ich gewiss, dass Sie Jostas Schwester sind, nach der sie schon seit Monaten Nachforschungen hat anstellen lassen.«

Miss Gladys hielt es plötzlich nicht mehr aus, ruhig im Schlitten zu sitzen. Sie schlug die Decke zurück und sprang aus dem Gefährt, ehe er ihr nur helfen konnte. Aufgeregt drückte sie die Hände aufs Herz.

»Oh – meine Schwester weiß von mich und lassen forschen nach meine Person?«, stieß sie jubelnd hervor.

»Ja, mein gnädiges Fräulein, seit sie weiß, dass sie eine Schwester hat. Sie wusste allerdings nicht, ob diese Schwester noch am Leben sei und wo sie weile. Und ich habe ihr von der jungen Dame erzählt, die ihr so ähnlich ist und die unerwartet an dem Begräbnis des Ministers teilnahm. Aber das alles können Sie von meinem Bruder erfahren, der Josta erst auf die Vermutung brachte, dass sie Geschwister haben könne. Sie müssen mich zu ihm begleiten.«

Die junge Dame sah ihn strahlend glücklich an. Sie wirkte wie ein holder Zauber auf sein bedrücktes Gemüt.

»Man wird Sie in Ramberg sehr freundlich und herzlich aufnehmen. Mein Bruder wird Sie sicher bitten, sobald wie möglich nach Waldow zu Josta zu reisen, denn diese wird sehr glücklich sein, ihre Schwester umarmen zu dürfen.«

Sie streckte ihm mit feucht schimmernden Augen die Hand entgegen. »Ich werde nie vergessen, dass Sie mich gesagt haben eine so glückliche Botschaft. So sehr lieben ich meine Schwester, seit ich sie gesehen bei das Begräbnis von meines Vaters Bruder. Und ich bin so allein auf der Welt – haben kein Mensch als mein gutes, altes Maggie – das mit mich gereist ist über das Meer nach Deutschland, um zu suchen meine Schwester und mein Onkel.«

So sagte sie mit bebender Stimme. Henning führte die kleine Hand an seine Lippen. »So nehme ich mir auch das Vorrecht, Sie als Schwägerin zu grüßen und zuerst willkommen zu heißen«, sagte er.

Dankbar blickte sie ihn an.

Auf dem Wege zum Gutshaus erzählte Henning seiner aufmerksam zuhörenden Begleiterin, wie es gekommen war, dass Josta erst seit kurzer Zeit wusste, dass ihr rechter Vater Georg Waldow gewesen war und dass dieser eine Tochter aus zweiter Ehe hinterlassen hatte. Dann erzählte auch die junge Dame einiges aus ihrem Leben und über ihre Verhältnisse.

Im Schloss angelangt, gab Henning einem Diener Weisung, die nachfolgende Maggie in Empfang zu nehmen und sie in ein warmes Zimmer zu führen, wo man ihr einen Imbiss vorsetzen wolle. Der Diener starrte entschieden verblüfft in das Gesicht der jungen Dame. Auch ihm fiel die Ähnlichkeit auf.

Nachdem ihr der Diener den Pelzmantel und das elegante Pelzhütchen abgenommen hatte, führte Henning sie hinüber in den Westflügel.

»Oh, was sein das für ein wunderschöne, alte Schloss«, sagte Gladys entzückt und sah sich mit großen Augen um. Henning führte sie in den kleinen Salon. Hier bat er sie, einige Minuten Platz zu nehmen. Er wollte seinen Bruder erst ein wenig auf ihren Besuch vorbereiten.

Schon nach wenigen Minuten stand Rainer vor der jungen Dame und streckte ihr herzlich die Hand entgegen. Sie hatte es leicht, seine Sympathie zu gewinnen, da sie Josta so sehr glich. Die drei Menschen hatten nun eine lange und erregte Unterredung. Das Ergebnis dieses Gesprächs war zunächst, dass Gladys zum Diner in Ramberg blieb. Maggie musste, nachdem sie sich durch einen Imbiss gestärkt hatte, zur Stadt zurückfahren und im Hotel die Sachen ihrer jungen Herrin einpacken und nach Ramberg bringen, denn Gladys sollte nach Tisch von Ramberg aus zu Josta reisen.

Als Gerlinde zu Tisch kam, erschrak sie zuerst sehr. Sie glaubte für einen Augenblick, es sei Josta, die neben den Brüdern an der Tafel stand.

Gerlinde wusste nicht, wie sie sich zu Gladys stellen sollte, und diese konnte auch kein Herz zu ihr fassen. Was gestern hier im Schloss Ramberg geschehen war, ahnte Gladys nicht. Sie wunderte sich nur, dass Rainer so bleich und düster war und dass um seinen Mund ein tiefer, herber Schmerz lag.

Als Gladys nach Tisch zur Station fuhr, diesmal in einem eleganten Ramberger Schlitten, wurde sie von den beiden Brüdern begleitet. Maggie folgte mit dem Gepäck in einem anderen Gefährt. Als sich Rainer von Gladys verabschiedete, sagte er: »Bitte, grüßen Sie Josta herzlich, liebe, kleine Schwägerin, und sagen Sie ihr, ich würde ihr heute noch schreiben und ich hoffte, dass sie die Gesellschaft ihrer Schwester aufheitern werde.«

Sie versprach ihm, seine Worte auszurichten.

Henning neigte sich über ihre Hand und sagte bittend: »Grüßen Sie Josta auch von mir, und sagen Sie ihr – nein nichts –, nur dass ich hoffe, sie wiederzusehen.«

Die Brüder Ramberg brachten die junge Dame mit sorglicher Aufmerksamkeit in ihr Abteil und sagten ihr herzlich Lebewohl.

»Oh, ich sagen nicht Lebewohl«, meinte Gladys lächelnd, »ich sagen auf Wiedersehen – oder darf ich nicht kommen mit mein Schwester nach Schloss Ramberg?«

Graf Rainer sah sie mit seltsamen Augen an.

»Mit offenen Armen werden wir Sie allezeit empfangen, liebe Gladys. Ich wünschte, ich könnte Ihnen in Ramberg eine Heimat bieten«, sagte er und wandte sich hastig ab.

Henning aber hielt ihre Hand fest in der seinen und sah sie an, als wolle er sich ihr Bild noch einmal fest einprägen. »Auf Wiedersehen – ich sage auf Wiedersehen, liebe Schwägerin.«

Ihre Augen hingen wie gebannt an seinem Gesicht, bis der Zug sich in Bewegung setzte. Dann sank Gladys aufatmend in die Kissen ihres Wagens zurück.

»Nun, meine gute Maggie, wie gefallen dir meine neuen Verwandten?«

»Oh, sehr gut, Misschen. Das sind zwei schöne und gute Herren. Aber der Gemahl von Frau Josta ist sehr unglücklich, ihn bedrückt ein schweres Leid. Wie ein junger, glücklicher Ehemann hat er nicht ausgesehen.«

Gladys nickte und seufzte tief. »Ja, Maggie, mir schien auch, als sei da irgendetwas nicht in Ordnung. Auch Henning Ramberg schien etwas auf dem Herzen zu haben. Fast war mir, als sorge sich Rainer um meine Schwester, und Henning sorge sich um seinen Bruder. Josta wird doch nicht krank sein?«

»Sie werden bald sehen, Miss Gladys. In zwei Stunden spätestens sind wir in Waldow.«

Die junge Dame nickte und drückte die Hände aufs Herz.

»Ahnst du, wie mir zumute ist, Maggie? Nun soll ich bald

vor meiner Schwester stehen. Und ich weiß nun schon, dass sie mich liebevoll aufnehmen wird. Henning hat es mir gesagt. Henning hat mir so viel Mut gemacht und war so gut – so gut, Maggie.«

Diese lächelte etwas überlegen. »Wie soll er zu Ihnen auch anders sein als gut? Er hat doch Augen im Kopf. So ein liebes und schönes Misschen sieht er nicht oft. Der ist Ihnen gut, Misschen, das dürfen Sie mir glauben.«

Gladys lachte schelmisch. »Ei, Maggie, ich denke, du wirst bald eine Brille brauchen«, sagte sie. Aber sie wurde doch rot dabei.

19

Josta war in Waldow angelangt. Da sie sich nicht vorher angemeldet hatte, fand sie natürlich nichts vorbereitet. Die Zimmer waren kalt und unbehaglich. So musste Josta einige Stunden in der Wohnung des Pächters verweilen, bis oben in der ersten Etage ein wenig Gemütlichkeit geschaffen war. Vor Tisch ging sie dann ein Stündchen ins Freie, weil sie Kopfweh hatte. Sie fand Waldow zu ihrer Enttäuschung durchaus nicht so anheimelnd und idyllisch, wie sie es sich gedacht hatte. Sie konnte heute kaum begreifen, dass sie immer Sehnsucht nach Waldow gehabt und hier ihre glücklichsten Stunden verlebt hatte.

Müde, mit schweren Schritten kehrte sie heim. Die Pächterin empfing sie in dem breiten Hausflur.

»So, gnädige Frau, nun ist es schon ein bisschen gemütlicher oben. Wenn Sie wünschen, können Sie nun oben im Esszimmer das Mittagessen einnehmen.«

Josta dankte ihr und ging hinauf. Sie setzte sich dann allein zum Mittagessen nieder. Um die Pächterin nicht zu kränken, zwang sie einige Bissen hinunter.

Aber dann überkam sie das Elend wieder, und sie schloss sich in ihr Schlafzimmer ein und warf sich auf den Diwan. So losgelöst von allem, was ihr lieb war, kam sie sich so schrecklich einsam und verlassen vor.

Seufzend sah sie in die knisternde Kaminglut. Da trat die Zofe ein und meldete eine junge Dame.

Josta sah nicht einmal auf. »Ich empfange keine Besuche, Anna.«

»Das habe ich der jungen Dame auch gesagt, aber sie meinte, ich möchte nur sagen, dass sie von Ramberg käme und dass der Herr Rainer sie hergeschickt habe.«

Josta schrak auf. »Von Ramberg?«

»Ja.«

»Wie ist der Name der Dame?«

»Den wollte sie Ihnen selbst sagen.«

»Wie sieht sie denn aus?«

Die Zofe lächelte sonderbar. »Das ist sehr seltsam. Sie müssten sich die Dame selbst einmal ansehen, dann würden Sie glauben, sich im Spiegel zu sehen.«

Josta sprang auf. »Führen Sie die Dame herein, Anna!«

Gleich darauf stand Gladys auf der Schwelle. Eine Weile sahen sich die Schwestern stumm und mit großen Augen an. Der gleiche Ausdruck der Gesichter machte die Ähnlichkeit noch größer, und doch sah man jetzt, wie verschieden sie bei alledem waren. Gladys' Haar war eine Schattierung heller, ihr feines Näschen ein wenig kürzer und der Mund eigenwilliger geschwungen. Trotzdem waren sich die Schwestern so ähnlich, wie es zwei Menschen nur sein können. Gladys fasste sich zuerst:

»Liebe Schwester! Darf ich dich nennen mit diesem Namen? Ich bin gekommen von Ramberg nach Waldow. Deine liebe Mann haben mir gesagt, du würdest sein über mein Kommen sehr erfreut. Ich bin dein Schwester Gladys und haben dir schon lange suchen gewollt. Willst du mich nicht geben mit gute Willen deine Hand und mich haben ein wenig lieb? Ich habe keine Mensch auf diese Welt als mein altes Maggie, das draußen auf mich wartet.«

Josta hörte das alles wie im Traum. Da stand ein Mensch, der einsam war wie sie und der die Hand nach ihr ausstreckte. Und dieser Mensch war ihre Schwester – sie hatte eine Schwester, die zu ihr gehörte durch die Bande des Blutes.

Tränen stürzten plötzlich aus Jostas Augen. Sie öffnete die Arme weit und trat auf Gladys zu. »Meine Schwester – meine liebe, kleine Schwester!«, stammelte sie.

Die Schwestern hielten sich fest, als wollten sie sich nie mehr loslassen. Erst nach langer Zeit fand Gladys zuerst die Sprache wieder.

»Oh – wie wundervoll sein das, ein Schwester zu haben«, sagte sie lachend und weinend.

Das klang so lieb und drollig, dass Josta lächeln musste. Sie zog die Schwester neben sich auf den Diwan.

»Du musst mir viel erzählen, meine liebe Gladys. Ich lasse dich nicht mehr von mir fort. Sag, dass du bei mir bleiben willst. Dich sendet mir der Himmel. So einsam war ich eben noch, so verlassen und unglücklich! Nun darf ich dich an mein Herz nehmen, und du wirst mich auch ein wenig lieb haben.«

Gladys schüttelte den Kopf. »Oh nein – nicht ein wenig, sondern sehr viel. Und du darfst nicht weinen, meine Josta. Warum? Wir wollen sein sehr glücklich, dass wir uns gefunden. Und was du sprechen von verlassen und unglücklich, das sein für mich ohne Verständnis. Hast du nicht eine so liebe, schöne Mann, der dir so lieben – so sehr lieben?«

Josta schüttelte traurig den Kopf. »Nein, Gladys, er liebt mich nicht. Hat man dir in Ramberg nicht gesagt, dass ich ihn verlassen habe für immer?«

Gladys sah erschrocken auf. »Für immer? Oh nein – nein, das ist nicht Wahrheit. Du willst machen ein Scherz.«

»Nein, nein, mit so etwas scherzt man nicht.«

»Oh, nun weiß ich, warum deine Mann sein so unglücklich und traurig.«

Josta drückte die Hand aufs Herz. »Das denkst du wohl nur, Gladys.«

»Oh nein – ich haben sehr gute Augen. Mein liebes Josta, wirst du da nicht haben getan eine große Dummheit? Verzeihung, ich muss sprechen, wie ich fühle – ich meine, es sein nicht gut, dass du gegangen von dein Mann. Warum hast du das getan?«

»Frage mich nicht, Gladys! Ich kann nicht darüber sprechen, jetzt nicht. Jetzt musst du mir erst von dir erzählen. Alles möchte ich wissen aus deinem Leben. Wir wissen ja so wenig voneinander.«

Gladys nickte eifrig. »Ja, ich will gleich erzählen, wie es gekommen ist, dass ich mit mein Maggie bin gekommen nach Deutschland.«

»Du hast doch um Gottes willen die weite Reise nicht allein gemacht?«

»Oh, das ist nicht schlimm. Maggie ist immer gewesen an meine Seite. Also höre zu: Mamy ist gewesen vor viele Jahre eine Sängerin und ein sehr schöne Frau. Mein Vater, der auch deine Vater war, mein liebes Josta, ist von eine schlimme Mann geschossen in sein Herz und ist gewesen gleich tot. Mamy ist nun gewesen sehr verlassen und hat verloren vor große Kummer ihr schönes Stimme. Sie hat nicht mehr bekommen viel Geld für ihr Gesang und war arm und traurig. Dann sein gekommen mein Stiefvater und hat Mamy gemacht zu sein Frau. Mr. Dunby sein gewesen ein großes, dickes Mann – nicht schön wie mein Vater. Viel Geld hat er gehabt – oh, so viel, und er haben Mamy sehr lieb gehabt und mich auch. Nur nicht von meine tote Vater haben wir sprechen dürfen, Mamy und ich, sie hat nicht eine Träne weinen dürfen für mein Vater, wenn er es gesehen. Gleich war er eifersüchtig und zornig.

Sonst ist mein Stiefvater gewesen sehr gut für mich. ›Kleine deutsche Prinzessin!‹, hat er immer gesagt. Mr. Dunby haben auch zwei Söhne von seine erste Frau. Die haben Mamy und mich angesehen mit sehr böse Augen und mir auch gesagt: ›Deutsche Prinzessin ohne Dollars.‹ Aber sie sind dann gekommen aus dem Hause und haben schon lange Zeit jeder eine Frau, die auch sein sehr zornig auf mich gewesen. Aber Mr. Dunby hat niemals zugegeben, dass sie Mamy und mir ein Leid getan haben.

Dann ist mein Mamy geworden sehr krank, und Mr. Dunby haben sehr weinen müssen. Und meine arme Mamy ist gestorben. Auch Mr. Dunby ist noch immer sehr gut für mich gewesen, oh ja, und er sein voll Betrübnis um Mamy. Maggie und ich sein geblieben bei Mr. Dunby. Maggie ist meine Amme und immer bei mich gewesen und ist lieb und gut und tut alles für mich.

Ein Jahr nach Mamy ist auch Mr. Dunby gestorben, und seine Söhne sind gekommen und haben mich gesagt, ich soll gehen mit mein Maggie aus dem Haus, dahin, wo ich hergekommen mit mein deutsche Mutter. Hinaus! Hinaus! So haben sie mich gesagt. Mein Maggie haben gesagt: ›Erst will ich packen Miss Gladys' Sachen.‹ Ich haben nicht wissen, wohin ohne Geld. Ehe Maggie noch fertig gewesen mit mein Koffer, ist gekommen ein Herr und haben mich gesagt, Mr. Dunby haben bestimmt in sein Testament für mich ein

Viertelmillion Dollars, die für meine Namen sind deponiert bei das Deutsche Bank. Oh – sein ich froh und voll Dankbarkeit gewesen für Mr. Dunby! Seine Söhne haben mich nehmen wollen die Dollars, trotzdem sie haben jeder zehnmal so viele wie ich. Aber mein Maggie ist gelaufen bei das Notar und ich mit, und es hat nicht geholfen Mr. Dunbys Söhne; sie haben mich lassen müssen mein Geld. Meine Mamy haben gesagt, als sie krank war: ›Wenn ich tot bin, gehst du nach Deutschland, meine kleine Gladys, da hast du einen Onkel und eine Schwester.‹

Und hat mich gegeben meine Papiere und mich schon früher immer erzählt von Deutschland, was mich gemacht hat voll Sehnsucht. So bin ich dann mit Maggie nach Deutschland gereist. In Berlin haben ich mich gewendet an das Konsulat, um nach meines Vaters Bruder zu forschen. Dass er dich genommen in sein Haus als sein Tochter, hat Mamy mir gesagt. Da hat mich Herr Henning gesehen in Berlin und mir gerufen: ›Josta, liebe Josta!‹

Ich haben gewusst, dass mein Schwester Josta heißt, und mich so gefreuen. Am liebsten hätte ich gleich mit ihm gesprochen von dir. Aber das darf nicht sein. Und dann bin ich gekommen vor das Haus des Ministers Waldow. Da sein er gewesen tot. Und musste wieder gehen, ohne dich zu sehen und zu sprechen. Aber auf das Friedhof bin ich gegangen und haben dich gesehen. Aber ich konnte doch nicht stören dein Trauer und bin wieder gereist nach Berlin. Jetzt habe ich aber nicht länger können warten und reise nach Ramberg, um dich zu sprechen.

Wie ich kommen mit mein Schlitten an das Parktor von Ramberg, da stehen Herr Henning und sehen mich an mit so große Augen und sagt mich gleich, ich bin dein Schwester, und du weißt von mich und haben nach mich gesucht. Herr Henning hat mich geführt zu deine liebe Mann, und er haben gesagt, ja, ich muss zu dir gehen nach Waldow und bei dir bleiben. Und so traurig war deine Mann, dass ich gemeint, du bist krank. So, mein liebes Schwester, und hier bin ich nun und könnte so glücklich sein – wenn du nicht machst so traurige Augen wie dein Mann. Ich glaube doch, du hast gemacht ein großes Dummheit.«

Die beiden Schwestern hatten sich schnell in inniger Liebe gefunden. Gladys heiterte ihre Schwester nach Kräften auf und wartete, dass diese ihr anvertrauen sollte, was zwischen ihr und ihrem Gatten geschehen war. Aber sie fragte nicht mehr, weil Josta in Tränen ausbrach, sobald Gladys von Rainer sprach.

Silvester und Neujahr verlebten die Schwestern ganz allein. Am Neujahrstag kam Maggie von Berlin zurück. Sie umsorgte nun die beiden Schwestern, wie sie sonst nur ihr Misschen umsorgt hatte. Josta gehörte nun in Maggies Herzen mit zu Gladys.

»Sie können mir glauben, Misschen, da ist etwas nicht in Ordnung. Sie müssten alles tun, um Frau Josta zu bewegen, wieder nach Ramberg zurückzukehren«, sagte sie.

Gladys schüttelte den Kopf. »Ich darf mit Josta gar nicht über ihren Mann sprechen. Sie sagte mir, sie sei für immer von ihm fort. Wahrscheinlich haben sie sich erzürnt. Wenn ich nur wüsste, warum. Am Tage nach meiner Ankunft hat sie einen Brief von ihrem Mann bekommen und sehr darüber geweint.«

Der Brief, den Josta von Rainer erhalten hatte, lautete:

Meine liebe, teure Josta!
Erlass es mir, Dir zu schildern, wie Dein Fortgehen auf mich gewirkt hat. Von mir will ich überhaupt nicht sprechen, sondern nur von Dir. Ich habe Dir nichts zu verzeihen, mein geliebtes Kind, und ich weiß, Du hast nur getan, was Du musstest. Weil Du es nicht wünschst, will ich jetzt nicht nach Waldow kommen. Werde erst ruhig, und wenn Du es über Dich bringst, mich zu sehen, dann rufe mich, damit wir alles Weitere besprechen können! Ich bin so froh, dass Du wenigstens Deine Schwester bei Dir hast und nicht mehr allein bist.
Um Henning sorge Dich nicht. Er ist ein Mann und wird tragen, was unabänderlich ist. Und ich bitte Dich inständig, habe Vertrauen zu mir und glaube mir, dass ich alles tun werde, um Dir zu helfen. Nichts wird mir zu schwer sein. Ich habe nur noch eine Aufgabe – Dich wieder froh und glücklich zu machen. Gott schütze Dich, meine liebe, kleine Josta. Lass mich wissen, wann ich Dir helfen darf, und bestimme jederzeit über
Deinen allzeit treu ergebenen Rainer

Immer wieder musste Josta diesen Brief lesen, und dann stürzten ihr die Tränen aus den Augen. Sie floh an ihren Schreibtisch, zu ihrem Tagebuch, um sich das Herz zu erleichtern. Denn so lieb sie Gladys gewonnen hatte – über das, was ihr im Herzen war, konnte sie nicht mit ihr sprechen.

Gladys sah Josta einige Male vor ihrem Tagebuch sitzen, und einmal, als sie zu ihr trat und ihr über die Schulter sah, las sie auf einer frisch begonnenen Seite die Worte: »Mein Rainer, wenn Du wüsstest, wie ich mich in Sehnsucht nach Dir verzehre, wie ich Dich liebe!«

Josta ahnte nicht, dass Gladys diese Worte gelesen hatte.

Gladys rang in ihrer Seele mit einem Entschluss. Sie hatte sich die Worte aus Jostas Tagebuch fest eingeprägt. Eine Weile stand sie, als sie Josta verlassen hatte, in ihrem Zimmer am Fenster. Dann hob sie plötzlich entschlossen den Kopf. Gleich darauf saß sie vor einem leeren Briefbogen und hatte die Feder in der Hand. Sie schrieb:

Lieber Schwager!
Sie erlauben mich diese Anrede und verzeihen mir, dass ich Ihnen mit diesem Brief lästig bin. Aber mein Herz sein schwer um mein liebes Schwester, weil sie so unglücklich ist. Und nun habe ich gedacht, Sie können mich vielleicht sagen, warum mein Schwester ist fortgegangen von ihr Mann. Ich habe vorhin gelesen in ihre Tagebuch, als ich sie gesehen über die Schulter: »Mein lieber Rainer, wenn Du wüsstest, wie ich mich in Sehnsucht nach Dir verzehre, wie ich Dich liebe!«
Ist das nicht sehr schlimm? Warum will mein armes Josta nicht sein bei ihrem Mann, wenn sie ihn liebt so sehr? Oder liebt Rainer mein armes Josta nicht? Ich denke, er haben auch unglücklich ausgesehen, als ich in Ramberg war. Bitte, bitte – Henning, ich bin Ihnen so dankbar, wenn Sie mich alles schreiben, was Sie selbst wissen von das. Ich habe so eine große Vertrauen für Sie. Bitte, helfen Sie mich, dass mein

Schwester wieder froh sein kann. Ich haben ihr so lieb und kann nicht sehen, dass sie muss weinen, immer weinen.

Bitte, adressieren Sie an Maggie Brown, damit Josta nichts merken.

In große Sorge, ob ich eine Dummheit getan, grüße ich Sie als Ihre Schwägerin

Gladys Waldow

Als Henning diesen Brief erhielt, sah er darauf, als verstehe er das alles nicht. Aber das drollige Schreiben erschien ihm so reizend und rührend, dass er zärtlich liebkosend darüber strich. Dann erst las er den Brief durch. Und mit einem Mal wurde ihm klar, dass Josta nicht aus Ramberg geflohen war, weil sie Rainer nicht liebte. Es musste einen anderen Grund haben.

Er sann und sann und kam dabei in Gedanken der Wahrheit immer näher. Sollte es möglich sein, dass Rainer und Josta einander quälten, weil sie sich liebten und diese Liebe voreinander verbargen aus törichtem Missverständnis?

Dann setzte er sich plötzlich an den Schreibtisch und schrieb die Antwort auf Gladys Brief:

Liebe, verehrte Schwägerin!

Es freut mich sehr, dass Sie so viel Vertrauen zu mir haben. Was zwischen Josta und Rainer steht, weiß ich auch nicht genau; ich kenne nur den traurigen Anlass für Jostas Abreise. Leider bin ich selbst nicht ohne Schuld daran. Heute nur so viel: Ich weiß, dass mein Bruder seine Frau über alles liebt und todunglücklich ist über ihr Fortgehen. Vielleicht liegt es in unserer

Hand, diese beiden uns so teuren Menschen von ihrem Leid zu befreien. Wollen wir uns verbünden? Und haben Sie den Mut, liebe Gladys, etwas Ungewöhnliches zu tun? Entwenden Sie Josta heimlich ihr Tagebuch, auf einige Tage nur. Dann senden Sie es mir sofort versiegelt und als Eil- und Wertpaket zu. Alles andere nehme ich auf mich. Niemand als mein Bruder soll in dies Buch Einsicht haben, mein Ehrenwort bürgt Ihnen dafür.
Bitte, depeschieren Sie mir nur ein Wort, ob Sie tun wollen, worum ich Sie bitte. Ja oder nein.
Ich grüße Sie herzlichst und in ehrerbietiger Ergebenheit
Ihr Schwager Henning Ramberg

Henning brachte das Schreiben selbst zur Post. In großer Unruhe wartete er am nächsten Tag auf Gladys Antwort. Diese sandte sofort, nachdem sie Hennings Brief erhalten, ein Telegramm.

»Ja! Erbitte aber das Bewusste umgehend zurück an Maggies Adresse, Gladys.«

In der Dämmerstunde dieses Tages saß Gladys mit Josta am Teetisch. »Ich bin gleich wieder hier, Josta, entschuldige mich einen Augenblick«, sagte sie.

Josta nickte nur und blieb in Gedanken versunken sitzen.

Gladys aber schlich sich in Jostas Zimmer an ihren Schreibtisch. Der Schlüssel lag in Jostas Handarbeitskörbchen im Wohnzimmer. Den hatte sich Gladys schon vorher verschafft. Sie öffnete hastig das Fach, wo sie Jostas Tagebuch wusste, und nahm es heraus. Dann schloss sie den Schreibtisch wieder zu und steckte den Schlüssel zu sich.

Eiligst schlüpfte sie hinüber in ihr Zimmer. Da stand Maggie schon mit Siegellack und Petschaft. Schnell packte Gladys das Tagebuch in bereitliegendes Papier, siegelte das Paket sorgfältig und übergab es Maggie, die das Paketchen auf die Post brachte.

20

Rainer saß in seinem Arbeitszimmer, als Henning erregt bei ihm eintrat. Er hatte Gladys Depesche erhalten.

»Rainer, hast du einige Minuten Zeit für mich?«

»Ja, mein Junge, komm, setz dich und sage mir, was du willst.«

Henning blieb aber stehen. »Ich will dir etwas zeigen, Rainer. Sieh hier – das ist ein Brief von Gladys, den ich gestern bekommen habe.«

Rainer streckte hastig die Hand aus. »Gib, wenn ich ihn lesen darf.«

»Du darfst nicht nur – sondern du musst, Rainer.«

Und Rainer las. Als er zu Ende gelesen hatte, sprang er auf. »Nein, nein – das ist nicht wahr!«, rief er mit bebender Stimme, als suche er sich selbst zu beruhigen.

»Verstehst du das, Rainer?«, fragte Henning.

»Nein! Sie ist ja der deutschen Sprache nicht ganz mächtig. Es wird ein Irrtum sein.«

»Aber die Worte aus Jostas Tagebuch scheinen mir genau kopiert zu sein. Rainer – sage mir offen –, hast du Josta eigentlich jemals gesagt, wie lieb du sie hast?«

»Nein – ich wollte sie nicht erschrecken. Ich habe ihr die Größe meines Gefühls verborgen, soweit ich nur konnte.«

Henning atmete tief auf. »Mein lieber Rainer, mir scheint, die kleine Amerikanerin ist gekommen, um uns eine Binde von den Augen zu nehmen.«

Rainer umkrampfte die Lehne seines Sessels, als wolle er sie zerbrechen. »Ich sage dir ja – es ist ein Irrtum!« Und dann, unfähig, sich länger zu beherrschen, stieß er heiser hervor: »Wenn ich dieses Tagebuch sehen, mit eignen Augen diese Worte lesen könnte!« Wie ein Schrei kam das aus seiner Brust.

Henning fasste des Bruders Arm. Sie sahen sich atemlos an. Dann sagte Henning leise: »Du wirst es können, Rainer. Ich habe Gladys geschrieben, sie soll Josta das Tagebuch entwenden und es dir auf einige Tage senden. Soeben habe ich Gladys Antwort erhalten. Hier ist das Telegramm. Morgen früh wird das Buch vielleicht schon hier sein. Hat Gladys sich geirrt, so wird das Buch an seinen Platz zurückgelegt. Im andern Falle – da wirst du selbst wissen, was du zu tun hast. Der Zweck heiligt hier die Mittel.«

Rainer stöhnte tief auf. »Es ist ein Unrecht, ich weiß es, aber Gott helfe mir, der Preis dafür ist zu hoch – ich muss mich überzeugen. Und was ich auch finde, Henning – ich danke dir herzlich. Jetzt sind wir quitt, denke ich.« Er fasste tastend nach Hennings Hand.

»Rainer – wenn ich damit mein Unrecht gutmachen könnte – wenn du dennoch mit Josta glücklich würdest«, stieß Henning hervor.

Rainer sah ihn mit brennendem Blick an. »Und du, Henning, könntest du es ertragen, wenn das geschehen würde?«

»Ja, Rainer. Ich glaube, ich bin auf dem Wege der Genesung. Und ich weiß jetzt eine Medizin, die mich voll und ganz heilen wird.«

»Was meinst du?«

Henning sagte mit einem Lächeln, aus dem schon die Hoffnung blickte: »Gladys. Sie ist Jostas Ebenbild.«

Rainer umfasste seinen Bruder. »So helfe Gott uns beiden. Und – nun lass mich allein.«

Josta suchte in ihrem Nähkörbchen nach dem Schlüssel zu ihrem Schreibtisch. Gladys saß mit scheinbar unbewegtem Gesicht dabei, aber ihre Hände spielten nervös mit den Fransen der Tischdecke.

»Was suchst du, Josta?«, fragte sie endlich.

»Meinen Schreibtischschlüssel, Gladys. – Ich lege ihn immer hier in mein Arbeitskörbchen in das Näh-Etui. Und nun kann ich ihn nicht finden.«

»Du wirst ihn verlegt haben, Josta.«

»Das ist mir unbegreiflich. Zufällig habe ich jetzt zwei oder drei Tage den Schlüssel nicht benutzt.«

Gladys wusste es sehr gut. Hatte sie sich doch die größte Mühe gegeben, Josta anderweitig zu beschäftigen, um sie abzuhalten, sich an den Schreibtisch zu setzen. Aber nun half alles nichts mehr, und Gladys wusste keinen Rat, wie sie Josta von ihrem Schreibtisch zurückhalten sollte. Sie fieberte bereits vor Unruhe. Wo nur das Tagebuch blieb? Wenn es Rainer sofort zurückgeschickt hatte, musste es doch jede Minute eintreffen.

Maggie wartete auf den Postboten, damit sie es ihm gleich abnehmen konnte. Was konnte man noch tun, um Josta auf andere Gedanken zu bringen?

Gladys zerbrach sich das Köpfchen. »Weißt du, Josta, du wirst verloren haben dein Schlüssel bei das Einräumen«, sagte sie.

Josta schüttelte den Kopf. Sie hatte das ganze Nähkörbchen ausgepackt. »Nein, nein, ich könnte ihn höchstens verlegt haben.«

»Ja, so werden es sein, mein Josta. Wir wollen es sagen dein Zofe und Maggie, sie sollen suchen nach das dumme Schlüssel, wenn es helle Tag ist. Ja? Komm, du musst mich lesen aus diese Buch, es sein so sehr gespannt. Und ich höre so gern, wenn du mich liest vor.«

Sie zog Josta in einen Sessel nieder und gab ihr das Buch zum Vorlesen. Josta ging auch darauf ein.

Aufatmend ließ sich Gladys der Schwester gegenüber nieder und war froh, dass sie nun Zeit gewonnen hatte bis zum nächsten Tag.

Rainer hatte das Tagebuch erhalten. Henning hatte das versiegelte Paketchen vor ihn hingelegt und war stumm wieder hinausgegangen. Mit bebenden Fingern löste Rainer die Hülle und hielt das Buch nun in den Händen, schlug es auf und suchte die letzte beschriebene Seite. Da stand es, klar und deutlich: »Mein Rainer, wenn Du wüsstest, wie ich mich in Sehnsucht nach Dir verzehre, wie ich Dich liebe! – Du würdest ja nie mehr eine ruhige Stunde haben, denn Du bist so gut und willst nicht, dass ich leide. Ich werde sterben vor Sehnsucht nach Dir, ich kann ja diese Trennung nicht ertragen, und all mein Stolz hilft mir nicht. Immer wieder muss ich mir sagen, dass ich Dir lästig war, dass Du bereust, mich an Deine Seite gestellt zu haben. Sonst hättest Du mich nicht so ruhig und willig an Henning ausliefern wollen. Danach durfte ich nicht länger mehr bei Dir bleiben. Der letzte schwache Hoffnungskeim war nun zerstört, dass ich je Deine Liebe erringen könnte. Du, mein Geliebter – warum hat mir Gott nur diese heiße, tiefe Liebe ins Herz gelegt, da ich sie in bitterer Scham verbergen muss? Warum konntest Du nicht Onkel Rainer bleiben? Hätte ich dann nicht ruhig und friedlich neben Dir leben können? Ach nein – nein, in meinem Herzen hat ja die Liebe zu Dir immer geschlummert, sie musste eines Tages erwachen. Und nun bin ich fern von Dir, habe mich verbannt aus Deiner Nähe; aber wie soll ich das Leben ertragen, fern von Dir? Meine Seele friert – wenn ich doch sterben könnte.«

Da schloss das Tagebuch.

Rainer drückte das Buch an seine Lippen. Der starke Mann erbebte unter der Gewalt der auf ihn eindringenden Gefühle. Er wusste nun genug, wusste, dass er geliebt wurde von seinem jungen Weib, so heiß und tief, wie er es nur ersehnen konnte. Und nun wurde ihm mit einem Mal klar, was sie gelitten haben musste unter seiner Zurückhaltung, unter seiner vermeintlichen Kühle.

Er blätterte noch einmal in Jostas Tagebuch und trank mit seligem Erschauern, was in der Seele seines jungen Weibes an Zärtlichkeiten für ihn lebte. Aber er las auch alles, was ihre junge Seele mit Leid und Kummer erfüllt hatte. Er las, welche Rolle Gerlinde bei alledem gespielt hatte, und er war außer sich vor Zorn und Schmerz, dass er sein geliebtes Weib nicht hatte schützen können vor Gerlindes verderblichem Einfluss. Weiter und weiter las er, und alles wurde ihm klar. Von dem Tage an, da er um Josta geworben hatte, bis zu Jostas Flucht aus Ramberg kannte er nun all ihre Kämpfe und verglich sie im Geiste mit dem, was er gelitten hatte. Und als er zu Ende war, sprang er auf und drückte das Buch an sein Herz. Dann sah er nach der Uhr. Die Klingel schrillte durch das Haus, der Diener erschien. »Legen Sie bitte meine Sachen zurecht, ich will mich umziehen. In einer halben Stunde soll der Wagen bereitstehen.«

Der Diener verschwand. Rainer lief hinüber in den Ostflügel zu seinem Bruder. Er stürzte hastig ins Zimmer und schloss Henning in seine Arme.

»Ich bringe das Tagebuch selbst nach Waldow, Henning. In einer halben Stunde reise ich ab. Erst wollte ich dir nur danken, mein lieber, lieber Junge.«

Henning sah in die strahlenden Augen seines Bruders. Die sagten ihm alles. »Gottlob, mein Rainer, deine Augen sagen mir, dass nun alles gut wird. Zu danken brauchst du mir nicht, aber nimm mich mit nach Waldow! Ich möchte Gladys danken, dass sie mir geholfen hat, alles gutzumachen.«

Rainer sah den Bruder einen Augenblick fest an. »So komm, Henning!«

Eine halbe Stunde später fuhren sie weg.

Rainer hatte telegrafisch in Schellingen einen Wagen zum Bahnhof bestellt. Der erwartete die beiden Herren, als sie dem Zug entstiegen, und brachte sie bald nach Waldow. Sie ließen den Wagen im Dorf am Gasthof halten und gingen die kurze Strecke bis zum Herrenhaus zu Fuß. Die herabsinkende Dämmerung begünstigte ihr Vorhaben, unbemerkt heranzukommen. Und sie hatten Glück; niemand war zu sehen außer Maggie, die, in wollene Tücher eingehüllt, am Haustor stand und auf den Postboten wartete, der das Tagebuch bringen sollte.

Maggie atmete auf, als sie die beiden Herren erkannte, Henning sprach sie sogleich in englischer Sprache an. »Bitte, melden Sie Miss Gladys, dass wir hier sind. Aber so, dass Frau Josta nichts merkt. Wir warten hier und lassen Miss Gladys einen Moment herunterbitten.«

Maggie eilte davon. Sie hatte mit Gladys verabredet, dass sie mit einer belanglosen Frage zu ihr ins Zimmer treten solle, wenn das Tagebuch eingetroffen war.

Die Schwestern saßen im Wohnzimmer am Kamin. Josta las vor. Da trat Maggie ein. »Miss Gladys, wollen Sie einen Augenblick nachsehen, ob ich das blaue Kleid richtig abgeändert habe?«

Gladys atmete auf. Das war das Signal, dass das Tagebuch da war. »Ich komme sofort, Maggie.«

Als Gladys hinaustrat auf den Vorplatz, stand Maggie wartend da und hielt schon den Pelz bereit.

»Wo ist das Buch, Maggie?«

Maggie lachte über das ganze Gesicht. »Kein Buch, Misschen – aber die beiden Herren stehen unten am Tor und warten auf Sie. Und sie sehen beide sehr froh aus.«

Gladys schlüpfte in den Pelz und flog mehr, als sie ging, die Treppe hinab.

Gleich darauf stand sie vor den beiden Herren. Jeder fasste nach einer Hand von ihr. »Gladys, liebe, kleine Schwägerin!«

Sie sah ängstlich auf. »Das Buch – oh, bitte –, geben Sie mich – ich muss es schnell zurücklegen an seine Platz«, sagte sie und berichtete hastig von dem angeblich verschwundenen Schlüssel.

Rainer küsste ihr erregt die Hand. »Wo ist Josta?«

Gladys deutete nach oben. »Im Wohnzimmer. Ja, aber das Buch?«

Rainer war schon an ihr vorüber ins Haus geeilt und sprang mit großen Sätzen die Treppe hinauf.

Henning fasste nun auch Gladys Hand. »Das Buch habe ich hier in meiner Brusttasche. Wir werden Zeit haben, es an

Ort und Stelle zu bringen, liebe Gladys. Josta wird jetzt sehr lange von Rainer in Anspruch genommen werden.«

»Oh, meine liebe Gott! Was habe ich gehabt für eine große Angst. Haben ich nicht gemacht eine große Dummheit?«

Henning sah entzückt in ihre bangen, großen Augen hinein. »Nein, Gladys – liebe, kleine, mutige Schwägerin.«

»Warum haben Rainer so große Eile?«

Henning lachte. »Er hat Angst, dass ihm das Glück davonläuft, das Sie für ihn eingefangen haben, Gladys.«

Sie lachte froh und atmete auf. »Oh – dann wollen wir ihn lassen laufen – bei seine Glück. Wird nun mein Josta auch glücklich?«

»Ich hoffe es bestimmt. Darf ich Ihnen inzwischen erzählen, wie das zusammenhängt, soweit ich es selbst weiß?«

»Oh ja, ich sein sehr neugierig. Aber erst das Buch wieder an sein Platz.«

Henning ließ sich von ihr fortziehen. Ihre kleine, warme Hand lag in der seinen, und er hatte ein Gefühl, als führe ihn diese kleine Hand zu seinem Heil.

So schlichen sie leise wie zwei Verschwörer die Treppe hinauf in Jostas Zimmer.

Während Henning Wache stand, schloss Gladys das Buch in den Schreibtisch. Und dann sah sie nachdenklich auf den Schlüssel hinab. »Was tun ich nun mit ihm? An seine Platz kann ich ihn nicht bringen – da ist Josta.«

Henning wollte mit überlegen. Aber da tippte sich Gladys schelmisch lächelnd auf die Stirn. »Oh, was sein ich dumm! Diese Schlüssel muss sein verschwunden – da!«

Damit warf sie ihn in hohem Bogen über sich hinweg. Mochte er fallen, wohin er wollte. »So – nun bin ich glücklich, dass die Schlüssel sein aus mein Tasche und die Buch an sein Platz. – Nun müssen Sie mich alles erzählen, Henning, ich will alles wissen. Wenn ich nicht gemacht eine Dummheit, dann haben Josta eine gemacht.«

Sie zog Henning unbefangen in ein molliges Fenstereckchen zwischen Kamin und Fenster, und Henning erstattete nun einen vollständigen Bericht über alles, was geschehen war, seit er Josta zuerst als Rainers Braut wiedergesehen hatte. Sie hörte aufmerksam zu und wurde ein wenig blass, als er zu ihr von seiner Liebe zu Josta sprach. Als er geendet hatte, atmete sie tief und schwer und sagte leise: »Oh, wie sein mein Schwester zu beneiden um so viel Liebe! Und Sie tun mir sehr leid, Henning, denn nun werden Josta und Rainer sehr glücklich sein, wenn Gott will. Und Sie müssen davon sehr traurig sein.«

Henning sah in ihr weiches, junges Gesicht, in ihre traurigen Augen hinein. Da fasste er ihre Hand. »Gladys – Sie wissen doch, wie sehr Sie Ihrer Schwester gleichen, nicht wahr?«

Sie nickte. »Oh ja, ich weiß.«

Er holte tief Atem und beugte sich vor, um ihr besser ins Gesicht sehen zu können. »Wenn ich Ihnen nun sagte, Gladys, dass Sie allein mich heilen können von meiner Liebe zu Josta, dass ich in Ihnen eine Erlöserin sah, schon ehe Josta ihren Gatten verließ – was würden Sie mir antworten?«

Dunkle Röte stieg in ihr Gesicht. »Ich weiß nicht.«

Er zog sie näher zu sich heran. »Sie sind das einzige weibliche Wesen, das ich nach Josta lieben kann. Wollen Sie meine Frau werden, Gladys, wollen Sie mir helfen, glücklich zu werden, schuldlos glücklich? Können Sie mir gut sein, Gladys?«

Sie sah ihn mit großen, ernsten Augen an. Und dann huschte ihr liebes Schelmenlächeln um den Mund. »Ich haben kein Herz mehr. Ich haben mein Herz verschenkt an ein junges Mann, der mich gesehen hat in Berlin und mich gesagt: ›Josta – liebe Josta!‹ Diese Mann bleibt mein Herz – für immer, ich kann es ihm nicht wieder fortnehmen.«

»Gladys, liebe, süße Gladys!«

Sie streichelte sein Haar, und ihre Augen wurden feucht. »Oh, das gefällt mich noch viel besser. Ich will helfen, dass deine Herz mich gehören soll ganz allein.«

Er umfasste sie und zog sie an sein Herz. Er fühlte, dass er genesen war. Die neue Liebe zu Gladys hatte ihn für alle Zeit von seiner unglücklichen Liebe zu Josta geheilt.

Und Gladys hatte den Mut zum Glück. Sie zagte nicht und ruhte friedlich an seinem Herzen. Von seinem Arm umschlungen, saß sie noch lange an seiner Seite, und sie hatten einander gar viel zu erzählen – und viel zu küssen. Und die Küsse wurden immer feuriger und länger und die Pausen immer kürzer.

Josta saß in Gedanken verloren am Kamin, als Gladys sie verlassen hatte. Als bald darauf die Tür geöffnet wurde, sah sie gar nicht auf, weil sie glaubte, Gladys kehre zurück.

»Nun, Gladys, hat Maggie dein blaues Kleid recht gemacht?«, fragte sie, aus ihren Träumen erwachend, ohne sich umzusehen.

Sie bekam keine Antwort. Erstaunt wandte sie sich um. Und da fuhr sie erbleichend aus ihrem Sessel. »Rainer!« Wie ein Aufschrei brach das aus ihrer Brust. Sie streckte die Hände aus, als wehre sie einer Erscheinung, und schwankte haltlos.

Aber da war Rainer schon an ihrer Seite und riss sie mit einem halb unterdrückten Ausruf in seine Arme, an sein laut klopfendes Herz.

»Josta, meine Josta – meine süße, liebe Frau –, nun halte ich dich endlich – endlich! Jetzt gebe ich dich nicht mehr frei – und wenn eine ganze Welt in Trümmer geht –, ich kann dich nicht lassen.« Wie ein Sturm brach das aus seiner Brust, und er umfasste sie, als müsse er sie jetzt noch gegen feindliche Gewalten verteidigen.

Sie sah wie im Traum, wie halb bewusstlos zu ihm auf, in seine heißen, jungen Augen hinein und erschauerte in seinen Armen.

Voll Zärtlichkeit sah er tief in die bangen Augen. »Ich liebe dich, meine holde, süße Frau – ich bete dich an. Weißt du, was es mich gekostet hat, dir so gelassen gegenüberzustehen und dich freizugeben? Wie ein Fieber hat es mich geschüttelt. Dass ich dich nicht trotzdem an mich riss und dich bat: ›Bleibe bei mir!‹ – Ach – weißt du, was mich das gekostet hat?

Nein, sag nichts – halte still an meinem Herzen, und sieh mich an mit deinen Wunderaugen! Ich weiß es jetzt – ich weiß es, wie deine Seele für mich fühlt, und diese Gewissheit reißt alle Dämme nieder, die ich vor meinem heißen Sehnen nach dir aufgebaut habe. Sieh mich an, Liebste – sieh mich an, wie es dir dein Herz eingibt!«

Willenlos, wie gelähmt, lag sie in seinen Armen und wusste nicht, was plötzlich mit ihr und ihm geschehen war. Ihre Augen sahen zwar ungläubig, aber heiß und sehnsüchtig in die seinen. Und als er nun seine Lippen auf die ihren presste in einem heißen Kuss, der kein Ende nehmen wollte, war es, als wollte sie ihre Seele aushauchen in diesem ersten

Kuss der Liebe, dessen Glut nichts gemein hatte mit seinen sonstigen verhaltenen Zärtlichkeiten. »Lass mich sterben, Rainer, wenn das nur ein Traum ist«, flüsterte sie, selig erbebend.

»Kein Traum, Josta. Fühlst du nicht, wie meine Lippen auf den deinen brennen?«

Sie schlang die Arme um seinen Hals, als fürchte sie, ihn wieder zu verlieren. »Wie ist es nur möglich, dass du mich liebst?«

»Und wie ist es möglich, dass meine Josta mich liebt – so liebt? Meine süße, böse, grausame Josta, die sich mir immer so kalt und zurückhaltend zeigte.«

»Du hast mir ja nie gesagt, dass du mich liebst. Sollte ich dir meine Liebe aufdrängen?«

»Weil ich glaubte, du liefest mir angstvoll davon, wenn ich dir zeigte, wie lieb du mir warst.«

Sie lauschte noch immer halb im Traume. Und dann sah sie ihn angstvoll an. »Aber – die andere – Rainer, du liebst doch die andere?«

»Glaubst du das noch immer, du süße Törin? Sieh mich doch an – sieh mir ins Herz hinein! Wer allein wohnt darin? Du, mein liebes, süßes Weib. Jene alte Neigung war schon überwunden, als ich um dich warb. Ist nun aller Zweifel gelöst?«

Sie atmete tief auf. »Nun sage mir nur, warum du heute zu mir kamst?«

Er presste sie fest an sich. »Das danken wir Gladys und Henning.«

Erstaunt sah sie ihn an und schüttelte den Kopf. »Wie denn?«

Fast übermütig strahlte er sie an. »Erst gib mir einen

Kuss – einen Kuss, wie du ihn mir in deinen Träumen gabst.«

Sie sah ihn an. Tief senkten sich die Augen ineinander, und unter seinem zwingenden Blick erglühte sie immer mehr. Und plötzlich umfasste sie seinen Kopf mit ihren Händen und küsste ihn, scheu und doch heiß – so, wie das Weib den Mann küsst, dem sie ihre Seele zu eigen gibt.

Er erschauerte vor Seligkeit und trank diesen Kuss mit Andacht in sich hinein. Und dann erzählte er ihr, wie Gladys und Henning in ihr Schicksal eingegriffen hatten.

Als er von ihrem Tagebuch sprach, wurde sie glühend rot und barg ihr Antlitz an seiner Brust. »Du hast es gelesen? Mein Gott – was musst du von mir denken?«, sagte sie zitternd.

Er sah ihr tief in die Augen. »Neidest du es mir, dass ich so voll und ganz in deine Seele eindringen und mich berauschen durfte an der Gewissheit, so geliebt zu werden, so, wie ich dich liebe?«

Da sah sie ihn lange an und sagte leise: »Nein – mag es sein –, ich will ja doch nie mehr ein Geheimnis vor dir haben.«

»Und du verzeihst Gladys und Henning, dass sie uns zu unserem Glück zwangen?«

Ein Schatten flog über ihr Gesicht. »Ich muss ihnen danken, mein Rainer, und ich will es von Herzen tun. Aber Henning – der Gedanke an ihn macht mir Pein. Ich weiß, was es heißt, zu lieben und nicht wiedergeliebt zu werden.«

»Sei ruhig, mein Liebling. Ich hoffe, für Henning gibt es bald eine heilsame Medizin. Gladys gleicht dir so sehr – und Henning sagte mir, dass er sie fragen wolle, ob sie seine Frau werden möchte. Henning ist mit mir hier und wird mit

Gladys dein Tagebuch an Ort und Stelle gebracht haben. Dies Tagebuch musst du mir schenken, meine süße Frau. Jetzt sollst du mit allem, was dein Herz bewegt, zu mir kommen. Willst du?«

Da flog zum ersten Mal wieder das süße Schelmenlächeln um Jostas Mund. »Ich weiß doch nicht, ob du so geduldig alles in dich aufnehmen wirst wie mein Tagebuch.«

Entzückt küsste er dieses Lächeln von ihrem Mund. Es dauerte lange, bis er sie wieder freigab. Aber endlich sagte Josta: »Jetzt müssen wir uns wohl einmal nach Henning und Gladys umschauen.«

Und sie fanden ein glückliches Brautpaar.

Noch am selben Abend kehrte Rainer Ramberg mit seiner Frau, seiner Schwägerin und Henning nach Ramberg zurück.

Natürlich war Maggie im Gefolge ihrer jungen Herrin, die glückliche Maggie, die vor Stolz strahlte, dass ihr Misschen so einen schönen und guten Bräutigam gefunden hatte.

Gerlinde hörte den Wagen am Witwenhaus vorüberfahren. Sie glaubte aber, nur die beiden Herren seien zurückgekehrt.

Diesen Abend ging sie nicht mehr zum Schloss hinüber. Sie schickte nur ihre Zofe. Diese sollte einen der Diener fragen, ob die beiden Herren zurückgekehrt seien. Der Diener, den die Zofe fragte, bestätigte die Heimkehr der beiden Herren und erwähnte nichts davon, dass auch die Herrin mitgekommen sei.

Als Gerlinde an diesem Abend missmutig zu Bett ging, sah sie noch einmal zum Fenster hinaus nach dem Gutshaus. Und sie wunderte sich, dass es so hell erleuchtet war. Sogar in Jostas Zimmern brannte überall Licht. Sie zuckte verständnislos die Achseln. Aber keine Ahnung kam ihr, dass Josta in diese Räume zurückgekehrt war. Am andern Tag hielt sie es aber doch für nötig, das Diner wieder einmal drüben im Schloss einzunehmen; sie hoffte, dass sie die beiden Herren sehen werde. Ahnungslos betrat sie den Speisesaal – und sah, dass fünf Gedecke aufgelegt waren. Befremdet sah sie auf die festlich geschmückte Tafel. Waren Gäste im Haus? Ehe sie einen Diener fragen konnte, öffnete sich die Tür, und herein trat Josta an Rainers Arm – beide mit leuchtend glücklichen Gesichtern, und hinter ihnen, nicht minder glücklich, folgten Henning und Gladys.

Mit bleichem, verstörtem Gesicht sah Gerlinde das alles. Sie vermochte kaum, Fassung zu bewahren.

Rainer hatte sehr schroff gegen Gerlinde vorgehen wollen, aber Josta hatte für sie gebeten. »Das darfst du nicht tun, Rainer. Gerlinde liebt dich, und was sie getan, geschah aus Eifersucht und Liebe. Du musst sie schonen, denn sie ist nicht glücklich und wird noch unglücklicher sein, wenn sie merkt, dass wir uns gefunden haben.«

Und Josta trat nun auch zuerst auf Gerlinde zu und reichte ihr die Hand.

»Ich bin zurückgekehrt, Gerlinde, weil nun zwischen Rainer und mir alles gut geworden ist. Du warst im Irrtum, als du annahmst, ich liebte Henning. Mein Herz gehörte immer nur Rainer. Und auch unser lieber Henning wird glücklich sein. Sieh, meine Schwester Gladys, die mir so ähnlich ist, hat sein Herz geheilt und will seine Frau werden. Du siehst glückliche Menschen vor dir, die dir herzlich entgegenkommen und dich teilhaben lassen wollen an ihrem Glück. Gib mir deine Hand, Gerlinde, jetzt will ich dir wirklich eine Freundin sein.« Gerlinde hörte das alles wie in einem quälenden Traum. Aber Jostas Worte fanden nicht Einlass in ihr Herz. Sie sah die junge Frau mit einem unverhüllten Blick des Hasses an und stieß ihre Hand zurück. Und als Rainer seine Frau schützend in die Arme nahm, sprühte auch zu ihm der hasserfüllte Blick. Ihre Liebe zu ihm, die stets nur egoistisch war, schlug in Hass um.

»Ich will nicht stören. Für Almosen bin ich immer zu stolz gewesen. Ihr seid euch selbst genug. Lebt wohl!« So sagte sie schneidend, wandte sich um und ging mit stolz erhobenem Haupt hinaus.

»Oh, was sein das eine böse Dame – sie soll nicht sehen mein liebes Schwester mit so böse Augen an«, sagte Gladys.

»Nein, Gladys, das soll nie mehr geschehen. Dafür werde ich sorgen«, erwiderte Rainer und küsste seine Frau zärtlich auf Mund und Augen.

»Und nun wollen wir uns nicht weiter stören lassen. Wenn ich nicht irre, wird uns Gerlinde so bald nicht wiederbegegnen«, sagte Henning und stärkte sich vor Tisch gleich noch einmal, indem er Gladys an sich zog und küsste.

Und wirklich, Gerlinde störte die beiden glücklichen Paare nicht mehr. Schon am nächsten Tage reiste sie ab – nach St. Moritz, ohne sich zu verabschieden.

Als an Ostern die Hochzeit Hennings mit Gladys Waldow in Ramberg gefeiert wurde, kam eine Glückwunsch-Depesche von Gerlinde, in der sie zugleich ihre Verlobung mit einem Baron Haustein, der große Güter in Schlesien besaß, mitteilte.

Damit war Gerlinde vollends von Ramberg losgelöst. Das Witwenhaus stand nun wieder leer.

In Schloss Ramberg hatte aber das Glück eine dauernde Heimstätte gefunden. Und sooft es ging, kam Henning mit seiner jungen Frau nach Ramberg. Die Baronin Rittberg pflegte zu ihrem Manne zu sagen:

»Dieti, wenn ich die beiden Ramberger mit ihren schönen Frauen sehe, dann weiß ich nicht, ob ich vor Freude lachen oder weinen soll. Diese vier schönen Menschen in solcher Harmonie vereint zu sehen, das ist wie ein Gottesdienst. Ganz fromm wird mir immer zumute vor Dankbarkeit, dass es so etwas Vollkommenes gibt.«

Rosenbowle

Blätter von 3 bis 4 großen, voll erblühten Rosen
3 l trockener Weißwein
0,1 l guter Rum
0,7 bis 1,5 l Sekt

Die Rosenblätter tadellos säubern und in ein Bowlengefäß legen. Den Weißwein darübergießen, nach 30 bis 40 Minuten den Rum und zuletzt den eiskalten Sekt hinzufügen. Nun den größten Teil der Rosenblätter entfernen – nur ein paar besonders schöne lässt man in der Bowle schwimmen.

Gedankensplitter

Verachte keinen Menschen. Auch die am tiefsten
Gefallenen sind deines Mitleids mehr wert als deiner
Verachtung. Wenn du noch aufrecht stehst, so danke
deinem Schicksal, dass es dir einen sicheren Platz
angewiesen, wo der Sturm dich nicht fassen konnte.
Du weißt nicht, ob er dich eines Tages nicht dennoch
erfasst, vielleicht gerade dann, wenn du dich am
sichersten fühlst.

28. Februar 1899

Wer nicht zuweilen zu viel und zu weich empfindet,
der empfindet gewiss immer zu wenig.

18. Februar 1899

Wie manches stolze »Nie«
haben ein paar kleine Jahre widerlegt.

24. Februar 1899

*Das ist
der Liebe
Zaubermacht*

1

Käthe Lindner ging mit zielsicheren Schritten zwischen den Arbeitern dahin, die in Massen das Carolawerk verließen und ihren bescheidenen Heimen zustrebten.

Sie erwiderte hier und da einen Gruß, gab auf eine Frage Bescheid. Obwohl sie sich den Arbeitern zugehörig fühlte, fiel sie doch durch ihre freie, stolze Haltung, durch die beherrschte Anmut ihrer Bewegungen und den ruhigen, klaren Blick ihrer Augen auf.

Noch ehe sie an das große Tor kam, erreichten sie zwei Männer, die sie sofort in ihre Mitte nahmen.

»Da sind wir auch, Käthe, guten Abend«, sagte der Ältere.

Mit freundlichem Lächeln sah sie die beiden an, nickte ihnen zu und reichte ihnen die Hand.

»Guten Abend, Vater – guten Abend, Heinz! Habt ihr's geschafft?«

»Wie du, Käthe. Bist du müde?«, fragte Heinz, Käthes Bruder.

Sie reckte die jungen, schlanken Glieder.

»Nicht sehr, Heinz, nur gerade genug, um mich auf die Feierabendstunden mit euch zu freuen. Aber du bist müde, lieber Vater?«

Friedrich Lindner richtete seine breitschultrige Gestalt mit einem straffen Ruck empor.

»Ich nehme es schon noch auf mit euch zwei Jungen«,

sagte er lächelnd und blickte mit väterlichem Stolz auf seine beiden Kinder, die elastisch neben ihm herschritten.

Käthe legte die Hand auf den Arm des Vaters und sah liebevoll zu ihm auf.

»Wir sind doch nicht aus der Art geschlagen, der Heinz und ich, Vater.«

Er schmunzelte.

»Ein wenig doch, Käthe. Du und Heinz, ihr seid schon ein wenig feiner geartet als ich, seid schon ein paar Sprossen weiter emporgeklettert auf dem Weg zur Höhe. Ihr habt halt mehr gelernt als euer Vater.«

»Und wem verdanken wir das, Vater? Hättest du nicht allezeit so fleißig geschafft, dann hättest du uns nicht eine so gute Schulbildung zuteilwerden lassen können.«

»Nun, nun«, wehrte der Vater fast verlegen ab, »das habt ihr mehr eurer guten, seligen Mutter zu verdanken als mir. Ich wäre wahrscheinlich gar nicht darauf gekommen, dass es nützlich für euch sein könnte, wenn ihr Französisch und Englisch lerntet. Ich hätte euch im gewohnten Trott dahingehen lassen, wie meine Eltern mich gehen ließen. Aber eure Mutter hat mir keine Ruhe gelassen. Immer wieder sagte sie: Das Beste, was du deinen Kindern geben kannst, ist eine gute Erziehung, sie müssen etwas Tüchtiges lernen, denn es sind kluge, aufgeweckte Kinder. Und wenn sie etwas Ordentliches gelernt haben, können sie sich selbst vorwärts helfen. Du kannst deine Ersparnisse nicht besser anlegen, als wenn du sie für eine gute Schulausbildung der Kinder ausgibst. Ja, ja, sie war eine kluge Frau und eine gute Mutter! Und sie hat mich dazu gebracht, selbst ein bissel über alles das nachzudenken, und da hab' ich gefunden, dass sie recht hat. Und so ist es gekommen, dass ich euch lernen ließ, was es nur zu lernen gab. Eurer Mutter müsst ihr es danken – ich hab' das wenigste dazu getan.«

»Halt, halt, Vater«, sagte Heinz Lindner munter, »stelle nur dein Licht nicht gar zu sehr unter den Scheffel! Uns kannst du nichts vormachen, wir glauben dir nicht – *das nicht*. Wärst du nicht dein Lebtag so fleißig und solid gewesen, dann hättest du nichts zurücklegen und wir hätten nicht eine so gute Schulausbildung erhalten können. Und wenn du uns nicht durch dein Beispiel gelehrt hättest, die Arbeit zu lieben, dann hätten wir dir nicht nachgeeifert. Die gute Schulbildung allein macht es nicht, sonst müssten ja alle Menschen, die eine gute Schule gehabt haben, Tüchtiges leisten. Und das ist doch nicht so. Der Fleiß ist die Hauptsache – und die Freude an der Arbeit.«

Der Vater nickte.

»Ja, ja, Heinz, da hast du recht. Ich habe in dieser Hinsicht auch so meine Erfahrungen gemacht. Hier im Werk hat man die beste Gelegenheit dazu. Da gibt es viele unter meinen Kameraden, auf denen der Segen der Arbeit ruht – weil sie freudig ihre Pflicht tun. Aber manche arbeiten auch nur, weil sie müssen. Sie tun es verdrießlich und schimpfen auf die verfluchte Arbeit, statt sich an der gesegneten Arbeit zu freuen. Das färbt dann auch auf ihre Kinder ab.«

»So ist es, Vater. Auch ich habe das beobachtet. Wo man die Arbeit liebt und sie freudig tut, herrscht Zufriedenheit, Heiterkeit und Wohlstand. Wo man sie hasst, würdigt man sich selbst zum Sklaven herab. Und deshalb können wir dir, lieber Vater, nie genug danken, dass du uns die Arbeit lieben lehrtest. Das ist das Beste, was du für uns getan hast.«

Käthe drückte den Arm des Vaters.

»Heinz spricht mir aus der Seele, Vater.«

Mit seinen guten, klaren Augen sah Friedrich Lindner auf seine Kinder.

»Ich freue mich über eure Ansicht. Manche meiner Kameraden haben mich freilich einen Obenhinaus gescholten, weil ich euch eine bessere Erziehung zuteilwerden ließ, als ich sie selbst genossen hatte. Sie haben mich verhöhnt, wenn ich nicht mit zum Biertisch ging und ein gut Teil meines Lohns für zweifelhafte Genüsse hingab. Ich habe dann lieber friedlich in meinem Gärtchen gebastelt. Andere haben mir aber recht gegeben und es mir nachgetan. Und die haben alle den Segen der Arbeit an sich und ihren Kindern gespürt.«

Die drei Menschen schwiegen und sahen mit hellen, frohen Augen um sich.

Die Menge, in der sie dahinschritten, hatte sich mehr und mehr gelichtet. Nach allen Seiten waren die Menschen in den Straßen der Arbeitersiedlung verschwunden. In diesen Straßen standen die kleinen Häuser, die alle von Arbeitern der Werke bewohnt waren. Die ganze Siedlung lebte von den Werken, direkt und indirekt. In den kleinen Läden kauften die Arbeiter ihre Bedürfnisse ein, und alles hing mit den Werken zusammen.

Lindners wohnten ein Stück weiter, wo die Straßen breiter wurden. Es kam ihnen nicht darauf an, einige Minuten weiter zu laufen. Ihr Häuschen lag ziemlich frei, von einem Stück Garten umgeben.

Als Friedrich Lindner noch jung war, hatte er sich zusammen mit dem Vater, der auch in den Werken beschäftigt gewesen war, dieses Häuschen selbst gebaut. Es umfasste drei Zimmer und eine Küche im Erdgeschoss und ein Giebelstübchen, zu dem außen an der Rückseite des Hauses eine Holztreppe emporführte.

In diesem Giebelstübchen wohnte und schlief Heinz Lindner. Seine Schwester Käthe hatte ihr Schlafzimmerchen zwischen dem Wohnzimmer und dem Schlafzimmer ihres Vaters. Sie teilte es mit Tante Anna, der Schwester ihres Vaters, die, seit sie Witwe war, den Haushalt ihres Bruders besorgte.

Das Häuschen war einfach weiß getüncht, und wilder Wein rankte sich an ihm empor. Rechts und links neben der Haustür standen große Fliederbüsche, die bereits dicke Blütentrauben angesetzt hatten. Einige begannen schon aufzublühen.

Als der Vater mit seinen Kindern vor der Haustür anlangte, zog Käthe eine der aufgeblühten Fliederdolden zu sich herab und sog ihren Duft ein.

»Es ist Frühling geworden, Heinz. Sieh nur, der Flieder fängt an zu blühen! Prachtvoll werden unsere Büsche wieder aussehen!«

Heinz nickte.

Hinter dem Vater betraten sie den schmalen Hausflur. Hier legten sie ihre Überkleider ab, und während Vater und Sohn das Wohnzimmer betraten, eilte Käthe in die Küche, wo Tante Anna am Herd hantierte.

»Guten Abend, Tante Anna! Kann ich dir etwas helfen, oder wirst du allein fertig?«

Frau Anna Bauer, die ihrem Bruder so ähnlich sah, wie eine Frau nur einem Mann ähnlich sein kann, blickte vom Herd auf, ohne ihre Arbeit zu unterbrechen. Sie wendete in einer großen Pfanne Bratkartoffeln um.

»Guten Abend, Käthe! Ich werde schon allein fertig. Seid ihr alle drei zu Hause?«

»Ja, Tante, und wir haben einen Bärenhunger mitgebracht«, erwiderte Käthe lachend.

Die Tante nickte. »Dem wollen wir schon zu Leibe gehen. Da, nimm die Suppenterrine mit hinein! Der Tisch ist schon gedeckt. Ich komme gleich mit den Bratkartoffeln nach.«

Käthe zog das Näschen kraus. »Hm! Wie das duftet!«

Damit verschwand sie mit der Terrine im Wohnzimmer.

Wie in der blanken Küche blitzte und blinkte auch hier alles vor Sauberkeit und Frische. Die Möbel waren gut gepflegt. Auf dem Sofa lagen weiße Schutzdecken, und am Fenster hingen die weißen Gardinen, in zierliche Falten gerafft.

An einem der beiden Fenster stand ein Nähtisch, an dem anderen ein altmodischer, hoher Lehnstuhl, dessen Lehnen ebenfalls mit Schutzdecken belegt waren. Inmitten des freundlichen Zimmers stand ein viereckiger Tisch mit vier Stühlen. Der Tisch war mit einem grobgewebten, sauberen Tischtuch bedeckt. Das war ein Luxus, den erst Käthe und Heinz, seit sie erwachsen waren, in dem Häuschen eingeführt hatten. Früher aß die Familie hier an einer blank gescheuerten Tischplatte. Blauweißes Steingutgeschirr stand auf dem Tisch, und schlichte Essbestecke lagen neben den Tellern.

Etwas fiel in diesem Arbeiterhaus besonders auf – das war ein großes, hohes Bücherregal an der Wand, auf dem Reihen von Büchern aufgestapelt waren. Da standen die meisten Klassiker in Reih und Glied, daneben einige Werke von Gustav Freytag und Felix Dahn. Außerdem gab es Fachwerke, die Heinz Lindner gehörten, und ein Lexikon sowie verschiedene englische und französische Bücher.

Über dieses Bücherregal hatte man in der kleinen Arbeitersiedlung viel gesprochen. Auch hielt man sich ein wenig darüber auf, dass Lindners am gedeckten Tisch aßen, ganz wie »Herrschaften«. Die Bücher und der gedeckte Tisch fielen eben aus dem Rahmen. Überhaupt waren Lindners schon manchmal Gesprächsstoff gewesen. Dass Friedrich Lindner seinen Sohn Ingenieur werden ließ und dass seine Tochter fremde Sprachen erlernte, das sah doch sehr nach Überheblichkeit aus. Aber dass die Geschwister Lindner trotzdem in bescheidener Freundlichkeit mit allen verkehrten, versöhnte doch wieder. Und als Heinz mit einem guten Gehalt in den Werken als Ingenieur angestellt wurde und Käthe einen gut bezahlten Posten als Korrespondentin erhielt, rechneten die anderen aus, dass Friedrich Lindner doch seine Ersparnisse gut angelegt hatte, und man hätte es ihm nun gern gleichgetan.

Käthe hatte die Suppe auf den Tisch gestellt. »Komm Vater, komm Heinz, es gibt Biersuppe und nachher Bratkartoffeln!«, lud sie Vater und Bruder zum Essen ein.

Der Vater erhob sich aus seinem Lehnstuhl am Fenster und Heinz aus der Sofaecke. Sie traten an den Tisch und ließen sich nieder. Käthe füllte die Teller mit der duftenden Suppe.

Und dann trat Tante Anna mit einer Schüssel voll Bratkartoffeln ein. Es wurde mit gesundem Appetit gegessen, wie ihn fleißige Menschen nach getaner Arbeit entwickeln. Aber man unterhielt sich munter und angeregt dabei. Auch als die Mahlzeit beendet war und Käthe und Tante Anna den Tisch abgeräumt und in Ordnung gebracht hatten, saß man noch eine Weile plaudernd zusammen. Der Vater rauchte dabei ein Pfeifchen, Heinz eine Zigarre. Man besprach die Ereignisse des Tages.

Später nahm Vater Lindner die Zeitung zur Hand und Tante Anna den Strickstrumpf.

Da sagte Heinz zu seiner Schwester: »Kommst du noch ein halbes Stündchen mit mir ins Freie, Käthe?«

Sie erhob sich bereitwillig. »Gern, Heinz. Ich bin froh, wenn ich mich noch ein wenig auslaufen kann.«

Die Geschwister verabschiedeten sich vom Vater und der Tante, legten im Flur ihre Mäntel wieder an und traten ins Freie.

Tief atmeten sie die köstliche Frühlingsluft ein, die noch ein wenig herb, aber voller Düfte war.

Sie schritten vollends hinaus aus der kleinen Arbeiterstadt, am Ufer des Flusses entlang, der die Carolawerke von der Arbeiterkolonie schied und zwischen beiden dahinrauschte. Die Geschwister plauderten von ihren Zukunftsplänen und von allem, was junge Menschenherzen bewegt.

Käthe wusste, was Heinz vorläufig nicht einmal dem Vater anvertraut hatte, dass er seit zwei Jahren an einer Erfindung arbeitete. Alle seine Mußestunden waren diesem Werk gewidmet. Jeden Sonntag arbeitete er daran und jeden Abend, bis ihn die Müdigkeit zwang, sein Lager aufzusuchen. In seinem Giebelstübchen saß er täglich einige Stunden an seinem Werk. Und Käthe teilte seine Hoffnungen und Wünsche und war mit ihrem ganzen Interesse dabei. Heinz Lindner erhoffte viel von dieser Erfindung und wollte noch diesen Sommer damit zu Ende kommen.

Vorläufig war er so ziemlich der jüngste Ingenieur der Carolawerke. Er wollte aber vorwärtskommen, und seine Erfindung sollte ihm dabei helfen. Im Lauf des Gesprächs sagte Heinz: »Denke dir, heute blieb Herr Georg Ruhland lange bei mir stehen und sah meiner Arbeit zu. Und dann sprach er auch mit mir. Du weißt doch, dass er sonst ungemein hochmütig ist, im Gegensatz zu seinem Vater, dem

Herrn Kommerzienrat, der stets freundlich und höflich ist. Bis heute hat mich Herr Georg nie beachtet. Heute zeigte er mir zu meinem Erstaunen ein ganz besonderes Interesse. Er schien ganz vergessen zu haben, dass ich nur der Sohn eines Arbeiters bin. Sonst hat er mich das immer in ziemlich unartiger Weise fühlen lassen. Ich möchte wissen, weshalb er plötzlich so verändert war!«

Käthes Stirn hatte sich zusammengezogen.

»Vielleicht ist es ein Unrecht, Heinz, aber ich halte nicht viel von dieser Freundlichkeit. Es mag töricht sein, dass ich bei seinem Anblick immer das Gefühl habe, als sträube sich alles in mir gegen ihn. Jedenfalls habe ich das sichere Empfinden, dass er kein guter Mensch ist.«

Heinz zuckte die Achseln. »Dieses Empfinden habe ich auch. Leider habe ich auch schon zu viel Böses über ihn gehört. Er hat kein Herz für die Arbeiter. Und so gerecht und großmütig sein Vater ist, so ungerecht und kleinlich ist er. Nur eins muss man ihm lassen – er ist ein tüchtiger Geschäftsmann, und als solcher weiß er zu beurteilen, ob man den Werken nützlich ist oder nicht. Deshalb hat man nichts von ihm zu befürchten, wenn man wirklich etwas leistet.«

»Das glaube ich auch. Aber wenn mir ein Mensch unsympathisch ist, so ist er es. Und so viel ich sonst von allen Familienmitgliedern unseres Chefs halte, von ihm halte ich nichts.«

Heinz nahm den Hut ab und ließ den Frühlingswind um seine Stirn wehen.

»Es ist ganz gut, dass du nichts von ihm hältst, Käthe. Du bist ein schönes Mädchen, und Herr Georg Ruhland gilt als ein Don Juan ärgster Sorte. Er hat in dieser Beziehung wohl viel auf dem Gewissen. Hoffentlich ist sein Bruder von anderer Art. Ich hörte, seine Heimkehr stehe bevor. Seit vier Jahren ist er den Carolawerken fern gewesen und soll die halbe Welt bereist haben. Soviel ich mich erinnere, war er ganz anders geartet als sein älterer Bruder. Hoffentlich hat sich das in den vier Jahren seiner Abwesenheit nicht geändert.«

In Käthes Gesicht stieg ein rosiger Schimmer. Aber Heinz sah das nicht, da es dunkel geworden war.

»Ich glaube, er ist mehr nach seiner Schwester geraten. Fräulein Ruhland ist sehr liebenswürdig. Sie ist zu allen Arbeitern freundlich, und so habe ich ihren jüngeren Bruder auch im Gedächtnis«, sagte Käthe.

Ihr Bruder sah eine Weile schweigend vor sich hin. Als Käthe von Fräulein Ruhland sprach, hatte es seltsam in seinen Augen aufgeleuchtet. Die Geschwister blieben jetzt am Flussufer stehen und sahen nach dem anderen Ufer hinüber. Da lag die große, vornehme Villa Ruhland, die der Chef der Carolawerke mit seiner Frau und seiner Tochter bewohnte. Etwas abseits davon lag eine kleinere Villa. Die bewohnte jetzt der älteste Sohn des Kommerzienrats Ruhland, Georg, ganz allein. Aber sie war zugleich als Wohnung für seinen jüngeren Bruder Gert bestimmt. Georg bewohnte das Hochparterre der Villa Carola, und für Gert war die erste Etage reserviert.

Der Kommerzienrat hatte seinen Söhnen möglichst viel Freiheit schaffen wollen, als er ihnen die Villa Carola bauen ließ.

In der Villa Ruhland waren fast alle Fenster erleuchtet, in der Villa Carola nur wenige im Hochparterre. Heinz Lindners Augen suchten die hellen Fenster in der Villa Ruhland. Und sein Herz klopfte unruhig. Hinter welchem dieser Fenster mochte wohl Rose Ruhland weilen?

Er sah sie im Geist ganz deutlich vor sich, die schlanke Gestalt, ihr feines, zartes Gesicht, die großen, dunklen Augen mit dem sanften, freundlichen Ausdruck, den blütengleichen Teint, die schlanken, feinen Hände und die vornehm graziöse Haltung. All diese Einzelheiten hätte er aus dem Gedächtnis malen können, wäre er ein Maler gewesen. So oft schon war sie an ihm vorübergegangen oder -gefahren, in kostbare Gewänder gehüllt, umflossen von dem undefinierbaren Hauch, der die Frauen der bevorzugten Gesellschaftsklasse umgab. Er war bezaubert worden vom Anblick der jungen Dame. Aber am meisten hatten ihn der gütige Ausdruck ihres Gesichts und ihr freundliches Lächeln entzückt. Wenn er an dieses Lächeln dachte, wurde ihm das Herz warm und weit. Und einige Male hatte das Lächeln auch ihm gegolten, ihm allein, und das hatte ihm schlaflose Stunden bereitet.

Einmal hatte sie auch mit ihm gesprochen. Es war an einem Sonntag. Er hatte mit seiner Schwester zusammen einen Ausflug ins Freie gemacht, und Käthe hatte den Arm voll Feld- und Wiesenblumen gehabt. Auf dem Heimweg durch den Wald, unweit dem Parktor, das den zur Villa Ruhland gehörigen Park abschloss, waren sie Rose Ruhland begegnet. Sie war lächelnd stehen geblieben, als die Geschwister auf sie zukamen. Wohlgefällig hatte sie die Eintracht der beiden bemerkt. Die Geschwister hatten Rose Ruhland schon immer interessiert, nicht nur die schöne, sympathische Käthe, sondern auch Heinz Lindner, dessen schlanke, sehnige Gestalt und dessen kluges, interessantes Gesicht ihr wiederholt aufgefallen waren. Mit Käthe hatte sie schon einige Male gesprochen. Sie redete sie auch an jenem Sonntagmorgen an.

»Was haben Sie für herrliche Blumen gepflückt, Fräulein

Lindner! Danach haben Sie sicher weit laufen müssen, denn hier blühen sie nicht.«

Käthe hatte freimütig gelächelt. »Zwei Stunden sind wir gewandert, mein Bruder und ich, gnädiges Fräulein, ehe wir die Blumen fanden. Nun sollen sie unsere Zimmer schmücken.«

Rose hatte nach einer besonders schönen Sternblume gefasst. »Sehen Sie nur, wie köstlich diese Feldblumen sind! Sie sind mir lieber als alle Garten- und Treibhausblumen.«

»Dürfen wir Ihnen einen Strauß davon anbieten, gnädiges Fräulein?«, hatte Heinz gefragt.

Rose hatte ihn unschlüssig angesehen. »Ich möchte Sie und Ihr Fräulein Schwester nicht berauben.«

Aber Käthe und Heinz hatten schnell die schönsten Blumen ausgesucht, und Heinz reichte sie Rose mit einer Verbeugung. »Sie machen uns eine Freude, wenn Sie die Blumen annehmen, gnädiges Fräulein.«

Lächelnd hatte Rose nach den Blumen gefasst. Dabei hatte ihre Hand leicht die seine berührt. Und einen Moment trafen die beiden Augenpaare ineinander. Seltsam hatte es darin aufgeleuchtet. Und in Rose Ruhlands Wangen und in Heinz Lindners Stirn war jäh das Blut geschossen.

»Ich danke Ihnen herzlich«, hatte Rose gesagt und war dann schnell davongeschritten.

Am nächsten Tag aber hatte ein Diener für Käthe Lindner einen großen Strauß Rosen abgegeben. Auf einer Visitenkarte, die angeheftet war, hatte gestanden:

»Als Revanche für die reizenden Feldblumen,
die mein Zimmer schmücken,
mit freundlichem Gruß, Rose Ruhland.«

Dass Heinz Lindner eine dieser Rosen heimlich an sich genommen hatte und noch heute in seiner Brieftasche verwahrte, wusste außer ihm kein Mensch. Niemand ahnte, mit welchen Gefühlen er an Rose Ruhland dachte und wie ihm das Herz klopfte, wenn er ihr einmal begegnete.

Und nun hing sein Blick mit einem sehnsüchtigen Ausdruck an den erleuchteten Fenstern da drüben. Einer der Schatten, die sich dahinter bewegten, musste der Rose Ruhlands sein.

Während Heinz Lindner stumm nach der Villa Ruhland schaute, blickte Käthe in Gedanken verloren auf die dunklen Fenster im ersten Stock der Villa Carola. Dort würde Gert Ruhland wohnen, wenn er von seiner Weltreise zurückkehrte!

Käthe konnte sich seiner noch ganz genau erinnern. Oft hatte sie ihn an sich vorübergehen, -fahren und -reiten sehen. Und eines Sonntagmorgens, kurz bevor er seine Weltreise antrat, war er ihr hoch zu Ross begegnet, als er von einem Spazierritt heimkehrte.

Käthe war damals siebzehn Jahre gewesen. In Trauerkleidern war sie vom Friedhof gekommen, wo sie das Grab ihrer kürzlich verstorbenen Mutter besucht hatte.

Gert Ruhland hatte sein Pferd dicht neben ihr angehalten und hatte sie mit seinen guten, offenen Augen freundlich und teilnahmsvoll angesehen.

»Sie haben einen schweren Verlust erlitten, Fräulein Lindner.«

Unsicher hatte sie zu ihm aufgesehen. »Ja, Herr Ruhland, meine Mutter habe ich verloren«, hatte sie geantwortet.

Da hatte er ihr vom Pferd herab die Hand gereicht. »Gestatten Sie mir, Ihnen meine herzlichste Anteilnahme auszusprechen.«

Mit großen, ernsten Augen hatte sie zu ihm aufgesehen. »Ich danke Ihnen, Herr Ruhland«, hatte sie geantwortet.

Darauf hatte er sich verabschiedet.

Das war die ganze Unterhaltung gewesen, die einzige, die er je mit ihr geführt hatte. Aber es war ihr gewesen, als sei es ein großes Ereignis in ihrem Leben. Sie hatte es nie vergessen, und in ihren Träumen hatte sie oft Gert Ruhland hoch zu Ross gesehen, und seine Augen hatten dann immer gütig und freundlich in die ihren geblickt.

Wann würden sich die dunklen Fenster da drüben erhellen?

Und während sich Käthe diese Frage vorlegte, schrak sie plötzlich zusammen. Hinter den dunklen Fenstern flammten plötzlich die Lampen auf, eine nach der anderen, bis alle Zimmer erleuchtet waren. Und die Geschwister sahen silhouettengleich die Schatten von verschiedenen Menschen vorüberhuschen.

Heinz Lindner fasste den Arm seiner Schwester. »Hast du gesehen, Käthe?«

Sie richtete sich aus ihrer Versunkenheit auf. »Was denn, Heinz?«

»Dass die Wohnung Gert Ruhlands eben erleuchtet wurde.«

»Ja, ich habe es bemerkt. Was schließt du daraus?«

»Dass Gert Ruhland entweder schon heimgekehrt ist oder noch heute Abend erwartet wird.«

Käthe neigte das Haupt: »So wird es sein.«

Heinz richtete sich auf.

»Nun haben wir lange genug hier gestanden und zum

anderen Ufer hinübergesehen. Lass uns nun wieder heimgehen, Käthe! Ich möchte noch einige Stunden arbeiten.«

Käthe riss ihren Blick los von den hellen Fenstern. Dann wandten sich die Geschwister zum Gehen.

Eine Weile schritten sie stumm nebeneinanderher. Dann sagte Heinz plötzlich mit einem tiefen Atemzug: »Weißt du, was ich mir brennend wünsche, Käthe?«

»Nun?«, fragte sie.

»Ich wünsche mir, dass meine Erfindung so epochemachend ist, wie ich es mir erträumt habe. Dann –«

Er brach ab und atmete tief und schwer.

»Was würde dann, Heinz?«

Er drückte ihren Arm an sich in heimlicher Erregung. »Dann würde ich ein reicher Mann.«

»Gelüstet es dich so sehr danach?«

Seine Augen sahen groß und starr vor sich hin.

»Nicht des Reichtums wegen – den brauche ich nicht für mich, um glücklich und zufrieden zu sein.«

»Weshalb also sonst?«

Wieder atmete er tief. »Weil es mich da hinübertreibt, mit meiner ganzen Sehnsucht. Sieh, wenn ich mir eines Tages eine Frau nehmen würde, dann, ja, dann würde ich mir kein einfaches Mädchen wählen. Ich wüsste unter unseren Bekannten hier auch keine, die mir gefallen könnte. In diesem Punkt strebe ich über meine angestammten Kreise hinaus. Ich könnte nur mit einer gebildeten Frau glücklich sein. Aber wie würde sich eine solche Frau zu einem Arbeitersohn stellen, der ihr nichts zu bieten hat als ein bescheidenes Monatsgehalt.«

»Und eine Persönlichkeit, Heinz. Das darfst du nicht vergessen.«

»Meinst du, dass meine Persönlichkeit irgendwie in die Waagschale fallen würde?«

Käthe sah lächelnd zu ihm auf. »Du würdest doch nur eine Frau heiraten, die dich liebt. Und einer liebenden Frau würde eben deine Persönlichkeit die Hauptsache sein. Sie würde nicht danach fragen, ob du ein Arbeitersohn bist und was du verdienst, sondern sie würde dich um deiner selbst willen lieben. Und sie würde das Große Los gezogen haben.«

»Das sagst du als meine Schwester.«

»Nein, das sage ich als Frau. Ich überschätze dich ganz sicher nicht, weil du mein Bruder bist. Und wenn du wirklich liebst, wirst du auch nicht fragen, aus welchem Stand deine Frau und ob sie reich oder arm ist.«

»Aber ich würde ganz sicher fragen, von welcher Art sie ist. Ich muss dir ganz offen gestehen, Käthe, dass ich eine große Vorliebe für vornehme, elegante Frauen habe. Und die sind nur außerhalb unserer Kreise zu finden.«

Käthe drückte seinen Arm. »Ich verstehe dich, Heinz. Sieh, auch ich könnte mir nicht denken, dass ich mit einem Mann glücklich werden könnte, der keine geistigen Interessen hat. Wir sind eben ein wenig über unsere Kreise hinausgewachsen. Unsere Wurzeln haften wohl noch im angestammten Boden. Aber die Kronen unseres Lebensbaums strecken sich über die der anderen Menschen aus unserer Sphäre hinaus. Dadurch ist es uns möglich geworden, unsere Blicke in die Weite schweifen zu lassen. Wir sehen anderswo ein Licht entzündet, und das winkt uns verlockend, als gehörten wir dazu. Aber das ist eine Täuschung – unsere Füße haften im alten Erdreich und halten uns fest.«

Heinz seufzte. »Und du meinst, wir werden ewig darin festgehalten?«

»Das müssen wir abwarten. Vielleicht werden wir so stark und kräftig, dass wir eines Tages, ohne Schaden zu nehmen, in anderes Erdreich verpflanzt werden können. Aber dann müssen wir viel eigene Kraft in uns aufspeichern. Und einen Teil des angestammten Bodens müssen wir mit uns nehmen. Ganz kann sich kein Mensch frei machen von dem, was er einmal war. Und das Gute davon soll er sich auch nicht nehmen lassen.«

Heinz atmete tief auf. »Ein Wunder müsste schon geschehen.«

Käthe lächelte verträumt. »Jede echte, wahre Liebe ist schon ein Wunder an sich.«

»Ein Wunder an sich? Ja, es wäre ein Wunder, wenn die mich liebte, von der ich geliebt sein möchte«, dachte er. »Aber selbst wenn dieses Wunder geschähe – wir könnten doch nicht zusammenkommen. Ihre Eltern, ihre Brüder würden Hindernisse zwischen uns aufbauen, die unüberwindlich sind. Aber – wüßte ich nur, dass sie mich liebte, ich würde den Kampf mit allen Hindernissen aufnehmen.«

Käthe riss ihn von seinen Gedanken zurück. Sie schüttelte lächelnd den Kopf.

»Was sind wir für wunderliche Menschen, Heinz! Wenn Vater gehört hätte, was wir eben sprachen, ich glaube, dann wäre er sehr unglücklich. Er würde sich am Ende gar Vorwürfe machen, dass er uns geholfen hat, emporzuwachsen. Und er könnte dann vielleicht nicht verstehen, dass er uns trotzdem eine große Wohltat erwiesen hat.«

Heinz nickte. »Vater darf natürlich solche Reden nicht hören. Wir wollen es ihm ewig danken, dass er uns emporgeholfen hat und uns zu freien Menschen machte durch das, was wir gelernt haben.«

»Schließlich ist ja auch unsere Sehnsucht nach der anderen Sphäre nicht so groß, dass wir uns in der unseren nicht wohlfühlen könnten.«

»So ist es, Käthe. Wir sind wieder einmal auf Flügeln der Fantasie ins Blaue hineingeflogen. Jetzt stehen wir wieder auf festen Füßen und wandern fröhlich heim.«

Käthe lachte leise. Ihre Brust hob sich in tiefen Atemzügen.

»Ich glaube, der Frühling war dran schuld, Heinz. Im Frühling ist man leichter bereit, Märchen auszuspinnen.«

Heinz drückte ihre Hand, erwiderte aber nichts. Auch seine Brust hob sich in tiefen Atemzügen. Aber es brannte ein stilles Sehnen darin, von dem Käthe keine Ahnung hatte – die Sehnsucht nach Rose Ruhland.

In Käthe aber hatte ein stiller Jubel Einzug gehalten, seit die dunklen Fenster in der Villa Carola erhellt worden waren. Gerade, als sie auf ihr Häuschen zuschritten, sahen sie das Ruhland'sche Auto vom Bahnhof her über die Brücke des Flusses fahren.

Da klopfte Käthes Herz rasch und laut. Er ist da!, dachte sie.

2

Das Auto, das die Geschwister gesehen hatten, war in schnellem Tempo jenseits des Flusses weitergefahren. Es sauste erst an den Beamtenwohnungen, dann an den Werken mit den Hochöfen vorbei und verschwand zwischen den Bäumen des Parks.

Nach wenigen Minuten hielt es vor der Villa Ruhland.

Ein hochgewachsener junger Herr sprang heraus.

Es war Gert Ruhland.

In der Vorhalle kamen ihm die Seinen entgegen, die er mit lebhafter Herzlichkeit begrüßte. Je nach Charakter erwiderten diese seine Begrüßung. Sein älterer Bruder Georg reichte ihm nur mit korrekter Höflichkeit die Hand. Gert drückte sie aber in der Wiedersehensfreude so kräftig, dass Georg eine kleine Grimasse nicht unterdrücken konnte. Er schlenkerte die Hand hin und her. Gert sah es und lachte.

»Hab' ich zu fest gedrückt, Georg?«

»Nun, es genügte. Du machst deinen Gefühlen etwas gewaltsam Luft«, erwiderte er mit fadem Lächeln.

Das verstimmte Gert ein wenig. Seine impulsive Art fühlte sich durch des Bruders Kälte verletzt.

»Ach so! Ich vergaß, dass du nicht für Gefühlsbeweise bist. Verzeih, dass ich nicht gleich daran dachte! Weißt du, in mir steckt noch viel von unseren urwüchsigen Vorfahren. Ich kann nicht vergessen, dass unser Großvater in jungen Jahren noch am Amboss gestanden hat.«

Georg sah sich erschrocken um.

»Musst du das mit solcher Vehemenz in die Welt hinausschreien? Wenn das die Dienerschaft hört!«

Gert lachte sorglos. »Hast du Angst, dass dir dadurch deine Autorität verloren geht? Ich nicht – ich verschaffe sie mir auch so. Ich bin nämlich sehr stolz darauf, dass mein Großvater als einfacher Arbeiter die Carolawerke gründete und am Anfang selbst fest zugegriffen hat.«

Der Kommerzienrat, eine stattliche, imponierende Erscheinung mit einem sehr sympathischen, klugen Gesicht, nickte lächelnd und sah wohlgefällig auf seinen jüngsten Sohn.

»Recht hast du, Gert, und es freut mich, dass du dich so stolz zu deinem Großvater bekennst.«

Jetzt mischte sich die Kommerzienrätin ins Gespräch, nachdem ihr Georg einen empörten Seitenblick zugeworfen hatte.

»Immerhin brauchst du nicht mit Stentorstimme hier zu verkünden, was du eben so heftig betont hast, mein lieber Gert. Das sind ja schließlich intime Dinge, die nur die Familie angehen; die Dienerschaft braucht so etwas nicht zu hören, denn sie missbraucht es. Also sei ein wenig vorsichtig!«

Dabei richtete sie sich stolz empor und blickte durch ihre Lorgnette vorsichtig nach etwa lauschenden Dienstboten aus.

Rose Ruhland aber trat schnell zu ihrem jüngsten Bruder und hängte sich zutraulich in seinen Arm.

»Das weiß doch hier in den Werken jedes Kind, Mama, dass unser Großvater die Carolawerke sozusagen aus dem Nichts geschaffen hat.«

Die Kommerzienrätin sah achselzuckend ihren ältesten Sohn an, als wollte sie sagen: »Es ist nichts mit diesen beiden anzufangen.«

Georg verneigte sich tadellos vor seiner Mutter und bot ihr seinen Arm.

»Ich darf dich wohl hineinführen, Mama.«

Sie legte ihre Hand auf seinen Arm und nickte Gert zu.

»Du kleidest dich schnell um, Gert. Wir wollen dann zu Tisch gehen, da wir mit dem Essen auf dich gewartet haben.«

Gert verneigte sich nun ebenfalls. »Wie du befiehlst, Mama.«

Aber er sah mit seltsamem Ausdruck von seinem Vater auf seine Schwester.

Rose drückte seinen Arm fest an sich. »Ich bin froh, dass du wieder da bist, Gert – und Papa auch. Wir haben dich sehnsüchtig erwartet. Nicht wahr, Papa?«

Der alte Herr nickte lächelnd. »So ist es, Gert. Nochmals herzlich willkommen daheim!«

Gert eilte in die Villa Carola hinüber und vertauschte schnell die Reisekleider mit dem Abendanzug. In zehn Minuten kehrte er in die Villa Ruhland zurück.

Man ging sofort zu Tisch. In Gegenwart der servierenden Diener wurde nur über oberflächliche Dinge gesprochen. Aber nach der Tafel, als man behaglich in einem Nebenzimmer saß, musste Gert Reiseerlebnisse zum Besten geben.

Er tat es in seiner frischen Art und in sehr lebhafter, anschaulicher Weise. Mit klugen, offenen Augen und warmem Empfinden hatte er sich in der Welt umgesehen und überall Gutes und Schönes aus seinen Erlebnissen herausgeholt.

Schließlich kam er auf Reformen zu sprechen, die er auf den Carolawerken eingeführt zu sehen wünschte.

»Wir müssen unseren Arbeitern noch mehr Freiheit geben, dass sie sich loslösen können aus den Fesseln der Abhängigkeit. Ich habe in Amerika ein Unternehmen kennengelernt, größer noch als unsere Werke, wo mustergültige Zustände herrschten. Ein geradezu ideales Verhältnis zwischen Arbeitgebern und Arbeitnehmern ist da zustande gekommen. Die Arbeiter sind alle interessiert am Gedeihen des Ganzen, denn sie sind, wenn auch in bescheidenem Maße, am Reingewinn beteiligt. Diese Arbeiteranteile werden an eine Art Pensionskasse abgeführt, und aus dieser Kasse erhalten die arbeitsunfähigen Arbeiter eine Pension bis an ihr Lebensende. So sieht jeder Arbeiter ein geruhsames, vor Not geschütztes Alter vor sich. Er hat ein Anrecht auf seine Pension und muss nicht fürchten, in seinem Alter Almosenempfänger zu werden. Das gibt den Leuten eine frohe Zuversicht. Und es erhöht das Zusammengehörigkeitsgefühl. Scheidet ein Arbeiter im Vollbesitz seiner Arbeitskräfte aus dem Unternehmen aus, was allerdings selten geschieht, so bekommt er seinen Gewinnanteil ausbezahlt und nur die Zinsen davon verbleiben der Pensionskasse. Wie ist es, Vater, hättest du nicht Lust, dieses Modell auch bei uns einzuführen?«

Ehe der Kommerzienrat antworten konnte, fuhr Georg Ruhland auf.

»Was fällt dir ein, Gert? Sollen wir zuerst für die Arbeiter sorgen? Was würde dann für uns bleiben? Setze Papa nicht solche überspannte Ideen in den Kopf! Er ist ohnedies schon viel zu ideell veranlagt in dieser Beziehung. Hat er nicht Unsummen den Arbeitern vorgestreckt, damit sie sich eigene Häuser bauen konnten?«

»Nun, das Geld hat sich doch verzinst«, erwiderte der Kommerzienrat ruhig.

»Ja, mit lumpigen drei Prozent. Es hätte mindestens das Dreifache bringen können, wenn du es anders angelegt hättest.«

»Ich finde, dass Vater dieses Kapital herrlich angelegt hat, und ich habe die Art, den Arbeitern zu einem eigenen Heim zu verhelfen, vielen Betrieben zur Nachahmung empfohlen. Wenn du dich aber noch zu diesem Pensionierungssystem verstehen könntest, lieber Vater, dann wären unsere Werke vorbildlich für alle anderen.«

Eine Weile sah der Kommerzienrat seinen jüngsten Sohn nachdenklich an. Georg Ruhland presste die Lippen zusammen und trommelte erregt mit den Fingern auf seiner gepolsterten Sessellehne.

Endlich sagte der alte Herr:

»Darüber lässt sich reden, Gert. Man muss nur erst reiflich überlegen, ob diese Idee hier bei uns ausführbar ist.«

»Sie ist es nicht«, eiferte sich Georg, »es ist unverzeihlich von Gert, dass er dich auf solche Gedanken bringt. Ich habe doch wahrlich schon genug bremsen müssen, dass du in deiner gutmütigen Schwäche den Arbeitern gegenüber nicht zu weit gehst. Glaubt ihr denn, die Arbeiter werden es anerkennen, wenn ihr auf diese Weise große Summen opfert? Sie bekommen ja doch nie genug und werden es euch nicht danken. Sie verlangen schließlich als ihr Recht, was ihr ihnen großmütig opfert. Ich protestiere jedenfalls ganz energisch dagegen, dass solch eine Neuerung bei uns eingeführt wird.« Da richtete sich der Kommerzienrat plötzlich straff empor.

»Und mit welchem Recht protestierst du, mein Sohn?«

Einen Moment stutzte Georg Ruhland. Dann sagte er hart und kalt:

»Mit dem Recht eines Menschen, der sich sein Erbe nicht wegen eines Hirngespinstes schmälern lassen will. Gert ist sich wohl nicht darüber klar geworden, dass er schließlich, so gut wie Rose und ich, die Kosten dieser Neuerung tragen muss.«

Gert zuckte lächelnd die Achseln. »Es wird uns nicht arm machen. Hast du Angst, Rose?«

Die junge Dame, die mit regem Interesse der Unterhaltung gefolgt war, schüttelte energisch den Kopf.

»O nein, Gert. Ich finde deine Idee wunderschön und würde gern ein Opfer bringen, um sie verwirklichen zu helfen.«

»Ich auch«, sagte Gert aufatmend.

»Aber ich nicht – ich denke nicht daran«, stieß Georg rau hervor.

Die Kommerzienrätin sah ihren jüngsten Sohn missbilligend an.

»Wenn du nichts Besseres von deiner Reise mit heimgebracht hast als solche Pläne, die den Familienfrieden stören, dann hättest du sie lieber nicht unternehmen sollen. Ich stehe ganz auf Georgs Seite. Es tut nicht gut, wenn man diesen Leuten zu viel Rechte einräumt. Sie maßen sich ohnedies zu viel an und vergessen nur zu leicht, dass sie auch Pflichten haben. Und Dank wird euch ganz gewiss nicht zuteil.«

»Liebe Mama, auf Dank rechnet man nicht – man darf nicht darauf rechnen, wenn man den Leuten, die ihre ganze Kraft für uns einsetzen, das Leben etwas erleichtert. Man muss sich mit dem Bewusstsein begnügen, Gutes geschaffen zu haben. Mindestens macht man die Leute schaffensfroher, wenn man ihnen die Sorge für die Zukunft abnimmt.«

»Oder nur nachlässiger. Sie verlassen sich dann auf die Versorgung und werden sich keine Mühe mehr geben, selbst voranzukommen«, warf Georg erregt ein.

Der Kommerzienrat hob die Hand. »Man könnte auch hier einen Ausweg finden, um die Tüchtigen und Leistungsfähigen zu bevorzugen. Das lässt sich einrichten. Und trotz deines Protestes, Georg, werde ich die Angelegenheit ins Auge fassen. Wir sprechen noch darüber. Jetzt wollen wir aber das Thema ruhen lassen. Gert hat uns sicher noch mehr Interessantes zu erzählen.«

»Hoffentlich fördert er nicht noch mehr solcher fantastischen Ideen zutage«, warf Georg ärgerlich ein.

Gert sah ihn lächelnd an. »O Georg, wie dir die bleiche Furcht aus den Augen leuchtet, dass du von deinem Reichtum etwas abgeben solltest! Sei doch nicht so engherzig! Für uns bleibt noch genug übrig, und wir sind doch noch jung und können selbst verdienen, durch eigene Arbeit.«

Georg zuckte ärgerlich die Achseln. »Ich denke anders über diese Angelegenheit als du. Und wenn ihr nicht auf mich hört, werdet ihr schlimme Erfahrungen machen. Man darf die Leute nicht so verwöhnen.«

»Aber Georg, es sind doch Menschen wie wir auch, und man sollte alles tun, was man kann, um ihr Dasein lebenswerter zu gestalten«, warf Rose ein.

Georg machte eine abwehrende Bewegung. »Du redest wie der Blinde von der Farbe. Was verstehst du davon! Unsere Leute haben es schon viel zu gut. Sie fühlen sich als Herren in ihren eigenen Häusern, und viele unter ihnen wollen noch höher hinaus.«

»Das sind meist die Tüchtigsten, mein Sohn. Schilt mir nicht die Strebsamkeit meiner Leute! Sie hat noch immer gute Frucht getragen«, sagte der alte Herr ruhig.

»Aber sie geht über das Ziel hinaus. Sieh dir zum Beispiel den Werkmeister Lindner an! Nicht genug, dass er einen einträglichen Posten und ein eigenes Haus hat, er lässt auch noch seinen Sohn Ingenieur werden.«

»Nun, warum soll er nicht, wenn sein Sohn die Fähigkeiten dazu hat? Er hat das Recht, seine Ersparnisse anzulegen, wie es ihm gefällt. Und er hat sie wahrlich gut angelegt, indem er seine Kinder etwas lernen ließ.«

»Das geht aber über die Grenzen hinaus, die man diesen Leuten stecken müsste.«

Sein Vater sah ihn groß und ernst an.

»Wenn man nun deinem Großvater diese Grenzen gesteckt hätte, als er sich unterfing, seinen Sohn auf der Hochschule studieren zu lassen?«

Georg gab sich noch immer nicht geschlagen: »Dein Vater hat dich erst studieren lassen, als die Carolawerke bereits in Blüte kamen.«

»Allerdings – und so weit hat es Lindner noch nicht gebracht. Hätte man aber deinem Großvater, nach deinem Rezept, Grenzen gesteckt, dann wärst du heute nicht der Sohn des Besitzers der Carolawerke. Also sei vernünftig! Gleiches Recht für alle und freie Bahn dem Tüchtigen! Und der junge Lindner scheint mir sehr tüchtig zu sein. Oder hast du etwas an ihm und seinen Leistungen auszusetzen?«

Rose Ruhlands Gesicht hatte sich leicht gerötet, als Heinz Lindners Name genannt wurde. Nun sah sie gespannt in ihres Bruders Gesicht.

»Nein, ich habe nichts an ihm auszusetzen«, erwiderte er widerwillig.

»Nun, siehst du wohl! Ich höre von seinen direkten Vorgesetzten nur Gutes und Lobenswertes über ihn und freue mich darüber. Ich werde ihn jedenfalls im Auge behalten. Auch seine Schwester ist eine hervorragend tüchtige Kraft. Lindner kann stolz auf seine Kinder sein.«

»Arbeitet Lindners Tochter auch in den Werken?«, fragte Gert interessiert.

»Ja, sie ist unsere tüchtigste Korrespondentin und hat einen so blendenden Stil, dass wir ihr alle diffizilen Korrespondenzen zur Erledigung übergeben. Sie ist entschieden ein Sprachtalent und beherrscht die englische und französische Sprache vollständig. Jedenfalls freut es mich, dass so tüchtige Menschen aus unseren Arbeiterkreisen hervorgehen. Es sind nicht die Einzigen, die etwas Tüchtiges gelernt haben und in den Werken angestellt sind, wenn es auch unbedingt die Intelligentesten sind«, erwiderte der Kommerzienrat.

Georg zuckte spöttisch die Achseln. »Sie streben aber über ihre angestammte Sphäre hinaus, und das tut nie gut.«

»Warum nicht?«

»Weil solche Beispiele zur Nacheiferung anspornen.«

»Das ist doch sehr gut.«

»Nein, Papa, das ist nicht gut – verzeih, dass ich dir widerspreche. Wenn alle Arbeiterkinder sich so auswachsen würden, wo sollten wir dann Arbeiter hernehmen?«

Der Kommerzienrat lächelte. »Eine so ausgeprägte Intelligenz ist immer nur in Ausnahmefällen vorhanden, gleichviel, ob in Arbeiterkreisen oder in anderen. Aber gerade darum soll man besonders begabten Menschen die Wege ebnen – auch zu den höchsten Zielen.«

Rose ergriff impulsiv die Hand ihres Vaters und drückte sie. »Ich bin stolz darauf, deine Tochter zu sein, weil du ein so großzügiger Mensch bist, Papa«, sagte sie.

3

Am nächsten Morgen begab sich Gert Ruhland mit seinem Vater und seinem Bruder nach den Werken hinüber. Nachdem sie den großen Park durchquert hatten, der die Villen von den Werken trennte, traten sie durch das weite Werkstor. Hier empfing sie reges Leben und Treiben. Es zischte und kreischte von allen Seiten, die Hämmer fielen in schweren Schlägen nieder, die Kessel dampften und die Maschinen bewegten sich im ewig gleichen Tempo. Allerlei Wagen rollten durcheinander, auf schmalen Schienensträngen und an Drahtseilen. Und all dieses scheinbare Durcheinander folgte einem bestimmten Gesetz, die kleinste Bewegung war genau vorgeschrieben. Alles wurde geleitet durch den menschlichen Geist, der präzise alle Faktoren berechnete und dirigierte.

Die drei Herren kamen endlich zu den großen Gebäuden, in denen die Kontore und Zeichensäle lagen. Die Melodie der Arbeit war auch hier vernehmbar.

Das größte dieser Gebäude betraten die Brüder mit ihrem Vater.

Im ersten Stock lagen die Privatkontore der drei Herren. Das des Vaters lag im Mittelbau über dem hohen Portal. Das Georgs war am Ende des rechten Seitenflügels gelegen, und das seines Bruders befand sich dicht daneben. Diese beiden großen, schön und gediegen ausgestatteten Räume hatten, wie das Kontor des Kommerzienrats, gepolsterte Doppeltüren, die jedes Geräusch dämpften, und waren durch eine kleine, in die Wand eingelassene. Doppeltür miteinander verbunden, so dass die Brüder jederzeit miteinander sprechen konnten, ohne erst durch den Korrespondenzsaal gehen zu müssen.

In den vier Jahren seiner Abwesenheit war Gerts Kontor unbenutzt geblieben. Aber nun war es gesäubert und gelüftet worden und harrte des jungen Herrn, der hier wieder seinen Platz einnehmen sollte.

Ehe die Brüder sich in ihre Arbeitsräume begaben, betraten sie das Kontor des Vaters. Hierher wurden die Oberingenieure, der Direktor und einige andere höhere Angestellte gebeten.

Sie begrüßten den heimgekehrten Sohn ihres Chefs, der ihnen mitteilte, dass er seinem zweiten Sohn, wie schon dem ersten, von heute an Prokura erteile.

Die Herren beglückwünschten Gert.

Georg aber zuckte leise zusammen und biss sich ärgerlich auf die Lippen. Es passte ihm nicht, dass auch sein Bruder Prokura bekam und ihm so gewissermaßen gleichgestellt wurde.

Als sich die Herren nach einer Weile wieder entfernten, verließ auch er in ziemlich brüsker Weise das Privatkontor seines Vaters.

Gert blieb bei seinem Vater zurück und sah Georg eine Weile nach. Er fühlte nur zu deutlich, dass Georg ihm die Auszeichnung missgönnte.

Aber er sagte nichts darüber.

Der Kommerzienrat machte nun mit seinem jüngsten Sohn einen Rundgang durch die Werke. Er sollte alle Neuerungen kennenlernen, die in seiner Abwesenheit eingeführt worden waren.

Zuerst durchschritten die beiden Herren die großen kaufmännischen Kontore.

Die Angestellten ließen sich nicht stören in ihrer Arbeit. Sie sahen nur verstohlen auf, um einen Blick auf den Heimgekehrten zu werfen. Die meisten kannten ihn, da auf den Carolawerken fast alle Angestellten seit langen Jahren tätig waren.

Gert blieb hier und da stehen und begrüßte den einen oder anderen in seiner freundlichen Art.

Als die beiden Herren in den großen Korrespondenzsaal traten, kam ihnen auf dem Mittelweg ein schlankes, schönes Mädchen entgegen. Es war Käthe Lindner.

Als sie Gert Ruhland an der Seite des Kommerzienrats erblickte, stockte ihr Fuß unwillkürlich einen Moment. Ein leises Rot stieg jäh in ihre Wangen und vertiefte sich noch mehr, als sie merkte, dass sich Gerts Augen bei ihrem Anblick weit öffneten und sie mit einem seltsam fragenden, staunenden Blick ansahen.

Sich zusammennehmend, schritt sie weiter und ließ dann die Herren, bescheiden zur Seite tretend, an sich vorübergehen.

Der Kommerzienrat nickte ihr freundlich zu, und sie neigte grüßend das Haupt.

Die Herren schritten weiter, und Käthe begab sich auf ihren Platz am Fenster. Sie hatte ihn nur verlassen, um eilige Briefe, die sie geschrieben hatte, dem Direktor zu bringen, der sie unterzeichnen musste.

Als Gert mit seinem Vater ein Stück weitergegangen war, fragte er halblaut: »War das wirklich Fräulein Lindner, oder irre ich mich?«

»Du irrst dich nicht, sie war es«, erwiderte sein Vater.

Gert hätte sich gern noch einmal nach dem schönen Mädchen umgesehen. Aber er unterließ es, weil er wusste, dass es aufgefallen wäre.

Vater und Sohn verließen nun das große, kaufmännische Hauptgebäude und gingen nach den technischen Büros hinüber.

Auch hier begrüßte Gert verschiedene Angestellte. Und dann blieb sein Vater mit ihm an Heinz Lindners Zeichentisch stehen.

»Guten Morgen, Herr Lindner!«, sagte der Kommerzienrat, lächelnd in das von Arbeitseifer gerötete Gesicht des jungen Ingenieurs sehend.

Heinz blickte von der Arbeit auf und verneigte sich. »Guten Morgen, Herr Kommerzienrat!«

»Nun, immer fleißig bei der Arbeit?«

»Ja, Herr Kommerzienrat, sie macht mir Freude.«

»Bravo! Ihr Arbeitseifer gefällt mir.«

Heinz sah den alten Herrn mit großen, offenen Augen an. »Es ist mein Bestreben, Ihre Zufriedenheit zu erlangen, Herr Kommerzienrat.«

»Das ist Ihnen schon gelungen.«

In diesem Moment streckte Gert Heinz die Hand entgegen. »Ich muss Sie doch auch begrüßen, Herr Lindner. Hoffentlich kennen Sie mich noch.«

Freimütig ergriff Heinz die ihm gereichte Hand. Seine ernsten, klugen Augen strahlten freudig auf.

»Gewiss, Herr Ruhland, ich kenne Sie noch.«

»Wir haben uns lange nicht gesehen. Als ich abreiste, waren Sie auf der Hochschule. Aber dafür reicht unsere Bekanntschaft bis zu unsrer Kinderzeit zurück. Erinnern Sie sich noch, dass Sie mir einmal das Leben gerettet haben?«

Heinz Lindners Stirn rötete sich wie in großer Verlegenheit.

»Oh, Sie machen zu viele Worte über eine selbstverständliche Sache«, wehrte er ab.

»Wovon ist denn da die Rede, Gert?«, fragte der Kommerzienrat. – Gert lachte.

»Ach, das habe ich dir noch gar nicht gebeichtet, Vater. Es ist schon lange her. Ich war damals vierzehn oder fünfzehn Jahre und badete im Fluss. Es war Hochwasser, und es gelüstete mich, meine Kräfte zu messen. Also verließ ich unsere ruhige Badebucht, wo unser Badehaus steht, und schwamm mitten in die Fluten hinein. Die Strömung war aber stärker, als ich erwartet hatte. Sie riss mich fort, noch ehe ich die Mitte des Flusses erreichte. Mit Anspannung aller Kräfte versuchte ich mich aus der Strömung herauszuarbeiten. Aber es gelang mir nicht. Ich wurde weitergetrieben und war nahe daran, die Besinnung zu verlieren. Meine Kräfte verließen mich, und ich wäre sicher ertrunken, wenn mir Herr Lindner nicht zu Hilfe gekommen wäre. Er stand weit unterhalb der Stelle, wo ich mein Wagnis begann, und hatte mich beobachtet. Er war gerade dabei gewesen, einen Papierdrachen steigen zu lassen. Eilig warf er seine Sachen ab, knüpfte sich geistesgegenwärtig die Leine um den Körper, die seinen Drachen halten sollte, und befestigte das andere Ende um einen Baumstamm. So ausgerüstet, wagte er sich ins Hochwasser und kam mir zu Hilfe. Er fing mich auf, als ich schon ganz kraftlos war, und zog sich und mich an der Leine aus der Strömung. Wäre die Leine gerissen, dann wären wir alle beide ertrunken. Aber sie hielt Gott sei Dank. Und so kam ich mit seiner Hilfe glücklich am anderen Ufer an.«

Überrascht und noch nachträglich erschrocken sah der Kommerzienrat auf die beiden jungen Männer. »Und davon erfahre ich erst jetzt? Mein lieber Herr Lindner, da bin ich Ihnen seit Jahren zu großem Dank verpflichtet und habe es nicht gewusst. Weshalb hat mir denn Ihr Vater keine Mitteilung davon gemacht, da es mein Sohn nicht tat?«

Heinz lächelte ein wenig. »Mein Vater weiß gar nichts davon, Herr Kommerzienrat. Ich habe nicht darüber gesprochen.«

»Warum nicht?«

»Es war eine so selbstverständliche Sache.«

Gert lachte. »Sagen Sie es nur frei heraus, Herr Lindner, die Sache ist ja verjährt und ich bekomme jetzt keine Strafpredigt mehr. Ich hatte nämlich Herrn Lindner darum gebeten, nicht darüber zu sprechen, weil ich sonst sicher nicht wieder im Fluss hätte baden dürfen. Mama hätte es keinesfalls erlaubt. Und so habe ich Herrn Lindner Schweigen auferlegt. Es ist einfach großartig, dass Sie so stramm Wort gehalten haben, Herr Lindner. Ich erkenne erst jetzt vollkommen, was ich Ihnen zu danken habe. Im jungenhaften Leichtsinn ist mir das gar nicht so zum Bewusstsein gekommen.«

»Und wir sind Ihnen jahrelang Dank schuldig geblieben, Herr Lindner«, sagte der Kommerzienrat ernst.

Heinz schüttelte hastig den Kopf. »Nein, nein, Herr Kommerzienrat, das ist gleich unter uns Jungen erledigt worden. Ihr Herr Sohn schenkte mir zum Dank einen jungen Hund. Der ist leider vor vier Jahren gestorben. So lange hatten wir ihn im Haus, und meine Schwester und ich hatten unser Herz an ihn gehängt.«

Mit einem seltsamen Ausdruck sah der Kommerzienrat in Heinz Lindners Gesicht.

»Und damit, meinen Sie, sei es genug des Dankes gewesen?«

Stolz flammten Heinz Lindners Augen auf. »Mehr als genug. Es bedurfte keines Dankes. Ich hätte auch den Hund nicht genommen, wenn mir Ihr Herr Sohn nicht gesagt hätte, dass er ihn nicht gebrauchen könne.«

Gert nickte. »Ja, Sie sträubten sich sehr, ein Zeichen meiner Dankbarkeit anzunehmen, und bequemten sich erst dazu, als ich Ihnen versicherte, dass ich wieder in den Fluss springen würde, wenn Sie den Hund nicht annähmen.«

Die beiden jungen Männer mussten lachen, als sie an diese Szene dachten. Der Kommerzienrat ließ aber seinen Blick nicht von Heinz Lindners sympathischem Gesicht. Sein ganzes Verhalten imponierte ihm.

»Wie kamst du denn nun aber wieder ans andere Ufer, wo das Badehaus lag, in dem doch sicher deine Kleider waren?«, fragte er seinen Sohn.

Gert lachte wieder.

»Ich blieb drüben im Rasen liegen, bis mein Lebensretter seine Kleider wieder angelegt hatte und über die Brücke nach unserem Badehaus geeilt war, um meine Kleider zu holen. Denn ohne Kleider hätte ich doch nicht durch die Stadt laufen können. Die Sonne hatte mich inzwischen getrocknet und erwärmt.«

Nun musste der Kommerzienrat auch lachen.

»Jungenstreiche! Gottlob ist niemand dabei zu Schaden gekommen! Aber Sie, Herr Lindner, haben lange auf unsern Dank warten müssen. Er soll aber nun schnell abgetragen werden.«

Heinz Lindner richtete sich straff empor. »Ich bitte, Herr Kommerzienrat, nicht mehr davon zu sprechen. Sie dürfen mich nicht beschämen. Ich habe getan, was jeder andere an meiner Stelle auch getan hätte. Mein einziges Verdienst war, dass ich gerade zur Stelle war und eine Leine zur Verfügung hatte. Wenn Sie mir wirklich Dank schuldig zu sein glauben, so beweisen Sie ihn mir dadurch, dass Sie mich nicht beschämen.«

Vater und Sohn reichten ihm die Hand mit einem warmen Druck. »Nun also – wenn Sie mir so kommen, dann darf ich nichts mehr sagen. Aber einen Händedruck gestatten Sie mir wenigstens.«

»Und mir auch, Herr Lindner. Es war famos von Ihnen, dass Sie darüber geschwiegen haben damals. Vergessen habe ich es Ihnen nie, wenn ich auch jetzt erst imstande bin, ganz zu begreifen, welchen Dienst Sie mir geleistet haben. Und ich werde es auch in Zukunft nicht vergessen«, fügte Gert hinzu.

Vater und Sohn plauderten noch eine Weile mit Heinz über seine Arbeit, ehe sie weitergingen.

Als sie allein waren, sagte der Kommerzienrat:

»Siehst du, mein Sohn, in unseren Arbeitern stecken doch eine Menge prachtvoller Eigenschaften. Dieser junge Lindner ist ein besonderes Exemplar, und seine Schwester scheint von gleicher Art zu sein. Der alte Lindner kann wirklich stolz auf seine Kinder sein und auf seine Erziehungsresultate.«

»Der Ansicht bin ich auch, Vater.«

»Wir wollen sie jedenfalls im Auge behalten und sie fördern, wo wir können. Wenn dieser junge Mann auch jeden Dank zurückwies, so fühle ich mich ihm doch verpflichtet. Ich bin noch nachträglich erschrocken über deine Tollkühnheit, dich ins Hochwasser zu wagen.«

Gert fasste den Arm des Vaters.

»Das liegt ja so weit zurück, Vater. Und ich hätte vielleicht nicht davon gesprochen, auch jetzt nicht, wenn mich der Anblick des jungen Lindners nicht daran gemahnt hätte. Als Junge geht man leichtsinnig über eine solche Torheit hinweg, aber jetzt begreife ich, was ich ihm zu danken habe. Ohne seine Geistesgegenwart wäre ich damals elend ertrunken.«

Der alte Herr drückte fest den Arm seines Sohnes. Sie durchschritten gerade einen leeren Saal.

»Mein Gott! Gottlob, dass es das Schicksal nicht gewollt hat. Vielleicht ist es ein Unrecht gegen Georg – aber du bist mir doch der liebste von meinen beiden Söhnen. Du und Rose, ihr steht meinem Herzen am nächsten. Es ist nicht meine Schuld, dass Georg mir von Jahr zu Jahr fremder wird. Ich habe gerungen um seine Liebe, sein Verständnis, sein Vertrauen. Aber es ist alles vergeblich gewesen. Er rückt mir innerlich immer ferner – und wird mir auch eure Mutter entfremden durch seinen unheilvollen Einfluss. Ich bin machtlos dagegen. Er will seine Straße für sich gehen.«

Teilnahmsvoll sah Gert in das zuckende Gesicht des Vaters.

»Georg wird mit der Zeit einsehen, dass er unrecht tut, er wird sich dir wieder nähern.«

Der Vater schüttelte seufzend den Kopf.

»Diese Hoffnung habe ich längst aufgegeben, Gert. Es ist nichts mehr daran zu ändern. Und es ist mir ein bitterer Gedanke, dass er nur auf meinen Tod wartet, um hier andere Zustände einzuführen, die nicht nach meinem Sinn sind.«

Erschrocken sah Gert zu ihm auf. »Vater, lieber Vater, wohin verirren sich deine Gedanken! Nein, mag Georg auch anders geartet sein als wir – er liebt dich doch. Wie kannst du glauben, dass er auf deinen Tod lauert?«

Der alte Herr atmete schwer.

»Du irrst, Gert, er liebt mich nicht, er liebt uns alle nicht – nicht einmal seine Mutter, die er nur beherrschen will. Ich weiß nicht, woher er dieses kalte Herz hat, diesen kühl berechnenden Sinn. Er nennt meine Güte, meinen Gerechtigkeitssinn meinen Arbeitern gegenüber Schwäche. Er spottet darüber und möchte mir allerlei scharfe Maßregeln gegen meine Leute ablocken. Wenn ich mich nicht so energisch dagegen wehrte, hätte er schon allerlei Unheil angerichtet, nur in der Sucht, für sich selbst mehr Nutzen herauszuziehen aus den Werken. Was liegt daran? Haben wir nicht alle reichlich zu leben? Bin ich deshalb ein schlechter Vater, wie er es mich glauben lassen will, weil ich nicht nur daran denke, für meine Kinder Reichtümer zusammenzuscharren, die sie doch nicht verbrauchen können? Meine Arbeiter sind mir ans Herz gewachsen, weil sie ein Teil von meinen Werken sind und weil mein Vater mir ihr Wohl ans Herz legte.«

Gert war vor seinem Vater stehen geblieben und sah ihn mit ernsten Augen an.

»Vater, lieber Vater, wer könnte von dir sagen, dass du ein schlechter Vater bist?«

Der Kommerzienrat seufzte tief auf. »Georg. Er hat es mir deutlich genug zu verstehen gegeben.«

Gerts Gesicht rötete sich. »Er soll es nicht wagen, so etwas in meiner Gegenwart laut werden zu lassen.«

Mit hartem Druck fasste der Vater die Hand des Sohnes. »Versprich mir, Gert, wenn ich einmal nicht mehr bin, dann biete deinen ganzen Einfluss auf, dass Georg meine Bestimmungen nicht umstößt! Ich werde dafür sorgen, dass er ohne deine Zustimmung nichts beschließen kann, wie du ja auch ohne die seine nichts tun kannst, da ich gerecht bleiben will. Versprich mir, dass hier alles in meinem Sinn weitergeführt wird!«

Fest presste Gert die Hand seines Vaters zwischen der seinen. »Vater, noch bist du bei uns, noch bist du tatkräftig, stark und gesund. Und du wirst es noch lange bleiben. Aber weil du es willst, verspreche ich es dir: Es soll hier nichts geschehen, was gegen deinen Willen ist, solange ich es verhindern kann.«

Sie sahen sich fest in die Augen. Dann wurde der Blick des Vaters weich.

»Ich freue mich, Gert, dass du wieder da bist und dass ich mich mit dir eines Sinnes weiß. Ich habe lange Jahre die Sorge um Georg allein getragen. Ja, er macht mir schwere Sorge, nicht nur wegen seines berechnenden Charakters, sondern auch wegen seiner ungezähmten Leidenschaften, die in grellem Widerspruch zu seinem kalten Herzen stehen. Er stellt den Frauen und Töchtern der Arbeiter nach und hat schon manches Unheil angerichtet. Sie gelten ihm nicht mehr als Sklavinnen seiner Leidenschaft. Leider gibt es unter ihnen leichtsinnige junge Dinger, die sich von ihm beschwatzen lassen. Wenn er ihrer dann überdrüssig ist, schüttelt er sie schonungslos ab. Zwei sind zu mir gekommen und haben ihn verklagt, aber es sind mehr als diese beiden, ich weiß es. Und das wird mehr und mehr böses Blut gegen ihn unter den Arbeitern geben. Er ist ohnedies unbeliebt. Ich habe ihm Vorwürfe gemacht, aber er zuckt dazu die Achseln und meint, die Mädels müssten sich glücklich preisen und geehrt fühlen, wenn er sich zu ihnen herablässt. In seiner hochmütigen Art sieht er sein Unrecht nicht einmal ein.«

Finster sah Gert vor sich hin. »Das ist hässlich, Vater. Hier in den Werken müsste ihm jede Frau, jedes Mädchen unantastbar sein. Gerade weil sie den Sohn des Chefs in ihm sehen, fallen sie ihm leichter zum Opfer. Das ist eine niedrige Ausnützung ihrer Abhängigkeit und bezeichnend für seine Geringschätzung der Untergebenen. Muss er seine Sinne austoben, soll er es draußen tun. Es gibt käufliche Weiber genug.«

Der Kommerzienrat strich sich über die Stirn.

»Nun hab' ich dir gleich den ersten Tag deines Hierseins mit Sorgen getrübt. Aber du kannst mir glauben, es hat mir fast das Herz abgedrückt, und es war mir eine Wohltat, mich endlich einmal darüber aussprechen zu können. Mama weiß nichts von diesen letzten Dingen, die ich berührte, sie darf auch nichts wissen. Und Rose natürlich erst recht nicht. Instinktiv fühlt Rose wohl, dass Georg kein guter Mensch ist, denn sie zeigt sich ihm gegenüber ausgesprochen zurückhaltend. Und da sie leider durch Georg auch ihrer Mutter entfremdet worden ist, bin ich auch ihretwegen froh, dass du wieder daheim bist. Ihr habt euch ja gottlob herzlich lieb und könnt einander etwas sein. Und nun will ich dieses Thema beenden, Gert. Wir kommen vielleicht nie mehr darauf zurück. Aber wenn du merken solltest, dass Georg einem Mädchen hier in den Werken nachstellt, lass es mich sofort wissen. Vielleicht kann ich dann neues Unheil verhüten.«

»Darauf gebe ich dir mein Wort, Vater.«

Sie drückten sich noch einmal fest die Hände und gingen dann weiter.

Sie verließen das Gebäude und schritten weiter durch die Werke. An den Walzwerken vorüber gingen sie nach den Werkstätten.

Überall fand Gert mit scharfen Augen gleich alle eingeführten Neuerungen heraus und sprach mit seinem Vater über die Erfahrungen, die er draußen in der Welt in anderen Werken gemacht hatte.

In einem der großen Maschinensäle trafen sie dann auch den Werkmeister Lindner. Seine klugen, guten Augen grüßten den Heimgekehrten mit frohem Blick.

»Nun, lieber Lindner, alles in Ordnung?«, fragte der Kommerzienrat lächelnd.

»Es geht alles seinen geregelten Gang, Herr Kommerzienrat«, erwiderte Friedrich Lindner.

»Mein Sohn will Ihnen auch Guten Tag sagen, Lindner.«

Gert ergriff die harte, schwielige Hand des Werkmeisters.

»Guten Tag, Herr Lindner! Welche Freude für mich, Sie noch so wohl und rüstig auf Ihrem Platz zu sehen! Sie sind der Alte geblieben – gar nicht verändert –, höchstens ein bisschen grauer. Ihren Sohn und Ihre Tochter habe ich schon gesehen. Sie fehlten mir noch«, sagte er freundlich.

»Es freut mich, junger Herr, dass Sie an mich gedacht haben.«

»Na, Sie sind doch unzertrennlich von den Carolawerken.«

»So Gott will – ja, junger Herr. Hier bin ich geboren, hier will ich auch mal meine Augen zutun.«

»Ich hoffe auch, Lindner, dass wir bis zum Schluss zusammenbleiben. Aber nun hören Sie mich mal an. Ich bin heute Ihrem Sohn auf eine Heimlichkeit gekommen«, sagte der Kommerzienrat.

Mit ruhigem Blick sah der Werkmeister in die Augen seines Chefs.

»Mein Sohn kann nichts Unrechtes getan haben, Herr

Kommerzienrat.« Der Chef legte ihm die Hand auf die Schulter und lächelte.

»Stolzer Vater! Nun, Sie haben auch allen Grund dazu. Also hören Sie, was mir eben für Enthüllungen gemacht wurden. Ihr Sohn hat vor Jahren meinem Sohn Gert das Leben gerettet.«

Friedrich Lindner sah die Herren fragend an. »Davon ist mir nichts bekannt.«

»Ganz recht, Ihnen ist es so wenig bekannt wie mir. Die Schlingel haben nichts ausgeplaudert.«

Und der Kommerzienrat erzählte, wie es geschehen war, und fragte dann:

»Was sagen Sie nun dazu, Lindner, dass wir erst heute davon erfahren?«

Friedrich Lindner lächelte. »Wenn mein Sohn dem jungen Herrn versprochen hat, zu schweigen, dann ist es ganz in der Ordnung, dass er auch mir nichts gesagt hat. Worthalten ist eine Tugend, die ich meine Kinder gelehrt habe, wenn sie auch sonst nicht viel von mir lernen konnten.«

»Worthalten und fleißig und tüchtig sein und ehrlich im Herzen – ja Lindner, das haben Sie Ihre Kinder gelehrt. Und was sie sonst noch dazugelernt haben, ist zwar viel, aber es wiegt diese Tugenden nicht auf. Ich freue mich mit Ihnen, Lindner, dass Sie so prächtige Kinder haben.«

Friedrich Lindners Augen strahlten. »Das ist auch mein ganzer Stolz, meine ganze Freude, Herr Kommerzienrat.«

»Glaube ich Ihnen. Und nun will ich Ihnen auch gleich noch die Mitteilung machen, dass mein Sohn Gert heute Prokura erhalten hat.«

»Das freut mich sehr, Herr Kommerzienrat. Bitte nehmen Sie meinen Glückwunsch an, junger Herr!«

Dann gingen die Herren weiter, bis sie ihren Rundgang durch die Werke beendet hatten.

Inzwischen war es Mittag geworden, und die Arbeiter strömten in hellen Haufen aus den Gebäuden. Vater und Sohn gingen mitten zwischen ihnen. Und als sie an dem breiten Weg angekommen waren, der nach dem Hauptportal führte, sahen sie gerade, wie Friedrich Lindner sich mit seinen beiden Kindern begrüßte und mit ihnen zusammen weiterging.

Gert konnte in Käthes Antlitz sehen. Er bemerkte das liebevolle Ausstrahlen ihrer Augen, als sie den Vater begrüßte. Unwillkürlich sah er ihr nach. Wie fest und sicher sie mit ihrem federnden, elastischen Gang dahinschritt! Es lag bei aller Bescheidenheit ihres Wesens ein ruhiger Stolz in ihrer Haltung.

4

Georg Ruhland hatte, während sein Vater mit seinem Bruder einen Rundgang machte, fast ununterbrochen in seinem Privatkontor gearbeitet. Nur einmal war er in den Korrespondenzsaal gegangen und hatte einer der Korrespondentinnen einen Auftrag erteilt. War es Zufall oder Absicht, dass er in der letzten Zeit immer wieder Käthe Lindner mit solchen Aufträgen betraute?

Sie sah zum Glück nicht den glühenden, begehrlichen Blick, der aus seinen Augen auf sie herabbrannte, wenn er sich über sie neigte. Aber sie fühlte doch instinktiv die Nähe Georg Ruhlands als etwas Beklemmendes. Ihr war in seiner Gegenwart immer zumute, als müsse sie ihr Kleid zusammenraffen, damit nichts Unreines sie streife. Auch heute war es so gewesen.

Und als sie den Brief geschrieben hatte, den er ihr in Auftrag gab, und sie ihn seinem Befehl gemäß in sein Privatkontor brachte, tat sie es mit einem Gefühl des Widerwillens.

Als sie vor ihm stand und ihm den Brief überreichte, fasste er so danach, dass er ihre Hand berühren musste. Sie zuckte zusammen, und der Brief fiel zu Boden.

Ärgerlich über sich selbst bückte sie sich danach und hob ihn auf. Georg sah mit einem glühenden Blick auf sie herab. Ihr weißer Nacken mit dem herrlichen Ansatz des Haares leuchtete zu ihm auf. Er fieberte danach, seine Lippen darauf zu pressen. Aber schnell hatte sich Käthe wieder aufgerichtet und legte den Brief auf seinen Schreibtisch.

Georg hatte sich schon wieder in der Gewalt. Ruhig und geschäftsmäßig sagte er:

»Ich habe in der nächsten Zeit viel Arbeit für Sie, Fräulein Lindner, und deshalb ist es besser, Sie arbeiten täglich einige Stunden hier in meinem Kontor, damit ich nicht jedes Mal erst nach Ihnen schicken muss.«

Käthe war von dieser Aussicht nicht entzückt, aber sie wusste, dass sie sich zu fügen hatte. Es war durchaus nichts Auffallendes in seinem Wunsch, denn es kam oft vor, dass sich die Chefs oder der Direktor eine Korrespondentin in ihre Kontore bestellten, wenn sie Aufträge hatten.

»Wann soll ich hier sein, Herr Ruhland?«, fragte sie sachlich.

Er überlegte einen Moment. Dann sah er zu ihr auf.

»Sagen wir um zehn Uhr.«

Käthe neigte das Haupt. »Ich werde pünktlich sein. Haben Sie sonst noch Aufträge für mich?«

»Heute nicht.«

Käthe neigte das Haupt und ging. Als sich die Tür hinter ihr geschlossen hatte, sprang er auf und griff mit den Händen in die Luft, als wollte er nach etwas fassen. Seine Augen schlossen sich halb, und um seinen Mund zuckte es seltsam.

Einen Wuchs hat das Mädel, einen Nacken, dachte er und sah mit einem glühenden Blick nach der Tür.

Dann ließ er sich wieder in seinen Sessel fallen und starrte vor sich hin. Seine Gedanken beschäftigten sich mit Käthe Lindner.

Ich muss hier vorsichtiger als sonst zu Werk gehen. Sie

ist stolz und zurückhaltend und möchte sich gern als Dame aufspielen. Nun gut, stellen wir ihr in Aussicht, dass sie die Dame spielen kann, damit ist gerade diese Art am leichtesten zu fangen. Aber der Alte und der Bruder sind mit Vorsicht zu behandeln – bah – schließlich findet man sie ab. Sie sind ja doch alle käuflich, diese Leute.

Am Abend dieses Tages saß die Familie Ruhland im Speisezimmer um den großen, runden Speisetisch, der wie immer prächtig gedeckt war mit feinem Damast, Silber, Kristall und Porzellan.

Es herrschte eine angeregtere Unterhaltung als während Gerts Abwesenheit. Rose und Gert scherzten und lachten miteinander und heiterten den Vater auf. Auch die Mutter schien etwas lebhafter als sonst, sah aber zuweilen unsicher in Georgs unbewegtes Gesicht. Im Lauf des Gesprächs erzählte der Kommerzienrat, was er heute Vormittag von Gert erfahren hatte – dass Heinz Lindner ihm vor Jahren das Leben rettete.

Rose presste wie in heimlicher Erregung die Handflächen zusammen.

»Wie ist das zugegangen, Papa?«, fragte sie.

Der Vater erzählte es ausführlich.

Die Kommerzienrätin sah ihren jüngsten Sohn kopfschüttelnd an.

»Wie konntest du dich nur bei Hochwasser in die Strömung wagen? So ein Leichtsinn, Gert!«

Der junge Mann lachte. »Ich fühlte mich in meinem Übermut stark genug und wollte meine Kräfte erproben, Mama.«

»Und hättest es mit dem Leben büßen müssen, wenn Heinz Lindner nicht zufällig am Weg gewesen wäre. Man muss dem jungen Mann natürlich jetzt noch eine Belohnung auszahlen.«

Rose zuckte leise zusammen.

»Auszahlen? Aber Mama, du denkst doch um Gottes willen nicht daran, ihm Geld dafür anzubieten!«, sagte sie erschrocken.

»Natürlich – warum denn nicht? Mit Geld kann man diese Leute doch am besten belohnen.«

Rose wollte etwas erwidern, aber ihr Vater legte lächelnd seine Hand auf die ihre.

»Sei ruhig, Rose, so taktlos werden wir natürlich nicht sein! Heinz Lindner hat zudem jeden Dank energisch abgelehnt – als beschämend.«

Georg lachte höhnisch. »Er spekuliert auf deine Generosität.«

Gert blickte mit ernsten Augen zu ihm hinüber.

»Du irrst, Georg, Heinz Lindner hätte nicht jahrelang über diese Sache geschwiegen, selbst seinem Vater gegenüber, wenn er irgendwie auf Generosität gerechnet hätte. Du begehst den Fehler, in all unseren Leuten feile Trinkgeldernaturen zu sehen. Da bist du sehr im Irrtum.«

Georg zuckte spöttisch die Achseln. »Sieh da, Kleiner, willst du mich lehren, wie ich die Leute einschätzen muss? Ich kenne sie besser als du.«

Gerts Stirn rötete sich. »Es könnte nicht schaden, wenn du dir eine andere Meinung über sie bilden wolltest.«

»Das halte ich nicht für nötig.«

»Lässt du auch keine Ausnahmen gelten, Georg?«, fragte Gert.

»Nein, ich lasse keine Ausnahmen gelten. Wenn der junge Lindner jeden Dank zurückweist, so beweist das nur, dass er klug ist. Er nimmt als sicher an, dass ihr nobel genug seid, ihn eure Dankbarkeit in anderer Weise doppelt und dreifach fühlen zu lassen. Und damit wird er sich nicht verrechnen.«

»Pfui, Georg, wie kannst du einem Menschen, der uns allen als achtenswert bekannt ist, eine so niedrige Gesinnung zutrauen!«, sagte Rose erregt.

Mit einem ironischen Lächeln sah Georg zu ihr hinüber.

»Kleines, rege dich nicht auf! Was verstehst du davon? Du kennst ja diese Leute gar nicht. Ihr begeht alle den Fehler, sie mit eurem Maß zu messen. Man muss sie anders einschätzen, das könnt ihr mir glauben.«

»Schluss mit dieser Debatte!«, gebot der Kommerzienrat schroff. »Wir kommen ja leider über diesen Punkt nie zu einer gemeinsamen Ansicht. Ich möchte nur noch bemerken, dass ich Arbeiter kenne, die mehr vornehmes Empfinden haben als mancher hochgeborene Laffe, der sich auf seine Ritterlichkeit viel einbildet. Und nun ein anderes Thema, wenn ich bitten darf. Ich bin es müde, in meinem eigenen Haus immer wieder Ansichten bekämpfen zu müssen, die mich in meinem Empfinden als Sohn eines Arbeiters verletzen.«

Georg hatte finster die Stirn zusammengezogen.

Der alte Herr wird kindisch, dachte er ärgerlich.

Immerhin sagte er sich aber, dass er jetzt scheinbar einlenken musste. Die letzten Worte seines Vaters in dieser Angelegenheit hatten doch verdammt energisch geklungen.

»Lieber Papa, es liegt mir natürlich fern, dich in deinem Empfinden zu verletzen. Meinetwegen – ich will gern zugeben, dass der junge Lindner ein tüchtiger, brauchbarer Mensch ist. Aber ...«

Der Kommerzienrat winkte hastig ab.

»Ein anderes Thema, bitte! Wir kommen nicht unter

einen Hut. Rose, musiziere ein wenig – singe uns ein paar Lieder!«

Bereitwillig erhob sich Rose und trat in das anstoßende Zimmer an den Flügel.

Gert folgte ihr.

»Wenn es dir recht ist, begleite ich dich, Rose.«

Sie nickte ihm lächelnd zu.

»Das ist mir sehr lieb. Ich freue mich, dass du mich zu meinen Liedern begleiten kannst.«

Und sie suchten zusammen Noten aus.

Die Frühlingsluft drang durch das geöffnete Fenster ins Zimmer und e die kostbaren Spitzenstores hin und her.

Und Rose sang mit ihrem weichen, klaren Mezzosopran ihres Vaters Lieblingslieder, um ihn wieder froh zu machen. Es waren Lieder von Schumann, Grieg und Brahms.

5

Drüben, jenseits des Flusses, standen auch heute die Geschwister Lindner und sahen nach der Villa Ruhland hinüber. Heinz und Käthe hatten nach dem gemeinsamen Abendessen wieder einen Spaziergang unternommen, wie fast jeden Abend. Und meistens führte sie ihr Weg am Flussufer entlang. Sie waren auch heute stehen geblieben, wie auf Verabredung, und hatten nach den erleuchteten Fenstern hinübergesehen.

Und während sie standen, ertönte eine klare, reine Frauenstimme. Rose Ruhlands Lieder klangen herüber. Mit angehaltenem Atem lauschte Heinz Lindner diesen Tönen und trank sie in sich ein wie einen köstlichen Labetrunk. Und doch wirkten sie auch wie ein süßes Gift und weckten ein brennendes Sehnen in seiner Brust.

Auch Käthe lauschte andächtig, auch in ihrem Herzen weckten diese süßen Lieder einen Widerhall. Und als sie verklungen waren, legte sie ihre Hand auf den Arm des Bruders.

»Was Fräulein Ruhland wohl sagen würde, wenn sie wüsste, dass wir sie hier belauscht haben?«

Heinz fuhr aus tiefen Gedanken empor. Und ein Lächeln spielte um seinen Mund.

»Was sie sagen würde? Ich weiß es nicht. Glaubst du, dass sie uns diesen stillen Genuss neiden würde?«

»Nein, das glaube ich nicht. Sie ist ein Mensch, der gern wohltut, das hat sie vielfach bewiesen. Und wenn sie wüsste, welche Freude wir an ihren Liedern haben, dann würde sie uns gern das Zuhören gestatten. Aber nun lass uns heimgehen, Heinz, es ist schon spät!«

Heinz warf noch einen langen Blick hinüber, dann wandte er sich mit der Schwester zum Gehen.

Sie plauderten auf dem Heimweg über allerlei Tagesereignisse. Käthe erzählte ihrem Bruder auch, dass Georg Ruhland sie aufgefordert hatte, in nächster Zeit täglich einige Stunden in seinem Kontor zu arbeiten. Aber so gern sie sich auch ihr Missbehagen darüber von der Seele gesprochen hätte, wagte sie es nicht, ihren Bruder nicht zu beunruhigen.

Noch lag keine Veranlassung dazu vor. Wohl hatte ihr der Ausdruck von Georg Ruhlands Augen ein unangenehmes Empfinden verursacht, und ganz gewiss ging sie nur ungern in sein Privatkontor, aber deshalb wollte sie Heinz das Herz nicht schwer machen.

Seltsamerweise kam Heinz aber selber wieder auf Georg Ruhland zu sprechen. Er verglich ihn mit seinem Bruder. In warmer Anerkennung sprach er von Gert und war ahnungslos, wie laut und stark Käthes Herz dabei klopfte. Aber über Georg Ruhland konnte er nichts Gutes sagen.

»Er wird mehr und mehr böses Blut unter den Arbeitern machen. Sie fühlen es, dass er auf sie herabsieht und sie am liebsten wie Sklaven behandelt. Wenn nicht alle eine so große Verehrung für seinen Vater empfänden, würde er sicher schon die Folgen seines Verhaltens zu spüren bekommen haben. Er pocht zu sehr auf die Anhänglichkeit der Arbeiter. Aber ihm steht wahrlich kein Verdienst daran zu. Und er sollte sich hüten, die Leute noch mehr zu reizen. Vor allen Dingen soll er ihre Frauen und Töchter in Ruhe lassen, sonst nimmt es ein schlechtes Ende mit ihm.«

Fragend sah Käthe zu dem Bruder auf.

»Hast du wieder etwas Bestimmtes gehört?«

»Nun, so allerlei, aber ich will dich damit verschonen.«

Käthes Stirn zog sich zusammen. »Er ist ein schlechter Mensch«, sagte sie hart und schroff.

Heinz nickte. »Ja, er ist aus der Art geschlagen. Gott verhüte, dass er einmal allein hier zu befehlen hat. Ich hoffe, dass sein Bruder Gert mitreden kann, wenn der Kommerzienrat einmal sterben sollte. Gert Ruhland hat ja heute Prokura bekommen. Er wird hoffentlich dafür eintreten, dass hier Ruhe und Frieden erhalten bleiben.«

»Das wird er gewiss. Alle im Werk sind froh darüber. Selbst der Direktor Helbig. Ich glaube, auch er steht nicht sehr gut mit Georg Ruhland. Es ist nicht in seinem Sinn, dass er hier so nach Laune und Willkür herrscht.«

»Er hat eben auch ein Herz für die Arbeiter – wie unser Herr Kommerzienrat. Übrigens, mir fällt ein, dass wir Vater nicht erzählt haben, dass Gert Ruhland Prokura bekommen hat. Wir müssen es ihm noch sagen. Es wird ihn freuen.«

Und als die Geschwister heimkamen, erzählten sie es dem Vater.

Der nickte lächelnd. »Weiß ich schon. Der Herr Kommerzienrat hat es mir heute Vormittag selbst gesagt, und ich konnte dem jungen Herrn Glück wünschen, da er dabei war. Übrigens habe ich bei dieser Gelegenheit gehört, dass du vor Jahren Gert das Leben gerettet hast.«

Käthe horchte überrascht auf. »Wie ist das gekommen, Heinz? Davon weiß ich ja nichts.«

Heinz wehrte verlegen ab. »Das ist nicht der Rede wert. Du weißt doch – ich bekam als Junge einen jungen Hund von ihm geschenkt.«

»Unseren Flipp, ja, das weiß ich.«

»Ich sagte dir, dass er ihn mir geschenkt hat, als ich ihm einen kleinen Dienst erwiesen hatte. Das war der Dienst. Ich hab' ihn aus dem Wasser gezogen.«

»Erzähl' doch ausführlich!«, drängte Käthe.

Heinz tat es, aber es war ihm sichtlich unangenehm, dass so viel davon gesprochen wurde.

Der Vater legte ihm, als er zu Ende war, die Hand auf die Schulter.

»Wenn ich es damals gewusst hätte, hätte mir wohl das Herz gezittert, denn schließlich ist mir dein Leben mehr wert als das jedes anderen Menschen. Aber jetzt freue ich mich deiner Tat, mein Sohn, denn du hast wahrlich ein wertvolles Menschenleben gerettet. Darum wäre es jammerschade gewesen – viel mehr als um seinen Bruder Georg. Gott verzeih' mir die Sünde, aber der bringt noch Unglück über die Werke, wenn er sich nicht ändert. Und wenn das Unglück noch abgewendet werden kann, dann geschieht es nur durch Herrn Gert, der auch ein Wörtchen mitzureden haben wird, falls unser Herr Kommerzienrat mal das Zeitliche segnet. Gott erhalte ihn uns noch recht lange!«

»Hast du auch wieder Schlimmes über Georg Ruhland gehört, Vater?«, fragte Heinz.

»Mehr als genug. Und seinem armen Vater drückt die Sorge um ihn das Herz ab. Ich merke es ihm an. Heute, als er mit Herrn Gert vor mir stand, leuchtete ihm der Stolz aus den Augen. Und auch wenn man ihn mit dem gnädigen Fräulein sieht, ist er heiter und froh. Aber mit seinem ältesten Sohn steht er sich schlecht. Da herrscht kein schönes Verhältnis, wie es zwischen Vater und Sohn sein soll. Und daran ist nur der Sohn schuld. Aber wir können nichts daran ändern, Kinder. Und ich bin müde und will zu Bett gehen. Tante Anna macht auch schon kleine Augen und hat an ihrem Strickstrumpf Maschen fallen lassen.«

Käthe nahm lachend der alten Frau den Strickstrumpf aus der Hand.

»Lass mich die Maschen aufheben, du quälst dich zu lange damit herum, Tante Anna.«

Die alte Frau nickte. »Ja doch, du hast noch gute Augen. Im Frühjahr bin ich immer so zeitig müde.«

»Weil du jede freie Stunde im Garten buddelst, das macht müde.«

»Kann schon sein. Also gute Nacht, Friedrich, gute Nacht, Kinder!«

Die Familienmitglieder trennten sich. Heinz stieg über die Holztreppe zu seinem Giebelstübchen hinauf, der Vater begab sich in sein Schlafzimmer, und Käthe und Tante Anna suchten ihr gemeinsames Schlafgemach auf. Käthe trat ans Fenster, um die Vorhänge zu schließen. Ehe das geschah, zuckte sie erschrocken zusammen. Draußen vor dem Gartentor sah sie einen hochgewachsenen Herrn in einem eleganten Mantel stehen. Er sah zu ihr herüber. Käthe fröstelte unwillkürlich und schloss rasch die Vorhänge. Das war doch Georg Ruhland! Was suchte der hier? Weshalb sah er nach ihrem Häuschen herüber?

Herzklopfend blickte sie noch einmal durch einen schmalen Spalt der Vorhänge hinaus. Aber da war die Gestalt verschwunden, nichts war mehr zu sehen.

Käthe schalt sich selbst aus. Ich sehe wohl Gespenster. Es muss ein Irrtum gewesen sein. Und wenn er es wirklich war, dann war es wohl nur ein Zufall, dass er hier stehen blieb und herüberschaute.

So versuchte sie sich zu beruhigen. Der Tante sagte sie kein Wort von ihrer Beobachtung. Aber sie wurde ein beklommenes Gefühl nicht los. Und sie lag, gegen ihre Gewohnheit, lange wach und hatte ein unklares Gefühl der Furcht.

Es war am nächsten Sonntag. Heinz Lindner machte allein einen Waldspaziergang. Er hatte bis spät in die Nacht hinein an seiner Erfindung gearbeitet, und nun war ihm der Kopf etwas benommen. Deshalb wollte er sich im Freien auslaufen, ehe er wieder an seine Arbeit ging. Käthe hatte ihn nicht begleiten wollen, weil sie an ihrer Garderobe allerlei in Ordnung zu bringen hatte.

Fast eine Stunde war Heinz durch den Wald gegangen, als er an einen Waldquell gelangte, der verträumt über moosiges Gestein dahinplätscherte.

Voll Entzücken ließ er seinen Blick umherschweifen. Dies war das schönste Fleckchen im ganzen Wald. Rings um die Quelle lag eine saftgrüne Waldwiese, auf der allerlei Frühlingsblumen blühten.

Feiertagsstille herrschte ringsum; nur die Vögel sangen und zwitscherten in heller Daseinsfreude ihre Lieder.

Heinz lehnte sich an einen Baumstamm und sah auf die plätschernde Quelle herab. Er kam ins Träumen. Seine Sehnsucht flog zu Rose Ruhland mit einer Inbrunst, die ihn fast körperlich schmerzte.

Er wusste, dass diese Liebe vermessen war, wusste, dass sie nie Erfüllung finden konnte, wenn nicht ein Wunder geschah.

Ein Wunder?
Er seufzte.
Es geschahen keine Wunder mehr. Oder doch?

Die Stille um ihn her wurde plötzlich durch das Schnauben eines Pferdes unterbrochen. Zusammenschreckend wandte sich Heinz zur Seite und sah unweit von sich den Kopf eines Pferdes zwischen den Büschen hervorragen. Das Pferd stand still.

Heinz beugte sich vor, um zu sehen, welchen Reiter es auf seinem Rücken trug. Und in seine Stirn stieg eine jähe Röte. Seine Augen erblickten Rose Ruhland. Sie saß in Gedanken versunken auf dem Rücken ihres Pferdes und blickte, wie er es zuvor getan hatte, verträumt auf den Waldquell. Ohne sich zu rühren, blieb Heinz Lindner stehen und sah sich einmal so recht von Herzen satt an der lieblichen Erscheinung.

Hatte sein Blick magnetische Kraft? Nach einer Weile wandte Rose langsam, wie einem inneren Zwang folgend, ihr Gesicht nach der Stelle, wo er stand. Und ihre Augen trafen in die seinen.

Es war ein Moment, der über das Schicksal zweier Menschen entschied.

So verharrten sie reglos – sie wussten beide nicht, wie lange. Endlich riss sich Rose aus ihrer Versunkenheit auf, rückte sich im Sattel zurecht und lächelte ein hilfloses Lächeln.

Da wich auch von Heinz Lindner der süße, lähmende Bann, und einen Schritt vortretend zog er seinen Hut und verbeugte sich grüßend.

Er erwartete, dass Rose nun stumm an ihm vorüberreiten würde. Aber sie ließ ihr Pferd im langsamen Schritt auf ihn zugehen und hielt es neben ihm an.

»Sie hatten sich auch in den Zauber dieses reizenden Waldwinkels vertieft, Herr Lindner?«, sagte sie freundlich, ihr Herzklopfen zur Ruhe zwingend.

»So ist es, gnädiges Fräulein, es ist die schönste Stelle im ganzen Wald.«

»Das finde ich auch. Hier ist mein Lieblingsplatz, und ich suche ihn oft auf, zu Fuss und zu Pferd. Sie haben freilich dazu nur an den Sonntagen Zeit.«

Artig, aber vollkommen ungezwungen stand er vor ihr. Sie sah auf seine kraftvolle schlanke Gestalt herab und freute sich, dass er so gut und vornehm aussah in dem dunkelblauen Anzug. Nichts an ihm verriet, dass er einer anderen Sphäre entstammte als sie selbst.

»Ich komme allerdings nur sonntags in den Wald, gnädiges Fräulein.«

»Und heute sind Sie einmal nicht in Gesellschaft Ihrer Schwester? Sonst sehe ich Sie fast immer zusammen.«

»Meine Schwester ist auch mein liebster Kamerad. Aber am Sonntagvormittag hat sie immer mit Nähereien zu tun, und da muss ich allein gehen.«

»Nun, jedenfalls freue ich mich, Sie getroffen zu haben – ich habe Ihnen nämlich etwas zu sagen.«

Überrascht, fragend sah er zu ihr auf.

»Was könnte das sein, gnädiges Fräulein?«

Sie sah lächelnd in seine Augen. »Ich wollte Ihnen danken, noch nachträglich danken, dass Sie meinem Bruder Gert vor Jahren das Leben gerettet haben. Ich habe es erst vor ein paar Tagen erfahren.«

Seine Stirn rötete sich. »Gnädiges Fräulein, es ist mir peinlich, dass diese harmlose Jungengeschichte jetzt noch zu einer grossen Tat gestempelt wird. Ich hatte es längst vergessen.«

»Sie durften es vergessen, aber nicht mein Bruder. Und nun, da wir es wissen, auch wir nicht. Darf ich Ihnen nicht danken?«

Er war verlegen, als sei er auf einer schlimmen Tat ertappt worden. »Bitte, beschämen Sie mich doch nicht! Es gibt nichts zu danken, ich habe wahrlich nichts Großes getan.«

»Meinem Bruder und uns gilt sein Leben als etwas Großes. Und so gern Sie Ihre Tat auch verkleinern möchten, es gelingt Ihnen nicht. Warum sehen Sie so zornig aus?«

Er zuckte fast unwillig die Achseln. »Bitte, gnädiges Fräulein, sprechen Sie nicht davon – es ist mir wirklich peinlich.«

»Das soll natürlich nicht sein. Aber Sie machen mich traurig.«

Mit einem raschen, unruhigen Blick sah er zu ihr auf. »Das will ich gewiss nicht. Warum mache ich Sie traurig, gnädiges Fräulein?«

»Weil Sie meinen Dank zurückweisen. Denken Sie, Ihre Schwester habe erfahren, dass Ihnen jemand das Leben gerettet hat! Würde sie nicht den Wunsch haben, diesem Jemand zu danken? Ich stehe mit meinem Bruder Gert in einem gleich innigen Verhältnis wie Sie mit Ihrer Schwester. Weisen Sie nun noch immer meinen Dank zurück?«

Unsicher sah er zu ihr auf, und in seinen Augen lag ein Ausdruck, der sie seltsam erregte. »Gnädiges Fräulein, ich will Sie gewiss nicht traurig machen, aber bitte – verstehen Sie mich doch!«

»Ich verstehe Sie sehr gut. Aber Sie sollen sich ja nur von mir die Hand drücken lassen, nichts weiter. Sind Sie denn auch dazu zu stolz? Das kann Sie doch nicht demütigen und beschämen.«

Seine Augen leuchteten auf. »Nein, das kann mich nur beglücken«, stieß er erregt hervor.

Sie errötete unter seinem aufleuchtenden Blick, reichte

ihm aber mit einem lieben Lächeln ihre Hand, nachdem sie schnell den Reithandschuh abgestreift hatte.

»Also meine Hand zum Dank, Herr Lindner.«

Er fasste behutsam nach der feinen, schlanken Hand. Aber als er die weichen, zarten Finger spürte, umschloss er sie mit einem festen, warmen Druck und führte sie an seine Lippen.

Eine ganze Weile ließ sie ihre Hand in der seinen ruhen, bis er sie aufatmend, mit einer Verbeugung, freigab. Mit verhaltener Stimme sagte er, einen Schritt zurücktretend:

»Wenn ich eine sehr große Tat getan hätte, so hätte ich nicht reicher belohnt werden können.«

Sie saß mit vorgeneigtem Kopf auf ihrem Pferd und sah in sein zuckendes Gesicht. Sie wusste von diesem Augenblick an, dass sie von Heinz Lindner geliebt wurde. Und mit einem fast andachtsvollen Gefühl schloss sie einen Moment die Augen. Als sie sie öffnete, hatte er sich wieder in der Gewalt und stand scheinbar ruhig und beherrscht vor ihr.

»Sind Sie auf dem Nachhauseweg wie ich?«, fragte sie scheinbar unbefangen.

»Ich war allerdings dabei, den Heimweg anzutreten.«

»Oh, dann können wir ihn in Gesellschaft zurücklegen. Ich reite im Schritt und wir können zusammen plaudern – wenn Sie nicht die Einsamkeit vorziehen.«

»Ich weiß sehr wohl, gnädiges Fräulein, dass Sie mir eine Auszeichnung zuteilwerden lassen, und Sie machen mich glücklich damit.«

Sie lächelte schelmisch und ließ ihr Pferd im Schritt weitergehen.

»Oh, es ist nur Egoismus von mir. Ich habe nun doch Gesellschaft. Und ich unterhalte mich gern noch ein wenig mit

Ihnen. Wissen Sie, dass Sie mich immer interessiert haben, Sie und Ihr Fräulein Schwester?«

»Können zwei so schlichte Menschen wie wir von Interesse für Sie sein, gnädiges Fräulein?«

»Oh ja. Ich bin mit meinem ganzen Herzen bei den Carolawerken, weil ich weiß, dass auch meines Vaters Herz daran hängt. Wir sprechen über alles, was in den Werken vorgeht. So habe ich auch Ihren und Ihrer Schwester Werdegang mit Interesse verfolgt. Und Sie haben mir beide imponiert. Manchmal bin ich sogar ein wenig neidisch auf Sie gewesen.«

Fragend sah er sie an. »Neidisch? Das verstehe ich nicht. Meine Schwester und ich sind zwar beide sehr zufrieden mit unserm Los. Aber das Ihre dürfte doch noch beneidenswerter sein.«

»Glauben Sie? Nun ja, ich bin die Tochter des Chefs der Carolawerke, ich habe einen Vater, der mich zärtlich liebt und den ich für den besten aller Väter halte. Auch mein Bruder Gert liebt mich sehr und wird von mir wiedergeliebt. Ich kann mir so ziemlich alle Wünsche erfüllen oder erfüllen lassen. Aber eins fehlt mir doch – ein köstliches Bewusstsein, das Sie und Ihre Schwester ganz erfüllen muss.«

Es fiel Heinz auf, dass Rose weder von ihrer Mutter noch von ihrem ältesten Bruder sprach, und er erklärte sich das im richtigen Sinn, ohne natürlich etwas darüber zu sagen. Er fragte nur: »Welches Bewusstsein meinen Sie, gnädiges Fräulein?«

»Das Bewusstsein, dass Sie zu etwas nütze sind auf der Welt, dass Sie durch eigene Kraft Ihr Schicksal zimmern können. Ich bin so ein nutzloses Wesen!«

Seine Augen strahlten zu ihr auf. »Unser Herrgott kann

doch in seinem Menschengarten nicht lauter nützliche Pflanzen und Gewächse ziehen. Wie leer würde die Welt aussehen, wenn er nicht auch die Blumen erschaffen hätte, die unser Auge erfreuen und mit ihrem süßen Duft laben. Meinen Sie, dass die Blumen nutzlos blühen?«

Sie lachte leise. »Ei, Sie verstehen es, Komplimente zu machen, Herr Lindner.«

»Das soll kein Kompliment sein – nur ein Beispiel. Ich meine, es ist eine irrige Ansicht von Ihnen, dass Sie sich nutzlos fühlen. Sie nützen doch zum Beispiel durch Ihr Dasein Ihrem Herrn Vater, Ihrem Herrn Bruder. Sie geben ihnen Sonnenschein und Freude – und singen ihnen Ihre schönen Lieder.«

Überrascht sah sie ihn an.

»Woher wissen Sie, dass ich singe?«

Seine Stirn rötete sich, und eine Weile war er verlegen. Aber dann richtete er sich freimütig auf und sagte: »Ich habe Sie singen hören, und meine Schwester auch. Sie dürfen uns darum nicht zürnen. Meine Schwester und ich gehen fast jeden Abend nach dem Abendessen noch ein Stück am Flussufer spazieren. Und da hörten wir Ihren Gesang über den Fluss herüber, weil die Fenster in der Villa Ruhland offen standen.«

Sie sah eine Weile sinnend vor sich hin, und er fürchtete schon, sie durch sein Geständnis erzürnt zu haben.

»Jetzt haben *Sie* mich beschämt. Ich hatte keine Ahnung, dass Sie meinen Gesang belauscht haben«, sagte sie nach einer Weile.

»Sonst hätten Sie wohl das Fenster geschlossen«, entfuhr es seufzend seinen Lippen.

»Vielleicht hätte ich es auch recht weit aufgemacht.«

»Gnädiges Fräulein!«

Es klang wie verhaltener Jubel aus seiner Stimme, der sie seltsam ergriff. Leise sagte sie: »Ich will in Zukunft, wenn ich wieder einmal des Abends singe, jedenfalls daran denken, dass vielleicht drüben über dem Fluss Lauscher stehen, die von dem Konzert profitieren wollen.«

»Sie sind ein Engel an Güte«, sagte er mit verhaltener Stimme.

Ihre Rührung verbergend, schüttelte sie lächelnd den Kopf. »Vielleicht bin ich nur eitel und will meinen Gesang bewundern lassen.«

»Oh, Sie haben sicher andere und bessere Gelegenheit, sich bewundern zu lassen. Was kann Ihnen an der Bewunderung von zwei schlichten Arbeiterkindern liegen?«

Sie rückte sich stolz im Sattel zurecht. »Mein Vater ist auch ein Arbeiterkind, Herr Lindner, und ich bin die Enkelin eines Arbeiters und sehr stolz auf meinen Großvater. Vielleicht fühle ich mich auch deshalb nicht wohl als Lilie auf dem Feld, weil ich Arbeiterblut in den Adern habe. Aber wenn ich das laut werden lasse, zankt Mama mit mir. Sie ist außer sich, wenn ich mich nach nützlicher Beschäftigung sehne. Um nur etwas zu tun, treibe ich allerlei brotlose Künste und bereichere mein Wissen. Aber im Grund ist auch das nutzlos, da ich es nicht verwenden kann. Namen sind Schicksale – ich heiße Rose, wie Sie wohl wissen.«

Heinz Lindner schritt neben ihr her wie im Traum. Er konnte es nicht fassen, dass Rose Ruhland so mit ihm sprach, so schlicht und natürlich und als sei sie seinesgleichen.

Aufatmend entgegnete er fast andächtig: »Und die Rosen sind als Meisterwerke der Natur aus der Hand des Schöpfers hervorgegangen, gnädiges Fräulein.«

Eine Weile herrschte tiefes Schweigen zwischen ihnen, während sie ihren Weg fortsetzten. Aber ist es ein Schweigen zu nennen, wenn der Mund keine Worte findet, weil die Herzen miteinander reden in einer Sprache, die nur sie verstehen können?

Das Frühlingsweben im Wald hüllte die beiden jungen Menschen mit seinem Zauber ein. Wunderselig war beiden zumute.

Das Herz klopfte Heinz in raschen, lauten Schlägen. Seine Hand fasste instinktiv nach dem Zügel ihres Pferdes, als fürchte er, sie könne ihm entgleiten. Da wachte Rose aus ihrem Traum auf und lächelte verwirrt. Und dann sagte sie eifrig, um das Schweigen vergessen zu lassen:

»Ich habe nun auch einen Ausweg gefunden aus meiner quälenden Tatenlosigkeit. Neulich ging ich an einem Vormittag durch die Straßen. Ich sah da viel kleine Kinder unbeaufsichtigt spielen, und eines davon wäre fast unter ein Fuhrwerk geraten. Die Mutter des Kindes und ich kamen zu gleicher Zeit herbei, um das Kleine vor dem Überfahrenwerden zu retten. Die Mutter war vom Waschfass fortgelaufen und drückte das Kind fest an sich.

›Man kann die Kinder doch bei dem schönen Wetter nicht im Haus halten, gnädiges Fräulein. Aber von der Arbeit kann man auch nicht fort, und so ist man immer in Angst, dass ihnen etwas geschieht‹, sagte sie.

Ich sprach eine Weile mit ihr und erfuhr, dass die Mütter mit diesen kleinen Kindern, die noch nicht zur Schule gehen, an den Vormittagen viel Mühe haben. Die Mütter haben dann mit dem Haushalt und dem Kochen zu tun und können sich den Kindern nicht widmen. Da ist mir ein guter Gedanke gekommen. Ich werde eine Art Kindergarten gründen und die Kleinen beaufsichtigen und beschäftigen. Dann sind die Mütter diese Sorge los, und ich kann mich nützlich betätigen. Wie finden Sie diese Idee?«

»Herrlich, gnädiges Fräulein«, sagte er überzeugt.

»Ich bin noch dabei, den Plan auszuarbeiten. Aber er steht fest bei mir, und ich freue mich darauf. Aber – da bin ich am Parktor. Der Weg ist mir sehr kurz geworden in Ihrer Gesellschaft.«

Heinz sah das Parktor wie einen Feind an und atmete tief auf. »Ich fürchte, Sie spotten über mich, gnädiges Fräulein. Wahrscheinlich war ich Ihnen ein recht langweiliger Gesellschafter.«

Sie lachte ihn schelmisch an. »Sie wollen wohl nur das Gegenteil von mir hören. Aber ich will Sie nicht eitel machen. Vielen Dank für Ihre Begleitung! Und morgen Abend will ich Ihnen zum Dank einige Lieder singen, wenn Sie wieder mit Ihrer Schwester am Flussufer spazierengehen. Ich werde dieses Konzert eigens für Sie veranstalten. Bitte, grüßen Sie Ihre Schwester von mir!«

»Meine Schwester wird sich freuen. Vielen Dank für Ihre gütige Erlaubnis, dass wir Ihren Liedern lauschen dürfen.«

»Das sollen Sie dürfen, sooft Sie wollen. Aber morgen singe ich für Sie beide allein. Und nun auf Wiedersehen!«

»Auf Wiedersehen, gnädiges Fräulein – und vielen Dank!«

Sie nickte ihm noch einmal lächelnd zu und ritt durch das offene Parktor davon.

Er blieb wie verzaubert stehen und sah ihr nach, bis sie seinen Blicken entschwunden war. Dann atmete er tief auf und setzte langsam seinen Weg fort.

6

Am nächsten Vormittag trat Käthe Lindner pünktlich um zehn Uhr in das Privatkontor von Georg Ruhland. Er saß am Schreibtisch, und obwohl er schon unruhig auf ihr Erscheinen gewartet hatte, blieb er eine Weile sitzen, ohne sich nach ihr umzuwenden.

Käthe blieb abwartend stehen.

Endlich wandte er den Kopf.

»Oh, Sie sind es, Fräulein Lindner. Ist es schon zehn Uhr?«

»Ja, Herr Ruhland.«

»Schön. Nehmen Sie Ihren Platz ein! Hier haben Sie eine Anzahl Briefe, die beantwortet werden sollen. Zwei in französischer Sprache, die anderen englisch. Ich habe kurze Notizen an den Rand gemacht, in welchem Sinn die Antwort abgefasst werden soll. Wenn Ihnen etwas unklar ist, fragen Sie mich!«

Er reichte ihr die Briefe, und sie ließ sich auf ihren Platz an der Schreibmaschine nieder. Emsig, ohne aufzusehen, erledigte sie ihre Aufgabe. Aber sie hatte dabei wieder ein seltsam unbehagliches Gefühl, wie immer in Georg Ruhlands Nähe.

Einmal erhob er sich und trat dicht hinter sie. Er blickte auf ihren weißen Nacken herab. Und es zuckte ihm in den Lippen. Sie brannten im Begehren, sich auf ihren weißen Nacken zu pressen.

Käthe fühlte instinktiv seine Nähe. Sie wurde unruhig

und machte Fehler. Und sie musste einen neuen Briefbogen einlegen.

»Haben Sie sich erschreckt, Fräulein Lindner?«, fragte Georg mit auffallend weicher, schmeichlerischer Stimme, die sie noch mehr verwirrte und beunruhigte.

»Ich bitte um Entschuldigung, es passiert mir sonst fast nie, dass ich mich verschreibe.«

Ein eitles, sieghaftes Lächeln umspielte seinen Mund. Er nahm ihr den verdorbenen Briefbogen so aus der Hand, dass seine Rechte sich über die ihre legte.

Käthe zuckte zusammen und zog ihre Hand schnell zurück, als habe sie glühendes Eisen berührt.

Georg war weit davon entfernt, das für ein Zeichen des Abscheus zu halten. Er glaubte, es sei Verlegenheit, und als er merkte, dass ihr das Blut in die Wangen stieg, wurde er seiner Sache noch sicherer.

Die Kleine ist reizend in ihrer Verwirrung. Sie beginnt zu fühlen, dass sie mich reizt. Also schüren wir das Feuer, das wir in ihrem Herzchen angezündet haben, langsam und sicher, sagte er zu sich selbst.

Und laut fuhr er fort: »Es ist ja kein Unglück, Fräulein Lindner, Sie schreiben den Brief noch einmal.«

Käthe begann von Neuem. Und sie war so sehr an strenge Selbstzucht gewöhnt, dass sie schnell ihre Ruhe zurückerlangte und den Brief nun tadellos zu Ende schrieb.

Stumm legte sie ihn auf Georgs Schreibtisch und begann ein neues Schreiben zu beantworten. Eine Stelle in diesem Schreiben war ihr unklar. Sie wandte sich nach Georg um. Er stand mit untergeschlagenen Armen an seinen Schreibtisch gelehnt und sah sie mit einem Blick an, in dem eine seltsam suggestive Kraft lag. Diese Kraft hatte er schon an vielen Frauen erprobt. An Käthes stolzer Reinheit zerbrach sie jedoch wirkungslos. Sie empfand den Blick nur als eine Beleidigung, und wieder schoss ihr das Blut jäh in die Wangen.

Käthes Lippen zuckten nervös, als sie fragte:

»Soll Malrot & Co. die Lieferung für den 15. Juni oder für den 15. Juli zugesichert werden? Es fehlt in Ihrer Notiz eine Angabe darüber.«

Er trat ganz dicht an sie heran, so dass er mit seinem Arm ihre Schulter berührte. Hastig wich sie zur Seite. Aber nun beugte er sich über sie, so dass sie mit einem unbehaglichen Gefühl seinen Atem auf ihrem Nacken spürte.

»Zeigen Sie mir die Stelle, Fräulein Käthchen!«, sagte er schmeichlerisch.

Sie presste die Lippen fest aufeinander. Am liebsten wäre sie aufgesprungen und hätte sich verbeten, dass er sie beim Vornamen nannte. Aber sie entschloss sich doch, es zu ignorieren.

Sie legte den Brief neben sich hin und deutete mit der Hand auf die fragliche Stelle. Er sah, dass diese schöne, schlanke Mädchenhand leise bebte. Das erregte ihn noch mehr.

Er beugte sich so tief herab, dass seine Wange ihr lockiges Haar berührte.

»Ach so, ich sehe – ja, also am 15. Juli«, sagte er langsam und wandte sein Gesicht so, dass er mit den Lippen ihr Haar berührte.

Käthe saß wie gelähmt. Sie fühlte diese leise Berührung und konnte doch nicht dagegen protestieren, weil sie nicht genau wusste, ob er ihr absichtlich so nahe gekommen war.

Starr auf ihre Arbeit sehend, die Lippen zusammengepresst, begann sie wieder zu schreiben. Ihre Nerven vibrierten. Sie wäre am liebsten aufgestanden und davongegangen. Aber sie sagte sich, dass sie es nicht tun konnte, nicht tun durfte, ohne einen triftigen Grund. Und ein solcher war nicht vorhanden.

Jedenfalls beeilte sie sich, sosehr sie konnte, um mit ihrer Arbeit fertig zu werden und aus seiner Nähe zu kommen.

Georg Ruhland war zu der Einsicht gekommen, dass er heute nicht weiter gehen durfte. Er wollte eben wieder an seinem Schreibtisch Platz nehmen, als die kleine Tür geöffnet wurde, die in seines Bruders Privatkontor führte.

Gert trat ein.

Georg fuhr nach ihm herum. »Was willst du, Gert?«

Gert stutzte einen Moment, als er Käthe Lindner sitzen sah. Sie sah nicht auf von ihrer Arbeit, hatte aber mit einem raschen Seitenblick sein Eintreten bemerkt.

Mit einem unerklärlich unruhigen Gefühl sah Gert auf seinen Bruder und auf Käthe. »Verzeih, wenn ich störe, ich wusste nicht, dass du nicht allein bist, Georg.«

»Ich habe mit Fräulein Lindner wichtige ausländische Korrespondenzen zu erledigen. Was führt dich zu mir?«

»Ich wollte mir nur einige geschäftliche Auskünfte von dir holen. Das kann aber auch später geschehen.«

»Gut, so komme später wieder! Überhaupt möchte ich dich bitten, mich in der nächsten Zeit vormittags nicht zu stören, da ich angestrengt zu arbeiten habe.«

Gert machte eine Verbeugung gegen Käthe, die sie mit einem Neigen ihres Hauptes erwiderte. Sie wurde dabei sehr rot. Gert sah es und wusste es sich nicht zu deuten.

Langsam verließ er das Zimmer wieder.

Als er drüben in seinem Privatkontor stand, sah er nachdenklich vor sich hin. Etwas in Georgs Wesen war ihm verdächtig erschienen. Seine Augen hatten unstet geflackert, und seine Stimme hatte heiser und unfrei geklungen. Und Fräulein Lindner war rot geworden?

Was sollte das bedeuten?

Eine seltsame Unruhe bemächtigte sich Gerts. Er dachte an das, was ihm sein Vater über Georg gesagt hatte. Sein Herz klopfte plötzlich hart und laut in der Brust.

Er hatte all die Tage seit seiner Heimkehr oft genug Gelegenheit gehabt, Käthe Lindner zu sehen. Und seine Augen hatten immer mit Wohlgefallen auf ihr geruht. Sie gefiel ihm nicht nur, weil sie schön war, sondern auch, weil die gesunde Frische ihres Wesens, ihre selbstverständliche, anmutige Art des Auftretens und ihre stolze, ruhige Bescheidenheit ihn anzogen.

Und als er nun Käthe im Zimmer seines Bruders gesehen hatte, hatte ihn eine unerklärliche Angst überfallen.

»Wenn er ihr etwas zuleide tun würde – ich –«

Er dachte diesen Gedanken nicht zu Ende und setzte sich, unwillig über sich selbst, an seinen Schreibtisch. Er fuhr sich mit der Hand über die Stirn, als sei ihm zu heiß. Und ein fester Entschluss prägte sich in seinen Zügen aus.

»Wenn Fräulein Lindner vormittags nicht auf ihrem Platz im Korrespondenzsaal ist, wird sie in Georgs Zimmer sein. Und dann wird mich nichts abhalten, ihn zu stören«, sagte er zu sich.

Und dieser Entschluss beruhigte ihn ein wenig.

Am Abend dieses Tages gingen die Geschwister Lindner nach dem Abendessen wieder am Fluss spazieren. Als sie die Stelle erreicht hatten, wo am gegenüberliegenden Ufer die Villa Ruhland lag, erzählte Heinz seiner Schwester, dass er Rose Ruhland verraten hatte, dass sie ihren Gesang belauschten, und dass sie heute Abend nur für sie beide singen wollte.

Käthe merkte, dass ihr Bruder bei diesem Bericht seltsam erregt war. Besorgt sah sie ihn an. Zum ersten Mal fiel es ihr auf, dass er in einem besonderen Ton von Rose Ruhland sprach. Es beunruhigte sie ein wenig, aber sie äußerte nichts darüber.

Sie sahen beide nach der Villa Ruhland hinüber und erblickten am offenen Fenster eine schlanke weibliche Gestalt im weißen Kleid, die sich scharf von dem hellen Hintergrund abhob.

Rose Ruhland hatte vom Fenster aus die beiden Gestalten jenseits des Flusses im hellen Mondlicht stehen sehen und entfernte sich nun vom Fenster. Und wenige Minuten später klang ihr warmer Mezzosopran über den Fluss hinüber. Reglos lauschten die Geschwister dem Gesang. Vielleicht hatte Rose noch nie so schön gesungen wie heute. Oder schien es dem lauschenden Mann nur so, weil er wusste, dass sie für ihn sang?

Reglos standen die Geschwister noch, als die Lieder verklungen waren. Heinz wartete sehnsüchtig darauf, dass Rose noch einmal am Fenster erscheinen würde. Aber es geschah nicht.

Käthe fasste endlich seinen Arm.

»Komm, Heinz, lass uns heimgehen.«

Da schritt er neben ihr dahin. Wenn er allein gewesen wäre, hätte er wohl noch stundenlang auf derselben Stelle gestanden.

Eine Woche war vergangen. Käthe war täglich in Georgs Privatkontor befohlen worden. Es war ihr peinlich, aber was half es? Sie musste sich fügen! Sie wurde auch wieder ruhiger, als Georg in den nächsten Tagen ziemlich korrekt blieb.

Nur manchmal sagte er ihr irgendein Wort, das eine doppelte Deutung zuließ und das sie beunruhigte, ohne dass sie es hätte zurückweisen dürfen. Er machte ihr versteckte Komplimente, und zuweilen stellte er sich dicht hinter sie und beugte sich so nahe zu ihr herab, dass es ihr unangenehm war. Doch vermied er, etwas zu tun, was sie sich ernstlich hätte verbitten können.

Von Tag zu Tag hoffte sie, dass Georg auf ihre Hilfe verzichten würde, aber es geschah nicht.

Dass Georg noch nicht aggressiver gegen sie vorgegangen war, hatte einen besonderen Grund.

Gert sah jeden Vormittag nach Käthes Platz im Korrespondenzsaal. War er leer, machte er sich, trotz seines Bruders Abwehr, immer wieder in dessen Zimmer etwas zu schaffen, so dass Georg nie ganz sicher war, dass er ihn nicht überraschte.

Er wurde ziemlich nervös darüber und merkte bald die Absicht. Gert ließ sich jedoch, auch durch seine unliebenswürdige Art, nicht abschrecken, immer wiederzukommen.

Käthe war es eine große Beruhigung, dass Gert Ruhland jeden Morgen hereinkam; sie ahnte nicht, dass er es nur ihretwegen tat. Wie hätte sie annehmen können, dass er sich um sie sorgte und bangte!

Weder ihrem Bruder noch ihrem Vater hatte sie etwas von ihrer Besorgnis erzählt. Auf keinen Fall wollte sie die beiden beunruhigen, wenn es nicht unbedingt nötig war.

Ihr Bruder war ohnedies in einer seltsam erregten Stimmung. Jeden Abend ging er hinaus ans Flussufer. Käthe begleitete ihn wie sonst, aber sie fühlte, dass er mit seinen Gedanken nicht bei ihr war.

So kam der nächste Sonntag heran. Und auch an diesem Sonntagmorgen trieb es Heinz in den Wald hinaus. Unwillkürlich, von einer ungewissen Sehnsucht getrieben, lenkte er seine Schritte wieder der Waldwiese zu. Es war ein sehnendes Hoffen in seiner Seele, dass er Rose Ruhland wieder begegnen möchte.

Und seine Sehnsucht musste wohl Gewalt über Rose gehabt haben, denn als er auf die Waldwiese hinaustrat, sah er sie auf einem der moosbedeckten Steine am Waldquell sitzen. Als sie ihn erblickte, sah sie ihn lächelnd und ohne Überraschung an.

»Nicht wahr, dieses Waldidyll ist so schön, dass man es immer wieder aufsuchen muss«, sagte sie scheinbar unbefangen. Aber er merkte doch mit heimlicher Erregung, dass sie mit einer leichten Verlegenheit zu kämpfen hatte.

Er verneigte sich und zog den Hut. »Ich muss ganz offen gestehen, gnädiges Fräulein, dass ich heute die Waldquelle in der heimlichen Hoffnung aufsuchte, Ihnen nochmals begegnen zu dürfen. Es trieb mich, Ihnen meinen Dank abzustatten für die wunderbaren Lieder, die ich habe hören dürfen.«

Sie errötete leicht und sah auf den Quell herab, während ihre Hände mit Grashalmen spielten.

»Habe ich denn zu Ihrer Zufriedenheit gesungen?«, fragte sie lächelnd.

Er atmete tief auf. »Wir verlebten unsagbar genussreiche Stunden am Flussufer, meine Schwester und ich. Jeden Abend haben wir uns erlaubt, zuzuhören, gnädiges Fräulein.«

Sie nickte lächelnd. »Wir hatten ja hellen Mondschein

diese Woche, und ich habe Sie beide jeden Abend stehen sehen. Es freut mich, dass Ihnen meine Lieder gefallen haben.«

»Gefallen? Das ist nicht der rechte Ausdruck dafür. Bis ins tiefste Herz hinein hat mich Ihr Gesang bewegt. Und es tut mir sehr leid, dass ich all diese schönen Lieder nicht kenne – ich meine die Texte. Gar zu gern hätte ich sie wenigstens von den Liedern gewusst, die sie am Montagabend für uns allein gesungen haben.«

Sie sah lächelnd zu ihm auf. »Soll ich Ihnen die Texte aufschreiben?«

»Hieße das nicht, Ihre Güte missbrauchen?«

»Ich tue es gern.«

Er atmete tief und gepresst. »Sie sind unsagbar gütig, gnädiges Fräulein.«

»Gütig? Ist es gütig, wenn man tut, was einem Freude macht?«

»Kann es Ihnen Freude machen, mir diese Lieder aufzuschreiben?«

»Ich tue es nicht umsonst. Sie müssen mir einen Gegendienst leisten.«

»Oh, wenn ich das könnte!«

»Ja, Sie können es. Offen heraus, ich bin ebenfalls heute in der Hoffnung, Sie zu treffen, hierhergekommen, weil ich Sie um eine Gefälligkeit bitten wollte.«

»Bitte sprechen Sie, gnädiges Fräulein, ich werde mich glücklich preisen, Ihnen dienen zu können.«

»Aber Sie dürfen nicht so lange stehen bleiben – bitte, nehmen Sie doch Platz, hier sind ja noch mehr solche natürlichen Sessel vorhanden, wie ich einen benutze«, sagte sie, auf einen der moosbedeckten Steine deutend.

Er verneigte sich und ließ sich ihr gegenüber nieder.

»Also, ich sprach doch vorigen Sonntag von meinem Plan, meine freie Zeit den kleinen Kindern unserer Arbeiter zu widmen. Ich habe mich im Laufe dieser Woche mit den Müttern der Kleinen in Verbindung gesetzt und sie gefragt, ob sie damit einverstanden sind, dass ich die Kinder unter meine Obhut nehme. Sie haben alle zugestimmt. Wir haben einhundertundfünfzehn Kinder zusammengezählt. Die schulpflichtigen und die ganz kleinen, die noch nicht laufen können, scheiden aus. Mein Vater war gleich einverstanden mit meinem Plan und hat mir die Wiese zwischen den Werken und unserem Park für meine Schützlinge als Spielplatz zur Verfügung gestellt. Mama wollte freilich dagegen protestieren, dass ich als Kindergärtnerin fungieren will, aber Papa hat mir geholfen, ihren Widerstand zu besiegen. Und er will mein Vorhaben nach Kräften unterstützen. Er hat mir gestattet, zwei geprüfte Kindergärtnerinnen zu engagieren. Das ist bereits geschehen. Sie holen die Kinder frühmorgens in ihren Wohnungen ab und bringen sie nach der Wiese. Bei schlechtem Wetter und im Winter stellt mir Papa die alte Arbeiterkantine zur Verfügung, die dicht neben der Wiese liegt und jetzt nicht mehr benutzt wird. Da kann ich die Kinder auch bei schnell hereinbrechendem Unwetter hineinbringen.«

Bewundernd sah er sie an. »Wie gut und praktisch Sie sich das alles ausgedacht haben, gnädiges Fräulein!«

»Ich habe mir wirklich viel Mühe gegeben, alles gut einzurichten, denn ich bin nun doch verantwortlich für das Wohl meiner Schützlinge. Frühmorgens um acht Uhr werden die Kinder abgeholt. Um halb neun Uhr treffen sie auf der Wiese ein. Dann bin ich schon anwesend, um mich ebenfalls den Kindern zu widmen. Es steht schon alles fest.«

»Sie haben viel geschaffen in dieser kurzen Zeit«, sagte er anerkennend.

»Es soll doch alles schnell in die Wege geleitet werden. Und es ist ein so herrliches Gefühl für mich, zu etwas nütze zu sein, Verantwortung zu haben. Mein Bruder Gert hat mir auch eine große Freude gemacht, als er von meinem Vorhaben hörte. Er hat mir für meine Schutzbefohlenen eine Stiftung gemacht. Jedes Kind soll täglich zwei Glas Milch bekommen. Die Milch wird in Kübeln in die Kantine gebracht. Das erste Glas erhalten die Kinder früh, wenn sie kommen, das andere, ehe sie nach Hause gehen. Und zu jedem Glas Milch erhalten sie ein Weißbrötchen. Die Milch und die Brötchen stiftet mein Bruder Gert.«

Er lächelte gerührt über ihre Freude. »Es wird also eine herrliche Sache, gnädiges Fräulein.«

»Ich hoffe es.«

»Und wann werden Sie Ihr Amt als Schutzpatronin der Kleinen beginnen?«

»Morgen in vierzehn Tagen. So viel Zeit brauche ich noch, um alles vorzubereiten. Aber Sie wissen nun noch immer nicht, wozu ich Ihre Hilfe erbitten wollte. Dazu komme ich jetzt: Mein Kindergarten soll an meinem Geburtstag eröffnet werden, der also auf einen Montag fällt. Am Tag vorher, also am übernächsten Sonntag, will ich auch den größeren Kindern unserer Arbeiter eine Freude machen. Mama will zur Feier meines Geburtstages eine große Festlichkeit geben, zu der viele Gäste geladen werden sollen. Ich hätte aber meinen Geburtstag gern anders gefeiert – mit einem Kinderfest. Ich habe Kinder sehr gern, und es würde mir viel mehr Freude machen als Mamas geplante Feier. Von dieser Feier ist Mama freilich nicht abzubringen. Aber ich will auch mein Kinderfest haben und werde es einfach am Tag vor meinem Geburtstag veranstalten. Da dies ein Sonntag ist, passt es auch besser. Mama und mein Bruder Georg werden sicher schelten, wenn sie von meinem Plane hören. Sie sagen schon von meinem Kindergarten, es sei eine überspannte Idee. Aber Papa und Gert sind auf meiner Seite. Als mich Papa gestern Morgen fragte, was ich mir zum Geburtstag wünsche, habe ich gesagt: Viel Geld, Papa! Er fragte mich, wozu ich es haben wolle, und da habe ich ihm gesagt: Ich will den Kindern unserer Arbeiter am Tag vor meinem Geburtstag ein Waldfest geben. Da fragte er mich, wie ich es mir gedacht habe, und ich erklärte es ihm. Da meinte er lächelnd, dieser Geburtstagswunsch solle in Erfüllung gehen. Ich möge ruhig das Waldfest vorbereiten, wie ich es gern haben wolle. Das nötige Geld werde er mir anweisen. Und nun bin ich hierhergekommen, um zu sehen, ob sich diese schöne Waldwiese nicht zu einem herrlichen Festplatz eignet. Was meinen Sie?«

Er blickte sich auf der Wiese um. »Das ist ein reizender Festplatz, so reizend wie Ihre gütige Idee.«

Sie atmete erregt. »Ich freue mich darauf. Es sollen allerlei Belustigungen stattfinden, auch allerlei Spiele, wofür Preise ausgesetzt werden. Natürlich muss jedes Kind einen Preis bekommen, damit es keine betrübten Gesichter gibt. Ich bestelle diese Sachen in einem Berliner Geschäft, wo alles zu haben ist. Es müssen natürlich verschiedene Preise sein, dem Alter und Geschlecht angemessen. Dann werden Zelte aufgebaut – auch ein Küchenzelt, denn es muss für alle Kinder reichlich Schokolade und Kuchen geben. Dort drüben, dachte ich mir, müssten Tische und Bänke aufgeschlagen werden. Papa schickt einige Arbeiter zu diesem Zweck einige Tage vorher hierher. Ich hatte auch an ein Karussell gedacht, aber das nimmt zu viel Platz weg. Da bleibt nicht genug Raum für die Spiele.«

Ihr Eifer riss ihn mit fort. »Nein, ein Karussell würde keinen Platz haben. Aber man kann den Kindern andere Lustbarkeiten bieten.«

»Das meine ich auch. Den Abschluss des Festes habe ich mir so gedacht: Jedes Kind erhält bei Dunkelwerden einen Papierlampion. Bei dieser bunten Beleuchtung marschiert der Zug durch den Wald nach Hause. Natürlich muss Musik dabei sein.«

»Da wird es an festlicher Stimmung nicht fehlen.«

Sie legte die Hände gefaltet in den Schoß. »Nun komme ich endlich zu meiner Bitte. Ich brauche einige Helfer und Helferinnen, damit alles glatt vonstattengeht und alles gut vorbereitet wird. Mein Bruder Gert hat sich bereits dazu erboten. Auch sind dann die beiden Kindergärtnerinnen schon hier. Aber um reichlich fünfhundert Kinder zu beaufsichtigen, reicht diese Hilfe noch nicht. Und da habe ich nun an Sie und Ihr Fräulein Schwester gedacht. Zur Bewirtung der Kinder ziehe ich unsere Kantinengehilfen heran. Aber um die Leitung der Spiele zu überwachen und sonstige Direktiven zu geben, brauche ich noch zwei intelligente Helfer. Ich wäre, wenn ich Sie heute hier nicht getroffen hätte, morgen mit meiner Bitte zu Ihnen gekommen. Das tue ich natürlich außerdem noch, um Ihr Fräulein Schwester um ihre Mitwirkung zu bitten. Werden Sie mir meine Bitte erfüllen, Herr Lindner?«

Er sah sie an, dass ihr das Herz klopfte. »Mein gnädiges Fräulein, ich hoffe, Sie haben nicht daran gezweifelt, dass ich mich Ihnen mit Freuden zur Verfügung stelle. Und meine

Schwester wird ebenfalls gern bereit sein. Sie ist sehr kinderlieb. Also bitte, verfügen Sie über uns.«

Sie reichte ihm die Hand. »Ich danke Ihnen.«

Er führte ihre Hand an seine Lippen. »Ich habe zu danken, gnädiges Fräulein.«

Sie besprachen nun noch allerlei Einzelheiten. Rose erklärte, wo die Zelte stehen sollten und dass sie mit Blumen geschmückt werden müssten. Er gab ihr allerlei praktische Ratschläge und maß den verfügbaren Raum mit seinen Schritten aus.

Dann traten sie gemeinsam den Rückweg an, als könne es nicht anders sein.

Und sie plauderten zusammen wie gute Freunde.

Als sie sich am Parktor trennten, sagte Rose:

»Sobald ich Mamas Einwilligung zu meinem Waldfest habe, teile ich es Ihnen mit und bitte Sie dann mit Ihrem Fräulein Schwester, zu mir zu kommen, damit wir alles Weitere besprechen können. Jedenfalls besuche ich aber morgen Mittag Ihr Fräulein Schwester, um sie um ihre Mitwirkung zu bitten. Sie können schon ein gutes Wort für mich einlegen.«

»Dessen bedarf es nicht. Aber meine Schwester wird sich sehr freuen.«

»Bitte, bestellen Sie ihr einen Gruß!«

Er verneigte sich dankend.

»Also auf Wiedersehen, Herr Lindner! Und die Liedertexte schreibe ich Ihnen auf.«

»Vielen Dank für Ihre Güte.«

»Sie sollen nicht von Güte sprechen, wenn ich mir selbst eine Freude mache.«

»Nur gütige Menschen haben das Bestreben, anderen Menschen eine Freude zu machen.«

Lächelnd sah sie ihn an. Aber ihr Blick wurde ernst, als er in den seinen traf. Ein großes, tiefes Gefühl leuchtete ihr daraus entgegen. Und als sie so standen, Hand in Hand, Auge in Auge, da schien ihnen, als scheine die Sonne heller, als sängen die Vögel lauter und als blühten die Blumen schöner.

Aufatmend zog Rose ihre Hand zurück und nickte ihm noch einmal zu. Dann ging sie schnell davon.

Wie in ein Meer von Glückseligkeit versunken schritt Heinz Lindner weiter.

Rose aber summte ein Lied vor sich hin.

Und dies Lied schrieb sie, als sie nach Hause kam, für Heinz Lindner auf. Denn sie hatte es neulich für ihn gesungen.

> Wie berührt mich wundersam
> Oft ein Wort von dir,
> Das von deinen Lippen kam
> Und vom Herzen mir.
> Oh, welch süß Geheimnis trägt
> Still der Seele Band,
> Dass aus beider Herzen schlägt,
> Was ein Herz empfand.
> Was ist mein und was ist dein?
> Ach, du weißt es nicht,
> Dass aus mir in Lust und Pein
> Deine Seele spricht.

Noch einige andere Lieder schrieb sie für ihn auf. Darunter »Ich liebe dich« von Grieg:

> Du mein Gedanke, du mein Sein und Werden!
> Du meines Herzens erste Seligkeit!
> Ich liebe dich wie nichts auf dieser Erden,
> Ich liebe dich in Zeit und Ewigkeit.
> Ich denke dein, kann stets nur deiner denken,
> Nur deinem Glück ist dieses Herz geweiht;
> Wie Gott auch mag des Lebens Schicksal lenken,
> Ich liebe dich in Zeit und Ewigkeit.

Mit einem verträumten Lächeln sah sie auf die Worte dieses Liedes herab. Und sie wusste, dass sie für Heinz Lindner empfand, was diese Worte ausdrückten.

7

Während Heinz Lindner mit Rose Ruhland am Waldquell zusammentraf, arbeitete sein Vater mit Tante Anna zusammen in dem kleinen Garten vor dem Haus.

Käthe saß indessen im Wohnzimmer am Fenster und nähte eifrig an einem neuen Sommerkleid für sich. Während sie sonst bei ihrer Arbeit meist froh und heiter vor sich hin sang, war sie heute still und ernst. Sie hatte mancherlei auf ihrer jungen Seele lasten.

Dass ihr Bruder heute von einer inneren Unruhe erfüllt war, als er fortging, hatte sie wohl gemerkt. Und sie wusste, dass er sonst ohne zwingenden Grund nicht von seiner Arbeit fortging. Gerade die Sonntage gehörten ganz seiner Erfindung. Vorigen Sonntag hatte ihn starkes Kopfweh ins Freie getrieben, aber heute, nein, heute war es etwas anderes gewesen. Und er war schnell und hastig davongegangen, ohne sie zu fragen, ob sie mit ihm gehen wolle.

Sie war scharfsinnig genug, um zu ahnen, dass Heinz die Sehnsucht nach einer abermaligen Begegnung mit Rose Ruhland in den Wald getrieben hatte. Und sie sah Kämpfe und Enttäuschungen für den geliebten Bruder aus dieser Liebe erwachsen.

Dass ihrer heimlichen Liebe zu Gert Ruhland niemals Erfüllung wurde, stand fest bei ihr. Die Arbeitertochter und der Kommerzienratssohn, das war wie Berg und Tal. Und sie fand sich damit ab und begnügte sich damit, dass sie in ihrer Liebe selbst ein stilles Genügen fand. Aber alles das bedrückte sie nicht so schwer wie Georg Ruhlands seltsames Benehmen ihr gegenüber. Sie fühlte instinktiv, dass er sich ihr mit unreinen Absichten zu nähern versuchte und dass er sie mit einem bestimmten Zweck immer wieder in sein Zimmer bestellte. Sie war klug genug, zu merken, dass die Arbeiten, die er für sie hatte, nicht so wichtig waren, dass sie sie nicht ebenso gut auf ihrem Platz im Korrespondenzsaal hätte erledigen können. Es wurde ihr immer klarer, dass er nur eine Gelegenheit suchte, ihr irgendwelche Wünsche zu unterbreiten.

Und sie war darauf gefasst, dass er eines Tages die Maske fallen lassen und die Schranke niederreißen würde, die sie immer wieder durch ihre stolze Abwehr aufzubauen versuchte.

Wenn sie sich zu Vater und Bruder aussprach, beunruhigte sie sie, ohne dass sie ihr helfen konnten. Denn solange sie keine positiven Beweise hatte, dass er ihr nachstellte, konnte nichts unternommen werden. Ebenso wenig konnte sie sich bei seinem Vater beklagen, ehe nicht etwas Gravierendes geschehen war. Er hatte sie zwar einmal Käthchen genannt, aber das konnte er als einen Scherz auslegen.

Es stand jedoch bei ihr fest, dass sie, wenn er die Grenze überschreiten würde, die sie respektiert zu sehen wünschte, sofort sein Zimmer verlassen und es nie mehr betreten würde.

Käthe war so in ihre Arbeit und ihre Gedanken vertieft, dass sie nicht auf den Vater und die Tante achtete, die munter miteinander geplaudert hatten und nun hinter dem Haus verschwanden, um anderes Gerät zu holen. In demselben Augenblick näherte sich ein junges Mädchen dem Lindner'-

schen Haus. Sie trug ein hübsches, weißes Kleid und einen kleidsamen Strohhut. Ihr Gesicht zeigte angenehme Züge, aber es sah blass und leidend aus, und in den dunklen Augen brannte eine fieberhafte Unruhe. Scheu hatte sie nach Vater Lindner und seiner Schwester hinübergesehen, und erst, als sie hinter dem Haus verschwanden, huschte sie verstohlen auf die Haustür zu.

Käthe kannte das Mädchen. Es war Anna Werner, die Tochter eines Gießers der Carolawerke, die selbst auch zu den Angestellten der Werke gehörte. Sie war im Vorratslager für Büroartikel als Lageristin angestellt.

Käthe hatte zuweilen geschäftlich mit ihr zu tun, aber sie waren auch schon von Kind auf miteinander bekannt, wie alle in den Werken. Käthe sah sie aber sonst selten, da sie überhaupt wenig Verkehr pflegte und ihre freie Zeit ihren Angehörigen widmete.

Nun blickte sie etwas erstaunt, aber freundlich auf, als Anna Werner auf ihren Zuruf ins Zimmer trat. Es fiel ihr auf, dass das junge Mädchen sehr elend und blass aussah, ganz anders als sonst.

»Guten Tag, Käthe!«, sagte Anna Werner leise, mit einer seltsam klanglosen Stimme.

»Guten Tag, Anna!«, erwiderte Käthe, sich erhebend und ihr die Hand reichend. »Es ist lieb von dir, dass du uns einmal besuchst. Bitte, nimm Platz!«

Anna Werner legte ihre Hand unsicher und beklommen in die Käthes und sank wie übermüdet in den Stuhl, den ihr Käthe zuschob.

»Ich habe gesehen, dass dein Bruder das Haus verließ, Käthe, und dass dein Vater und deine Tante draußen arbeiten. So konnte ich hoffen, dich allein sprechen zu können.«

Sonst wäre ich nicht hereingekommen«, sagte sie scheu und bedrückt.

Käthe nahm ihr gegenüber Platz. »Hast du mir etwas Besonderes zu sagen, Anna?«

Das junge Mädchen nickte. »Ja, Käthe – und es darf niemand hören, was ich dir zu sagen habe. Du musst mir auch versprechen, keinem Menschen wiederzusagen, was ich dir mitteilen will.«

Besorgt sah Käthe in das nervös zuckende Gesicht der Besucherin. »Das verspreche ich dir, Anna. Es ist nicht meine Art, auszuplaudern, was mir anvertraut wird.«

Anna seufzte tief auf. »Ja, ich weiß, du bist nicht wie die anderen. Du hast immer so etwas Besonderes gehabt – du und dein Bruder –, ihr passt eigentlich gar nicht zu uns.«

»Das bildest du dir wohl nur ein. Wir sind nicht anders als die andern. Aber sag mir, Anna, bist du krank? Du siehst so blass aus und hast so trübe Augen, als hättest du Fieber.«

Ein seltsam verzerrtes Lächeln huschte über Anna Werners Züge, »Krank? Ich – ich weiß nicht –, ich fühle mich freilich nicht wohl. Aber lass das, Käthe! Ich muss etwas mit dir besprechen, was keine Störung und keine Zeugen verträgt. Zuerst möchte ich dir eine Frage vorlegen: Ist es wahr, dass du jetzt jeden Tag stundenlang in Georg Ruhlands Privatkontor weilst?«

Käthe stutzte, sah aber Anna groß und ruhig an. »Ja, Anna, ich habe seit längerer Zeit schon täglich einige Stunden bei ihm zu tun.«

Anna Werner lehnte sich eine Weile mit geschlossenen Augen zurück. Dann öffnete sie die Augen und sah Käthe mit sonderbarem Ausdruck an.

»Käthe, ich möchte dich warnen«, sagte sie heiser vor unterdrückter Erregung.

Betroffen sah Käthe in ihr zuckendes Gesicht. »Mich warnen?«

»Ja!«

»Vor wem oder was willst du mich warnen?«

Anna Werner krampfte ihre Hände zusammen. »Er schleicht abends um euer Haus, wie er um das unsere geschlichen ist. Hüte dich vor ihm!«, stieß sie heiser hervor.

Käthe musste in diesem Augenblick daran denken, dass sie neulich abends Georg Ruhland vor ihrem Fenster gesehen zu haben glaubte.

»Von wem sprichst du?«, fragte sie unruhig.

Anna machte eine müde Bewegung. »Du wirst es schon wissen – von ihm, von Georg Ruhland. Ich kenne ihn doch. So fängt er es immer an. Erst ist er wie von Sinnen vor Ungeduld. Zu mir kam er am Anfang alle Tage ins Lager, mit allerlei Anliegen. Ich bin ja dort meist allein. Dich lässt er eben zu sich kommen, das fällt nicht auf, und ihr seid dann auch allein. Und er schlich früher um unser Haus wie jetzt um das eure. Ich bin ihm nachgeschlichen, mehr als einmal, weil die Eifersucht noch in mir brennt, trotz allem, was er mir angetan hat. Nimm dich in Acht vor ihm, Käthe!«

Käthe richtete sich stolz empor. »Das brauchst du mir nicht zu sagen. Ich weiß, was ich mir schuldig bin.«

Ein bitteres Lächeln spielte um Anna Werners Mund. »Oh, ich war auch einmal so stolz wie du und pochte auf meine Tugend. Aber er zerbricht allen Stolz in einem. Etwas hat er an sich, dem man nicht widerstehen kann. Und tausend Versprechungen und Schmeicheleien fließen über seine Lippen. Ich habe ihn schließlich lieb gehabt und wusste selbst nicht, wie es kam. Viel zu lieb hatte ich ihn, und ich habe ihm vertraut und bin sein Opfer geworden, obwohl man auch mich vor ihm gewarnt hatte. Sieh mich an, Käthe! Was ist von mir übrig geblieben? Und es wird noch weniger übrig bleiben. Traue seinen schönen Worten nicht, Käthe! Ich warne dich nicht aus Eifersucht, wenn sie auch noch manchmal in mir brennt. Aber er soll dich nicht unglücklich machen wie mich, Käthe. Wie hat er mir zuerst schöngetan, und nun hat er mich weggeworfen, weggejagt wie ein lästiges Insekt. Geld hat er mir geboten, damit ich den Mund halten soll, Geld für mein zerstörtes Leben, für meine verlorene Ehre. Ich – ich habe ihm alles gegeben.«

Und Anna Werner presste ihr zuckendes Gesicht in ihre Hände und sank in sich zusammen.

Käthe war tief erschüttert. Sanft legte sie die Hand auf den Kopf des verzweifelten Mädchens.

»Arme, arme Anna – wie leid tust du mir! Wie konntest du ihm nur zum Opfer fallen? Mir ist er widerwärtig, von Anfang an.«

Anna schüttelte den Kopf. »Ich habe ihn lieb gehabt, grenzenlos. Und ich fürchtete, er könnte auch dich betören. Das wollte ich verhindern. Deshalb kam ich zu dir. Ich will dir auch sagen, warum ich gerade dich warnen wollte. Einmal habe ich deinen Bruder gern gehabt, ehe Georg Ruhland mir den Sinn betörte. Und ich weiß, wie lieb dich dein Bruder hat. Er soll nicht Leid um dich tragen müssen, wenn ich es verhindern kann.«

»Darüber kannst du ganz ruhig sein, Anna. Ich würde lieber sterben als Georg Ruhland gestatten, mich anzurühren. Aber trotzdem danke ich dir für deinen guten Willen.

Und ich möchte dir gern helfen. Kann ich nichts für dich tun, Anna?«

Anna schüttelte den Kopf. »Nein, mir ist nicht zu helfen. Mein Leben ist verpfuscht. Und bald wird meine Schmach offenbar werden. Was dann geschehen soll, weiß ich nicht. Ich habe nur den Wunsch, dass ich sterben könnte, ehe man von allen Seiten mit den Fingern auf mich zeigt – und ehe meine armen Eltern sich meiner schämen müssen.«

Erschüttert zog Käthe die Verzweifelte an sich. »Anna, arme Anna, könnte ich dich doch trösten. Du siehst mich tief erschüttert. Ich gäbe viel darum, wenn ich dir helfen könnte.«

Die Unglückliche ergriff ihre Hände. »Es tut mir so wohl, dass du mich nicht von dir stößt.«

»Aber Anna, wie könnte ich das? Du bist doch unglücklich, und eine Unglückliche kann man doch nur bemitleiden.«

Mit einem müden Ausdruck sah Anna zu Käthe auf. »Es werden nicht viele Menschen so denken wie du. Hab Dank für deine Güte! Und nun will ich gehen, damit deine Angehörigen mich nicht bei dir finden. Ich möchte deinem Bruder nicht begegnen.«

Unruhig sah Käthe sie an. »Willst du mir nicht sagen, was du tun willst?«

Anna zuckte die Achseln. »Ich weiß es nicht.«

»Wenn du nun fortgehen würdest von den Werken, Anna, vielleicht in eine große Stadt, wo dich niemand kennt, bis alles vorbei ist? Es wäre ja nur, damit hier niemand etwas erfährt.«

Anna zog die Mundwinkel herb herab.

»Das hat er schon von mir verlangt. Ich soll fort – er will

mir Geld geben. Aber ich nehme nichts von ihm an, keinen Pfennig. Er soll nicht sagen dürfen, dass ich mich um Geld an ihn verkauft habe. Aber fort gehe ich wohl, ehe meine Schande offenbar wird – weit fort. Und nicht wahr, Käthe, du sprichst nicht über das, was ich dir anvertraut habe? Meiner Eltern wegen soll es niemand erfahren.«

Käthe strich ihr zärtlich das Haar aus der Stirn. »Das brauche ich dir nicht erst zu versichern. Und wenn ich dir irgendwie helfen kann, lass es mich wissen. Ich habe von meinem Gehalt einiges Geld gespart und könnte dir aushelfen, bis du es mir zurückgeben kannst.«

Anna Werner erhob sich und drückte ihr die Hand. »Liebe, gute Käthe, ich danke dir. Aber ich helfe mir schon selbst – so weit reichen meine Kräfte schon noch – müssen noch so weit reichen. Und wenn ich fort bin, nicht wahr, Käthe, dann siehst du nach meinen Eltern und sagst ihnen, dass ich nicht schlecht bin, nur sehr unglücklich, und bittest sie, mir zu verzeihen.«

»Ich wollte, ich könnte mehr für dich tun, Anna. Aber ich verspreche es dir gern.«

»Hab' vielen Dank! Und nun leb wohl, Käthe – und nichts für ungut!«

»Du hast es doch gut gemeint. Leb wohl und verzweifle nicht, Anna, Gott wird dir helfen in deiner Not!«

Stumm ging Anna aus dem Zimmer. Käthe sah ihr bekümmert nach. Wie müde und matt sie dahinschritt! Und vor wenigen Monaten war sie noch so frisch und lebensfroh gewesen.

Ihre Augen flammten plötzlich in Entrüstung auf. Wie kann er nur noch ruhig atmen, der Elende, nachdem er so viel Unglück über einen Menschen gebracht hat, dachte sie.

Und ihre Augen standen voll Tränen, als sie Anna Werner dahinschleichen sah, ein müdes, gebrochenes Weib.

Sie setzte sich wieder an ihre Arbeit. Aber ihre sonst so fleißigen Hände ruhten lange müßig im Schoß. Es kam ihr fast wie ein Unrecht vor, dass sie an einem Festkleid für sich arbeitete, während eine unglückliche Mitschwester unter der Last ihres Kummers fast zusammenbrach. Sie musste alle Selbstbeherrschung aufbieten, um ihren Angehörigen eine ruhige Miene zu zeigen.

Als Heinz zurückkam und ihr erzählte, dass er Rose Ruhland wieder getroffen und was er mit ihr gesprochen hatte, blieb sie ernst und still.

Unsicher sah Heinz sie an. »Nun, Käthe, freust du dich nicht, dass Fräulein Ruhland sich der Kinder in so großherziger Weise annehmen will?«

Sie blickte zu ihm auf. »Ja, Heinz, ich freue mich. Es ist ein Zeichen, dass sie ein großes, gutes Herz hat.«

»Und wirst du ihr zum Waldfest deine Hilfe zusagen?«

»Gewiss, sehr gern.«

»Sie hat sich alles so reizend ausgedacht. Und ihr Bruder Gert wird auch dabei sein.«

Und er erzählte ihr von Gerts Stiftung für die Kinder.

Da stieg ein leises Rot in ihre Wangen, und sie sah eine Weile still zum Fenster hinaus.

Heinz beobachtete sie forschend und legte die Hand auf ihre Schulter. »Was ist nur mit dir, Käthe, du bist so sonderbar still und bedrückt?«

Sie wandte ihm ihr Gesicht zu und sah mit großen Augen zu ihm auf. »Das scheint dir nur so, weil du selbst froh und glücklich bist.«

Mit einem jähen Druck fasste er ihre Hand. »Ach Käthe,

liebe Käthe, mir scheint, dieser Frühling ist schöner als alle anderen«, sagte er tief aufatmend.

Sie streichelte in heimlicher Ergriffenheit seine Hand. Mochte er glücklich sein, solange es ihm das Schicksal gönnte! »Ja«, sagte sie lächelnd, »es ist wundervolles Wetter.«

Er schüttelte sie ein wenig an den Schultern. »Ich weiß nicht, Käthe, du gefällst mir nicht. Bedrückt dich etwas?«

Sie seufzte leise. »Achte nicht darauf, Heinz! Es ist nur – ich habe eben einen Blick in ein elendes, bekümmertes Menschenherz getan – ich hatte Besuch.«

»Wer war denn bei dir?«

»Ich will dir den Namen nicht nennen. Nur eins will ich dir sagen: Es war ein neues Opfer von Georg Ruhland.«

Er zog die Stirn zusammen. »Der Elende! Wie können nur Geschwister so verschieden sein? Nun verstehe ich dein bedrücktes Wesen. Das war ein schlechter Sonntagmorgen für dich. Ich hätte dich mit in den Wald nehmen sollen, aber – ich hätte dich doch nicht von deiner Näharbeit fortgebracht.«

Sie lächelte in gütigem Verstehen.

»Nein, Heinz, ich wäre nicht mit dir gegangen. Aber jetzt will ich einmal nach dem Essen sehen. Tante Anna hat es anscheinend über der Gartenarbeit ganz vergessen. Und du wirst hungrig sein.«

Heinz nickte lächelnd. »Sehr hungrig. Aber bis wir zu Tisch gehen, will ich meine Arbeit vorbereiten, damit ich nach Tisch gleich damit beginnen kann.«

»Wie steht es denn mit deiner Arbeit?«

Er reckte sich in seiner ganzen sehnigen Kraft. »Es geht gut voran, Käthe. Ich denke, in vier bis sechs Wochen habe ich es geschafft. Weißt du, was ich mir ausgerechnet habe?«

»Nun?«

»Wenn meine Erfindung so einschlägt, wie ich es mir denke, und wenn sie in den Carolawerken eingeführt wird, dann kann die Betriebsfähigkeit enorm gesteigert werden, und wir können jede Konkurrenz siegreich aus dem Feld schlagen.«

Käthe fasste seinen Arm. Ihre Augen leuchteten. »Mein ganzes Hoffen und Wünschen ist bei deiner Arbeit, Heinz. Möge sie dir alle Wünsche erfüllen.«

Sie sahen sich beide an. Und in Heinz Lindners Augen leuchtete es wie Wunderglaube. Konnte es nicht möglich sein, dass ihm seine Erfindung den Weg zum Glück ebnete?

Käthe war es nun doch ein wenig leichter ums Herz geworden. Sie ging schnell in die Küche und fand den Sonntagsbraten gerade recht – saftig und mit gebräunter Kruste. Sie trat ans Küchenfenster und rief Tante Anna zu:

»Wir haben Hunger, der Heinz und ich, und der Braten soll doch nicht verbrennen, Tantchen.«

Die alte Frau ließ vor Schreck den Spaten fallen. »Um Gottes willen, Käthe, er ist doch nicht angebrannt?«

»Nein, nein, beruhige dich! Er sieht so lecker aus und duftet wundervoll.«

Tante Anna atmete auf. »Ich komme gleich hinein und mache ihn fertig. Du kannst schon immer den Tisch decken, Käthe.«

Das junge Mädchen nickte und lächelte ihrem Vater zu. »Nicht so abrackern, Vater, lass es für heute genug sein!«

Lachend schob er die Mütze aus der Stirn. »Ach Käthe, so in der frischen Frühlingsluft arbeiten ist ein Vergnügen. Und heute haben wir es nun wieder einmal geschafft. Nun soll der Braten schmecken.«

Eine halbe Stunde später saß die Familie Lindner um den Tisch und verzehrte das sorgfältig zubereitete Mahl. Und dabei erzählte Heinz dem Vater und der Tante von Rose Ruhlands Vorhaben und dass sie morgen Mittag kommen wollte, um Käthe um ihre Mitwirkung zu bitten.

Tante Anna war vor Erregung aus dem Häuschen. Sie hätte am liebsten sofort ein ganz besonderes Scheuerfest veranstaltet, um ja in Ehren vor der jungen Dame bestehen zu können. Aber Käthe hielt sie lachend fest.

»Nur Ruhe, Tantchen! Bei uns blitzt und blinkt alles vor Sauberkeit. Wir brauchen keine prüfenden Augen zu scheuen. Und Fräulein Ruhland wird ganz sicher nicht nachsehen, ob du gut Staub gewischt hast.«

Tante Anna atmete erregt. »Bedenke doch die Ehre, Käthe! Das gnädige Fräulein kommt in unser Haus! Und beim Waldfest sollt ihr mitwirken, du und der Heinz, wo doch das gnädige Fräulein und Herr Gert Ruhland auch dabei sind. Mach nur schnell, dass dein neues Kleid fertig wird!«

Sie lachten alle über den Eifer der Tante. Aber auch Vater Lindner leuchtete der Stolz aus den Augen, dass seine Kinder so ausgezeichnet wurden. Er hatte noch den alten, ihm von Kind auf anerzogenen Respekt vor der Herrschaft, wenn er auch ein aufrechter Mann war. Er besaß nicht den Fehler, den so viele sonst sehr tüchtige Leute haben, dass sie nicht dankbar sein können. Er maß nicht neidisch ab, ob es die Herrschaft besser hatte als er. Ihm genügte es, dass es ihm und seinen Kindern gut ging, dass sie auf eigenem Grund und Boden und in gesicherten Verhältnissen lebten.

Und neuerdings hatte der Kommerzienrat noch ein Weiteres mit seinen Arbeitern vor:

Trotz Georgs Protest hatte er gestern seinen Arbeitern

die Eröffnung gemacht, dass er sie in Zukunft prozentual am Reingewinn beteiligen wolle und dass aus diesen Erträgnissen eine Pensionskasse gegründet werden solle, damit alle verdienstvollen Arbeiter einem ruhigen Lebensabend entgegensehen könnten. Er hatte seinen Arbeitern mitgeteilt, dass sein Sohn Gert ihn zu dieser Neuerung veranlasst habe.

Davon sprach Vater Lindner nun. Er pflegte besonders gute Nachrichten immer für den Sonntag aufzuheben und gewissermaßen als Nachtisch zu servieren.

8

Am Abend dieses Sonntags hatte Rose Ruhland bei Tisch ihr Anliegen wegen der Vorfeier ihres Geburtstags vorgebracht. Sie wusste den Vater und ihren Bruder Gert auf ihrer Seite und sah tapfer in die Gesichter ihrer Mutter und ihres ältesten Bruders. Frau Kommerzienrat Ruhland führte, vorläufig mehr erstaunt als entrüstet, ihr Lorgnon vor die kurzsichtigen Augen und sah Rose kopfschüttelnd an.

»Ich verstehe das nicht, Rose, das kann doch nicht dein Ernst sein. Was für eine absurde Idee, dir diese schmutzigen Arbeiterkinder zu Gast zu laden! Dein Geburtstag wird doch hier mit einem glänzenden Fest gefeiert.«

Rose atmete auf. »Doch, es ist mein Ernst, Mama. Und schmutzig sind die Kinder unserer Arbeiter nicht. Sie sehen alle sehr sauber und adrett aus. Und ihre Mütter werden ihren Stolz darin suchen, sie in ihren besten Sonntagskleidern und vor Sauberkeit strahlend zu meinem Waldfest zu senden.«

»Das ist eine ganz überspannte Idee, Rose«, sagte Georg mit überlegenem Ton.

Mit großen, zornigen Augen sah ihn Rose an. »Was du in deiner Herzenskälte nicht verstehst, nennst du überspannt. Ich tröste mich damit, dass du Gerts wundervollen Vorschlag mit der Pensionskasse auch überspannt genannt hast.«

Georg zuckte die Achseln. »Ihr werdet euch mit euren sentimentalen Beglückungsplänen noch die Finger verbrennen. Hoffentlich nicht mehr als die Finger. Ihr sitzt im Wolkenkuckucksheim und seht durch eine rosige Brille hinab. Die Leute dürfen nicht zu viele Rechte, zu viele Freiheiten haben, sonst begehren sie auf.«

»Da bin ich anderer Meinung, Georg. Je mehr Rechte und Freiheiten wir ihnen freiwillig bieten, je weniger Unzufriedene wird es geben. Du hättest nur gestern hören sollen, wie begeistert und dankbar unsere Leute die Nachricht von der Einrichtung der Pensionskasse aufgenommen haben«, sagte Gert.

Georg lächelte spöttisch. »Natürlich, sie jubeln euch zu, um euch noch mehr abzulocken.«

»Oh pfui, Georg, wie kannst du so von unseren Mitarbeitern sprechen!«, sagte Rose zornig.

Er sah sie böse an. »Schweig du doch, davon verstehst du nichts!«

Der Kommerzienrat richtete sich hastig auf.

»Da sind wir schon wieder bei dem leidigen Thema. Und ich muss wie Rose sagen: Pfui, wie kannst du unsere Leute so falsch und ungerecht beurteilen! Die Arbeiter sind es, die uns geholfen haben, die Carolawerke groß zu machen. Gewiss, sie hätten es nicht allein tun können, denn außer der körperlichen Kraft gehört auch die führende Intelligenz dazu. Aber auch wir hätten es ohne ihre Hilfe nicht schaffen können. Arbeitgeber und Arbeitnehmer sind ein Ganzes, sie sind gegenseitig aufeinander angewiesen, und deshalb soll von beiden Seiten alles getan werden, um ein gutes Einvernehmen herzustellen und auf beiden Seiten Zufriedenheit zu schaffen.«

Georg lachte höhnisch. »Dann gib ihnen alles, was du besitzt, bis auf den letzten Heller, dann werden sie vielleicht zufrieden sein.«

»Das wird keiner von ihnen verlangen, es müsste denn ein Unsinniger sein. Ich schaffe mir freiere, arbeitsfreudigere Leute und eigene Zufriedenheit. Du, mein lieber Georg, hast trotz deiner eingebildeten Überlegenheit einen engen Gesichtskreis. Ließe ich hier deinen Willen regieren, dann stünde es bald schlimm um die Carolawerke. Und deshalb, das will ich dir schon heute sagen, wird auch in Zukunft hier mein Geist weiter walten, auch nach meinem Tod. Gert soll dann der Vollstrecker meines Willens sein, und du wirst nichts ohne seine Zustimmung unternehmen dürfen. Wiege dich also nicht in Zukunftsträumen, die dir hier ein Regiment nach deiner Willkür vorspiegeln, sondern füge dich beizeiten darein, dass hier alles in meinem Sinn weitergeführt wird!«

Georgs Gesicht verzerrte sich. Er sprang auf und trat ans Fenster. Ohnmächtige Wut erfüllte ihn und zugleich ein grimmiger Hass auf seinen Bruder.

Der Kommerzienrat war selbst erregt, wenn er auch beherrscht geblieben war. Er hatte einmal energisch mit seinem ältesten Sohn sprechen müssen. Ruhig wandte er sich nun zu seiner Frau, die ihm mit zusammengepressten Lippen gegenübersaß.

»Wir waren von Roses Wunsch abgekommen, Klarissa, den Kindern ein Waldfest zu geben. Ich hoffe, du gibst dazu deine Einwilligung. Den Betrag dazu hat sich Rose als Geburtstagsgeschenk von mir erbeten. Das hindert dich natürlich nicht daran, Roses Geburtstag nach deinem Sinn durch eine Festlichkeit im Haus zu feiern.«

Die Kommerzienrätin antwortete nicht gleich. Rose streckte ihr bittend die Hände entgegen und sah sie flehend an. Da zog sie die Schultern hoch.

»Meinetwegen tut, was ihr wollt. Ich habe ja doch nichts zu sagen.«

Rose stand auf und legte den Arm um die Mutter.

»Liebste Mama, gönne mir doch die Freude, den Kindern ein Fest zu geben!«

»Ich verstehe dich nicht, Rose. Was kann das für eine Freude sein? Ich bin wirklich neugierig, auf was für seltsame Ideen du noch kommst. Erst hast du den Kindergartenunfug durchgesetzt, heute das Waldfest, morgen wirst du eine neue überspannte Beglückungsidee aufgreifen. Ich kann mir nicht helfen – ich bin ganz auf Georgs Seite und vertrete alles, was er sagt.«

Bei diesen Worten seiner Mutter wandte sich Georg vom Fenster ab und kam an den Tisch zurück.

Stumm, mit eingekniffenen Lippen ließ er sich wieder an seinem Platz nieder.

Gleich nach Tisch zogen sich die Kommerzienrätin und Georg zurück.

Der Kommerzienrat sah ihnen mit einem bitteren Lächeln nach.

Gert ergriff impulsiv seine Hand.

»Lieber, lieber Vater!«, sagte er nur.

Der alte Herr lächelte ihm zu. »Lass gut sein, mein Sohn! Rose, singe uns ein paar Lieder, damit wir in andere Stimmung kommen! Es ist töricht, wenn man sich durch Meinungsverschiedenheiten um sein Behagen bringen lässt.«

Rose umarmte ihn. Und dann ging sie ins Musikzimmer.

Sie trat ans Fenster und sah hinüber nach dem anderen Flussufer. Und wieder sah sie da drüben zwei schlanke Gestalten stehen. Ihr Herz klopfte froh.

Vergessen war die böse Szene bei Tisch. Sie trat an den

Flügel und begann ein Vorspiel. Und dann jubelte ihre Stimme hinaus in den Frühlingsabend, was ihr Herz empfand:

»Ich liebe dich in Zeit und Ewigkeit.«

Als Gert Ruhland am nächsten Vormittag durch den Korrespondenzsaal schritt, sah er, dass auch heute Käthes Platz wieder leer war. Er konnte die heimliche Unruhe um sie nicht loswerden.

Als er sein Privatkontor betrat, lauschte er mit angehaltenem Atem hinüber. Aber durch die gepolsterte Tür vernahm er keinen Laut.

Georg hatte seit gestern Abend kein Wort mit ihm geredet. Beim Frühstück hatten sie sich stumm gegenübergesessen.

Eine Weile lauschte Gert noch. Dann setzte er sich, ärgerlich über sich selbst, an seinen Schreibtisch und begann zu arbeiten.

Aber immer wieder horchte er auf. Es peinigte ihn geradezu, dass er Käthe Lindner da drüben mit seinem Bruder allein wusste. Am liebsten wäre er hinübergegangen und hätte sich unter irgendeinem Vorwand so lange da drüben aufgehalten, bis sie das Zimmer seines Bruders verließ.

Was er fürchtete, wusste er selbst nicht. Wenn Georg wirklich Fräulein Lindner zu nahe trat, so war sie doch, seiner Ansicht nach, nicht die Persönlichkeit, sich das ruhig gefallen zu lassen. Freilich – sie würde vielleicht fürchten, ihre Stellung zu verlieren, wenn sie seinen Bruder in seine Schranken zurückwies. Sie konnte ja nicht wissen, dass sie bei seinem Vater sicher Schutz und Hilfe fand.

Plötzlich schrak er aus seinem Sinnen empor.

Von drüben war, trotz der gepolsterten Tür, ein leises, dumpfes Geräusch herübergedrungen – als sei ein Sessel umgefallen. Da hielt es ihn nicht mehr. Erregt sprang er auf und öffnete mit einem raschen Griff die Verbindungstür.

Als er eintrat, sah er Käthe Lindner hochaufgerichtet neben ihrer Schreibmaschine stehen. Der Sessel, auf dem sie Platz zu nehmen pflegte, war umgefallen. Ihr Gesicht war bleich und hatte einen zornigen Ausdruck.

Georg aber stand scheinbar unbefangen an seinem Schreibtisch und blätterte in einem Stoß von Papieren. Gert merkte aber sehr wohl, dass seine Hände vor Erregung zitterten.

Käthe Lindner bezwang sich bei Gerts Eintritt mühsam und hob den umgefallenen Sesel auf.

»Was wünschst du, Gert?«, fragte Georg nachlässig.

»Ich hörte einen Stuhl umfallen und glaubte, es sei etwas geschehen«, erwiderte Gert, unruhig zwischen seinem Bruder und Käthe Lindner hin und her blickend.

Georg zuckte die Achseln. »Was soll geschehen sein? Du hättest dich nicht zu bemühen brauchen. Fräulein Lindner hat beim Aufstehen ihren Stuhl umgestoßen, das ist alles. Du kannst beruhigt wieder an die Arbeit gehen. Im Übrigen glaube ich dir schon einmal gesagt zu haben, dass du mich in diesen Vormittagsstunden nicht stören sollst, weil ich zu arbeiten habe.«

Dies sagte Georg mit hasserfülltem Blick auf seinen Bruder.

Gert sah Käthe forschend an. Sie machte unwillkürlich eine Bewegung, als wollte sie ihn zurückhalten. Aber gleich darauf presste sie die Lippen zusammen und nahm wieder an ihrer Schreibmaschine Platz.

Gert verließ langsam das Zimmer, ohne etwas zu erwidern. Zögernd schloss er die Tür hinter sich.

Georg sah ihm mit einem wütenden Blick nach.

Es ist zweifellos, mein Herr Bruder will mich kontrollieren. Ich muss ihn unschädlich machen, sonst komme ich nicht zum Ziel. Morgen soll er mich nicht wieder stören, dachte er.

Und dann wandte er sich um und sah auf Käthe hinab.

Er hatte vorhin, hinter Käthe stehend, plötzlich seine Hände um ihre Oberarme gelegt, als wollte er sie umfassen. Da war Käthe entsetzt emporgesprungen und hatte dabei ihren Stuhl umgeworfen.

Als sie nun wieder allein waren, sagte Georg mit verhaltener Stimme: »Sie scheinen sehr schreckhaft zu sein, Fräulein Käthchen – die anstrengende Büroarbeit macht Sie nervös, das ist nichts für Sie.«

Käthe wandte sich langsam um.

»Ich bitte, mich Fräulein Lindner zu nennen, Herr Ruhland. Im Übrigen bin ich mit dieser Arbeit fertig. Haben Sie noch andere Aufträge für mich?«

Er sah ein, dass er heute nicht weiterkommen würde. Gert lag wohl auf der Lauer und würde vielleicht wieder eintreten. Dass ihm Käthe verwehrte, sie beim Vornamen zu nennen, machte keinen Eindruck auf ihn.

Zuerst sperren sie sich alle ein wenig, das muss man ignorieren, dachte er.

Er gab sich den Anschein, als überlege er. Nach einer Weile sagte er ruhig:

»Nein, heute ist nichts mehr zu erledigen. Sie können gehen. Und nicht wahr, in Zukunft sind Sie nicht mehr so schreckhaft. Sie müssen doch wissen, dass Ihnen bei mir nichts geschieht. Dazu sind Sie mir viel zu lieb. Haben Sie das noch nicht gemerkt?«

Käthes Stirn zog sich zusammen. Sie sah ihn mit großen, ernsten Augen an.

»Ich bin hier, um meine Pflicht zu tun, Herr Ruhland«, erwiderte sie herb.

Er lächelte und sah sie mit seinen faszinierenden Blicken an. »Ihre Pflicht? Wie nüchtern das klingt aus einem so schönen, jungen Mund! Ich meine, ein so schönes Mädchen wie Sie müsste eine andere, freundlichere Bestimmung haben, als trockene Pflichten zu erfüllen.«

Käthes Gesicht überzog sich mit einer jähen Röte. »Kann ich jetzt gehen, Herr Ruhland?«, fragte sie, ohne auf seine Worte einzugehen.

Er neigte das Haupt. »Auf Wiedersehen morgen Vormittag um zehn Uhr – Fräulein Lindner.«

Käthe neigte das Haupt und verließ hastig das Zimmer.

Er sah ihr mit einem zynischen Lächeln nach. »Sie sperrt sich noch, um sich höher im Preis zu machen. Nun, mag sie! Für eine so rare Blume muss ein hoher Preis gezahlt werden. Ich werde nicht feilschen, denn sie ist ein süßes Weib, und ich muss sie besitzen – um jeden Preis.«

Und dann wandte er sich nach der Tür, die zu seines Bruders Zimmer führte. Seine Stirn zog sich finster zusammen, und aus seinen Augen sprühte der Hass.

»Er soll sich hüten, mir in den Weg zu treten. Anscheinend hat er auch ein Auge auf sie geworfen und ist eifersüchtig. Sonst würde er nicht immer wieder stören. Aber erst komme ich, mein Herr Bruder. Und dich unschädlich zu machen soll jetzt meine erste Sorge sein. Morgen muss ich hier freies Feld haben.«

Und er sann darüber nach, wie er Gert daran hindern konnte, sein Zimmer zu betreten. Abschließen konnte er die Tür leider nicht. Also musste Gert auf andere Art daran gehindert werden, sein Zimmer zu betreten.

Georg dachte eine Weile angestrengt nach. Endlich schien er zu einem Entschluss gekommen zu sein. Er verließ sein Zimmer und begab sich zum Direktor der Werke.

Ihm machte er klar, dass unbedingt morgen früh mit dem Frühzug eine maßgebende Persönlichkeit nach Elberfeld fahren müsse, um dort mit einer befreundeten Firma Lieferverträge abzuschließen.

Der Direktor erbot sich, selbst zu reisen, aber Georg legte lächelnd die Hand auf seinen Arm.

»Mein lieber Direktor, Sie sind hier zu notwendig. Ich habe morgen Nachmittag eine wichtige Konferenz mit Ihnen und den Oberingenieuren vor. Ich habe an meinen Bruder gedacht. Er muss vor geschäftliche Aufgaben gestellt werden und brennt auch darauf, sich zu betätigen. Aber er darf nicht wissen, dass ich ihm dazu verhelfen will, sonst sieht er eine Begünstigung oder eine Bevormundung darin. Also bitte, nehmen Sie die Sache so in die Hand, dass er glaubt, sie geht von Ihnen aus! Machen Sie ihm nachher gleich Mitteilung, damit er sich für morgen früh bereithalten kann.«

Der Direktor verneigte sich. Georgs Ansinnen kam ihm zwar etwas seltsam vor. Seiner Ansicht nach hätte sich die Angelegenheit auch schriftlich erledigen lassen. Aber schließlich konnte ja auch der junge Herr Ruhland die Sache persönlich erledigen.

Und er versprach Georg, seinem Bruder die Angelegenheit in Auftrag zu geben. Der Zufall wollte es jedoch, dass Gert in der Nähe des Direktionszimmers mit einem Angestellten etwas verhandelte, als Georg heraustrat. Georg bemerkte ihn.

Als eine halbe Stunde später der Direktor in Gerts Privatkontor kam und ihm den Auftrag erteilte, morgen nach Elberfeld zu reisen, schoss ihm der Gedanke durch den Kopf:

Das hat Georg eingefädelt, er will mich morgen los sein.

Schnell gefasst, enthielt er sich jeden Einspruchs und sagte ruhig:

»Gut, ich reise morgen früh nach Elberfeld. Geben Sie mir die nötigen Unterlagen!«

Das tat der Direktor und zog sich dann zurück. Er machte Georg die Mitteilung, dass sein Bruder einverstanden sei und reisen würde.

Georg war sehr zufrieden und freute sich seiner Schlauheit. Morgen würde ihn also Gert nicht wieder stören, und er wollte endlich mit Käthe ins Reine kommen.

Gert hatte sich inzwischen zu seinem Vater begeben, zeigte ihm die erhaltenen Unterlagen und fragte ihn, ob er es für nötig halte, dass er selbst nach Elberfeld reise.

Der Kommerzienrat sah die Schriftstücke durch und schüttelte verwundert den Kopf.

»Was fällt denn dem Direktor ein, dass er dich deshalb nach Elberfeld schicken will? Das ist doch brieflich zu erledigen! Ich werde ihn gleich herüberbitten und ihm das sagen.«

Gert legte die Hand auf den Arm des Vaters, als er nach dem Telefon greifen wollte, um diesen Vorsatz auszuführen.

»Bitte, lass das, Vater! Ich möchte, dass man glaubt, ich fahre morgen nach Elberfeld. Ich wollte nur von dir bestätigt haben, dass es nicht nötig ist.«

»Was soll das heißen, Gert?«, fragte der Kommerzienrat erstaunt.

Gert zögerte einen Moment, dann sagte er:

»Bitte, frage mich heute nicht danach, Vater! Ich werde

dir morgen meine Gründe mitteilen. Aber bitte, gib dir den Anschein, als sei meine Reise nach Elberfeld beschlossene Sache – vor allen Dingen Georg gegenüber.«

Der alte Herr stutzte und sah Gert scharf und prüfend an. »Du hast also die Absicht, Georg glauben zu lassen, dass du diese Reise antrittst, während du in Wirklichkeit nicht reisen wirst?«

»So ist es, Vater. Aber bitte, frage mich nicht weiter! Ich weiß, dass ich in deinem Sinn handle.«

»Nun gut, ich lasse dich gewähren.«

»Und die Angelegenheit mit der Elberfelder Firma werde ich also brieflich erledigen.«

»Tue das. Hast du sonst noch ein Anliegen?«

»Nein, Vater.«

»Dann lass mich jetzt allein, ich habe zu tun!«

»Auf Wiedersehen, Vater!«

»Auf Wiedersehen, mein Sohn!«

Gert verließ das Zimmer und ging ruhig in sein Privatkontor zurück.

Und so erfuhr Georg nichts davon, dass sein Bruder nicht nach Elberfeld reisen würde.

9

Als Käthe Lindner an diesem Tag mit Vater und Bruder zur Mittagspause nach Hause ging, war sie sehr still und bedrückt. Sie hatte nur wenige Worte mit den beiden Männern gewechselt, als sie einige Schritte vor sich Anna Werner in müder Haltung gehen sah. Sie löste sich schnell von ihren Angehörigen und trat an ihre Seite.

»Guten Tag, Anna! Wie geht es dir?«, fragte sie teilnehmend.

Anna Werner schrak aus trüben Gedanken auf, und ein müdes Lächeln huschte um ihren Mund.

»Ach du bist es, Käthe! Wie es mir geht? Du weißt ja, verzweifelt schlecht«, sagte sie tonlos.

Käthe fasste sie unter den Arm. »Anna, ich habe viel über dich nachdenken müssen. Trag dein Elend nicht länger allein. Vertraue dich doch wenigstens deiner Mutter an! Bei ihr wirst du Trost finden. Du hast ja gottlob noch eine Mutter«, sagte sie warm.

Anna stieß einen Seufzer aus. »Nein, Käthe, das kann ich nicht – ich weiß ja, dass ich damit meine Mutter bis ins Herz treffe. Sie ist bisher immer stolz auf mich gewesen, weil ich mich zu einem so schönen Posten emporgearbeitet habe. Sie erfährt es noch immer früh genug – wenn ich es nicht mehr verbergen kann. Aber nicht eine Stunde früher soll sie es erfahren.«

»Sie muss dir aber doch anmerken, wie elend du bist.«

Annas Lippen zuckten. »Ich verstelle mich zu Hause, so gut ich kann. Mutter denkt, ich bin bleichsüchtig. Und sie umsorgt mich so liebevoll, das tut mir in allem Elend wohl. Ich will es mir nicht verscherzen, solange es noch angeht. Wenn sie alles weiß, wird sie vielleicht nichts mehr von mir wissen wollen.«

Erschüttert blickte Käthe auf die Unglückliche. »Wie kannst du so etwas denken, Anna! Eine Mutter kann ihrem Kind alles, alles verzeihen. Mache dich doch von solchen Gedanken los! Vertraue dich deiner Mutter an, ich rate es dir! Oder wenn es dir zu schwer wird – soll ich es ihr sagen?«

Heftig schüttelte Anna den Kopf. »Nein, nein, lass nur! Du meinst es gut, aber du musst mich meinen schweren Weg allein gehen lassen. Hab' vielen Dank!«

Sie reichte Käthe die Hand und ging weiter.

Käthe wandte sich nun Vater und Bruder wieder zu und setzte in ihrer Gesellschaft ihren Weg fort.

Heinz sah von der Seite in ihr ernstes Gesicht und warf dann einen mitleidigen Blick hinter Anna Werner her. Er ahnte, dass sie das neue Opfer Georg Ruhlands war. Aber er sprach nicht darüber. Auch forschte er nicht, weshalb Käthe so still und bedrückt war, glaubte er doch, es hinge mit Anna Werner zusammen.

Käthe musste heute immerfort an Georg Ruhland denken. Sein Verhalten heute Morgen hatte sie sehr erschreckt. Und doch bot es ihr noch keine Veranlassung, schroffer gegen ihn vorzugehen. Sie fühlte aber instinktiv, dass er noch weiter gehen würde. Und sie war fest entschlossen, ihn dann rücksichtslos in seine Grenzen zurückzuweisen, ganz gleich, ob sie ihre Stellung verlor oder nicht. Jedenfalls würde sie dann zu seinem Vater gehen und sich über ihn beschweren.

Kampflos würde sie sich nicht aus ihrer Stellung drängen lassen. Der Kommerzienrat war gütig und gerecht. Er würde nicht dulden, dass Georg Ruhland sie entließ, weil sie ihn in seine Grenzen zurückwies. Und Vater und Bruder sollten nichts davon erfahren, wenn es nicht unbedingt nötig war. Sie wollte es allein ausfechten.

Dieser Entschluss nahm ihr ein wenig die drückende Last von der Seele. Und zu Hause angekommen, zeigte sie sich wieder ruhiger und frischer.

Heinz und Tante Anna waren in großer Aufregung über den zu erwartenden Besuch Rose Ruhlands. Tante Anna zeigte diese Aufregung und schoss unruhig hin und her, aber Heinz verbarg sie und sah nur immer wieder verstohlen durchs Fenster.

Die Familie hatte gerade das Mittagessen beendet, als man Rose Ruhland kommen sah. Tante Anna konnte gerade noch mit dem Tablett, auf dem das Essgeschirr stand, verschwinden, als sie den Hausflur betrat.

Käthe hatte eilig die bunte Tischdecke wieder aufgelegt und eine Vase mit schlichten Wiesenblumen draufgestellt. Dann ging sie ruhig dem vornehmen Gast entgegen.

Rose ließ gar nicht erst eine formelle Stimmung aufkommen. Sie bot Käthe herzlich die Hand.

»Ich bitte um Verzeihung, Fräulein Lindner, dass ich Ihre kurze Mittagspause noch mit meinem Anliegen störe.«

»Sie stören nicht, gnädiges Fräulein. Wir haben bereits gegessen, und es bleibt mir noch eine halbe Stunde Zeit. Darf ich Sie bitten, Platz zu nehmen?«

Heinz stellte Rose den besten Sessel zurecht, nachdem er sie durch eine Verbeugung begrüßt hatte. Sie dankte ihm lächelnd und ließ sich nieder. In stiller Rührung sah sie sich in dem freundlichen, aber sehr schlichten Raum um, in dem die beiden stolzen, schlanken Gestalten der Geschwister wie vornehme Fremdlinge wirkten.

Vater Lindner stand am Fenster. Nachdem er Rose begrüßt und sie einige freundliche Worte zu ihm gesprochen hatte, wusste er vorläufig nichts mehr zu sagen.

Rose fuhr nun, zu Käthe gewandt, fort: »Ihr Herr Bruder hat Ihnen wohl schon mein Anliegen verraten, Fräulein Lindner? Ich bin gekommen, um mir Ihre Zustimmung zu holen. Werden Sie mir Ihre Hilfe zuteilwerden lassen?«

Käthe sah verwundernd in Roses Gesicht. Sie konnte es verstehen, dass ihr Bruder dieses schöne und edle Mädchen lieben musste.

»Es wird mir selbstverständlich viel Freude machen, gnädiges Fräulein, wenn ich Ihnen helfen kann. Mein Bruder hat uns von Ihrer großherzigen Absicht bezüglich der Kinder erzählt. Es ist ein gutes, schönes Werk, das Sie tun wollen.«

Rose wehrte lächelnd ab. »Nein – nun singen Sie nur ja nicht in der Tonart weiter, die Ihr Herr Bruder schon angeschlagen hat. Es ist ja direkt beschämend für mich, wenn Sie meinem Bestreben, mich nützlich zu machen, so viel Beachtung und Lob schenken. Von Ihnen erwartet man ganz selbstverständlich, dass Sie mit all Ihren Kräften auf den Plan treten und der Menschheit nützen. Soll ich das nicht auch tun dürfen?«

»Das ist doch ein Unterschied. Ich muss arbeiten, um mir mein Brot zu verdienen.«

»Gut! Aber wenn Sie nun plötzlich reich würden – wäre es Ihnen dann selbstverständlich, dass Sie Ihre Kräfte brachliegen lassen müssten? Würden Sie das nicht als ungerecht empfinden und auch weiterhin Ihr Teil Arbeit fordern?«

Käthes Augen strahlten auf. »Sie haben recht, gnädiges Fräulein. Wenn Sie etwas Nützliches tun wollen, wäre es grausam, es Ihnen zu verweigern.«

»Nun haben wir uns verständigt! Also, nicht wahr, Sie helfen mir am übernächsten Sonntag alle beide?«

»Mit tausend Freuden, gnädiges Fräulein«, sagte Heinz, und Käthe stimmte ihm bei.

Da wandte sich Rose an Vater Lindner. »Ich raube Ihnen auf diese Weise die Gesellschaft Ihrer Kinder auf einen ganzen Sonntag, Herr Lindner. Und außerdem muss ich sie vorher einige Male zu mir bitten, um allerlei zu besprechen. Werden Sie mir darum nicht böse sein?«

Vater Lindner schüttelte lächelnd den Kopf. »Das dürfen Sie nicht glauben, gnädiges Fräulein. Meine Kinder freuen sich, Ihnen dienen zu können, und was meinen Kindern Freude macht, das freut mich auch«, sagte er in seiner schlichten Art.

Rose nickte ihm zu. »Sie sind ein guter Vater – wie der meine. Nicht wahr, Fräulein Lindner, man kann sich glücklich preisen, wenn man einen guten Vater hat?«

Käthe sah ihren Vater mit einem zärtlichen Lächeln an. »Das kann man gewiss«, sagte sie warm.

Rose erhob sich. »Ich will nun nicht länger stören. Ist es Ihnen recht, wenn ich Sie bitte, mich nächsten Sonntag Vormittag und dann vielleicht am darauffolgenden Mittwochabend aufzusuchen?«

»Zu jeder Stunde, über die wir frei verfügen können, stehen wir Ihnen zur Verfügung. Um welche Zeit sollen wir kommen?«, sagte Heinz.

»Sagen wir Sonntagvormittag um elf Uhr und Mittwochabend um acht Uhr. Ist es so recht?«

»Wir werden pünktlich erscheinen.«

Rose neigte lächelnd das Haupt. Und dann sagte sie, eine leichte Verlegenheit bezwingend: »Ich hatte Ihnen versprochen, die Texte der Lieder aufzuschreiben, die ich neulich gesungen habe. Vielleicht findet sich, wenn Sie mich besuchen, Gelegenheit, sie Ihnen nochmals vorzusingen, damit Sie auch wissen, welche Melodien zu den Texten gehören.«

Damit reichte sie Heinz ein unverschlossenes Kuvert, in dem sich die Liedertexte befanden.

Heinz verneigte sich. Seine Stirn rötete sich.

»Ich danke Ihnen, gnädiges Fräulein.«

Sie reichte ihm die Hand zum Abschied. Fest und warm umschlossen seine Finger die ihren.

Dann reichte Rose auch Vater Lindner und Käthe die Hand.

Im letzten Moment erschien noch Tante Anna mit vor Eifer gerötetem Gesicht und im besten Sonntagskleid, das sie in Erwartung des Besuchs angelegt hatte. Sie hatte sich erst noch einmal gründlich die Hände gewaschen, nachdem sie das Essgeschirr abgeräumt hatte, und knickste nun halb verlegen, halb stolz über die hohe Ehre vor Rose.

Die junge Dame reichte auch ihr die Hand und sagte ihr einige freundliche Worte. Die Geschwister geleiteten Rose bis vor die Haustür.

Da standen die beiden Fliederbüsche in voller Blüte. »O wie schön, was ist das für herrlicher Flieder!«, sagte Rose entzückt.

»Darf ich Ihnen einige Zweige davon reichen, gnädiges Fräulein?«, fragte Heinz, dem die heimliche Erregung aus den Augen leuchtete.

Sie lächelte ihm zu. »Wenn ich bitten darf, sie sind wirklich wundervoll.«

Da suchte er einige besonders schöne Zweige aus und schnitt sie ab. Als er sie ihr reichte, trafen die beiden Augenpaare wieder einen Moment selbstvergessen ineinander.

Käthe sah diesen Blick, und in ihrer Seele war eine stille Andacht. Sie wusste von diesem Moment an, dass Rose Ruhland die Liebe ihres Bruders erwiderte. Und sie sagte sich, dass ihr Bruder um diese Liebe zu beneiden war, selbst wenn sie hoffnungslos bleiben musste.

Wenn Gert Ruhland mich ein einziges Mal so voll Liebe ansehen würde wie seine Schwester jetzt meinen Bruder ansah, dann würde mein ganzes Leben in Erinnerung an diesen Blick voll Sonne sein, dachte sie.

Rose nickte den Geschwistern noch einmal zu und entfernte sich dann.

Heinz blieb vor der Tür stehen und sah ihr nach, bis sie am Ende der Straße nach der Brücke abbog, die über den Fluss führte.

Käthe war ins Haus zurückgekehrt und setzte sich ein Weilchen ans Fenster. Tante Anna schwatzte erregt über Roses Besuch.

Als Heinz wieder eintrat, mit vor heimlicher Erregung brennenden Augen, sah Käthe zu ihm auf.

»Nun ist es wohl Zeit, wieder an die Arbeit zu gehen.«

Heinz blickte nach der Uhr. »Noch zehn Minuten, Käthe. Vater, du kannst noch ein kleines Nickerchen machen.«

Das ließ sich Vater Lindner nicht zweimal sagen. So ein kleines Nickerchen nach Tisch, »ein paar Augen voll Schlaf«, wie er es nannte, gehörte zu seinem Wohlbefinden.

Käthe griff indessen nach einem Buch. Heinz aber eilte

in sein Zimmer hinauf und zog die Liedertexte aus dem Kuvert.

Und als er die Dichterworte gelesen hatte, die Rose für ihn aufschrieb, presste er die Zeilen, die ihre Hand berührt hatten, inbrünstig an die Lippen. Ein feiner, zarter Duft stieg zu ihm auf. Er war kaum wahrnehmbar, so diskret wie ein Hauch, aber Heinz trank ihn in sich ein.

Er schrak aus seinen Träumen auf, als unten Käthes Stimme nach ihm rief. Hastig barg er die Liedertexte in seiner Brieftasche und rannte dann in großen Sätzen die schmale Holztreppe hinab.

Unten traf er mit Vater und Schwester zusammen, und Seite an Seite schritten sie ihrer Arbeitsstätte wieder zu.

10

Am nächsten Morgen hörte Käthe zufällig von einer Kollegin, dass Gert Ruhland heute verreise. Die Kollegin war Zeugin gewesen, wie der Direktor gestern Abend zu Gert gesagt hatte:

»Glückliche Reise morgen, Herr Ruhland!«

Käthe hörte das mit einem unbehaglichen Gefühl. Ihr einziger Trost war immer noch die Nähe Gert Ruhlands gewesen, wenn sie in Georgs Zimmer sein musste.

Kurz vor neun Uhr sah sie von ihrem Fensterplatz aus das Auto vorüberfahren, in dem Gert Ruhland saß. Auch Georg sah Gert vorüberfahren. Er hatte schon wartend am Fenster gestanden. Ein hämisches Lächeln flog über sein Gesicht.

»So, Herr Bruder! Für zwei Tage bist du nun unschädlich gemacht. Und diese zwei Tage will ich gut nützen. Wenn mir das süße Mädel heute nicht in den Armen liegt, will ich ein Stümper sein. Zeit genug habe ich mit nutzlosen Plänkeleien verloren, weil mir mein Herr Bruder immer wieder in den Weg kam. Und die Kleine hat mir ordentlich eingeheizt mit ihrer Zurückhaltung. Heute will ich endlich zum Ziel kommen.«

Als Käthe Punkt zehn Uhr bei ihm eintrat, saß er scheinbar ruhig an seinem Schreibtisch. Ebenso ruhig erteilte er ihr einen Auftrag, und als Käthe Platz genommen hatte, erhob er sich und ging wie nachdenklich im Zimmer auf und ab.

Um auch vom Korrespondenzsaal her vor jeder Störung sicher zu sein, drehte er, als er die Tür passierte, leise den Schlüssel herum und ließ ihn verstohlen in die Tasche gleiten.

Käthe hatte nichts davon gemerkt. Das Klappern ihrer Schreibmaschine ließ das leise Schnappen des Türschlosses ungestört verklingen.

Nun wandte sich Georg langsam, mit begehrlich funkelnden Augen um und ging zu Käthe hinüber. Einen Moment blieb er hinter ihr stehen und sah auf sie herab.

»Was Sie für wundervolles Haar, für einen herrlichen Nacken haben, Fräulein Käthchen! Verrückt kann man werden vor Entzücken. Das alles ist ja viel zu schade, um im Kontor zu verblühen«, sagte er erregt.

Käthe zuckte zusammen und saß, über seine Unverschämtheit momentan erstarrt, reglos da. Und ehe sie sich von ihrem Schreck erholen konnte, hatte er sich herabgebeugt und seine heißen Lippen auf ihren Nacken gedrückt. Da fuhr sie entsetzt empor, aber ehe sie sich erheben konnte, umschlang er sie fest mit beiden Armen.

»Süße Käthe – sei mein – ich lege dir meinen ganzen Reichtum zu Füßen«, flüsterte er heiser.

Käthe rang mit aller Kraft, um sich aus seiner Umarmung zu befreien. Aber er hielt sie so fest, dass sie sich kaum rühren konnte.

»Lassen Sie mich los!«, stieß sie außer sich hervor.

»Nicht, bevor ich deinen süßen, trotzigen Mund geküsst habe, mein reizendes Käthchen. Ich lechze so lange schon nach deinen Küssen, du weißt es ja und hast mich genug gequält. Sträube dich doch nicht, meine süße Taube, ich liebe dich und wir wollen glücklich sein! Alles sollst du haben, was dir Freude macht. Ich will dich mit Geschenken überschütten.«

Sie rang mit ihm, all ihre junge Kraft anspannend. Er kam ihr mit seinen Lippen nahe und wollte sie küssen. Da reckte sie noch einmal mit aller Kraft ihre Glieder und bekam ihren rechten Arm frei. Und glühend vor Scham und Entrüstung schlug sie ihn ins Gesicht.

Das hatte er nicht erwartet. Er erschrak und ließ sie frei. Sie floh nach der Tür, die in den Korrespondenzsaal führte. Mit glühenden Blicken sah er ihr nach.

»Widerspenstiges Käthchen, du hast es nicht nötig, mich noch mehr zu reizen«, keuchte er. »Nicht einmal dieser Schlag hat mich abgekühlt. Sei doch vernünftig, ich will dir doch nichts zuleide, sondern alles zuliebe tun!«

Käthe rüttelte an der Tür. Zu ihrem Entsetzen merkte sie, dass sie verschlossen war. Mit einem Ruck wandte sie sich nach ihm um.

»Das ist infam! Sie haben die Tür verschlossen! Öffnen Sie augenblicklich, oder ich rufe um Hilfe!«

Er stand mit untergeschlagenen Armen und sah sie glühend an.

»Du bist schön in deinem Zorn. Aber lass doch die Torheiten! Du weißt ja ganz genau, dass durch diese gepolsterte Doppeltür kein Laut hinausdringt. Komm her zu mir!«

Käthe stand, am ganzen Körper zitternd, mit ausgebreiteten Armen an der Tür und sah ihn mit großen, angstvollen Augen an.

»Öffnen Sie die Tür!«, rief sie heiser vor Erregung.

Er kam ihr einen Schritt näher.

»Mein Herzchen, so spricht man nicht mit mir. Sei vernünftig – ich setze meinen Willen durch, hab' ihn noch immer durchgesetzt! Mit so süßen, kleinen Mädchen weiß ich umzugehen. Du hast mich ins Gesicht geschlagen – das musst du büßen. Du weißt doch, wie eine Frau den Schlag ins Gesicht eines Mannes zu sühnen hat – mit schrankenloser Hingabe. Komm her zu mir! Weiß Gott, zum Scherz hab' ich dich nicht hier eingefangen. Komm her zu mir!«

Er öffnete weit seine Arme und sah Käthe mit dem suggestiven Blick an, der schon manches willensschwache Geschöpf bezwungen hatte. Er hatte die Macht dieses Blickes oft genug erprobt.

Und langsam schritt er auf Käthe zu.

Sie stand noch immer reglos an der Tür. Aber ihre Gedanken hatten fieberhaft nach einem Ausweg gesucht. Und da war ihr Blick auf die Verbindungstür zu Gerts Zimmer gefallen. Sie wusste, dass Gert verreist war, also brauchte sie nicht zu fürchten, ihm zu begegnen. Vielleicht hatte Georg Ruhland nicht daran gedacht, diese Tür abzuschließen. Dann konnte sie sich in Gerts Zimmer retten und es durch den anderen Ausgang verlassen. Sie musste also versuchen, an Georg vorüberzukommen, um diese Tür zu erreichen.

All ihre Kräfte zusammenraffend, sprang sie plötzlich auf ihn zu und stieß ihn mit aller Wucht beiseite. Er taumelte einen Schritt zurück, und sie rannte an ihm vorüber nach der Verbindungstür.

Gottlob, sie war unverschlossen. Aber schon hatte sich auch Georg aufgerafft und folgte ihr.

Sie lief in Gerts Zimmer und drückte die Tür hinter sich zu. Georg hatte aber nun auch die Tür erreicht und versuchte sie daran zu hindern.

Aber mit der Kraft der Verzweiflung warf sie sich gegen die Tür, so dass sie ins Schloss schnappte. Und zum Glück steckte auf dieser Seite ein Schlüssel. Hastig drehte sie ihn um und atmete wie erlöst auf. Obwohl ihr die Knie zitterten, eilte sie nach dem Ausgang des Zimmers. Aber zu ihrem Erschrecken fand sie die Tür verschlossen. Gert hatte gestern Abend, als er sein Kontor verließ, abgeschlossen.

So war Käthe nun in Gerts Privatkontor gefangen. Langsam wich sie von der Ausgangstür zurück und trat an die Verbindungstür heran. Sie lauschte nach Georgs Zimmer hinüber. Er hatte eine Weile sprachlos an der Tür gestanden.

Teufel, der Kleinen ist es wohl ernst mit ihrem Widerstand!, dachte er betroffen.

Er rüttelte an der Türklinke.

»Machen Sie doch auf, lassen Sie den Unsinn!«, rief er durch die verschlossene Tür.

Käthe hörte es, aber sie rührte sich nicht. Sie lehnte, erschöpft von der überstandenen Erregung, an der Tür und versuchte sich ihre Lage klarzumachen.

Sie war gefangen. Nach Georgs Zimmer brachte sie keine Macht der Erde zurück, solange er dort weilte. Und aus Gert Ruhlands Zimmer konnte sie nicht entkommen, bevor es nicht geöffnet wurde. Gert Ruhland aber war verreist, und sie wusste nicht, auf wie lange. Es blieb ihr daher nur die Möglichkeit, durch Rufen aus dem Fenster jemand zu ihrem Beistand herbeizuholen. Aber was würde das für ein Aufsehen geben! Ein Skandal war dann nicht zu vermeiden.

Wohl hatte sie ein reines Gewissen und brauchte sich nicht zu scheuen, alles zu erklären. Aber Georg Ruhland war der Sohn des Chefs, und er würde nicht zugeben, dass er sie durch sein Verhalten zur Flucht gezwungen hatte. Er würde sich herausreden, und ihr Ruf stand auf dem Spiel. Also war ihr auch dieser Weg verschlossen.

Wenn sie aber heute Mittag nicht nach Hause kam, würden Vater und Bruder nach ihr forschen. Das durfte auch nicht sein! Was konnte sie nur tun?

Aber Georg Ruhland musste ja auch daran liegen, einen Skandal zu vermeiden. Vielleicht verließ er sein Kontor. Sie brauchte dann nur verstohlen vom Fenster aus hinabzuschauen. Wenn sie Georg draußen gehen sah, konnte sie die Verbindungstür wieder öffnen und versuchen, durch sein Zimmer zu entkommen. Aber vor Mittag würde er kaum fortgehen.

So dachte sie.

Aber sie zitterte vor Aufregung.

Plötzlich rüttelte Georg nochmals an der Tür. Sie lehnte sich dagegen, als fürchtete sie, die Tür könne nachgeben.

»Seien Sie doch vernünftig, Fräulein Lindner, bauschen Sie doch einen harmlosen Scherz nicht zur Staatsaktion auf! Öffnen Sie und kommen Sie herüber!«, rief er ihr zu.

Langsam war ihm die Gewissheit aufgegangen, dass er diesmal eine Niederlage erlitten hatte, und er wollte das Ganze nun auf einen »harmlosen Scherz« hinausspielen.

Käthe antwortete nicht. Um keinen Preis wäre sie wieder zu ihm ins Zimmer gegangen. Mochte kommen, was wollte – allein blieb sie mit diesem Menschen nicht noch einmal.

Ermattet lehnte sie an der Tür. Sie sah noch immer totenbleich aus. Ihre Augen blickten hilflos im Zimmer umher. Plötzlich blieben sie an dem Telefon hängen, das auf Gerts

Schreibtisch stand. Ein Gedanke blitzte auf. Wie, wenn sie durch das Telefon Hilfe herbeirief? Aber wen sollte sie anrufen? Ihren Vater und den Bruder erreichte sie nicht per Telefon. Sollte sie alle Rücksichten fallen lassen und den Kommerzienrat anrufen und ihm offen ihre Lage schildern? Das wäre vielleicht das Beste! Dann ließe sich ein Skandal vermeiden. Und erfahren musste der Kommerzienrat doch, was geschehen war, denn sie würde sich in Zukunft natürlich weigern, mit Georg Ruhland zu arbeiten.

Sie sah noch unschlüssig auf das Telefon, als plötzlich ein Schlüssel ins Schloss der Ausgangstür gesteckt wurde.

Käthe zuckte erschreckt zusammen und starrte fassungslos auf die Tür. Wer würde sie öffnen? – Und wie sollte sie ihr Hiersein erklären?

Die Tür öffnete sich, und auf der Schwelle stand Gert Ruhland.

Wie versteinert blieb er auf der Schwelle stehen und sah fassungslos auf das blasse Mädchen, das an der Verbindungstür lehnte und ihn mit großen, erschrockenen Augen ansah.

Endlich trat er einen Schritt näher.

»Fräulein Lindner! Wie kommen Sie hier in mein Zimmer?«, fragte er, während ihm langsam eine Ahnung der Wahrheit aufstieg.

Käthe nahm sich zusammen und richtete sich auf. Sie strich langsam, wie sich besinnend, das Haar aus der Stirn.

»Gottlob, dass Sie zurückkamen, Herr Ruhland, ich – ich wusste nicht, wie ich aus diesem Zimmer kommen sollte. Die Ausgangstür war verschlossen und – diese habe ich selbst hinter mir abgeschlossen«, sagte sie mit bebender Stimme.

Bestürzt trat er näher.

»Was ist geschehen, Fräulein Lindner? Sie sehen aus, als hätte Sie etwas furchtbar erregt. Setzen Sie sich doch – Sie zittern ja!«

Er schob ihr einen Sessel hin. Sie fiel kraftlos hinein. Und dann barg sie plötzlich das Gesicht in den Händen, und ihre Erregung machte sich in einem Aufschluchzen Luft.

Ratlos stand er vor ihr. Aber sein Blick heftete sich drohend auf die Tür. Endlich fasste er ihre Hände und zog sie vom Gesicht.

»Sagen Sie mir offen und ohne Scheu, was geschehen ist! Ich fürchte, Sie werden mir eine Ahnung bestätigen, die mich an der Abreise hinderte. Ist Ihnen mein Bruder irgendwie zu nahe getreten?«

Seine Stimme klang voll warmer, herzlicher Besorgnis und Teilnahme. Langsam hob sie den Kopf und sah ihn an mit ihren schönen, tiefblauen Augen, die so klar und rein waren wie ein Bergsee. Mit einem zitternden Atemzug presste sie die Handflächen zusammen und sagte mit verhaltener Stimme:

»Verzeihen Sie, dass ich in Ihr Zimmer eingedrungen bin! Ich wusste mir nicht anders zu helfen. Ihr Herr Bruder hat mich beleidigt – ich – ich schlug ihn ins Gesicht. Er sagte mir unerhörte Dinge und – ich wollte sein Zimmer durch die Ausgangstür verlassen, aber er hatte sie abgeschlossen. Trotz meiner Aufforderung öffnete er sie nicht. Ich stieß ihn, all meine Kraft zusammenraffend, zurück und rettete mich durch diese Tür, die ich gottlob abschließen konnte, ehe er es verhindern konnte, in Ihr Zimmer. Leider konnte ich Ihr Zimmer nicht verlassen, da es verschlossen war. Es ist mir unsagbar peinlich, dass Sie mich hier finden mussten.«

Gert hatte voll unterdrückter Erregung zugehört. Sein Gesicht nahm einen drohenden Ausdruck an, als er sich jetzt langsam nach der Verbindungstür wandte.

»Also deshalb sollte ich unbedingt auf Reisen geschickt werden! Gott sei Dank, dass ich das ahnte und hierblieb. Glauben Sie mir, Fräulein Lindner, es ist mir sehr schmerzlich, dass mein Bruder Sie so unerhört beleidigt hat. Ich will nicht von Ihnen verlangen, dass Sie mir alle Einzelheiten berichten, die sich zwischen meinem Bruder und Ihnen abgespielt haben. Aber ehe Sie das alles Ihrem Vater und Ihrem Bruder erzählen, sprechen Sie bitte mit meinem Vater! Ihm müssen Sie alles sagen, was geschehen ist. Er ist ja ein alter Herr und hat eine erwachsene Tochter. Da können Sie ohne Scheu sprechen. Mein Vater wird Ihnen Genugtuung verschaffen und Sie unter seinen persönlichen Schutz nehmen. Vielleicht haben Sie in diesen Tagen schon gemerkt, dass ich ein wachsames Auge auf Sie hatte. Nicht ohne Grund bin ich täglich hinübergekommen, um meinem Bruder zu zeigen, dass Sie nicht schutzlos sind. Deshalb wollte er mich entfernen. Es ist mir sehr schmerzlich, dass ich so niedrig von meinem Bruder denken muss. Ich schäme mich seiner und bitte Sie an seiner statt um Verzeihung.«

Käthe hatte sich gefasst. Sie erhob sich aus dem Sessel.

»Ihnen habe ich nichts zu verzeihen, Herr Ruhland. Aber ich danke Ihnen herzlich, dass Sie mir Ihren Schutz angedeihen ließen, wovon ich freilich keine Ahnung hatte. Gestatten Sie mir nun bitte, dass ich mich entferne!«

Er atmete tief auf. »Was wollen Sie jetzt tun?«

Sie zuckte die Achseln. »Zunächst an meinen Arbeitsplatz gehen. Ich muss ja wohl darauf gefasst sein, dass Ihr Herr Bruder dafür sorgt, dass ich entlassen werde.«

Gert richtete sich straff empor. »Das wird ganz sicher nicht geschehen. Ich sagte Ihnen doch, Sie sollen Genugtuung erhalten. Wollen Sie nicht meinem Rat folgen und zu meinem Vater gehen, um ihm alles mitzuteilen?«

Käthe sah ihn unschlüssig an. »Als ich vorhin nicht wusste, wie ich mich aus diesem Zimmer befreien konnte, ohne Aufsehen zu erregen, erwog ich schon, Ihrem Herrn Vater telefonisch meine peinliche Lage mitzuteilen. Aber nun, da ich befreit bin, weiß ich doch nicht, ob ich den Herrn Kommerzienrat mit meiner Angelegenheit behelligen darf.«

Gert nickte energisch mit dem Kopf. »Sie müssen es tun! Mein Vater erfährt auf jeden Fall von mir, was hier geschehen ist, und wenn es Ihnen leichter wird, will ich vorher zu ihm gehen und ihm die peinliche Eröffnung machen. Sie brauchen dann meinem Vater nur seine Fragen zu beantworten.«

Käthe atmete tief auf. »Ich will tun, was Sie mir raten.«

Er sah sie mit seinen guten, klaren Augen an. »Ich muss es Ihnen hoch anrechnen, nach dieser Szene mit meinem Bruder, dass Sie mir noch Vertrauen entgegenbringen.«

»Dass *Sie* dieses Vertrauens wert sind, weiß ich«, sagte sie leise.

Er ergriff schnell ihre Hand, und sein Blick hielt den ihren fest. Die beiden Augenpaare hingen eine Weile ineinander. »Ich habe mich namenlos um Sie geängstigt«, stieß er hervor.

Dunkle Glut bedeckte ihr Antlitz. Sie hätte aufjauchzen mögen, weil er ihr das sagte und weil er sie dabei so seltsam innig ansah.

Zu antworten vermochte sie nicht.

Und er trat von ihr zurück, weil er in diesem Moment seiner selbst nicht sicher war. Gegen seinen Willen waren ihm diese Worte entschlüpft.

Er fasste sich und sagte: »Bitte, gehen Sie jetzt ruhig auf Ihren Platz im Korrespondenzsaal! Wenn ich mit meinem Vater gesprochen habe, werde ich Sie rufen lassen.«

Käthe neigte das Haupt. »Das will ich tun – ich danke Ihnen, Herr Ruhland.«

Er geleitete sie bis zur Tür und schloss sie hinter ihr.

Käthe eilte aufatmend auf ihren Platz. Es erschien ihr wie ein Wunder, dass hier alles seinen ruhigen Gang ging. Für sie war in dieser Stunde so viel geschehen, dass sie meinte, ihre Erregung müsse sich in allen anderen Dingen widerspiegeln.

Gert stand eine Weile mitten im Zimmer, als Käthe ihn verlassen hatte. Seine Zähne bissen sich fest aufeinander, und die Muskeln seines Gesichts arbeiteten sichtbar. Endlich raffte er sich auf und trat auf die Verbindungstür zu. Mit einem entschlossenen Ruck drehte er den Schlüssel um und öffnete die Tür.

Sein Bruder stand dicht vor ihm. Georg war unruhig in seinem Zimmer auf und ab gelaufen und trat schnell an die Tür, als sich der Schlüssel im Schloss drehte. Er glaubte, Käthe habe sich besonnen und wolle mit ihm verhandeln. Sollte er doch noch siegen? Seine Augen blitzten im Triumph auf.

Aber wie entgeistert prallte er zurück, als Gert vor ihm stand.

»Du? Was willst du hier? Ich denke, du bist nach Elberfeld gefahren«, stammelte er.

Gert trat auf ihn zu und sah ihm kalt in die Augen.

»Du siehst, dass es nicht der Fall ist. Ich hielt es für besser, hierzubleiben, und bin gottlob gerade noch zur rechten Zeit erschienen, um ein geängstigtes Mädchen aus einer peinvollen Lage zu befreien und einen Skandal zu verhüten.«

Georg zwang sich, ein hochmütig abweisendes Gesicht zu machen. »Was soll das heißen? Ich verstehe dich nicht.«

Verächtlich zuckte Gert die Schultern: »Wenn du leugnen willst, was hier geschehen ist, wirst du wenig Glück haben. Es ist unerhört von dir, die abhängige Lage einer Angestellten auf so niedrige Weise auszunützen.«

Jetzt fuhr Georg auf. »Du! Wahre deine Zunge!«

Gerts Augen blitzten zornig. »Es ist infam, was du getan hast.«

Georg schob nachlässig die Hände in die Taschen. »Kümmere du dich doch um deine eigenen Liebesaffären! Die meinen gehen dich absolut nichts an.«

»Da irrst du sehr. Dieser Fall geht auch mich an, denn er schadet unserem Ansehen. Liebesaffären in deinem Sinn habe ich nicht. Auf keinen Fall würde ich meine Macht über ein wehrloses Geschöpf so schändlich missbrauchen. Es ist unerhört, wie du mit der Ehre unseres Namens umgehst. Was du heute getan hast, ist ehrlos.«

Georg hob hasserfüllt die Faust. »Hüte dich! Wenn du auch mein Bruder bist, beleidigen lasse ich mich von dir nicht.«

»Du hast dich selbst beleidigt durch dein Verhalten. Und ich danke dem Schicksal, dass ich nicht abreiste. Du hattest alles fein ausgedacht, mich aus dem Weg zu räumen. Ich ahnte es und zog es vor, zu bleiben. Und so konnte ich gottlob einen Eklat verhüten, denn ohne Aufsehen zu erregen, hätte sich Fräulein Lindner nicht aus meinem verschlossenen Zimmer entfernen können, wenn sie sich nicht wieder in deine Gewalt begeben wollte.«

Ein höhnischer Ausdruck erschien auf Georgs Gesicht. »Ah, also nur, um mir ins Gehege zu kommen, versäumst du wichtige geschäftliche Reisen?«

»Du weißt selbst, dass diese Reise unnötig war. Du wolltest mich nur los sein.«

»Nun wohl – weil du mir immer wieder ins Gehege kamst. Ich habe längst bemerkt, dass du eifersüchtig auf mich warst. Dir steckt ja selbst die schöne Lindner im Kopf. Und um leichter zum Ziel zu kommen, spielst du dich als edler Retter auf. Oder hast du dieses Ziel schon erreicht? War Fräulein Lindner deshalb so spröde, weil sie schon dir gehört?«

Gert fuhr auf, beherrschte sich aber und zuckte verächtlich die Achseln. »Ich verschmähe es, dir darauf zu antworten. Und ich werde jetzt zum Vater gehen, um ihm zu berichten, was hier geschehen ist. Fräulein Lindner hat mir versprochen, erst zu ihm zu kommen, wenn er sie rufen lässt. Ich möchte Vater nicht unvorbereitet eine solche Nachricht aus einem anderen Mund hören lassen.«

Georg zuckte nun doch betroffen zusammen. Er machte eine Bewegung, als wollte er den Bruder aufhalten, aber Gert wandte sich schnell ab und ging hinaus.

Wütend stampfte Georg auf den Boden und starrte vor sich hin.

»Verdammt! Der alte Herr wird Feuer speien! Aber jetzt weiß ich wenigstens, wie es kam, dass dieses alberne Geschöpf so spröde war. Anscheinend ist mir mein Herr Bruder doch zuvorgekommen. Daher der Tugendstolz! Aber er soll keine Freude an seinem Liebchen haben. Ungestraft lasse ich mir so eine Beute nicht entreißen. Ich werde ihnen auflauern und sie beobachten. Und wehe, wenn ich sie zusammen ertappe!«

11

Gert musste an Käthes Platz vorüber, als er zu seinem Vater ging. Sie saß bleich, mit niedergeschlagenen Augen an ihrer Arbeit. Obwohl sie wusste, dass er vorüberging, sah sie nicht auf.

Nun, da sich ihre Erregung gelegt hatte, brannte die Scham über das, was ihr Georg Ruhland zugefügt hatte, doppelt in ihr.

Aber Gerts Verhalten ihr gegenüber wirkte wie lindernder Tau über der Wunde, die man ihrem Stolz geschlagen hatte.

Als Gert sie sitzen sah, wallte eine tiefe Rührung in ihm auf.

Gleich darauf trat er in seines Vaters Zimmer.

Der alte Herr wandte sich nach ihm um und sah fragend in sein erregtes Gesicht.

»Nun, Gert? Ich sah dich zum Schein nach dem Bahnhof fahren. Und nun bist du wieder hier. Werde ich nun eine Erklärung über deine fingierte Abreise erhalten?«, fragte er.

Gert blieb neben ihm stehen.

»Ja, Vater. Deshalb bin ich hier. Du hast mir neulich, als du mir dein Leid über Georg klagtest, gesagt, ich möge ein wachsames Auge auf ihn haben, damit er nicht neues Unrecht begeht in seiner zügellosen Leidenschaft. Schon seit einiger Zeit merkte ich, dass er sich ein neues Opfer auserkoren hatte. Und um dieses wäre es doppelt schade gewesen. Georg ließ mich, weil er wohl merkte, dass ich ihn beobachtete, deshalb auf Reisen schicken. Er wollte mich unschädlich machen für seinen Plan. Ich zog es vor zu bleiben.«

Der Kommerzienrat lehnte sich in seinen Sessel zurück und sah unruhig zu ihm auf.

»Sag mir alles! Welchem Opfer stellt er nach?«

»Fräulein Käthe Lindner.«

Der Kommerzienrat fuhr auf.

»Unerhört! Macht er nicht einmal vor ihr halt?«

»Vielleicht reizt ihn ihre Reinheit, Vater.«

»Sag mir, was du weißt!«

Gert teilte ihm nun mit, wie er Käthe Lindner in seinem Zimmer gefunden und was er von ihr gehört hatte.

Schwer atmend hörte der alte Herr zu. »Unerhört – unerhört! Wenn Fräulein Lindner das ihrem Vater und ihrem Bruder erzählt, macht sie mir diese treuen Angestellten aufsässig. Gottlob, dass Georgs Plan missglückt ist! Es wäre großes Unheil daraus entstanden. Sosehr mir der alte Lindner samt seinem Sohn ergeben ist, in diesem Punkt sind sie empfindlich. Meine ganze Arbeiterschaft kann mir vergiftet werden durch Georgs unerhörtes Benehmen.«

»Beruhige dich, Vater! Ich habe Fräulein Lindner geraten, dir alles zu berichten und sich unter deinen Schutz zu stellen. Sie muss natürlich ihre Genugtuung haben. Aber wenn du ihr Schutz und Hilfe zusicherst, dann sieht sie vielleicht davon ab, Vater und Bruder Mitteilung von diesem Vorkommnis zu machen, um sie vor einem Konflikt zu bewahren. Sie ist ein ungemein intelligentes und großzügiges Geschöpf und vernünftigen Erwägungen sicher zugänglich.«

Starr sah der alte Herr vor sich hin.

»Also gut – ich werde mit ihr sprechen. Und wenn das geschehen ist, will ich mir Georg vornehmen. Das geht so nicht weiter. Er soll mich kennenlernen. Zu lange schon bin ich nachsichtig mit ihm gewesen. Das muss aufhören. Bitte, lass Fräulein Lindner rufen!«

Gert klingelte und gab dem Kontordiener Bescheid.

Der Kommerzienrat ging indessen unruhig auf und ab.

Als Käthe eintrat, trat ihr Gert entgegen. »Ich habe meinen Vater vorbereitet, Fräulein Lindner, und lasse Sie jetzt mit ihm allein, damit Sie ihm ungehindert alles sagen können.«

Der Kommerzienrat reichte Käthe die Hand. »Sie sehen mich tief bekümmert, Fräulein Lindner. Bitte, erzählen Sie mir ausführlich, was geschehen ist! Sie brauchen sich nicht zu scheuen. Denken Sie, dass Sie vor Ihrem eigenen Vater stehen!«

Käthe hatte sich gefasst. »Das will ich tun, Herr Kommerzienrat.«

Gert verabschiedete sich mit einer Verbeugung und verließ das Zimmer. Er wusste die Angelegenheit bei seinem Vater in den besten Händen. Ein einziger Blick aus seinen Augen traf noch im Hinausgehen Käthes schlanke, aufrechte Gestalt. Und er fühlte, wie teuer ihm dieses Mädchen geworden war.

Als der Kommerzienrat mit Käthe allein war, bot er ihr einen Sessel an.

»Nun sprechen Sie ohne Scheu, Fräulein Lindner!«

Käthe kam seiner Aufforderung nach. Sie erzählte ihm, dass Georg sie schon seit Wochen in sein Zimmer bestellt habe und dass er zuweilen durch ein Wort oder einen Blick ihre Unruhe erregt habe, ohne dass sie etwas Positives hätte gegen ihn vorbringen können. Und zuletzt berichtete sie ihm errötend, aber ohne etwas zu verheimlichen, was heute geschehen war. Sie verschwieg ihm auch nicht, dass sie Georg ins Gesicht geschlagen hatte, um zu verhindern, dass er sie küsste.

Ohne sie zu unterbrechen, hörte der alte Herr zu. Und als sie schwieg, sah er sie in schmerzlicher Bekümmernis an.

»Sie können sich wohl denken, Fräulein Lindner, mit welchen Gefühlen ich Ihnen gegenübersitze. Meines Sohnes Verhalten hat mich schon manchmal tief bekümmert – so tief wie heute aber noch nicht. Haben Sie Ihrem Vater und Ihrem Bruder Mitteilung von dem gemacht, was Ihnen bisher im Benehmen meines Sohnes aufgefallen war?«

Käthe schüttelte den Kopf.

»Nein, Herr Kommerzienrat, ich wollte meinen Vater und meinen Bruder nicht beunruhigen – sie hätten mir ja nicht helfen können. Und wenn ich es vermeiden kann, möchte ich ihnen auch jetzt nichts davon sagen. Es würde meinem Vater vielleicht die Freudigkeit nehmen, mit der er sich allezeit als ein Glied der Carolawerke gefühlt hat. Und – meinen Bruder brächte ich vielleicht in noch härtere Konflikte.«

Der alte Herr blickte sie dankbar an.

»Wenn Sie schweigen könnten über das alles, würden Sie auch mir einen großen Dienst erweisen. Es würde mich schmerzen, Ihren Vater, einen meiner treuesten Angestellten, mit Bitterkeit gegen meine Familie erfüllt zu sehen. Wenn ich Ihnen verspreche, Ihnen Genugtuung zu geben und Sie von heute an unter meinen persönlichen Schutz zu nehmen – werden Sie dann über diesen Vorfall schweigen, auch gegen Ihre Angehörigen?«

Groß und offen sah ihn Käthe an. »Ich werde schweigen,

Herr Kommerzienrat, schon meinem Vater und Bruder zuliebe, die ich nicht beunruhigen möchte, und dann auch, um nicht böses Blut zu machen.«

Der Kommerzienrat bot ihr die Hand. »Ich danke Ihnen. Sie nehmen mir eine schwere Last vom Herzen. Und nun hören Sie mich an! Ich will Ihnen sagen, wie ich es mir gedacht habe, Sie unter meinen Schutz zu nehmen und Ihnen Genugtuung zu verschaffen. Dass Ihnen mein Sohn Georg Abbitte leisten muss, versteht sich von selbst. Außerdem werde ich Sie in den nächsten Tagen offiziell bitten, unser Gast in der Villa Ruhland zu sein. Meine Tochter hat Sie ohnedies gebeten, zu ihr zu kommen. Dazu sollen Sie von mir eine offizielle Einladung erhalten – Sie und Ihr Herr Bruder. Als Gast unseres Hauses erhalten Sie meinem Sohn gegenüber eine Stellung, die er nicht ignorieren kann. Außerdem ernenne ich Sie hiermit zu meiner Sekretärin. Sie haben sich in Zukunft nur für mich bereitzuhalten und sind berechtigt, jede andere Arbeit zurückzuweisen. Also außer im Korrespondenzsaal haben Sie nur hier in meinem Zimmer zu arbeiten. Sind Sie damit zufrieden?«

Käthes Gesicht hatte sich gerötet. »Herr Kommerzienrat, ich möchte um Gottes willen nicht irgendeinen Vorteil aus dieser Angelegenheit ziehen. Und die Beförderung zu Ihrer Sekretärin ist ein Vorteil.«

Er lächelte ein wenig.

»Nun, nun, der Posten als Sekretärin stand ohnedies schon für Sie bereit. Sie hätten ihn auch ohne dieses Vorkommnis erhalten, weil ich ihre exakte und tüchtige Arbeitskraft und Ihre ganze Persönlichkeit immer sehr hoch eingeschätzt habe. Man muss sich solche Kräfte warmhalten. Also nehmen Sie ohne Umstände an und seien Sie versichert, dass alles zu Ihrer Zufriedenheit erledigt wird. Ihre Ernennung zu meiner Sekretärin soll Ihnen auch zeigen, dass ich großes Vertrauen in Sie setze, denn Sie wissen, dass dieser Posten nur an eine äußerst zuverlässige und vertrauenswürdige Persönlichkeit vergeben werden kann. Die wichtigsten geschäftlichen Geheimnisse werden Sie als meine Sekretärin zu bewahren haben.«

Käthes Augen leuchteten auf. Sie verneigte sich dankend.

»Ihr Vertrauen ehrt und erfreut mich, Herr Kommerzienrat – es macht mich stolz und glücklich. Und es soll mein innigstes Bestreben sein, es in jeder Beziehung zu rechtfertigen.«

»Ich bin überzeugt, dass Sie das tun werden, denn ich kenne Sie ja nicht erst seit heute.«

Käthe dachte in diesem Moment an Anna Werner. Ob sie beim Kommerzienrat vielleich ein gutes Wort für die Unglückliche einlegen konnte? Sicher würde er versuchen, ihr Schicksal zu verbessern, wenn er davon erfuhr. Aber sie wagte es nicht. Schließlich hatte sie doch Anna Werner Stillschweigen gelobt. Und sie wusste nicht, ob es ihr recht war, wenn sie mit dem Kommerzienrat darüber sprach. Vielleicht konnte es später geschehen.

Der Kommerzienrat erhob sich, und Käthe tat dasselbe.

»Also gehen Sie jetzt ruhig wieder an Ihre Arbeit und halten Sie sich nur zu meiner Verfügung! Alles andere werde ich regeln. Und nun geben Sie mir Ihre Hand! Sie sind ein tapferer, rechtschaffener Mensch. Ihr Vater kann stolz auf seine Kinder sein.«

Leuchtenden Auges sah ihn Käthe an.

»Wie die Kinder auf ihren Vater, Herr Kommerzienrat. Alles, was gut und tüchtig an uns ist, verdanken wir unseren Eltern.«

»Bravo, Fräulein Lindner! Auf Wiedersehen!«

Käthe verneigte sich und ging.

Der Kommerzienrat sah ihr mit ernsten Augen nach. Es wäre ein Jammer gewesen, wenn mein Sohn dieses prachtvolle Geschöpf ruiniert hätte. Gottlob, dass es ihm nicht gelungen ist!, dachte er.

Und dann zog sich seine Stirn in finstere Falten. Er richtete sich straff empor und verließ sein Zimmer, um das seines ältesten Sohnes aufzusuchen.

Mit einem Ruck öffnete er die Tür und trat ein.

Georg hatte missmutig am Fenster gestanden und fuhr nach ihm herum. Eine Weile standen sich Vater und Sohn schweigend gegenüber. Vor dem schmerzlich zornigen Blick des Vaters wichen Georgs Augen scheu zur Seite. Endlich trat der Kommerzienrat näher zu ihm heran.

»Ich habe Schlimmes von dir hören müssen«, sagte er rau.

Georg versuchte, einen leichten Ton anzuschlagen. »Schon wieder einmal, Vater? Mir scheint, man berichtet dir immer nur Schlimmes von mir, nie Gutes.«

»Ein Zeichen, dass leider mehr Schlimmes als Gutes von dir zu berichten ist.«

»Oder ein Zeichen dafür, dass man dir lieber Schlimmes als Gutes über mich zuträgt.«

»Das Gute an dir – dein Fleiß und deine Tüchtigkeit in geschäftlichen Dingen – erkenne ich selbst. Aber leider wiegen deine schlechten Eigenschaften vielfach diese guten auf. Und das erfüllt mich mit Schmerz.«

Georg richtete sich brüsk auf.

»Nun, so lass schon deine Moralpauke vom Stapel! Was hast du mir zum Vorwurf zu machen?«

Der ungezogene Ton verwischte den schmerzlichen Vorwurf aus den Zügen des Vaters. Er richtete sich hoch auf und sah mit einem harten, strengen Ausdruck in das Gesicht des Sohnes.

»Vor allem verbitte ich mir diesen schnoddrigen Ton – ich habe ernsthaft mit dir zu reden! Es ist eine unerhörte Rohheit von dir, dass du mit deinen zügellosen Ausschweifungen die Frauen und Töchter unserer Arbeiter belästigst und verführst. Ich habe dir schon einige Male diesen Vorwurf machen müssen, leider ohne jeden Erfolg. Das beweist dein neuester Anschlag auf Fräulein Lindner. Ich weiß nicht, ob ich dich mehr dumm oder mehr schlecht nennen soll. Du hast leider keinerlei Achtung vor der Reinheit der Frau, sonst hättest du dir sagen müssen, dass ein Mädchen wie Fräulein Lindner nicht für eine leichtfertige Liebelei zu haben ist.«

Georg hatte an seiner Unterlippe genagt. Nun zuckte er mit gemachter Gleichgültigkeit die Achseln.

»Da ist wieder aus einer Mücke ein Elefant gemacht worden. Der Tugendbold Gert hat dir wohl ein grausliches Bild von der ganz harmlosen Sache gemalt, um sich über mich erhaben fühlen zu können. Frag ihn doch nach den Beweggründen! Wahrscheinlich hat er selbst Appetit auf den leckeren Bissen.«

Sein Vater fuhr entrüstet auf.

»Schweig! Deine Frivolitäten sind hier nicht am Platz! Gert ist ein Ehrenmann. Er wird nie eine von ihm abhängige Frau in Verruf bringen. Dazu kenne ich ihn zu gut.«

»Nun, wir werden ja sehen. Er hat sich etwas zu eifrig für ihre Tugend ins Zeug gelegt. Im Übrigen ist deine Aufregung ganz überflüssig. Ein harmloser Scherz ist willkürlich von ihm aufgebauscht worden«, erwiderte Georg noch immer in spöttischem Ton.

Sein Vater sah ihn finster an.

»Ein harmloser Scherz? Fräulein Lindner hat mir auf meinen Wunsch alles gesagt, was sich zugetragen hat, jedes deiner Worte hat sie mir wiederholt. Ich habe mich deiner geschämt. Und ich verlange von dir, dass du Fräulein Lindner in meiner Gegenwart um Verzeihung bittest.«

»Fällt mir nicht ein!«

»Du wirst es tun! Ich habe es mit meinem Wort verbürgt.«

»Das war leichtsinnig«, erwiderte Georg unverschämt.

Da schlug der Kommerzienrat mit der Hand auf den Tisch. »Jetzt ist es genug der Unverschämtheit! Stelle meine Geduld nicht auf eine zu harte Probe!«

»Mein Gott, Papa, weshalb ereiferst du dich wegen solcher Lappalien? Es ist dein alter Fehler, du nimmst diese Leute zu wichtig.«

»Ich bin nicht hier, um mich von dir über meine Fehler belehren zu lassen, und verbitte mir nochmals diesen Ton.«

»Soll ich mich wie ein Schuljunge von dir abkanzeln lassen, weil ich ein hübsches Mädel hübsch gefunden habe? Dazu bin ich zu alt.«

»Solange dein Verhalten einen Tadel herausfordert, wirst du ihn ruhig annehmen müssen von deinem Vater. Betrage dich so, dass es nicht nötig ist! Also kurz und bündig, du wirst Fräulein Lindner um Verzeihung bitten.«

Georg warf hochmütig den Kopf zurück. »Das werde ich nicht. Sie hat sich ja selbst energisch revanchiert für meinen kleinen Scherz, indem sie mich ins Gesicht geschlagen hat. Das hat sie dir wahrscheinlich verheimlicht.«

»Nein, sie hat mir auch das gesagt. Sie handelte in Notwehr, und es ist schmachvoll genug, dass du sie dazu gezwungen hast. Also – wirst du sie um Verzeihung bitten?«

»Ich vergebe mir damit alle Autorität.«

»Die hast du dir viel mehr vergeben durch deinen Überfall auf das junge Mädchen. Fräulein Lindner hat mir versprochen, ihrem Vater und ihrem Bruder nichts von dieser Angelegenheit zu sagen, wenn ihr volle Genugtuung wird und ich sie in Zukunft unter meinen persönlichen Schutz nehme. Beides habe ich ihr zugesagt. Ich werde Fräulein Lindner offiziell in mein Haus einladen, da sie ohnedies mit deiner Schwester wegen des Waldfestes allerlei zu besprechen hat. Vorher musst du sie um Verzeihung bitten. Das habe ich ihr zugesagt.«

»Ich denke aber nicht daran, dieses Versprechen einzulösen.«

Mit einem Ruck richtete sich der Kommerzienrat empor. »Ich frage dich ein letztes Mal: Wirst du dein Unrecht an Fräulein Lindner gutmachen und sie um Verzeihung bitten?«

»Wie oft soll ich dir versichern, dass ich das nicht werde – niemals.«

Die Züge des Kommerzienrats versteinerten sich.

»Gut, so höre auch mein letztes Wort. Hast du bis heute Mittag um zwölf Uhr Fräulein Lindner nicht in meiner Gegenwart um Verzeihung gebeten, so verlässt du morgen die Carolawerke. Ich werde dich dann nicht länger hier dulden. Außerdem werde ich weitere Maßnahmen treffen, die dich ebenso wenig angenehm berühren dürften. Noch bin ich Herr in den Carolawerken, und noch geschieht das, was ich will.«

Georg hatte sich verfärbt. Seine Hände ballten sich, und seine Zähne knirschten aufeinander.

»Also du schickst deinen eigenen Sohn in die Verbannung – wegen dieses Mädchens?«, keuchte er.

»Ich schicke dich nicht, aber ich verlange, dass hier mein Wille respektiert wird. Dein Verhalten zwingt mich zu strengen Maßnahmen. Du brauchst ja nicht zu gehen, wenn du tust, was ich von dir verlangen muss. Ich stelle kein unbilliges Verlangen. Ein Unrecht gutzumachen muss doch leichter sein, als eins zu begehen.«

Georg kämpfte eine Weile mit sich selbst und mit seinem dünkelhaften Hochmut. Eine ohnmächtige Wut erfüllte ihn, die sich gegen Käthe, seinen Bruder und auch gegen seinen Vater richtete. Aber in die Verbannung wollte er doch nicht gehen. Dazu hing er zu sehr mit seinen Wünschen und Hoffnungen an den Werken, in denen er einst Herr sein wollte.

Der Kommerzienrat sah ihn fest an, und als er nicht antwortete, wandte er sich zum Gehen. Es war ihm gewiss nicht leicht, so zu Georg zu sprechen. Er war immerhin sein Sohn, und wenn es auch ein ungeratener Sohn war, hing sein Herz doch auch an diesem Kind. Er machte sich jetzt bittere Vorwürfe, Georg früher nicht fest genug angefasst zu haben. Er hatte ihm zu viel freien Willen gelassen. Weil er seinen beiden anderen Kindern gegenüber keine Strenge nötig hatte, wollte er sie auch Georg gegenüber nicht anwenden. Vielleicht wäre es besser gewesen, wenn er es getan hätte – vielleicht hätte aber auch das nichts genützt bei Georgs unglückseliger Veranlagung.

Ehe der Kommerzienrat die Tür erreicht hatte, machte Georg eine Bewegung, als wolle er ihn zurückhalten. Der Vater sah sich nach ihm um. Georg hatte sich mühsam gefasst.

»Nun wohl, du bist der Stärkere, du hast die Macht, Vater. Ich muss tun, was du von mir verlangst – und ich werde es tun«, stieß er heiser hervor.

Der Kommerzienrat neigte das Haupt und sah nach der Uhr.

»Es ist gut. In einer Viertelstunde erwarte ich dich drüben in meinem Kontor.«

Damit ging er hinaus. Georg sah eine Weile mit verzerrtem Gesicht hinter ihm her. Dann ballte er die Fäuste und schlug sie gegen seine Stirn.

»Das mir! Das mir! Und um eine Angestellte! Sie hätte sich geehrt fühlen müssen, dass ich mich herbeiließ, Notiz von ihr zu nehmen. Stattdessen spielt sie sich auf wie eine Dame. Aber daran sind nur die verdammten Volksbeglückungsideen schuld. Nun lädt er sie gar noch in sein Haus ein! Lächerliche Farce!«

Das war sein Gedankengang. Und er machte seiner Wut Luft, indem er mit dem Fuß nach einem Sessel stieß, so dass er ein Stück durchs Zimmer schoss und umfiel.

12

Langsam ging der Kommerzienrat in sein Zimmer zurück. Dort wartete Gert auf ihn. Im Innersten bedrückt durch Georgs Verhalten, teilte er Gert mit, was er mit Käthe Lindner und Georg verhandelt hatte.

Gert drückte ihm die Hand.

»Nimm es nicht zu schwer, Vater!«, bat er leise.

Der alte Herr legte ihm die Hand auf die Schulter.

»Ich muss es tragen, mein Sohn. Es wäre ja auch zu viel des Glücks, wenn ich drei wohlgeratene Kinder hätte. Aber nun geh, Gert! Bald wird Georg hier sein, und ich lasse dann Fräulein Lindner rufen.«

Gert entfernte sich. Er war von Herzen froh über die Genugtuung, die sein Vater Käthe Lindner verschafft hatte. Dass er sie offiziell in sein Haus bitten wollte, tat ihm besonders wohl. Es war ihm, als sei dadurch eine Schranke gefallen zwischen ihm und ihr. Und das machte ihn glücklich. Denn heute war es ihm zur Gewissheit geworden, dass er Käthe Lindner liebte.

Als er jetzt an Käthes Platz vorüberging und auf ihren geneigten Kopf sah, klopfte sein Herz rasch und laut.

»Wird sie mich wiederlieben können?«, fragte er sich.

Denn das schien ihm gewiss: Ohne Liebe gab sich eine Käthe Lindner keinem Mann zu eigen, »und wenn's der König selber wär.«

Käthe hatte keine Ahnung, wie innig sich Gert Ruhlands

Gedanken mit ihr befassten. Es wogte noch ein Chaos von Empfindungen durch ihre Seele. Sie hatte an diesem Morgen zu viel erlebt!

Aber alles andere verblasste doch vor Gerts Worten: »Ich habe mich namenlos um Sie geängstigt«, und vor dem Blick, mit dem er sie dabei angesehen hatte.

Kurz vor zwölf Uhr ließ sie dann der Kommerzienrat abermals in sein Zimmer rufen. Sie folgte diesem Ruf sofort. Und als sie bei ihm eintrat, sah sie Georg Ruhland neben dem Schreibtisch seines Vaters stehen.

Er spielte scheinbar lässig mit einem Brieföffner.

Der Kommerzienrat trat auf Käthe zu.

»Mein Sohn will Sie um Verzeihung bitten für das, was er Ihnen angetan hat, Fräulein Lindner«, sagte er.

Käthe war die Situation äußerst peinlich. Sie hätte gern auf diese Abbitte verzichtet. Am liebsten hätte sie nie mehr ein Wort mit Georg Ruhland gesprochen. Aber sie richtete sich empor und sah mit einem ernsten, ruhigen Blick zu ihm hinüber.

Er warf mit einer hastigen Bewegung den Brieföffner hin und wandte sich ihr zu. In seinem blassen Gesicht zuckte der verhaltene Ärger, und seine Augen blickten mit einem unruhigen Flimmern in die ihren. Er musste sich erst einen Ruck geben, ehe er mit spröder Stimme einige Worte herausbrachte.

»Es tut mir leid, Fräulein Lindner, dass ich Sie durch einen etwas gewagten Scherz erschreckt habe. Natürlich war es nur ein Scherz. Ich bitte Sie um Verzeihung!«

Käthe wusste sehr wohl, dass es kein Scherz gewesen war. Sie wusste auch, dass Georg Ruhland sie nicht freiwillig um Verzeihung bat. Aber sie enthielt sich jeder diesbezüglichen Äußerung und sagte nur ruhig: »Ich verzeihe Ihnen, Herr Ruhland.«

Georg machte eine kurze Verbeugung vor ihr, drehte sich dann mit einem Ruck um und ging schnell hinaus, weil ihn die Wut über seine Demütigung zu übermannen drohte.

Der Kommerzienrat wandte sich nun wieder an Käthe. »Geben Sie mir die Hand, Fräulein Lindner, und lassen Sie es mit dieser etwas formlosen Abbitte genügen! Es war nicht leicht für mich, meinen Sohn wenigstens dazu zu bewegen.«

Käthe sah mit ihren schönen, klaren Augen offen in die seinen. »Ich hätte gern auf die Abbitte verzichtet, Herr Kommerzienrat. Was Sie mir in Ihrer Güte gesagt haben, war eine größere Genugtuung für mich. Und es tut mir sehr leid, dass ich die unschuldige Ursache eines Kummers für Sie gewesen bin. Ich bitte Sie, zürnen Sie mir deswegen nicht!«

Der warme Blick der schönen Mädchenaugen berührte den alten Herrn wohltuend. »Wie könnte ich Ihnen zürnen? Ich hoffe, meine Tochter wird Sie durch besondere Liebenswürdigkeit vollends vergessen lassen, was mein Sohn Ihnen zugefügt hat. Aber nicht wahr, Sie sprechen auch mit meiner Tochter nicht darüber, was Ihnen heute geschehen ist – so wenig wie mit Ihrem Vater und Ihrem Bruder?«

»Ich habe Ihnen Schweigen gelobt, Herr Kommerzienrat, und ich bin gewohnt, es ernst mit meinen Versprechen zu nehmen.«

Der Kommerzienrat drückte ihr die Hand.

»Ich danke Ihnen, Fräulein Lindner. Und da meldet die Sirene schon die Mittagsstunde! Ich will Sie nicht länger aufhalten. Heute Nachmittag werde ich vielleicht schon Arbeit für Sie haben. Ich lasse Sie dann rufen. Und vergessen Sie nicht, Sie stehen jetzt niemand zur Verfügung als mir und müssen sich immer für mich bereithalten. Wenn Sie nicht bei mir arbeiten, bleiben Sie ruhig im Korrespondenzsaal, wo Sie immer zu tun finden.«

»Ich werde es sicher nicht vergessen, Herr Kommerzienrat.«

Mit einem bescheidenen Gruß entfernte sich Käthe nach diesen Worten. Sie eilte in die Garderobe, um sich Hut und Mantel zu holen. Unterwegs begegnete ihr Georg Ruhland. Er sah mit einem unbeschreiblichen Blick in ihr Gesicht. Sie erschauerte unter diesem Blick und wusste, dass Georg Ruhland von heute an ihr unversöhnlicher Feind war. Aber das war ihr lieber als seine Zudringlichkeiten.

Mit beschwingten Schritten trat sie nach wenigen Minuten ins Freie. Die Sonne schien hell und klar auf die Carolawerke herab, und die Menschen eilten mit frohen Gesichtern dahin.

Nur Anna Werner ging wieder still und gedrückt abseits von den Fröhlichen. Käthe lief ihr nach.

»Anna, ich bin heute zur Sekretärin des Herrn Kommerzienrats ernannt worden und werde viel in seiner Gegenwart beschäftigt sein. Und da wollte ich dich fragen, ob du mir nicht gestatten willst, ihm dein Leid zu klagen und ein gutes Wort für dich einzulegen, wenn sich eine Gelegenheit ergibt. Der Herr Kommerzienrat ist sehr gut und großherzig, er wird sich ganz sicher deiner Not erbarmen und dir über dein Elend hinweghelfen«, sagte sie eifrig.

Anna sah mit erloschenen Augen zu ihr auf und schüttelte langsam den Kopf.

»Gute Käthe, es ist rührend, wie du dich um mich sorgst. Gott mag es dir lohnen. Aber ich bitte dich, überlass mich meinem Schicksal! Auch der Herr Kommerzienrat kann mir meine Ehre nicht wiedergeben. Und anders ist mir nicht zu helfen. Nur einer könnte das tun, wenn er halten wollte, was er mir versprochen hat – ehe ich alles vergaß. Aber er wird es nicht tun. Nur ein Wunder könnte ihn dazu bewegen. Und Wunder geschehen nicht. Bitte, bitte, verrate keinem Menschen, was du von mir weißt, auch dem Herrn Kommerzienrat nicht! Es würde nur alles noch schlimmer werden.«

Käthe drückte mitleidig ihren Arm. »Es schneidet mir ins Herz, wenn ich dich so sehe. Es muss doch etwas für dich geschehen.«

Anna Werner lächelte herzzerreißend. »Es wird etwas geschehen für mich – lass mich nur ruhig gehen!«

Käthe wusste nicht, wie sie sich diese Worte deuten sollte. Aber dass sie der Ärmsten nicht helfen konnte, weil sie sich nicht helfen lassen wollte, war ihr klar. Und da sie jetzt ihren Vater und den Bruder kommen sah, verabschiedete sie sich von Anna Werner und ging mit ihnen weiter.

Bei Tisch erzählte Käthe dann, dass der Kommerzienrat sie in sein Kontor gerufen und sie zu seiner Sekretärin ernannt habe. Da leuchtete Vater Lindner der Stolz aus den Augen. Heinz beglückwünschte seine Schwester herzlich.

»Es ist jedenfalls ein Zeichen großen Vertrauens, Käthe, auf das du stolz sein kannst«, sagte er.

Käthe errötete leicht. Es fiel ihr schwer, Vater und Bruder etwas zu verheimlichen. Aber abgesehen davon, dass sie ihr Wort gegeben hatte, zu schweigen, wusste sie auch, dass sie Vater und Bruder in eine peinliche Lage brachte, wenn sie ihnen alles sagte. Und so erwiderte sie nur:

»Ich will mir dieses Vertrauen zu verdienen suchen, Heinz.«

Tante Anna schlug staunend die Hände zusammen.

»Nein, was wird aus euch noch alles werden!«

Als aber nun gar am Abend dieses Tages ein Diener aus der Villa Ruhland kam und einen Brief vom Herrn Kommerzienrat an Fräulein Käthe Lindner brachte, da war Tante Anna ganz fassungslos.

Auch Vater und Bruder sahen erwartungsvoll in Käthes Gesicht, als sie das Schreiben öffnete.

Käthe war ein wenig rot geworden, aber das fanden ihre Angehörigen nur natürlich. Das Rot vertiefte sich noch, als Käthe das Schreiben las. Es lautete:

»Sehr geehrtes Fräulein Lindner!
Wie meine Tochter mir mitteilte, haben Sie und Ihr Herr Bruder sich bereiterklärt, meiner Tochter zu helfen, das Waldfest, das sie den Kindern der Carolawerke geben will, vorzubereiten und zu organisieren. Da zu diesem Zweck einige Zusammenkünfte nötig sind und Sie meiner Tochter schon zugesagt haben, einige Male zu ihr zu kommen, bitte auch ich Sie und Ihren Bruder um Ihren Besuch in meinem Haus, und zwar nicht erst am Sonntag, wie verabredet war, sondern schon morgen Abend um 8 Uhr.
Ich begrüße Sie und Ihre Angehörigen
hochachtungsvoll
Karl Ruhland.«

Als Käthe gelesen hatte, reichte sie ihrem Bruder das Schreiben.

»Eine Höflichkeit des Herrn Kommerzienrats. Sie geht dich auch an«, sagte sie. Heinz las das Schreiben, und seine Stirn rötete sich.

»Das ist außerordentlich liebenswürdig«, stieß er überrascht hervor.

»Was ist denn nur los? Was habt ihr denn für einen Brief?«, fragte Tante Anna unruhig.

Vater Lindner lachte behaglich. »Tante Anna kommt noch um vor Neugier, erlöst sie nur endlich!«

Heinz las nun den Brief laut vor. Tante Anna staunte.

»Nein, nun hört doch alles auf. Jetzt schickt auch der Herr Kommerzienrat gar eine richtige Einladung! Nein, so was! Ich bin ganz sprachlos! Wie kommt er bloß dazu? Das wird mir kein Mensch glauben, wenn ich nicht den Brief zeigen kann. Den Brief müsst ihr mir geben.«

»Ich denke, du bist sprachlos, Anna? Aber deine Sprechwerkzeuge funktionieren noch ganz gut! Es geht wie geölt«, neckte Vater Lindner.

Seine Schwester blickte ihn kopfschüttelnd an.

»Da sitzt du nun so ruhig dabei, als wenn es gar nichts wäre, dass der Herr Kommerzienrat deinen Kindern eine richtige Einladung schickt. Ich glaube gar, du wirst hochmütig, Friedrich!«

Vater Lindner lachte. »Ich wüsste nicht, wie ich zu Hochmut käme, aber wenn der Herr Kommerzienrat meinen Kindern eine Einladung schickt, dann wird sich das so gehören. Er weiß besser, was sich schickt, als wir. Oder meinst du nicht?«

»Natürlich weiß er es besser.«

Heinz und Käthe hatten sich schweigend angesehen. Und in beider Herzen brannte eine große Unruhe. Ihre Sehnsucht flog über den Fluss hinüber.

Heinz atmete auf, als sei ihm die Brust zu eng. »Kommst du noch mit ins Freie, Käthe?«

Sie nickte.

Die Geschwister verabschiedeten sich von Vater und Tante und gingen hinaus. Sie sprachen kein Wort während des ganzen Weges und merkten es nicht einmal, dass sie schwiegen. Aber der Villa Ruhland gegenüber blieben sie stehen. Und da fassten sie sich plötzlich mit einem fast schmerzhaften Druck bei den Händen.

»Morgen Abend sind wir da drüben, Käthe«, sagte Heinz mit verhaltener Stimme.

»Ja, Heinz.«

»Ob Rose Ruhland uns etwas vorsingen wird, wenn wir drüben sind?«

»Vielleicht.«

»Freust du dich darauf, dass wir dort hinüberkommen?«

»Ja, Heinz. Und du?«

»Ich freue mich unsagbar, Käthe. Als ich den Brief des Kommerzienrats an dich las, hatte ich ein seltsames Gefühl.«

»Was denn für eins?«

»Als sei plötzlich eine Schranke gefallen, über die ich bisher nicht weggehen konnte.«

Käthe ahnte, dass Heinz es Rose Ruhlands Einfluss auf ihren Vater zuschob, dass der Kommerzienrat die Einladung geschickt hatte. Sie konnte ihm nicht sagen, dass er sich irrte. Aber es war ja auch nicht wichtig; mochte er es glauben! Es machte ihn glücklich.

Sie standen noch eine Weile und sahen hinüber. Heute erklangen Rose Ruhlands Lieder nicht. Es blieb alles still da drüben. Da traten sie endlich den Heimweg an.

13

Georg Ruhland hatte mit finsterer Miene seinem Vater beim Mittag- und Abendessen gegenübergesessen. Aber auch der Kommerzienrat war ernst und still.

Nach dem Abendessen sagte er zu Rose in Gegenwart seiner Frau und seiner Söhne:

»Ich habe den Geschwistern Lindner eine Einladung geschickt, schon für morgen Abend, Rose. Sonntag dürfte es ein wenig spät sein.«

Die Kommerzienrätin blickte ihren Gatten starr an. »Was hast du getan? Du hast die Geschwister offiziell zu uns eingeladen?«

»Ja, das habe ich getan, damit sie wissen, dass sie auch uns angenehm sind.«

Mit einem unbeschreiblichen Blick sah die Kommerzienrätin ihren ältesten Sohn an, als wollte sie fragen: »Was sagst du dazu?«

Georg starrte aber nur finster vor sich hin.

Da sagte die Kommerzienrätin empört: »Nimm es mir nicht übel, aber ich finde das einfach lächerlich! Außerdem hättest du mich wohl erst fragen können, ob mir das angenehm ist.«

Der Kommerzienrat strich sich über die Stirn. »Verzeih, das hätte ich freilich tun können. Aber ich habe sie ja nicht zu irgendeiner offiziellen Sache eingeladen. Sie haben einige Besprechungen mit Rose, und ehe sie unser Haus betreten, sollen sie nur wissen, dass sie auch uns willkommen sind.«

Seine Gattin zuckte die Achseln. »Mir sind sie durchaus nicht willkommen. Und ich bleibe dabei – ich finde es lächerlich. Wenn Rose die jungen Leute zur Hilfe braucht, genügt es, dass sie sie hierherbestellt, mit ihnen unterhandelt und sie dann einfach wieder entlässt.«

»Verzeih, aber ich fand das nicht genügend. Außerdem sind die Geschwister Lindner gebildete, wohlerzogene Menschen, die wir in jeder Gesellschaft empfangen könnten.«

»Willst du sie schließlich gar mit unseren Gästen zusammen einladen?«

»Vorläufig habe ich nicht die Absicht. Aber wenn sich eine Gelegenheit dazu ergeben würde, könnte es vielleicht auch dazu kommen.«

»Damit würdest du deine Gäste brüskieren.«

»Höchstens die Unvernünftigen.«

»Nun, ich sehe, wir können in diesem Punkt zu keiner Verständigung mehr kommen.«

»Liebe Klarissa, vielleicht siehst du dir die beiden jungen Leute erst einmal an, ehe du dich weiter ereiferst. Du kennst sie ja noch gar nicht.«

»Ich habe auch nicht den Wunsch, sie kennenzulernen. Jedenfalls muss ich bitten, mich zu entschuldigen, wenn morgen Abend die Geschwister Lindner kommen.«

»Willst du sie nicht wenigstens begrüßen? Damit vergibst du dir doch nichts!«

Die alte Dame zog wie fröstelnd das Kleid zusammen.

»Ich kann mit ihnen doch nicht verkehren wie mit meinesgleichen. Du weißt, dass ich aus einer sehr exklusiven Familie stamme, wo man immer Distanz gehalten hat. Ich kann mich unmöglich dazu verstehen, diesen Leuten gesellschaftliche Rechte einzuräumen. Sie fühlen sich ja auch durchaus nicht wohl, wenn man sie in andere Kreise verpflanzt.«

»Du musst bedenken, dass Heinz Lindner auf der Hochschule studiert hat und dass seine Schwester ein sehr kluges, wohlerzogenes Mädchen ist. Außerdem ist sie seit heute meine Sekretärin und genießt als solche schon an sich eine Ausnahmestellung. Ich würde natürlich nicht eine ungebildete Person zu uns ins Haus laden, auch wenn ich sie sonst noch so sehr schätzte. Aber es handelt sich um gebildete Menschen und die sprechen überall dieselbe Sprache.«

Die Kommerzienrätin erhob sich. »Nun, ich will dir nur wünschen, dass du keine zu großen Enttäuschungen erlebst. Ausbleiben werden sie sicher nicht.«

»Ich werde sie mit Fassung zu ertragen wissen«, erwiderte der Kommerzienrat ruhig.

»Ihr entschuldigt mich, wenn ich mich schon jetzt zurückziehe, ich habe Kopfweh«, sagte seine Gattin nervös.

Rose sprang auf und umfasste den Arm ihrer Mutter. »Kann ich dir etwas helfen, Mama? Soll ich dir Kompressen auflegen?«

Aber ihre Mutter machte sich von ihr los. Sie grollte Rose, weil sie daran schuld war, dass »diese Leute« ins Haus kamen.

»Nein, ich danke dir, ich brauche nur Ruhe und gehe gleich zu Bett«, erwiderte sie.

Auch Georg und Gert hatten sich erhoben und küssten der Mutter die Hand. Georg fühlte dabei einen krampfhaften Druck der Mutterhand und gab ihn zurück. Er verabschiedete sich gleich nach der Mutter. Gert und Rose blieben beim Vater.

Der alte Herr sah mit düsteren Blicken vor sich hin und sagte seufzend:

»Es hilft alles nichts mehr, der Zwiespalt zwischen uns ist zu groß. Es wird nie mehr eine geschlossene Einigkeit geben in unserer Familie.«

Rose schmiegte sich an ihn. »Nicht traurig sein, lieber Papa! Glaube mir, Mama meint es gar nicht so schlimm, wie es manchmal den Anschein hat. Sie wäre nicht halb so ablehnend, wenn Georg sie nicht immer wieder mit seinen Ansichten beeinflusste. Sie stellt sich nur aus Liebe zu ihm auf einen gegensätzlichen Standpunkt uns gegenüber. Wir werden sie schon noch überzeugen, wie gut und richtig unsere Ansichten sind. Und auch Georg wird ja eines Tages zur Vernunft kommen!«

Der Kommerzienrat küsste seine Tochter. »Ich bin vielleicht Mama gegenüber zu unnachsichtig. Schließlich müsste man jedes Menschen Überzeugung ehren. Ich hätte doch nicht so schroff sein sollen. Sieh du zu, Rose, ob du Mama morgen im Lauf des Tages überreden kannst, dass sie sich dazu bereitfindet, die Geschwister Lindner wenigstens zu begrüßen.«

Roses Augen leuchteten auf. »Mit aller Liebe und Zärtlichkeit will ich sie umwerben, dass sie es tut. Ich habe ihr vielleicht meine Liebe auch nicht offen genug gezeigt. Das will ich morgen tun. Und ich will nicht nachlassen, bis es mir gelingt, ihren Widerstand zu besiegen.«

»Hoffentlich hast du Erfolg, mein Kind.« –

Georg Ruhland war voller Wut nach der Villa Carola hinübergegangen. Aber er blieb nicht lange zu Hause. Nach einer halben Stunde etwa verließ er seine Wohnung wieder und schritt durch den Park. An den Werken entlang ging er längs des Flusses bis zur Brücke. Dort verbarg er sich im Schatten eines Pfeilers, bis eine Anzahl Männer über die Brücke kamen und den Hochöfen zuschritten. Es waren die Heizer, die ihre Nachtschicht antraten. Als sie vorüber waren, schritt Georg, sich vorsichtig im Dunkeln haltend, weiter. Er merkte nicht, dass ihm eine weibliche Gestalt im Schatten der Häuser nachschlich und mit brennenden Augen seinem Tun folgte.

Am nächsten Vormittag trat Georg Ruhland ins Vorratslager für Büromaterialien, in dem Anna Werner angestellt war. Es war ein grosser Raum mit vielen Regalen und Schränken. Hier war alles vorhanden, was in den Büros gebraucht wurde, von der Schreibfeder bis zum Kontorbuch. An einem Pult am Fenster, hinter einem langen Ladentisch, stand Anna Werner.

Als Georg eintrat, zuckte sie zusammen, und dunkle Röte schoss in ihr blasses, schmales Gesicht. Sie kam langsam hinter dem Pult hervor.

Schweigend starrten sich die beiden Menschen eine Weile an. Seit Wochen war Georg nicht hier gewesen, seit Wochen hatte er von Anna Werner mit keinem Blick, mit keinem Wort mehr Notiz genommen.

Sie hatte unsagbar unter dieser Nichtachtung gelitten, doppelt gelitten, weil sie so sehr eines Trostes bedurft hätte und weil sie ihm doch alles zuliebe getan hatte. Ihr ganzes Leben, ihre ganze Zukunft, ihre Ehre hatte sie ihm geopfert. Und er hatte sie achtlos beiseite geschoben wie eine lästige Bettlerin, als sie ihn um Erbarmen anflehte.

Dass er jetzt, nach Wochen, wieder bei ihr eintrat, erregte sie namenlos. Was wollte er von ihr? Denn ohne einen bestimmten Grund trat er nicht bei ihr ein, das wusste sie.

Und sie vermutete richtig. Georg Ruhland wollte Anna Werner um jeden Preis von den Werken entfernen, ehe ihre Schmach ruchbar wurde. Das hätte ihm gerade jetzt noch fehlen können, dass sein Vater von seinen Beziehungen zu ihr erfuhr! Der alte Herr war unberechenbar. Man konnte nicht wissen, zu welchen Maßnahmen er greifen würde.

Und deshalb hatte er sich, wenn auch widerwillig, entschlossen, noch einmal mit Anna Werner zu sprechen.

Sie hatte ihn, wie alle seine Opfer, nur so lange interessiert und gefesselt, bis er ihren Widerstand besiegt hatte. Leicht hatte sie es ihm nicht gemacht, denn sie hatte immer auf sich gehalten. Er hatte alle Register ziehen müssen und ihr sogar in Aussicht gestellt, sie zu heiraten. Das hatte er aber in ziemlich zweideutigen Worten getan, so dass er ein bestimmtes Versprechen nicht gegeben hatte, obwohl es Anna Werner dafür hielt.

Um Anna heute seinen Wünschen gefügig zu machen, zwang er sich zu einem Ton, den er schon lange nicht mehr für sie gehabt hatte.

»Guten Tag, Ännchen! Wie geht es dir?«, fragte er scheinbar teilnahmsvoll.

Sie sah ihn mit großen, brennenden Augen an.

»Interessiert es dich noch, wie es mir geht?«, erwiderte sie heiser.

»Aber Ännchen, wie kannst du so fragen?«

Sie krampfte die Hände zusammen.

»Nun, du hast dich betrüblich wenig um mich gekümmert, und seit ich dir gesagt habe, wie es um mich steht, hast du mich abgeschüttelt wie einen lästigen Hund.«

Er lauschte vorsichtig hinaus. Draußen ging jemand vorüber. Hastig ergriff er einen Kasten mit Bleistiften und gab sich den Anschein, sie zu prüfen, bis draußen die Schritte verklungen waren. Obwohl er wusste, dass während der Bürostunden nur in dringenden Fällen ins Lager geschickt wurde, fürchtete er doch eine Störung.

Als alles wieder ruhig war, atmete er auf und stellte die Bleistifte hin.

»Wie kannst du nur so etwas sagen, Ännchen! Ich war nur ein wenig böse auf dich, weil du nicht tun wolltest, um was ich dich bat.«

Ihre Lippen zuckten. Sie sah zum Erbarmen aus, und Georg begriff nicht mehr, dass sie ihm einmal begehrenswert erschienen war.

»Du warst böse auf mich?«, fragte sie, und bitterer Hohn lag in ihrer Stimme. »Böse auf mich, weil ich in meinem Elend zu dir kam und dich bat, mir zu helfen? Da wolltest du mich fortschicken, irgendwohin, hinaus in die Welt, damit niemand erfahren sollte, dass du mich ins Elend gebracht hast.«

Obwohl er wütend war, behielt er den sanften, schmeichlerischen Ton bei und sah sie mit seinen faszinierenden Blicken an. »Aber Ännchen, was hätte ich denn sonst tun sollen?«

Sie sank resigniert in sich zusammen. »Du weißt, dass es nur eins gab, was ich von dir zu hören hoffte, nur eins, was mich aus meinem Elend retten konnte. Ich bat dich, halb von Sinnen vor Angst: Heirate mich, wie du es mir versprachst, du kannst mich ja nachher verstoßen, dich von mir scheiden lassen, nur hilf mir, dass ich nicht in Schande komme! Du stießest mich zurück und sagtest: ›Du bist wohl verrückt!‹ Vielleicht war ich es in meiner Angst. Ich wusste, dass mich nur ein Wunder retten konnte. Um ein Wunder muss man beten. Ich habe gebetet in all den Wochen, wie eine Verzweifelte nur beten kann. Und als du vorhin hier eintratest, da betete ich nochmals: ›Lass ein Wunder geschehen, Vater im Himmel!‹«

Sie war in tiefer Erregung um den Ladentisch herumgegangen und stand nun dicht vor ihm. Und in wilder Angst umklammerte sie plötzlich seinen Arm.

»Georg, erbarme dich meiner, heirate mich! Auf den Knien will ich es dir danken, will dir dienen wie eine Magd. Nur gib mir meinen ehrlichen Namen wieder, damit ich meinen armen Eltern nicht Schande machen muss!«

Er riss seinen Arm los und stieß sie zurück. »Du bist wahnsinnig! Wie kannst du so ein Ansinnen an mich stellen! Du und ich – das geht doch nicht!«

Sie sah mit irren Augen zu ihm auf. »Du hast es mir doch versprochen, mich zu heiraten.«

»Unsinn! Niemals habe ich dir die Ehe versprochen.«

Sie war zurückgetaumelt. Mit zitternden Händen strich sie ihr Haar zurück.

»Du hast mir doch gesagt, dass du mich an deine Seite stellen willst, dass ich zu schade sei für niedere Arbeit, dass wir als Mann und Frau zusammenleben wollen, wenn du erst ein hübsches Heim für mich gefunden hättest, und dass du mich liebst wie nichts auf der Welt und nie von mir lassen würdest. Ist das nicht ein Eheversprechen? Ich habe es so aufgefasst. Aber du hast mich wohl nur damit betören wollen, das sehe ich jetzt ein. Ich habe dich geliebt, ganz unsinnig geliebt, so dass ich alles getan habe, was du wolltest. Aber ich war dir nur ein Spielzeug, ein Zeitvertreib. Und als du deinen Zweck erreicht hattest, wurde ich dir lästig und du wolltest mich fortschicken. Ich weiß ja längst, dass du mich nicht heiraten wirst – nur die Angst und Verzweiflung zwangen mich noch einmal zu der Bitte. Es geschehen keine Wunder, und – ich bin ja auch nun wieder ganz vernünftig.«

Erschöpft schwieg sie. Er zwang sich zur Ruhe. »Nun also, das ist recht, Ännchen, vernünftig musst du sein. Und lass dir raten von mir! Sieh mal, ich will ja nur dein Bestes. Heiraten kann ich dich nicht, das musst du doch einsehen. Meine Eltern würden es nie zugeben. Aber aus deiner Not will ich dir helfen. Reise nach Berlin, Ännchen, ich geb dir Geld, so viel du brauchst, um über deine schwere Zeit hinwegzukommen. Und ich gebe dir eine Adresse, wo du gut aufgehoben bist. Deinen Eltern sagst du, dass du in Berlin eine gute Stellung gefunden hast, wo du mehr verdienst als hier. Sie brauchen gar nichts zu wissen, niemand braucht etwas zu erfahren. Und wenn alles vorüber ist, besuche ich dich, und dann besprechen wir deine Zukunft. Ich will ja alles, was möglich ist, für dich tun.«

Sie sah mit einem schmerzlichen Ausdruck in sein Gesicht und schüttelte den Kopf.

»Nein, ich nehme kein Geld von dir, nicht einen Pfennig. Du sollst wenigstens nicht sagen dürfen, dass du mich bezahlt hast. Das wenigstens will ich meinen Eltern nicht antun. Und wenn ich fortginge, dann würde ich nie mehr zurückkommen können, meine Eltern würden mich nicht wieder aufnehmen. Ich wäre dann draußen in der Welt ganz allein in all meiner Not. Nein, das tue ich nicht!«

Er ergriff ihre Hände und sah sie mit seinem zwingenden Blick an, der sonst so viel Macht über sie gehabt hatte.

»Du *musst* gehen, Ännchen! Es darf hier nicht ruchbar werden, dass wir etwas miteinander haben. Mein Vater würde es mir nie verzeihen. Begreife es doch! Tue es mir zuliebe! Nicht nur deinetwegen, auch meinetwegen musst du fort – du musst, Ännchen!«

Und er versuchte ihr durch seine Augen seinen Willen zu suggerieren. Aber diese Augen hatten ihre Macht über Anna Werner verloren. Sie richtete sich plötzlich mit einem Ruck empor und riss ihre Hände aus den seinen.

»Ah, darum ist es! Aus dem Weg soll ich dir? Nur deinetwegen ist dir bange? Fort soll ich von hier – wohl, damit ich dir bei deinen neuen Liebschaften nicht im Weg bin? Du denkst wohl, ich weiß nicht, dass du jetzt Käthe Lindner nachstellst und sie verführen willst, wie du es mit mir getan hast? Aber bei ihr wirst du kein Glück haben, sie liebt dich nicht, wie ich dich geliebt habe, sie verabscheut dich, ja, sie verabscheut dich! Und dass du es nur weißt, ich selbst habe sie gewarnt, habe ihr gesagt, dass sie sich vor dir hüten soll und dass du mich zugrunde gerichtet hast.«

Sie hatte es in starker Erregung hervorgestoßen. Er fasste sie rau am Arm.

»Das hast du getan?«, stieß er unbeherrscht hervor.

Sie riss sich mit einem Ruck los. »Ja, das habe ich getan! Und ich schleiche dir nach auf allen deinen Wegen. Hüte dich vor mir!«, rief sie außer sich.

Georg hob wie in wilder Drohung den Arm. »Schweig! Die Leute sollen wohl zusammenlaufen?«

Sie sah ihn verächtlich an. »Schlag zu, schlag mich tot, dann habe ich Ruhe – mehr wünsche ich nicht«, sagte sie.

Aber sie dämpfte doch ihre Stimme, weil sie selbst ihr unseliges Geheimnis nicht preisgeben wollte.

Er ließ den Arm sinken. »Also du nimmst mein Angebot nicht an? Bedenke wohl, ich will für dich sorgen. Und wenn du hier fortgehst, braucht niemand etwas zu erfahren. Du kannst dann auch deinen Eltern den Kummer ersparen.«

Sie schwankte einen Moment. Der Gedanke an ihre Eltern machte sie schwach. Aber sie sagte sich doch gleich darauf, dass es unmöglich sei, von ihren Eltern fortzukommen, ohne dass sie die Wahrheit erfuhren.

In verzweifelter Entschlossenheit schüttelte sie den Kopf. »Nein, ich gehe nicht fort, nicht so, wie du es willst, nicht mit deinem Geld.«

Er zuckte ärgerlich die Achseln. »Dann also nicht! Dann trage die Folgen deines Trotzes!«

Ihre Augen glühten auf. »Die Folgen meines Trotzes? Nun, nenne es, wie du willst! Ich weiß, dass ich verloren bin. Aber –«

Sie trat dicht vor ihn hin und sah ihm starr in die Augen. Heiser und erregt fuhr sie fort:

»Aber ich räche mich – merke dir das! Ehe ich vollends zugrunde gehe, zahle ich dir heim, dass du mich so elend gemacht hast, dass du Schande über meine armen Eltern bringst.«

Es lag etwas Unheimliches in ihren Worten. Sein Gesicht wurde fahl. Es trat für einen Moment ein Ausdruck von Unruhe in seine Augen. Aber dann zuckte er die Achseln.

»Ich habe versucht, alles an dir gutzumachen. Wenn du so unvernünftig bist, kann ich dir nicht helfen. Solltest du dich noch eines Besseren besinnen, dann lass es mich wissen! Du weißt ja, wie du mir Nachricht zukommen lassen kannst.«

Als er das gesagt hatte, wartete er noch eine Weile. Da sie nicht antwortete, wandte er sich um und ging hinaus. Sie sah ihm starr, mit erloschenen Augen nach. Und dann sank sie hinter dem Ladentisch in sich zusammen und barg das Gesicht in den Händen

»Vater im Himmel – Vater im Himmel – gibt es keine Rettung für mich?«, stöhnte sie auf.

14

Rose Ruhland bot all ihre Liebe und Zärtlichkeit auf, um ihre Mutter zu bewegen, dass sie Heinz und Käthe Lindner wenigstens begrüßte. Sie ließ mit Bitten nicht nach, bis sie das starre Herz der Mutter erweicht hatte.

Georg hatte bei der Mittagstafel erklärt, dass er den Abend in einer benachbarten Großstadt verbringen würde. Er wollte nicht dabei sein, wenn die Geschwister Lindner kamen. Seine Mutter glaubte, er entferne sich, weil es ihm widerstrebte, die Arbeiterkinder als seinesgleichen zu begrüßen. Sie ahnte ja nicht, was zwischen ihm und Käthe Lindner vorgegangen war und dass sie es im Grund ihm zu verdanken hatte, dass sie von ihrem Gatten eingeladen worden waren. Ahnte sie doch überhaupt nichts von dem wenig ehrenhaften Lebenswandel ihres ältesten Sohnes. Für sie galt er als korrekter, ehrenhafter Mann von vornehmer, stolzer Gesinnung. Und ihm galt ihre zärtliche Liebe, eben weil sie ihn für ganz untadelig hielt.

Da nun Georg am Abend nicht zu erwarten war und Rose nicht mit Bitten nachließ, gab die Kommerzienrätin endlich ihren Widerstand auf und versprach, die Geschwister wenigstens zu begrüßen.

Heinz und Käthe waren nicht minder erregt als Rose und Gert, aber sie zeigten sich beide ruhig und beherrscht. Heinz hatte seinen besten Anzug angezogen, und Käthe trug ein hübsches weißes Kleid, ohne jeden Schmuck, das nur durch seine Schlichtheit und die schöne Form wirkte. Jedenfalls machten die Geschwister durchaus den Eindruck von Menschen aus guter Gesellschaft.

So traten sie ein und wurden zunächst nur von Rose empfangen. Sie reichte ihnen in zwangloser Freundlichkeit die Hand.

»Ich freue mich, Sie auch einmal bei uns begrüßen zu können. Bitte kommen Sie gleich mit hinüber! Meine Eltern wollen Ihnen guten Tag sagen, ehe wir an unsere Arbeit gehen. Mein Bruder Gert ist auch da und wird an unseren Beratungen mit teilnehmen«, sagte sie.

Und sie öffnete die Tür zum Nebenzimmer und ließ Käthe eintreten. Heinz folgte den beiden jungen Damen.

Gert und der Kommerzienrat erhoben sich und begrüßten die Geschwister. Die Kommerzienrätin blieb zunächst sitzen. Ihre Augen blickten entschieden ein wenig erstaunt auf die beiden stolzen, schlanken Gestalten, die so tadellos gekleidet waren und eine ruhige, beherrschte Haltung zeigten, als seien sie es gewohnt, sich im Salon zu bewegen.

Sie kannte weder Heinz noch Käthe, da sie stets auf strenge Distanz zwischen sich und den Angestellten der Werke hielt.

Wahrscheinlich hatte sie sich eine ganz falsche Vorstellung von diesen »Arbeiterkindern« gemacht. Nun sah sie überrascht, dass sie durchaus nicht anders wirkten als Menschen aus ihrer Gesellschaftsklasse.

Rose führte zuerst Käthe zu ihrer Mutter.

»Das ist Fräulein Käthe Lindner, Mama.«

Käthe musste einen sympathischen Eindruck auf die alte Dame machen. »Es freut mich, Sie kennenzulernen, Fräulein

Lindner«, sagte sie einige Grad weniger kühl, als sie sich vorgenommen hatte, und reichte Käthe sogar die Hand.

Nun trat auch Heinz, von Gert geführt, zur Kommerzienrätin heran.

»Herr Ingenieur Lindner, Mama.«

Die alte Dame war sichtlich unsicher. Ihre hochmütige Überlegenheit wollte auch diesem interessant aussehenden jungen Mann gegenüber nicht standhalten. Sie musste auch in diesem Moment daran denken, dass Heinz Lindner vor Jahren ihrem Sohn Gert das Leben gerettet hatte. Sie reichte auch ihm die Hand, und er führte sie, ganz wie ein Kavalier, an seine Lippen.

Merkwürdig, die Geschwister benehmen sich tadellos, dachte sie erstaunt.

Und sie verließ nicht, wie sie sich vorgenommen hatte, gleich nach der Begrüßung das Zimmer, sondern blieb noch einige Minuten und beehrte die Geschwister mit einer ganz freundlichen Unterhaltung.

Rose und Gert sahen sich verstohlen an. »Wenn Georg hier wäre, würde Mama nicht so nett sein«, flüsterte Rose ihrem Bruder zu.

Auch der Kommerzienrat war erstaunt, dass sich seine Gattin so menschlich gab, und freute sich darüber.

Die Kommerzienrätin dachte freilich, dass Georg ihr Verhalten nicht billigen würde, aber sie sagte sich gleichsam entschuldigend: »Der junge Herr Lindner hat meinem Sohn das Leben gerettet und da ich ihm nicht anders danken konnte, will ich es durch diese freundliche Begrüßung tun.«

Und sie blieb, bis ihr Gatte ihr lächelnd den Arm reichte. »Wir wollen nun die jungen Herrschaften nicht länger in ihren Beratungen stören, Klarissa.«

Die Kommerzienrätin reichte Heinz und Käthe zum Abschied die Hand. Und sie schenkte ihnen ein gnädiges Lächeln und sagte freundlich: »Wir sehen Sie ja am Sonntag wieder.« Rose hätte aufjauchzen mögen. Sie eilte ihrer Mutter nach und umarmte und küsste sie herzhaft.

Als die jungen Leute allein waren, gingen sie sogleich eifrig an die Arbeit. Ein Diener brachte eine Erfrischung, die Rose selbst herumreichte.

Sie saßen zusammen um einen kleinen runden Tisch am Kamin und plauderten lebhaft über das Waldfest. Jeder gab seine Einfälle zum Besten. Alle Befangenheit hüben und drüben war verflogen. Da saßen vier junge Menschen zusammen, die nichts wissen wollten von Standesunterschieden und deren Herzen sich über alle Schranken hinwegsetzten und einander zuflogen in jauchzender Lebensbejahung. Dabei gaben sich alle vier den Anschein, als dächten sie an nichts anderes als an die Belustigung der Kinder beim Waldfest.

Die Einladungen zu diesem Waldfest waren bereits ergangen, und Käthe erzählte mit leuchtenden Augen, wie sich Eltern und Kinder darüber freuen. Es sei von nichts anderem die Rede in den Werken als von dem Kindergarten und dem Waldfest. Mit Lust und Liebe dachten die vier jungen Menschen sich allerlei Überraschungen für die Kinder aus.

Und bei allen Beratungen trafen Gerts Augen immer wieder mit einem seltsam warmen Ausdruck in die Käthes, so dass ihr Herz immer schneller schlug. Und Roses und Heinz Lindners Blicke hingen zuweilen selbstvergessen ineinander.

Zwei Stunden waren so im Flug vergangen, und das Nötigste war besprochen. Jeder der jungen Leute hatte bis zum

Sonntag eine bestimmte Aufgabe zu lösen. Sonntagvormittag sollte dann das Weitere besprochen werden.

Um zehn Uhr erhoben sich Heinz und Käthe, um sich zu entfernen. Aber Rose sagte lächelnd:

»Nun will ich Ihnen zum Dank noch ein paar Lieder singen. Oder sind Sie müde? Sie müssen morgen früh wieder an die Arbeit.«

Die Geschwister versicherten natürlich, nicht müde zu sein.

»Begleitest du mich, Gert?«, fragte Rose ihren Bruder.

Er erschrak, weil er gerade eingehend Käthes reizendes Profil studiert hatte. Aber er erhob sich sogleich.

»Natürlich, sehr gern, Rose.«

Sie gingen alle vier hinüber ins Musikzimmer. Heinz und Käthe mussten Platz nehmen in den bequemen, eleganten Sesseln. Rose legte Noten vor Gert auf den Flügel. Diese Noten mussten wohl schon bereitgelegen haben, denn Rose ergriff sie, ohne zu suchen.

Gert begann das Vorspiel. Und dann sang Rose mit ihrer schönen, weichen Stimme:

»Wie berührt mich wundersam
Oft ein Wort von dir.«

Ihre Augen sahen dabei zu Heinz Lindner hinüber. Sie machte gar kein Hehl daraus, dass sie ihn liebte. Ihr Blick verriet es ihm, denn sie wusste und fühlte, dass sie von ihm geliebt wurde.

Käthe saß wie gebannt. Ihre Hände krampften sich zusammen, und ihr Blick hing an Gert Ruhlands Antlitz, als müsse sie es sich einprägen für alle Zeit.

Und plötzlich hob er die Augen und sah Käthe an, gerade als Rose sang:

»O welch süßes Geheimnis trägt
Still der Seele Band.«

Käthe erzitterte leise unter diesem Blick. Ihr Antlitz überzog sich mit dunkler Glut. Gerts Blick war nicht misszuverstehen. Und sie hörte unter den Klängen des Liedes wieder seine erregten Worte: »Ich habe mich namenlos um Sie geängstigt.«

Ein Gefühl von Andacht erfüllte ihre Seele. Was sie jetzt erlebte, erschien ihr wie ein holdes Wunder: Es erschien ihr märchenhaft schön, dass sie erleben und empfinden durfte, was sie mit unsagbarem Glück erfüllte.

Endlich raffte Gert sich auf. »Singst du noch ein Lied, Rose?« Sie sah Heinz Lindner an. Seine Augen flehten um ein anderes Lied, dessen Text sie ihm auch aufgeschrieben hatte. Sie fühlte, dass er gerade dieses Lied hören wollte.

Und sie legte mit einem gewährenden Lächeln ein anderes Notenblatt vor Gert hin.

»Dieses eine noch, Gert«, sagte sie. Gert sah darauf nieder. Und dann strahlten seine Augen auf – in die Käthes hinein, als wollte er sagten: Gib acht!

Und Käthes Augen mit den seinen bannend, begann er das Vorspiel. Rose und Heinz merkten nichts von dieser heimlichen Augensprache zwischen Gert und Käthe. Sie sahen und hörten nichts als sich selbst.

Und Rose jubelte es hinaus, das Lied, das Heinz hatte hören wollen:

»Ich liebe dich wie nichts auf dieser Erden.
Ich liebe dich in Zeit und Ewigkeit.«

Das Lied war verklungen. Aber es zitterte noch nach in den vier jungen Herzen, als man sich zum Abschied die Hände reichte.

15

Auch am nächsten Sonntagvormittag trafen die vier jungen Menschen zusammen. Und sie waren wieder sehr eifrig bei der Arbeit. Es waren schon allerlei Sendungen eingetroffen – die Gegenstände, die den Kindern als Spielgewinne zufallen sollten.

Sie mussten nun durchgesehen und verpackt werden. Als die Mittagszeit herankam, war noch viel zu ordnen. Heinz und Käthe mussten am Nachmittag noch einmal wiederkommen. Gleich nach Tisch trafen sie ein. Und da wurde die vorliegende Arbeit schnell fertiggestellt. Die vier jungen Leute waren wieder in froher glückseliger Stimmung. Und als die Arbeit getan war, meinte Rose: »Wenn Sie noch Zeit haben, würde ich vorschlagen, dass wir gleich noch einmal nach der Waldwiese gehen und an Ort und Stelle einige Überlegungen anstellen.«

Heinz und Käthe waren gleich bereit. So brachen sie alle vier auf.

Die Kommerzienrätin hatte ein Viertelstündchen den Vorbereitungen zugesehen, und wenn auch in dieser Zeit der Ton zwischen den jungen Leuten unwillkürlich etwas zurückhaltender und förmlicher wurde, so war er doch noch so frisch und lebendig, dass die alte Dame ihm mit Wohlgefallen lauschte.

Und als sich die jungen Leute von ihr verabschiedeten, um nach der Waldwiese zu gehen, sagte sie sehr liebenswürdig zu Heinz und Käthe: »Wenn Sie auf dem Rückweg hier vorüberkommen, trinken Sie eine Tasse Tee bei uns.«

Heinz und Käthe nahmen dankend diese Einladung an. Sie ahnten aber nicht, was für einen Sieg sie errungen hatten. Rose und Gert konnten das besser verstehen. Sie sahen sich aufstrahlend in die Augen. Und Rose umarmte und küsste ihre Mutter und flüsterte ihr zu: »Liebe, liebe Mama, du bist anbetungswürdig in deiner Menschlichkeit.«

Die Kommerzienrätin stand eine ganze Weile und sann den Worten ihrer Tochter nach. Und sie fühlte sich seltsam davon berührt. Gerade weil ihr Rose sonst ein wenig fremd gegenüberstand, machten diese Worte einen tiefen Eindruck auf sie. Aber dann fiel ihr plötzlich Georg ein. Was würde er sagen, wenn er zum Tee herüberkam und die Geschwister Lindner am Teetisch fand?

Es wollte ein leises Unbehagen in ihr aufkommen. Aber sie fand doch schnell ihr Gleichgewicht wieder.

Ich werde Georg daran erinnern, dass der junge Lindner Gert das Leben gerettet hat. Dann wird er es begreiflich finden, dass ich ihn und seine Schwester zu einer Tasse Tee bat, dachte sie.

Und als ihr Gemahl jetzt zu ihr trat, sagte sie mutig, wenn auch ein wenig unsicher: »Das sind wirklich zwei seltene Menschen, diese Geschwister Lindner. Man merkt ihnen wirklich nicht an, dass sie aus einer anderen Sphäre kommen. Der junge Ingenieur ist beinahe eine aristokratische Erscheinung, und seine Schwester hat eine eigenartig vornehme Art, sich zu bewegen und zu plaudern. Ich habe selten zwei so schöne Menschen gesehen, und sie gefallen mir sehr gut, das muss ich offen eingestehen.«

Der Kommerzienrat fasste die Hand seiner Frau, die ihm

in ihrer leichten Unsicherheit viel liebenswürdiger erschien als sonst. Es lag viel Wärme und ein leises Hoffen in seinem Blick.

»Es freut mich sehr, Klarissa, dass du trotz deiner anfänglichen Aversion den Mut hast, deinen Irrtum einzugestehen.«

Sie errötete jäh. Wie Roses Worte vorher, so wirkten auch die Worte ihres Mannes auf sie ein. »Ich will niemand unrecht tun. Nur ist es stets meine Überzeugung gewesen, dass sich die Standesgrenzen zwischen den Menschen nicht verwischen sollen. Diese beiden jungen Leute fallen freilich so stark aus dem Rahmen ihres Herkommens, dass man ihnen unbedingt eine Ausnahmestellung einräumen muss.«

»Es freut mich, Klarissa, dass du wenigstens Ausnahmen gelten lässt. Und glaube mir, unter unseren Arbeitern gibt es noch eine ganze Anzahl hochintelligenter Menschen, die nur die nötige Erziehung erhalten müssten, um gleichfalls als Ausnahme gelten zu können. Und du musst mir doch auch zugeben, dass es bis in die höchsten Stände hinein Menschen gibt, die trotz der sorgfältigsten Erziehung weit hinter einem intelligenten Arbeiter zurückstehen an Herzensbildung und anständiger Gesinnung.«

Frau Klarissa dachte wohl zum ersten Mal in ihrem Leben ernsthaft über diese Frage nach. Und da ihr Sohn Georg nicht in der Nähe war, der immer eine Art von Suggestion auf sie ausübte, sagte sie nach einer Weile ehrlich: »Du magst recht haben; ich glaube, ich bin bisher in meinem Urteil etwas zu schroff gewesen. Und ich will mich jedenfalls bemühen, niemals mehr ungerecht zu sein.«

Da zog der Kommerzienrat die Hand seiner Gattin an seine Lippen. Seit Jahren war dies der erste Moment, in dem die beiden Gatten einander in friedlicher Gesinnung gegenüberstanden. –

Die vier jungen Menschen waren inzwischen fröhlich plaudernd durch den Park gegangen. Als sie an der Villa Carola vorübergingen, erblickte sie Georg, der hinter den dichten Stores verborgen in einem Sessel saß und die Zeitung las.

Die plaudernden Stimmen machten ihn aufmerksam. Und in seinen Augen glomm ein böses Leuchten auf, als er Käthe Lindner an der Seite seines Bruders sah.

Ihre ganze Erscheinung hatte etwas so Lichtes, Frisches, Frühlingshaftes, dass sein heißes Begehren nach ihr wieder aufloderte.

Mit glühenden Augen blickte er den jungen Leuten nach. »Mein Herr Bruder ist ein Schlauberger. Er versteht es besser als ich, sich die Kleine zu zähmen. Aber er soll sich seines Sieges nicht freuen. Ich werde wachsam sein. Und wehe, wenn er Erhörung bei ihr findet! Was sie mir versagt hat, soll sie auch keinem anderen gewähren.«

Und ruhelos ging er in seinem Zimmer auf und ab, eine Beute seiner zügellosen Begierde.

Käthe Lindner und Gert Ruhland ahnten nichts von den feindlichen Gedanken, die Georg hinter ihnen herschickte. Sie schritten Seite an Seite hinter Heinz und Rose her, in den lachenden Frühsommertag hinein.

Sie plauderten, gleich dem jungen Paar, das vor ihnen schritt. Sie öffneten einander ihr innerstes Wesen und ließen einander die Schätze sehen, die darin aufgestapelt waren.

Gert erzählte Käthe von seinen Reisen, und sie lauschte atemlos.

»Reisen muss wundervoll sein«, sagte sie, als er eine Pause machte. »Nie habe ich mir ein anderes Leben gewünscht als das, das ich führe. Ich bin immer eine zufriedene Natur gewesen, wenn ich auch immer danach gestrebt habe, meinen geistigen Blick zu erweitern. Aber wenn ich meine Fantasie auf Reisen schicke, dann möchte ich ihr in Wirklichkeit folgen, weit, weit in die Welt hinaus.«

Er sah von der Seite bewundernd in ihr Gesicht. »Dass Sie uns nur nicht eines Tages davonfliegen, Fräulein Lindner.«

»O nein! Mein ganzes Wesen wurzelt hier in den Carolawerken. Nie möchte ich dauernd an einer anderen Stätte leben. Aber reisen möchte ich zuweilen, wenn ich auch nur ein ganz bescheidenes Stückchen Welt kennenlernen würde.«

»Nun, das müsste sich doch ermöglichen lassen. Sie bekommen doch jedes Jahr einige Wochen Ferien. Können Sie da nicht einmal einen Ausflug machen?«

»Bisher ging es nicht. Mein Bruder und ich haben in den letzten Jahren unsere Ferien immer sehr notwendig zu unserer Weiterbildung gebraucht. Und wir mussten das, was wir verdienten, zusammenhalten, um allerlei Nötiges zu bestreiten. Für anständige Kleidung und gute Bücher verbraucht man viel. Aber nun haben wir uns einen kleinen Fundus gespart, und diesen Sommer wollen wir in unseren Ferien eine kleine Reise machen.«

»Und wohin werden Sie reisen?«

»Nach Thüringen. Meine verstorbene Mutter stammte aus Thüringen. Und sie hat uns oft erzählt von ihrer schönen Heimat, von den Feldern und Wäldern, Bergen und Burgen. Durch Thüringen wollen wir wandern, mein Bruder und ich – wenn es das Schicksal will.«

»Da möchte ich mit wandern.«

Sie lächelte. »Oh, Sie werden eine andere Art zu reisen gewöhnt sein.«

»Gerade darum würde mir eine schlichte Wanderung etwas Neues, Reizvolles sein. Wer die Natur richtig genießen will, muss sich abseitshalten vom Tross vergnügungssüchtiger, oberflächlicher Touristen, die einen Sonnenuntergang nur mit schwatzhaften Ergüssen und eine schöne Aussicht nur als Beigabe zu allerlei Tafelfreuden genießen können. Ich habe mich deshalb auf meinen Reisen meist von der großen Heerstraße abgesondert, bin in die Einsamkeit gepilgert und habe mein Herz in andachtsvollem Erschauern an den Wundern der Natur gelabt.«

Sie sah ihn mit leuchtenden Augen an. »Das merkt man aus Ihren Erzählungen.«

Sein Blick hielt den ihren fest. »Aber ganz allein sollte man auch nicht sein, wenn man die Schönheiten der Natur auf sich einwirken lässt; dazu gehört eine Zweisamkeit. Man muss das, was man empfindet, in ein anderes Herz ergießen können, das uns versteht und in gleichen Schwingungen mitempfindet. Dann erst ist es das Richtige.«

»Das ist dann das höchste und köstlichste Erleben. Aber solch ein Glück wird wohl nur wenigen zuteil«, sagte sie leise.

Er hätte den Arm um sie legen und ihr sagen mögen: »Du und ich – wir beide würden solch ein höchstes Erleben feiern, wenn wir zusammen wanderten durch die Wunder der Welt – durch ein ganzes Leben.«

Aber er schwieg und schritt scheinbar ruhig neben ihr her. Aber sein Blick hing an ihrem gesenkten Antlitz.

Eine Weile schwiegen sie beide.

Und da merkten sie, dass auch Heinz und Rose verstummt waren.

Auch sie hatten einander mancherlei Schönes gesagt,

bis ihre Sehnsucht, mehr sagen zu dürfen, sie verstummen ließ.

Nach einer Weile fiel Rose aber das tiefe Schweigen auf. Sie wandte sich mit einem Scherzwort zu Gert und Käthe um, und die Unterhaltung wurde nun allgemein.

So kamen sie auf der Waldwiese an.

Und es stellte sich heraus, dass sie hier eigentlich noch gar nichts tun konnten. Erst mussten die Zelte aufgebaut werden. Und das sollte in den nächsten Tagen geschehen.

Lächelnd sah Rose ihre Begleiter an. »Da habe ich Sie nun eigentlich umsonst hierher bemüht. Aber ich meine, der Spaziergang war doch sehr angenehm.«

Das bestätigten alle sehr eifrig.

Und Rose fuhr fort: »Nächsten Sonntag muss ich Sie aber schon zeitig hier herausbitten, damit wir mit allen Vorbereitungen pünktlich fertig werden. Um zwei Uhr mittags treffen die Kinder ein. Ist es Ihnen möglich, schon um acht Uhr hier zu sein?«

Heinz und Käthe versicherten, dass sie pünktlich zur Stelle sein würden.

Rose nickte befriedigt. »Gut, mein Bruder und ich sind dann auch hier. Und damit wir zum Mittagessen nicht erst wieder nach Hause müssen, wozu uns kaum Zeit bleiben dürfte, werde ich dafür sorgen, dass uns hier draußen im Küchenzelt eine Mahlzeit bereitet wird. Wir speisen dann zusammen im Freien. Es wird sehr lustig werden. Gert, du sorgst dafür, dass wir eine gute Flasche Wein bekommen.«

»Wird prompt besorgt, Rose!«

Der glückliche Übermut lachte ihr aus den Augen. »Ich freue mich – ich freue mich auf dieses Waldfest! Es soll reizend werden.«

»Hoffentlich wird es vom Wetter begünstigt, gnädiges Fräulein«, sagte Heinz.

Schelmisch sah sie zu ihm auf. »Glauben Sie, dass mir Petrus seine Mitwirkung versagen wird?«

»Nein, das glaube ich nicht. So ungalant wird Petrus nicht sein.«

Sie lachte. »Oh, er ist ein sehr alter Herr. Und alte Herren sind meist mehr bequem als galant.«

»Ich glaube, du kannst unbesorgt sein, Rose. Du hast den Kalender für dich. Danach müssen wir Sonntag das schönste Wetter haben«, meinte Gert.

Käthe lachte. »Das Waldfest wird bei jedem Wetter schön, das ist meine Überzeugung.«

Rose schob zutraulich ihre Hand in Käthes Arm. »Das ist wenigstens eine positive Aussicht. Und daran wollen wir festhalten. Aber jetzt müssen wir den Rückweg antreten, damit wir zur Teestunde zurück sind. Kommen Sie, Fräulein Käthe!«

Als sie in der Villa Ruhland eintrafen, fanden sie den Teetisch auf der Terrasse gedeckt. Und außer Roses Eltern war, zur unangenehmen Überraschung der jungen Leute, auch Georg Ruhland anwesend.

Er begrüßte Heinz und Käthe sehr formell. Und anscheinend färbte sein Verhalten auch wieder etwas auf seine Mutter ab. Sie war zurückhaltender als vorher. Immerhin gab sie sich aber so, dass Heinz und Käthe nichts davon merkten.

Gleich nachdem der Tee eingenommen war und man noch ein Weilchen geplaudert hatte, erhoben sich die Geschwister und verabschiedeten sich.

Rose reichte ihnen lächelnd die Hand. »Also Mittwochabend sehen wir Sie nochmals hier. Bis dahin auf Wiedersehen!«

Als die Geschwister sich entfernt hatten, sagte Georg ironisch: »Das war ja ein reizendes Teestündchen!«

Rose blickte ihn zornig an. »Hattest du etwas daran auszusetzen?«

Er zuckte die Achseln. »Nur, dass wir nicht unter uns waren. Ich liebe es nun einmal nicht, wenn die Grenzen verwischt werden.«

Sein Vater sah ihn seltsam starr und streng an. »Das solltest du dir zur Richtschnur dienen lassen in Fällen, wo es angebracht ist.«

Georg kniff die Lippen zusammen und gab keine Antwort.

Die Kommerzienrätin wandte sich begütigend an ihren ältesten Sohn. »Die Geschwister Lindner sind wirklich sehr sympathische Menschen. Ich habe an ihrem Verhalten nichts auszusetzen gefunden.«

Das brachte ihr eine herzliche Umarmung ihrer Tochter ein.

Georg maß seine Schwester mit einem stechenden Blick. Mein Fräulein Schwester scheint sich außerordentlich stark für die Geschwister Lindner zu interessieren. Oder sollte dieses Interesse in hervorragendem Maß nur dem Bruder gelten? Dieser Heinz Lindner ist unstreitig ein ansehnlicher, interessanter Mensch, der dem überspannten Köpfchen Roses schon gefährlich werden könnte. Sollte da mein Herr Vater seine Hand nicht zu einer Riesentorheit geboten haben? Gert und Käthe Lindner, nun ja, das ließe sich schon arrangieren – ohne Familienanschluss. Aber Rose und Heinz Lindner? Da steht das Standesamt dahinter. Und da würde der alte Herr eine gute Lehre bekommen. Aber mir passt das keinesfalls. Ich werde wachsam sein und dem alten Herrn beizeiten die Augen öffnen, wenn sich mein Argwohn verdichten sollte.

So dachte Georg Ruhland.

16

Das Waldfest war wirklich vom herrlichsten Wetter begünstigt. Ein wundervoller Frühsommermorgen war angebrochen, als Heinz und Käthe sich auf den Weg nach der Waldwiese machten.

Käthes neues Kleid war fertig geworden, und Tante Anna drang darauf, dass sie es anzog. Heinz hatte seinen besten Anzug aus dunkelblauem Cheviot angezogen.

Als die Geschwister durch die Arbeitersiedlung nach der Brücke gingen, wurden sie von allen Seiten lebhaft begrüßt. Es hatte sich natürlich herumgesprochen, dass die Geschwister von der Herrschaft zur Vorbereitung des Waldfestes herangezogen worden waren. Und gewissermaßen waren nun alle stolz auf die Auszeichnung, die Menschen aus ihrer Mitte zuteilgeworden war.

Das ganze Werk nahm natürlich an dem Waldfest teil.

Als die Geschwister auf der Waldwiese anlangten, war hier noch alles still und menschenleer. Die Zelte waren aber errichtet und Tische und Bänke aufgestellt.

Nach einigen Minuten wurde es lebhafter. Zuerst traf ein Wagen ein, der Gert, Rose und die beiden Kindergärtnerinnen brachte. Außerdem waren Kisten und Körbe auf dem Wagen verstaut. Gleich darauf kamen einige Arbeiter, die diese Kisten und Körbe abluden.

Käthe hatte sich eine Schürze mitgebracht und legte sie an, nachdem sie die Angekommenen begrüßt hatte.

Ein geschäftiges Treiben begann nun. Aber es war seltsam, immer wusste es Gert so einzurichten, dass er in Käthes Nähe zu tun und mit ihr dieselbe Arbeit zu verrichten hatte.

Und ebenso sicher hatten Heinz und Rose stets eine gemeinsame Beschäftigung.

Es war ein süßseliges Schaffen für die beiden Paare. War es doch dabei nicht zu vermeiden, dass sich die Hände berührten und dass die Blicke sich trafen.

In eifrigem Schaffen verging die Zeit sehr schnell.

Bis zwölf Uhr war alles fertig, und die Kindergärtnerinnen begaben sich nach der Arbeitersiedlung, um die Kinder abzuholen.

Heinz, Käthe, Rose und ihr Bruder saßen nun aufatmend an einem der rohgezimmerten Tische und warteten auf das Mahl, das die Köchin für sie richtete. Gert hatte nicht nur für Wein, sondern auch für das nötige Eis gesorgt und schlug nun vor, eine Bowle zu brauen. Er hatte zu diesem Zweck auch ein Körbchen Erdbeeren mitgebracht.

Rose stimmte begeistert zu.

Es währte nicht lange, da war das Werk vollendet. Die Bowle wurde gekostet und für gut befunden.

Inzwischen hatte die Köchin das Mahl serviert. Gert füllte die Gläser. »Also das erste Glas dem Geburtstagskind!«

Die Gläser klangen aneinander.

Und Heinz und Rose leerten die ihren Aug' in Auge.

Gert füllte die Gläser von Neuem. »Und dieses zweite Glas auf das, was wir lieben! Wer es ehrlich meint, trinkt Rest.«

Da stieg helle Röte in die Gesichter der jungen Damen.

Auf das, was wir lieben! So klang es in ihren Herzen nach.

Und tapfer leerten sie auch dieses Glas bis zur Neige.

Das löste eine fast übermütige Stimmung aus. Aber Käthe und Rose tranken danach keinen Tropfen mehr.

Gert und Heinz hielten aber tapfer Schritt, bis der Krug geleert war. Das improvisierte Mahl mundete nach getaner Arbeit vorzüglich. Käthe dachte nur immer wieder: Auskosten diese Stunden, jede Minute mit Andacht genießen. Sie kommen nie wieder in dieser leuchtenden Schönheit und du wirst ein ganzes Leben lang von der Erinnerung daran zehren müssen.

So saßen sie in froher, glückseliger Stimmung zusammen, wie es eben nur Liebende tun können. Und als dann die Musik durch den Wald erklang, die das Nahen der Kinder verkündete, da erhoben sie sich und räumten selbst, unter Lachen und Scherzen, das Geschirr ins Küchenzelt und machten sich bereit, die Kinder zu empfangen. Eine Stunde später herrschte reges Treiben auf der Waldwiese. Die Kinder vergnügten sich mit Reifenspielen, Topfschlagen, Blindekuh und allerlei Reigen. Gert und Heinz nahmen sich der Knaben an, Rose und Käthe der Mädchen.

Sie verstanden alle, die Kinder schnell zutraulich zu machen, und die Kindergärtnerinnen sorgten für eine gewisse Ordnung. Es klappte alles tadellos.

Als dann Schokolade und Kuchen serviert wurden, erreichte der Jubel den Höhepunkt. Es war erstaunlich, was für eine Menge von Süßigkeiten die Kinder vertilgen konnten. Rose ging an den Tischen entlang, streichelte hie und da einen Kinderkopf und sah mit strahlenden Augen zu, wie es den Kindern schmeckte. Gerade als die Tafelei zu Ende war und die Spielgewinne verteilt wurden, kam auch der Kommerzienrat auf eine halbe Stunde auf die Festwiese. Lächelnd sah er dem bunten Treiben zu.

Und das Fest nahm weiter seinen ungetrübten Verlauf. Rose konnte zufrieden sein. Und die Freude am Gelingen ihres Festes strahlte ihr auch aus den Augen.

Sie beschäftigte sich vor allen Dingen mit den kleineren Kindern. Sie plauderte mit ihnen in einer reizenden, bezaubernden Weise.

Heinz Lindner überkam ein Gefühl tiefer Rührung, als er Rose inmitten ihrer kleinen Schützlinge beobachtete. Und oft traf sein Blick mit dem ihren zusammen. Dann leuchteten die beiden Augenpaare auf.

Heinz befand sich in einer unbeschreiblichen Stimmung. Er konnte Roses Blicke nicht falsch verstehen, musste den Ausdruck ihrer Augen richtig deuten, denn sie machte kein Hehl aus ihren Gefühlen. Ehrlich zeigte sie ihm, was sie im Herzen für ihn empfand. Und das trieb ihm immer wieder das Blut in wilden Schlägen zum Herzen.

War es nur möglich, das holde Wunder? Hatte sich Rose Ruhlands Herz ihm erschlossen, ihm, dem Arbeitersohn?

Er glaubte heute an das Wunder, wenn er Rose vor sich sah, wenn ihre Augen ihn grüßten und ihr Lächeln ihn ermutigte, zu glauben.

Und seine Seele jauchzte der ihren zu:

»Ich liebe dich in Zeit und Ewigkeit.«

Aber mitten in seiner jauchzenden, glückseligen Stimmung erfasste ihn plötzlich ein kalter Schauer. Sein Blick, der sich eben strahlend von dem Roses losgerissen hatte, traf in zwei kalte, stechende Augen, die ihn höhnisch musterten.

Es waren die Georg Ruhlands. Neugier und Argwohn hatten ihn nach der Waldwiese getrieben. Vom Gebüsch verborgen, beobachtete er heimlich die beiden jungen Paare. Und so hatte er eben den selbstvergessenen Blick aufgefangen, den Heinz Lindner mit Rose tauschte. Sein Blick bohrte sich nun höhnisch und drohend in die Augen Heinz Lindners.

In dessen glückselige Stimmung fiel dieser Blick wie eine grelle Dissonanz. Er fasste sich aber sofort und grüßte Georg mit einer höflichen Verbeugung. Georg gab den Gruß zwar zurück und schlenderte dann scheinbar gleichmütig weiter, aber in Heinz Lindners Gemüt blieb ein Schatten zurück, und seine Augen blickten anders als zuvor.

Rose merkte es sogleich. Nach einer Weile kam sie an seine Seite. »Was machen Sie plötzlich für ein unfrohes Gesicht, Herr Lindner?«, fragte sie.

Heinz wandte sich unwillkürlich der Stelle zu, wo Georg eben vorüberschritt. Rose folgte seinem Blick und sah ihren Bruder, der eben wieder herüberschaute und sie mit einem ironischen Lächeln grüßte. Da wurde auch ihr Gesicht ernst.

»Ich weiß jetzt, warum Sie plötzlich so verstimmt aussehen, Herr Lindner. Mein Bruder Georg hat leider ein großes Talent, frohen Menschen die Stimmung zu verderben. Aber daran müssen Sie sich nicht kehren, ich tue es auch nicht. Denken Sie nicht mehr daran! Ist unser Fest nicht wunderschön?«

Heinz atmete auf. »Ja, gnädiges Fräulein, es ist sehr schön. Und Sie erscheinen mir wie eine gütige Waldfee, die allen Menschen Freude spenden muss. Aber als ich Ihren Herrn Bruder eben da drüben erblickte, schien es mir, als mahne er mich daran, dass ich heute in einem Zauberreich lebe, das morgen verschwunden sein wird. Morgen hat wieder der graue Alltag sein Recht.«

Sie schüttelte, ohne weiter auf Georg zu achten, das Haupt. »Nicht der graue Alltag. Schelten sie ihn nicht! Er ist nur grau für Menschen, die ihn grau sehen wollen.«

Da richtete er sich hoch auf. »Sie haben recht, gnädiges Fräulein, ein paar Sonnenfunken habe ich mir in Ihrem Zauberreich eingefangen, und die nehme ich mit in den Alltag hinüber.«

»Und wenn Ihnen morgen die eingefangenen Sonnenfunken leuchten, dann denken Sie daran, dass morgen mein Geburtstag ist.«

»Ich will mit tausend guten Wünschen an Sie denken, gnädiges Fräulein.«

»Wirklich? Ehrlich und ohne Phrase?«

»Ganz ehrlich.«

Ihre Augen strahlten. »Das soll mein schönstes Geburtstagsgeschenk sein.«

Mit heißen Blicken sah er sie an. Aber ehe er etwas erwidern konnte, war Rose davongeeilt.

Georg Ruhland ging weiter um die Waldwiese herum. Und seine Augen suchten nach Gert und Käthe.

Endlich entdeckte er sie durch ein Gebüsch ganz dicht vor sich.

Käthe hatte ein Seil um einen Baum spannen wollen, das beim Spiel eine Grenze andeuten sollte. Der Baum war zu stark, und sie kam nicht damit zurecht. Da war ihr Gert zu Hilfe geeilt.

»Ich helfe Ihnen, Fräulein Lindner, bitte geben Sie mir das Seil!«

Sie reichte es ihm, und ihre Hände berührten sich. Einen Moment schloss sich Gerts Hand fest um die bebende Mädchenhand, und die Blicke der beiden jungen Leute tauchten ineinander.

Es war nur ein kurzer Moment, aber Georg hatte diesen Moment des Selbstvergessens erspäht. Er biss die Zähne zusammen und trat plötzlich aus dem Gebüsch hervor, zwischen seinen Bruder und Käthe.

Sie erschraken beide vor der plötzlich auftauchenden Männergestalt und verloren einen Moment die Fassung.

Höhnisch sah Georg von einem zum anderen. »Nicht stören lassen, Herrschaften! Ich wirke nur als Zuschauer mit und amüsiere mich über die idyllischen Schäferspiele auf der Waldwiese«, sagte er mit beißender Ironie.

Gert fasste sich schnell und sah ihn ruhig an. »Schäferspiele gibt es hier nicht, Georg.«

Auch Käthe raffte sich auf. Georgs Blick hatte sie wie ein Messerstich getroffen. Sie fühlte, dass er sie verletzen wollte mit seinen Worten. Ihr Erschrecken bezwingend, richtete sie sich in stolzer Abwehr auf.

»Ich danke Ihnen, Herr Ruhland, dass Sie mir halfen, das Seil zu befestigen. Das Spiel kann nun losgehen«, sagte sie zu Gert und wandte sich ab, ohne auf Georg zu achten.

Die beiden Brüder maßen sich mit wenig freundlichen Blicken. Georg bemerkte hämisch:

»Hast du es gehört, Gert? Das Spiel kann fortgesetzt werden! Fräulein Lindner meint natürlich das Schäferspiel – Blickewechseln – Händestreicheln – ich wünsche viel Vergnügen. Du scheinst mehr Glück bei der Kleinen zu haben als ich.«

Gert wollte aufbrausen, aber er zwang sich zur Ruhe

und erwiderte kalt und abweisend: »Ich habe dir schon gesagt, Schäferspiele gibt es hier nicht. Du musst alles, was du siehst, mit dem Gift deiner Anschauung zersetzen, und du kannst mir nur leidtun, dass du alle Harmlosigkeit verloren hast.«

Georg lachte höhnisch auf. »Harmlosigkeit! Sehr gut! Auch ohne das Gift meiner Anschauung war der Blick, den du mit Fräulein Lindner wechseltest, und die Art, wie du ihr Händchen umfasstest, durchaus nicht harmlos. Das kennt man. Aber ich will dieses ›harmlose‹ Vergnügen nicht weiter stören. Nur merke dir das eine: Die Beute, die mir entrissen wurde – durch deine Schuld –, lasse ich auch keinem anderen.«

Gert hätte seinen Bruder ins Gesicht schlagen mögen, denn mehr als seine Worte war ihr Ausdruck eine Beleidigung für ihn selbst und für Käthe. Aber er bezwang sich und sah Georg nur groß und ruhig an.

»Ich verschmähe es, auf deine Worte etwas zu erwidern. Es würde nur Fräulein Lindner und mich erniedrigen.«

Damit ließ er Georg stehen und ging davon. Das höhnische Lachen seines Bruders klang hinter ihm her.

Gert hatte ein Gefühl, als sei ein Schatten auf das helle Licht dieses Tages gefallen. Gerade weil er sich bewusst war, dass er Käthe Lindner liebte, waren die Worte seines Bruders nicht ohne Eindruck geblieben. Wohl wusste er sich rein von niedrigen Absichten, wie sie Georg gehegt hatte. Aber er war sich auch bewusst, dass seine Liebe zu dem herrlichen Mädchen nicht wunschlos war.

Es gab seiner Überzeugung nach nur einen Weg, der ihm Käthes Besitz sichern konnte – den einer Heirat. Und obwohl er frei von aller Standesüberheblichkeit war, sagte er sich doch, dass sich einer Heirat mit der Arbeitertochter große Hindernisse in den Weg stellen würden. Aber trotz aller Bedenken wusste er, dass es für ihn nur ein volles Lebensglück geben würde, wenn Käthe Lindner seine Gattin würde. So zurückhaltend sie auch war, sosehr sie sich in der Gewalt hatte, ihren Augen konnte sie nicht gebieten, nicht dem leisen Beben ihrer Hand, nicht dem verräterischen Rot, das unter seinem Blick in ihr Antlitz schoss.

Gert wollte sich, weil er aus seinem seelischen Gleichgewicht gekommen war, für den Rest des Tages von Käthe zurückhalten. Aber lange hielt dieser Vorsatz nicht an. Es zog ihn doch wieder in ihre Nähe. Und es ließ sich schließlich auch gar nicht vermeiden, dass sie in dem bunten Trubel zusammentrafen. Er merkte sehr wohl, dass sich auch über Käthes Wesen ein Schatten gesenkt hatte seit der Begegnung mit seinem Bruder. Und das beunruhigte ihn. Er beobachtete sie eine Weile, als sie ernst und in sich gekehrt an einen Baum gelehnt stand.

Da trat er zu ihr. »Sie sind gewiss müde, Fräulein Lindner?«

Käthe raffte sich auf und zwang ein Lächeln in ihr Gesicht. »Oh nein, ich bin nicht müde.«

»Aber Sie sind nicht mehr so froh wie vorher. Sie sehen ernst und nachdenklich aus.«

Sie konnte nicht antworten, die Kehle war ihr plötzlich wie zugeschnürt, und ihre Lippen zuckten.

»Fräulein Lindner, seien Sie ehrlich – das Verhalten meines Bruders hat Sie verletzt. Bitte, lassen Sie es mich nicht entgelten!«

Unsicher sah sie zu ihm auf. »Wie könnte ich das? Sie haben mir doch nichts zuleide getan!«

Er atmete tief und schwer. »Lieber würde ich mir auch selbst weh tun als Ihnen.«

Dunkle Glut schoss in ihr Gesicht, denn der Ton seiner Worte verriet mehr, als in seiner Absicht lag.

Seine Augen flehten: Bitte vergessen Sie, was mein Bruder gesagt hat. Es war eine taktlose Äußerung von ihm.

Sie richtete sich auf, ihre Ruhe zurückgewinnend. »Ich fühlte, dass er mich verletzen wollte, und es ist ihm auch gelungen.«

»Es war eine unedle Rache von ihm, weil Sie ihn in seine Schranken zurückgewiesen haben. Aber Sie sollten darüber nicht traurig sein – ich kann es nicht ertragen. Glauben Sie mir, wenn es nicht mein Bruder gewesen wäre – ich hätte ihn ins Gesicht geschlagen.«

Sie erschrak. »Um Gottes willen! Streiten Sie sich nicht meinetwegen mit Ihrem Herrn Bruder – es wäre mir unsagbar peinlich!«

»Das weiß ich. Und auch Ihretwegen habe ich mich bezwungen. Zwischen meinem Bruder und mir besteht leider kein so herzliches Verhältnis wie zwischen meiner Schwester und mir. Mein Bruder ist von anderer Art als wir beide und steht uns fast fremd gegenüber. Glauben Sie nicht, dass es Ihretwegen zu einer Entfremdung kommen könnte – die war schon vorher da. Und nun seien Sie wieder froh! Ich möchte so gern eine ungetrübte Erinnerung an diesen Tag mit nach Hause nehmen. War es nicht ein schöner Tag?«

Da hielt ihre trübe Stimmung nicht mehr stand. Sie dachte wieder: Auskosten, jede Minute! Und ein glückliches Lächeln flog über ihr Gesicht.

»Ja, es war ein wundervoller Tag, und ich werde von der

Erinnerung daran zehren mein ganzes Leben lang. Sie haben recht, solche Sonnentage muss man sich klar und rein erhalten, sie vertragen keine Schatten.«

Sie sahen sich selbstvergessen in die Augen.

»Fräulein Käthe – liebes Fräulein Käthe«, flüsterte er leise und innig.

Sie zuckte zusammen und machte eine abwehrende Bewegung. »Nicht, o bitte nicht.«

»Verzeihen Sie mir, dass ich Sie bei diesem Namen nannte! Es sollte keine unangebrachte Vertraulichkeit sein. Ich weiß, was ich Ihnen und mir schuldig bin. Er kam mir aus tiefstem Herzen, Ihr lieber Name. Ich musste ihn aussprechen in dieser Stunde, nur ein einziges Mal. Ich hätte Ihnen sonst noch so viel zu sagen, aber dies ist nicht der Ort, die Zeit dazu. Erst muss ich mir ein Recht erwerben, das mir erlaubt, Ihnen sagen zu dürfen, was ich Ihnen sagen möchte. Und ich weiß leider nicht, ob ich mir je dieses Recht erringen kann. Aber eines will ich Ihnen sagen: Ich habe mich in meinem ganzen Leben noch nie so glücklich gefühlt wie heute. Sie zürnen mir nicht? Bitte, tun Sie es nicht!«

Diese Worte rangen sich fast gegen seinen Willen über seine Lippen. Sie stand wie gelähmt unter der Woge voll Glück, die über sie dahinbrauste.

Freimütig, wenn auch unter seinem Blick erbebend, erwiderte sie leise: »Nein, ich zürne Ihnen nicht – wie könnte ich? Sie können nicht anders empfinden als gut und edel. Und so ungewöhnlich es auch ist, was Sie mir sagen – ich will nicht daran deuteln, will nur Ihre Worte verwahren in meiner Seele, ganz tief innen – für alle Zeit. Aber nachdem ich Ihnen das gesagt habe, muss ich Sie auch bitten, nie mehr solche Worte zu mir zu sprechen. Es darf nicht sein. Zu tief ist die Kluft, die sich zwischen uns auftut. Sie stehen hüben und ich drüben. Das dürfen wir nicht vergessen.«

Er hatte sich so vor sie hingestellt, dass er sie vor allen Blicken verbarg. Und seine Augen konnten sich ohne Scheu tief in die ihren senken.

»Heute bleibe ich Ihnen die Antwort auf Ihre Worte schuldig, aber ich hoffe, dass ich sie Ihnen eines Tages geben kann. Jedenfalls nehmen Sie meinen innigen Dank dafür. Sie haben mir ein herrliches Geschenk damit gemacht. Und jetzt verlasse ich Sie – ich muss erst wieder ruhig werden. Ihre lieben Worte haben mich bis ins Innerste bewegt.«

Und ohne ein Wort von ihr abzuwarten, wandte er sich schnell ab und mischte sich unter die spielenden Knaben, die ihm helfen sollten, sein Gleichgewicht wiederzufinden.

Käthe stand eine Weile wie im Traum. Aber dann drängten sich Kinder um sie und zogen sie mit fort. Sie sollte sich am Spiel beteiligen. –

Das Fest neigte langsam dem Ende zu. Die Sonne begann schon zu sinken. Da war es Zeit, ehe das Tageslicht erlosch, die Kinder mit Lampions auszurüsten.

Das war keine kleine Arbeit. In allen Lampions mussten Kerzen befestigt und die Lampions an Stöcke gehängt werden. Auch galt es, die Kerzen anzuzünden und zu kontrollieren, ob sie die Lampions gefahrlos erleuchteten.

Die Festordner hatten alle Hände voll zu tun. Und bis alle Kinder mit den bunten, leuchtenden Lampions versehen waren, hatte sich die Dämmerung herabgesenkt.

Die Musikkapelle setzte sich nun wieder in Bewegung und führte den Zug der Kinder an.

Heinz und Käthe schlossen sich dem Zug an.

Rose und Gert traten zu ihnen. »Wir wollen nicht allein

zurückbleiben«, sagte Rose lächelnd und schritt wie selbstverständlich an Heinz Lindners Seite.

So kam es ganz von selbst, dass Gert mit Käthe das letzte Paar bildete. Und wenn die beiden jungen Paare auch ziemlich schweigsam hinter dem leuchtenden Lampionzug durch den dunklen Wald dahinschritten, so sprachen doch ihre Seelen eine deutliche Sprache miteinander.

17

Am Eingang zum Park der Villa Ruhland blieben Rose und Gert stehen, um sich von Heinz und Käthe Lindner zu verabschieden.

»Nun gute Nacht! Und vielen Dank für Ihre Hilfe«, sagte Rose, Heinz und Käthe mit warmem Druck die Hand reichend.

»Gute Nacht, gnädiges Fräulein! Darf ich mir erlauben, Ihnen zu Ihrem morgigen Geburtstag von ganzem Herzen Glück zu wünschen?«, erwiderte Käthe.

»Das dürfen Sie, und ich danke Ihnen herzlich. Ich hoffe Sie bald einmal wiederzusehen. Vielleicht darf ich gelegentlich einmal wieder über eine Ihrer wenigen freien Stunden verfügen. Wir sind uns doch in den letzten Tagen nähergekommen und dürfen nun nicht, wie früher, fremd aneinander vorübergehen«, sagte Rose, Käthes Hand fest in der ihren haltend.

»Sie brauchen nur zu bestimmen, gnädiges Fräulein, meine freie Zeit steht zu Ihrer Verfügung.«

»Das will ich mir merken«, erwiderte Rose lächelnd und gab Käthes Hand frei.

Und dann trat sie zu Heinz heran, der wartend abseits gestanden hatte. Sie reichte auch ihm die Hand. »Das gilt auch für Sie, was ich eben Ihrem Fräulein Schwester gesagt habe.«

»Sie machen mich sehr glücklich, gnädiges Fräulein«, antwortete er mit verhaltener Stimme, während sich Gert und Käthe einige Schritte entfernt auch voneinander verabschiedeten und nicht auf die beiden achteten.

Rose sah Heinz mit großen, glänzenden Augen an. Im hellen Mondlicht konnte er ihre Züge erkennen. Er sah, dass eine tiefe Erregung darin zuckte.

»Wollen Sie mir nicht auch einen Glückwunsch sagen, Herr Lindner?«, fragte sie leise.

»Mein ganzes Denken und Empfinden ist ein einziger Glückwunsch für Sie. Es tut mir leid, dass es mir nicht vergönnt ist, morgen als Gratulant vor Ihnen zu stehen.«

Sie atmete schnell. »Wer hindert Sie daran?«

»Die Verhältnisse. Ich lebe jenseits des Flusses. Und Sie haben morgen eine große, glänzende Gesellschaft um sich, die Ihnen Glück wünschen wird.«

Rose seufzte. »Ja, viele gleichgültige Menschen werden morgen um mich sein. Mama hat auf einer Geburtstagsfeier für mich bestanden. Ich würde gerne darauf verzichten – und mir lieber einen Glückwunsch vom jenseitigen Ufer holen.«

»Wenn ich nur wüsste, wie ich Ihnen einen solchen übermitteln könnte.«

Sie sann nach und sah dann lächelnd zu ihm auf. »Ich wüsste es schon.«

»Wie denn?«, fragte er erregt.

»Mir fällt eben ein, dass ich einer der Kindergärtnerinnen meinen Spitzenschal übergeben habe. Sie hat wohl nicht daran gedacht, dass ich hier vom Weg abbiege. Bitte lassen Sie sich, wenn Sie den Zug einholen, den Schal von ihr geben und – bringen Sie ihn mir morgen nach Feierabend hierher. Ich werde Sie hier erwarten.«

Sein Herz klopfte hart und laut. Beseligt erkannte er, dass

sie ihm mit diesem Auftrag eine Gelegenheit geben wollte, sie wiederzusehen.

Er ergriff ihre Hand und führte sie an seine Lippen. »Dank – innigen Dank«, stammelte er.

Sie lächelte errötend. »Auf Wiedersehen also!«

»Auf Wiedersehen, gnädiges Fräulein«, erwiderte Heinz, ganz benommen vor Glückseligkeit. –

Inzwischen hatte Gert Käthes Hand ergriffen. »Ich wünsche Ihnen gute Ruhe nach diesem anstrengenden Tag, Fräulein Lindner.«

»Oh, ich merke nichts von Anstrengung, Herr Ruhland.«

»Hoffentlich kommt es nicht nach. Ich wünsche sehr, dass dieser Tag Ihnen gut in der Erinnerung bleibt.«

»Das wird sicher geschehen.«

»Und – Sie werden nicht vergessen, was wir zusammen gesprochen haben?«

»Nein, ganz sicher nicht.«

Er atmete tief auf. »Ich werde auch nichts vergessen. Und wenn es Ihnen eine Weile scheinen sollte, als hätte ich es vergessen, so dürfen Sie das nicht glauben. Sie müssen ganz fest davon überzeugt sein, dass ich immer darüber nachdenken werde, wie ich eine Brücke bauen kann.«

Ihre Hand bebte in der seinen, und ihre Stimme war unsicher, als sie sagte: »Es sind schon viele kühne Brücken gebaut worden, aber ich glaube nicht, dass Sie diese Brücke bauen können. Wie es aber auch sei – dass Sie den Wunsch haben, sie zu bauen, macht mich stolz und glücklich. Und wenn wir im Leben nie mehr zusammentreffen, nie mehr ein Wort miteinander sprechen dürften – die Erinnerung an heute wird doch mein ganzes Leben mit Sonne erfüllen.«

Mit krampfhaftem Druck umschloss er ihre Hand. »Sie sind bescheiden in Ihrem Hoffen und Wünschen. So bescheiden bin ich nicht. Ich will besitzen, was mich glücklich machen kann, und deshalb werde ich kämpfen. Sie sind eine Frau, und Frauen können vielleicht resignieren. Ich aber bin ein Mann und muss mein ganzes Sein einsetzen für das, was ich vom Schicksal fordere und wünsche. Und ich werde es tun. Wenn ich in der nächsten Zukunft in geschäftsmäßiger Ruhe an Ihnen vorübergehe, so denken Sie daran, dass es in meinem Innern ganz anders aussieht. Auf Wiedersehen, Fräulein Lindner!«

»So Gott will – auf Wiedersehen, Herr Ruhland.«

Noch einmal umkrampfte er ihre Hand. Dann gab er sie frei und trat zurück. Er wandte sich an Rose, die inzwischen mit Heinz Lindner gesprochen hatte.

»Nun komm, Rose!«

Die beiden Geschwisterpaare nickten einander noch einmal zu und gingen dann auseinander.

Rose und Gert legten langsam den Weg durch den Park zurück. Gert sah von der Seite in Roses Gesicht. Er hatte nur zu gut bemerkt, wie intensiv sie sich mit Heinz Lindner beschäftigt hatte.

Plötzlich sagte er: »Und was soll daraus werden, Rose?«

Sie zuckte zusammen. »Was meinst du, Gert?«

Er streichelte leise ihre Hand, die auf seinem Arm lag. »Du weißt schon, was ich meine, Rose. Ich kenne dich zu gut. Heinz Lindner ist dir nicht gleichgültig.«

Da richtete sich Rose stolz empor. »Nun wohl, ich leugne es nicht. Nein, er ist mir ganz gewiss nicht gleichgültig.«

»Und ich frage dich nochmals: Was soll daraus werden?«

Sie sah ihn fest und ruhig an. »Ich habe den Mut, mein

Glück zu fassen, festzuhalten und zu verteidigen, wenn es darauf ankommt.«

Ihre Worte leuchteten wie ein Stern in seine Seele, und plötzlich wusste er, dass auch er, allem zum Trotz, festhalten und verteidigen würde, was er für sein Glück ansah.

»Bravo, Rose!«

»So stehst du auf meiner Seite?«

»Du ahnst nicht, wie sehr.«

Rose stutzte. »Gert, was soll das heißen?«

»Ist dir nichts aufgefallen? Frauen haben doch sonst einen scharfen Blick für solche Dinge. Aber du warst wohl zu sehr mit deiner eigenen Angelegenheit beschäftigt und hast nicht darauf geachtet, dass Heinz Lindner eine sehr schöne und liebenswerte Schwester hat.«

Mit einem Ruck stand Rose still, »Gert! Du und Käthe Lindner?«

Er nickte. »Ja, Rose. Und ich habe auch den Mut, nach meinem Glück zu fassen.«

Roses Augen glänzten feucht. »Gert – lieber Gert!«

Sie hielten sich bei den Händen und lächelten sich an. Und dann fragte Gert nochmals:

»Und was wird daraus werden, Rose?«

Da wurde sie ernst. »Vor Papa habe ich keine Angst, Gert. Aber Mama und Georg – das wird Kämpfe geben.«

Finster sah Gert vor sich hin. »Georg räume ich kein Recht ein, da hineinzureden.«

»Er wird es sich aber anmaßen. Und Mama tut, was er will.«

Er zuckte die Achseln. »Mama tut mir leid, es wird sie sehr aufregen. Sie hat andere, glänzendere Pläne mit uns. Für dich sieht sie einen Freier in Baron Axenstein, der morgen auch geladen ist, und für mich hält sie auch Ausschau nach einer ›glänzenden Partie‹. Aber darauf können wir keine Rücksicht nehmen. Jeder Mensch lebt sein eigenes Leben. Meine Hauptsorge ist, wie sich Papa zu unseren Wünschen stellen wird. Habe ich seine Zustimmung, soll mir alles andere leicht werden.«

»Oh, seine Zustimmung zu erhalten wird nicht schwer sein.«

»Dessen bin ich nicht so sicher, Rose. Man kann nicht wissen, wie er sich zu dieser Frage stellen wird, trotz seiner großzügigen Ansichten.«

Rose fasste seinen Arm, und sie gingen weiter. »Ach, Gert, mir ist ganz leicht ums Herz, nun, da ich weiß, dass wir beide mit gleichen Wünschen vor Papa treten werden. Überhaupt – in großer Sorge bin ich deshalb nie gewesen. Die größte Schwierigkeit für mich liegt bei Heinz Lindner selbst.«

»Warum?«

»Weil er sich schwer dazu entschließen wird, mir zu sagen, dass er mich liebt.«

»Weißt du denn, ob er es tut?«

»Ja, das weiß ich. Aber er wird sich trotzdem nicht leicht entschließen, um mich zu werben. Du hast es gut, Gert, du kannst frei und offen um Käthe Lindners Hand anhalten, aber ich? Wie soll ich Heinz Lindner dazu bringen, dass er sich mir erklärt?«

Gert drückte lächelnd ihren Arm an sich. »Ach, Rose, einer Frau stehen so viele Wege offen, einen Mann zum Reden zu bringen.«

»Nicht, wenn er den Stolz der Armut hat, der es nicht zulassen wird, dass er um eine reiche Frau anhält. Aber daran soll mein Glück nicht scheitern – ich will ihn schon zum Reden bringen.«

Sie waren während dieser Unterhaltung bis an die Villa Ruhland herangekommen und sahen die Eltern und Georg auf der Terrasse sitzen. Da schwiegen sie.

18

Am nächsten Vormittag hatte Käthe stundenlang im Kontor des Kommerzienrats zu tun. Aber noch einige Zeit vor der Mittagspause entließ sie der alte Herr.

»Das ist für heute alles, was ich für Sie zu tun habe. Jetzt können Sie sich zurückziehen, ich habe noch eine Unterredung mit dem Direktor. Heute Nachmittag brauche ich Sie nicht.«

»Dann kann ich heute Nachmittag die französischen und englischen Korrespondenzen erledigen, die ich heute Vormittag zurückstellen musste, Herr Kommerzienrat«, erwiderte Käthe.

Er nickte. »Ja, tun Sie das! Das Waldfest ist Ihnen doch gut bekommen?«

»Ich danke, Herr Kommerzienrat, ausgezeichnet.«

»Das freut mich. Man sieht Ihnen auch keine Überanstrengung an.«

»Oh, ich habe mich auch nicht überanstrengt.«

»Ja, ja, die Jugend, die weiß nichts von Müdigkeit. Meine Tochter ist heute Morgen auch frisch und munter auf ihren Posten im neuen Kindergarten gezogen, um zum ersten Mal ihre kleinen Schutzbefohlenen zu betreuen. Sie freut sich auf ihr Amt.«

»Das gnädige Fräulein ist bewundernswert.«

»Nun, sie ist ein guter Mensch und sie hat einen gesunden, ehrlichen Hunger nach Betätigung. Und das freut mich. – Also auf Wiedersehen morgen Vormittag um neun Uhr, falls ich Sie nicht früher rufen lasse.«

Käthe verneigte sich und verließ das Zimmer.

Als sie die Halle des Treppenhauses betrat, kam gerade Gert Ruhland in großen Sätzen die Treppe herauf. Als er sie sah, blieb er vor ihr stehen.

»Gottlob, dass ich Sie treffe, Fräulein Lindner! Bitte, kommen Sie schnell mit mir hinunter in den Lagerraum! Fräulein Werner ist plötzlich ohnmächtig geworden. Ich kam herauf, um Hilfe zu holen.«

Käthe erschrak. »Die Ärmste! Ich will schnell zu ihr gehen.«

»Soll ich noch andere Hilfe herbeiholen oder nach dem Arzt schicken?«

Bittend hob Käthe die Hand. »Nein, bitte rufen Sie niemand, auch den Arzt nicht – ich will erst selbst nach Fräulein Werner sehen. Ich weiß – sie ist sehr blutarm.«

Und sie eilte die Treppe hinab.

Gert folgte ihr.

Als sie den Lagerraum betraten, lag Anna Werner hinter dem Ladentisch am Boden. Gert hatte ihr schnell ein Kissen unter den Kopf geschoben, ehe er Hilfe herbeiholte.

Neben der Ohnmächtigen niederkniend, neigte sich Käthe über sie.

»Wie ist es gekommen?«, fragte sie.

Gert zuckte ratlos die Achseln.

»Ich war gekommen, um neue Schreibfedern zu probieren. Fräulein Werner reichte mir ein Kästchen, und als ich danach fasste, sank sie plötzlich ohnmächtig zusammen.«

»Bitte, wollen Sie mir dort vom Tisch ein Glas Wasser geben!«

Gert holte das Gewünschte.

Käthe hatte Anna Werners Kleid am Hals gelockert, und als ihr Gert das Wasser reichte, rieb sie ihr die Schläfen damit.

Mit einem tiefen Atemzug kam Anna Werner zu sich und sah mit starren Augen zu Käthe empor.

»Du, Käthe? Was willst du denn hier?«

»Dir helfen, Anna. Du bist ohnmächtig geworden.«

Anna Werner strich sich über die Stirn. »Ja, das geschieht jetzt zuweilen – du weißt ja. Aber – da fällt mir ein – Herr Gert Ruhland war doch hier. Um Gottes willen, Käthe, dass er nur nichts merkt! Er darf nicht ahnen, was mit mir ist und dass sein Bruder –«

Käthe legte erschrocken die Hand auf ihren Mund. Sie wusste ja, dass Gert jedes Wort hörte. Anna Werner sah ihn nur nicht, weil er jenseits des Ladentisches stand.

Scheu blickte Käthe zu ihm auf. Seine Augen sahen in brennender Frage in die ihren.

»Sei still, Anna – rege dich nicht auf! Herr Gert Ruhland wird gleich wieder hier sein«, sagte Käthe unsicher.

»Sag ihm nichts, Käthe, um Gottes willen sag ihm nichts! Du hast es mir versprochen – er darf nicht wissen, dass sein Bruder mich ins Elend brachte.«

»Beruhige dich, sprich nicht mehr, komm zu dir! Herr Ruhland wollte zum Arzt schicken. Soll ich ihn rufen lassen?«

Anna Werner richtete sich jäh auf. »Nein, nein, nur keinen Arzt, dann kommt ja alles an den Tag – nur keinen Arzt!«, jammerte sie außer sich.

Gert starrte auf die beiden Mädchen herab. Er hatte jedes Wort gehört und wusste, was er nicht erfahren sollte. Wieder traf ihn ein flehender Blick aus Käthes Augen, sie wies zur Tür. Und er verstand sie. Leise zur Tür schleichend, öffnete er sie laut und gab sich den Anschein, als trete er eben erst ein.

»Nun, Fräulein Lindner, ist Fräulein Werner wieder zu sich gekommen?«, fragte er scheinbar unbefangen.

Käthe half Anna Werner, die aufstehen wollte, empor.

»Ja, Herr Ruhland, sie hat ihre Ohnmacht überwunden«, erwiderte sie.

Mit einem mitleidigen Ausdruck wandte sich Gert an Anna. »Armes Fräulein Werner, fühlen Sie sich wieder besser?«

Sie nahm alle Kräfte zusammen und lächelte. Dieses Lächeln schnitt Gert und Käthe in die Seele.

»Ja, mir ist wieder ganz wohl – ich glaube, es war nur die Hitze – ich hatte Kopfweh.«

»Sie sollten nach Hause gehen und sich ausruhen. Ich werde dafür sorgen, dass Sie abgelöst werden.«

Erschrocken hob Anna Werner die Hand. »Nein, nein, nur nicht nach Hause! Es ist ja schon alles gut. Ich fühle mich wieder ganz wohl.«

Käthe sah Gert bittend an.

»Ich glaube auch, es ist das Beste, wenn Fräulein Werner hierbleibt, Herr Ruhland. Ich werde hier warten, bis sie sich ganz erholt hat.«

»Gut, wie Sie wünschen. Ich kann wohl nichts mehr helfen?«

»Nein, Herr Ruhland.«

Da ging Gert zögernd hinaus.

Anna umklammerte Käthes Arm. »Er wird doch nichts gemerkt haben, Käthe?«

Das junge Mädchen wagte sie nicht anzusehen. »Wie sollte er denn, Anna? Sei nur ruhig! Im Übrigen solltest du wirklich Urlaub nehmen.«

»Das kann ich nicht. Das würde den Eltern auffallen. Lass es nur um Gottes willen nicht zu, dass Herr Ruhland noch den Arzt hierherschickt!«

»Das wird sicher nicht geschehen. Arme Anna, dass du dir diese Last nicht von der Seele schaffen kannst! Willst du es nicht endlich tun?«

Wie geistesabwesend sah Anna vor sich hin. »Ja, ja, bald soll es geschehen – bald werde ich meinen Frieden finden. Ich – ich habe nur erst noch etwas zu tun. Ach Käthe, vertraue niemals einem Mann, der dich um deine Ehre bringen will. Wenn er sagt, er liebt dich, glaube es ihm nicht! Wenn er dich liebt, wird ihm deine Ehre heilig sein.«

»Du sollst dich jetzt nicht mehr aufregen. Komm, setze dich ein Weilchen und trinke ein Glas Wasser!«

Gehorsam tat Anna das. Und nach einer Weile richtete sie sich scheinbar kräftig und entschlossen wieder auf.

»Nun geh, Käthe, versäume deine Arbeit nicht länger! Ich bin wieder ganz wohl.«

Käthe streichelte ihre blassen Wangen. »Ich sorge mich sehr um dich, Anna, ich wollte, ich könnte etwas für dich tun.«

»Wenn du nur schweigst, dann tust du viel für mich.«

»Also ich soll dich wirklich allein lassen?«

»Ja, geh nur!«

Da ging Käthe zögernd hinaus.

Ihr Herz war voll Unruhe. Gert Ruhland musste Anna Werners Worte gehört haben. Wie würde er sich dazu stellen?

Als sie durch die Halle schritt und eben die Treppe emporsteigen wollte, sah sie plötzlich Gert vor sich stehen.

Mit blassem, erregtem Gesicht sah er ihr entgegen. Leise sagte er:

»Ich habe auf Sie gewartet, Fräulein Lindner. Sie sehen mich in tiefster Bestürzung. Die Worte Fräulein Werners, die nicht für mich bestimmt waren, haben mir ein trauriges Geheimnis verraten. Die Ärmste ist also auch ein Opfer meines Bruders?«

Käthe blickte an ihm vorbei. »Ich habe Schweigen gelobt, Herr Ruhland, und darf Ihnen keine Antwort geben.«

Er zog die Stirn zusammen. »Es bedarf auch keiner Antwort, ich habe ja deutlich genug gehört, was verborgen bleiben sollte. Hatten Sie schon länger Kenntnis von dieser Angelegenheit?«

Käthe seufzte tief auf. »Seit einigen Wochen. Die Ärmste kam eines Sonntags in ihrer Not zu mir. Sie wollte mich warnen – vor Ihrem Herrn Bruder. Ich möchte ihr so gern helfen und kann es doch nicht. Sie hat mir selbst die Hände gebunden. Vielleicht können Sie ihr helfen, da Sie der Zufall zum Mitwisser ihres Geheimnisses gemacht hat. Sie ist der Verzweiflung nahe und trägt ihr Elend ganz allein.«

Er sah tief in ihre flehenden Augen hinein. »Sie wissen, dass Ihre Fürbitte alles über mich vermag, Fräulein Lindner. Bitte, lassen Sie mir einige Tage Zeit! Es muss natürlich etwas für die Unglückliche geschehen. Und auch mein Vater muss davon wissen. Es kommt mich hart an, ihm schon wieder wehzutun, und ich möchte ihn wenigstens schonungsvoll vorbereiten. Aber dann führe ich Fräulein Werners Sache bei ihm.«

Käthe reichte ihm impulsiv die Hand.

Er hielt ihre Hand eine Weile fest und sah ihr mit heißer Zärtlichkeit in die Augen.

In diesem Moment trat plötzlich Georg Ruhland hinter einer der dicken Säulen hervor, die das Gewölbe der Halle trugen. Mit einem höhnischen Lächeln kam er auf die beiden zu.

»Oh, ich störe doch nicht? Man plaudert scheinbar von geheimnisvollen Dingen und ist sehr interessiert dabei«, sagte er beißend.

Gert ließ Käthes Hand los. »Bitte gehen Sie an Ihre Arbeit, Fräulein Lindner, ich habe noch mit meinem Bruder zu reden.«

Käthe eilte die Treppe empor.

Georg sah ihr mit glimmenden Augen nach. »Sieh nur, wie entzückend sie gewachsen ist! Diese Formen! Du hast keinen schlechten Geschmack, kleiner Bruder. Aber du weißt, ich gönne dir den Bissen nicht«, stieß er zwischen den Zähnen hervor.

Gert packte plötzlich mit einem harten Griff seinen Arm. »Schweig – oder ich schlage dich ins Gesicht!«

Spöttisch wandte sich Georg nach ihm um. Seine Augen funkelten. »Oho! So enragiert wegen einer kleinen Sekretärin? Ruhig Blut, Brüderchen – erst komme ich, dann du meinetwegen!«

Gert stieß verächtlich seinen Arm von sich. »Bube! Ich verachte dich und bedaure, dass du mein Bruder bist. Du irrst dich sehr, wenn du glaubst, dass ich hier ein unerlaubtes Stelldichein mit Fräulein Lindner hatte. Dazu steht sie mir zu hoch. Ich rief sie zu Hilfe, weil sie mir gerade in den Weg kam, als sie Vater verließ.«

Georg lächelte hämisch. »So, so? Zu Hilfe riefst du dir

die holde Maid? Wozu sollte sie dir denn helfen?«, höhnte er.

Verächtlich sah ihn Gert an. »Dein Hohn fällt auf dich selbst zurück. Ich will dir sagen, wozu ich Ihre Hilfe brauchte. Ich war drüben im Lagerraum, und da wurde plötzlich die Lageristin, Fräulein Werner, ohnmächtig. Ich lief hinauf, um Hilfe zu holen, und begegnete Fräulein Lindner. Sie kam mit mir in den Lagerraum und brachte die Ohnmächtige wieder zu sich. Und da plauderte diese, ohne mich zu bemerken, ein trauriges Geheimnis aus. Ich brauche dir wohl nicht zu sagen, welcher Art dieses Geheimnis war. Fräulein Lindner bat mich, heftig erschrocken, den Lagerraum zu verlassen. Ich wartete hier auf sie, um sie zu fragen, ob sie schon lange um das Geheimnis wusste. Sie bat mich, Fräulein Werner, die eine Beute der Verzweiflung sei, zu helfen. Ich versprach ihr, alles zu tun, was in meiner Macht steht, und gab ihr die Hand darauf. Das war der ganze Inhalt unserer Unterredung. Und nun rate ich dir, dich lieber um dein unglückliches Opfer zu kümmern, als hinter Fräulein Lindner und mir herzuspionieren. Du wirst niemals Veranlassung finden, an meinem Benehmen der jungen Dame gegenüber etwas auszusetzen. Dazu habe ich zu viel Hochachtung vor ihr.«

Nach diesen Worten wandte sich Gert von seinem Bruder ab und stieg langsam die Treppe empor.

Georg stand eine Weile ziemlich betroffen da. Das war eine verteufelte Eröffnung, die ihm Gert gemacht hatte! Natürlich lief der Musterknabe zum alten Herrn und verriet ihm die ganze Geschichte.

Das durfte nicht sein – nicht jetzt.

Plötzlich kam Leben in seine Gestalt. Mit wenigen Sätzen hatte er den Bruder eingeholt.

»Gert, willst du etwa Vater mit dieser Angelegenheit behelligen?«, fragte er mit fahlem Gesicht.

Gert sah ihn groß und ernst an. »Es muss etwas für die Unglückliche geschehen. Sie macht den Eindruck einer Verzweifelten.«

Georg machte eine abwehrende Bewegung. »Alles Komödie! So sind die Weiber! Erst laufen sie einem nach, dann schreien sie Zeter. Geheiratet will sie werden. Darauf läuft alles hinaus. Ich bitte dich, sage Vater nichts davon – ich bringe die Sache selbst in Ordnung.«

Gert überlegte. Wenn er dem Vater diese neue Aufregung ersparen könnte? Er atmete auf.

»Gibst du mir dein Wort, dass du Fräulein Werner helfen willst?«

»Ja doch, ich gebe dir mein Wort. Gib mir nur acht Tage Zeit! Sie ist rabiat. Ich habe ihr schon angeboten, für sie und das Kind zu sorgen. Aber sie will durchaus geheiratet sein. Das geht natürlich nicht. Doch ich werde mich bemühen, sie zur Vernunft zu bringen und alles in Güte zu regeln.«

Gert blickte ihn finster an. »Ich werde eine Woche warten. Wenn bis dahin Fräulein Werners Lage erträglich gemacht worden und für sie gesorgt ist, dann will ich Vater nichts sagen. Sieh zu, dass du es gutmachen kannst!«

Georg biss in ohnmächtigem Grimm die Zähne zusammen. Mehr als je hasste er den Bruder. »Gut, in acht Tagen magst du reden, wenn sie nicht erklärt hat, dass sie zufrieden ist«, sagte er.

Gert nickte stumm und ging davon.

Georg sah ihm mit hasserfüllten Blicken nach und knirschte mit den Zähnen. Finster vor sich hinbrütend, überlegte er dann, ob er gleich zu Anna Werner gehen und mit ihr sprechen sollte. Aber da fiel ihm ein, dass sie eben eine Ohnmacht gehabt hatte. So war sie wohl jetzt nicht imstande, vernünftig mit ihm zu verhandeln.

Also morgen – morgen wollte er zu ihr gehen. Und nun fort mit allem Ärger, allen Sorgen! Auch an Käthe Lindner wollte er nicht mehr denken. Es gab ja noch andere hübsche Weiber außer ihr, die nur darauf warteten, dass er Notiz von ihnen nahm.

Und langsam suchte er sein Kontor wieder auf.

Seine Gedanken beschäftigten sich freilich immer wieder mit der unangenehmen Geschichte. Es war scheußlich. Und dass Gert ihn in der Hand hatte, ärgerte ihn maßlos.

Wenn ich es ihm nur heimzahlen könnte, dachte er grimmig.

19

In der Villa Ruhland waren alle Fenster hell erleuchtet. Eine glänzende Gesellschaft wurde erwartet. Rose Ruhlands Geburtstag sollte festlich begangen werden, und da Baron Axenstein unter den Geladenen war, hoffte die Kommerzienrätin auf eine Förderung ihrer Heiratspläne.

Sie hatte Rose heute Nachmittag, als sie ihre Kindergartenpflichten hinter sich hatte, dringlich darauf hingewiesen, dass sie im heiratsfähigen Alter sei und sich entschließen müsse, einen ihrer Bewerber zu erhören. Und Baron Axenstein sei die passendste Partie für sie.

Rose hatte alles über sich ergehen lassen, aber sie war fest entschlossen, den Rat ihrer Mutter nicht zu befolgen. In einer Stunde sollten die Gäste eintreffen. Rose war schon mit ihrer Toilette fertig. Ihre Mutter hatte sich zurückgezogen, um sich anzukleiden, und Vater und die Brüder waren eben erst zum gleichen Zweck nach Hause gekommen.

Rose nahm einen leichten Abendmantel über ihr Gesellschaftskleid und sagte ihrer Zofe, dass sie noch eine Promenade durch den Park machen wolle.

Mit flüchtigen Schritten eilte sie zum Parktor. Und als sie herzklopfend anlangte, sah sie Heinz Lindner bereits dort stehen. Er trug ein kleines Paket, das den Spitzenschal enthielt, den er der Kindergärtnerin abgefordert hatte.

Zunächst übermannte sie nun doch mädchenhafte Bangigkeit, als sie Heinz gegenüberstand; sie war sich bewusst, dass sie ihn ziemlich deutlich zu diesem Stelldichein aufgefordert hatte. Als sie aber in seine glückstrahlenden Augen sah, fiel alle Verlegenheit von ihr ab.

»Guten Abend, Herr Lindner!«, sagte sie, ihm die Hand reichend.

Er führte sie an die Lippen. »Ich bringe Ihnen den Schal, gnädiges Fräulein, und bin sehr glücklich, Ihnen zu Ihrem Geburtstag von ganzem Herzen Glück wünschen zu dürfen.«

Lächelnd blickte sie zu ihm auf. »Wünschen Sie mir wirklich ehrlich und von ganzem Herzen Glück?«, fragte sie mit bebender Stimme.

»Das müssen Sie wissen, gnädiges Fräulein, das brauche ich Ihnen nicht zu versichern.«

»Ja, ich weiß, dass Ihnen mein Glück am Herzen liegt, wie mir das Ihre. Und weil ich es weiß, möchte ich Ihnen eine Frage vorlegen. Vielleicht erscheint Ihnen diese Frage ungewöhnlich, vielleicht sogar unweiblich. Aber ich muss sie dennoch tun.«

Unruhig forschend sah er sie an. »Bitte, fragen Sie!«

Sie krampfte die Hände zusammen und rang eine Weile mit sich selbst. Aber dann richtete sie sich tapfer auf.

»Wenn Sie eine Frau liebten, die außerhalb Ihrer Kreise lebte – würden Sie dann den Mut haben, es ihr zu sagen?«

Seine Stirn rötete sich jäh. Er atmete gepresst. Es währte eine ganze Weile, bis er antworten konnte:

»Ich liebe eine Frau, die weit über mir steht. Aber ich habe noch nicht den Mut gefunden, es ihr zu sagen, werde ihn wohl auch nicht finden.«

»Warum sind Sie so mutlos? Sie sind doch ein Mann!«, sagte sie leise.

»Weil ich nur der Sohn eines Arbeiters bin, gnädiges Fräulein, und die Frau, die ich liebe, einer vornehmen Familie angehört. Das bedenken Sie bitte, ehe Sie mich mutlos schelten!«

Da blickte sie mit einem tapferen Lächeln in seine Augen. »Ich bin die Enkelin eines Arbeiters«, sagte sie ruhig.

»Aber Sie sind die Tochter des Kommerzienrats Ruhland, des Herrn der Carolawerke.«

»Und Sie sind ein ganzer Mann, eine wertvolle Persönlichkeit. Wollen Sie das Glück zweier Menschen an so kleinlichen Bedenken scheitern lassen? Warum quälen Sie sich und die Frau, die Sie lieben, mit Ihrer Mutlosigkeit? Wenn ich ein Mann wäre, ich würde den Mut zum Glück finden, allem zum Trotz. Aber ich bin eine Frau – und habe schon viel zu viel gewagt. Wollen Sie mir nachstehen?«

Mit brennenden Augen, in atemlosem Forschen sah er sie an. »Rose?«

Nichts als dieser Name kam über seine Lippen, nicht viel lauter als ein Hauch. Aber eine Welt voll Liebe lag in diesem Namen.

Ihre Augen wurden feucht, als sie seine ungeheure Erregung sah. Und ein süßes, verlorenes Lächeln huschte um ihren Mund. Sie neigte nur wie bejahend das Haupt.

Da riss er sie plötzlich an sich. »Rose! Rose! Und wenn es mein Leben kostete, jetzt kann ich nicht mehr schweigen. Ich liebe dich – ich liebe dich wie nichts auf dieser Erde. Rose, süße Rose!«

Und seine Lippen suchten die ihren, die ihm in scheuer Glut entgegenkamen. Sie küssten einander heiß und innig, wieder und wieder. Und die ganze Welt versank um die beiden Glücklichen. Sie fühlten und wussten nur das eine: Dass sie sich liebten und von diesem Moment an zueinander gehörten für Zeit und Ewigkeit.

Endlich löste sich Rose aus Heinz Lindners Armen und sah verwirrt zu ihm auf.

»Heinz, war ich sehr unweiblich?«, fragte sie zaghaft.

Er küsste andachtsvoll ihre Hände. »Anbetungswürdig und tapfer warst du, meine Rose. Aber – was soll nun aus uns werden?«

Ein Lächeln flog um ihren Mund. »So Gott will, ein glückliches Paar, mein Heinz. Du wirst zu meinem Vater gehen müssen und ihm sagen: Ich liebe Ihre Tochter und bitte um ihre Hand.«

Er atmete gepresst. »Und dein Vater wird antworten: Sie sind nicht bei Sinnen! Für einen Arbeitersohn und Habenichts ist meine Tochter nicht zu haben.«

Sie schüttelte den Kopf. »Nein, so wird Papa auf keinen Fall sprechen. Aber es ist möglich, dass er es dir nicht leicht machen wird. Damit müssen wir rechnen.«

»Ach, Rose, ich will kämpfen um dich, mit all meinen Kräften. Das Schwerste war mein Geständnis, und wenn du es mir in deiner bewundernswerten Güte nicht so leicht gemacht hättest, wäre es vielleicht nie über meine Lippen gekommen. Aber nun, da ich dich in meinen Armen gehalten habe, wird mir alles andere leicht werden. Ich werde zu deinem Vater gehen. Aber gönne mir noch einige Tage Zeit! Ich will dir anvertrauen, dass ich seit Jahren an einer Erfindung arbeite. Sie ist fast beendet. Ich muss nur noch die einzelnen Pläne zusammenstellen. Das soll sehr schnell geschehen. Ich werde einige Nächte zu Hilfe nehmen. Und wenn ich fertig bin, will ich mit dieser Erfindung zu deinem Vater gehen. Ich hoffe mit der ganzen Inbrunst meiner Liebe, dass dein Vater meiner Erfindung Interesse entgegenbringt. Und dann stände ich doch nicht mit ganz leeren Händen vor ihm, wenn ich ihn um deine Hand bitten würde.«

Sie schmiegte sich eng an ihn. »Gut, mein Heinz, versuche dein Heil! Aber auch wenn deine Erfindung nicht hält, was du dir von ihr versprichst, bittest du meinen Vater um meine Hand. Du lässt es mich wissen, wenn du die entscheidende Frage an ihn stellen willst, vielleicht kann ich dir beistehen mit meiner Bitte. Papa ist gut und liebt mich sehr. Er wird nicht wollen, dass ich unglücklich werde.«

Er presste sie fest an sich. »Rose, meine Rose, wenn ich dir nur sagen könnte, wie glücklich mich deine Liebe macht!«

»Wie mich die deine, Heinz. Aber nun muss ich dich verlassen, bald werden unsere Gäste eintreffen, und Mama wird nach mir fragen. Wie dumm, dass ich heute all diese gleichgültigen Menschen begrüßen muss! Viel lieber wäre ich mit dir allein.«

Er küsste sie stürmisch. »Wirst du heute Abend singen, Rose?«

Sie sah zu ihm auf. »Soll ich? Wirst du am Fluss sein?«

Er seufzte. »Am jenseitigen Ufer.«

Sie fasste seine Hand und legte ihre Wange schmeichelnd darauf.

»Und doch meinem Herzen am nächsten.«

»Singe für mich, Liebling, damit ich weiß, dass du an mich denkst! Singe das Lied, das du neulich gesungen hast: ›Du mein Gedanke, du mein Sein und Werden.‹«

Sie nickte lächelnd. »Ich singe es für dich. Hast du nicht gefühlt, dass ich es immer nur für dich gesungen habe?«

»Ich wagte es nicht zu glauben, obwohl ich es fühlte.«

»Oh, ein Mann muss alles wagen«, neckte sie.

»Süße, dass ich dich jetzt lassen muss!«

Sie strich ihm zärtlich das Haar aus der Stirn. »Meine Seele bleibt ja doch bei dir. Aber ich muss nun gehen. Leb wohl, Heinz!«

Sie legte die Arme um seinen Hals und reichte ihm den Mund zum Kuss.

Und als sich seine Lippen von den ihren gelöst hatten, sagte sie innig: »Du meines Herzens höchste Seligkeit. Ich liebe dich wie nichts auf dieser Erden.«

Dann riss sie sich los und eilte davon. Aber nach einigen Schritten blieb sie stehen und sah schelmisch zu ihm zurück.

»Heinz, hast du keine Sehnsucht, mich wiederzusehen?«

Er war schnell an ihrer Seite. »Ach, Rose, jeder meiner Gedanken umkreist dich sehnsuchtsvoll. Darf ich dich wiedersehen, ehe ich mit deinem Vater gesprochen habe?«

»Das dauert noch so lange – ich habe auch Sehnsucht nach dir.«

»Wo und wann kann ich dich also sehen?«

»Am Waldquell – Sonntagvormittag«, sagte sie aufatmend.

»Dank, tausend Dank, Rose! Auf Wiedersehen!«

»Auf Wiedersehen, Heinz!«

Er küsste sie noch einmal. Dann riss sie sich los und lief davon. –

Als Heinz zu Hause ankam, sahen ihm seine Angehörigen fragend entgegen.

»Wo bleibst du so lange, Heinz? Wir warten mit dem Abendessen auf dich«, sagte Tante Anna.

»Verzeiht, ich hatte noch einen Weg!«, erwiderte er.

Und er setzte sich mit seinen Angehörigen zu Tisch.

Nach dem Essen ging er mit Käthe am Flussufer entlang.

Drüben lag die Villa Ruhland im hellen Lichterglanz. Man sah zahlreiche Gestalten an den Fenstern vorübergleiten. Lange standen die Geschwister und schauten hinüber. Endlich klang auch Musik herüber. Eine Rhapsodie von Liszt wurde gespielt, dann ein Nocturne von Chopin und danach ein Walzer. Heinz lauschte sehnsüchtig. Das war alles nicht das, was er hören wollte. Käthe fragte ihn, ob sie nicht heimgehen wollten. Er schüttelte den Kopf.

»Warte noch!«, bat er.

Da blieb sie bei ihm stehen. Ahnte sie, auf was er wartete?

Wieder erklang Musik. Diesmal fiel eine Männerstimme ein, die eine Arie aus ›Rigoletto‹ zum Besten gab. Heinz Lindners Augen brannten sehnsüchtig hinüber. Stand da nicht eine schlanke weibliche Gestalt am Fenster, die herüberschaute? Sie verschwand wieder. Die Männerstimme war verklungen. Aber nun endlich – endlich schwebten bekannte Töne herüber. Heinz' Augen strahlten. Und nun fiel Roses süße Stimme jubelnd ein:

»Du mein Gedanke, du mein Sein und Werden,
Du meines Herzens höchste Seligkeit.
Ich liebe dich wie nichts auf dieser Erden,
Ich lieb dich, in Zeit und Ewigkeit.«

Heinz atmete schwer, und seine Augen leuchteten vor Glück, Käthe sah es und presste die Hände zusammen, wie im Gebet. Sie flehte um ihres Bruders Glück – um das ihre wagte sie nicht zu beten. Das schien ihr vermessen. Und doch erzitterte ihr Herz in schmerzvoller Sehnsucht. Und diese Sehnsucht flog hinüber über den Fluss.

Als Roses Lied verklungen war, gingen die Geschwister nach Hause.

In Heinz Lindners Zimmer brannte das Licht in dieser Nacht, bis der Tag graute. Er arbeitete mit fieberhaftem Fleiß an seiner Erfindung. Ihm war, als arbeite er um sein Glück.

Es war einige Tage später.

In der Villa Ruhland hatte man zu Abend gegessen. Georg verabschiedete sich nach Tisch mit dem Bemerken, dass er noch zu arbeiten habe.

Er begab sich hinüber nach der Villa Carola und suchte seine Wohnung auf. Aber dort blieb er kaum eine Stunde. Dann verließ er, vorsichtig um sich spähend, seine Wohnung, ohne das Licht in seinem Zimmer zu löschen. Es sollte seine Gegenwart vortäuschen.

Vorsichtig schritt er, sich im Schatten der Bäume haltend, durch den Park. Als er das Parktor erreicht hatte und nun am Flussufer dahinschritt, merkte er nicht, dass sich eine weibliche Gestalt aus dem Schatten der Bäume löste und lautlos hinter ihm her huschte.

Georg Ruhland schaute sich zwar immer wieder nach allen Seiten um, aber seine Verfolgerin war noch vorsichtiger als er. Er entdeckte sie nicht.

Und so heimlich er auch im Schatten dahinschlich – sie schlich ihm nach in zäher Beharrlichkeit und ließ ihn nicht aus den Augen.

So war er bis zur Brücke gekommen. Und dort blieb er im Schatten eines Pfeilers stehen – regungslos.

Und regungslos stand drüben im Schatten seine Verfolgerin. Sie standen wohl fünf Minuten, bis ein Trupp Arbeiter kam – die Heizer der Hochöfen, die zur Nachtschicht gingen.

Georg Ruhland spähte ihnen mit scharfen Augen entgegen. Und befriedigt blitzten sie auf, als er den Heizer Steffen unter ihnen erkannte.

Der Heizer Steffen hatte eine sehr hübsche junge Frau.

Aber auch die geheimnisvolle Verfolgerin hatte den Heizer Steffen erkannt und wartete nun atemlos, was geschehen würde.

Als die Schritte der Arbeiter im Dunkel der Nacht verklungen waren und alles still und ruhig geworden war, löste sich Georg Ruhland aus dem Schatten des Pfeilers und schritt über die Brücke nach der Arbeitersiedlung hinüber.

Langsam folgte die weibliche Gestalt.

Und sie folgte ihm durch einige Straßen, bis er an einem niedrigen Häuschen stehen blieb und sich abermals vorsichtig umsah.

Seine Verfolgerin drückte sich platt an die Wand des nächsten Hauses und hielt den Atem an. Mit glühenden Augen sah sie zu ihm hinüber.

Plötzlich zuckte sie zusammen. Drüben hatte Georg Ruhland leise dreimal an die niedrige Haustür geklopft. Und gleich darauf wurde die Tür von innen geöffnet.

Lautlos verschwand Georg Ruhland in dem Häuschen, das dem Heizer Steffen gehörte.

Jetzt kam Leben in die Gestalt seiner Verfolgerin. Mit einem Ruck schnellte sie aus ihrer Stellung empor und eilte davon, durch die Straßen, über die Brücke, nach den Hochöfen hinüber. Nicht einen Moment hielt sie inne in ihrem schnellen Lauf. Und in ihrem Augen brannte es wie Wahnsinn.

Sie stand erst still, als sie vor dem riesigen Feuerloch eines der Hochöfen angelangt war. Die Gestalt des Heizers Steffen hob sich wie eine gigantische Silhouette von der roten Glut ab.

Anna Werner, die Verfolgerin Georg Ruhlands, stand wie aus dem Boden gewachsen neben ihm und legte ihm mit hartem Griff die Hand auf den Arm. Er wandte sich nach ihr um und starrte betroffen in ihr blasses, verzerrtes Gesicht, in ihre funkelnden Augen.

»Hallo, Fräuleinchen, was wollen Sie denn hier zur nachtschlafenden Zeit?«, fragte er gutmütig.

Sie reckte sich hoch auf, und er erschrak nun doch ein wenig vor dem flackernden Blick ihrer Augen.

»Steffen, wahren Sie Ihre Hausehre! Bei Ihrer Frau ist ein anderer Mann, dem sie Ihre Rechte einräumt«, sagte sie scharf.

Steffen duckte einen Moment seine riesenhafte Gestalt wie zum Sprung, als wolle er sich auf Anna Werner stürzen. Sein gutmütiges Gesicht verzerrte sich. Seine Augen blickten drohend. Mit einem Ruck riss er sich zusammen und umklammerte ein langes Eisenstück, das er in der Hand hielt.

»Was soll das heißen?«, keuchte er.

»Es soll heißen, was ich sage. Ihre Frau ließ eben einen Liebhaber ein – nicht zum ersten Mal. Überzeugen Sie sich selbst, wenn Sie mir nicht glauben!«

Mit unheimlich glühenden Augen schwang Steffen das Eisenstück wie einen Hammer empor.

»Wenn du lügst, schlage ich dir den Schädel ein«, knirschte er zwischen den Zähnen hervor.

»Ich lüge nicht. Geh nach Hause!«

Die beiden Menschen nannten sich du, als könnte es nicht anders sein. Hier stand einfach der Mensch dem Menschen in wilder Not gegenüber. Da bedurfte es keiner Höflichkeit. Steffen warf einen Blick auf das Feuerloch. Dann rief er laut einen Namen:

»Körner!«

Es war der Name seines Kameraden, den er ablösen sollte. Körner steckte den Kopf zur Tür herein.

»Was willste denn?«

»Bleib noch eine Stunde auf dem Posten, ich muss nach Hause – nur auf einen Sprung. Es muss sein.«

Körner sah ihn forschend an und blickte dann auf das blasse Mädchen mit den unheimlich funkelnden Augen. Dann zuckte er die Achseln.

»Na, dann lauf, aber komm bald wieder! Ich bin müde und hab' Hunger.«

Steffen nickte stumm, und wie er ging und stand, mit dem halbentblößten Oberkörper, das Eisenstück fest umklammernd, eilte er ins Freie.

Anna Werner folgte ihm etwas langsamer, sie konnte nicht Schritt halten mit den lang ausgreifenden Schritten des erregten Mannes.

Steffen war sonst ein gutmütiger Mensch, trotz seiner riesigen Körperkräfte. Aber er neigte zum Jähzorn, wenn er gereizt wurde. Und er liebte seine hübsche junge Frau abgöttisch. Dass sie ein bisschen kokett war, wusste er und ließ es hingehen. Es erhöhte seinen Besitzerstolz, wenn andere Männer ihn beneideten. Aber er baute doch fest auf ihre Treue.

Und nun wurde ihm gesagt, dass sie ihn betrog. Das erregte ihn bis zum Wahnsinn.

Immer schneller wurden seine Schritte, immer keuchender sein Atem, und seine Augen stierten angstvoll vor sich hin, als fürchte er sich vor dem, was er sehen würde. Und zuweilen zuckte es auf in seinen Augen wie lodernder Zorn.

Wehe ihr – wehe ihr, wenn sie ihn wirklich betrog!

So kam er bis zur Brücke. Anna Werner hatte er weit hinter sich gelassen. Mit großen Schritten rannte er über die Brücke und durch die Straßen bis zu seinem Häuschen, das viel zu klein schien für den großen Mann. Den Atem anhaltend, blieb er stehen und lauschte. Alles war dunkel und still. Doch nein – zwischen den Fugen der Holzläden, die vor den Fenstern lagen, blitzte ein feiner Lichtstrahl. Er legte das Ohr an den Holzladen. Klang nicht ein leises Wispern, ein girrendes Lachen heraus? Dieses Lachen kannte er. Wie ein Ruck ging es durch seine Gestalt. Seine Züge nahmen einen erschreckenden Ausdruck an. Die Adern auf seiner Stirn traten dick hervor.

Mit einem Satz war er an der Tür. Leise steckte er den Schlüssel ins Schloss und öffnete. Im nächsten Augenblick riss er die Zimmertür auf.

Und da fand er seine Frau in den Armen eines Mannes.

Wie ein Stier brüllte Steffen auf und schwang in maßlosem Zorn das schwere Eisenstück. Es sauste herab auf die beiden Schuldigen. Die Frau wich mit einem Aufschrei zur Seite und kroch unverletzt in einen Winkel, entsetzt auf ihren Mann starrend. Aber ihr Liebhaber sank lautlos zusammen – das schwere Eisenstück in der Hand des Jähzornigen hatte ihm den Schädel zertrümmert. Er regte sich nicht mehr.

Steffen sah ein blutrotes Meer vor sich und schien den Boden unter den Füßen zu verlieren. Mit einem Stöhnen, das einem tierischen Schrei glich, starrte er auf die leblose Gestalt zu seinen Füßen hinab. Er stierte in das tote Gesicht und erkannte es nun erst. Der älteste Sohn des Kommerzienrates lag erschlagen vor ihm

Aus seinem Jähzorn erwachend, ließ er das schwere Eisenstück fallen. Sein Weib kroch auf den Knien zu ihm heran und winselte um Gnade. Er stieß sie mit dem Fuß von sich.

Im selben Moment erschien Anna Werner in der offenen Tür. Mit weit aufgerissenen Augen sah sie auf die furchtbare Szene. Und als sie Georg Ruhlands lebloses Gesicht am Boden sah, wich plötzlich die wahnsinnige Rachgier von ihr. Das, was sie einst für ihn empfand, wachte mit schmerzlicher Wucht wieder in ihr auf und besiegte jedes andere Empfinden.

Mit einem wehen Laut sank sie neben ihm zu Boden und presste ihre Wangen an seine Brust. Sie fühlte keinen Herzschlag mehr.

Da packte sie das Grauen. Wie Wahnsinn brach es aus ihren Augen. Sie sprang auf und trat vor Steffen hin.

»Du hast ihn getötet – und ich bin schuld daran! Ich habe ihn geliebt – er hat mich verführt wie diese da – und ich wollte mich rächen. Gott sei meiner armen Seele gnädig«, wimmerte sie.

Und dann eilte sie in die Nacht hinaus, wie vom Grauen verfolgt. Sie lief bis zur Brücke. Dort schwang sie sich, ohne sich zu besinnen, über das Geländer und stürzte sich in den Fluss. Ein klatschender Aufschlag – das Wasser spritzte hoch empor, und Anna Werner war verschwunden. Ihr Körper tauchte noch einige Male auf. Langsam trug ihn der Fluss weiter. Die barmherzigen Fluten deckten das Leid einer armen Seele. –

Das Geschrei und Gewimmer der Frau Steffen hatte die

Nachbarn herbeigerufen. Sie kamen und sahen mit Entsetzen, was geschehen war. Immer mehr kamen herbei, und einer flüsterte dem anderen die furchtbare Kunde zu.

Betreten starrten sie abwechselnd auf den zusammengebrochenen Steffen und auf den toten Sohn des Kommerzienrats.

»Es musste ein schlechtes Ende mit ihm nehmen, aber Gott erbarme sich seiner armen Eltern«, sagte ein alter Arbeiter.

Frau Steffen war auf die Straße geflohen. Sie hatte ein großes Tuch um sich geschlungen und kauerte weinend an der Tür ihres Häuschens.

Jetzt kamen auch Anna Werners Eltern. Sie waren in großer Aufregung. Als sie von dem Lärm geweckt worden waren, sahen sie zuerst nach ihrer Tochter Anna. Sie war verschwunden – durch das Fenster war sie gestiegen. Und auf dem Tisch in ihrem Zimmerchen lag ein Brief an die Eltern.

Dieser Brief enthielt das Geständnis ihrer Schuld und die Absicht, in dieser Nacht ihrem Leben ein Ende zu machen. Der Brief schloss mit einer innigen Bitte um Verzeihung.

Die unglücklichen Eltern glaubten nun, der Lärm draußen auf der sonst so stillen Straße könne ihrer Tochter gelten. Sie kamen aufgeregt herbei.

Weinend erkundigte sich die Mutter, ob niemand ihre Tochter gesehen habe. Sie erhielt keine Antwort.

Auch Friedrich Lindner und seine Kinder waren durch den Lärm herbeigelockt worden. Sie fragten, was geschehen sei.

Man gab ihnen Bescheid.

Käthe nahm sich sofort Annas Mutter an und versuchte sie zu beruhigen.

Die Mutter erzählte ihr schluchzend von dem Brief, den Anna hinterlassen hatte.

»Der da drin tot am Boden liegt, hat mein Kind auf dem Gewissen. Fluch über ihn!«, stieß sie verzweifelt hervor.

Käthe war tief erschüttert. Sie sah dem Drama auf den Grund und wusste nun, wie es Anna gemeint hatte, als sie sagte, dass sie bald ihren Frieden finden würde. Aber wie hing ihr Ende mit Georg Ruhlands Tod zusammen? Hatte sie ihre Hand dabei im Spiel gehabt?

Käthe beugte sich zu Frau Steffen herab.

»War Anna Werner vielleicht hier, Frau Steffen?«

Die junge Frau hielt mit ihrem Gejammer ein und sah zu Käthe und Frau Werner auf.

»Ja, sie war drinnen in der Stube und warf sich über Herrn Ruhland. Und sie sagte zu meinem Mann, er habe ihn getötet, aber sie sei schuld daran. Herr Ruhland habe sie verführt, und sie habe ihn geliebt und wollte sich rächen. Und dann hat sie gerufen: ›Gott sei meiner armen Seele gnädig‹, und dann ist sie wie wahnsinnig davongelaufen!«

Käthe konnte sich nun alles erklären.

»Wann ist das gewesen – wann lief sie fort?«, fragte sie erregt.

»Es wird wohl eine Viertelstunde her sein«, erwiderte Frau Steffen.

Käthe fasste schnell nach ihres Bruders Arm.

»Wir wollen an den Fluss, Heinz, vielleicht ist Anna Werner noch zu retten.«

Heinz war sofort bereit. Sie eilten nach dem Flussufer. War Anna Werner, wie man annahm, von der Brücke in den Fluss gesprungen, dann musste sie flussabwärts getrieben sein. Deshalb liefen sie an die Stelle unterhalb der Brücke.

Der Mond kam gerade hinter einer Wolkenwand hervor, als wollte er helfen bei dem traurigen Werk. Er beleuchtete den Fluss. Annas Eltern und einige Nachbarn folgten den Geschwistern.

Als sie am Flussufer ankamen, forschten sie mit scharfen Blicken über den Wasserspiegel hinweg, in dem sich das Mondlicht spiegelte. Zunächst war nichts zu sehen. Aber plötzlich beugte sich Heinz Lindner weit vor. Ein Stück unterhalb der Stelle, wo sie standen, hingen Weidenbüsche ihre Zweige ins Wasser. Und diese Zweige schienen etwas festzuhalten, was langsam dahintrieb. Heinz glaubte ein weißes Gesicht zu sehen, das sich wie anklagend dem Mond zukehrte.

Mit einem Ruck warf er Rock und Weste ab und streifte die Schuhe von den Füßen. Und ehe jemand begreifen konnte, was er vorhatte, sprang er schon mit einem weiten Satz in den Fluss. Mit mächtigen Stößen schwamm er der Stelle zu, und als er nahe herankam, sah er den leblosen Frauenkörper, den die Weiden nicht weiter hatten gleiten lassen. Er fasste nach den Kleidern und zog die Unglückliche hinter sich her, nach der Stelle, wo er mit ihr an Land konnte.

Hilfreiche Hände streckten sich ihm entgegen. Man hob den starren, nassen Körper aus den Fluten. Die unglücklichen Eltern stürzten sich darüber. Heinz schob sie aber ernst und entschieden zurück.

»Den Arzt – schnell den Arzt –, vielleicht ist sie noch zu retten!«, rief er.

Und ohne auf seine nassen Kleider zu achten, machte er sofort, von Käthe unterstützt, Wiederbelebungsversuche.

Aber sie waren vergeblich. Es halfen auch alle zärtlichen und vorwurfsvollen Klagen der armen Mutter nichts, die ihr

Kind in allen Tönen der Angst und Liebe wieder ins Leben zurückrufen wollte.

Als der Arzt erschien, den man zuerst zu Georg Ruhland gerufen hatte, dessen Tod er nur konstatieren konnte, beugte er sich über die leblose Frauengestalt. Er sah sogleich, dass nichts mehr zu retten war. Anna Werner war tot.

Nun erst dachte Heinz Lindner an sich selbst. Plötzlich wurde er sich auch der Kälte bewusst, die seinen Körper erschauern ließ, während sein Kopf wie im Fieber brannte. Langsam wandte er sich um und schritt, wankend vor Erschöpfung, nach Hause.

20

Der Heizer Steffen war aus seiner Lethargie erwacht, als Friedrich Lindner zu ihm trat, ihm die Hand auf die Schulter legte und kummervoll fragte: »Steffen, wie konnte das geschehen?«

Steffen sah mit starren Augen zu ihm auf. In seinem Gesicht zuckten alle Muskeln vor Erregung. Stotternd bekannte er seine unselige Tat.

Erschüttert stand Lindner neben dem unglücklichen Mörder.

Und dann war der Arzt gekommen und hatte Georg Ruhlands Tod konstatiert. Er hatte gesagt:

»Man muss es dem Herrn Kommerzienrat melden. Wer wird das tun?«

Alle sahen sich betreten an. Niemand wollte dem Vater die Hiobsbotschaft überbringen.

Auch der Arzt wollte es nicht, und er war froh, als man ihn zu Anna Werner rief.

Als er sich entfernt hatte, erhob sich Steffen schwerfällig.

»Ich selbst werde es dem Herrn Kommerzienrat melden – ich selbst«, knirschte er zwischen den Zähnen hervor.

Friedrich Lindner ordnete an, dass man Georgs Leiche auf eine schnell zusammengestellte Bahre lege und nach der Villa Ruhland trüge. Steffen sollte mit einigen Arbeitern vorausgehen und die Kunde von seiner Tat selbst überbringen.

So setzte sich der traurige Zug in Bewegung.

Als Steffen die Schwelle seines Hauses überschritt, umfasste seine Frau weinend seine Knie.

Er sah fremd und stumpf auf sie herab und machte sich los. In seinem Gesicht war eine starre Ruhe.

Der Zug mit Georg Ruhlands Leiche begegnete unweit der Brücke einem anderen traurigen Zug: Man trug Anna Werners Leiche in ihr Elternhaus zurück. Eine Weile hielten die Träger nebeneinander. Der Mond warf sein Licht über die beiden stillen Gestalten. Leid und Not, Leidenschaft und böse Triebe – alles war erstorben. Man trug die Toten weiter, Anna Werner nach dem kleinen Arbeiterhaus, Georg Ruhland nach der prunkvollen Villa.

Dort war man noch nicht zur Ruhe gegangen. Die Kommerzienrätin wollte sich gerade zurückziehen, als ihr Gatte plötzlich aufhorchend sagte: »Was ist das für ein seltsames Geräusch? Hört ihr es nicht?«

Die anderen lauschten, und Gert trat auf die Terrasse hinaus. »Das ist seltsam, Vater – es ist ein Geräusch, als wenn Menschen durch den Park geschritten kämen.«

Auch der Kommerzienrat trat nun heraus. Und die Damen nahmen ein Tuch über ihre leichten Kleider und folgten ihm.

»Ja – sieh, Gert, da kommen Leute durch den Park. Das ist jedenfalls etwas Außergewöhnliches.«

Gert sah nach der Villa Carola hinüber, wo in Georgs Wohnzimmer noch immer das Licht brannte.

»Georg ist auch noch wach. Aber seine Fenster sind geschlossen, sonst müsste er das Geräusch doch auch hören.«

»Was mag das zu bedeuten haben?«, fragte die Kommerzienrätin unbehaglich.

Die Herren gingen bis an die Brüstung der Terrasse heran.

Und da sahen sie einige Gestalten zwischen den Bäumen des Parks hervortreten.

Der Kommerzienrat fasste den Arm seines Sohnes. »Gert, das sind unsere Arbeiter – da ist etwas in den Werken passiert«, stieß er erregt hervor.

Gert strengte seine Augen an und erblickte nun plötzlich hinter den ersten Leuten eine Bahre, die von zwei Arbeitern getragen wurde.

Er erblasste. Aber weder er noch sein Vater dachten an Georg, den sie wohlbehalten drüben in seinem Zimmer wähnten.

»Ja, Vater, da ist etwas geschehen. Wir wollen Mama und Rose hineinschicken und dann den Leuten entgegengehen.«

Selbst sehr beunruhigt, schritten die beiden Herren auf die Damen zu. Sie baten sie, ins Zimmer zurückzugehen. Die Kommerzienrätin zog fröstelnd das Tuch enger um ihre Schultern. »Ich will doch einen Diener zu Georg hinüberschicken. Er soll auf alle Fälle herüberkommen«, sagte sie.

»Tu das, Klarissa«, stimmte ihr Gatte bei.

Und während die Herren den Arbeitern entgegenschritten, gab die Kommerzienrätin einem Diener Befehl, ihren ältesten Sohn herbeizuholen. Sie hatte das Gefühl, als brauche sie seinen Schutz.

Der Kommerzienrat und sein jüngster Sohn waren inzwischen über die Terrasse gegangen. Als sie an der Treppe ankamen, die auf den Rasenplatz vor der Villa führte, stand die riesenhafte Gestalt des Heizers Steffen vor ihnen. Er hatte über seinen halbentblößten Oberkörper eine Jacke geworfen, die vorn offen stand und seine breite Brust frei ließ.

Neben Steffen stand Friedrich Lindner. An ihn wandte sich der Kommerzienrat.

»Was ist geschehen, Lindner? Ich fürchte, Sie bringen mir eine schlechte Botschaft. Ihr Gesicht verkündet mir nichts Gutes.«

Lindner nahm seine Mütze ab und strich sich über die Stirn, als sei ihm zu heiß.

»Herr Kommerzienrat, Steffen hat Ihnen etwas zu melden. Ein großes Unglück ist geschehen, und Gott mag Ihnen helfen, es zu tragen.«

Der Kommerzienrat wurde bleich. »Was bringt ihr mir?«

»Ich bitte Sie, sich zu fassen, Herr Kommerzienrat – es ist etwas Furchtbares geschehen. Nun rede, Steffen!«, sagte Friedrich Lindner bekümmert.

Steffen fuhr zusammen und drückte die geballten Fäuste an die Brust. Seine Zähne bissen sich wie im Krampf aufeinander, und ein Stöhnen brach aus seiner Brust.

Unruhig sah ihn der Kommerzienrat an. »Sprechen Sie, Steffen! Ist etwas mit dem Hochofen geschehen?«

»Schlimmeres, Herr Kommerzienrat, viel Schlimmeres«, keuchte Steffen. »Ich kann nicht viele Worte machen. Mein Weib hatte für diese Nacht einen Liebhaber eingelassen, als ich zur Nachtschicht nach dem Hochofen gegangen war. Da kam Anna Werner zu mir und verriet es mir – aus Eifersucht. Ich – ich rannte nach Hause und fand sie zusammen, das Weib und den Mann. Ich hatte ein schweres Eisenstück bei mir. Der Jähzorn kam über mich – ich wollte sie beide totschlagen. Das Weib kroch davon – den Mann – den schlug ihn nieder – ich erkannte ihn erst, als es geschehen war.«

Erschüttert blickte der Kommerzienrat auf den Mann, der unter seiner Tat schwer zu leiden schien. Aber zugleich kroch ein unbeschreiblich grauenhaftes Empfinden an ihn heran. Seine Augen irrten plötzlich wie in jäher Angst nach der Villa Carola hinüber. Aber gottlob, da war ja noch Licht! Was für ein wahnsinniger Gedanke war da eben durch sein Hirn geschossen?

Gert war erschrocken zusammengezuckt, als Steffen sagte, Anna Werner habe ihm aus Eifersucht verraten, dass seine Frau einen Liebhaber einließ. Auch er sah nach der Villa Carola hinüber. Und ihn beruhigte der Lichtschein in Georgs Wohnzimmer nicht. Er trat plötzlich wie schützend neben seinen Vater und starrte forschend in Steffens Gesicht.

Der Kommerzienrat hatte sich gefasst.

»Sie haben im Jähzorn gehandelt, Steffen, haben etwas Furchtbares getan – einen Menschen erschlagen. Aber Sie taten es, um Ihre Ehre zu verteidigen – und ich bin kein Richter. Weshalb kommen Sie zu mir? Sie hätten zur Polizei gehen sollen.«

Diese Worte kamen doch sehr unsicher und tastend über seine Lippen.

Da sank der Heizer Steffen in sich zusammen, sein Kopf neigte sich tief herab.

»Herr Kommerzienrat – weiß Gott – ich läge lieber hier selbst tot vor Ihren Füßen, als dass ich Ihnen sagen muss, was ich zu sagen habe. Sie sind immer ein guter und gerechter Herr gewesen – auch Ihr jüngster Sohn. Aber der andere, der andere hat schlecht an uns gehandelt – hat sich an unseren Frauen versündigt – auch an der meinen. Und – nun muss ich es sagen – er war es, den ich erschlug – Ihr ältester Sohn.«

Der Kommerzienrat taumelte und wäre wohl zu Boden gesunken, wenn ihn Gert und Friedrich Lindner nicht aufgefangen hätten.

Inzwischen war die Bahre herbeigetragen worden. Man hatte sie hinter Lindner und Steffen aufgestellt. Der Kommerzienrat fasste sich mühsam, alle Kräfte zusammennehmend. Und auf seinen Sohn und Lindner gestützt, wankte er auf die Bahre zu. Er sank daran nieder und schlug das Tuch zurück, das über das Gesicht seines toten Sohnes gedeckt war.

Wie ein Erbeben flog es beim Anblick der bleichen Züge über ihn hin. Alles, was ihm Georg je angetan hatte, war in diesem Moment vergessen. Da vor ihm lag sein Sohn, sein erstgeborener Sohn, den er einst mit Stolz und Freude bei seinem Eintritt in die Welt begrüßt hatte. Er lag in seinem Blut, erschlagen von der Hand eines Mannes, dem er das Liebste genommen hatte.

Wie erdrückt von seinem Leid, barg er das Gesicht auf der Brust seines toten Sohnes.

Gert beugte sich erschüttert über ihn und streichelte hilflos seinen Arm. Er konnte jetzt nichts anderes tun.

Tief ergriffen stand auch er an der Leiche seines Bruders. Auch er vergaß in dieser Stunde alles, was je trennend zwischen ihnen gestanden hatte, und nur das Zusammengehörigkeitsgefühl war da und der herbe Schmerz um dieses durch eigene Schuld vernichtete junge Leben. Und ringsum standen die derben, harten Arbeitergestalten und ehrten durch tiefes Schweigen den Schmerz des Vaters und Bruders.

Niemand hatte inzwischen auf die beiden Damen geachtet.

Der Diener war aus der Villa Carola zurückgekommen und hatte gemeldet, dass Herr Georg Ruhland nicht daheim sei.

Die Kommerzienrätin sah ihre Tochter an.

»Das begreife ich nicht. Georg wollte doch noch arbeiten. Und nun ist er ausgegangen.«

Rose war ans Fenster getreten und war mit ihren Blicken den Vorgängen draußen gefolgt. »Er hat es sich vielleicht anders überlegt, Mama«, erwiderte sie, und dann fuhr sie erregt fort: »Es ist seltsam, Mama, man hat eine Bahre gebracht. Der Werkmeister Lindner hat mit Papa gesprochen – und nun spricht der Heizer Steffen mit ihm. Und nun – o mein Gott –«

Rose brach erschrocken ab.

Nervös fuhr die Kommerzienrätin auf.

»Was ist denn, Rose? Was hast du denn?« Damit eilte sie an die Seite ihrer Tochter.

Rose drückte die Hände aufs Herz. »Mama – Papa ist zusammengebrochen an einer Bahre, die man gebracht hat – und Gert beugt sich über ihn – Mama –!«

Mit weit aufgerissenen Augen starrte die Kommerzienrätin neben ihrer Tochter aus dem Fenster. Kam ihr eine Ahnung, wer dort auf der Bahre lag?

Sie richtete sich plötzlich empor und eilte, ohne ein Wort zu sagen, hinaus.

»Mama!«

Rose folgte ihr, von einer bangen Ahnung ergriffen.

So kamen die beiden Damen bei der Gruppe an. Und ganz unvorbereitet stand die Kommerzienrätin plötzlich an der Bahre ihres toten Sohnes und starrte entgeistert in sein lebloses Gesicht.

Mit einem Aufschrei warf sie sich über ihren toten Sohn. »Wer hat mir das getan?«, rief sie in qualvollem Schmerz.

Gert hatte inzwischen seine Schwester, die entsetzt zurücktaumelte, in seinen Armen aufgefangen. Über ihren Kopf hinweg winkte er Friedrich Lindner zu, er möge die Leute entfernen.

Er begriff sofort. Er nahm Steffen, der ganz in sich versunken dastand, am Arm und führte ihn davon.

»Lasst uns gehen, wir sind hier überflüssig!«, flüsterte er den anderen zu. Und so lautlos wie möglich entfernten sich die Leute.

Gert führte Rose ins Haus. »Wie ist es geschehen, Gert?«, fragte sie bang und erschüttert.

»Frag nicht, Rose!«, erwiderte er leise.

»Wer hat es getan?«

»Der Heizer Steffen.«

Rose seufzte. »O mein Gott, wie konnte er das tun? Hat ihn Georg gereizt?«

Gert strich über ihr Haar.

»Georg ist durch seine eigene Schuld ums Leben gekommen, Rose, mehr kann ich dir jetzt nicht sagen. Aber was auch geschehen ist – er war unser Bruder. Alles andere wollen wir vergessen. Und nun lasse ich dich allein. Ich will sehen, dass ich die Eltern ins Haus bringen kann.«

Mit ernstem, blassem Gesicht befahl er einigen Dienern, sich bereitzuhalten, um die Bahre in den großen Saal zu tragen.

Dann ging er wieder hinaus.

Liebevoll versuchte er seinen Vater aufzurichten. »Lieber Vater, wir müssen Mama hineinbringen, es ist kühl, sie wird sich erkälten«, sagte er leise.

Da erhob sich der Kommerzienrat. In allem Kummer ist die Sorge um Menschen, die uns nahestehen, die beste Ablenkung vom eigenen Schmerz. Das Gesicht des alten Herrn war fahl und grau. Tiefe Schatten lagen unter seinen Augen.

War es auch ein ungeratener Sohn, den man ihm erschlagen hatte, so fühlte sein Herz doch mit herben Schmerzen, dass er ein Kind verloren hatte.

Wie ein Krampf verzerrten sich seine Züge, als er auf die haltlos zusammengebrochene Frau an seiner Seite blickte. Er wusste und fühlte, dass sie härter und schwerer noch getroffen war als er selbst. Ein tiefes Erbarmen erfüllte ihn. Schwerfällig richtete er sich auf, von Gert unterstützt, und fasste seine Frau bei den Schultern.

»Klarissa – arme Klarissa –, dich trifft es am härtesten. Komm, wir wollen Georg hineintragen lassen. Du darfst nicht länger hier im Freien bleiben.«

Vater und Sohn hoben die gebrochene Frau empor, die in dieser Stunde von all ihrem Stolz verlassen war. Sie führten sie ins Haus.

Rose kam ihnen entgegen und warf sich der Mutter weinend an die Brust.

»Meine arme, liebe Mama!«

Die Kommerzienrätin schauerte zusammen. Ihr Blick irrte hinüber zu der Bahre. Da lag ihr am zärtlichsten geliebtes Kind, ihr Georg, auf den sie so stolz gewesen war, in dem sie Art von ihrer eigenen stolzen Art gesehen hatte. Schnell und unerwartet war dieses Leid über sie gekommen, und nichts konnte sie darüber trösten. Aber sie presste Rose doch fest an sich, als fürchte sie, auch dieses Kind könne ihr entrissen werden.

Rose geleitete sie zu einem Sessel, den Gert neben Georgs Bahre gestellt hatte. In diesen Sessel sank sie kraftlos hinein. Und mit zuckendem Gesicht sah sie zu ihrem Gatten auf, der zu ihr trat, ihre Hand fasste und tief bewegt sagte: »Wir tragen es gemeinsam, Klarissa!«

Sie wollte sagen: ›Du hast ihn nicht so geliebt, wie ich es getan habe.‹

Aber sie presste die Lippen zusammen und sprach es nicht aus. Plötzlich erschien es ihr fast wie ein Unrecht, dass sie Georg mehr geliebt hatte als ihre beiden anderen Kinder. Hatte sie der Himmel dafür strafen wollen?

Sie erschauerte und fasste nach Roses Hand und auch nach der ihres Sohnes Gert. So saß sie eine Weile und versuchte sich zu fassen. Und dann blickte sie zu ihrem Gatten auf und stammelte: »Wie konnte das geschehen? Wer hat es getan?«

Der Kommerzienrat gab Gert ein Zeichen, er möge mit Rose hinausgehen. Und als das geschehen war, sank er neben seiner Frau in einen Sessel.

Und so schonungsvoll wie möglich erzählte er ihr, welche Katastrophe sich abgespielt hatte. Zum ersten Mal ließ er sie einen Blick in Georgs unglückseligen Charakter tun. Gerade jetzt, an der Leiche seines Sohnes, erschien es ihm die rechte Zeit. Da sie doch alles erfahren würde, erfahren musste, geschah es am besten jetzt und durch ihn.

Mit großen, entsetzten Augen, die hilflos aus ihrem bleichen Gesicht herausleuchteten, starrte sie abwechselnd auf ihren Mann und auf ihren toten Sohn. Sie fasste nicht, was sie hören musste. Ihr Sohn, ihr stolzer, korrekter Georg, der sich immer abseits gehalten hatte von allem Gemeinen – er sollte in einer niedrigen Leidenschaft zu der Frau eines Arbeiters, zu den Töchtern der Arbeiter entbrannt sein? In den Armen einer Arbeiterfrau war er von deren eifersüchtigem Gatten erschlagen worden? Das war so unfassbar, so überwältigend für die stolze Frau, dass sie sich sträubte, es zu glauben. Erst als ihr Gatte es ihr mit seinem Ehrenwort bekräftigte, als er ihr vorwurfsvoll sagte: »Würde ich dir angesichts unseres toten Sohnes die Unwahrheit sagen, Klarissa?«, da fühlte sie, dass es die Wahrheit war.

Sie barg das Gesicht in den Händen und zitterte vor Erregung am ganzen Körper. Ihr Gatte vergaß, tief erschüttert, sein eigenes Leid und versuchte sie aufzurichten.

»Was ich dir gesagt habe, Klarissa, soll deine Schmerzen lindern. Du solltest erkennen, dass Georg ein unglücklich veranlagter Mensch war, der nie in einem reinen Glück Ruhe und Frieden gefunden hätte. Sieh, ich habe ihm oft bitter gegrollt, aber jetzt habe ich alles vergessen. Entziehe du ihm jetzt deine Liebe nicht! Mir ist, als müssten wir seiner ruhelosen Seele den Frieden gönnen, der nun über ihn gekommen ist. Ich habe immer für ihn gezittert, sah immer ein Unheil auf ihn lauern. Ein jäher, gewaltsamer Tod hat ihn ereilt, unvorbereitet, in der Blüte seines Lebens. Aber mir ist, als wüsste ich ihn nun geborgen, als könne er sich nun wenigstens nicht selbst mehr ein Leid zufügen. Grolle ihm nicht, weil du ihn in dieser Stunde anders erkennen musst, als du ihn bisher erkannt hast. Schließlich war es ein Verhängnis, das ihm dieses wilde, unruhige Temperament ins Blut legte. Seine Schuld war nur, dass er es nicht zügelte. Und diese Schuld, Klarissa, tragen wir mit ihm. Wir haben ihn nicht streng genug erzogen, haben ihm zu viel freien Willen gelassen, wo wir hätten zügeln müssen. Naturen wie die seine vertragen die Freiheit nicht. Auch ich habe viel zu spät erkannt, was in ihm gärte und wühlte, und da ließ es sich nicht mehr bändigen, sein zügelloses Naturell, das er unter einer steifen, korrekten Form zu verbergen suchte. Wir hätten von Anfang an mehr Sorgfalt auf seine Erziehung verwenden, hätten ihn schärfer beobachten müssen. Fasse dich, meine arme Klarissa, ich bitte dich, und versuche alles zu vergessen, was ich dir gesagt habe, außer dem einen – dass er unser unglücklicher Sohn war.«

Diese Worte ihres Gatten machten einen tiefen Eindruck auf die unglückliche Mutter und wühlten alles in ihr auf, bis in die tiefsten Tiefen ihres Wesens. Sie glitt von ihrem Sessel herab auf ihre Knie und legte die Stirn auf die kalten Hände ihres Sohnes, die man gefaltet hatte.

»Mein armes, unglückliches Kind – deine Mutter kann nur für den Frieden deiner armen Seele beten«, schluchzte sie auf.

Der Kommerzienrat legte seine Hand auf ihr Haupt.

»Wir können noch etwas für ihn tun, Klarissa – wir wollen gutzumachen versuchen, was er verschuldet hat. Soviel ich es konnte, habe ich es bisher schon getan. Aber es wird uns noch mehr zu tun übrig bleiben. Steffen sprach von Anna Werner, die ihm aus Eifersucht verraten habe, dass Georg bei seiner Frau war. Sicher ist auch sie ein Opfer Georgs geworden. Wir müssen sehen, was wir noch gutmachen können, auch an Steffens Frau. Unsere Arbeiter müssen wissen, dass all unser Schmerz uns nicht ungerecht machen kann. Selbst Steffen müssen wir Gerechtigkeit widerfahren lassen, denn durch die Schuld unseres Sohnes ist er zum Mörder geworden. Sein Leben ist zerstört.«

Jetzt erst fand die Kommerzienrätin Tränen.

Die Eltern hielten die ganze Nacht Totenwache bei ihrem Sohn.

Rose und Gert waren noch einmal hereingekommen und hatten ganze Arme voll Blumen gebracht. Damit schmückten sie die Bahre und gaben dem furchtbaren Bild einen versöhnenden Schimmer. Willenlos ließ die Kommerzienrätin sich von ihren Kindern küssen und streicheln. Und es stieg dabei doch warm in ihrem Herzen auf.

Weicher und herzlicher als sonst sagte sie ihnen gute Nacht, als sie sich zurückzogen, um die Eltern allein zu lassen an der Bahre Georgs.

21

Vergebens hatte Käthe, nachdem die Bahre mit Anna Werner weggebracht worden war, nach ihrem Bruder ausgeschaut. Als sie ihn nirgends finden konnte, trat auch sie den Weg nach Hause an. Aber auch unten in der Wohnstube fand sie Heinz nicht. Einem Impuls folgend, lief sie hinauf in seine Kammer.

Heinz lag auf dem Bett; sein Kopf glühte. »Um Gottes willen, Heinz«, rief sie; liebevoll besorgt beugte sie sich über ihn. »Du bist krank, du hast Fieber, gewiss hast du dich in den nassen Kleidern erkältet. Warte, ich koche dir einen heißen Tee, gleich bin ich wieder da!«

Und ohne auf seine schwache Abwehr zu achten, eilte sie hinunter.

Schnell war der Tee bereitet. Als sie aber wieder in sein Zimmer trat, war er bereits eingeschlafen.

Sie stellte die Tasse mit dem dampfenden Getränk auf das Tischchen neben seinem Bett und schlich dann leise wieder hinab.

Eine neue Sorge belastete ihr Herz.

Aber Heinz' kräftige Natur bezwang das Unwohlsein rasch. Bereits am nächsten Morgen trat er, wenn auch mit geröteten Augen und heiserer Stimme, zur gewohnten Zeit ins Wohnzimmer, um mit Vater und Schwester ein schnelles Frühstück einzunehmen, ehe sie gemeinsam nach den Carolawerken gingen.

Im Lauf des Vormittags ließ der Kommerzienrat den Werkmeister Lindner zu sich in sein Privatkontor bitten. Die Kunde von dem Geschehen hatte sich mit Windeseile über die ganzen Werke verbreitet. In allen Abteilungen gab es erregte Debatten darüber. Der Kommerzienrat hatte noch mit niemand gesprochen. Er war direkt in sein Kontor gegangen und hatte Lindner rufen lassen.

Dieser folgte dem Ruf sofort.

Als er eintrat, reichte ihm der Kommerzienrat die Hand. »Ich danke Ihnen, lieber Lindner, dass Sie gestern Abend mitgekommen waren. Sie können sich wohl denken, was ich diese Nacht durchgemacht habe. Sie haben ja selbst Kinder. Und glauben Sie mir, wenn man ein Kind so vor sich sieht, dann fragt man nicht, ob es geraten oder ungeraten war.«

Lindner nickte. »Das glaube ich Ihnen, Herr Kommerzienrat, ich kann Ihnen bei Gott nachfühlen, wie Ihnen zumute sein muss. Und es ist mich hart angekommen, mit dabei zu sein, als Ihnen die schlimme Botschaft gebracht wurde.«

Der Kommerzienrat atmete auf. »Lindner, zwischen meine Arbeiter und mich darf nichts treten – nichts. Ich weiß, dass mein unglücklicher Sohn manches Unrecht begangen hat, und habe versucht, gutzumachen, soviel ich konnte. Aber vermutlich weiß ich nicht alles, manches wird mir verborgen geblieben sein. Ich will aber alles tun, was möglich ist, um meines Sohnes Schuld zu verringern. Deshalb muss ich alles zu erfahren suchen. Gestern Abend hörte ich von Steffen, dass Anna Werner meinen Sohn aus Eifersucht verraten hat. Wollen und können Sie mir sagen, ob sie mit meinem Sohn in Zusammenhang gestanden hat?«

Lindner drehte betreten die Mütze in seiner Hand. »Das sagt sich schwer, Herr Kommerzienrat.«

»Ich bitte Sie aber darum, Lindner. Sagen Sie mir alles, was Sie wissen! Schonen Sie mich nicht, ich bin auf alles gefasst und will nur Wahrheit und Klarheit. Also – hatte mein Sohn etwas mit Anna Werner?«

Lindner atmete auf. »Wenn es denn sein muss – ja, Herr Kommerzienrat. Sie erwartete ein Kind von ihm.«

Der Kommerzienrat fuhr zusammen. »Also auch sie? Und deshalb verriet sie ihn an Steffen! Man kann es ihr nicht verargen, wenn man gerecht bleiben will. Ich werde noch heute zu ihr gehen und ihr sagen, dass ich für sie und das Kind sorgen werde.«

Lindner blickte ihn unsicher an und sagte betreten: »Herr Kommerzienrat, dazu dürfte es zu spät sein. Ich will Ihnen nur lieber gleich alles sagen, ehe Sie es von anderer Seite hören. Anna Werner ist gestern Abend, als sie sah, was Steffen getan hat, in den Fluss gesprungen. Sie hat es aber auch ohnedies vorgehabt – um der Schande zu entgehen. Das geht aus einem Brief hervor, den sie an ihre Eltern zurückgelassen hat. Anscheinend hat sie schon länger vorgehabt, ihrem Leben ein Ende zu machen, denn der Brief trägt das Datum von gestern vor acht Tagen. Entweder hat sie nicht eher den Mut gefunden, ein Ende zu machen, oder sie hat erst eine Gelegenheit abwarten wollen, wo Sie sich rächen konnte. Jedenfalls ist sie gestern Abend von der Brücke in den Fluss gesprungen. Mein Sohn sprang ihr nach, in der Hoffnung, sie zu retten. Aber sie war schon tot.«

Der Kommerzienrat sank in einen Sessel und verbarg das Gesicht in der Hand. »Das unglückliche Geschöpf«, sagte er erschüttert.

Lindner sah ihn mitleidig an. »Meine Tochter wusste schon seit Wochen, wie es um Anna Werner stand. Aber sie hat ihr Stillschweigen geloben müssen.«

Mit einem Seufzer richtete sich der Kommerzienrat auf. »Und wie tragen die Eltern das Unglück?«

Lindner strich sich über die Stirn. »Ja, Herr Kommerzienrat, wie Eltern so etwas tragen. Jetzt nähmen Sie wohl die Schande gern in Kauf, wenn sie ihr Kind lebendig wiederhätten.«

»Und – sie fluchen meinem Sohn als Verderber ihrer Tochter, nicht wahr?«

Lindner zögerte. Dann meinte er begütigend:

»Im Schmerz und in der Aufregung wägt man die Worte nicht, Herr Kommerzienrat.«

Der alte Herr nickte schwer. »Ich kann es ihnen nachfühlen. Und ich werde zu ihnen gehen, heute noch, und ihnen sagen, wie weh es mir tut, dass mein Sohn diese junge Menschenblüte geknickt hat. Anna Werner war immer ein anständiges, ordentliches Mädchen und sehr tüchtig und arbeitsam.«

»Das ist wahr, Herr Kommerzienrat. Ich habe heute Morgen mit ihrem Vater geredet und ihn gebeten, nicht zu hadern und nicht zu richten. Er soll nicht vergessen, dass seine Tochter sich gerächt hat. Dadurch, dass sie Steffen alles verriet, hat sie die Katastrophe herbeigeführt. Und dadurch ist sie schuldig geworden an Steffens Tat.«

Tief seufzte der Kommerzienrat auf. »Wir dürfen nicht rechten und richten. Ihre Tat ist zu verstehen. Eifersucht und verratene Liebe sind schlechte Ratgeber und machen zu allem fähig. Ich hoffe, mit Werners meinen Frieden zu schließen. Wie ich schon sagte, Lindner, zwischen meine Arbeiter und mich soll nichts kommen. Und jetzt, da ich nur noch einen männlichen Erben habe, bin ich auch sicher, dass die Werke in meinem Sinn fortgeführt werden, wenn ich einmal nicht mehr bin.«

»Das walte Gott, Herr Kommerzienrat! Für Herrn Gert gehen wir alle durchs Feuer, wie für den Herrn Kommerzienrat selbst.«

»Ich danke Ihnen für diese Worte, Lindner. Aber nur noch eine Frage, die mir am Herzen liegt – was ist mit Steffen geworden?«

»Er hat sich gestern Abend noch der Polizei gestellt, nachdem er dafür gesorgt hatte, dass ein Kamerad die Nachtschicht für ihn übernahm. Seine Frau wollte er nicht wiedersehen. Er ist völlig gebrochen vor Gram und Verzweiflung.«

Der Kommerzienrat starrte vor sich hin. Dann sagte er heiser:

»Seine Strafe wird nicht sehr hoch sein. Er hat im Affekt gehandelt und in Wahrung seiner Ehre. Er erschlug mir meinen Sohn – und es ist nicht leicht, in einem solchen Fall gerecht zu bleiben. Aber ich will es sein. Nur sehen kann ich Steffen jetzt nicht – nie mehr. Deshalb bitte ich Sie, Lindner, gehen Sie zu ihm! Sie werden ja zu ihm gelassen werden. Sagen Sie ihm, dass ich ihm verzeihe und dass er meinem Sohne verzeihen soll. Und wenn er seine Strafe verbüßt hat, dann will ich dafür sorgen, dass er wieder in geordnete Verhältnisse kommt. Er ist ja kein schlechter Mensch.«

»Nein, Herr Kommerzienrat, das ist er nicht. Er ist sonst gutmütig wie ein Kind. Sein Jähzorn hat ihn unzurechnungsfähig gemacht. Er bereut bitter seine furchtbare Tat, und es wird ihn trösten, wenn ich ihm sage, dass Sie ihm verzeihen. Und das ist groß und edel von Ihnen.«

Der Kommerzienrat hob abwehrend die Hand. »Nur gerecht, Lindner – und weiß Gott, es wird mir nicht leicht, es zu sein. Wir sind ja alle nur Menschen.«

Eine Weile blieb es still. Schließlich sagte der Kommerzienrat beherrscht: »Also ich danke Ihnen, Lindner. Und nun lassen Sie mich bitte allein – ich habe noch viel Schweres zu tun.«

Damit reichte er Lindner die Hand. Sie sahen sich beide groß und ernst an, der Kommerzienrat und der schlichte Arbeiter. Einer hegte für den anderen die größte Hochachtung.

Langsam ging Lindner hinaus.

Der Kommerzienrat starrte lange Zeit vor sich hin, und seine Augen brannten. Endlich raffte er sich auf und rief den Direktor zu sich. Als er nach einer Weile eintrat, teilte er ihm offiziell den Tod seines Sohnes mit und bat ihn, allen Angestellten davon Mitteilung zu machen. Und dann fügte er hinzu: »Ich bin heute nicht imstande, die laufenden Geschäfte zu erledigen. Auch mein Sohn Gert wird nicht herüberkommen. Sie haben die Güte, das Wichtigste für uns mit zu erledigen. Und nur, wenn etwas besonders Wichtiges zu besprechen ist, klingeln Sie mich an.«

Der Direktor kondolierte und versprach, alles zu erledigen. Dann zog er sich zurück.

Der Kommerzienrat begab sich sogleich wieder nach Hause.

Hier fand er seine Frau und seine Kinder im großen Saal um die bereits aufgebahrte Leiche Georgs versammelt. Rose und ihre Mutter trugen schwarze Kleider.

Stumm trat er zu ihnen. Seine Kinder umfassten ihn herzlich, und Gert streichelte seine Hand.

Seine Gattin sah mit matten, hilflosen Blicken zu ihm

auf. Seit gestern Abend, seit sie erfahren hatte, warum ihr Lieblingssohn gestorben war, hatte sie ihr seelisches Gleichgewicht verloren, und die stolze Sicherheit ihres Wesens war einer zaghaften Unsicherheit gewichen.

»Warst du bei Anna Werner?«, fragte sie nach einer Weile.

Ihr Gatte fasste mitleidig ihre Hand. »Da können wir nichts mehr gutmachen, Klarissa – es ist zu spät.«

Gert horchte auf.

»Zu spät, Vater?«, fragte er.

Der alte Herr nickte schwer. »Ja – sie ist tot.«

»Was ist geschehen – wie starb sie?«, fragte die Kommerzienrätin erregt.

»Sie hat sich gestern Abend im Fluss ertränkt, gleich, nachdem sie sah, was Steffen getan hatte. Heinz Lindner ist in den Fluss gesprungen, um sie zu retten, aber er hat nur ihre Leiche an das Land gebracht. Auch ihre Eltern beweinen ein Kind, Klarissa.«

Die Kommerzienrätin sank in sich zusammen und starrte gramvoll auf ihren toten Sohn, der bleich und kalt zwischen Blumen gebettet lag. Aber nach einer Weile erhob sie sich plötzlich in einem jähen Entschluss. Sie legte ihre Hand auf den Arm ihres Gatten.

»Lass uns zu ihnen gehen! Ich will sie um Verzeihung bitten für meinen Sohn.«

Besorgt legte er den Arm um sie. »Nicht jetzt, nicht heute, Klarissa! Lass mich heute allein zu ihnen gehen. Du bist nicht imstande, solch einen Weg zu gehen.«

Aber die Kommerzienrätin schüttelte hastig den Kopf. »Lass mich – ich muss es tun – jetzt gleich. Ich habe nicht eher Ruhe, bis ich ihre Verzeihung für meinen Sohn erfleht habe. Bitte, lass den Wagen vorfahren!«

Erschüttert fügte sich der Kommerzienrat. Er wusste, was dieser Entschluss für seine stolze Frau bedeutete. Aber er sah ein, dass er sie gewähren lassen musste. –

Eine halbe Stunde später betraten die beiden Gatten das schlichte Werner'sche Haus, das von neugierigen Frauen und Kindern umlagert war. Als sie den schmalen Hausflur betraten, kam ihnen eine kleine, rundliche Frau mit blassem, verweintem Gesicht entgegen. Es war Frau Werner. Und hinter ihr stand an der offenen Tür eines Zimmers ihr Mann mit finsterem, schmerzverzogenem Gesicht.

Halb betreten, halb feindlich sah das Ehepaar Werner dem vornehmen Besuch entgegen. Und der Mann schob sich endlich vor seine Frau und fragte mit rauer Stimme:

»Was verschafft uns die Ehre, Herr Kommerzienrat?«

Ehe er antworten konnte, sagte seine Gattin, ihre Hilflosigkeit überwindend und auf einen Strauß weißer Rosen in ihrer Hand deutend:

»Wir wollen Ihrem toten Kind diese Blumen bringen. Ich denke, das Unglück, das uns gemeinsam betroffen hat, müsste unser Kommen erklären. Lassen Sie uns diese Blumen auf das Totenlager Ihres armen, unglücklichen Kindes legen – ich bitte Sie darum!«

Da trat Werner mit seiner Frau zur Seite. Das Abwehrende, Feindliche in der Haltung der unglücklichen Eltern Anna Werners milderte sich. Und dann standen die beiden Elternpaare vor Anna Werner. Sie trug ein weißes Kleid und lag in Blumen gebettet, die mitleidige Nachbarn gebracht hatten. Das Haar war noch feucht, aber die Züge hatten einen friedlichen Ausdruck, als schlafe sie nur.

Tief ergriffen legte die Kommerzienrätin die Rosen auf die gefalteten Hände der Toten.

»Du armes Kind! Verzeih meinem Sohn – damit seine Seele Frieden findet«, sagte sie mit zitternder Stimme.

Frau Werner schluchzte laut auf, und ihr Mann fuhr hastig mit dem Handrücken über die Augen.

»Sie war unser ganzer Stolz, und nie zuvor hat sie etwas getan, dessen wir uns hätten schämen müssen«, rang es sich über seine Lippen.

Der Kommerzienrat ergriff seine Hand.

»Lieber Werner, auch ich bitte um Verzeihung für meinen Sohn. Ich weiß, dass er unrecht an Ihrer Tochter gehandelt hat und dass sie um ihn hat leiden müssen. Ich will meinen Sohn nicht in Schutz nehmen, aber Sie wissen, er ist tot, und wir leiden nicht minder um ihn als Sie um Ihr Kind. Eltern fragen nicht nach Schuld in solchen Stunden, sie fühlen nur, dass ein Stück von ihrem Herzen gerissen wurde. Und da wir Ihre Tochter nicht mehr bitten können, so bitten wir Sie – verzeihen Sie unserem Sohn, dass er so schweres Unglück über sie brachte!«

»Auch ich bitte Sie innig darum. Verzeihen Sie meinem Sohn und fluchen Sie ihm nicht, damit er Ruhe findet im Grab«, bat die Kommerzienrätin und fasste die harte, verarbeitete Hand der Frau Werner.

Da schmolz das Eis in ihrem Herzen. Die beiden Frauen weinten – die stolze Kommerzienrätin und die schlichte Arbeiterfrau, und die beiden Männer drückten sich fest die Hände.

»Es ist nichts ungeschehen zu machen – wir wollen vergeben und vergessen, Herr Kommerzienrat – Frau Kommerzienrätin. Vergeben auch Sie unserer unglücklichen Tochter, dass sie Steffen rief. Sie hat wohl in ihrem armen Kopf nicht mehr gewusst, was sie tat«, sagte Anna Werners Vater.

Der Kommerzienrat atmete tief auf.

»Bitte lassen Sie mich für die Beerdigung Ihrer Tochter sorgen. Sie soll zur gleichen Stunde wie mein Sohn zur Ruhe bestattet werden.«

Frau Werner schluchzte auf. »Ohne priesterlichen Segen – sie hat sich ja selbst das Leben genommen.«

Der Kommerzienrat schüttelte den Kopf. »Sie hat nicht gewusst, was sie tat. Seien Sie ganz ruhig, sie soll mit allen Ehren beerdigt werden. Dafür lassen Sie mich sorgen, Frau Werner.«

Dieses Versprechen nahm eine schwere Last von der Seele der armen Mutter. Und im tiefsten Frieden schieden die beiden Elternpaare voneinander.

22

Heinz und Käthe Lindner hatten, wie fast jeden Abend nach Tisch, ihren Weg am Fluss entlang angetreten. Heinz fühlte sich schon wieder ganz wohl, aber er war in Unruhe Roses wegen. Er hatte sie noch nicht wiedergesehen seit dem Abend ihres Geburtstages und wusste nicht, wie sie den Tod ihres Bruders trug. Käthe war besser daran als er. Sie sah Gert wenigstens jeden Tag, wenn sie auch noch nicht wieder mit ihm gesprochen hatte seit dem Augenblick, da sie unten in der Halle von Georg gestört worden waren. Inzwischen war so vieles geschehen.

Georg Ruhland und Anna Werner waren beerdigt worden. Und es hatte großen Eindruck auf die Arbeiter gemacht, dass der Kommerzienrat Anna Werner mit denselben Ehren bestatten ließ wie seinen Sohn.

Heinz und Käthe sprachen mancherlei über diese ereignisreichen Tage, als sie am Flussufer entlanggingen. Heute lag die Villa Ruhland still und dunkel drüben am Fluss. Nur einige Fenster waren schwach erleuchtet. Die Geschwister verweilten nicht lange. Heinz trieb es nach Hause. Er hatte fieberhaft an seiner Erfindung gearbeitet und hoffte, diese Nacht fertig zu werden.

Es war die Nacht vom Sonnabend zum Sonntag. Bis zwei Uhr arbeitete Heinz ununterbrochen. Aber dann hatte er es geschafft. Aufatmend legte er seine Pläne zusammen und barg sie in seinem Pult.

Dann warf er sich auf sein Lager und schlief sofort ein.

Am nächsten Morgen weckte ihn der helle Sonnenschein. Mit einem Satz sprang er aus dem Bett und sah mit strahlenden Augen hinaus. Heute würde er Rose wiedersehen. Darüber vergaß er alles andere.

Und bald nach dem Frühstück machte er sich auf den Weg. Der Schwester hatte er verraten, dass seine Arbeit fertig sei. Sie hatte ihm die Hand gedrückt.

»Möge sie dir alles Glück bringen, das du davon erwartest!«, sagte sie.

Und nun schritt er in den Sommermorgen hinaus.

Viel zu früh kam er am Waldquell an. Aber die Zeit wurde ihm nicht lang. Er warf sich ins Gras und träumte von seiner Rose. Er malte sich aus, wie es sein würde, wenn sie vor ihm stand, wenn er sie in seinen Armen halten, ihre Lippen küssen durfte.

Und dann erschrak er doch, als er sie endlich kommen sah – weil sie schwarze Kleider trug. Er sprang empor und ging ihr entgegen. Ein Schatten wollte sich auf seine Freude legen. Aber sie mochte ihm wohl die Gedanken von der Stirn ablesen. Ihre Augen blickten liebevoll in die seinen.

»Heinz!«

»Rose!«

Und sie hielten einander in den Armen. Sie küssten sich und sahen sich innig an.

»Meine Rose! Wie ist mir diese Woche lang geworden! Gottlob, dass ich dich wieder an meinem Herzen halte. Ich fürchtete, es sei alles nur ein Traum gewesen.«

Lächelnd schüttelte sie den Kopf. »Kein Traum, Liebster.«

Er streichelte ihr Haar. »Du hast inzwischen Schweres erlebt, Rose, hast deinen Bruder verloren.«

Ein Schatten flog über ihr Gesicht. Mit ernsten Augen sah sie zu ihm auf.

»Ja, ich habe ihn verloren, und es tut weh, sehr weh, obgleich er mir nie sehr nahestand. Aber noch viel weher tut es mir, meine Mutter leiden zu sehen. Sie hat es am tiefsten getroffen. Georg war ihr Liebling, und sie hat ihn in ihrem Herzen sehr hoch gehalten. Nun hat sie ihn verloren und zugleich erkennen müssen, dass er nicht der untadelige Mensch war, den sie stets in ihm gesehen hat. Das bedrückt sie schwer. Ihre stolze Ruhe hat sie ganz verloren, und wenn sie auch dadurch für Gert und mich und auch für meinen Vater viel zugänglicher und herzlicher geworden ist, bedrückt es uns doch, sie so leiden zu sehen. Aber lass uns jetzt nicht mehr von all dem Trüben reden, Heinz! Auch ich habe in dieser Angelegenheit vieles verwinden müssen, habe meinen Bruder erst jetzt richtig kennengelernt. Aber in allem Leid war mir der Gedanke an dich ein Trost. Ich hatte große Sehnsucht nach dir. Mir ist, als müsse ich all meine Sorgen und Freuden zu dir tragen.«

Er küsste sie zärtlich. »Wie glücklich macht mich das, meine Rose! Du hast wohl gefühlt, wie sehnsuchtsvoll ich gedacht habe.«

Sie nickte und schmiegte sich an ihn. Eine Weile verharrten sie in Schweigen. Dann fragte Rose: »Wie weit bist du mit deiner Arbeit, Heinz?«

Er atmete tief auf. »Fertig! Heute Nacht bin ich damit zu Ende gekommen. Am liebsten ginge ich nun gleich damit zu deinem Vater, aber jetzt ist er sicher nicht in der Stimmung, mit mir darüber zu reden.«

Rose überlegte eine Weile. Dann sagte sie: »Es würde ihn vielleicht heilsam ablenken. Nur einige Tage müsstest du noch warten, bis er etwas ruhiger geworden ist, damit er dir auch genügend Interesse entgegenbringen kann.«

»Selbstverständlich! Und über das, was mir am Herzen liegt – über meine Liebe zu dir –, da darf ich jetzt freilich nicht mit ihm sprechen, auch dann nicht, wenn meine Erfindung Gnade vor seinen Augen findet. Wir dürfen nicht egoistisch an unser Glück denken, da deine Eltern in so tiefer Trauer sind.«

Sie drückte seine Hand schmeichelnd an ihre Wange. »Vielleicht müssen wir noch eine Weile Geduld haben. Aber vielleicht fügt sich doch alles besser, als wir denken.«

»Wenn ich nur weiß, dass du mich liebst! Ich bin ja so glücklich, Rose, dass ich dich lieben darf – dass du mich wiederliebst.«

Ihre Augen strahlten liebevoll zu ihm auf. »Mein Heinz – mein geliebter Heinz!«

»Darf ich dich zuweilen sehen, Rose, bis sich unser Schicksal entschieden hat?«

»Jeden Sonntag um dieselbe Zeit hier am Waldquell. Und vielleicht lässt sich auch sonst ein Zusammentreffen herbeiführen. Ich will gelegentlich deine Schwester zu mir bitten – du musst sie dann begleiten.«

»Wenn sich das einrichten ließe? Ich glaube, meine Schwester ahnt etwas von meinen Gefühlen für dich.«

»Ja, ja, Frauen sind meist scharfsichtig in solchen Dingen. Übrigens – mein Bruder Gert wird sich auch freuen, euch einmal wiederzusehen.«

»Meinst du?«

»Ganz gewiss. Wie gefällt dir Gert?«

»Er ist ein großzügiger, wertvoller Mensch.«

»Er würde dir also auch als Schwager gut gefallen?«

»Wie kannst du so fragen, Rose! Ich wollte, ich wäre ihm halb so lieb wie er mir.«

Sie schüttelte den Kopf und sah ihn seltsam an. »Nein, damit begnügt er sich nicht. Du gefällst ihm sehr, sehr gut – auch als Schwager.«

Er zuckte zusammen. »Rose!«

»Was denn, Heinz?«

Mit jähem Druck fasste er ihre Hand. »Dein Bruder Gert weiß um unsere Liebe?«

»Ja.«

»Und er billigt sie?«

»Vollkommen.«

Heinz fuhr sich über die Stirn, als sei ihm zu heiß. »Herrgott, Rose, wie bin ich erschrocken! Wenn er sie nun nicht gebilligt hätte und du hättest dich ihm verraten?«

»Sei ohne Sorge, ich weiß mich eins mit Gert. Und er steht ganz auf unserer Seite. Und außerdem – wie er mein Geheimnis hütet, so hüte ich das seine, so sorgsam, dass ich es auch dir nicht verraten werde. Er hat sein Herz auch verloren, und ich weiß, an wen. So wie er mit dir als Schwager einverstanden ist, bin ich mit meiner künftigen Schwägerin einverstanden, obwohl auch er nicht weiß, wie sich unsere Eltern zu seiner Wahl stellen werden. Also sorge dich nicht darum, dass er unser Geheimnis kennt!«

»Und er billigt wirklich unsere Liebe, Rose? Ich kann das noch gar nicht fassen.«

»Warum nicht? Mein Bruder hält viel, sehr viel von dir. Und hast du vergessen, dass er dir sein Leben verdankt? Nein, fahre nicht ärgerlich auf! Das ist sehr wichtig. Ich erhoffe viel davon, dass auch mein Vater dessen eingedenk sein wird, wenn du ihn um meine Hand bittest. Hättest du

Gert damals nicht das Leben gerettet, dann hätte mein Vater jetzt keinen männlichen Erben mehr und die Carolawerke würden nach seinem Tod in andere Hände übergehen müssen.«

Heinz zog die Stirn zusammen. »Ich will nicht, dass dies ausschlaggebend sein soll, wenn ich deinen Vater um deine Hand bitte.«

Sie strich lächelnd über die Falten auf seiner Stirn. »Es soll ja nicht ausschlaggebend sein. Aber alles, was uns der Erfüllung unseres Herzenswunsches näherbringen kann, dürfen wir nicht von uns weisen. Mach doch nicht eine so finstere Stirn, du böser, lieber, stolzer Heinz!«

Er zog sie fest in seine Arme. »Rose, meine süße, liebe Rose, du hast ja recht – nichts ist wichtig als unsere Liebe.«

Endlich machte Rose sich aus seinen Armen frei.

»Nun muss ich wieder nach Hause gehen, Heinz. Mama darf jetzt nicht lange allein bleiben.«

So traten sie zusammen den Heimweg an.

Rose plauderte von ihrem Kindergarten. Sie fand große Befriedigung in den selbstübernommenen Pflichten und erzählte allerlei rührende kleine Erlebnisse mit ihren Schützlingen.

Am Parktor trennten sie sich nach innigem Abschied.

23

Einige Wochen waren vergangen. Langsam ebbte die Erregung in der Villa Ruhland ab. Der Kommerzienrat hatte seine Ruhe wiedergefunden, und seine Gattin war stiller und gefasster geworden. Sie hatte sich inniger als zuvor an ihre beiden Kinder angeschlossen, und hauptsächlich Rose musste jede freie Minute bei ihr sein.

Der Kommerzienrat freute sich darüber. Es herrschte jetzt ein auffallend harmonischer Ton im Familienkreis. Es war, als sei mit Georg Ruhland alles Störende fortgefallen. Es zeigte sich sehr deutlich, dass von Georg allein aller Unfriede ausgegangen war.

Auch das Verhältnis zwischen dem Kommerzienrat und seiner Frau war entschieden besser, herzlicher geworden, und das empfand er selbst am meisten.

Auch hatte er sich in diesen Wochen noch inniger als zuvor an seinen Sohn Gert angeschlossen, der nun sein einziger Nachfolger in den Carolawerken sein würde.

Eines Morgens, als gerade Käthe wieder im Privatkontor des Kommerzienrats weilte, trat Gert bei ihm ein. Er begrüßte Käthe mit einer höflichen Verbeugung und fragte dann seinen Vater, ob er Zeit für ihn habe.

»Wenn du fünf Minuten warten willst, Gert – ich habe Fräulein Lindner nur noch einiges aufzutragen. Dann stehe ich zu deiner Verfügung.«

»Es ist gut, Vater, ich warte.«

Gert ließ sich in einen Sessel nieder und konnte nun wieder einmal ungestört den Blick auf Käthe ruhen lassen.

Sie fühlte instinktiv, dass er sie beobachtete, und die Farbe kam und ging auf ihrem schönen, klaren Gesicht. Aber nur ein einziges Mal blickte sie zu ihm hinüber. Da traf ihr Blick mit dem seinen zusammen, und für einen Moment vergaß sie ihre Arbeit. Der strahlende, liebevolle Blick aus Gerts Augen ließ sie erzittern, und ihre Seele jauchzte auf in dem beseligenden Bewusstsein, dass sie geliebt wurde.

Sie wagte aber nicht wieder zu ihm hinüberzusehen.

Mit Herzklopfen verließ sie endlich das Zimmer. Als sich die Tür hinter ihr geschlossen hatte, wandte sich der Kommerzienrat an seinen Sohn. »Nun stehe ich zu deiner Verfügung, Gert. Was hast du mir zu sagen?«

Gert hatte sich erhoben. »Zuerst wollte ich dir mitteilen, Vater, dass die Angelegenheit mit Steffens Frau nun geregelt ist. Sie verlässt morgen das Werk und begibt sich zu einer verheirateten Schwester nach Essen. Ich habe ihr gesagt, dass die Rente, die du ihr ausgesetzt hast, jeden Monat in ihre Hände gelangen wird.«

»Und sie war einverstanden, von hier fortzugehen?«

»Einverstanden und zufrieden. Sie sehnt sich selbst fort, denn sie fühlt sich nicht mehr wohl hier. Ihretwegen brauchst du dir keine Sorgen zu machen. Sie ist ein Charakter, der alles leicht nimmt, nicht einer von denen, die an einer Schuld oder an einem großen Gefühl zugrunde gehen wie die arme Anna Werner.«

Der Kommerzienrat strich sich über die Stirn. »Schade um dieses Mädchen! Wenn ich doch eine Ahnung gehabt hätte, wie es um sie stand!«

»Vielleicht hätte ich besser getan, wenn ich dir alles gesagt hätte. Aber ich hoffte, dir Kummer ersparen zu können. Und Georg hatte mir versprochen, alles gutzumachen, als ich an jenem Morgen hinter sein Geheimnis kam. Ich sollte ihm acht Tage Zeit lassen.«

Der Vater seufzte. »Hier hätte er nur gutmachen können, wenn er die Unglückliche geheiratet hätte. Und das hätte Georg, wie er geartet war, nie getan.«

Mit großen Augen sah Gert seinen Vater an. »Hättest du denn eingewilligt, wenn er es hätte tun wollen?«

Sinnend sah der alte Herr vor sich hin. »Leichten Herzens nicht«, sagte er dann.

»Weil sie die Tochter eines Arbeiters war?«

Der Vater schüttelte hastig den Kopf.

»Nicht deshalb! So musst du das nicht auffassen. Du weißt, wie ich über unsere Arbeiter denke. Nicht, weil sie die Tochter eines Arbeiters war, sondern weil ich genau gewusst hätte, dass Georg eine solche Ehe nicht mit dem Herzen geschlossen hätte. Bei seiner Veranlagung hätte er überhaupt nicht heiraten dürfen.«

Gert biss die Zähne zusammen, seine Augen blitzten entschlossen auf. Mit seltsam verhaltener Stimme sagte er: »Lieber Vater, bei dieser Gelegenheit möchte ich dir eine Frage vorlegen, die mir sehr am Herzen liegt.«

Forschend blickte der Vater ihn an. »Was hast du, Gert, du scheinst mir sehr erregt?«

Gert nickte. »Ich bin es auch, Vater. Darf ich fragen?«

»Tue es!«

Ein tiefer Atemzug hob Gerts Brust.

»Was würdest du sagen, Vater, wenn ich eines Tages vor dich hintreten und dir sagen würde: Ich liebe die Tochter eines Arbeiters?· Ich kann nur glücklich, restlos glücklich werden, wenn sie meine Frau wird?· Willst du mir gestatten, um sie zu werben?·«

Der Kommerzienrat trat ganz nahe an seinen Sohn heran. »Gert, das hast du nicht so hingesprochen, deine Worte sind ernst gemeint.«

Erregt atmete Gert, als sei ihm die Brust zu eng. »Ja Vater, es ist ernst gemeint. Ich hätte dir vielleicht jetzt diese Frage noch nicht vorlegen sollen. Du hast innerlich noch so viel Schweres zu überwinden, und ich möchte dich um alles nicht betrüben. Aber deine Worte vorhin ließen eine Hoffnung in mir aufkeimen. Ich kann diese Gelegenheit nicht ungenützt vorübergehen lassen. Mein ganzes Glück hängt an dieser Frage. Ich will dir gestehen, dass ich mein Herz an die Tochter eines unserer Arbeiter verloren habe und nur mit ihr glücklich werden kann. Wie stellst du dich zu dieser Eröffnung, lieber Vater?·«

Scharf und prüfend sah der alte Herr seinen Sohn an. »Auf welcher Bildungsstufe steht das Mädchen, Gert?·«

»Auf gleicher Stufe mit mir, Vater.«

»Wer ist es?·«

Einen Moment zögerte Gert. Dann sagte er entschlossen: »Käthe Lindner.«

Es zuckte seltsam in den Augen des Kommerzienrats. Fast war es, als husche der Schatten eines Lächelns um seinen Mund. Dann erwiderte er ruhig: »Ich hätte es mir denken können. Sie ist wohl die Einzige, die sich zur gleichen Bildungsstufe mit dir emporgearbeitet hat. Keine andere unter den Töchtern meiner Arbeiter ist das, was dieses Mädchen ist. Ich habe sie viel beobachtet und immer als wertvoll und gediegen befunden. Sie hat mich wegen ihrer außergewöhnlichen Entwicklungsfähigkeit und Intelligenz sowie wegen ihrer vornehmen Gesinnung interessiert. Und ein schönes Geschöpf ist sie auch. Ich hätte ja auch wissen können, dass du keine schlechte Wahl treffen würdest.«

»Vater!«

»Warst du bange um meine Zustimmung, mein Sohn? Käthe Lindner ist ein Prachtgeschöpf. Und ich billige deine Wahl. Du wirst eine Frau bekommen, die ein Herz für deine Arbeiter hat und dich in allen deinen Bestrebungen versteht. Und sie wird ein neues Bindeglied sein zwischen uns und den Arbeitern.«

Im Übermaß seines Empfindens drückte Gert die Hand seines Vaters.

»Mein lieber, lieber Vater, wenn alle Besitzenden dächten wie du, dann gäbe es keine sozialen Probleme mehr zu lösen.«

Der alte Herr lächelte. »Nun, nun, so einfach ist das nicht. Allerdings, die Menschen, die oben stehen, über den breiten Massen, die müssten sich nur immer bewusst sein, dass sie zumeist auch aus dieser breiten Masse hervorgegangen sind. Leider vergessen sie das oft. Und damit nehmen sie sich selbst das Wertvollste, nämlich das Bewusstsein, dass sie kraft ihrer Körper- oder Geistsgaben aufgestiegen sind und dass ihre Wurzeln trotzdem tief im Volk haften. Aber solche Betrachtungen führen uns jetzt zu weit von unserem Thema ab. Also – du liebst Käthe Lindner?«

»Ja, Vater, seit ich von meiner Reise zurückgekehrt bin und ich sie das erste Mal wiedergesehen habe.«

»Und sie? Wie steht sie dir gegenüber?«

»Ich habe ihr von meiner Liebe noch nicht gesprochen, Vater. Ich wollte mich nicht binden, nicht Hoffnungen erwecken, die ich vielleicht nicht erfüllen konnte. Aber trotzdem weiß ich, dass sie meine Liebe erwidert – es gibt tausend Zeichen, die das verraten. Und nun, da ich deine Zustimmung habe, will ich mir bald Gewissheit holen.«

Der alte Herr lächelte. »Glückliche, hoffnungsfrohe Jugend! Nun, zimmre dir dein Schicksal selbst! Mein Segen ist bei dir. Aber Mama! Wir müssen schonungsvoll mit ihr umgehen. Noch verträgt sie keine neue Aufregung. Du wirst eine Weile Geduld haben müssen, ehe du auch sie mit deinem Herzenswunsch bekannt machen kannst. Aber ich hoffe, dass deine Sache auch bei ihr nicht hoffnungslos steht. Sie ist eine andere geworden seit Georgs Tod und steht den Arbeitern nicht mehr so ablehnend gegenüber wie früher. Für die Geschwister Lindner hegt sie sogar eine gewisse Sympathie.«

»Das habe ich mit stiller Freude bemerkt. Ich bin froh und glücklich, dass ich deine Zustimmung habe, ohne die ich nicht hätte glücklich werden können. Mamas etwaigen Widerstand will ich schon besiegen. Aber natürlich will ich ihr jetzt noch nicht mit meinen Wünschen kommen. Ich muss eine passende Gelegenheit abwarten.«

Die beiden Herren besprachen noch einiges. Gert erwog bei sich den Gedanken, ob er bei dem Vater gleich noch ein gutes Wort für Rose und Heinz Lindner einlegen sollte. Aber er verwarf den Gedanken sofort wieder. Nein, Heinz Lindner war selbst der Mann, für sich einzutreten. Und was der Vater ihm zubilligte, konnte er gerechterweise Rose nicht verweigern.

Nach einer Weile verließ Gert seinen Vater. Er hatte ihm das Versprechen gegeben, es ihn gleich wissen zu lassen, wenn er mit Käthe Lindner gesprochen hatte.

In freudiger Aufregung ging Gert in sein Kontor zurück. Und als er an Käthes Platz vorüberkam, sah er sie mit einem so glückstrahlenden Blick an, dass sie errötend ihr Haupt senkte.

Glücklich lachte er in sich hinein, als er allein war. Und während er bei seiner Arbeit saß, tauchte immer wieder das erschrockene Gesicht des geliebten Mädchens vor ihm auf.

»Käthe, kleine tapfere Käthe, nun ist die Brücke gebaut«, sagte er halblaut vor sich hin.

Und als er dann um die Mittagszeit mit seinem Vater nach der Villa Ruhland ging, überlegte er, wie er zu einer ungestörten Aussprache mit Käthe kommen konnte.

Auf der Wiese hinter den Werken trafen sie mit Rose zusammen, die sich eben von ihren Schützlingen getrennt hatte. Sie hängte sich in des Vaters und des Bruders Arm und hielt mit ihnen Schritt.

In harmonischem Frieden nahm die Familie Ruhland ihr Mittagsmahl ein. Nach Tisch zogen sich die Eltern zu einer kurzen Ruhepause zurück. Danach pflegten sie gemeinsam mit ihren Kindern eine Tasse Mokka zu nehmen, ehe die beiden Herren wieder nach den Werken gingen. Bei Tisch hatte die Kommerzienrätin Rose versprochen, dass sie morgen Vormittag einmal nach der Wiese kommen und sich ihre kleinen Schützlinge ansehen würde.

Darüber sprach Rose nun beglückt mit dem Bruder, als sie mit ihm allein war.

»Weißt du, Gert, ich freue mich sehr darüber, weil das wieder ein Zeichen ist, dass Mama unseren Leuten nicht mehr so ablehnend gegenübersteht. Mir ist bei solchen kleinen Siegen immer zumute, als sei nun wieder ein Stückchen von der Schranke gefallen, die mich noch von meinem Glück trennt«, sagte sie.

Gert ergriff ihre Hand und sah sie strahlend an. »Liebe Rose, ich werde jetzt gleich eine tüchtige Bresche in diese Schranken schlagen. Du sollst es zuerst wissen, denn dich betrifft es wie mich: Papa hat mir seine Zustimmung zu meiner Herzenswahl gegeben. Ich darf um Käthe Lindner werben.«

Rose wurde vor Erregung erst blass, dann rot. »Ist das wahr, Gert?«, fragte sie atemlos.

»Ja! Heute Vormittag habe ich mit Papa gesprochen. Er war einzig gut, kein Wort des Tadels oder Zweifels. Restlos billigt er meine Wahl. Du siehst daraus, dass auch deine Neigung seine Zustimmung bekommen wird. Nun rate ich dir, Heinz Lindner zu bestimmen, nicht länger zu zögern.«

»Das will ich tun, Gert. Ich habe ihm bisher zugeredet, noch zu warten. Ich wollte Papa erst ruhiger haben, damit er auch für Heinz' Erfindung das nötige Interesse hat. Nun soll er aber nicht länger zögern. Sobald ich mit ihm zusammentreffe, will ich es ihm sagen.«

»Nun gut. Aber nun brauche ich deine Hilfe, Rose. Ich muss Käthe ungestört sehen und sprechen können. Zwar könnte ich frank und frei zu ihrem Vater gehen und um ihre Hand anhalten. Aber das behagt mir nicht. Erst will ich ihr allein sagen, wie es um mich steht. Wie soll ich aber zu einem Alleinsein mit ihr kommen? Dazu musst du mir helfen. Du bist eine Frau, und Frauen sind in solchen Dingen erfinderischer als wir Männer. Also hilft mir Rose, dass ich Käthe sprechen kann.«

Rose lächelte schelmisch. »Nichts leichter als das.«

»Nun also?«

»Morgen ist Sonntag, Gert. Ich werde Käthe Lindner ein Briefchen schreiben, in dem ich sie bitte, mich morgen Vormittag um zehn Uhr am Waldquell zu treffen. Natürlich musst du dann statt meiner am Waldquell sein und mich bei ihr entschuldigen.«

Gert umarmte seine Schwester. »Famos! Ich sage es ja, Rose, ihr seid erfinderisch. Und gerade am Waldquell – das ist das geeignetste Plätzchen für eine Liebeserklärung. Meinst du nicht auch?«

»Ich glaube auch. Aber eins lass dir sagen: Um elf Uhr muss der Waldquell wieder ganz einsam daliegen.«

Er sah sie fragend an. »Warum denn?«

Sie wurde ein wenig verlegen. »Es könnte doch sein, dass ich um elf Uhr dort bin.«

Er schlug sich an die Stirn. »Oh, jetzt verstehe ich! Natürlich werde ich dafür sorgen, dass du uns dort nicht mehr findest, zumal es ja möglich sein könnte, dass ganz zufällig auch Heinz Lindner um diese Zeit an den Waldquell kommen könnte.«

»Ja, es gibt solche merkwürdigen Zufälle«, erwiderte Rose lachend. »Aber schließlich kannst du dich ja beizeiten nach einem anderen hübschen Fleck im Wald umsehen.«

»Hm! Das kann ich tun. Jedenfalls schreibe bitte sofort das Briefchen und lass es gleich besorgen, damit ich Antwort habe, ob Käthe bestimmt kommt.«

Rose erhob sich. »Wenn ich jetzt einen Diener zu Lindners schicke, ist sie nicht mehr zu Hause. Dann müsstest du bis zum Abend warten, ehe du Antwort bekommst.«

Er seufzte ungeduldig. »Das halte ich nicht aus, Rose.«

»Dann müssen wir die Sache vereinfachen.«

»Aber wie?«

»Ich gebe dir den Brief an Fräulein Käthe Lindner zur Besorgung. Du gehst ja doch an ihrem Platz vorüber. Du gibst ihr den Brief und bittest sie, dir gleich Antwort zu geben.«

Gerts Augen blitzten. »Ja, so geht es, Rose. Du bist ein Engel. Und, wenn du meiner Hilfe bedarfst, dann zähle auf mich!«

»Ich will es mir merken, Gert. Und nun will ich schnell den Brief schreiben.«

Das geschah. Und als Rose nach einer Weile ihrem Bruder den Brief aushändigte, sagte sie: »Nun wird sich Heinz Lindner den Kopf zerbrechen, weshalb ich seine Schwester morgen um zehn Uhr an den Waldquell bestellt habe. Das wird er ja von ihr hören.«

Gert stutzte. »Am Ende glaubt er dann, dass er um elf Uhr nicht dorthin kommen soll? Dann wartest du vielleicht vergeblich auf ihn!«

Sie schüttelte zuversichtlich den Kopf. »Er wird ganz sicher kommen. Von irgendeiner Vermutung lässt er sich nicht daran hindern. Ein wenig Kopfschmerz wird es ihm machen, aber kommen wird er gewiss.«

»So sicher bist du?«, neckte er.

»Ganz sicher.«

»Du Rose, da fällt mir eben etwas Drolliges ein.«

»Was denn, Gert?«

»Du wirst in Zukunft nicht nur meine Schwester, sondern auch meine Schwägerin sein.«

»Und du nicht nur mein Bruder, sondern auch mein Schwager. Ach, wäre es nur erst so weit!«

Sie wurden unterbrochen. Die Eltern kamen zurück.

Liebevoll nahmen die beiden Geschwister die Mutter in ihre Mitte und führten sie zu einem Sessel. Und nachdem man den Mokka getrunken hatte, gingen die Herren zurück nach den Werken.

24

Käthe Lindner saß auf ihrem Platz im Korrespondenzsaal, als Gert Ruhland ihn durchquerte.

Gegen seine sonstige Art blieb er an der Brüstung stehen, die den Mittelgang abschloss, und zwar dicht an Käthes Platz.

»Fräulein Lindner, bitte einen Augenblick!«, bat er.

Käthe blickte erschrocken auf, und auch die anderen Korrespondentinnen sahen nach Gert hinüber.

Käthe erhob sich und trat an die Rampe heran. »Sie wünschen, Herr Ruhland?«

Mit einem fast übermütigen Ausdruck reichte er ihr den Brief. »Einen Gruß von meiner Schwester. Sie möchten diesen Brief gleich lesen und mir sagen, ob Sie kommen können.«

Arglos nahm Käthe den Brief, öffnete ihn und las ihn.

»Bitte, sagen Sie dem gnädigen Fräulein, dass ich mich pünktlich einfinden werde.«

Gert verneigte sich dankend. »Ich werde es ausrichten, Fräulein Lindner.«

Damit ging Gert davon.

Käthes Kolleginnen wussten seit dem Waldfest, dass Fräulein Ruhland und Käthe näher miteinander bekannt waren. »Gibt es am Ende wieder ein Fest, Käthe?«, fragte die eine scherzend.

Käthe schüttelte lächelnd den Kopf. »Ihr wisst doch, dass

in der Villa Ruhland Trauer ist. Wer denkt da an Feste! Fräulein Ruhland hat mich nur für morgen Vormittag bestellt. Vielleicht hat sie einen Auftrag für mich.«

Damit ging Käthe wieder an ihre Arbeit. Den Brief steckte sie zu sich.

Sie zeigte ihn am Abend auf dem Heimweg ihrem Bruder. Er las ihn, und seine Stirn rötete sich. Was war das? Weshalb bestellte Rose seine Schwester eine Stunde früher an den Waldquell, wie sie ihn dort treffen wollte?

Rose hatte ganz recht vermutet, Heinz zerbrach sich den Kopf über diesen Brief. Aber auch Vater Lindner und Tante Anna ergingen sich in Vermutungen, weshalb Fräulein Ruhland Käthe an den Waldquell bestellte.

Nur Käthe blieb ruhig. Keine Ahnung kam ihr, dass es eine besondere Bewandtnis mit dieser Bestellung haben könnte.

»Morgen Mittag werdet ihr es wissen«, sagte sie lächelnd. »Sicher ist es nur eine Liebenswürdigkeit von ihr. Sie hat mir beim Waldfest gesagt, wir müssten uns einmal wiedersehen. Und da es jetzt in der Villa Ruhland sicher sehr still ist, verlangt sie vielleicht nach Gesellschaft.«

Heinz konnte sich aber mit dieser Auslegung nicht zufriedengeben. Immer wieder grübelte er darüber nach, weshalb Rose seine Schwester an den Waldquell bestellt hatte.

Er war überhaupt ein wenig nervös. Die Unruhe brannte in ihm, ob seine Erfindung seine Hoffnungen erfüllen würde und wann er den Kommerzienrat um die Hand seiner Tochter bitten konnte. Er war mit Rose übereingekommen, lieber noch ein wenig zu warten. Und er fragte sich, ob Roses Botschaft an Käthe vielleicht irgendeinen Doppelsinn haben könne. Aber er kam zu keinem Resultat.

Natürlich dachte er aber nicht daran, am nächsten Vormittag dem Waldquell fernzubleiben. Er würde sich jedenfalls pünktlich einfinden und es Rose überlassen, eine Erklärung zu finden, falls Käthe noch bei ihr war.

So kam der Sonntagmorgen heran. Der Himmel lachte in wolkenloser Reinheit hernieder, und die Sonne schien hell und klar. In den Straßen spielten sonntäglich geputzte Kinder, und aus den Arbeiterhäusern duftete der Sonntagsbraten.

Käthe trug ihr neues Kleid und einen schlichten, weißen Strohhut. Die Kinder liefen ihr in den Weg und begrüßten sie. Seit dem Waldfest war die Freundschaft zwischen ihr und ihnen noch größer geworden. Sie plauderte hier und da ein Weilchen mit ihnen, denn sie hatte reichlich Zeit für ihren Weg.

Als sie erst drüben über der Brücke war, hielt sie auch niemand mehr auf, da konnte sie ungehindert ausschreiten.

Und so kam sie noch einige Minuten vor zehn Uhr an der Waldquelle an. Aber Gert Ruhland war schon vor ihr zur Stelle. Er sah sie von Weitem kommen und verbarg sich hinter einem Gebüsch. Nun stand Käthe aufatmend dicht am Waldquell und blickte sich um. Niemand war zu sehen. Sie löste den Hut von ihrem Haar und legte ihn auf einen der moosbedeckten Steine. Erwartungsvoll sah sie nach der Richtung, aus der Rose Ruhland kommen musste.

Es war nichts von ihr zu sehen. Stattdessen teilten sich plötzlich dicht neben ihr die Büsche, und Gert Ruhland stand vor ihr.

»Guten Morgen, Fräulein Lindner!«

Sie schrak zusammen, wie auf einem Unrecht ertappt. »Guten Morgen, Herr Ruhland«, erwiderte sie unsicher.

»Sie erwarten meine Schwester, Fräulein Lindner?«

»Allerdings. Sie brachten mir gestern selbst den Brief, in dem mich das gnädige Fräulein für zehn Uhr hierherbestellte.«

»Ganz recht. Aber meine Schwester ist momentan verhindert, sie kann erst um elf Uhr hier sein. Und deshalb bin ich hergekommen, um Ihnen das zu sagen – und um Ihnen Gesellschaft zu leisten, bis meine Schwester kommt.«

Käthes Gesicht bekam einen betroffenen, unruhigen Ausdruck. Ihre Augen blickten ernst und groß in die seinen. Sie merkte sehr wohl, dass er erregt war, und das gab ihr selbst ihre Ruhe zurück.

»Sie verzeihen, Herr Ruhland, wenn ich mich dann lieber wieder entferne. Ich werde um elf Uhr wiederkommen. Es darf nicht sein, dass ich so lange mit Ihnen allein bleibe. Wenn jemand hier vorüberkommen sollte und uns zusammen sähe, könnte es zu Missdeutungen Anlass geben.«

»Es wird niemand hier vorüberkommen. Sie wissen doch, dass es hier immer sehr einsam ist.«

»Das müsste mich in meinem Vorsatz bestärken, mich zurückzuziehen.«

»Fräulein Käthe, ist Ihnen meine Gesellschaft so unangenehm?«, fragte er vorwurfsvoll.

Sie errötete. »So müssen Sie mich nicht fragen, Herr Ruhland – Sie wissen es besser. Und Sie dürfen mich auch nicht bei meinem Vornamen nennen – das darf nicht sein. Ich weiß, Sie meinen es nicht böse, aber ich muss Sie trotzdem bitten, die Grenzen zu respektieren, die zwischen uns gezogen sind.«

Da fasste er rasch nach ihrer Hand. »Stolze Käthe, liebe stolze Käthe – Sie brauchen nicht so streng zu sein, mich nicht an die Grenzen zu mahnen. Nein, sehen Sie mich nicht so abwehrend an! Käthe, zwischen uns gibt es ja keine Grenzen mehr, und keine Kluft. Ich habe die Brücke gebaut, Käthe, süße, liebe Käthe. Rose hat Ihnen den Brief auf meine Bitte geschrieben, um Sie hierherzulocken. Nicht Rose wollte Sie sprechen, sondern ich.«

Käthe wollte ihre Hand aus der seinen ziehen, aber er hielt sie fest. »Nein, ich lasse Sie nicht los, ich bin ja so froh, dass ich endlich allein mit Ihnen sprechen kann. Nun machen Sie doch nicht so ängstliche Augen, Käthe! Vertrauen Sie mir nicht? Sind Sie nicht überzeugt, dass ich Sie hier nicht festhalten würde, wenn ich es nicht verantworten könnte? Käthe, liebe, stolze Käthe, ich stehe hier mit Zustimmung meines Vaters; er weiß, dass ich Sie liebe, und billigt es. Aber nun werfe ich auch das steife Sie beiseite. Käthe, Käthchen, liebes süßes Käthchen, nun sage mir erst einmal, ob du mich liebst, wie ich dich liebe, wie ich von dir geliebt sein möchte. Schnell, sag es mir!«

Sie hatte in atemloser Erregung seinen Worten gelauscht. Die stolze Abwehr wich aus ihren Augen, und ein banges, ungläubiges Forschen lag darin.

»Das kann ja nicht sein – das ist doch unmöglich«, stammelte sie.

Er zog sie an den Händen zu sich heran. »Ich will von dir hören, ob du mich liebst, Käthe«, sagte er mit verhaltener Stimme.

Sie erzitterte, und ihre Augen ruhten wie gebannt in den seinen. »Sie wissen es – Sie müssen mich nicht fragen.«

Da zog er sie, seiner selbst nicht mehr mächtig, fest in seine Arme. »Käthe, meine Käthe – mein – mein – begreifst du es endlich?«

Und als sie erschauernd in seinen Armen lag, presste er seine Lippen durstig auf die ihren.

Scheu und innig gab sie seinen Kuss zurück. So standen sie eine Weile selbstvergessen, eng aneinandergeschmiegt und sahen sich an und küssten sich, wieder und wieder.

Aber endlich löste sich Käthe mit einem beklommenen Atemzug aus seinen Armen. Sie konnte noch nicht an ihr Glück glauben. »Das kann ja nicht Wahrheit sein«, sagte sie mit versagender Stimme und wollte von ihm zurücktreten. Aber er hielt sie fest.

»Hiergeblieben, du süße, törichte Käthe! So begreif es doch endlich: Du sollst meine Frau werden, und mein Vater gibt uns seinen Segen. Aber nun will ich es endlich klar und deutlich von dir hören, dass du mich liebst. Ich schenke es dir nicht, dieses Geständnis, nach dem ich mich so lange gesehnt habe.«

Sie lächelte wie im Traum. »Es ist zu schön, zu hold, um wahr zu sein. Dass ich dich liebe – o mein Gott – mit jedem Atemzug, mit jedem Gedanken, das musst du wissen. Ich habe ja nichts mehr denken und fühlen können als dich, dich allein. Aber kann es denn wirklich sein – ist es kein Traum –, du und ich? So ein großes Glück kann es doch nicht geben!«

Gerührt sah er sie an.

Aller Stolz war aus ihrem Wesen verflogen. Ein banges, liebendes, zitterndes Weib lag in seinen Armen und rang mit der eigenen Schwäche.

Andächtig küsste er ihre Augen und ihre bebenden Lippen. Und dann sagte er innig: »Fasse nur mutig zu, meine Käthe, das Glück ist da! Ich liebe dich und habe es gestern meinem Vater gestanden. Und er hat nicht einen Moment gezögert, mir seine Einwilligung zu geben. Sieh, Käthe, ich hätte, statt dich mit Roses Hilfe hierherzulocken, einfach zu deinem Vater kommen können, um ihn um deine Hand zu bitten. Aber das war nicht nach meinem Sinn. Ich will mein Glück aus deiner Hand empfangen, es soll mir zuerst aus deinen Augen entgegenstrahlen. Und ganz allein wollte ich mit dir sein. Hast du mich lieb, meine Käthe?«

Ein glückseliges Lächeln huschte um ihren Mund. »Muss ich es dir immer wieder sagen?«

»Ja, immer wieder, ich kann es nicht oft genug hören.«

Sie nahm seinen Kopf in ihre Hände und sah tief in seine Augen hinein. »Ich liebe dich – ich liebe dich – lies es in meinen Augen, wie sehr!«

Es war eine süße, wunderselige Stunde, die die beiden Liebenden am leise plätschernden Waldquell verlebten. Sie hatten sich viel zu sagen, wie alle Liebenden: Süße Torheiten und erhabene Weisheiten, die dem Quell allen Lebens, der Liebe, entspringen.

Aber dann schrak Gert plötzlich empor.

»Um Himmels willen, Käthe, jetzt müssen wir fort von hier! In zehn Minuten wird meine Schwester da sein, und sie darf uns hier nicht finden.«

Erschrocken blickte Käthe ihn an. »Warum darf sie uns nicht finden? Ich denke, sie ist eingeweiht?«

Er lachte. »Gewiss, Rose weiß, dass wir uns hier treffen und was ich dir zu sagen hatte. Aber sie hat mir befohlen, noch vor elf Uhr hier zu verschwinden, weil sie dann diese idyllische Szenerie für sich braucht.«

Verwundert schüttelte Käthe den Kopf. »Das verstehe ich nicht.«

Lachend küsste er sie. »Ist auch vorläufig gar nicht nötig. Aber ich will trotzdem den Schleier lüften. Unter dem Siegel tiefster Verschwiegenheit will ich dir anvertrauen, dass um elf Uhr meine Schwester hier ein Stelldichein mit einem gewissen Heinz Lindner hat.«

Käthe zuckte leise zusammen und wollte etwas erwidern. Er schloss ihr aber den Mund mit Küssen.

»Gar nichts hast du dazu zu sagen, kleine Käthe. Das ist eine Angelegenheit, die uns beide nichts, absolut nichts angeht – vorläufig wenigstens. Wir haben auch viel Wichtigeres zu tun, als uns um andere Leute zu kümmern.«

Und in übermütiger Glückseligkeit zog er Käthe mit sich fort, weiter in den Wald hinein.

25

Kommerzienrat Ruhland hatte am Montagmorgen sein Privatkontor betreten. Gert hatte ihm gestern Abend Mitteilung davon gemacht, dass er sich mit Käthe ausgesprochen und ihr Jawort erhalten hatte.

»Käthe weiß, dass sie auf eine offizielle Verlobung warten muss, bis ich auch Mamas Zustimmung habe. Und du wirst mir nachfühlen können, Vater, dass ich mir diese Zustimmung bald holen möchte. Käthe wird unser Geheimnis hüten wie sich selbst. Aber ich muss mich ihr doch fernhalten, bis alles im Klaren ist. Auch bei ihrem Vater will ich erst um sie werben, wenn ich Mamas Einwilligung habe. Deshalb möchte ich die erste gute Gelegenheit ergreifen, Mama meine Wünsche mitzuteilen«, hatte Gert gesagt.

Der Kommerzienrat hatte zugestimmt. Heute wusste er nun nicht recht, wie er sich zu Käthe Lindner stellen sollte, wenn sie nachher kam, um mit ihm zu arbeiten.

Ein Lächeln huschte über sein ernstes Gesicht. »Warum soll ich nicht frank und frei mit ihr reden? Es wird das Klügste sein – und das Natürlichste.«

Und nachdem er diesen Entschluss gefasst hatte, ließ er Käthe zu sich rufen.

Sie kam etwas verzagt und unsicher. Aber ihre schönen Augen blickten klar und offen in die seinen. »Guten Morgen, Fräulein Lindner, ich habe wieder Verschiedenes für Sie zu tun.«

»Bitte sehr, Herr Kommerzienrat.«

Er sah sie mit einem wohlgefälligen Lächeln an. »Also Sie wollen in Zukunft Ihre Stellung als Sekretärin bei mir aufgeben, wie mir mein Sohn Gert sagte?«

Käthes Gesicht war im Nu wie mit Blut übergossen, aber sie hielt seinen Blick aus.

»Ich will meine Stellung nicht aufgeben, wenn Sie sie mir lassen wollen, Herr Kommerzienrat.«

»Nein, nein, damit bin ich nicht einverstanden. Zwei Herren kann man nicht dienen, und mein Sohn behauptet, dass er Sie in Zukunft für sich allein beanspruchen wird. Kann ich ihm auch nicht verdenken. Also, wenn ich auch schon teilen wollte – er wird es nicht tun.«

Käthe atmete unruhig, und ihre Augen sahen ihn flehend an. »Herr Kommerzienrat!«, rief sie bittend.

Er nickte lächelnd. »Na, nun geben Sie mir mal erst Ihre Hand! Ich bin ein wenig voreilig gewesen, nicht wahr? Ein Weilchen wollen Sie ja wohl noch in Ihrer Stellung bleiben, bis alles klipp und klar ist. Und ich hätte ja so lange schweigen können. Aber in meinen Jahren schiebt man etwas, wovon man sich Freude verspricht, nicht gern unnötig hinaus. Man hat nicht viel Zeit zu verlieren. Offiziell kann ich Sie ja noch nicht Ihrer Stellung entheben, um Sie Ihr neues Amt antreten zu lassen. Aber ich will Ihnen wenigstens inoffiziell sagen, dass ich Sie für das neue Amt, für das Sie mein Sohn auf Lebenszeit verpflichtet hat, sehr geeignet halte. Und darauf will ich Ihnen heute wenigstens die Hand drücken, damit Sie wissen, dass zwischen uns beiden alles klar ist. Alles Weitere behalte ich mir vor. Und mit seiner Mutter wird Gert wohl auch bald im Reinen sein.«

Käthe beugte sich schnell herab, um seine Hand an ihre

Lippen zu ziehen. Aber er hielt sie auf und küsste lächelnd ihre Stirn.

»Herr Kommerzienrat, wie soll ich Ihnen für Ihre Güte danken?«, stammelte Käthe.

Er streichelte ihre Hand. »Dadurch, dass Sie meinen Sohn glücklich machen – und sich immer selbst treu bleiben. Und nun an die Arbeit, Fräulein Sekretärin!«

Käthe nahm schnell ihren Platz ein und ging an die Arbeit.

Lächelnd sah der alte Herr von Zeit zu Zeit nach ihr hinüber. Und er freute sich an der lebensfrischen, kräftigen Erscheinung der künftigen Lebensgefährtin seines Sohnes.

Stunden vergingen in fleißiger Arbeit. Gerade war Käthe fertig und legte ihre vollendeten Briefe auf den Schreibtisch des Kommerzienrats, als der Kontordiener eintrat und dem Kommerzienrat meldete, Herr Ingenieur Lindner lasse ihn um eine geschäftliche Unterredung bitten.

Fragend sah der alte Herr auf Käthe, sagte aber sofort: »Ich lasse bitten.«

»Weiß Ihr Herr Bruder um das, was gestern zwischen meinem Sohn und Ihnen gesprochen wurde, Fräulein Lindner?«, fragte er dann.

Käthe blickte ihn offen an. »Ich habe kein Wort darüber mit ihm und meinen Angehörigen gesprochen, weil ich Ihrem Herrn Sohn versprochen habe, zu schweigen, solange er es für nötig findet.«

Der alte Herr nickte. »Ich wollte es nur feststellen, damit ich weiß, wie ich mich Ihrem Bruder gegenüber in dieser Angelegenheit zu verhalten habe. Sie können sich nun entfernen, wir sind für heute fertig. Auf Wiedersehen!«

Damit reichte er Käthe lächelnd die Hand, und sie entfernte sich.

Gleich darauf trat Heinz Lindner ein. Er war blass und kämpfte mit einer großen Erregung. Aber sein energisches Gesicht verriet zugleich feste Entschlossenheit. In der Hand trug er eine große Rolle, die seine Pläne enthielt.

Der Kommerzienrat trat ihm freundlich entgegen.

»Was bringen Sie mir, Herr Lindner?«

Heinz atmete tief auf und legte die Rolle auf den großen Tisch mitten im Zimmer, an dem der Kommerzienrat stand.

»Herr Kommerzienrat, ich habe mir erlaubt, Sie um diese Unterredung zu bitten, weil ich Ihnen die Pläne einer Erfindung vorlegen möchte, die ich gemacht habe. Darf ich Ihre kostbare Zeit dafür in Anspruch nehmen? Seit Jahren arbeite ich in meinen Freistunden daran und bin vor Kurzem damit fertig geworden. Ich wollte Ihnen meine Erfindung zuerst zur Prüfung vorlegen. Es würde mich sehr glücklich machen, wenn sie gerade in den Carolawerken zur Ausführung kommen würde.«

Interessiert sah der Kommerzienrat auf die Rolle. »Selbstverständlich interessiert mich Ihre Erfindung sehr, Herr Lindner, und es trifft sich gut, dass ich gerade eine Stunde Zeit habe. Ich sehe, Sie haben mir Ihre Arbeit mitgebracht.«

»Ja, Herr Kommerzienrat. Es handelt sich um eine Vereinfachung und Verbesserung des Gießverfahrens. Nach meiner Erfindung kann es in der Hälfte der Zeit, mit der Hälfte der Kräfte und mit größerer Präzision stattfinden. Die Kosten werden enorm verringert, und ein Misslingen des Gusses ist absolut ausgeschlossen.«

Der Kommerzienrat stutzte.

»Donnerwetter, Sie versprechen viel! Und Sie machen mich neugierig.«

In Heinz Lindners Gesicht spielten die Muskeln. Seine Augen blitzten wie geschliffener Stahl.

»Ich verspreche nur, was ich halten kann. Bei Anwendung meiner Erfindung ist auch eine Gefährdung der Gießer, die sich jetzt leider nicht vermeiden lässt, ausgeschlossen. Gerade die vielen Unfälle haben mich zuerst veranlasst, der Sache mein Interesse zuzuwenden. Meine Erfindung ermöglicht ein vollständig mechanisches Arbeiten, minutiöse Genauigkeit und volle Ausnutzung des Materials. Fehlgüsse, wie sie jetzt oft vorkommen, sind danach völlig ausgeschlossen.«

Ein Lächeln flog über das Gesicht des Kommerzienrats. »Versprechen Sie nicht doch ein wenig zu viel, Herr Ingenieur? Ihre Behauptung ist ziemlich kühn.«

Heinz Lindners Gesicht war jetzt fest und ruhig. »Ich stehe für jedes meiner Worte ein und bemerke noch, dass das Anbringen meiner Erfindung ohne große Mühe und Kosten in den bestehenden Betrieb möglich ist.«

»Nun, mein Interesse ist jedenfalls geweckt. Also bitte, zeigen Sie mir Ihre Pläne und Berechnungen! Wenn Ihre Erfindung wirklich hält, was Sie versprechen, dann haben Sie ein großes Werk vollbracht, und ich kann Ihnen und mir dazu Glück wünschen. Also – lassen Sie mich sehen!«

Heinz wickelte die Rolle auf und breitete die Pläne vor dem Kommerzienrat aus. Sachlich begann er mit seinem Vortrag und mit seinen Erklärungen. Immer intensiver wurde das Interesse des Kommerzienrats. Sein scharfer Verstand erfasste sofort, dass es sich hier tatsächlich um eine Erfindung handelte, die ebenso kühn erdacht wie praktisch und einfach in der Ausführung war.

Aufmerksam folgte er dem Vortrag, stellte hier und da eine Frage und war mit ungeteilter Aufmerksamkeit dabei.

Heinz fühlte das. Er merkte, dass der alte Herr gefesselt war, dass er mit ihm ging und sich in die Materie vertiefte. Lange Zeit verging. Die beiden Herren merkten es nicht.

Endlich war Heinz fertig mit seinem Vortrag.

Der Kommerzienrat sprang auf, ging eine Weile im Zimmer auf und ab und blieb dann vor Heinz stehen. Seine Augen blitzten.

»Mich dünkt, Sie haben etwas Großes geschaffen, Herr Ingenieur. Und wir wollen uns das gleich noch von anderer Seite bestätigen lassen.«

Er klingelte und befahl dem Kontordiener, den Direktor und seinen Sohn herbeizurufen.

Als die beiden Herren kamen, begann Heinz seinen Vortrag von Neuem. Auch Gert und der Direktor waren sofort gefesselt, lauschten atemlos und sahen interessiert auf die Pläne herab.

Dann begann eine eifrige Debatte, ein Fragen, Forschen, Berechnen und Betrachten. Und alle waren einig, dass diese Erfindung ein großes, kühnes Werk sei und enorme Vorteile für die Carolawerke versprach.

Die Herren blieben über Mittag zusammen, keiner ging zu Tisch. Sie telefonierten nach Hause, und Heinz ging schnell hinaus, um seiner Schwester Bescheid zu sagen, damit sie zu Hause sein Ausbleiben erklärte.

Käthe sah den Bruder voll Unruhe an. »Hast du Hoffnung, Heinz, wird deine Erfindung den gewünschten Erfolg haben?«, fragte sie erregt.

Er biss die Zähne zusammen. »Es muss – und es wird. Aber frage mich jetzt nicht weiter!«, sagte er heiser.

Sie merkte, wie nervös er war, und ahnte, was außer der Erfindung für ihn auf dem Spiel stand.

Fest drückte sie seine Hand. »All meine Wünsche sind bei dir. Glück auf, Heinz!«

Er nickte ihr zu und ging davon.

Und die Herren arbeiteten noch lange. Sie waren sich klar, welche Bedeutung diese Erfindung hatte. Wenn sie für die Carolawerke nutzbar gemacht wurde, mussten sie jede Konkurrenz aus dem Sattel heben. An Heinz Lindner bebte jeder Nerv, als endlich einstimmig die Ausführung der Erfindung beschlossen wurde. Sie sollte sogleich unter Heinz Lindners persönlicher Leitung in Angriff genommen werden. Die Herren wünschten Heinz Glück. Er atmete tief auf und dankte ihnen.

Der Direktor und Gert entfernten sich dann, und der Kommerzienrat bat Heinz, noch zu bleiben. Als sie allein waren, sagte der alte Herr, Heinz die Hand reichend:

»Mein lieber Herr Lindner, soweit ich es überblicken kann, haben Sie den Carolawerken einen großen Dienst geleistet. Ich stehe nicht an, Ihnen das zu bestätigen. Selbstverständlich sollen die Früchte Ihres Fleißes und Ihres Geistes auch für Sie selbst reifen. Wir müssen über die Regelung der geschäftlichen und pekuniären Frage noch verhandeln. Heute will ich Ihnen nur noch sagen, dass ich Sie hiermit zum Oberingenieur ernenne. Als solcher sollen Sie an die Ausführung Ihrer Erfindung gehen. Das ist der erste Erfolg, den sie Ihnen einbringt, und Ihre Ernennung sollen Sie Ihrem Vater als Überraschung mit nach Hause bringen. Sagen Sie Ihrem Vater einen Gruß und ich wäre mit ihm stolz auf seinen Sohn.«

Heinz Lindners Augen leuchteten. »Herr Kommerzienrat, was Sie mir sagen, ehrt und freut mich sehr. Ich habe gehofft, dass diese Erfindung den Carolawerken nützt, denn ich wurzle mit meinem ganzen Sein in den Werken, wie man nur im Heimatboden wurzeln kann. Ich war auch meiner Sache in aller Unruhe sicher – nur wusste ich nicht, ob es mir gelingen würde, Sie zu überzeugen.«

»Nun, schließlich sind wir doch Fachleute und imstande, uns ein Urteil zu bilden. Und ich bin des Erfolgs sicher, wie Sie und die anderen Herren auch. Es freut mich doppelt, dass gerade Sie diese geniale Erfindung gemacht haben, denn ich habe Ihren Werdegang immer mit besonderem Interesse verfolgt. Sie waren mir sozusagen ein Schulbeispiel dafür, dass noch große, ungehobene Schätze in einer tüchtigen Arbeiterschaft stecken. Man muss sie nur zu fördern und zu heben wissen. Ich freue mich, dass Ihre Kraft hier bodenständig ist. Und Sie können auf sich selbst stolz sein, weil Sie sich selbst emporgearbeitet haben.«

Heinz strich sich über die heiße Stirn. »Herr Kommerzienrat, Ihre Worte geben mir viel – viel mehr, als Sie sich denken können. Vor allen Dingen geben sie mir den Mut, Ihnen ein Geständnis zu machen.«

Der Kommerzienrat sah ihn fragend an und deutete auf einen Sessel. »Setzen wir uns! Was haben Sie mir zu sagen?«

Heinz verneigte sich dankend, während der alte Herr Platz nahm, und sagte aufatmend:

»Gestatten Sie, dass ich stehen bleibe. Ich habe in der letzten Zeit mit fieberhaftem Eifer an meiner Erfindung gearbeitet – nicht, weil ich mich nach dem Ruhm des Erfinders sehnte, sondern weil ich nicht mit ganz leeren Händen vor Ihnen stehen wollte, wenn ich Ihnen eine Bitte vortrage, von deren Erfüllung mein ganzes Lebensglück abhängt. Und nicht das meine allein, sondern auch das eines Wesens, das mir unsagbar lieb und teuer ist und dessen Glück mir höher gilt als das meine. Herr Kommerzienrat, es ist sehr kühn, was ich Ihnen zu sagen habe, aber ich wage es dennoch, weil mich mein Herz dazu drängt: Ich liebe Ihre Tochter Rose und bitte Sie um Ihre Hand.«

Der Kommerzienrat hatte mit steigender Unruhe seinen Worten gelauscht. Nun sprang er empor. Fassungslos starrte er Heinz an.

»Was sagen Sie da?«

Heinz krampfte die Hände zusammen. »Verzeihen Sie meine Kühnheit, aber ich kann nicht anders. Ich bitte Sie nochmals um die Hand Ihrer Tochter, die ich über alles liebe – und die mich wiederliebt.«

Der Kommerzienrat fiel wie kraftlos in seinen Sessel zurück. Das kam ihm zu überraschend. Er starrte den jungen Mann eine ganze Weile mit einem seltsamen Ausdruck an. Dann sagte er aufatmend:

»Herr Oberingenieur, Sie sehen, dass ich fassungslos bin.«

Heinz ahnte nicht, was in dem Kommerzienrat vorging, denn er wusste ja nichts von Käthes heimlicher Verlobung mit Gert. Es war ihm sehr bange zumute, und er deutete die Fassungslosigkeit des alten Herrn als Empörung über seine Kühnheit. Er wagte nichts zu erwidern und stand mit blassem, zuckendem Gesicht vor ihm.

Nach einer Weile erhob sich der alte Herr und trat dicht an Heinz heran.

»Mein Herr Oberingenieur, Sie sind allerdings sehr kühn – nicht nur als Erfinder«, sagte er mit sonderbarem Ausdruck.

Heinz erblasste noch mehr. »Ich weiß es, Herr Kommerzienrat, und ich hätte mich vielleicht nie zu dieser Kühnheit verleiten lassen, wenn nur mein Glück davon abhängig gewesen wäre. Aber es gilt auch das Glück Ihrer Tochter.«

Der Kommerzienrat lief eine Weile aufgeregt hin und her. Dann blieb er wieder vor Heinz stehen.

»Wie lange ist es her, dass Sie meiner Tochter von Ihrer Liebe gesprochen haben?«

»Es war am Geburtstag Ihres Fräulein Tochter.«

»So? Also das Waldfest hat, scheint mir, allerlei angerichtet. Und ich soll dazu Ja und Amen sagen?«

»Ich flehe Sie an, Herr Kommerzienrat, entscheiden Sie nicht, ohne auch Ihr Fräulein Tochter gehört zu haben.«

Es zuckte seltsam im Gesicht des alten Herrn. Er wollte sich nicht anmerken lassen, was in ihm vorging, und zeigte eine strenge Miene.

»Selbstverständlich werde ich meine Tochter verhören – und zwar sofort«, sagte er scheinbar hart. Und er trat an seinen Schreibtisch und fasste nach dem Hörer. Er ließ sich mit der Villa Ruhland verbinden und seine Tochter an den Apparat rufen.

»Bist du dort, Rose?«

»Ja, Papa.«

»Bitte, kommt doch sofort zu mir in mein Privatkontor! Ich habe mit dir zu sprechen.«

»Ja, Papa! Lieber Papa, bist du deiner Rose böse?«, fragte sie ahnungsvoll.

»Das werde ich dir sagen, wenn du hier bist.«

Unruhig lauschte Heinz diesem Gespräch.

Der Kommerzienrat drehte sich wieder zu ihm um.

»Sie haben die Güte, zu warten, Herr Oberingenieur, bis meine Tochter kommt. Und inzwischen will ich Ihre Schwester herüberrufen lassen. Sie wollen ihr doch sicher mitteilen, dass Ihre Erfindung angenommen worden ist.«

Heinz war sehr betreten. Eigentlich hatte er jetzt keinen

Sinn dafür, mit seiner Schwester über die Erfindung zu reden. Sein ganzes Denken und Empfinden konzentrierte sich auf Rose. Aber er sagte ergeben: »Wenn Sie gestatten, Herr Kommerzienrat.«

Käthe wurde gerufen und trat nach wenigen Minuten ein.

Der alte Herr ging ihr entgegen. »Fräulein Lindner, Sie können Ihrem Bruder Glück wünschen. Er hat eine geniale Erfindung gemacht, die von den Carolawerken angenommen worden ist. Und außerdem habe ich ihn zum Oberingenieur ernannt.«

Käthes Augen strahlten. Sie trat impulsiv zu ihrem Bruder und umarmte ihn.

»Heinz, ach Heinz, wie freue ich mich mit dir! Aber – du siehst gar nicht froh und glücklich aus. Was ist dir?«

Heinz biss die Zähne zusammen und machte eine abwehrende Bewegung. »Lass mich, Käthe, ich kann es dir jetzt nicht sagen!«

»Aber ich werde es Ihnen sagen, Fräulein Lindner. Denken Sie sich, Ihr Herr Bruder ist nicht nur kühn im Erfinden. Er hat sich auch noch in den Kopf gesetzt, meine Tochter Rose zu heiraten. Eben hat er bei mir um ihre Hand angehalten, und ich bin noch ganz fassungslos. Wie finden Sie das? Kühn, nicht wahr? Unerhört kühn! Sagen Sie doch Ihrem Bruder, dass er sich das überlegen soll. Die Tochter des Kommerzienrats Ruhland und der Sohn eines meiner Arbeiter – passt denn das zusammen?«

Bei diesen Worten sah der Kommerzienrat, von Heinz abgewandt, Käthe mit einem so humorvollen Ausdruck an, dass sie sofort begriff, was er im Sinn hatte. Sie richtete sich straff auf.

»Herr Kommerzienrat, das passt so gut oder so schlecht

zusammen wie der Sohn eines Kommerzienrats und eine Arbeitertochter.«

Der Kommerzienrat nickte lächelnd, drehte sich dann aber mit strengem Gesicht nach Heinz um. »Sehen Sie wohl, Herr Oberingenieur, Ihr Fräulein Schwester ist ein sehr vernünftiges Mädchen.«

Heinz atmete gepresst. »Das habe ich mir alles selbst gesagt, Herr Kommerzienrat. Aber ich habe trotzdem nicht anders handeln können. Ich kann nur immer wieder sagen: Gelte es mein Glück allein, ich hätte es nicht gewagt.«

Der Kommerzienrat wechselte wieder einen verstohlenen Blick mit Käthe. Dann wandte er sich mit unbewegtem Gesicht zu Heinz.

»Herr Oberingenieur, ich muss Ihnen eine Eröffnung machen. Mein Sohn Gert hat mir dieser Tage gesagt, dass er Ihre Schwester Käthe liebt und sie zu seiner Frau machen möchte.«

Heinz zuckte zusammen und sah Käthe entgeistert an. »Davon wusste ich nichts.«

»Ganz recht. Davon wussten Sie nichts. Es ist ein merkwürdiges Zusammentreffen, dass Sie nun heute vor mir stehen und die Hand meiner Tochter begehren«, fuhr der alte Herr fort.

»Das ist es allerdings, Herr Kommerzienrat.«

Der alte Herr nickte. »Nun wohl. Ich kann Ihnen keine andere Antwort geben auf Ihre Werbung als die, die ich meinem Sohn gegeben habe. Nehmen Sie sich ein Beispiel an Ihrer Schwester. Sie hat die Entscheidung aus meiner Hand ruhig angenommen und sich in alles gefügt.«

Käthe wollte rasch etwas erwidern, aber der Kommerzienrat machte ihr verstohlen ein Zeichen. Da schwieg sie.

Heinz blickte seine Schwester mit düsteren Augen an. »Wenn meine Schwester Ihren Herrn Sohn liebte, wie ich Ihre Tochter liebe, dann müsste sie über Ihre Entscheidung sehr traurig und verzweifelt sein«, sagte er gequält.

Wieder wollte Käthe sprechen. Sie ertrug es kaum noch, Heinz so bedrückt vor sich zu sehen. Aber in diesem Moment wurde die Tür geöffnet, und Rose trat ein.

Unruhig sah sie auf die beiden Menschen. Dann eilte sie auf ihren Vater zu. Heinz Lindners düsteres Gesicht erschreckte sie.

»Papa, lieber Papa, was hast du mir zu sagen?«

Er löste ihren Arm von seinem Hals und zwang sich zur Strenge.

»Was habe ich von dir hören müssen, Rose? Hinter meinem Rücken lässt du dir von Herrn Lindner eine Liebeserklärung machen?«

Rose atmete tief auf. »Ja, Papa, ich habe ihn lieb, mehr als mein Leben. Nie werde ich einem anderen Mann angehören als ihm. Und wenn du uns trennen willst, dann wirst du deine Tochter sehr unglücklich machen. Du wirst es nicht tun, lieber, lieber Papa.«

»So? Meinst du? Ich habe Herrn Lindner bereits gesagt, dass ich ihm die gleiche Antwort geben muss wie Gert, als er mich bat, ihm meine Einwilligung zu einer Verbindung mit Fräulein Lindner zu geben.«

Rose horchte auf und sah zu Käthe hinüber. Und aus deren Augen leuchtete ihr ein Licht entgegen, das ihr alles erhellte. Ihre Augen strahlten in die des Vaters. Mit einem halb unterdrückten Laut umfasste sie ihn.

»Papa, lieber Papa, dann gibst du ja deine Einwilligung«, flüsterte sie ihm zu.

Er nickte und flüsterte zurück: »Nun mache es dem Herrn Oberingenieur begreiflich.«

Da eilte Rose auf Heinz zu, umfasste seinen Hals und sagte halb lachend, halb weinend:

»Heinz, lieber Heinz, gleich zeig ein frohes Gesicht! Papa hat uns nur necken wollen. Mein Bruder Gert hat ja seine Einwilligung zur Verbindung mit deiner Schwester. Sie sind seit gestern heimlich verlobt. Er gibt auch uns seinen Segen.«

Heinz sah mit unruhigen Augen zu dem alten Herrn hinüber.

»Herr Kommerzienrat?«

All seine Zweifel, sein Hoffen und Fürchten lag in diesem Wort.

Der alte Herr nickte. »Nun ja, ich gebe meine Einwilligung. Ich hätte sie gleich gegeben, aber ein wenig Strafe habt ihr doch verdient, weil ihr Heimlichkeiten vor mir hattet.«

Es folgte nun eine sehr erregte Szene. Auch Gert kam noch dazu. Und die beiden jungen Paare erdrückten den Kommerzienrat fast vor Dankbarkeit. Er musste lachend abwehren und um Gnade bitten.

Und dann wurde gemeinsam beschlossen, dass Rose und Gert jetzt gleich ihr Heil bei ihrer Mutter versuchen sollten.

Sie machten sich sofort auf den Weg zu ihr, während Käthe und Heinz vorläufig an ihre Arbeitsplätze zurückkehrten.

Der Kommerzienrat ließ nun Vater Lindner zu sich rufen und machte ihm selbst die Eröffnung von der doppelten Verlobung. Friedrich Lindner nahm diese Eröffnung in seiner schlichten, ruhigen Art auf. Er machte nicht viele Worte, aber der Kommerzienrat merkte ihm doch die Erregung an.

»Haben Sie etwas dagegen einzuwenden, lieber Lindner?«, fragte der Kommerzienrat lächelnd.

Friedrich Lindner wischte verstohlen über die Augen. »Wenn das nur gut geht, Herr Kommerzienrat! Ich kenne ein altes Sprichwort, das heißt: Gleiche Art – gut gepaart.«

»Das ist auch meine Ansicht.«

»Dann hätten Sie aber eigentlich nicht zugeben dürfen, dass sich die jungen Leute verloben.«

»Doch, Lindner, sie sind ja alle vier von gleicher Art. Arbeiterblut haben sie alle in den Adern. Und ein guter, ehrlicher und tüchtiger Kern steckt in ihnen, sie haben alle vier das Herz auf dem richtigen Fleck. Geben Sie acht, Lindner, was wir für prächtige Enkelkinder bekommen werden! Das wird ein guter Schlag, verlassen Sie sich darauf! Und wir werden hoffentlich noch unsere Freude daran haben.«

Wieder wischte Vater Lindner über die Augen. »Wenn Sie es so ansehen, Herr Kommerzienrat, dann freilich – dann wird es ja gut sein. Gott gebe es!«

26

Rose und Gert hatten inzwischen so diplomatisch wie möglich die Mutter vorbereitet. Die alte Dame stand dann aber doch der Eröffnung, dass sie die Schwiegermutter der Geschwister Lindner werden sollte, ziemlich fassungslos gegenüber. Aber ehe sie noch richtig protestieren konnte, wurde sie von ihren beiden Kindern so zärtlich geherzt und geküsst und angefleht, dass sie schließlich allen Widerstand aufgab.

In aller Stille wurde noch am selben Abend die Doppelverlobung in der Villa Ruhland gefeiert, zu der auch Vater Lindner und Tante Anna gebeten waren.

Und die Kommerzienrätin fand sich mit Würde in die Verwandtschaft mit diesen beiden schlichten Leuten, die in ihrer bescheidenen Würde doch ganze Menschen waren. –

Natürlich bildete die Doppelverlobung wochenlang das Gesprächsthema in den Werken.

Heinz Lindners Erfindung hatte den gewünschten Erfolg. Die Werke erzielten dadurch einen großen Aufschwung, und der Erfinder konnte auch mit dem pekuniären Erfolg sehr zufrieden sein.

Schon um die Weihnachtszeit fand die Vermählung der beiden jungen Paare statt.

Für Gert und Käthe war die Villa Carola eingerichtet worden, und Heinz und Rose sollten die obere Etage in der Villa Ruhland bewohnen.

Natürlich war die Hochzeitsfeier der beiden jungen Paare zugleich eine Feier für die ganzen Werke. Und die Arbeiter waren stolz, dass die Kinder ihres Werkmeisters nun zur Herrschaft gehörten.

Vater Lindner ging nach wie vor seiner Arbeit nach und blieb mit Tante Anna in seinem Häuschen wohnen.

Aber Tante Anna trug jetzt am Sonntagnachmittag, wenn sie mit der Hausarbeit fertig war, ein schwarzes Seidenkleid, das ihr Rose zur Hochzeitsfeier geschenkt hatte. Das glaubte sie den veränderten Verhältnissen schuldig zu sein.

Und sonntags wurde Vater Lindner von seinen Kindern besucht. Da plauderte er mit ihnen von ihrem Glück. In die vornehme Behausung seiner Kinder kam er nur selten.

»Da passe ich nicht hinein«, sagte er bestimmt.

Und deshalb mussten seine Kinder zu ihm kommen, wenn sie ihn sehen wollten. Und sie kamen gern. Auch Gert und Rose kamen mit. Rose kletterte dann oft mit Heinz in sein Giebelstübchen hinauf, und er musste ihr da oben erzählen, wie er das ganze kleine Zimmer mit seiner Sehnsucht nach ihr gefüllt hatte.

Sie waren restlos glücklich, die beiden jungen Paare, und lebten in harmonischer Eintracht miteinander.

Und wenn Rose abends ihrem Heinz ihre Lieder singen musste und sie hinausjauchzte: »Ich liebe dich, wie nichts auf dieser Erden«, dann sahen sich auch Gert und Käthe glückstrahlend in die Augen.

Und der liebste Spaziergang für die beiden jungen Paare war der nach dem Waldquell.

»Da haben wir unser Glück gefunden«, sagten sie.

Und das Glück blieb ihnen treu für alle Zeit.

Heiße Biersuppe

3 Flaschen (je 0,7 l) helles Bier
100 g Zucker
4 Eigelb
⅛ l saure Sahne
½ TL Zimtpulver
1 Pr. Salz
Weißer Pfeffer aus der Mühle

Bier und Zucker unter Rühren aufkochen, vom Herd nehmen. Eigelb mit der sauren Sahne verschlagen, etwa 4 EL heißes Bier darunterziehen, das Ganze zu dem restlichen Bier geben und gut schlagen. Mit Zimt, Salz und Pfeffer würzen und auf kleiner Kochstufe unter ständigem Rühren die Suppe eindicken, aber nicht kochen, da sie sonst gerinnt.

Schweinebraten mit Kruste

1–1,5 kg Schweinebraten (Keule mit Schwarte)
Salz
Pfeffer
2 EL Öl
1 Lorbeerblatt
Einige weiße Pfefferkörner
¼–⅜ l Wasser
1 Zwiebel
1 Möhre
1 TL Speisestärke

Das Fleisch waschen, trocken tupfen, und die Schwarte in Quadrate schneiden. Das Fleisch salzen und pfeffern. Das Fett im Bratentopf erhitzen, und das Fleisch von allen Seiten anbraten. Das Lorbeerblatt und die Pfefferkörner hinzufügen und mit etwa der Hälfte des heißen Wassers aufgießen. Den Schweinebraten in der Backröhre in etwa 1 ½ Stunden weich garen. Dabei öfter mit dem Bratenfett begießen. Etwa 30 Min. vor Garzeitende den Braten mit ein wenig Salzwasser bestreichen, so erhält er eine schöne knusprige Kruste. Das Fleisch aus dem Bratentopf nehmen und warm stellen. Den Bratensatz mit wenig Wasser lösen und mit kalt angerührter Speisestärke binden.

Dazu passen Salzkartoffeln.

Quarkkeulchen

750 g gekochte Kartoffeln
125 g Mehl
2 Eier
1 TL Salz
60–70 g Zucker
Etwas abgeriebene Zitronenschale (unbehandelt)
50–60 g Rosinen
300–500 g Magerquark
1 TL Backpulver
Ausbackfett
Zimtzucker zum Bestreuen

Die gekochten Kartoffeln schälen und reiben, mit dem gesiebten Mehl, den Eiern, Salz, Zucker, Zitronenschale, Rosinen, Quark und Backpulver verkneten. Aus diesem Teig flache, runde, etwa 1 cm dicke Plätzchen formen und in dem heißen Ausbackfett goldbraun backen. Abtropfen lassen, heiß mit Zimtzucker bestreuen und servieren.

Dazu ein Kompott reichen.

Doch am Ende ist es glücklicherweise immer die Liebe, die siegt ...

Hedwig Courths-Mahler
AM ENDE STEHT
DIE LIEBE
Des Schicksals Wellen
& Nach dunklen Schatten
das Glück
672 Seiten
ISBN 978-3-404-17516-1

Hedwig Courths-Mahler schrieb zahlreiche Bücher über die verschlungenen Wege, die wir im Leben gehen müssen, um an unser Ziel zu gelangen und die große Liebe zu finden. Damit begeistert sie seit mehr als hundert Jahren ihre Leser und ist eine der erfolgreichsten Autorinnen Deutschlands.

Diese liebevoll gestaltete Jubiläumsausgabe vereint nun zu ihrem 150. Geburtstag die Romane *Des Schicksals Wellen* und *Nach dunklen Schatten das Glück* – zwei Geschichten, zwei Schicksale, zwei Happy Ends. Pures Leseglück!

Bastei Lübbe

Kennen Sie alle Romane von Hedwig Courths-Mahler?

Die Romane von Hedwig Courths-Mahler haben die Welt verzaubert. Und Millionen von Lesern in eine Welt entführt, in der große Gefühle jedes Hindernis überwinden ...

Wer die Romane von Hedwig Courths-Mahler sammelt, besitzt einen Schatz, der stets neues Lesevergnügen bietet. Im BASTEI Verlag erscheint Woche für Woche ein Klassiker der berühmten Schriftstellerin als Romanheft. Erhältlich im Zeitschriftenhandel.

Die Community für alle, die Bücher lieben

Das Gefühl, wenn man ein Buch in einer einzigen Nacht verschlingt – teile es mit der Community

In der Lesejury kannst du

★ Bücher lesen und rezensieren, die noch nicht erschienen sind

★ Gemeinsam mit anderen buchbegeisterten Menschen in Leserunden diskutieren

★ Autoren persönlich kennenlernen

★ An exklusiven Gewinnspielen und Aktionen teilnehmen

★ Bonuspunkte sammeln und diese gegen tolle Prämien eintauschen

Jetzt kostenlos registrieren: www.lesejury.de
Folge uns auf Facebook:
www.facebook.com/lesejury